Knaur

Über die Autorin:

Brenda Joyce stammt von russischen Einwanderern ab und wurde in Brooklyn geboren. Seit der Veröffentlichung ihres ersten Romans 1988 gewann sie zahlreiche Auszeichnungen und gehört mittlerweile – mit einer Gesamtauflage von mehreren Millionen – zu den erfolgreichsten amerikanischen Schriftstellerinnen der »historical romances«. Ihre Romane sind durchweg auf den Bestsellerlisten der *USA Today* und der *New York Times* zu finden. Brenda Joyce lebt gegenwärtig in New York City.

Brenda Joyce

Kates Geheimnis

Roman

Aus dem Amerikanischen von
Katharina Volk

Knaur

Die amerikanische Originalausgabe erschien 1999 unter dem Titel
»The Third Heiress«
bei St. Martin's Press, New York.

Vollständige Taschenbuchausgabe 2003
Droemersche Verlagsanstalt Th. Knaur Nachf., München
Dieser Titel erschien bereits unter der Bandnummer 61803.

Umschlaggestaltung: ZERO Werbeagentur, München
Umschlagabbildung: Corbis, Düsseldorf
Druck und Bindung: Clausen & Bosse, Leck
Printed in Germany
ISBN 3-426-62506-7

2 4 5 3 1

In Liebe und Treue
meiner Schwester Jamie gewidmet

Prolog

Jill Gallagher konnte sich nicht mehr daran erinnern, jemals nicht allein gewesen zu sein. Doch vor acht Monaten war Hal Sheldon in ihr Leben getreten und hatte es für immer verändert. Er war nicht nur ihr Liebhaber, sondern auch ihr bester Freund und engster Vertrauter. Und nun endlich begann sie, alles zu vergessen und hinter sich zu lassen – die unbestimmte Angst und tiefe Verunsicherung, deren dunkle Schatten sie mit sich herumtrug, seit sie sich vor vielen Jahren unausweichlich in die Seele eines verlassenen, einsamen kleinen Mädchens gebrannt hatten. Eines Mädchens, das seine Eltern durch einen Autounfall verlor, als es fünf Jahre alt war. Ihre schlaflosen Nächte, in denen sie den Tanz der Schatten an der Zimmerdecke verfolgte und vergeblich gegen ihre ungreifbaren Ängste ankämpfte, gehörten nun endlich der Vergangenheit an.

Während ihr Mietwagen, ein kleiner Toyota, den Northern State Parkway entlangfuhr, blickte Jill zu Hal hinüber, der neben ihr auf dem Beifahrersitz saß. Ihre Laune war nicht nur gut, sie war ausgelassen, doch ihre Hände schlossen sich plötzlich fester um das Lenkrad. War etwas nicht in Ordnung? Hal schien ganz in die Straßenkarte vertieft, und das war auch notwendig – aber er hatte kein einziges Wort gesagt, seit sie aus Manhattan heraus waren, und das sah ihm gar nicht ähnlich. Obwohl es für Anfang April ungewöhnlich kalt war, hatten sie sich zu einem Wochenende an der Küste aufgemacht. Jill war Tänzerin von Beruf, und dies war ihre letzte Chance auf einen kleinen Urlaub, bevor ihr Ensemble mit einer neuen Show herauskommen würde. Sie hatten ein Zimmer in einer malerischen Pension direkt an der Peconic Bay gebucht. Jill freute sich auf ein Wochenende friedlicher Zweisamkeit vor dem mörderischen Marathon von sieben Vorstellungen an sechs Tagen die Woche. Sie freute sich auch auf ausgiebiges Pläneschmieden für ihre gemeinsame Zukunft.

Natürlich war alles in Ordnung. Letzte Woche hatte Hal sie gefragt, ob sie seine Frau werden wollte. Jill hatte keinen Moment gezögert, seinen Antrag anzunehmen. Und letzte Nacht hatte er sie noch leidenschaftlicher geliebt als jemals zuvor.

Jill lächelte beim Gedanken an seinen romantischen Heiratsantrag in einem winzigen, schummrigen Restaurant im East Village. Sie dachte, wie erstaunlich es doch war, dass eine einzige zufällige Begegnung das Leben für immer verändern konnte. Noch vor einem Jahr, bevor sie Hal kennen gelernt hatte, war sie resigniert zu dem Schluss gekommen, dass sie ihr Leben als Single verbringen würde.

Die Karte raschelte. Es hörte sich störend und merkwürdig an.

Jill sah zu ihm hinüber, und ihr Lächeln erlosch, denn sein Gesichtsausdruck wirkte so finster und verschlossen. Der Hal, den sie kannte, war ein sehr liebenswerter und unbeschwerter Mensch. Er hatte immer ein Lächeln auf den Lippen. Sein sonniges Temperament war eine der Eigenschaften, die sie am meisten an ihm schätzte – das und seine Leidenschaft für die Fotografie, die ihrer Hingabe an den Tanz gleichkam. »Hal? Stimmt etwas nicht?« Eine leise, angstvolle Ahnung stieg in ihr auf.

Sofort knipste er sein blendendes Lächeln an. Obwohl er wie die meisten Engländer ein heller Typ war und dunkelblondes Haar hatte, war er immer leicht gebräunt. Seine Familie war sehr wohlhabend. Blaues Blut, die Oberen Zehntausend oder so ähnlich. Jill hatte vor kurzem erfahren, dass sein Vater ein Earl war. Ein wahrhaftiger, echter Graf. Sein älterer Bruder war ein Viscount und würde den Titel eines Tages erben. Reiche Leute, das wusste Jill, waren immer leicht gebräunt. Das war eben einfach so.

Sie würde einen Adeligen heiraten. Ihr Leben war zu einem Märchen geworden – und sie zu Aschenputtel. Jill lächelte stillvergnügt.
»Jill. Schau auf die Straße«, befahl Hal knapp.
Sie gehorchte, und ihr Lächeln und ihre gute Laune schwanden; sein barscher Tonfall beunruhigte sie. Während sie sich auf den Verkehr konzentrierte, begann ihr Herz langsam und heftig Alarm zu schlagen. »Wir müssen reden«, sagte Hal.
Jill drehte sich zu ihm hin und starrte ihn überrascht an. Sie brauchte einen Moment, bevor sie herausbrachte: »Was ist los?«
Er wandte sich ab. Konnte ihr nicht in die Augen sehen. »Ich will dir nicht wehtun«, sagte er.
Jill verriss das Lenkrad und wäre um ein Haar in ein entgegenkommendes Auto gerast. Es war Nachmittag, und auf dem Highway war viel Betrieb, aber der Verkehr floss mit gut 100 km/h flott dahin.
Ihr Magen machte einen Salto. Jill sah zu ihm hinüber, doch er starrte nach vorn durch die Windschutzscheibe. Sein Gesicht wirkte so ernst, so grimmig.
Nein, dachte sie und umklammerte so heftig das Lenkrad, dass ihre Finger sich verkrampften. Er liebt mich, und wir heiraten im Herbst. Er meint etwas anderes.
Es konnte nicht sein. Sie hatte schon so viel ertragen, dass es für ein ganzes Leben reichte. Nach dem Tod ihrer Eltern war Jill zu einer Tante in Columbus geschickt worden – einer ältlichen Witwe, deren eigene Kinder schon längst erwachsen waren und selbst Familien hatten. Tante Madeline war unnahbar, reserviert, fast abweisend, und aus der Sicht eines kleinen Kindes lieblos gewesen. Jill hatte eine sehr einsame Kindheit verbracht. Sie hatte nie richtige Freunde gehabt; das Ballett war ihre Zuflucht, ihr Lebensinhalt gewesen. Mit siebzehn war sie nach New York gegangen, um Ballett-Tänzerin zu werden, ohne auch nur einmal zurückzublicken.

Nun, da es Hal in ihrem Leben gab, war ihr klar geworden, wie einsam sie gewesen war.

Hal räusperte sich plötzlich, als wollte er eine einstudierte Rede halten. Jills Kopf fuhr wieder herum, und diesmal war sie wirklich besorgt. »Was ist denn? Ist jemand aus deiner Familie krank geworden?« Sie brachte ein schiefes Lächeln zustande. »Oh Gott, ich weiß schon. Harrelson hat deine Arbeiten abgelehnt.« Hal hatte mit Feuereifer seine Arbeitsmappe in der ganzen Stadt herumgezeigt in der Hoffnung, dass eine Galerie seine Fotos ausstellen würde. Dieser Kunsthändler in SoHo hatte sich bei ihrem ersten Treffen begeistert gezeigt.

»Niemand ist krank. Harrelson hat sich noch nicht wieder gemeldet. Jill, ich habe viel nachgedacht. Über unser Gespräch von letzter Woche.«

Jill packte das Lenkrad noch fester und bemühte sich, ihre Aufmerksamkeit auf die Straße zu richten. Sie versuchte sich zu erinnern, worüber sie letzte Woche gesprochen hatten, aber es war unmöglich – ihr kastanienbrauner Pony hing ihr vor den Augen, und sie brach in Schweiß aus. Das Blut rauschte ihr in den Ohren und übertönte ihre Gedanken. Sein Tonfall gefiel ihr gar nicht – war er nervös? Ihr fiel nur ein einziges Gespräch ein, aber er konnte doch unmöglich seinen Antrag meinen? *Das meinte er nicht.* »Ich weiß nicht genau, von was wir gesprochen haben – außer, dass du mir einen Heiratsantrag gemacht hast und ich ihn angenommen habe.« Sie versuchte ihn anzulächeln, aber es gelang ihr nicht ganz.

Er lehnte sich verdrießlich zurück. »Mir sind inzwischen Zweifel gekommen.«

Jill bemühte sich, ruhig zu bleiben, aber ihr Puls lief Amok. Sie bremste vorsichtig ab, schaute in den Rückspiegel und wechselte in die rechte Spur, wobei sie einen roten Wagen abdrängte, der nun praktisch an ihrer hinteren Stoßstange klebte. *Das konnte nicht wahr sein.* »Zweifel?« Sie war völlig schockiert und hoffte inständig, dass sie ihn falsch verstanden hatte. »Du meinst doch nicht an unserer Heirat?« Ihr Lächeln fühlte sich kläglich an.

»Es hat nichts mit dir zu tun«, sagte Hal; er hörte sich elend an. »Meine Gefühle für dich haben sich nicht geändert.«

Oh Gott. Er meinte ihre Hochzeit. Jill konnte es einfach nicht glauben; ihr Verstand schien die Läden herunterzulassen, in Streik zu treten, die Aufnahme dessen zu verweigern, was er da sagte. Sie starrte ihn an. »Ich verstehe dich nicht. Du liebst mich. Ich liebe dich. So einfach ist das.«

Er fühlte sich sichtlich unbehaglich und vermied es, ihr in die Augen zu sehen. »Meine Gefühle für dich sind dieselben geblieben. Aber ich denke andauernd … «

»Was?« Jills Stimme klang wie ein Peitschenschlag. *Das konnte doch nicht wahr sein!*

Aber hatte sie so etwas nicht erwartet, instinktiv, irgendwo tief drinnen? Denn – war ihre Liebe nicht zu schön gewesen, um wahr zu sein?

Er wandte sich ihr zu. »Ich will nicht den Rest meines Lebens in New York verbringen. Ich vermisse meine Familie, ich vermisse London. Ich vermisse unser Sommerhaus in Yorkshire.«

Jill wollte ihren Ohren nicht trauen. Mit schweißnassen Händen umklammerte sie das Lenkrad. Ihr weißes T-Shirt klebte an ihrem Körper. »Haben wir denn beschlossen, für immer in New York zu bleiben?«, fragte sie heiser und versuchte, sich auf die Straße zu konzentrieren, obwohl sie kaum etwas wahrnehmen konnte. Das Blut dröhnte ihr so laut in den Ohren, dass sie fast nichts anderes mehr hörte.

»Wenn diese Show ein Knüller wird, könnte sie noch Jahre am Broadway laufen. Erzähl mir nicht, dass du dann deinen Platz im Ensemble einfach sausen lassen würdest. So eine tolle Chance hattest du noch nie.«

Jill wünschte sich auch, dass *The Mask* ein Riesenerfolg würde, sie glaubte fest daran, und bis vor kurzem hatte sie nur für ihre Karriere gelebt, aber nun dachte sie fassungslos: Ja, ich würde gehen, wenn ich nur dich nicht verliere. Sie blieb stumm.

Auch Hal schwieg.

»Soll das heißen, dass du mich nicht heiraten willst?«, brachte sie schließlich hervor.

»Nein. Ich weiß nicht, was ich tun soll. Ich denke, wir sollten es ein wenig langsamer angehen lassen. Ich glaube, es wäre das Beste, wenn ich für eine Weile nach Hause fahre und mir alles gründlich durch den Kopf gehen lasse.«

Jill schnappte nach Luft, als habe er ihr einen tödlichen Schlag versetzt. Sie wurde sich plötzlich ihrer zitternden Glieder und einer schrecklichen Übelkeit bewusst – sie fühlte sich, als müsste sie sich gleich übergeben. Sie wandte sich ihm zu, und während sie auf sein vollkommenes Profil starrte, spürte sie einen unvorstellbaren Schmerz, ein schweres, schreckliches Gewicht in der Brust. Ihre Augen füllten sich mit Tränen.

Gute Nacht, Mäuschen. Eine tiefe Männerstimme. Daddy. Seine Lippen streiften ihr Haar. Seine Hand strich durch ihren fransigen Pony. *Schlaf schön. Wir sind bald wieder da. Bevor du aufwachst.*

Sie sah schattenhaft sein liebevolles Lächeln.

Gute Nacht, mein Schatz. Eine Frauenstimme, weich und zärtlich, die schlanke, anmutige Silhouette ihrer Mutter in der Tür ihres weiß und rosa eingerichteten Kinderzimmers.

Die Tür schloss sich.

Dunkelheit.

Stille.

Grauen. Allein sein – für immer.

Weil sie nie wiedergekommen waren.

»Jill!«, schrie Hal.

Jill zwang ihren Blick auf die Straße. Zu ihrem Entsetzen raste eine riesige Pinie heran, während der Wagen darauf zu schoss. Jill riss das Lenkrad herum, wohl wissend, dass es schon zu spät war …

Nichts im Leben hätte sie auf den Moment des Aufpralls vorbereiten können. Ihr Herz blieb stehen. Jills ganzer Körper wurde gleichzeitig gegen den Sicherheitsgurt und den Airbag geschleudert. Das Auto, eine riesige Masse aus Stahl und Fiberglas, dröhnte, kreischte und schien bei dem frontalen Zusammenstoß regelrecht zu explodieren. Überall flogen Glassplitter umher. Sie prasselten auf Jills Haar, ihre nackten Arme, ihre Oberschenkel.

Und dann herrschte absolute Stille, absolutes Schweigen.

Bis auf Jills donnernden Herzschlag.

Sie kam zu sich, langsam und voll Entsetzen. Ihr Herz hämmerte schmerzhaft in ihrer Brust. Jills ganzer Körper fühlte sich an, als sei er in zwei Teile zerbrochen worden, zerschmettert und zerquetscht. Sie konnte sich nicht bewegen, sie konnte nicht atmen. Der Schock löschte jeden Gedanken aus.

Ein Unfall …

Und dann fühlte sie etwas an ihrem Gesicht herabrinnen, ihre Lungen füllten sich mit Luft, und sie öffnete langsam die Augen. Sie musste das Rinnsal nicht sehen oder schmecken, um zu wissen, dass es Blut war – ihr Blut.

Sie atmete, sie lebte, sie waren gegen einen Baum gefahren – oh Gott.

Jill riss die Augen auf und sah die zersplitterte Windschutzscheibe. Ihre Seite des Wagens hatte sich richtiggehend um den Baum gewickelt; Hals Seite war wie ein Akkordeon zusammengequetscht.

Hal.

Jill stöhnte und versuchte, den Gurt loszumachen, konnte aber wegen des Airbags nichts sehen. Sie drückte ihn beiseite, um nach Hal zu schauen. Blut und Schweiß und ihr viel zu langer Pony raubten ihr die Sicht. »Hal?«

Sie kämpfte mit dem Airbag und ihren Strähnen. Dann erstarrte Jill. Auch Hal war hinter einem Airbag eingeklemmt. Aber sein Kopf hing leblos zur Seite, seine Augen waren geschlossen.

»Hal!«, kreischte Jill.

Sie drehte sich um und warf sich gegen die Tür, bis sie irgendwie den Griff zu fassen bekam und die Tür aufging. Jill kam schwankend auf die Beine, der Kopf tat ihr weh, und sie konnte kaum atmen. Sie wankte und stolperte auf dem unebenen Untergrund aus Steinen, Zweigen und Matsch um das Heck des Wagens herum. Vor der Beifahrertür blieb sie wie erstarrt stehen. Blut schoss aus seinem Hals, wo ein großer Splitter der Windschutzscheibe sich offenbar in seine Kehle gebohrt hatte.

»Nein!« Jill zog heftig an seiner Tür, und sie flog auf. Panisch tastete sie nach dem Verschluss des Sicherheitsgurtes und öffnete ihn.

Jill legte die Arme um Hal und zerrte ihn aus dem Wrack. Das Blut floss weiter in Strömen aus seinem Hals; die Vorderseite seines Hemdes färbte sich dunkelrot. Sie legte ihn auf den Boden und presste beide Hände auf die Wunde in dem verzweifelten Versuch, die Blutung zu stoppen. Warm und nass und klebrig floss sein Blut durch ihre Finger. »Hilfe!«, schrie sie, so laut sie konnte. »Hilfe! Bitte helft uns!«

Sie schluchzte und starrte in sein leichenblasses Gesicht. Dann sah sie seine Augenlider flattern – er lebte!

»Du darfst nicht sterben!«, schrie sie und drückte noch fester auf die Wunde, doch die Blutlache wurde unaufhaltsam größer und größer. »Hal, gleich kommt Hilfe, bitte stirb nicht – halt durch!«

Er schlug die Augen auf. Als er den Mund öffnete, füllte er sich mit Blut. »Ich liebe dich«, sagte er.

»Nein!«, kreischte Jill.

Und dann schlossen sich seine Augen, und er sagte: »Kate.«

Erster Teil

Die Liebenden

Eins

London – in der Gegenwart

Wer war Kate?

Jill holte tief Luft. Unter ihren geschlossenen Lidern quollen Tränen hervor. Hal war tot, und sie stand am Band der Gepäckausgabe in der Ankunftshalle von Heathrow. Es war kaum zu fassen, wo sie sich befand, und noch schwerer zu begreifen, warum sie hier war.

Jill war wie betäubt. Ihre Erschöpfung, die hauptsächlich durch den Schock, aber auch durch den Jetlag bedingt war, machte es nicht eben besser. Hal war tot, und sie brachte seinen Leichnam nach Hause zu seiner Familie. Die Leere in ihr, der Schmerz, die Trauer, all das war entsetzlich stark und einfach überwältigend.

Hal war tot. Fort, für immer. Sie würde ihn nie wiedersehen.

Und sie hatte ihn umgebracht.

Das war das Schlimmste, was sie sich jemals hätte vorstellen können, ein wahr gewordener Albtraum.

Sie wusste nicht, ob sie den Schmerz, die hilflose Verwirrung noch länger ertragen konnte – und sich selbst.

Sie wusste nicht, ob sie die Dunkelheit noch länger ertragen konnte.

Ich liebe dich … Kate.

Hals Stimme, seine letzten Worte erfüllten ihr ganzes Denken. Sie waren eine gespenstische Litanei, die sie nicht abstellen konnte. Wer war Kate?

Jill fuhr zusammen. Das Gepäck ihrer British-Airways-Maschine kam die Rampe herabgerutscht und plumpste auf das Förderband, um sich wie ihre Gedanken immer auf derselben Bahn im Kreis zu drehen. Das Bild von Hal, wie er unter den Bemühungen eines Rettungsteams am Rande des Highways starb, hatte sich tief in ihr Gedächtnis gegraben. Genauso tief wie seine letzten Worte, die sie wie ein grausames Echo verfolgten. Worte, die sie niemals vergessen wollte – Worte, an die sie sich nie mehr erinnern wollte.

Ich liebe dich … Kate.

Jill schlang die Arme um sich, sie war zittrig und fror. Das vorbeiziehende Gepäck verschwamm vor ihren Augen. Jill wusste, sie wusste es ganz sicher, dass er sie, Jill, gemeint hatte, als er sterbend sagte, dass er sie liebte. Er hatte sie geliebt – so, wie sie ihn geliebt hatte. Jill hatte nicht den geringsten Zweifel daran. Und sie wusste, dass sie sich an dieser Überzeugung festhalten musste. Aber, gütiger Gott, sein Tod und die Rolle, die sie dabei gespielt hatte, und dass er von dieser anderen Frau, Kate, sprach – all das war schrecklich genug ohne ihr letztes, endgültiges, unvergessliches Gespräch. Wenn er ihr nur nicht gesagt hätte, dass ihm wegen ihrer gemeinsamen Zukunft Zweifel gekommen waren. Er hatte an ihnen, an ihr gezweifelt. Jill schluchzte erstickt. Sie wurde von Schuld und Schmerz, Trauer und Bestürzung überwältigt.

Jill schloss die Augen. Sie durfte nicht an dieses Gespräch denken, es war unerträglich. Alles war unerträglich. Hal war ihr genommen worden. Genau wie ihre Eltern. Ihre Liebe, ihr Leben war zerstört – zum zweiten Mal.

Plötzlich war Jills Welt so von Schmerz erfüllt, dass sie es nicht mehr ertragen konnte. Ihr wurde schwarz vor Augen. Jill kämpfte gegen das Verlangen, sich einfach fallen zu lassen, ohnmächtig zu werden. Sie musste aufhören zu denken, sagte sie sich verzweifelt, und wurde sich der Tränen bewusst, die über ihr Gesicht liefen, des belebten Terminals, der abwechselnd verschwamm und wieder deutlich wurde. Sie kämpfte schwankend um ihr Gleichgewicht, ihre Knie drohten nachzugeben. Sie musste ihr Gepäck holen. Sie musste hier raus, sie brauchte frische Luft. Sie musste sich auf einfache, alltägliche Dinge konzentrieren – und darauf, Hals Familie zu begegnen, du lieber Himmel. Hals Schwester Lauren sollte sie vom Flughafen abholen.

Und in diesem Augenblick setzte ihr Verstand auf einmal zu ihrem Entsetzen völlig aus.

Für einen Moment war sie vollkommen desorientiert. Panik erfasste sie. Sie wusste nicht, wo sie war, und warum. Sie wusste nicht, wer sie war. Die Menschenmenge um sie herum, die große Halle, alles war nur noch ein Meer aus Schatten und Schemen. Sie konnte nichts und niemanden erkennen. Selbst die Worte auf den Hinweisschildern wurden zu einem fremdartigen Kauderwelsch, das sie nicht lesen konnte.

Aber überall waren Augen. Auf sie gerichtet, weit aufgerissen und vorwurfsvoll, hunderte feindseliger Blicke.

Warum glotzten alle sie an, als wünschten sie, sie wäre tot? Jill wollte sich umdrehen und fliehen, aber wohin?

Tot.

Im nächsten Augenblick schaltete ihr Verstand wieder in den richtigen Gang, die Schatten wurden zu Wänden und Türen, Gängen und Geländern, die Schemen zu Menschen, die Augen zu Gesichtern, und sie wusste, dass alles noch viel schlimmer war. Die Leute starrten sie tatsächlich an, aber schließlich weinte sie unaufhörlich, und sie war in Heathrow, um Hals Leichnam nach Hause zu seiner Familie zu bringen – morgen sollte die Beerdigung stattfinden. Wussten alle diese Leute hier, dass sie den Mann ihrer Träume umgebracht hatte? Jill wünschte, sie hätte sich nicht wieder an alles erinnert. Das kurze Aussetzen ihres Gedächtnisses empfand sie nun als herrliche Erleichterung.

So ging es ihr andauernd seit Hals Tod – sie wusste nicht, was sie tun sollte, erlebte Augenblicke schrecklicher Verwirrung, gefolgt von totalen Aussetzern und dann von vollkommener, grausamer Erinnerung. Schock, hatte der Arzt gesagt. Sie würde die nächsten paar Tage unter Schock stehen, vielleicht sogar die nächsten Wochen. Er hatte ihr geraten, sich zu Hause auszuruhen und die Medikamente zu nehmen, die er ihr verschrieben hatte.

Jill hatte die Antidepressiva nach der ersten Nacht in der Toilette hinuntergespült. Sie hatte Hal so sehr geliebt, und sie wollte sich ihre Gefühle nicht rauben lassen, indem sie sie mit Tabletten dämpfte oder ausschaltete. Sie würde ihn betrauern, wie sie ihn geliebt hatte, mit ganzem Herzen, auf ewig.

Jill nahm ihre Sonnenbrille ab und trocknete ihre Tränen mit einem Taschentuch, bevor sie sie wieder aufsetzte. Ihr Gepäck. Sie musste ihre Reisetasche finden und hier herauskommen, so lange sie noch bei sich war und sich auf den Beinen halten konnte. Das Einzige, was sie jetzt tun musste, entschied Jill, war möglichst nicht zu denken.

Ihre eigenen Gedanken waren ihr schlimmster Feind.

Jill schaute nach unten und entdeckte neben ihren Füßen ihr Beauty-Case, ihre Shoppertasche aus Vinyl mit Leopardenmuster und ihren viel zu weiten schwarzen Blazer. Sie richtete den Blick auf das Gepäckband. Überrascht stellte sie fest, dass die meisten Koffer und Taschen schon abgeholt worden waren. Es schien ihr, als sei sie noch vor wenigen Sekunden von hundert Passagieren ihres Fluges umgeben gewesen – jetzt warteten nur noch ein Dutzend Leute auf ihr Gepäck. Jill schnappte erschrocken nach Luft. Hatte sie ein Blackout gehabt? Irgendwie schien sie mit ihrer Erinnerung auch ihr Zeitgefühl verloren zu haben.

Sie fragte sich, wie sie das alles überstehen sollte, nicht nur die nächsten Tage, sondern auch die nächsten Wochen, Monate, Jahre. Denk nicht daran!, befahl sie sich hektisch. Sie durfte ihren Gedanken keinen freien Lauf lassen. Plötzlich entdeckte sie ihre Reisetasche aus schwarzem Nylon. Sie glitt bereits an ihr vorbei. Jill hastete verzweifelt hinterher, packte den Griff und hievte die Tasche vom Band. Die Anstrengung kam sie teuer zu stehen; keuchend

verharrte sie einen Moment. Sie war noch nie so unglaublich erschöpft gewesen.
Als sie wieder zu Atem gekommen war, blickte sie sich in der wimmelnden Menge um. Wohin sollte sie jetzt gehen? Was sollte sie jetzt tun? Wie sollte sie Lauren finden, die sie nur von einem Foto kannte?
Jill stand da wie angewurzelt und musste trotz ihrer Vorsätze daran denken, wie Hal ihr damals stolz die Fotos von seiner Familie gezeigt hatte. Hal hatte oft von ihnen gesprochen, nicht nur von seiner Schwester, sondern auch von seinem älteren Bruder Thomas, seinen Eltern und seinem Cousin aus Amerika. Seinen Schilderungen zufolge standen sich in seiner Familie alle sehr nahe. Es war so offensichtlich gewesen, wie sehr er sie liebte. Er hatte richtig gestrahlt, wenn er ihr Geschichten aus seiner Kindheit erzählte. Am häufigsten hatte er von den Sommerferien in Stainesmore gesprochen, dem alten Familiensitz im Norden, wo sie als Kinder geangelt, gejagt und ein nahe gelegenes altes Spukhaus erforscht hatten. Doch es hatte auch Winterferien in St. Moritz gegeben, Ostern in St. Tropez und die Jahre in Eton, in denen er Hockey gespielt, das Londoner West End unsicher gemacht, den »Babes«, wie er sagte, nachgestellt und sich an Türstehern vorbeigemogelt hatte. Dann seine Jahre in Cambridge, der Fußball. Und immer, seit er ein kleiner Junge gewesen war, war da seine erste, seine wahre Liebe, seine Fotografie gewesen.
Jill wusste, dass sie wieder weinte. Er hatte sie in so vielen Nächten in den Armen gehalten und ihr versichert, wie sehr seine Familie sie lieben würde – und dass sie sie mit offenen Armen willkommen heißen würde, als gehörte sie zu ihnen. Er hatte es kaum erwarten können, sie mit nach Hause zu bringen, und sich darauf gefreut, dass Jill sie kennen lernte. Bis zu ihrem unfassbaren letzten Gespräch im Auto, als er ihr gesagt hatte, dass er sie vielleicht doch nicht heiraten wollte, dass er für eine Weile nach Hause fahren würde, allein.

Jill wusste, dass sie nicht wieder weinen durfte, doch die Tränen ließen sich nicht abstellen. Zitternd und schwach und voll Angst vor einem erneuten Blackout sammelte sie ihr Gepäck ein und ging langsam durch die Menschenmenge. Sie musste jenes letzte Gespräch vergessen. Es war der Tropfen, der das Fass der Katastrophe zum Überlaufen brachte, und sie war darüber vor Entsetzen und Verständnislosigkeit wie gelähmt. Mit der Zeit hätten sie solche Schwierigkeiten überwunden. Hal hätte sie niemals verlassen. Jill musste das einfach glauben.

Beobachtet von einigen Zollbeamten folgte sie den anderen Passagieren durch die Absperrung und war erleichtert, dass ihre Tränen wenigstens für den Augenblick versiegt waren. Sie würde gleich Lauren und den Rest von Hals Familie treffen, und sie hätte es niemals für möglich gehalten, dass das unter diesen Umständen geschehen könnte – sie brachte Hals Leichnam zur Beerdigung nach Hause. Sie wollte unbedingt die Kontrolle über sich zurückgewinnen. Sie wollte in Gegenwart der Familie nicht einen solchen Aussetzer erleiden.

Sie blieb stehen, als sie zu einem kreisförmigen Bereich gelangte, wo eine Menge Leute auf die ankommenden Passagiere warteten. Es waren Chauffeure darunter, die Schilder mit Namen in dicken Lettern hochhielten. Und Jills Blick fiel sofort auf eine blonde Frau etwa in ihrem Alter. Jill erkannte die Frau augenblicklich. Selbst wenn sie Lauren nicht auf Fotos gesehen hätte, hätte sie sie erkannt, denn sie sah Hal sehr ähnlich. Ihr schulterlanges Haar hatte denselben dunkelblonden Ton, in den sich hellere, goldfarbene Strähnchen mischten, und ihr Gesicht war ebenso klassisch geschnitten. Wie Hal war sie groß und schlank. Lauren strahlte auch dieselbe beiläufige Eleganz und die Sorglosigkeit der Wohlhabenden aus, die nichts mit dem teuren Hosenanzug zu tun hatte, den sie trug – diese Aura umgab nur jene, die schon reich geboren waren.

Jill zögerte und konnte einfach nicht mehr weiter. Plötzlich hatte sie eine Todesangst davor, dieser Frau gegenüberzutreten.
Lauren hatte sie auch gesehen. Auch sie verharrte reglos und starrte vor sich hin. Wie Jill trug sie eine Sonnenbrille. Aber ihre war aus Perlmutt und von modisch großer Form, passte perfekt zu ihrem beigen Armani-Anzug und dem Hermès-Schal. Sie lächelte Jill nicht an. Ihr Gesicht war unbeweglich, zu einer Maske erstarrt ... was bedeutete sie? Selbstbeherrschung? Leid? Abscheu? Jill konnte es nicht einschätzen.
Aber sie war verblüfft und bestürzt. Sie packte ihre Reisetasche, ihr Beauty-Case und ihre leopardengemusterte Umhängetasche und war sich nun der verwaschenen Levis und des einfachen weißen T-Shirts bewusst, die sie trug. Jill ging langsam auf Hals Schwester zu. »Lauren Sheldon?« Sie konnte ihr trotz der dunklen Brillen, die sie beide trugen, nicht ins Gesicht sehen.
Lauren nickte einmal knapp und wandte sich ab. Jill schluckte den Kloß in ihrem Hals herunter, der sie zu ersticken drohte. »Ich bin Jill Gallagher.«
Lauren hatte die Arme vor der Brust verschränkt. Ihre Handtasche schien aus dunkelbraunem Kroko zu sein. Eine goldene, diamantbesetzte Piaget-Uhr blitzte unter ihrem Ärmel hervor. »Ich habe einen Wagen draußen. Den Sarg haben wir bereits abgeholt. Wegen der Osterferien konnten wir kein anständiges Hotelzimmer für Sie finden, also werden Sie im Haus übernachten.« Sie drehte sich um und strebte eilig auf den Ausgang zu.
Einen Moment lang starrte Jill ihr zitternd und ungläubig nach. Die Frau hatte nicht einmal Hallo gesagt oder sich nach ihrem Flug erkundigt.
Hal hatte Lauren als liebenswürdig, einfühlsam und mehr als freundlich beschrieben. Diese Frau war kalt und abweisend, nicht einmal höflich.
Aber was hatte sie denn erwartet? Sie hatte am Steuer gesessen, und

nun war Hal tot. Lauren musste sie hassen – die ganze Familie Sheldon musste sie hassen. Sie hasste sich ja selbst.
Noch viel elender als vorher, nun von einer zusätzlichen grässlichen Angst erfüllt, folgte Jill Lauren aus dem Terminal, und ihr Gehirn war wie leergefegt.

Jill setzte sich so zurecht, dass sie auf die Straße hinter sich schauen konnte. Sie saß mit Lauren im Fond, während ein Chauffeur den Rolls-Royce lenkte. Die Frauen hatten sich so weit wie möglich entfernt voneinander in gegenüberliegenden Ecken der geräumigen Limousine niedergelassen. Der Leichenwagen fuhr direkt hinter ihnen. Jill sah, wie er links abbog. Sie schaute dem langen schwarzen Wagen weiter nach, während er sich immer weiter entfernte. Er brachte Hals Leichnam zum Friedhof, während Lauren und sie zum Haus der Sheldons in London fuhren.
Jill wollte nicht von dem Leichenwagen getrennt werden. Am liebsten hätte sie an die Tür gehämmert und darum gebeten, aussteigen zu können. Ihr Herz schlug heftig, und das Gefühl des Verlustes wurde erstaunlicherweise noch stärker. Es war verrückt. Jill starrte weiter hinter dem verschwindenden Wagen her. Sie biss sich auf die Lippe, entschlossen, keinen Laut von sich zu geben. Sie konnte nicht aufhören zu zittern und befürchtete, dass sie wieder versucht sein könnte, ihrer Trauer durch ein Blackout zu entkommen.
Jill zwang sich, sich im Sitz zurückzulehnen und tief durchzuatmen; mit geschlossenen Augen kämpfte sie um ihre Selbstbeherrschung. Sie würde nicht einmal die nächsten vierundzwanzig Stunden überstehen, wenn sie sich nicht irgendwie in den Griff bekam. Als sie wieder ein wenig Fassung gewonnen hatte, sah sie zu Lauren hinüber. In der halben Stunde, seit sie den Flughafen verlassen hatten, hatte Hals Schwester kein einziges Wort gesagt. Sie wandte Jill mit hochgezogenen Schultern den Rücken zu und starrte aus dem Fenster. Sie hatte ihre Sonnenbrille nicht abgenommen, aber Jill

trug ihre auch noch. Sie saßen da wie zwei feindselige Zombies, dachte Jill grimmig.

So viel zu Laurens Liebenswürdigkeit. Sie hätten einander trösten können. Schließlich hatten sie beide Hal geliebt. Doch Jill fand nicht den Mut, den ersten Schritt zu tun, noch nicht, und sie war sich der Rolle, die sie bei seinem Tod gespielt hatte, nur allzu bewusst. Tränen brannten ihr in den Augen. Morgen war die Beerdigung. Ihr Rückflug war für den übernächsten Abend gebucht. Sie hasste den Gedanken, Hal hier zurückzulassen, mit einem ganzen Ozean zwischen ihnen; aber andererseits – wenn alle Sheldons so mitfühlend waren wie Lauren, war es sicher besser so.

Sie öffnete ihr großes Beauty-Case, eine Louis-Vuitton-Imitation, die sie für fünfzehn Dollar an einer Straßenecke gekauft hatte, und kramte ein Taschentuch hervor. Sie tupfte sich die Augen trocken.

Lauren hasste sie. Dessen war Jill sich ganz sicher. Sie konnte die brodelnde Abneigung der anderen Frau fast spüren.

Jill konnte es ihr nicht verübeln.

Als sie das Taschentuch wieder in die Tasche steckte, blickte sie auf und sah, dass Lauren sie beobachtete, sie zum ersten Mal direkt anschaute.

Jill dachte nicht lange nach. Impulsiv sagte sie mit leiser Stimme: »Es tut mir Leid.«

»Uns allen tut es Leid«, erwiderte Lauren trocken.

Jill biss sich auf die Lippe. »Es war ein Unfall.«

Lauren sah sie unverwandt an. Jill konnte ihre Augen hinter der dunklen Brille nicht sehen. »Warum sind Sie gekommen?«

Jill war überrascht. »Ich musste ihn doch nach Hause bringen. Er hat so oft von Ihnen gesprochen – von Ihnen allen.« Sie konnte nicht weitersprechen.

Lauren sah wieder weg. Es herrschte Schweigen.

»Ich habe ihn auch geliebt«, hörte Jill sich sagen.

Lauren drehte sich zu ihr um. »Er sollte noch am Leben sein. Vor wenigen Tagen hat er noch gelebt. Ich kann nicht glauben, dass er fort ist.« Ihre Stimme klang wütend, und sie hatte mit dem Finger auf Jill gezeigt – es war unübersehbar, wem sie die Schuld gab.

»Ich auch nicht«, flüsterte Jill elend. Es stimmte. Mitten in der Nacht wachte sie auf und erwartete, neben sich die beruhigende Wärme von Hals Körper zu spüren. Die Kälte ihres Bettes war ein Schock, ebenso wie die plötzliche Erinnerung an seinen Tod. Jill hatte erfahren müssen, dass es nichts Schlimmeres gab als das Vergessen des Schlafes, auf das die absolute Bewusstheit des Wachens folgte. »Wenn«, flüsterte Jill, mehr an sich als an Lauren gerichtet, »wenn wir nur an jenem Wochenende nicht weggefahren wären.« Aber das waren sie. Und sie konnte die vergangenen Tage nicht ändern, sie konnte sie nur bereuen. Sie würde ihr ganzes restliches Leben lang Reue fühlen – Reue und Schuld.

Hatte er wirklich daran gedacht, sich von ihr zu trennen?

»Hal hätte schon vor Monaten nach Hause kommen sollen«, unterbrach Lauren barsch Jills Gedanken. »Es war geplant, dass er im Februar kommt – zu meinem Geburtstag.«

»Es gefiel ihm in New York«, brachte Jill mit abgewandtem Blick hervor.

Lauren nahm ihre Sonnenbrille ab und enthüllte rotgeweinte Augen in exakt demselben Bernsteinton wie Hals. »Er hatte Heimweh. Das hat er mir bei unseren letzten Telefonaten gesagt.«

Jill war wie versteinert. Was hatte er seiner jüngeren Schwester, mit der er sich so gut verstand, sonst noch gesagt?

Sie meinte, sterben zu müssen, wenn Lauren von Hals plötzlichem Rückzieher wüsste.

Dann korrigierte sie sich ärgerlich – er hatte keinen Rückzieher gemacht. Nichts war endgültig beschlossen worden. Alles hätte sich wieder eingerenkt, und zwar eher früher als später.

Auch Lauren blieb reglos. Schließlich sagte sie: »Er hat auch Sie erwähnt.«

Jill zuckte zusammen und starrte Lauren aus weit aufgerissenen Augen an, als säße sie einem Alien gegenüber. Er hatte sie *erwähnt*?
»Was meinen Sie damit, dass er mich erwähnt hat?«
»Genau, was ich sage«, antwortete Lauren und setzte ihre Brille wieder auf. Sie sah aus dem Fenster, während der silbergraue Rolls-Royce dahinglitt. »Er hat erwähnt, dass er öfter mit Ihnen ausginge.«
Jill starrte sie immer noch entgeistert an. Sie waren nicht öfter miteinander ausgegangen. Sie hatten vom Heiraten gesprochen – sie hatten kurz vor einer Verlobung gestanden. Sie war sprachlos.
»Wie lange waren Sie mit ihm befreundet?«, fragte Lauren fast grob.
Jills Augen füllten sich erneut mit Tränen, und sie sah die andere Frau nur noch verschwommen. »Acht Monate. Wir haben uns vor acht Monaten kennen gelernt.« Sie krallte sich Hilfe suchend in das geschmeidige Leder des Sitzes.
»Das ist nicht besonders lange«, stellte Lauren nach einer kurzen Pause fest.
»Es war lange genug, um sich mit Haut und Haaren zu verlieben und darüber nachzudenken … « Jill unterbrach sich.
Lauren nahm die Brille wieder ab. »Worüber nachzudenken?«, fragte sie fordernd.
Jill fuhr sich mit der Zunge über die trockenen Lippen. Sie zögerte. So vieles schoss ihr durch den Kopf – seine Zwiespältigkeit, ihre Schuld, eine Frau namens Kate. »Über die Zukunft«, flüsterte sie.
Lauren starrte sie an, als sei sie ein Kalb mit zwei Köpfen. »Er hätte schon vor langer Zeit nach Hause kommen sollen«, sagte sie schließlich. »Er gehörte einfach nicht nach New York.«
Jill wusste nicht, wie sie darauf antworten sollte. Hal hatte seiner Schwester nicht erzählt, wie ernsthaft seine Beziehung zu ihr war. Warum? Das tat ihr weh. Gott, es tat ihr so weh wie der Gedanke an ihr letztes Gespräch – daran, wie sehr er sie mit seinen Zweifeln an ihrer Zukunft als Ehepaar verletzt hatte. Sie lehnte sich im Sitz

zurück; sie war völlig am Ende. Es schmerzte sie fast so sehr wie sein Tod.

Sie musste irgendeinen ruhigen Ort finden, den Kopf unter einem Kissen vergraben, und schlafen. Aber dann würde sie aufwachen und sich an alles erinnern, und es würde so schrecklich sein …

Der Rolls-Royce hielt an.

Augenblicklich wurde Jills Anspannung noch stärker. Das Haus der Sheldons war der letzte Ort auf Erden, an dem sie jetzt sein wollte, denn wenn sie aus Laurens Empfang darauf schließen konnte, wie der Rest der Familie sie begrüßen würde, dann war sie nicht in der Verfassung, sie kennen zu lernen – jetzt nicht und auch nicht irgendwann.

Jill bemerkte, dass sie sich auf einer viel befahrenen zweispurigen Straße mitten in London befanden. Der Chauffeur wartete auf eine Lücke im Gegenverkehr, um nach rechts abbiegen zu können. Die Flügel eines hohen Gittertores standen offen, doch die Straße, in die sie einbiegen wollten, wurde von einem Schlagbaum und einem uniformierten Wachmann versperrt. Jill fuhr sich mit der Zunge über die Lippen. Hinter dem Schlagbaum konnte sie eine schattige Allee und eindrucksvolle Villen erkennen.

Der Rolls-Royce bog ab, der Schlagbaum hob sich, ohne dass sie abbremsen mussten, und der Wachmann in seiner kleinen Kabine winkte sie durch. Jill verrenkte sich fast den Hals, während der Rolls-Royce die Straße entlangfuhr, um ein palastartiges Anwesen nach dem anderen zu bewundern. Hinter den Villen auf der rechten Seite schien ein Park zu liegen.

Jill hätte gern gefragt, wo sie sich befand, doch sie tat es nicht.

Der Wagen bog in die kreisförmige Auffahrt einer der größten Villen der Straße ein und blieb auf dem Kies vor dem Haus stehen. Jill meinte zu fühlen, wie ihr Puls in die Höhe schnellte.

»Da sind wir.« Lauren stieg aus, ohne darauf zu warten, dass der Chauffeur ihr die Tür aufhielt. Jill war nicht so schnell. Der Mann öffnete ihr die Tür, und Jill stolperte hinaus. Es hatte zu nieseln begonnen.

Jill stand da wie versteinert. Die feinen Tröpfchen fielen ihr auf Haar und Schultern, doch sie starrte auf das Haus, in dem Hal aufgewachsen war, während Lauren die breite, imposante Freitreppe hinaufeilte. Zwei steinerne Löwen saßen zu beiden Seiten der Treppe. Einen Moment lang war Jill wie vor den Kopf gestoßen.

Hal hatte mit großem Stolz vom Anwesen seiner Familie in London gesprochen. Er hatte betont beiläufig bemerkt, dass das Haus, das um die Jahrhundertwende erbaut worden war, etwa fünfundzwanzig Zimmer und einen der herrlichsten Rosengärten Londons hatte. Es war nicht der ursprüngliche Sitz der Familie, welcher aus der Georgianischen Ära stammte und heute als Baudenkmal dem National Trust unterstand. Jill hatte nur so viel verstanden, dass Uxbridge Hall, das etwas abseits vom Zentrum Londons lag, der Öffentlichkeit zur Besichtigung offen stand, obwohl die Familie auch dort private Räumlichkeiten zur Verfügung hatte.

Jill betrachtete entgeistert die Sheldonsche Stadtvilla. Sie hatte erwartet, dass das Gebäude von Reichtum zeugte, doch nun stand sie dem ganzen Ausmaß dieses Reichtums wahrhaftig gegenüber. Das Haus war aus zart getöntem Sandstein gebaut und drei Stockwerke hoch – allerdings hatten die beiden unteren offensichtlich doppelte Raumhöhe. Ein tempelartiger Ziergiebel über dem riesigen Portal wurde von dicken Säulen gestützt, und auch die vielen bogenförmigen Fenster waren mit kleinen Pedimenten und komplizierten steinernen Reliefs geschmückt. Die Zimmer im ersten Stock hatten eiserne Balkone, und aus den hohen, schrägen Dächern ragte ein kleiner Wald von Schornsteinen. Das Mauerwerk an sich war schon bewundernswert schön. Mühevolle Feinarbeit war in jedes Sims und jede Verzierung geflossen. Das Haus war umgeben von äußerst gepflegten Rasenflächen und blühenden Rosengärten, die einen betörenden Duft verbreiteten. Ein hoher schmiedeeiserner Zaun umgab das gesamte Anwesen und hielt Neugierige fern.

»Du lieber Himmel«, hörte Jill sich sagen. Trotz aller Erzählungen von Hal konnte sie kaum glauben, dass er hier aufgewachsen war. Und das war nur das Stadthaus, nicht einmal der Stammsitz der Familie, von dem Jill annahm, er müsse noch größer und grandioser sein. Plötzlich wurde ihr bewusst, wie klein und schäbig ihr Apartment im Village war. Und sie wünschte, sie trüge nicht ihre älteste, liebste und verwaschenste Jeans.

Falls Lauren sie gehört hatte, gab sie es nicht zu erkennen, sondern öffnete stattdessen das schwere Eingangsportal.

»Ich bringe Ihr Gepäck hinein, Madam«, sagte der Chauffeur hinter ihr.

Jill versuchte ihn anzulächeln, merkte, dass es ihr misslang, und folgte langsam Lauren ins Haus. Sie fand sich in einer großen Eingangshalle wieder, mit einer hohen Decke und einem polierten Fußboden aus beigem und weißem Marmor. Kunstwerke zierten die Wände, und die kleine Bank, der Tisch mit der Marmorplatte sowie der Spiegel darüber waren sämtlich vergoldet. Jill biss sich grimmig auf die Lippe. Ihr war nur allzu deutlich klar, dass sie hier nicht hingehörte.

Sie schaute an ihrer abgetragenen Jeans und der schwarzen Jacke hinunter, die sie in dem klimatisierten Wagen angezogen hatte. Eigentlich war es ein Herren-Sportjackett, aber es hatte ihr auf Anhieb gefallen, und sie hatte es in dem Second-Hand-Shop für sich selbst gekauft. Ihre Slipper waren von Cole-Haan, aber schon sehr alt, butterweich und ausgeleiert. Sie konnte nun einmal nur bequeme, gut eingelaufene Schuhe tragen, wenn sie nicht tanzte, weil ihr Beruf ihr kaputte und schmerzende Füße eingetragen hatte.

Jill zögerte, denn sie hatte Angst davor, Lauren zu folgen. Sie fühlte sich entschieden fehl am Platze und wünschte, sie trüge einen Hosenanzug wie Lauren. Sie konnte sich nicht einmal daran erinnern, wie sie sich auf die weite Reise vorbereitet hatte. Sie hatte nicht die geringste Ahnung, was sich in ihrer Reisetasche befand. Wenn sie Glück hatte, hatte KC, ihre beste Freundin und Nachbarin, ihr beim Packen geholfen, aber Jill wusste nicht einmal mehr, ob sie in den letzten Tagen überhaupt mit KC gesprochen hatte. Plötzlich machte sie sich Sorgen um ihren Kater Ezekial. Sie musste sofort KC anrufen und sich vergewissern, dass sie ihn gut versorgte.

Jills Blick verharrte auf einem Gemälde, das eine ganze Wand einnahm. Es musste ein großes Meisterwerk sein und stellte irgendeine Szene aus der Mythologie dar, die ihr nichts sagte. Sie schluckte und befahl sich, tief und gleichmäßig zu atmen. Sie würde nun seine Verwandten kennen lernen, und sie würde höflich zu ihnen sein. Sicher würden sie sie im Gegenzug freundlich behandeln – nicht wie Lauren. In ein paar Augenblicken würde man ihr ihr Zimmer zeigen. Es konnte ihr nicht schnell genug gehen.

Wenn sie nur in einem Hotel untergekommen wäre.

Sie hatte inzwischen so große Angst, dass sie drauf und dran war, das Haus fluchtartig wieder zu verlassen. Jill schaute über die Schulter zurück. Die Eingangstür war fest geschlossen.

Allmählich stieg Panik in ihr auf.

Jill sagte sich, dass alles gut werden würde. Dass sie nur weiterhin tief durchatmen musste.

Hal, der in ihren Armen starb, sein totenbleiches Gesicht, das Blut, das ihm aus dem Mund lief, all diese schrecklichen Bilder drängten sich mit einem Mal wieder in ihr Bewusstsein.

Sie hörte Schritte. Jill versuchte, ihre zitternden Hände ruhig zu halten und zu lächeln, als Lauren erschien. Sie hatte ihren Blazer abgelegt und ein T-Shirt aus beigefarbener Seide enthüllt, das vermutlich mehr gekostet hatte als Jills gesamte momentane Garderobe. »Kommen Sie«, sagte sie.

Jill folgte ihr voll ängstlicher Erwartung. Lauren führte sie in ein großes Wohnzimmer, das noch viel luxuriöser eingerichtet war als das Foyer. Doch Jill hatte keinen Blick übrig für die prächtigen, wenn auch verblassten Orientteppiche, die antiken Möbel oder den Matisse an der Wand. Drei Männer standen in der Mitte des Raumes, einer älter und weißhaarig, die beiden anderen jünger, etwa um die Dreißig, der eine goldblond und sonnengebräunt, der andere dunkelhaarig mit olivfarbenem Teint. Alle drei hielten ein Glas in der Hand.

Lauren blieb stehen und Jill ebenfalls. Die drei Männer drehten sich um. Sie starrten sie an.

Drei Paar durchdringender Augen. Dreimal derselbe vorwurfsvolle Blick.

Das war Hals Familie.

Jill wusste, dass sie Hals alten Vater William vor sich hatte, seinen älteren Bruder Thomas und seinen Cousin Alex. Sie wusste nicht genau, welcher von den jüngeren Männern Thomas war. Aber in diesem Moment wurde ihr alles zu viel. Denn sie hörten nicht auf, sie so anzustarren. Ihre Feindseligkeit war unverkennbar. Aber schließlich war sie diejenige, die am Steuer gesessen hatte …

Mir alles in Ruhe durch den Kopf gehen lassen … Ich liebe dich … Kate.

Jill versuchte, einen klaren Kopf zu bekommen. Sie schaffte es nicht. Lauren sagte etwas, aber ihre Stimme war so kalt und unfreundlich wie die Blicke, die auf sie gerichtet waren. Dieses anklagende, kalte, feindselige Starren – Jill bemerkte, wie die drei Gestalten vor ihren Augen verschwammen, während sie von neuem in der Erinnerung versank. Hals gespenstisch bleiches Gesicht, das viele Blut … Sie war gefahren … Der Raum schien erst dunkler, dann heller zu werden, und wieder dunkler. Und dann wurde alles vollkommen schwarz.

Es war ein Segen.

Zuerst hörte sie Stimmen. Stimmen, die sie nicht erkannte, Männerstimmen, die Worte sagten, die sie nicht verstand.
Jill war, als schwebe sie, eigenartig leicht und friedlich. Und dann, als sie langsam wieder zu sich kam, wurde ihr klar, dass sie in Ohnmacht gefallen war. Mit dieser Erkenntnis stieg in ihr die schreckliche Ahnung auf, dass irgendetwas ganz und gar nicht in Ordnung war. Und dann zerstob das friedvolle Gefühl, als würde es von einem Sturm zerrissen. Von der plötzlichen, herzzerreißenden Erinnerung daran, dass Hal tot war.
»Was hat sich Hal nur dabei gedacht?«, fragte eine tiefe, raue Stimme. Sie klang gebildet, fast geziert, britisch und sehr ärgerlich.
Jill erstarrte. Sie wusste wieder, wo sie war, und hatte gerade die Augen öffnen wollen, ließ sie nun aber lieber fest geschlossen.
»Hal hat getan, was er wollte – ist immer seinen Impulsen gefolgt – das war eben Hal.« Eine weitere Stimme, weniger hasserfüllt, aber dennoch hart. Der Sprecher hatte einen amerikanischen Akzent. Das musste Hals Cousin Alex sein.
»Er hätte sich gar nicht erst mit ihr einlassen dürfen«, sagte die erste Stimme, immer noch rau vor Zorn. »Er hat die Schwierigkeiten ja geradezu herausgefordert. Ach, verdammt noch mal.«
Jill verstand nicht, worüber sie sprachen. Redeten sie etwa von ihr?
»Und nun schaut euch an, was daraus geworden ist«, mischte Lauren sich erregt ein. »Jetzt ist er tot. Ihretwegen!«
Jill verkrampfte sich. Sie alle gaben ihr die Schuld an dem Unfall. Der Magen drehte sich ihr um.
»Genug davon, alle miteinander«, sagte eine weitere, ältere Stimme. Sie klang erschöpft und stammte sicher von William, Hals Vater. »Dies ist eine schlimme Zeit für uns alle, und … « Plötzlich erstarb seine Stimme, er konnte nicht weitersprechen.
Jill zerriss es das Herz, um seinetwillen wie um ihrer selbst willen.
»Onkel William, bitte setz dich doch. Lass mich dir nachschenken.«

»Danke«, flüsterte William, der immer noch mit den Tränen kämpfte.
Jill wünschte sich an jeden anderen Ort auf der Welt, nur nicht ins Wohnzimmer der Sheldons. Sie sollte nicht hier sein. Diese Unterhaltung war zu persönlich, zu intim.
»Sie hat wirklich Nerven«, schaltete sich die erste, heisere Stimme wieder ein. Das klang nicht nach einem Kompliment. »Ich frage mich, wie viel genau sie weiß und warum sie hier ist.« Das musste Thomas sein.
»Dein Vater hat Recht. Wir sollten nicht alles noch schlimmer machen, als es schon ist, und irgendwelche Anschuldigungen sind momentan sowieso sinnlos, weil wir nicht genug wissen.« Der Amerikaner wieder. Alex.
»Anschuldigungen«, wiederholte Thomas barsch. »Sag mir nicht, dass ich ihr nicht Einiges vorzuwerfen habe. Verdammt.«
»Ich will dir nicht vorschreiben, was du zu tun hast. Aber Onkel William hat Recht. Dies ist eine schwierige Zeit, und wir sollten nichts überstürzen.«
Jemand beugte sich über sie. Jill erschrak und fürchtete, dass man sie dabei erwischen würde, wie sie sich ohnmächtig stellte. »Miss Gallagher?« Das war Alex.
Jill war todtraurig. Sie öffnete die Augen, in denen Tränen brannten, und verachtete sie alle, während ihr Instinkt ihr irgendeine Warnung zuschrie. Ihr Blick traf sofort seinen.
Seine Augen waren ungewöhnlich blau, seine Haut kräftig getönt, sein kurzes Haar schwarz und lockig. Sie starrten einander an. Dann richtete er sich auf – er war ziemlich groß, wohl über einen Meter achtzig. »Sie ist bei Bewusstsein.« Alex starrte weiter auf sie herunter. Sein Blick war durchdringend, und plötzlich fürchtete Jill, er würde ihr ansehen, dass sie schon vor einer Weile zu sich gekommen war – und sie belauscht hatte. Jill wollte sich aufsetzen, ihr wurde aber sofort wieder furchtbar schwindlig.

Lauren blickte auf sie herab. »Sie sind in Ohnmacht gefallen. Vielleicht sollten Sie besser noch einen Moment ruhig liegen bleiben.«
»Das ist mir noch nie passiert«, krächzte Jill; es war ihr sehr peinlich, und sie wollte unbedingt schnell wieder aufstehen, um diesem Raum und diesen Leuten zu entkommen. Sie war tatsächlich in Ohnmacht gefallen – und das war nicht dasselbe wie ihre vorherigen Blackouts. »Ich habe nichts gegessen.« Wie lächerlich sich das anhörte. Ihr Blick fiel auf die drei Männer, als sie wieder versuchte, sich aufzusetzen, und diesmal schaffte sie es. Alle starrten sie an. Sie erkannte sie jetzt. William war groß und beleibt und wirkte erschöpft; er hatte weißes Haar, und sie schätzte ihn auf Mitte siebzig, doch er sah gut aus für sein Alter. Mit seinem marineblauen zweireihigen Sakko, seiner hellbraunen Hose und dem Siegelring entsprach er genau ihrer Vorstellung von einem wohlhabenden Aristokraten.
Thomas war sein Erbe. Er war der älteste Nachkomme. Hal hatte mehr als einmal erwähnt, dass sein Bruder, den er vergötterte, ein unverbesserlicher Weiberheld war. Er besaß jene Kombination von gutem Aussehen und Charme, der offenbar nur wenige Frauen widerstehen können. Jill hatte bisher vermieden, ihn anzusehen, aber sie hätte blind sein müssen, um nicht zu bemerken, dass er mindestens so umwerfend aussah, wie Hal behauptet hatte. Sein dunkelblondes Haar war von der Sonne gebleicht, sein Gesicht gebräunt, und sein muskulöser, aber nicht massiger Körper zeugte von regelmäßigem, ausdauerndem Training im Fitness-Studio. Seine Züge waren mehr als klassisch, sie waren kräftig und maskulin – hohe Wangenknochen, ein ausgeprägtes Kinn und ein überraschend voller und sinnlicher Mund. Er trug ein schwarzes Polohemd und eine braune Hose, eine goldene Rolex, Gucci-Schuhe. Jill hatte gutes Aussehen und Chic erwartet. Er sah nach Jet-Set aus, nach Vollzeit-Playboy. Jill konnte sich seinen verschwenderischen Lebensstil vage vorstellen. Sie wusste außerdem, dass Thomas geschieden war und

dass seine beiden kleinen Söhne die meiste Zeit bei ihrer Mutter lebten.

Jill merkte, dass sie ihn anstarrte, und schlimmer noch, dass auch er es bemerkt hatte, denn er sah ihr direkt in die Augen. Sie wurde rot. Sein Blick war eisig und scharf. Mit Worten hätte er es nicht deutlicher sagen können – Jill hatte keinen Zweifel daran, dass er nicht viel von ihr hielt, zumindest, was ihr Äußeres betraf. Offensichtlich war er wenig angetan von ihrer verwaschenen Jeans und der Jacke, die aussah, als habe ihr Freund sie ihr geliehen. Vielleicht war er von ihrer ganzen Person wenig angetan. Und fraglos machte er sie ebenso wie Lauren für Hals Tod verantwortlich.

Sie hätte sich über diesen Empfang im Klaren sein sollen. Vielleicht war es dumm von ihr gewesen, herzukommen. Aber wie hätte sie Hals Beerdigung fernbleiben können?

»Es wäre wohl angebracht, dass wir uns einander vorstellen«, unterbrach Alex ihre Gedanken.

Jill sah ihm direkt in die Augen, als er vortrat. Ihre Wangen glühten noch immer. »Tut mir Leid«, sagte sie an ihn gerichtet, meinte aber eigentlich alle.

Er nickte knapp und wandte den Blick ab. Offenbar war er nicht weniger kaltherzig als die anderen. »Stress, Schock, so etwas kann passieren.« Sein Ton war sehr nüchtern.

Jill ertappte sich dabei, dass sie ihn genau betrachtete. Hal hatte ihr erzählt, dass sein Cousin in Brooklyn aufgewachsen war, aber was hatte er sonst noch über ihn gesagt? Er hatte weniger von Alex gesprochen als von Lauren und Thomas. Jill meinte sich zu erinnern, dass Alex seit einigen Jahren in London lebte und im Familienunternehmen arbeitete. Hal hatte ihn als brillant bezeichnet, das wusste sie noch – wenn sie sich recht erinnerte, hatte er mit einem Sportstipendium in Princeton studiert.

Sie gaffte ja schon wieder. Sein Blick hatte sich verdüstert, als wüsste er, dass sie ihn anstarrte; Jill senkte den Blick und schaffte es, aufzustehen. Sie schlang die Arme eng um ihren Brustkorb. Sie fühlte sich, als wäre sie in eine Grube voll hungriger Wölfe gestoßen worden. Sie wollte darum bitten, sich in ihr Zimmer zurückziehen zu dürfen, sobald sie sich miteinander bekannt gemacht hatten.

»Mein Onkel, der Earl of Collinsworth; mein Cousin, Thomas Sheldon; und meine Cousine, Lauren Sheldon-Wellsely«, sagte er monoton. »Und ich bin Alex Preston.«

Jill erstarrte, denn sie merkte sehr wohl, was er da tat, und konnte gar nicht fassen, wie er sie mit voller Absicht spüren ließ, dass sie eine gewöhnliche Amerikanerin unter britischen Aristokraten war. Er hielt ihrem Blick stand und ließ sie deutlich spüren, dass es ihm tatsächlich darum ging, sie zu demütigen. Jill war schockiert.

Hal hatte ihr versichert, dass seine Familie sie mit offenen Armen aufnehmen würde. Dass sie sie lieben würden wie ihre eigene Tochter. Doch als Hal das gesagt hatte, hatte er noch gelebt. Hatte er das wirklich geglaubt?

Jill sah an Lauren vorbei und nickte vorsichtig den beiden Männern zu, die sie weiterhin genauso kühl anstarrten wie Alex.

Thomas brach das kurze Schweigen. »Sie sind die Tänzerin«, stellte er fest, den Blick seiner bernsteinfarbenen Augen in die ihren gebohrt.

Jill wand sich innerlich. »Ja, das stimmt. Ich bin *Profi*tänzerin.« Sie wollte sich verteidigen, denn sein abfälliger Ton deutete an, dass er sie für eine Stripperin oder Ähnliches hielt. »Ich tanze in einer Broadway-Show. In zehn Tagen haben wir Premiere.«

»Ist ja toll«, erwiderte Thomas. »Das darf ich nicht verpassen, wenn ich das nächste Mal in New York bin.«

Jill wusste, dass sie knallrot war. »Ich bin sicher, dass Ihnen die Show gefallen wird. Ich sorge dafür, dass Sie die besten Plätze bekommen.«

»Wie nett. Ich kann mir vorstellen, dass Ihr Auftritt ein echter Knaller wird.«

Jill blinzelte verwundert. Was sollte das heißen? Sie wusste, dass er damit etwas andeuten wollte, aber sie war zu erschöpft und eingeschüchtert, um das jetzt zu durchschauen.

»Wie war Ihr Flug?«, schaltete sich Alex ein.

Jill empfand die Frage nicht als erleichternd, denn sein Ton verriet, dass es ihn in Wahrheit kein bisschen interessierte. Aber sie konnte ihm nicht einfach mit einer ähnlichen Floskel antworten. »Er war schwer. Sehr schwer.« Und zu ihrem Entsetzen brach ihre Stimme. Sofort wandte Jill das Gesicht ab.

Alle wirkten überrascht, aber Jill konnte nicht sagen, ob es daran lag, dass sie ihre Betroffenheit nicht verbarg, oder daran, dass sie überhaupt Gefühle zeigte Nur Alex' Blick blieb unergründlich auf sie gerichtet. Er beobachtete sie einen Moment lang dabei, wie sie in ihrer Tasche herumwühlte, und reichte ihr dann ein Taschentuch, als reiche er einem Penner etwas Kleingeld, ohne ein Lächeln, ohne ein wenig echtes Mitgefühl.

William trat vor. »Miss Gallagher. Wir wissen es zu schätzen, dass Sie unseren Sohn nach Hause gebracht haben.«

Jill verkrampfte sich. Sie fühlte sich sofort wieder elend und schwach, als sie William gegenüberstand, und betete, dass sie jetzt nicht wieder umkippen würde. Er begann vor ihren Augen zu verschwimmen. »Es tut mir so Leid«, begann sie. »Ich hätte nie gedacht ...«

»Ja, selbstverständlich, wir alle trauern. Wenn Sie mich jetzt entschuldigen wollen, ich möchte mich zurückziehen.« Er lächelte kurz und gezwungen; offensichtlich wollte er nicht, dass sie fortfuhr. »Also dann, bis morgen. Gute Nacht.«

Jill sah ihm nach, als er den Raum verließ; er ging wie ein sehr alter Mann, mit hängenden Schultern, und setzte langsam und mühevoll einen Fuß vor den anderen. Sie hatte ihm das angetan, dachte sie.

»Mein Vater ist neunundsiebzig Jahre alt«, sagte Thomas plötzlich. Sein Blick durchbohrte Jill. »Dies hier hat ihn vernichtet.«

Jill wusste nicht, was sie erwidern sollte. »Es war ein Unfall«, flüsterte sie.
»Ein Unfall«, wiederholte Thomas scharf. »Ein Unfall.«
»Tom.« Alex trat zwischen sie und packte seine Schultern. »Wir alle sind geschockt und erschöpft.« Seine Stimme hatte einen warnenden Unterton. »Lassen wir's gut sein.« Er wandte sich an Jill. »Sie müssen müde sein nach dem langen Flug. Lauren wird Ihnen Ihr Zimmer zeigen.«
Jill war so sehr auf Flucht bedacht, dass sie gleich einen wackeligen Schritt in Richtung Türe machte, aber Thomas' schneidende Stimme ließ sie sofort innehalten.
»Wie ist das passiert?«
Jill erstarrte.
»Ich habe Sie gefragt, wie das passiert ist«, wiederholte Thomas. »Mein Bruder ist tot. Ich habe ein Recht darauf, es zu wissen.«
Jill blieb keine Wahl, als ihn wieder anzusehen. »Wir sind übers Wochenende weggefahren. Da war ein Baum.« Sie stockte.
Thomas starrte sie an. Alle starrten sie an. »Ich verstehe es nicht«, sagte er schließlich. Seine Nase wurde langsam rot. »Ich habe ausführlich mit der New Yorker Polizei gesprochen. Sie waren nicht betrunken. Sie hatten keine Drogen genommen. Der Verkehr war nicht allzu dicht, ganz normal. Die Straßen waren nur ein wenig feucht. Ich verstehe das nicht!« Er wurde laut.
»Es tut mir Leid«, flüsterte Jill, die jetzt heftig zitterte. »Ich weiß nicht, was passiert ist … « Aber sie wusste es sehr wohl. Hal hatte ihr wehgetan, und sie hatte sich nicht auf die Straße konzentriert. Sie war schuld an seinem Tod, und es war Thomas' gutes Recht, ihr Vorwürfe zu machen, sie zu hassen – das taten sie alle.
»Tom. Nicht jetzt. Nicht heute. Nicht so«, sagte Alex hart.
Thomas fuhr zu seinem Cousin herum. »Wann denn? Morgen? Vor oder nach der Beerdigung?«
»Ich hatte erwartet, Sie alle unter völlig anderen Umständen kennen

zu lernen«, flüsterte Jill plötzlich. Tränen brannten in ihren Augen. Alle drehten sich um und starrten sie an. Lauren eiskalt; Thomas sichtlich erregt; Alex mit undurchdringlichem Gesicht. »Hal hat so oft von Ihnen gesprochen, und so herzlich … er hat Sie alle sehr geliebt und auch mich dazu gebracht, Sie zu lieben, und er hat mir erzählt, wie wir uns kennen lernen sollten … so sollte es nicht sein!«
Thomas schnaubte verächtlich. »Ich werde dieses Theater jetzt beenden, Miss Gallagher. Das Theater und jegliches Bemühen um Höflichkeit. Mein Bruder ist tot, und wenn er nicht in New York gewesen wäre, wäre er heute noch springlebendig. Ich kann mir vorstellen, was Sie hier wollen, und ich sage Ihnen hiermit: Sie werden es nicht bekommen.«
Jill verstand kein Wort. »Ich weiß nicht, was Sie meinen.«
Aber Thomas war noch nicht fertig. Mit glühend rotem Gesicht sagte er: »Hal hatte nie die Absicht, Sie mit nach Hause zu bringen.«
Jill erstarrte und konnte nicht antworten, weil sie sich ihre allerletzte Unterhaltung mit Hal ins Gedächtnis rief. Entsetzen hatte sie gepackt. Was, wenn Hal seiner Familie gesagt hatte, dass er an ihrer gemeinsamen Zukunft zweifelte?
Alex wandte sich um und wollte offenbar das Gespräch beenden. »Lauren, warum lässt du nicht ein paar Sandwiches auf Miss Gallaghers Zimmer bringen? Sie sieht müde aus. Ich bin sicher, dass sie sich gern für heute zurückziehen würde. Wie wir alle.«
Lauren starrte Alex an, als habe sie kein Wort verstanden. Jill, die inzwischen am ganzen Körper zitterte, schaute hilflos von einem zum anderen und sah dann Lauren nach, die sich schließlich widerwillig aufmachte, um Alex' Vorschlag in die Tat umzusetzen. »Danke«, sagte Jill zu Alex und hoffte auf ein freundliches Lächeln.
Doch als er sie ansah, erkannte sie kaum verhohlenen Hass in seinen Augen.
»Wie lange haben Sie meinen Bruder gekannt?«, fragte Thomas fordernd.

Jills Blut gefror. »Acht Monate.«

»Wie haben Sie sich kennen gelernt?«, bohrte Thomas weiter.

Jill merkte, dass sie instinktiv Alex' Blick suchte, obwohl sie wusste, dass sie von ihm keine Unterstützung zu erwarten hatte. Alex sah sie an und wandte sich schließlich an seinen Cousin. »Tom, das hat Zeit bis morgen.«

»Die Frage ist völlig berechtigt«, sagte Thomas. »Alle Fragen. Sie taucht hier mit seiner Leiche auf. Er liegt in einem Sarg, verdammt noch mal. Ich will wissen, wie sie sich kennen gelernt haben.«

Jill wünschte, sie hätte sich wieder setzen oder wenigstens irgendwo anlehnen können. Bevor sie antworten konnte, erschien Lauren wieder und sagte: »Ich glaube, er hat sie zum ersten Mal in einem Fitness-Studio gesehen.«

Jill schaute zu ihr hinüber. »Nein. Ich trainiere zwar in einem kleinen Studio in SoHo, aber wir sind uns in der U-Bahn begegnet.«

»Hal hat mir etwas anderes erzählt«, beharrte Lauren.

»Das ist die Wahrheit«, sagte Jill verwundert. Lauren musste sich irren.

»In der U-Bahn!«, rief Thomas ungläubig. »Was, zum Teufel, hatte mein Bruder in der verdammten U-Bahn zu suchen?«

»So kommt man am besten in der Stadt herum«, rechtfertigte sich Jill.

»Mein Bruder hatte einen Chauffeur, der ihm jederzeit zur Verfügung stand«, gab Thomas zurück.

»Das stimmt, aber er wollte diesen Lebensstil nicht. In den acht Monaten, die ich ihn kannte, hat er den Chauffeur und den Wagen kaum jemals in Anspruch genommen.«

Thomas bedachte sie mit einem Blick, der ihr zu verstehen gab, dass entweder ihr Einfluss für ein solch absurdes Verhalten seines Bruders verantwortlich war, oder dass sie log. »Es stimmt«, rief sie verzweifelt. »Hal war sehr bodenständig.«

»Erklären Sie mir nicht, wie mein Bruder war«, fuhr Thomas sie an.

Ihre Blicke trafen sich. Und Jill fragte sich auf einmal, wie Hal bloß auf die Idee gekommen war, dass sie in seine Familie passen könnte. Sie kamen aus völlig verschiedenen Welten. Seine Familie besaß angestammten Reichtum, und sie besaß nicht einmal eine Familie – ihre Tante zählte nicht, und Jill hatte seit Jahren keinen Kontakt mehr zu ihr. Finanziell kam Jill gerade so über die Runden. Sie sah sich in dem riesigen Wohnzimmer um. Es war viermal so groß wie ihr Apartment. Diese Leute waren reiche Upper-Class-Snobs. Was hatte sie hier überhaupt verloren?
»Hör mal, ich nehme auch die U-Bahn, wenn ich in New York bin«, sagte Alex ruhig. »Ist ihr Zimmer fertig?«, fragte er Lauren, die neben ihm stand.
Lauren nickte.
Jill schaute ihn überrascht an, dankbar für seine Unterstützung, aber sie ließ sich nicht täuschen – er war auch nicht gerade ihr Fürsprecher.
»Seit wann? Seit deinen Studentenzeiten?«, fragte Thomas Alex sarkastisch.
Alex lächelte dünn. »Wenn ich es eilig habe, lasse ich den Chauffeur schon mal mitten im Stau stehen und steige in den nächsten Zug.« Er zuckte mit den Schultern. »Wenn man sich damit auskennt, kommt man so in der Stadt wirklich besser voran.«
»Hal hatte in der U-Bahn nichts zu suchen und ebenso wenig in New York.« Thomas sah Jill an. Es war klar, was er damit meinte. Es war ihre Schuld. *Alles* war ihre Schuld.
Sie war völlig fertig, elend, und sie hatte sich noch nie kraftloser gefühlt, aber jetzt reichte es ihr. »Entschuldigen Sie. Er hatte in New York sehr wohl etwas zu suchen. Ich habe Ihren Bruder geliebt. Er hat mich geliebt! Wir waren glücklich!« Aber selbst während sie das sagte, lauerte ihr verdammtes letztes Gespräch in ihrem Hinterkopf und flüsterte ihr Zweifel ein, die sie nicht haben sollte – wie konnte er ihr das antun? »Ich habe noch nie jemanden so sehr geliebt. Ich

werde nie wieder jemanden so lieben«, hörte sie sich sagen. Sie verstummte. Gleich würde sie in Tränen ausbrechen.
Diesmal reichte ihr niemand ein Taschentuch. Der riesige Salon lag in tiefem Schweigen, und Jill fand ein Kleenex in ihrer Tasche. Sie wischte sich die Augen und weigerte sich, Thomas, Alex oder Lauren anzusehen. Aber sie hatte in ihren Gesichtern gelesen. Niemand glaubte ein Wort von dem, was sie gesagt hatte; sie alle hielten sie für eine Lügnerin.
Jill holte tief Luft, versuchte ihre Nerven zu beruhigen und ihre Tränen zurückzuhalten. »Das ist die Wahrheit«, sagte sie in Richtung der drei.
»Nun«, sagte Thomas schließlich. »Wir könnten tagelang über Ihre Version der Wahrheit diskutieren, nicht wahr?«
»Nein«, sagte Jill. »Das können Sie nicht.«
Thomas' Unterkiefer spannte sich. Sie starrten einander an. Diesmal weigerte Jill sich, unter Thomas' feindseligem Blick zuerst die Augen zu senken.
Thomas lächelte grimmig – es war eher ein verzerrtes Kräuseln der Lippen –, drehte sich dann plötzlich um und verließ den Raum.
Jill merkte, dass sie immer noch heftig zitterte. Eine solche Begegnung hatte sie noch nie zuvor erlebt.
»Wie lange werden Sie bei uns bleiben, Miss Gallagher?«
Jill blickte in Alex' durchdringende blaue Augen. Sie fuhr sich mit der Zunge über die Lippen. »Mein Flug geht übermorgen.«
Alex nickte. »Wenn Sie mir die Einzelheiten sagen, sorge ich dafür, dass einer der Fahrer Sie nach Heathrow bringt.«
Jill wusste, dass er sie gar nicht schnell genug wieder loswerden konnte und dass allen ihre Abreise viel zu spät erschien. Aber sie konnte ihnen nicht anbieten, früher zu fliegen – eine Umbuchung konnte sie sich nicht leisten. Das Ticket, das sie erst einen Tag vor Abflug gebucht hatte, hatte sie ohnehin schon über tausend Dollar gekostet. Geld, das sie nicht einfach so übrig hatte. Jill

schwieg ärgerlich. Warum wäre es der ganzen Familie offensichtlich lieber gewesen, wenn sie Hal allein nach Hause geschickt hätte? Es war ihr gutes Recht, an der Beerdigung teilzunehmen.

»Bitte folgen Sie mir«, sagte Lauren, doch es klang wie ein Befehl.

Jill blickte in ihr versteinertes Gesicht. Sie konnte es kaum erwarten, aus dem Wohnzimmer zu fliehen. »Nach Ihnen.«

»Einen Moment noch, Miss Gallagher.«

Jill erstarrte und drehte sich zu Alex um. »Ja?«

»Ich möchte Sie warnen«, sagte er bestimmt und baute sich fast drohend vor ihr auf. »Diese Familie hat einen schweren Schock erlitten. Sie sind eine Fremde in unserer Mitte. Ich will nicht, dass Sie alles noch mehr auf den Kopf stellen. Deshalb möchte ich darum bitten, dass Sie sich in den zwei Tagen bis zu Ihrer Abreise möglichst wenig bemerkbar machen.«

Jill starrte ihn an, das Blut rauschte ihr in den Ohren. »Ich glaube nicht, dass Sie mich um irgendetwas bitten«, presste sie schließlich hervor. »Sie erteilen mir einen Befehl.«

»Ich gebe Ihnen einen guten Rat«, erwiderte er ungerührt.

Jill schlang die Arme beschützend um sich. Schon wieder schossen ihr Tränen in die Augen. »Ich weiß, dass ich hier nicht willkommen bin. Ich schätze, ich hätte Hal allein nach Hause schicken sollen. Aber das konnte ich einfach nicht.«

Sie bemerkte ein kurzes Flackern in seinen blauen Augen. »Das hat niemand gesagt, Miss Gallagher.«

Jill schüttelte den Kopf. »Es tut mir Leid, wenn mein Besuch hier alles auf den Kopf gestellt hat.« Ihre Stimme war voll Bitterkeit. »Aber er ist in meinen Armen gestorben. Wie hätte ich ihn nicht selbst nach Hause bringen können? Es ist mein gutes Recht, auf seine Beerdigung zu gehen!« Sie spürte Tränen über ihre Wangen laufen. Wütend starrte sie Lauren an. »Wir sind nicht nur miteinander ausgegangen. Wir waren so gut wie verlobt – eine Woche bevor er

starb, hat er mir einen Antrag gemacht. *Er hat mich gebeten, seine Frau zu werden!*«, schrie sie Lauren an.
Die Worte waren wie von selbst aus ihr hervorgebrochen, und noch während sie sie aussprach, kam ihre Überzeugung ins Wanken; sie wurde von ihren Gefühlen überwältigt und konnte nicht weiterreden. Es gab sowieso nicht mehr viel zu sagen.
Sie hatte nur noch einen Gedanken: Hal, komm zurück, ich bin so allein … ich brauche dich!
Dann bemerkte sie Laurens und Alex' ungläubige Blicke.
»Ich glaube Ihnen kein Wort«, sagte Lauren entsetzt. »Er hätte Sie niemals gebeten, ihn zu heiraten. Thomas hatte Recht, was Sie betrifft!«
Jill schrak zusammen. Sie wusste nicht, was Lauren damit sagen wollte.
»Hal und ich standen uns sehr nahe«, rief Lauren aufgeregt. »Er ist – war – nur zwei Jahre älter als ich. Wenn er sich mit Ihnen hätte verloben wollen, hätte er mir davon erzählt. Er hat nur gesagt, dass Sie mit ihm befreundet seien. Das ist alles. Er hat es ein- oder zweimal erwähnt. Ich kenne meinen Bruder! Wenn mein Bruder verliebt gewesen wäre und eine Heirat geplant hätte, hätte er mir davon erzählt – und zwar ausgiebig!«
Jills Puls raste. Ihre Knie wurden weich, und sie fürchtete, dass sie wieder zusammenbrechen würde. »Nein«, sagte sie und schüttelte den Kopf. Sie blickte von Lauren zu Alex. Er betrachtete sie mit diesen forschenden blauen Augen, und das Staunen war aus seinem Gesicht gewichen. Er glaubte ihr auch nicht, dachte sie. Übelkeit stieg in ihr auf, da sie meinte, Mitleid in seinem Blick zu erkennen.
»Er hat mich gebeten, ihn zu heiraten – das hat er«, sagte sie heiser.
Alex stemmte die Hände in die Hüften. »Es spielt keine Rolle. Dieser Punkt ist nun einmal umstritten. Lauren?«
Jill wurde urplötzlich klar, dass sie seiner Familie niemals gestehen durfte, dass sie selbst daran zweifelte. Sie durfte sich nicht anmer-

ken lassen, was sie am meisten quälte – dass Hal sich am Ende nicht sicher gewesen war – dass sie vielleicht Recht hatten – und sie sich täuschte.

Oh Gott.

Lauren trat vor. Ihre Augen waren rot und verweint. »Kommen Sie mit. Ich bringe Sie auf Ihr Zimmer.« Sie drehte sich um und ging forsch aus dem Wohnzimmer, ohne sich darum zu kümmern, ob Jill ihr folgte.

Jill zögerte und warf Alex einen letzten Blick zu. Er sah sie unverwandt an, und sie hatte das unangenehme Gefühl, dass er ihre Verwirrung und ihre Zweifel spüren konnte – dass er die ganze Wahrheit erahnte. Aber das konnte nicht sein. Ihre eigene Paranoia redete ihr das ein.

»Wir reden morgen darüber«, sagte er plötzlich.

In seiner Stimme lag eine unnachgiebige Entschlossenheit, vor der Jill aus dem Raum floh. Sie verspürte nicht den Wunsch, mit ihm zu reden, weder morgen noch sonst irgendwann. Sie stolperte hinter Lauren her und wünschte sich, sie wäre nie ins Haus der Sheldons gekommen und hätte nie einen von ihnen getroffen.

Jill folgte Lauren in den zweiten Stock hinauf. Lauren sagte kein Wort. Sie gingen einen langen Korridor entlang, der mit blau und goldfarben gemustertem Teppich ausgelegt war, und Jill verspürte auf einmal den Wunsch, Hals Zimmer zu suchen. Das Zimmer, in dem er aufgewachsen war. Das Zimmer, in dem er gewohnt hatte, wenn er in London war. Es würde sie ein wenig trösten, sich dort aufzuhalten.

Sie blieben vor einer wunderschön verzierten Tür stehen. »Gute Nacht«, sagte Lauren knapp und kalt. Dann wandte sie sich um und ging.

Jill sah ihr nach. Diese Grobheit war nicht falsch zu verstehen. Dann betrat sie ihr Zimmer und schloss die Tür hinter sich.

Ihr Gepäck war heraufgebracht worden. Die Taschen standen ordentlich aufgereiht am Fußende eines riesigen Bettes mit dicken Pfosten, auf dem eine dunkelgrüne samtene Tagesdecke mit passenden Rüschen, Kissen und Überwürfe in schillernden Grün-, Blau- und Goldtönen lagen. Jill sah sich mit weit aufgerissenen Augen um.

Die Zimmerdecke war rosa gestrichen und mit komplizierten Stuckarbeiten verziert, in ihrer Mitte prangte ein Stern, von dem beigefarbene Strahlen ausgingen. An den Wänden, die in einem wunderschönen gedämpften Jadegrün gehalten waren, hingen zahlreiche kleinformatige Gemälde, die alt und kostbar aussahen. Das Zimmer, das man ihr gegeben hatte, war so groß wie ihr ganzes Apartment im Village – mindestens. Sogar einen offenen Kamin gab es hier, mit einem Sims aus dunkelgrünem Marmor. Die Einrichtung bestand aus Antiquitäten; die Bezüge und anderen Stoffe – Brokat, Seide und Damast – waren edel, aber alt und verblasst.

Jill schlenderte durch den Raum, berührte die hübschen Porzellanlampen und einen kleinen, bunt bemalten chinesischen Paravent, der in einer Ecke stand. War Hal von Sinnen gewesen? Nicht in einer Million Jahre hätte sie in seine Familie gepasst.

Jill blieb reglos stehen. Auf einmal begriff sie die schreckliche Wahrheit.

Hal hatte sich in sie verliebt. Aber als ihre Beziehung sich gefestigt hatte, war ihm klar geworden, dass er sie niemals mit nach Hause bringen konnte. Er hatte sie heiraten wollen – aber dann erkannt, dass seine Familie sich mit Klauen und Zähnen gegen diese Ehe wehren würde. Die Sheldons hätten nie eine gewöhnliche kleine Tänzerin in ihrer Mitte geduldet. Und deshalb hatte er es sich anders überlegt.

Jill sank auf das Bett.

Hal hatte seine Familie geliebt. Schon vom Beginn ihrer Freundschaft an hatte er ständig von ihr gesprochen, voll Liebe und Stolz.

Jill hatte erkannt, dass seine Familie der Nabel seiner Welt war, und da sie selbst keine Familie hatte, war das einer der wichtigsten Gründe gewesen, warum sie sich in ihn verliebt hatte.

Sie schloss die Augen. Hal hatte wenig Ähnlichkeit mit seinem Bruder, seinem Cousin oder seiner Schwester gehabt. Er war nicht arrogant gewesen, und er hatte nicht mit Geld um sich geworfen. Jill hatte nicht gelogen, als sie behauptet hatte, dass er, so lange sie ihn kannte, kaum jemals seinen Chauffeur bemüht hatte. Er hatte lieber Jeans und T-Shirts getragen als Anzüge oder Sportsakkos. Jill hatte sich nie daran gestört, dass er seinen Lebensunterhalt nicht durch die Fotografie bestritten hatte. Er war Künstler gewesen, genau wie sie, und sie hatte wirklich an ihn geglaubt. Sie war immer überzeugt davon gewesen, dass er eines Tages den Durchbruch zu einer großen Karriere schaffen würde.

Plötzlich begannen sich Einzelheiten wie bei einem Puzzle zu einem Bild zusammenzufügen. Hal war so anders als seine Familie. Egal, wie sehr er sie geliebt hatte. Was, wenn er nach New York gegangen war, um ihnen zu entkommen, und dem Druck, der auf ihm als Sheldon lastete – auf dem anderen Sheldon, fast schon dem schwarzen Schaf?

Wenn dem so war, hätte er in einem schlimmen Zwiespalt gesteckt. Aber er hatte seinen inneren Kampf so gut verborgen – bis zu ihrem endgültig letzten Gespräch.

Jill bekam es mit der Angst zu tun. Sie drückte ihr Kopfkissen an sich, sie wollte diese Gedanken nicht weiter verfolgen. Hal hatte am Ende gewusst, dass er sie nicht mit nach Hause bringen konnte, ohne sich zwischen ihr und seiner Familie entscheiden zu müssen.

Jill weinte.

Und als ihr Schluchzen schließlich verebbte, lag sie da, starrte an die Decke und dachte sich, dass sie niemals erfahren würde, wie er sich aus diesem Dilemma befreit hätte. Jill wünschte, sie wäre nicht nach London gekommen.

Sie wünschte verzweifelt, dass Hal noch lebte und sie beide noch in New York wären, mitten in ihrem Märchen. Denn so erschien es ihr allmählich – als ein dummes Märchen.
Aber es war ein Märchen, dass sie nie in ihrem Leben vergessen würde.

Jill konnte nicht schlafen.
Ihre Gedanken quälten sie. Und sie vermisste Hal so schrecklich, dass es bis in jeden Winkel ihres Wesens schmerzte.
Aber vielleicht war das Schlimmste daran, an die nachtschwarze Decke zu starren und sich so entsetzlich allein zu fühlen – so entsetzlich allein zu sein – wieder einmal.
Jill knipste die Nachttischlampe an. Sie konnte Gott bis in alle Ewigkeit anflehen, aber Hal blieb tot, und nichts konnte daran etwas ändern. Doch irgendwie würde sie es überstehen – so, wie sie den Verlust ihrer Eltern vor dreiundzwanzig Jahren überstanden hatte. Aber diesmal war der Verlust anderer Art. Diesmal würde sie sich an ihre Erinnerungen klammern. Sie wollte diese Zeit niemals vergessen, selbst wenn das bedeutete, alle ihr verbleibenden Jahre mit diesem Schmerz zu leben. Was sie jetzt tun musste, um nicht durchzudrehen, war, ihre Verwirrung und ihre Zweifel beiseite zu schieben. Denn das war eine Last, die sie einfach nicht bewältigen konnte.
Abrupt stand Jill auf. Sie konnte nicht einschlafen, und es würde sie nur verrückt machen, rastlos im Bett zu liegen, während ihre Gedanken unablässig zwischen ihren schlimmsten Befürchtungen und ihren nun unerreichbaren Träumen hin- und herpendelten. Sie musste etwas tun, sie brauchte Ablenkung, denn sie fürchtete sich schrecklich davor, die ganze Nacht allein zu verbringen.
Jill ging zu dem Fernseher auf einem Tischchen hinüber und schaltete ihn ein. Müde rieb sie sich die Stirn. Das britische Fernsehen mit seinem seltsamen Humor interessierte sie nicht. Was sie wirk-

lich brauchte, war eine Schlaftablette oder zwei, die sie aber nicht hatte. Ersatzweise könnte sie es mit einem starken Drink versuchen. Ein oder zwei Martini sollten reichen, dachte sie grimmig.
Hatte sie nicht einen Barwagen in dem Salon gesehen, in dem sie in Ohnmacht gefallen war?
Jill sah auf den Wecker auf dem Nachttisch. Es war Viertel vor zwölf. Sie war um halb acht hier angekommen. Die Familie schlief sicher schon tief und fest. Sie durchquerte den Raum und schlüpfte in ihre Jeans – sie hatte in T-Shirt und Höschen im Bett gelegen. Sie verdrängte den Gedanken daran, was passieren würde, wenn man sie dabei erwischte, wie sie allein im Haus herumstrich. Sie glaubte nicht, dass ihren Gastgebern das sonderlich gefallen würde. Sie wusste von Hal, dass Lauren und Alex nicht im Haus wohnten. Wenn sie auf jemanden stieß, würde es dieser fiese Thomas sein. Das war eben Pech. Diesmal würde sie ihm die Stirn bieten, wenn er es noch einmal wagte, sie so zu attackieren wie an diesem Abend. Sie war den Sheldons überhaupt nichts schuldig. Sie war wieder auf sich allein gestellt, und wenn sie sich nicht selbst um sich kümmerte, würde es niemand tun.
Jill erreichte das Wohnzimmer ohne Zwischenfall, schenkte sich einen Scotch ein, obwohl sie das Zeug sonst nicht trank und eigentlich nicht mochte, und machte sich wieder auf den Weg nach oben. Auf dem Treppenabsatz im ersten Stock hielt sie inne und nippte an dem starken Drink. Er wärmte sie sofort, und, was noch besser war, er dämpfte augenblicklich Trauer, Schmerz und Verwirrung. Sie wusste, dass Hals Zimmer auf diesem Stockwerk lag. Er hatte ihr oft erzählt, wie sehr er es liebte, wenn die Morgensonne in sein Schlafzimmer im ersten Stock schien.
Sie sehnte sich so danach, in sein Zimmer zu gehen und seine Sachen um sich zu haben. Andererseits wusste sie, dass die Familie sehr verärgert sein würde, wenn sie das ohne ihre Erlaubnis tat.

Aber Hal hätte nichts dagegen. Jill konnte förmlich fühlen, wie er sie ermutigend anlächelte.

Und sie scherte sich nicht darum, was die Sheldons denken würden, schon gar nicht, nachdem man sie an diesem Abend so grob behandelt hatte.

Mit dem Scotch in der Hand ging Jill den Gang entlang, so leise wie möglich. Vor einer Tür blieb sie stehen und drückte das Ohr dagegen. Als sie nichts hörte, klopfte sie ganz vorsichtig. Noch immer kein Geräusch von innen.

Mit wild klopfendem Herzen drehte Jill am Türknauf und öffnete die Tür. Dunkelheit empfing sie. Sie drückte einen Lichtschalter.

Vor ihr lag ein Schlafzimmer, das seit Jahren nicht mehr bewohnt worden war, und Jill sah nichts, was auch nur ansatzweise darauf hingewiesen hätte, dass es einem Jungen gehört hatte, und schon gar nicht Hal. Sie machte das Licht aus, trat zurück und schloss die Tür. Ihr Puls dröhnte wie Donner in ihren Ohren.

Sie setzte ihren Weg durch den Flur fort, trank ihren Scotch aus und entdeckte drei weitere unbewohnte Zimmer, während ihr Herz heftig gegen ihre Rippen hämmerte. Sie fragte sich allmählich, ob sie sich nicht sehr dumm benahm, aber der Scotch hatte ihren Mut gestärkt. Beim fünften Versuch wusste sie, dass sie auf sein Zimmer gestoßen war.

Sie holte tief Luft und rang um Fassung.

Denn sie blickte auf ein Bücherregal, in dem ein ganzes Bord von gerahmten Fotografien eingenommen wurde.

Auch die Wände waren mit Fotos übersät.

Jill begann zu zittern. Sie hätte Hals Arbeiten überall erkannt. Sie schlüpfte ins Zimmer, machte das Licht an und schloss die Tür hinter sich.

Sie war auf allen Seiten von seinen Werken umgeben. Jill spürte das Verlangen nach einem weiteren Drink.

Tränen rannen über ihre Wangen.

»Oh Hal«, flüsterte sie. Sie hörte den schmerzlichen Unterton in ihren eigenen Worten.

Die königsblauen Vorhänge waren halb geöffnet, und die Lichter von der Straße und gegenüberliegenden Häusern ließen die Schatten tanzen. Jills Herz hämmerte wie wild, als sie zu dem Regal hinüberging. Sie lächelte, und neue Tränen traten ihr in die Augen. Hal hatte erwähnt, dass er als Teenager wie ein Verrückter alles fotografiert hatte, was er vor die Linse bekam. Sie sah Aufnahmen von wilden Tieren – er war offenbar auf einer Safari gewesen –, von Blumen, Bäumen, Landschaften, Stonehenge. Und dann waren da Bilder von seiner Familie.

Jill blinzelte die Tränen fort und nahm ein Foto von Thomas herunter, das wohl etwa zehn Jahre alt war. Schon damals hatte er das blendende Aussehen eines Models oder Schauspielers besessen. Jill starrte auf das Bild. Nicht, weil er nach all den Jahren noch besser aussah, sondern deshalb, weil die Aufnahme ihn offensichtlich schmeichelhaft darstellte; Hal hatte Thomas eingefangen, als er sich über ein Baby beugte, und sein Gesicht zeigte einen zauberhaften Ausdruck von Liebe. Das Kind, nahm Jill an, war sein eigenes.

Sie stellte das Bild zurück. Dann erstarrte sie.

In einem weiteren Regal standen mehrere Fotos von Hal als Teenager und als junger Mann. Es waren keine Selbstporträts, Jill kannte Hals künstlerische Handschrift genau. Diese hatte jemand anderes gemacht.

Sie begann lautlos zu weinen, und die Tränen strömten ihr unablässig über die Wangen.

Sie berührte die Rahmen. Auf einem Foto spielte er Fußball, das nächste zeigte ihn bei einer Jagd mit der Meute – auf diesem sah er so unverschämt blaublütig aus –, und auf dem letzten hielt er sein Abschlusszeugnis hoch. Sie musste durch ihre Tränen hindurch lächeln.

Dann blieb ihr Blick an einem vierten Bild hängen. Es zeigte ihn auf einem Skihang mit einer jungen Frau. Ein scheußlicher Stoß durchfuhr sie, während sie es betrachtete. Das war nicht Lauren – diese Frau hatte rotes Haar und war umwerfend schön. Natürlich musste das Foto mehrere Jahre alt sein, und ihre erste Reaktion, Eifersucht, war völlig absurd. Jill studierte es aus der Nähe und kam zu dem Schluss, dass Hal sehr dünn aussah, selbst in seinem Skianzug. War er krank gewesen, als das Foto gemacht wurde?
Sie stellte es wieder hin und ließ den Blick über die wenigen Bücher huschen, die noch auf dem Regal standen. Dann schlenderte sie zum Bett, das mitsamt den hohen Pfosten aus massivem, sehr dunklem Holz gefertigt war. Ihre Hand strich über die karierte Steppdecke. Er hatte wahrscheinlich jahrelang nicht darin geschlafen.
Sie setzte sich auf die Bettkante und betrachtete die Bilder, die an der Wand hingen. Die meisten waren Schwarzweißfotos. Viele waren von Leuten, die sie nicht kannte, viele von seiner Familie. Jill starrte ein Porträt an, das eine schöne, geradezu königlich wirkende ältere Frau zeigte; das musste seine Mutter sein, die Gräfin, die sie noch nicht kennen gelernt hatte. Die Ähnlichkeit war unverkennbar.
Jill blieb reglos sitzen, saugte Hals Gegenwart in sich auf und konnte ihn für einen Augenblick beinahe neben sich spüren, doch dann war der Augenblick verflogen. Sie legte sich hin, jetzt noch erschöpfter als jemals sonst im Lauf der letzten Tage. Hals Bett war mehr als bequem – es war beruhigend und tröstlich. Sie konnte fast sein Eau de Cologne riechen, aber das entstammte nur ihrer Erinnerung.
Sie legte den Kopf auf die andere Seite, und ihr Blick prallte förmlich gegen ein weiteres Foto – aber dieses war sehr alt und stand in einem antiken silbernen Rahmen auf seinem Nachttisch. Jill setzte sich auf.

Sie nahm das gerahmte Bild von seinem Platz auf dem Tischchen. Mit weit aufgerissenen Augen starrte sie es an.
Es war eine alte Schwarzweißaufnahme von zwei jungen Frauen in altmodischer Kleidung. Für Jills ungeübtes Auge sahen sie nach Jahrhundertwende aus; die Röcke der weißen, langen Kleider waren schmal geschnitten, und beide Frauen trugen große Strohhüte. Sie standen dicht nebeneinander vor einem schmiedeeisernen Gitter. Sie starrten in die Kamera, ohne zu lächeln.
Hatte das Bild Hal gehört?
Jill war unsicher, bis sie sich daran erinnerte, dass sie in New York einige Museen zusammen besucht hatten. Hal hatte es Spaß gemacht, ihr Einzelheiten aus dem Alltagsleben im späten neunzehnten Jahrhundert zu zeigen – worüber er ziemlich viel zu wissen schien. Natürlich hatte das Bild ihm gehört. Zweifellos hatte er es bewundert.
Jill betrachtete es genauer und versuchte herauszufinden, was ihn daran fasziniert hatte, aber für sie war es nur ein altes Foto von zwei hübschen jungen Frauen. Sie zuckte mit den Schultern und legte das Bild aufs Bett. Doch dann stutzte sie plötzlich. Hal hatte keine alten Fotografien gesammelt. Er war zu sehr mit seinen eigenen Arbeiten beschäftigt gewesen. Eine Gänsehaut lief ihr über die Arme.
Jill zögerte und nahm dann das Bild wieder in die Hand. Einem unbestimmten Drang nachgebend, drehte sie es um und schnappte nach Luft. Jemand hatte etwas auf die Rückseite geschrieben.
Neugierig sah Jill genauer hin. Ihre Augen weiteten sich, als sie laut vorlas: »Kate Gallagher und Anne Bensonhurst, Sommer 1906.« Das war Hals Handschrift.
Sie konnte sich nicht irren.
Jill war starr wie ein Eiszapfen. Sie wusste nicht, was sie davon halten sollte. Aber ihr Nachname war Gallagher – und Hals letztes Wort, sterbend an sie gerichtet, war »Kate« gewesen.
Sie starrte zitternd auf das Foto.

Dies war zweifellos nur ein wirklich eigenartiger Zufall, sonst nichts. Jill sagte sich mahnend, dass Hal sie geliebt hatte, dass er es ihr gesagt hatte, bevor er starb, und dass dieses Bild nichts mit jener Frau namens Kate zu tun hatte, die wahrscheinlich nur seine Anwältin oder etwas Ähnliches war. Jill drehte das Bild wieder um. Wer waren diese Frauen und warum hatte ihre Fotografie Hal so viel bedeutet, dass er etwas auf die Rückseite geschrieben und das Bild an sein Bett gestellt hatte?

Sie spürte Bitterkeit in sich aufsteigen, gegen die all ihre beruhigenden Einwände nichts ausrichten konnten. Eigenartigerweise fühlte sie sich unwohl und wünschte, sie hätte diesen Raum nie betreten.

Trotzdem starrte sie weiter auf das Bild. Beide Frauen hatten dunkles Haar und helle Haut. Natürlich hatten sich die Damen zu jener Zeit nicht der Sonne ausgesetzt. Eine der beiden war weder besonders schön noch unscheinbar; trotz ihrer klassischen Züge verblasste sie irgendwie neben der anderen Frau, die kühn und bemerkenswert wirkte. Es war diese andere junge Frau, die plötzlich Jills ganze Aufmerksamkeit für sich einnahm.

Jill konnte den Blick nicht abwenden. Sie war wie gebannt. Diese Frau hatte etwas Unwiderstehliches an sich. Etwas Außergewöhnliches. Sie war schön, aber nicht im klassischen Sinne. Ihre Nase war gerade und fast römisch geschnitten, ihr Unterkiefer zu kräftig, ihre Wangenknochen sehr hoch – und auf der rechten Wange saß eindeutig ein Leberfleck. Jill glaubte, dass es nicht ihr Aussehen war, was sie so faszinierend machte. Vielleicht war es der Ausdruck in ihren Augen. Sie waren dunkel und sprühten vor Intelligenz, Energie und Lebensfreude, und Jill gewann den Eindruck, dass diese Frau vergnüglich auf ein großes Geheimnis anspielte.

Die Frau mit dem Schönheitsfleck starrte aus dem Bild zurück. Jill erkannte nun den Anflug eines Lächelns um ihren Mund, und ihre Augen schienen Jill herauszufordern … zu was?

»Was glauben Sie eigentlich, was Sie hier zu suchen haben?«, fuhr eine barsche Stimme sie von hinten an.

Jill schrie auf und ließ das Bild fallen.

»Ich will wissen, was Sie hier zu suchen haben«, wiederholte Alex, der in der Tür stand. Und er schaltete die übrigen Lichter an.

Zwei

Jill legte eine Hand an ihr wie verrückt rasendes Herz. »Haben Sie mich erschreckt«, sagte sie.

»Entschuldigung. Ich habe nicht erwartet, hier jemanden anzutreffen.« Alex kam ins Zimmer. Sein Gesichtsausdruck, noch vor wenigen Augenblicken unmissverständlich, war nun schwer zu deuten. »Also, was machen Sie hier?« Der Blick seiner blauen Augen war ausgesprochen unangenehm direkt.

Jill zögerte. »Ich konnte nicht schlafen.«

Seine Augen blieben in ihre gebohrt. »Dies ist Hals Zimmer. Wie haben Sie es gefunden?«

Jill wurde rot. »Ganz zufällig. Es tut mir Leid, wenn ich Sie mit meiner Herumschleicherei geärgert habe.«

»Sie sind ein Gast in diesem Haus – keine Gefangene. Aber es ist das Privathaus einer Familie.« Es war klar, was er ihr sagen wollte – sie hätte die Familie in noch mehr Aufruhr versetzen können.

»Ich wusste, dass Hals Zimmer im ersten Stock war«, fuhr Jill nervös fort. »Als ich nicht einschlafen konnte, bin ich hinuntergegangen, um mir einen Drink zu machen. Ich bin einfach irgendwie hier hinaufspaziert. Ich wollte niemanden stören – und das habe ich auch nicht – bis jetzt jedenfalls.«

Er betrachtete sie eindringlich und gab keine Antwort. Jill konnte seine Gedanken nicht erraten. Das und seine ausgiebige Musterung machten sie noch unruhiger. Aber sie bekam ihrerseits Gelegenheit, sich ihn genau anzusehen. Er hatte seine Anzughose gegen eine sehr abgetragene, verwaschene Levis getauscht. Sie saß wie angegossen um seine schlanken Hüften. Und er trug einen watteweichen

gelben Kaschmirpulli, der sehr teuer aussah. Es gab nicht viele Männer, die ein solches Kanariengelb tragen konnten.
Jill schaute als erste weg. Überall traf ihr Blick auf Hals Fotografien. »Er fehlt mir«, fügte sie hilflos hinzu. »Er fehlt mir ganz schrecklich. Wahrscheinlich bin ich deshalb hierher gegangen.«
»Wir alle vermissen ihn.« Jill trat von einem Fuß auf den anderen, während Alex sich umsah und dann das Bild auf dem Bett bemerkte. »Haben Sie etwas Bestimmtes gesucht?«, fragte er plötzlich. Er starrte auf die gerahmte Fotografie. »Was ist das?«
Jill war erstaunt. »Nein. Aber ich musste mir einfach seine Sachen ansehen. Gerade eben konnte ich ihn fast spüren, hier, bei mir.« Hegte er irgendeinen Verdacht gegen sie? Sie versuchte es mit einem kleinen Lächeln und hob das alte Foto der zwei Frauen auf, doch er lächelte nicht zurück. Wie von selbst strichen ihre Finger über den Rahmen. »Das habe ich auf seinem Nachttisch gefunden«, sagte Jill langsam. Und wieder nahm die Frau mit dem Leberfleck ihren Blick gefangen – sie schien Jill direkt anzustarren. Jill starrte zurück. Eine dieser Frauen hieß Kate Gallagher. Etwas in ihrem Inneren drehte einen riskanten Looping. Wieder spürte sie deutlich ein drohendes Unheil, aber diesmal war das Gefühl viel stärker.
Sie betrachtete immer noch die Frauen auf dem Foto und hatte keinen Zweifel daran, dass die mit dem neckenden, lebenslustigen Ausdruck in den dunklen Augen Kate Gallagher war. Natürlich war der Name purer Zufall. Wenn Hal nur nicht »Kate« in seinem letzten Atemzug genannt hätte, dachte Jill grimmig. Wenn nur ihr eigener Nachname nicht Gallagher wäre.
»Was ist denn?«, unterbrach Alex ihre Gedanken.
Sie war so in das Bild vertieft gewesen, dass Alex' leise Frage sie aufschreckte. Für einen Moment hatte sie vergessen, wo und bei wem sie war. Für einen Augenblick, vielleicht nur ein oder zwei Sekunden, war sie vollkommen auf Kate Gallagher konzentriert gewesen.
»Das ist Hals Handschrift auf der Rückseite«, sagte Jill gedehnt.

»Dies ist ein Foto von zwei Frauen, Kate Gallagher und Anne Bensonhurst, und es ist auf 1906 datiert. Ich finde es merkwürdig, weil Hal keine Arbeiten von anderen Leuten aufgehoben hat.« Sie blickte schließlich zu Alex auf. »Und ist es nicht eigenartig, dass ich genauso heiße wie eine der Frauen auf dem Bild?«

»Gallagher ist ein sehr geläufiger Name«, sagte Alex, ohne zu zögern.

»Aber warum hat er es aufgehoben? Können Sie sich das erklären?«

Sie würde weder Alex noch sonst irgendwem jemals erzählen, dass Hal mit dem Namen einer anderen Frau auf den Lippen gestorben war.

Alex zuckte mit den Schultern, aber er kam näher und schaute auf das Foto in ihrer Hand herunter. »Anne Bensonhurst war Hals Großmutter, meine Großtante. Das muss der Grund sein, warum Hal es aufgehoben hat.«

Für einen Moment war Jill erleichtert – das war eine einfache Erklärung. »Anne Bensonhurst war seine Großmutter«, wiederholte sie. Dann verflog ihre Erleichterung. Erklärte das wirklich schon alles? Sie sah zu Alex auf, obwohl es ihr schwer fiel, den Blick von der Fotografie abzuwenden. »Sie wissen doch sicher, dass Hal sich sehr für die späte Viktorianische und frühe Edwardianische Epoche interessiert hat. Wir haben uns in New York öfter Ausstellungen dazu angeschaut. Die Sachen, die um die Jahrhundertwende entstanden, haben ihn immer besonders angezogen.«

»Geschichte war eines seiner Hobbys«, erwiderte Alex.

Aber Jill erinnerte sich plötzlich an einen Nachmittag im Metropolitan Museum. Danach hatten sie draußen bei Stanhope's gesessen, Cappuccinos getrunken und Leute beobachtet, sein Arm um ihre Schultern. Und plötzlich war alles wieder in ihr, die Trauer, die wie eine riesige Seifenblase aufstieg, das verheerende Gefühl des Verlustes, die Einsamkeit, die Schuld. Der Schmerz war überwältigend.

»Was haben Sie?«
Jill schluckte. Sie durfte nicht an Hal denken. Sie musste an Kate Gallagher denken. Das war sicherer, leichter. »Ist Anne die Frau links, mit den dunkleren Haaren?«
»Ja.«
»Sie sieht aus wie Sie, nur unscheinbarer.«
»Ihre ältere Schwester Juliette war meine Urgroßmutter.«
»Und wie ist Ihr Zweig der Familie in Amerika gelandet?« Jills Neugier war aufrichtig. Sie wischte sich mit den Fingerspitzen über die Augen.
Alex schien sich zu entspannen. »Meine Großmutter hat einen Amerikaner geheiratet, so einfach ist das. Sie hat wirklich großes Glück gehabt. Hier in England war ihr nichts geblieben.«
Etwas in seiner Stimme ließ Jill aufhorchen. Sie beobachtete ihn genauer. »Was meinen Sie damit?«
»Meine Urgroßmutter starb als junge Frau bei einem Unfall mit einer Kutsche. Das Vermögen der Bensonhursts ging auf Anne über. Nicht der Titel – Titel können nicht an Frauen vererbt werden, aber der Besitz schon. Meine Großmutter, eine geborene Feldston, wurde in ein Pensionat geschickt, als ihr Vater wieder heiratete. Den Großteil seines kleinen Vermögens erbte sein Sohn. Meine Großmutter war die ›arme Verwandte‹, und sie hatte großes Glück, dass ein amerikanischer Gentleman sich in sie verliebte und sie mit in die Fremde nahm.«
Jill fragte sich, ob er seine Lage mit der seiner Großmutter verglich. Aber an diesem Mann war nichts Ärmliches. Selbst in Jeans strahlte er Erfolg, Selbstsicherheit und Macht aus. Er schien auch nicht verbittert zu sein, aber sie war sicher, dass er seine Gefühle sehr gut verbergen konnte. »Also sind Sie zu Ihren Wurzeln zurückgekehrt«, bemerkte sie.
Sie wurde von einem unglaublich intensiven Blick durchbohrt. »Meine Wurzeln sind bei Luigi's, wo meine Mutter ihr ganzes

Leben lang als Kellnerin gearbeitet hat. Meine Wurzeln liegen in Coney Island, nicht in Mayfair.«

Jill hielt seinem Blick stand. »Wie sind Sie dann hier gelandet?«

Er sah weg. »Meine Mutter ist gestorben, als ich dreizehn war. Ich war kein Fremder für diese Familie – sie hatten uns jeden Sommer zu sich eingeladen. Sie haben mich aufgenommen.« Er lächelte knapp. »Den angehenden Ganoven.« Sein Lächeln erlosch. »Das war das Beste, was mir passieren konnte.«

Jill schwieg und versuchte sich diesen Mann als gerissenen Halbstarken aus Brooklyn vorzustellen, der mitten in diese Familie und in diesen Lebensstil geworfen wurde. »Das muss sehr schwierig gewesen sein.«

Er zuckte mit den Schultern und wollte das Thema offensichtlich nicht weiter verfolgen.

Das war Jill nur recht. Sie sah wieder auf Anne und Kate hinunter. »Wäre es nicht ein ganz unglaublicher Zufall, wenn ich mit Kate Gallagher verwandt wäre?« Die Worte waren unvermittelt aus ihr hervorgesprudelt.

»Die Chancen stehen eins zu einer Million.«

Jill sah das ein. Andererseits hatte sie das unbestimmte Gefühl, dass hinter dieser Sache mehr steckte, als auf den ersten Blick zu erkennen war … »Wissen Sie etwas über sie?«, fragte Jill neugierig und studierte die beiden Frauen. Jetzt schien es ihr, als ob Kate den Fotografen ein ganz klein wenig anlächelte. Sie hielt das Foto noch näher und kam zu dem Schluss, dass Kate an dem Fotografen interessiert war – entweder das, oder sie war eine miserable Schauspielerin.

»Nein. Warum sollte ich etwas über irgendjemanden auf einem uralten Foto wissen?«

»Wissen Sie, wo es aufgenommen wurde?«, fragte Jill und reichte ihm das Bild.

Alex sah es sich genau an. »Ehrlich gesagt habe ich nicht die geringste

Ahnung. Das könnte überall gemacht worden sein.« Er ignorierte ihre ausgestreckte Hand und stellte das Foto zurück auf den Nachttisch. »Hal war der Historiker in der Familie«, sagte er. »Ich interessiere mich für die Gegenwart und die Zukunft, nicht für die Vergangenheit.«

»Na ja.« Jill zögerte. »Ich schätze, ich finde Geschichte auch faszinierend.«

Als er nicht antwortete, wurde ihr bewusst, wie spät es geworden war, wie müde sie war und dass sie ihm barfuß gegenüberstand. Plötzlich fiel ihr auf, dass auch er barfuß war. Sie verschränkte die Arme vor der Brust. »Ich sollte wohl zurück in mein Zimmer gehen und versuchen, ein bisschen zu schlafen.« Sie blickte zum Nachttisch hinüber. Aus irgendeinem Grund wollte sie das Bild mitnehmen und es sich wieder und wieder anschauen. Aber es war ein Erinnerungsstück, es gehörte Hal und seiner Familie. Sie glaubte nicht, dass Alex ihr erlauben würde, es mit auf ihr Zimmer zu nehmen.

Aber was, wenn sie von Kate Gallagher abstammte? Logischerweise konnte sie nicht ihre Urgroßmutter sein, denn sie hatten denselben Nachnamen. Jill war so fasziniert von dem Gedanken, dass sie erschauderte. Doch dann fielen ihr Hals letzte Worte wieder ein, und eine tiefe Traurigkeit überkam sie. Ihr Leben war ihr noch nie so kompliziert oder so leer vorgekommen. Wenn er nur am Leben wäre, um ihr die Antworten zu geben, die sie so sehr brauchte.

Alex blieb stumm. Seine ausgedehnten Phasen des Schweigens verunsicherten sie. Jill mied seinen durchdringenden Blick. »Also«, sagte sie und steckte die Hände in die Hosentaschen. »Wenn Sie nichts dagegen haben, mache ich mir noch einen Drink, bevor ich zurück in mein Zimmer gehe.« Sie machte einen Schritt auf die Tür zu.

Aber er rührte sich nicht, stand ihr im Weg. »Was ist wirklich passiert, Jill?«

Jill erstarrte. Ihr Herz vollführte einen Salto.
»Oder sollte ich sagen, wie ist es passiert? Wie kam es dazu, dass Sie gegen den Baum gefahren sind?« Er sprach in ruhigem Tonfall, ganz anders als sein Cousin, als der zuvor versucht hatte, sie auszufragen.
Jill wollte sofort weg von ihm. »Sie haben selbst gesagt, dass das noch Zeit hat. Ich glaube nicht, dass ich schon darüber sprechen kann.« Ihr Blick wanderte zur Tür, es drängte sie verzweifelt zur Flucht.
»Sie sollten lieber mit mir reden – als mit ihnen«, erwiderte er. »Morgen wird Thomas wieder genau dieselben Fragen stellen. Aber er ist tief betroffen – und sehr wütend. Warum sagen Sie es nicht lieber mir? Das wird Ihnen viele traurige Szenen ersparen.«
Zuerst Thomas, und jetzt konfrontierte Alex sie mit diesem Thema. Jill begann zu schwitzen. »Ist das ein Verhör?«, fragte sie langsam und merkte, wie ihr die Hitze in die Wangen stieg.
»Nein. Wenn Sie es nicht dazu machen wollen.« Als Jill nicht antwortete, setzte er hinzu: »Warum sind Sie so nervös? Was versuchen Sie vor uns zu verbergen?«
Jill schnappte vernehmlich nach Luft. »Ich bin nicht nervös«, schoss sie mit einer Lüge zurück. »Ich bin erschöpft, ich habe einen Jetlag, und mir ist elend. Ich habe gerade jemanden verloren, den …«
Er unterbrach sie, als glaube er ihr kein Wort. »Hal stand seiner Familie sehr nahe. Obwohl er in letzter Zeit selten angerufen hat … als würde ihn etwas beschäftigen … oder als hätte er selbst etwas zu verbergen.«
Jill spannte sich noch mehr an. »Ich weiß, wie nahe er seiner Familie stand, er hat ständig von Ihnen allen gesprochen. Er hatte nichts zu verbergen.« Aber da war doch etwas gewesen, nicht wahr? Er hatte ihre Beziehung verheimlicht.
»Er hatte Sie.«
Alex war verdammt scharfsinnig. Jill hasste ihn für seine Offenheit.

Sie wand sich und spielte verzweifelt auf Zeit. »Was soll das heißen?«
»Na, kommen Sie«, sagte Alex mit ausdrucksloser Stimme. »Warum um den heißen Brei herumstreichen?« Sein Blick blieb offen und aufmerksam auf sie gerichtet. »Sie wohnen in einem billigen kleinen Apartment im Village. Sie sind Tänzerin. Sie sind Amerikanerin. Besitzen keinen Pfennig. Sie sind nicht gerade die Art von Frau, die er mit nach Hause bringen würde, geschweige denn heiraten.«
»Das war deutlich«, flüsterte sie entgeistert. »Ich nehme an, Sie haben sich noch nie verliebt?« Sie zitterte am ganzen Körper. Seine Worte taten ihr weh – vielleicht deshalb, weil sie ihren eigenen Vermutungen so verdammt nahe kamen.
Er ignorierte ihre Reaktion. »Sehen Sie, ich bin auch Amerikaner. Ich bin in den Straßen von Brooklyn aufgewachsen. Ich weiß, was es bedeutet, keinen Pfennig zu besitzen, und ich kenne meine Cousins. Ich kenne meinen Onkel. Er hatte große Pläne mit Hal, besonders nach Thomas' Scheidung, die ihn sehr enttäuscht hat, und nach dem, wie sich die Sache mit Lauren entwickelt.«
Jill überlegte, was wohl geschehen war, sowohl mit Thomas als auch mit Lauren, wagte aber nicht, danach zu fragen.
»Wenn Sie wirklich geglaubt haben, dass Hal Sie nach Hause mitnehmen und heiraten würde, dann tun Sie mir ehrlich Leid«, sagte Alex nüchtern.
Jill biss sich auf die Lippe. »Das wollte er«, antwortete sie. »Das wollte er.«
Sein Blick war direkt und mitleidig. »Ich weiß, was Hal zu verbergen hatte«, sagte Alex. »Aber ich komme nicht ganz dahinter, was Sie verheimlichen.«
Sie starrte ihn wütend an.
»Was ist am Tag des Unfalls passiert?«
»Ich weiß es nicht«, log sie. »Es ging alles so schnell. Wir haben uns

unterhalten, und dann habe ich aufgeblickt und den Baum vor mir gesehen. Ich hatte bis dahin noch nicht einmal einen kleinen Auffahrunfall gehabt!«

»Ich weiß.«

Ihr blieb der Mund offen stehen.

»Ich habe meine Hausaufgaben gemacht«, sagte er und hielt ihrem Blick stand. »Aber nicht gründlich genug – offensichtlich.« Er ließ ihr keine Pause. »Sie sind gefahren. Die Straßen waren frei. Es war helllichter Nachmittag. Sie waren nicht betrunken, und in Ihrem Blut hat man keinen Hinweis auf Drogen gefunden. Wie kann es unter diesen Umständen passieren, dass man so einfach von der Straße abkommt und gegen einen Baum fährt?«, drängte er sie.

Sie schauten einander an, als stünden sie sich in einem Duell gegenüber. Er machte sie nervös, und sie wandte rasch den Kopf ab. »Tun Sie das nicht«, sagte sie leise. »Nicht jetzt, nicht so, nicht heute Abend. Ich schaff das nicht.«

»Hal war mein Cousin. Wir sind zusammen aufgewachsen. Ich will wissen, was wirklich passiert ist. Sie haben sich nicht auf die Straße konzentriert. Das ist der Schluss, zu dem ich gelange. Was bedeutet, dass Sie abgelenkt waren.«

Jill war verzweifelt. »Ich werde mit dem Wissen leben, dass ich am Steuer gesessen habe und gegen diesen Baum gefahren bin, dass ich Hal umgebracht habe, mein ganzes Leben lang. Ich weiß nicht, was passiert ist!«, schrie sie. Jill schlang die Arme um die Brust, konnte kaum atmen und hasste Alex dafür, dass er sie auf diese Art bedrängte. »Ich verheimliche gar nichts«, flüsterte sie.

»Worüber habt ihr zwei euch unterhalten?«, fragte er unbarmherzig.

»Ich weiß es nicht mehr!«

»Wie praktisch«, gab er zurück. »Habt ihr euch gestritten?«

Jill wusste, dass sie kalkweiß geworden war.

»Ihr habt euch gestritten«, sagte Alex ruhig und sah sie mit festem

Blick an. »Und ich kann mir vorstellen, worüber ihr gestritten habt.«

Tränen traten ihr in die Augen. »Diese Familie ist furchtbar«, schluchzte sie. »Sie sind furchtbar. Ich habe Hal geliebt! Seht ihr das denn nicht? Sehen Sie es nicht? Sie sind der kälteste Mensch, den ich kenne! Ich habe den Mann verloren, den ich liebe«, schrie sie ihn an. »Den Mann, von dem ich mein ganzes Leben lang geträumt habe!«

»Und ich habe meinen Cousin verloren. Thomas und Lauren haben ihren Bruder verloren, meine Tante und mein Onkel ihren Sohn, verdammt noch mal«, sagte er hitzig. »Alle stehen unter Schock, allen ist elend zumute, wir alle leiden, verflucht.«

Jill wich vor ihm zurück.

Er wandte sich abrupt um, seine breiten Schultern zuckten. Er war plötzlich furchtbar wütend.

Jill starrte seinen Rücken an. »Es tut mir Leid«, flüsterte sie schließlich. Er drehte sich nicht um. »Ich weiß, dass ihr mich alle hasst, alle, aber ich hasse mich schon selber. Bitte, bitte, tut mir das nicht länger an.«

Er rührte sich nicht.

Jill sank wieder auf das Bett. Ihre Hände zitterten – ihr ganzer Körper zitterte. Für einen Augenblick verbarg sie das Gesicht in den Händen, aber sie konnte nicht aufhören zu zittern, sie konnte sich kein bisschen beruhigen. »Morgen werde ich irgendwo ein Hotelzimmer finden.«

Alex wandte sich ihr zu. Seine Miene wirkte streng. »Absolut aussichtslos. Es ist kein ordentliches Zimmer zu bekommen; mein Reisebüro hat es den ganzen Tag lang versucht.«

Ihre Verzweiflung ließ ihn offensichtlich völlig kalt. War irgendjemand in dieser Familie in der Lage, Mitgefühl zu empfinden?, fragte sie sich. Sehr unsicher und ohne darüber nachzudenken flüsterte Jill: »Warum helfen wir einander nicht, teilen unsere Wut und unsere Trauer, anstatt uns gegenseitig fertig zu machen?«

»Weil Hal tot ist«, sagte er schlicht.
Jill schlug die Hände vor den Mund und wäre fast in Tränen ausgebrochen. Wie Recht er hatte. Hal war tot, und er hinterließ Wut und Hass und all ihre Lügen.
»Ich bringe dich besser wieder rauf«, sagte Alex. »Es ist spät, und ich bin müde.«
Jill schaute nicht zu ihm auf. Sie konnte es einfach nicht. Sie antwortete auch nicht.
»Kann's losgehen?« Er nickte mit dem Kopf in Richtung Tür. »Auch wenn du nicht schlafen kannst, solltest du dich ein bisschen ausruhen. Morgen wird ein sehr anstrengender Tag.«
Jill wand sich. Die grausame Wahrheit drängte sich ihr auf und ließ sie das Foto und Alex' zudringliche Fragen vergessen. *Morgen*. Morgen würden sie Hal beerdigen.
»Nach dir«, sagte er und machte eine höfliche Geste. Dann berührte er ungeduldig ihren Arm.
Jill schüttelte seine Hand ab. Sie wollte nicht, dass er sie berührte, nicht einmal in so beiläufiger Weise. Als sie an ihm vorbeiging, fragte sie sich, wie sie den folgenden Tag überstehen sollte. Sie wusste nicht, ob sie die Kraft hatte, Hals Beerdigung zu ertragen.

Jill war besorgt, weil sie nicht wusste, ob sich jemand um ihre Katze kümmerte, und rief deshalb in New York an. Nach ihrer Schätzung musste es dort jetzt etwa acht Uhr abends sein. Aber ihre Nachbarin, eine arbeitslose Schauspielerin, schlief und arbeitete zu den unmöglichsten Zeiten. Sie ging von Job zu Job wie reiche Frauen durch die Geschäfte der Madison Avenue. Jill war erleichtert, als nach dem zweiten Klingeln abgenommen wurde. »KC, hier ist Jill. Ich bin in London«, sagte sie.
»Jill! Ich mache mir solche Sorgen um dich. Wie geht's dir?«, rief KC.
Jill lag in ihrem Bett mit den riesigen Pfosten auf dem Rücken und

drückte sich den Hörer ans Ohr. Sie konnte KC deutlich vor sich sehen. Sie war groß und gertenschlank, sehr attraktiv und hatte ein Herz aus Gold. »Mir geht's gut«, begann sie. Dann: »Oh Gott. Mir geht's nicht gut. Mir geht's ganz und gar nicht gut.«

»Ich weiß«, sagte KC mitfühlend. »Jill, alles kommt wieder in Ordnung – ich weiß es einfach, es braucht nur Zeit.«

Jill antwortete nicht. Schmerz durchfuhr sie. Aber sie wusste, dass KC meinte, was sie sagte. So fest entschlossen KC auch war, als Schauspielerin zu arbeiten, noch viel leidenschaftlicher verfolgte sie ihre spirituellen Interessen. Sie stürzte sich auf alles Esoterische, von Handlesen bis Hinduismus. Sie hatten sich vor drei Jahren bei einer Premierenparty in SoHo kennen gelernt. KC war nicht als Gast dort gewesen, man hatte sie engagiert, um den Leuten aus der Hand zu lesen und Tarotkarten zu legen. Eine Bekannte hatte Jill dazu überredet, sich die Karten legen zu lassen. Extrem misstrauisch und ein wenig betrunken hatte Jill sich schließlich zu ihr gesetzt.

Zu Jills Erstaunen hatte KC nur einen einzigen Blick auf die Karten geworfen, die vor ihr auf dem Tisch ausgebreitet waren, und gesagt: »Du bist so furchtbar einsam.«

Damit hatte sie schlagartig Jills ganze Aufmerksamkeit gewonnen. »Du hast deine Familie verloren, als du noch sehr jung warst, oder?«, war sie fortgefahren. Jill hatte sie nur angestarrt und sich gefragt, wer ihr das gesagt haben konnte. »Und du bist nie ganz darüber hinweggekommen. Aber das wirst du noch.« KC hatte Jill beruhigend angelächelt. Dann wurde ihr Gesicht plötzlich ernst. »Allerdings nicht allzu bald.«

Jill konnte sich an den Rest der Legung nicht erinnern, nur daran, dass er genauso zutreffend gewesen war. KC hatte erwähnt, dass neben ihrem ein Apartment frei war, als sie erfuhr, dass Jill eine Wohnung suchte. Innerhalb einer Woche war Jill eingezogen, und sie waren schnell Freundinnen geworden.

»Warum versuchst du nicht, morgen zum Arzt zu gehen?«, fragte KC nun mit aufrichtiger Besorgnis. »Du weißt, dass ich nicht viel von Tabletten halte, aber in diesem Fall finde ich, hättest du die nicht wegwerfen dürfen, die der Arzt dir verschrieben hat, Jill.«
Vermutlich hatte Jill KC davon erzählt, dass sie die Antidepressiva weggeworfen hatte, aber sie konnte sich nicht daran erinnern. »Ich weiß nicht. Vielleicht mach ich das. Ich bin so müde. Ich habe vergessen, ob ich jemanden gebeten habe, auf Ezekial aufzupassen.«
»Oh, das hast du. Du hast mich darum gebeten, und ich habe ihn in meine Wohnung rübergeholt. Er läuft mir ständig zwischen den Füßen herum. Du fehlst ihm.«
Jill lächelte schwach. »Und wie kommt er mit Chiron klar?« Chiron war KCs drahtiger kleiner Köter. Der Terriermischling war nach einem Asteroiden benannt.
»Er macht den armen Chiron fertig«, erwiderte KC lachend.
Jill sah die Szene genau vor sich und musste selbst lachen. Es war seit Tagen das erste Mal, dass sie lachte, und es fühlte sich herrlich an. Aber dann dachte sie an Hal und eine Frau namens Kate Gallagher, an Alex Preston und die Sheldons, und ihr Lachen wich der Bitterkeit.
KC fragte: »Was ist passiert?«
Jill seufzte. Auch KC war sehr scharfsinnig – vielleicht sogar telepathisch veranlagt. Ihre Intuition war manchmal direkt unheimlich. Jill sagte sich immer, das sei alles nur Zufall, aber tief in ihrem Inneren wusste sie, dass KC außergewöhnliche, übersinnliche Fähigkeiten besaß. »Ich weiß nicht, was ich erwartet hatte, aber Hals Familie ist nicht besonders freundlich. Natürlich stehen sie alle unter Schock.« Sie sagte ihr nicht, dass alle sie für Hals Tod verantwortlich machten, das war ein Thema, das sie einfach nicht ansprechen konnte. »Niemand glaubt mir, dass das mit Hal und mir was Ernstes war. Ich glaube, sie sehen in mir so eine Art kleines Abenteuer. Weil ich ja nur eine arme, stinknormale Tänzerin bin.«

»Das ist ja vielleicht blöd«, sagte KC heftig. »Hals Familie ist also nicht so nett, wie er scheinbar war?«

Jill hatte an ihre Unterhaltung mit Alex gedacht. Aber KCs Wortwahl ließ sie aufhorchen. »Warum sagst du das?«

»Was?«

»Du hast gesagt, so nett, wie Hal scheinbar war.«

KC zögerte. »Ich schätze, das war ein Versprecher. Ich hab ihn nur dreimal gesehen. Ich kannte ihn ja kaum.«

Bei Jill schrillten die Alarmglocken. »KC, verschweigst du mir irgendwas?«

»Natürlich nicht«, antwortete KC, aber sie war ein grundehrlicher Mensch, und Jill hörte ihr an, dass sie log.

»Erzähl mir von Hals Familie«, sagte KC schnell. »Ich muss gleich weg.«

Jill versuchte einen klaren Kopf zu bekommen. Sie war zu müde zum Denken; es gab keinen Grund, weshalb KC ihr etwas vormachen sollte. »Sie sind nicht nett«, sagte sie schließlich. »Sie sind so reich, das würdest du gar nicht glauben. Dieses Haus ist ein kleines Schloss, KC, direkt gegenüber vom Kensington Palace.« Sie hielt inne, denn sie war drauf und dran gewesen, herauszusprudeln, dass Hal verrückt gewesen wäre, wenn er versucht hätte, sie hier einzuführen. Aber sie fürchtete sich vor dem, was KC sagen, oder schlimmer noch, sehen könnte.

»Wow«, machte KC. »Hal war also steinreich.«

»Ja.« Jill zögerte. »KC, hier ist etwas Merkwürdiges passiert.« Und sie erzählte ihr von dem Foto von Anne und Kate.

»Oh mein Gott!«, rief KC aufgeregt. »Jill, das kann kein Zufall sein. Stell dir bloß vor, die Frau auf dem Foto könnte deine Großmutter sein oder so. Wär das nicht cool? Ich meine, die Sache mit der Familie spielt so eine große Rolle in deinem Leben! Vielleicht sollte Hal dich zu Kate führen.«

Jill starrte auf den Hörer in ihrer Hand. Ihr wurde langsam mul-

mig. »Ich muss jetzt Schluss machen«, sagte sie abrupt. »Danke, dass du dich um Ezekial kümmerst.«
»Hab ich was Falsches gesagt? Jill, warte. Ich weiß, dass du das nicht glaubst, aber das Universum hat etwas mit dir vor, und Hal war nicht das Ziel.« KC klang so ernst und glühend überzeugt, dass Jill unter anderen Umständen darüber gelächelt hätte.
Doch das tat sie nicht. Sie fuhr zusammen. Sie brauchte einen Moment, bis sie antworten konnte, denn Hals Bild stand ihr vor Augen – diesmal sah sie ihn nicht, wie er sterbend in ihren Armen lag, sondern so, wie er gewesen war, attraktiv und fröhlich und lebendig. »Nicht heute Nacht. Bitte, ich hatte einen schlimmen Tag. Das Universum – Gott – was auch immer, ist nicht fair, und das hier ist nicht gerecht. Weil Hal ein guter Mensch war und am Leben sein sollte und wir zusammen sein sollten und ich einfach nicht verstehe, wie Gott das zulassen konnte!« Jill griff nach ihrem zweiten Scotch, aber sie hatte ihn schon ausgetrunken.
»Oh Jill, Er hat Seine Gründe«, erwiderte KC ernsthaft. »Jeder von uns hat seinen Weg zu gehen, und … «
»Ich weiß, ich weiß, das Universum hat für alle irgendeinen wunderbaren Plan«, seufzte Jill. Sie drehte sich um und rupfte ein Taschentuch aus der Box neben sich auf dem Bett.
»Es gibt einen Plan für jeden von uns«, sagte KC leidenschaftlich. Sie sprach ohne Zögern weiter. »Ich hab die Karten für dich gelegt, Jillian. Ich konnte nicht anders.«
Jill erstarrte. Genau das hatte sie vermeiden wollen. »Ich bin wirklich müde«, setzte sie an.
»Jillian, zwei Karten tauchen immer wieder auf. Du musst vorsichtig sein.«
Jill setzte sich auf. Im Gegensatz zu ihrer Nachbarin war sie keine romantische Spinnerin. Sie glaubte nicht an Wahrsagerei. Nicht wirklich. Aber KCs Trefferquote war richtig unheimlich. Sie musste fragen: »Welche beiden Karten?«

»Der Narr und der Turm«, sagte KC ruhig.
»Kannst du's mir erklären?«, fragte Jill angespannt, denn die plötzliche Veränderung in KCs Ton gefiel ihr nicht.
»Der Narr ist ein junger Mann. Er schlendert fröhlich in die Welt hinein mit seinem kleinen Hund und seinem Bündel über der Schulter. Aber er passt nicht auf, wo er hingeht. Er ist kurz davor, in einen Abgrund zu stürzen, Jill.« KC schwieg.
»Was bedeutet das?«
»Das ist doch ganz klar. Du musst dir jeden Schritt gut überlegen.«
Jill fuhr sich mit der Zunge über die Lippen. »Ich fürchte, ich befinde mich bereits im freien Fall«, murmelte sie und dachte an ihre Ankunft im Hause Sheldon.
»Der Turm sieht mittelalterlich aus; als hätte er vielleicht einmal zu einer Burg gehört. Er ist aus Stein, und der Blitz schlägt darin ein. Der Turm steht in Flammen. In Panik stürzen sich Menschen herunter.«
Jill sträubten sich die Haare im Nacken. »Das verstehe ich nicht.« Doch das tat sie.
»Der Turm steht für Umsturz, für Zerstörung. Und der Umsturz geschieht meist blitzschnell.«
Jill schwieg lange. Schließlich sagte sie: »Vielleicht bezieht sich der Turm auf Hals Tod.«
»Nein. Das glaube ich nicht.« KC hielt kurz inne. »Ich bin ganz sicher, dass er sich auf die Zukunft bezieht.«
Jill war nicht ihrer Meinung, sagte aber nichts. Hals Tod hatte ihr Leben zerstört, es würde nie wieder so sein wie zuvor – wenn das kein Umsturz war, was dann? KC irrte sich. Der Turm bezog sich auf die Gegenwart, nicht auf die Zukunft.
KC sprach weiter. »Vertrau mir, Jillian, und vertrau den Sternen, sie stehen auf deiner Seite.«
»Das glaube ich nicht«, sagte Jill.

»Es gibt einen Grund für alles, was mit uns geschieht«, erwiderte KC sanft.

»Nein. Nein, gibt es nicht.«

»Lass mich nur eine Karte ziehen. Um Klarheit zu schaffen«, beharrte KC.

»Wozu denn?«, fragte Jill, aber sie hörte, dass die Karten bereits gemischt wurden. Es hatte keinen Sinn, denn ihre Situation war sonnenklar. Hal war tot. Sie war allein. Und, weiß Gott, sie hatte ihn durch ihre verantwortungslose Fahrerei getötet.

Aber dann dachte sie an seine letzten Worte, und an Kate Gallagher. Und sie hörte, dass die Karten zur Ruhe gekommen waren. Am anderen Ende der Leitung herrschte Schweigen.

»Was hast du gezogen?«, flüsterte Jill.

»Da ist eine Frau. Es könnte sein, dass du gemeint bist, aber das glaube ich nicht, weil es die Herrscherin ist. Sie ist sehr mächtig, umgeben von Reichtum, und sie ist sehr kreativ, vielleicht eine Künstlerin.«

»Ich bin Künstlerin.«

»Sie ist vielleicht schwanger«, sagte KC langsam.

Jill starrte das Telefon an.

»Sie ist meistens schwanger. Jill, du bist doch nicht schwanger, oder?«

»Nein«, antwortete Jill mit einem tiefen Seufzer. Für heute hatte sie genug von Fatalismus und Vorsehung gehört, und während sie schwitzend den Hörer umklammerte, dachte sie, dass sie es nicht ertragen könnte, wenn sie schwanger wäre. »Ich muss Schluss machen. In zwei Tagen bin ich wieder zu Hause. Vielen Dank für alles.«

»Jill! Pass auf dich auf. Wir sehen uns, wenn du wieder da bist.«

Jill konnte nicht mehr sprechen. Rasch legte sie auf. Hal war tot. Sie konnte unmöglich schwanger sein.

Jill versuchte sich zu erinnern, wann sie zuletzt ihre Periode gehabt hatte, aber sie konnte nicht mehr denken. Zum Teufel mit dem Turm, dachte sie düster. Und zum Teufel mit der verdammten Herrscherin!

Und sie war bestimmt nicht schwanger. Das durfte einfach nicht sein. Das wäre der grausamste Schachzug, den das Schicksal sich ausdenken könnte. Sie hatte geglaubt, dass ihr Leben nicht schlimmer werden konnte, aber wenn sie Hals Kind in sich trug, dann würde es das ganz sicher.

Jill verschränkte die Arme hinter dem Kopf und starrte zur Decke hoch. Sie war angetrunken und erschöpft und fühlte sich wie betäubt. Und als die Erschöpfung sie schließlich überwältigte und sie endlich einschlief, war ihr letzter Gedanke der, ob es irgendeine Verbindung zwischen ihr und Hal und einer Frau namens Kate Gallagher geben konnte.

Und sie träumte von einem feuchten, dunklen, verfallenden Turm, aus dem es kein Entkommen gab.

Jill betrat nach den Sheldons die anglikanische Kirche, in der der Trauergottesdienst stattfand, und ihre Schritte hallten auf dem jahrhundertealten grauen Steinboden. Wie fast alle Kirchen in England gehörte auch diese in eine andere Zeit – sie war wahrscheinlich fünf- oder sechshundert Jahre alt. Die Wände waren aus nacktem Stein, die Fenster aus uraltem Buntglas, die Bänke zerkratzt und abgenutzt. Die meisten dieser Bänke hatten sich schon mit Freunden und Bekannten der Familie gefüllt.

Jill bekam Platzangst.

Sie ging weiter den Gang entlang, hinter Lauren her, die sich ein Taschentuch vors Gesicht drückte und still weinte. Ihr Mann, groß und dünn mit herrlichem, dunklem, schulterlangem Haar, hatte einen Arm um sie gelegt. Jill hatte ihn im Haus kurz gesehen. Sie hatte nur soviel mitbekommen, dass er Künstler war und die Ehe von Spannungen belastet.

Thomas ging vor ihnen, den Arm um seine Mutter Margaret gelegt, der Jill gar nicht vorgestellt worden war. Die wenigen Blicke, die sie vor der Kirche auf Hals Mutter erhaschen konnte, hatten ihr gezeigt, dass Margaret unter starken Beruhigungsmitteln stand und von Schmerz gezeichnet war. Sie schien nichts von Jills Anwesenheit zu wissen, und das war wohl ganz gut so.

Jill versuchte den Blick von Thomas' breiten Schultern abzuwenden. An diesem Morgen hatte er sie mit einem äußerst knappen Nicken begrüßt. Seine Gefühle ihr gegenüber hatten sich seit dem vergangenen Abend offenbar nicht gewandelt.

Jill starrte an ihm vorbei. Alex und William führten Seite an Seite die Familie an. Alex hatte William fest am Ellbogen gepackt, als fürchte er, sein Onkel würde zusammenbrechen. Der alte Herr wirkte ausgelaugt und sehr erschöpft. Die Tränensäcke unter seinen Augen stachen heute noch mehr hervor als gestern bei Jills Ankunft. Sie zweifelte nicht daran, dass er die ganze Nacht geweint hatte.

Alex und William nahmen ihre Plätze in der ersten Reihe ein. Thomas musste Margaret buchstäblich aufrecht halten, als er sie neben ihrem Mann platzierte und sich dann selbst setzte. Er blickte nicht zu Jill auf, die allein in die zweite Reihe schlüpfte, hinter die Familie und neben Fremde, die sich ihr zuwandten, um sie anzustarren.

Jill verschränkte die Hände so fest ineinander, dass es wehtat. Dann traf sie Thomas' Blick, als er sich nach ihr umdrehte. Er lächelte nicht; sie blieb reglos. Er setzte sich zurecht und schaute wieder nach vorn.

Wenn der Gottesdienst nur schon vorüber wäre. Jill schloss die Augen. Dies war mit Abstand der entsetzlichste Moment seit Hals Tod. Die Zeit schien stillzustehen. Und zu allem Überfluss ging Jill ihre Unterhaltung mit KC in der letzten Nacht nicht aus dem Kopf. Und sie hörte hinter sich jemanden weinen – unterdrückt, aber gequält von Trauer.

Jill sah sich um. Direkt auf der anderen Seite des Mittelganges schluchzte eine zierliche Frau in ein Taschentuch. Ihr Gesicht war hinter ihrem schulterlangen, kastanienbraunen Haar verborgen. Ein älterer Mann hatte den Arm um sie gelegt. Er war alt genug, um ihr Vater zu sein.

Jill starrte gebannt zu ihr hin. Die Frau war jung, und ihr maßgeschneidertes schwarzes Kostüm saß wie angegossen an ihrem Luxuskörper. Jill kannte sie. Aber das ergab keinen Sinn, denn Jill war sich ziemlich sicher, dass sie sich nie begegnet waren.

Plötzlich wurde ihr bewusst, dass viele Leute in der Menge sie anstarrten. Sie schaute sich nervös um, aber die Männer und Frauen wandten rasch den Blick ab, wenn sie in ihre Richtung sah. Es gab keinen Zweifel daran, dass ihre Gegenwart bei der Trauergemeinde eine merkwürdige, aber heftige Reaktion hervorrief.

Oh Gott. Zu spät wurde Jill klar, dass alle wissen mussten, dass sie gefahren war, dass der Unfall ihre Schuld war, dass sie Hal getötet hatte. Das war der Grund, weshalb alle sie anstarrten. Es gab keine andere Erklärung dafür.

Jill hatte sich noch nie elender gefühlt. Sie wurde von Schuldgefühlen überwältigt. Sie schienen ihr den Atem zu nehmen.

Ihr kam in den Sinn, dass sie einfach aufstehen und aus der Kirche laufen könnte, weg von all diesen Leuten und ihren vorwurfsvollen Blicken – weglaufen und niemals wiederkommen.

Aber sie liebte Hal. Sie musste sich von ihm verabschieden.

Und als der Priester auf der Kanzel erschien, hörte Jill hinter sich Leute flüstern. Jemand sagte: »Ist *sie* das?«

Jill erstarrte.

Eine andere Stimme antwortete: »Ja, das ist *sie*. Die amerikanische Freundin, die *Tänzerin*.«

Jills Schultern verkrampften sich. Sie rührte sich nicht. Sie betete, der Gottesdienst möge endlich beginnen. Doch die erste Stimme fuhr viel zu laut fort: »Aber was ist mit Marisa?«

Marisa? Wer war Marisa? Jill wandte sich um und sah eine ältere Frau in einem schwarzen Chanel-Kostüm. Sie trug einen entzückenden schwarzen Hut und war überreichlich mit sehr großen, sehr echten Diamanten behängt.
Die ältere Dame lächelte automatisch und drehte den Kopf so, dass sie über den Mittelgang schaute. Jill erwiderte das Lächeln nicht. Ängstlich folgte sie ihrem Blick.
Und der fiel auf die zierliche Frau in dem engen schwarzen Kostüm. Die hatte aufgehört zu weinen und blickte starr geradeaus. Sie war eine der reizendsten, weiblichsten Frauen, die Jill je gesehen hatte, mit ihrem makellosen Porzellanteint und dem dunkelroten Haar. Und nun erkannte Jill, wer das war.
Sie war die Frau auf dem Foto in Hals Schlafzimmer, das ihn mit ihr auf einer Skipiste zeigte.
Jills Herzschlag schien für einen Moment auszusetzen. Sie bekam keine Luft.
Der Pastor begann zu sprechen, und seine Worte drangen durch den Schock zu Jill. »Meine lieben, lieben Freunde«, hob er mit tiefer, volltönender Stimme an, »wir sind heute unter tragischen Umständen hier zusammengekommen, um den kürzlich verstorbenen Harold William Sheldon zur letzten Ruhe zu betten.«
Wer war Marisa? Was hatte die Bemerkung zu bedeuten? Jill rang nach Luft. Sie konnte sich kaum mehr zusammennehmen. Oh Gott. Genau davor hatte sie sich heimlich gefürchtet, vor versammelter Mannschaft zusammenzubrechen, vor all diesen fremden Leuten, vor Hals Familie – Thomas, Alex – vor denen, die sie so verabscheuten. Sie konnte nicht mehr!
Denk nicht an die andere Frau, befahl Jill sich selbst. Hal hat dich geliebt. Es ist nicht so, wie du denkst, bestimmt nicht. Diese Frau im Chanel-Kostüm musste etwas anderes gemeint haben – aber Jill war zu durcheinander, um zu verstehen, was das sein könnte.
Jill klammerte sich an die Armlehne der Kirchenbank. In der ersten

Reihe schluchzte nun leise Margaret Sheldon. Thomas drückte sie an sich. Direkt vor Jill begann Lauren zu weinen, zuerst in die vors Gesicht gehaltenen Hände, dann an der Schulter ihres Mannes.
Der Gottesdienst war zu einem Albtraum geworden. Ein Albtraum, dem sie entfliehen musste.
Jill schloss die Augen und befahl sich, tief und gleichmäßig zu atmen, aber sie fühlte sich schwach und schwindelig, und sie hatte schreckliche Angst, nicht mehr lange durchhalten zu können. Sie öffnete die Augen und begegnete Thomas' Blick. Er hielt seine Mutter immer noch fest und wandte sich sofort wieder ab. Die Anklage in seinen Augen war unmissverständlich gewesen.
Und Jill hörte den Pastor sagen: »Eine der gütigsten, mitfühlendsten und mutigsten Seelen, der ich jemals begegnet bin.«
Mutig. War Hal mutig gewesen? Er hatte mit dem Gedanken gespielt, sie nach seinem Heiratsantrag einfach sitzen zu lassen. Weil er Angst davor hatte, sie hierher mitzubringen. Zu diesen Leuten, diesem Lebensstil, dieser Arroganz und Herablassung. In diesem Moment konnte Jill es ihm nicht verübeln, dass ihn der Mut verlassen hatte. Sein Familie war kalt und feindselig. Oh Gott. Sie hassten sie, aber selbst wenn Hal noch am Leben gewesen wäre, hätten sie sie gehasst; und das hatte Hal gewusst.
Jill ballte die Fäuste so heftig, dass sich ihre kurzen, gepflegten Fingernägel in ihre Handflächen gruben; sie war drauf und dran, aufzuspringen und aus der Kirche zu laufen. *Hal war nicht mutig.* Dieser Gedanke kam ihr vor wie ein abscheulicher Verrat; sie wünschte verzweifelt, sie hätte das nie gedacht. Und sie spürte wieder die aufdringlichen Blicke und wusste, dass man sie beobachtete. Sie konnte nicht gehen. Alle sprachen bereits über sie, und wenn sie das tat, würde das Gerede noch viel schlimmer werden. Mit verschwommenem Blick starrte Jill geradeaus.
Marisa war die Art von Frau, die Hal hätte nach Hause bringen können. Ein einziger Blick hatte Jill das bestätigt: Sie war elegant,

aus gutem Hause – aus reichem Hause. Es war genauso schmerzlich offensichtlich wie Jills ärmliche Herkunft. Ihre trendigen Kunstseide- und Lycra-Klamotten, ihre Secondhand- und Flohmarktstücke schrien förmlich »Unterschicht«. Selbst ihre Frisur war zu flippig für diese noble Gesellschaft.

Vor allem aber war sie eine Tänzerin. Seit ihrem sechsten Lebensjahr war der Tanz ihre Leidenschaft gewesen. Was hatte Hal sich nur dabei gedacht?

Thomas sprach. Jill fuhr beim Klang seiner heiseren Stimme zusammen, denn sie hatte gar nicht wahrgenommen, dass er aufgestanden und auf die Kanzel gestiegen war. Es war eine Erleichterung, sich nun auf ihn zu konzentrieren – vielleicht sogar ihre Rettung.

Er stand am Pult und hielt sich mit seinen starken Händen daran fest. An seiner Rechten blinkte ein Siegelring mit einem blutroten Stein. Jill kam nicht umhin zu bemerken, dass er selbst im tiefschwarzen Anzug und mit rotgeränderten Augen eine unwiderstehliche Ausstrahlung besaß; er sah noch immer sehr gut aus.

»Mein Bruder Hal hatte den Tod nicht verdient«, setzte er an und musste sofort aufhören, das Gesicht abwenden und um Fassung ringen.

Jill starrte zu ihm auf, und ihre Gefühle ihm gegenüber wurden milder. Er mochte sie verabscheuen, aber ihn schmerzte schließlich der Verlust seines Bruders. Gestern Abend hatte sie zu Alex gesagt, dass sie einander trösten sollten. Das glaubte sie auch jetzt noch. Aber Thomas war zu wütend, um ihr zu erlauben, ihn zu trösten oder zu bedauern, oder auch nur, Schmerz und Trauer mit der Familie zu teilen.

»Hal hatte den Tod nicht verdient«, wiederholte Thomas; er machte eine Pause, sein Kiefer spannte sich. Sein Blick schweifte über die Versammlung, er sah jeden einzelnen an. Nur nicht Jill.

»Niemand verdient den Tod«, sagte er heiser. »Aber mein Bruder war so jung, er war erst sechsunddreißig, und er war eine jener guten Seelen, von denen die Welt so viel mehr bräuchte.« Er holte tief Luft. »Er hatte es nicht verdient zu sterben. Ich kann noch immer nicht begreifen, wie das passieren konnte.« Thomas hielt inne. Und plötzlich blickte er Jill direkt in die Augen.

Jill hielt mit geballten Fäusten seinem Blick stand. Jegliches Mitgefühl, das sie eben noch für Thomas empfunden hatte, war erloschen. Sein Satz kam einer Mordanklage gleich. Er hatte sie offen beschuldigt – keiner der Anwesenden konnte seine Worte falsch verstanden haben, oder die Anklage in seinen Augen. Wie konnte er so grausam sein?

»Hal war ein außergewöhnlich gütiger Mensch«, fuhr Thomas fort, den Blick noch immer starr auf Jill gerichtet. »Er hatte ein Herz aus Gold. Er hat sich stets für andere eingesetzt. Ich habe ihn oft damit aufgezogen. Als wir noch klein waren, war er immer derjenige, der kleine Stromer mit nach Hause brachte. Wir hatten nie weniger als drei oder vier herrenlose Katzen und Hunde im Haus, als wir noch Kinder waren. Unsere Mutter hat ihn immer angefleht, nicht noch mehr arme Kreaturen anzuschleppen, aber er hat nie auf sie gehört.«

Marisa weinte wieder.

Thomas war ein hervorragender Redner, seine Stimme kraftvoll und deutlich, aber Jill hörte ihn nicht mehr. Sie starrte Marisa an, die von Trauer förmlich zerrissen wurde. Offensichtlich war sie bis über beide Ohren in Hal verliebt gewesen. Jill wurde schlecht.

»Ich habe beschlossen, Hals Arbeiten zusammenzutragen und in einer Galerie auszustellen«, sagte Thomas. Jill erhob den Blick wieder zur Kanzel; Marisa auf der anderen Seite des Ganges fuhr fort, laut und unbeherrscht zu schluchzen. »Sein Werk ist es, was uns und der Welt von ihm bleibt«, sagte Thomas. »Danach, habe ich gedacht, könnten wir seine Arbeiten als Dauerausstellung nach Uxbridge Hall bringen. Hal hat Uxbridge Hall geliebt. Als er noch in London lebte, hat er das alte Gemäuer regelrecht heimgesucht.« Plötzlich liefen Tränen über Thomas' Wangen. Es war klar, dass er nicht weitersprechen konnte.

Alex eilte zum Rednerpult. Er legte einen Arm um seinen Cousin. Thomas schüttelte den Kopf. »Ich will zu Ende sprechen«, schien er ihm damit zu bedeuten.

Alex redete auf ihn ein.

Jill tupfte sich die Augen trocken und beobachtete die beiden Cousins, der eine schlank und dunkel, der andere wie vergoldet. Schließlich beugte sich Alex dem Willen seines Cousins und verließ die Kanzel. Kurz bevor er sich setzte, traf sein Blick auf Jills.

Jill sah nicht weg.

Thomas schluckte. »Ich bitte um Entschuldigung«, sagte er barsch. »Ich habe meinem Bruder so vieles zu verdanken. Mehr, als ich hier erklären kann; lasst mich nur soviel sagen, dass Hal sich, als ich wegen persönlicher Dinge eine sehr schwere Zeit durchmachen musste, immer die Zeit genommen hat, mich zwei- oder dreimal am Tag anzurufen. Und wenn er nur einfach Hallo sagte, um sich zu vergewissern, dass bei mir alles in Ordnung war, um mich wissen zu lassen, dass er für mich da war. Mein Bruder war ein einzigartiger und wunderbarer Mensch.«

Thomas verstummte. Lange Augenblicke verstrichen. Jill dachte, seine Grabrede sei vorbei. Ihr Blick blieb auf sein Gesicht fixiert. Selbst wenn sie gewollt hätte, sie hätte ihn nicht abwenden können. Plötzlich sprach er weiter, lächelnd und weinend zugleich: »Als wir noch klein waren, war Hal immer derjenige, der Streiche ausgeheckt hat. Ich werde nie vergessen, wie er einmal eine Kröte in das Wasserglas unseres Kindermädchens gesteckt hat. Sie hat so laut geschrien, dass sie Tote hätte wecken können.« Das Lächeln verschwand. Die Tränen blieben. »Ich kann nicht glauben, dass er fort ist.« Abrupt hörte Thomas zu sprechen auf, und wieder liefen ihm Tränen über die Wangen. »Ich vermisse ihn so schrecklich.«

Jill wollte nur noch aufspringen und weglaufen. Doch da sein Blick sich wieder auf ihr Gesicht richtete, rührte sie sich nicht.
»In Hals Namen«, fuhr Thomas fort, »werde ich eine Stiftung einrichten, damit junge, mittellose Künstler eine Chance bekommen, ihre Träume zu erfüllen. Das ist das, was Hal sich gewünscht hätte.«
Jill schaute ihn an. Das war eine noble und große Geste. Hal hätte sich darüber gefreut. Sie fuhr sich über die Augen. Sie hatte gedacht, dass sie endlich, endlich keine Tränen mehr hätte. Aber sie hatte sich getäuscht.
Auch Thomas weinte, die Tränen strömten über sein Gesicht. Obwohl ihr alles vor den Augen verschwamm, beobachtete Jill, wie Alex zu seinem Cousin ging und ihn beim Arm nahm, um ihm von der Kanzel zu helfen.
Sie sah, wie William aufstand, wie Thomas in seines Vaters Arme fiel und die beiden sich unter Tränen umklammerten. Alex stand hilflos daneben. Er hatte eine Hand auf Thomas' Rücken gelegt, ließ sie aber wieder sinken.
Die drei Männer nahmen schließlich ihre Plätze wieder ein, als der Pastor das Wort ergriff. Es wurde ein letztes Gebet gesprochen. Als es vorbei war, gab er den Ort der Beerdigung bekannt. Jill blieb reglos sitzen, als die Trauergäste sich allmählich erhoben. Sie bemerkte nun, wie heftig ihr Herz schlug, wie völlig erschöpft sie auf einmal war, und schrecklich erleichtert, dass diese schwere Prüfung zu einem Ende kam. Sie senkte den Kopf, weil sie niemandem der Vorübergehenden in die Augen sehen wollte, besonders nicht der Familie Sheldon.
Plötzlich schrien mehrere Frauen erschrocken auf.
Jill sprang auf. Als sie sich in Richtung der Schreie wandte, erkannte sie, dass Marisa ohnmächtig im Gang lag.
Keine Sekunde später waren Alex und Thomas bei ihr, knieten sich neben sie und versuchten, sie wieder zu Bewusstsein zu bringen. Jill verfolgte mit starrem Blick, wie Thomas ihre Wangen tätschelte.

Alex stand auf und rief nach einem Riechfläschchen. Der Pastor, der auf solche Fälle offenbar gut vorbereitet war, reichte ihm über mehrere Köpfe hinweg eine kleine Flasche. Alex ließ sich wieder neben Marisa nieder.

Und einen Augenblick später beobachtete Jill, wie Thomas Marisa aus der Kirche geleitete, den Arm um ihre Taille gelegt, während sich die zierliche Frau an ihn lehnte. Alex folgte ihnen auf dem Fuße.

Jill verließ die Kirche als Letzte, ganz allein.

Jill stand reglos auf einer belebten Straße mitten in London. Sie war sich nicht sicher, wo sie sich befand. Sie hatte versucht, die British Library zu finden, nachdem sie nach der Beerdigung etwa eine Stunde ziellos herumgeirrt war, um nicht zur Residenz der Sheldons in Kensington Palace Gardens zurückkehren zu müssen. Sie war auf die Idee gekommen, dass sie in der Bibliothek nicht nur die Zeit totschlagen, sondern vielleicht sogar etwas über Kate Gallagher in Erfahrung bringen könnte.

Jill hatte an einer Straßenecke einen Stadtplan gekauft, den sie jetzt auseinander faltete, um sich zurechtzufinden. Sie konnte sich kaum konzentrieren. Nicht nur, dass Alex und Thomas Marisa in der Kirche zu Hilfe geeilt waren; Thomas hatte sie außerdem zum Wagen der Familie geleitet und Marisa zusammen mit den Sheldons zum Friedhof gefahren. Sie, Jill, war genau so zum Friedhof gekommen wie zur Kirche. Ein Chauffeur in einem braunen Mercedes hatte sie allein dorthin gefahren.

Sie sollte vermutlich dankbar dafür sein, dass die Familie sie zumindest auf diese Weise unterstützte. Aber sie war nicht dankbar, überhaupt nicht.

Offensichtlich gehörte Marisa zur Familie. Jill war völlig durcheinander, und Marisas Verhalten beunruhigte sie noch mehr. Es war klar, dass sie Hal geliebt hatte. Thomas' Botschaft an Jill hingegen war unmissverständlich gewesen. Sie war die Außenseiterin – und das würde sie immer bleiben. Das Einzige, was Jill nicht so genau wusste, war, ob er sie absichtlich so verletzen wollte.

Es war einer der schlimmsten Tage ihres Lebens gewesen, und Jill starrte auf den Stadtplan, während sich heftige Kopfschmerzen hinter ihrer Stirn breit machten. Es stellte sich heraus, dass die British Library nur ein paar Ecken entfernt lag. Sie seufzte, packte den Plan in ihre Umhängetasche und marschierte los. Sie wusste, dass dieser Versuch nur ein Schuss ins Blaue war, aber das war ihr egal. Sie würde erst dann zu den Sheldons zurückkehren, wenn alle tief und fest schliefen. Gott sei Dank flog sie morgen nach Hause.

Endlich entdeckte Jill die Bibliothek, ein riesiges, modernes Gebäude, an der nächsten Ecke. Sie ging langsamer und, während die anderen Fußgänger geschäftig an ihr vorbeieilten, trat ihr Kate Gallaghers Bild auf einmal deutlich vor Augen. Jill hatte kaum jemals eine Bibliothek betreten. In ihrer Schulzeit hatte sie immer Schwierigkeiten gehabt, sich in einer Bibliothek zurechtzufinden. Sie schaute zu der imposanten und, in ihren Augen, ziemlich hässlichen futuristischen Fassade hinauf und sagte sich dann, was soll's. Nun war sie schon hier – sie würde einen Versuch wagen. Und außerdem, waren Bibliothekare nicht dazu da, unerfahrenen Besuchern wie ihr zu helfen?

Sie schob sich ihre zu langen Ponysträhnen aus den Augen, ging über den weiten Vorplatz und betrat das hallenartige Foyer. Es war überraschend still hier. Jill ging zur Information und erfuhr, dass sie die Bibliothek nicht benutzen durfte.

»Sie brauchen einen Bibliotheksausweis, meine Liebe«, sagte die freundliche weißhaarige Dame.

»Einen Ausweis?« Jill lehnte sich an den Infoschalter. »Ich möchte gar nichts ausleihen – ich will alte Zeitungsartikel durchsehen, Klatschspalten und solche Sachen«, erklärte sie fast verzweifelt.

»Sie brauchen trotzdem einen Ausweis, um hineinzukommen«, erklärte die Frau mit einem freundlichen Lächeln. Ihr Namensschild wies sie als Janet Broadwick aus, und sie war mindestens sechzig. »Aber wir haben eine wunderbare Ausstellung, die Sie besuchen können«, fügte sie hinzu.

»Wie kann ich denn einen Bibliotheksausweis bekommen?«, fragte Jill bestürzt.

Die Angestellte erklärte ihr, dass sie einen schriftlichen Antrag einreichen musste – und dass es dann noch vier bis sechs Wochen dauern würde, bis sie die Bibliothek benutzen durfte.

Jill schaute sie an, ohne sie wirklich wahrzunehmen. »Das glaub ich einfach nicht«, flüsterte sie. Ihre Kopfschmerzen wurden schlimmer und machten sie fast blind. Außerdem drohten ihre Beine nachzugeben. Jill bekam Angst. Sie fürchtete, erneut in Ohnmacht zu fallen.

»Meine Liebe?«

Jill schüttelte den Kopf. Tränen standen ihr in den Augen. Sie begann heftig zu zittern und sie wusste, dass sie einen Ort finden musste, wo sie sich hinlegen konnte, bevor sie zusammenbrach oder Schlimmeres. Offenbar hatte sie ihre Kräfte überschätzt. Oder die Beerdigung und die Sheldons hatten ihr den Rest gegeben.

»Du meine Güte!«, rief die alte Dame erschrocken und kam um ihren Schreibtisch herumgeeilt. »Ist Ihnen schlecht?«, fragte sie und packte Jill am Arm.

Jill starrte sie an, während die Frau vor ihren Augen zu tanzen schien. »Mein Freund ist tot«, sagte sie unsicher. »Ich komme gerade von der Beerdigung, und ich will nicht zu seiner Familie zurück – sie halten mich für die Schuldige, verstehen Sie. Ich hab das Auto gefahren.«

»Oh, Sie armes Ding«, rief Janet Broadwick. »Kommen Sie und setzen Sie sich erst einmal.«

Jill ließ sich von der Frau in ein Büro und zu einem Stuhl führen. Sie schloss die Augen, legte das Kinn in die Hände und stützte die

Ellbogen auf die Oberschenkel. Allmählich beruhigte sich ihr Puls. »Ich habe ein Foto in seinem Schlafzimmer gefunden«, hörte sie sich sagen. Und dann schaute sie diese freundliche Dame mit dem bläulich schimmernden weißen Haar an und erzählte ihr alles.

Wenig später nippte Jill an einer Tasse Tee und knabberte ein Rosinenbrötchen. Und ihre Retterin, Janet Broadwick, stellte sie der Bibiliotheksleiterin Katherine Curtis vor, einer jungen Frau in beigefarbener Hose und grauer Strickjacke.

Jill merkte, dass sie richtig Hunger hatte – zum ersten Mal seit Tagen. Während sie das Rosinenbrötchen verschlang, stellte Katherine ihr Fragen über Kate und Anne. »Mal sehen, ob ich Ihnen helfen kann«, sagte sie; ihr Gesicht wirkte streng, aber ihre blauen Augen blickten weich durch ihre quadratische, schwarze Brille.

Entschlossenen Schrittes verließ Katherine den Raum. Janet Broadwick tätschelte Jills Arm. »Sie sehen schon besser aus, meine Liebe. Ich muss sagen, vor ein paar Minuten waren Sie ganz grün im Gesicht.«

»Ich habe Hunger«, erwiderte Jill überrascht. »Ich kann mich nicht erinnern, wann ich zuletzt etwas gegessen habe.«

»Lassen Sie mich Ihnen ein Sandwich holen. Sie bleiben inzwischen hier und ruhen sich aus. Wenn irgendjemand finden kann, wonach Sie suchen, dann Katherine. Sie ist wirklich hervorragend.« Janet lächelte sie an.

»Vielen Dank«, sagte Jill, überwältigt von so viel Freundlichkeit. So etwas wäre in New York unvorstellbar gewesen. Sie sah der Frau nach und dachte, dass die Welt weiß Gott viele Überraschungen bereithielt, und dann betrachtete sie die Aktenschränke, die die Wände säumten. Schließlich sank sie erschöpft auf ihrem Stuhl zurück, wünschte sich noch ein Rosinenbrötchen und hatte das Gefühl, nie wieder aufstehen zu können, selbst dann nicht, wenn die Bibliothek in Flammen aufginge. Einen Augenblick später war sie eingeschlafen.

»Miss Gallagher. Schlafen Sie? Ich glaube, ich habe tatsächlich gefunden, wonach Sie suchen.«

Jill fuhr hoch, merkte, dass sie eingeschlafen war, und war einen Moment lang schrecklich verwirrt, weil eine unbekannte, junge, attraktive Frau mit viel zu großer Brille sie gespannt anstarrte. Sie versuchte sich zu orientieren, erinnerte sich, wo sie war und warum, aber ihr überfordertes Gehirn fühlte sich so taub an, dass es nur in die tiefe Umarmung des Schlafs zurücksinken wollte.

Jill blinzelte plötzlich, als ihr klar wurde, was Katherine da gesagt hatte.

»Sind Sie wach?« Katherine lächelte nicht, aber die blauen Augen hinter den dicken Gläsern schauten sie sehr aufmerksam an.

»Ja.« Jill schob sich den Pony aus dem Gesicht. »Ich habe geschlafen.«

»Ja, das haben Sie, tief und fest. War offenbar dringend nötig. Ich habe die Gesellschaftskolumnen von 1906 durchgesehen. Sie müssen sich anschauen, was ich gefunden habe.« Sie lächelte immer noch nicht, aber ihre Augen glänzten aufgeregt.

Jill nahm die kopierte Seite entgegen.

»Das ist aus dem *Herald*«, erklärte Katherine. »Hier.« Sie zeigte auf eine Meldung, nur einen Absatz lang, in der Mitte der Seite.

Sie war nur wenige Zeilen lang, eingequetscht zwischen anderen, ähnlich knappen Meldungen. »Die amerikanische Erbin Kate Gallagher aus New York City, soeben in Begleitung ihrer Mutter, Mrs. Peter Gallagher, in London angekommen, weilt als Gast bei Lord und Lady Jonathan Bensonhurst. Miss Gallagher wird anlässlich des Fairchild-Balles am Donnerstag, dem ersten Oktober, mit Lady Anne Bensonhurst debütieren.«

Zitternd und jetzt hellwach, las Jill die Zeilen noch einmal durch. Sie sah nach dem Datum oben auf der Seite. Die Zeitung war vom sechsten September 1906. Ihre Gedanken überschlugen sich.

Kate kam aus New York, wie ihre eigene Familie. Ein Zufall? Sie war kürzlich mit ihrer Mutter nach London gekommen. In Jills Kopf drehte sich alles. Kates Vater hieß Peter. Genauso wie Jills Großvater. Eigenartig! Das musste ein weiterer Zufall sein. Waren das nicht schon zu viele Zufälle? Und wie passte Hal in dieses Mosaik?

Und während Jill auf die Seite starrte, verschwammen die Worte und Buchstaben vor ihren Augen. Sie verstand den Sinn dieser Sätze nicht mehr, sondern sah stattdessen die beiden jungen Frauen deutlich vor sich, so lebhaft, als stünde sie wirklich vor ihnen.

Sie steckten die Köpfe zusammen, der eine Schopf nachtschwarz, der andere leuchtend rot. Anne und Kate waren die besten Freundinnen, und sie lachten und kicherten, während sie Stoffe und Accessoires für die Kleider aussuchten, die sie auf dem Ball tragen wollten. Sie hatten ihr ganzes Leben noch vor sich und waren erfüllt von Träumen und Hoffnungen auf eine strahlende Zukunft.

Und plötzlich starrte Jill wieder auf den kleinen schwarzweißen Artikel. Gütiger Himmel. Die Vision war kurz gewesen, aber so stark, dass es Jill fast so vorkam, als sei sie in die Vergangenheit gereist, in eine andere, eine wunderschöne Zeit.

Etwas Merkwürdiges geschah mit ihr. Mit jedem Atemzug spürte sie, dass dies der wichtigste Moment ihres Lebens war. Es war mehr als die Sehnsucht danach, eine Familie zu haben – die hatte Jill immer empfunden. Es kam ihr vor, als habe ihr ganzes Leben sie zu diesem Augenblick hinführen wollen: damit sie herausfand, wer Kate Gallagher war.

Einer der vielen Bediensteten des Hauses ließ Jill herein, als sie schließlich von der Bibliothek kam. Es war fast acht Uhr und sehr still im Haus. Wenn die Sheldons nach der Beerdigung Besuch gehabt hatten, waren jetzt alle Gäste gegangen, und Jill nahm an, dass alle Familienmitglieder sich in ihre Zimmer zurückgezogen hatten. Sie war erleichtert.

»Miss Gallagher, ich soll Ihnen ausrichten, dass es heute kein gemeinsames Abendessen geben wird, aber ich kann Ihnen Ihr Essen aufs Zimmer bringen.«

»Das wäre großartig«, antwortete Jill ehrlich. Sie war immer noch hungrig, und sie wollte nur etwas essen und dann ins Bett fallen. »Wie heißen Sie?« Sie lächelte ihn an.

»Jamieson. Darf ich Ihnen etwas bringen?«, fragte er pflichtbewusst.

»Etwas zu essen wäre toll. Ich gehe einfach schon nach oben, danke.« Jill sah ihm nach, als er in einen Korridor verschwand, der zweifellos zur Küche und anderen Arbeitsräumen führte. Sie wollte sich gerade auf den Weg nach oben machen, um nicht doch noch einem der Sheldons zu begegnen, als sie plötzlich wünschte, sie hätte Jamieson auch um ein Glas Wein gebeten. Da sie sich in der vergangenen Nacht schon selbst bedient hatte, zögerte sie nicht.

Das Wohnzimmer lag direkt auf der anderen Seite des Foyers. Die großen Türen standen weit offen, und der Raum war erleuchtet, aber leer. Sie konnte kaum glauben, dass sie hier erst gestern – vor gerade mal vierundzwanzig Stunden – Hals exzentrischer aristokratischer Familie gegenübergestanden war.

Es war noch viel schwerer zu begreifen, dass sie ihn heute beerdigt hatten.

Rasch durchquerte Jill die Eingangshalle, betrat den Salon und ging geradewegs zu dem Barwagen hinüber. Sie goss sich schnell einen Scotch ein, diesmal mit Eis, und nahm ein paar kleine Schlucke. Während der Alkohol Trauer und Sorgen dämpfte, schaute sie sich um. Scotch, entschied sie, war gar nicht übel.

Sie hatte vorher nie auf die Einzelheiten des Raumes geachtet. Das Wohnzimmer bot ein halbes Dutzend verschiedener Sitzecken, ein Dutzend herrlicher französischer Aubusson-Teppiche, und jedes einzelne Möbelstück war eine wertvolle Antiquität. Einige der

Tischchen hatten Marmorplatten, die meisten Stühle vergoldete Lehnen oder Beine. Sie blieb stehen. Wieder betrachtete sie den Matisse an einer der Wände und bemerkte dann den Chagall-Druck daneben.

Ein riesiges Landschaftsgemälde hing an der nächsten Wand. Jill konnte nicht sagen, von wem es stammte, zweifelte aber nicht daran, dass es ein bedeutendes Werk war. Sie ging näher heran. Es war ein Corot.

Jill hatte die riesige Kluft zwischen ihrer und Hals Welt schon akzeptiert. Wieder fragte sie sich grimmig, was Hal sich nur dabei gedacht haben mochte. Was, wenn seine Familie Recht hatte – und sie für Hal nur ein Abenteuer gewesen war?

Jill wollte diesen Gedanken nicht weiterverfolgen. Aber vielleicht war es ein schrecklicher Fehler gewesen, nach England zu kommen. Sie hatte hier Dinge erfahren, Dinge gesehen, von denen sie lieber nichts gewusst hätte.

Sie dachte an Marisa. Wie hatte sie bloß zu Hal gestanden?

Und plötzlich war Jill wütend. Sie war wütend auf Hal, weil er tot war und ihr die Antworten nicht mehr geben konnte, die sie von ihm haben wollte. Doch wütend auf jemanden zu sein, der tot war – auf jemanden, den sie so sehr geliebt hatte – erschien ihr furchtbar falsch.

»Wo warst du die ganze Zeit?«

Jill fuhr herum. Alex kam herein, er trug wieder seine alte Jeans und dazu einen roten Kaschmirpullover mit V-Ausschnitt. Jill hatte ihn nicht kommen hören. Als sie bemerkte, dass er wieder barfuß ging, versuchte sie zu lächeln. Es fühlte sich wackelig an. »Tolles Bild.«

Alex lächelte kaum wahrnehmbar zurück. »Ja, das ist es. Ich selbst habe William überredet, dafür zu bieten, letztes Jahr bei Sotheby's. Du bist nach der Beerdigung nicht zurückgekommen.«

Jill zuckte mit den Schultern, um die Spannung abzuschütteln, die

sich dort in den letzten Minuten eingenistet hatte – in den letzten Tagen. »Nein. Kannst du mir das verdenken?«
»Ich schätze, nein«, erwiderte er nach kurzem Zögern.
»Ist Marisa noch hier?«, erkundigte sich Jill. Es klang ein wenig gehässig.
»Nein. Sie ist schon vor Stunden gegangen. Sie ist völlig am Boden zerstört.« Falls er den Sarkasmus in ihrer Stimme bemerkt hatte, ging er darüber hinweg.
Als Alex an ihr vorbei zu dem Barwagen voll kristallener Karaffen und silberner Utensilien schritt, streifte sein Arm zufällig ihren. Jill sah zu, wie er sich einen Wodka on the rocks eingoss. Er hatte nicht den Wodka aus einer der Kristallkaraffen genommen, sondern eine Flasche Keitel One vom unteren Tablett des Wagens.
Jill wandte ihm den Rücken zu und betrachtete wieder den Corot. Sie konnte sich nicht einmal vage vorstellen, was er gekostet haben mochte. Vielleicht ein paar Millionen, dachte sie. Während sie die leuchtende Landschaft anschaute, war sie sich Alex' Gegenwart in jeder Sekunde bewusst. Sie hatte etwas trinken wollen, aber sie hatte keine Gesellschaft gesucht – und ganz bestimmt nicht seine.
»Wohin bist du nach der Beerdigung gegangen?«, fragte Alex.
Jill drehte sich langsam zu ihm um. Sie setzte sich nicht, denn sie hatte die Absicht, schnellstmöglich mit ihrem Drink in ihr Zimmer zu entkommen. »In die British Library.« Der Gedanke an Kate und Anne beschleunigte ihren Puls. Sofort übernahm ihre Fantasie das Ruder, und wieder konnte sie die beiden Mädchen genau vor sich sehen. Diesmal standen sie in ihren festlichen Kleidern, die Augen in ängstlicher Erregung weit aufgerissen, am Eingang eines grandiosen Ballsaals. Jill lächelte schwach.
»In die British Library?« Er hob die Brauen. »Wenn du gern Museen besuchst, hätte ich dir sehr viel bessere empfehlen können.«
»Eigentlich bin ich wegen Kate Gallagher hingegangen.«
Sein Ausdruck blieb unverändert. Sein Gesicht wirkte überhaupt

meist ausdruckslos und zeigte wenig von dem, was in ihm vorging.
»Kate Gallagher? Das Mädchen auf dem Foto?«
Sie nickte und hatte plötzlich das dringende Bedürfnis, ihren aufregenden Nachmittag mit jemandem zu teilen, selbst mit ihm. »Du wirst nicht glauben, was ich gefunden habe.« Sie gab ihm den Inhalt des Zeitungsausschnitts wieder, den sie mühelos auswendig gelernt hatte. »Ist das nicht erstaunlich?«
Alex setzte sich in einen mit rotem und goldenem Brokat bezogenen Polstersessel und streckte die Beine aus. »Was mich erstaunt, ist, dass du überhaupt in diese Bibliothek gegangen bist. Und ich verstehe nicht, was so erstaunlich an dem sein soll, was du herausgefunden hast.«
»Kate war aus New York. Meine Familie stammt ebenfalls aus New York. Das Foto hat Hal etwas bedeutet. Kate und ich haben denselben Nachnamen. Ich weiß nicht, was Hal davon gehalten hat, aber ich habe das sichere Gefühl, dass diese Frau zu meinen Vorfahren gehört.«
Er schüttelte ungläubig den Kopf. »Du bist übermüdet, und du hast eine sehr lebhafte Fantasie. Das ist jedenfalls meine Ansicht. Genieße lieber in Ruhe deinen Drink.« Er prostete ihr zu. »Cheers.«
Jill war enttäuscht über diese Reaktion und wünschte fast, sie hätte ihm von Hals letzten Worten erzählen können. »Du bist vielleicht ein Skeptiker«, sagte sie, immer noch aufgeregt über ihre Entdeckung. »Sie war im September 1906 bei Anne zu Gast. Sie sollten zusammen debütieren. Da passt einfach zu viel zusammen, Alex.«
Alex sah sie ruhig an. Jill merkte erst jetzt, dass sie ihn auch geduzt hatte, und das ließ ihr seltsamerweise die Hitze in die Wangen steigen. »Ich glaube nicht, dass da irgendetwas zusammenpasst«, meinte er schließlich und nahm einen großen Schluck Wodka.
Jills Euphorie verflog augenblicklich. »Du irrst dich.«
»Du bist sehr romantisch veranlagt, Jill, das ist alles.«
Jill sah ihn an. »Ich bin nicht romantisch. Meine Nachbarin ist die

romantische Spinnerin, von wegen New Age und so. Sie ist diejenige, die glaubt, dass unser Leben einem ganz bestimmten Plan folgt.« Jill schwieg und dachte über den großen Plan des Lebens nach. Was für ein Blödsinn.

Alex lächelte. »Das ist eine schöne Vorstellung. Also, was hat das Universum mit dir vor?« Er machte es sich in seinem Sessel so richtig gemütlich.

Überrascht wandte sie sich ihm zu. KC hatte behauptet, Hal sei nicht ihre Bestimmung gewesen, aber das würde sie Alex bestimmt nicht sagen. Schon allein deshalb, weil KC sich irrte.

»Na?«

»Meine Nachbarin sagt, dass Hal mich zu Kate führen sollte.«

Alex schaute sie unverwandt an. »Das ist sehr weit hergeholt.«

»Vielleicht hat sie ja Recht.« Abrupt leerte Jill ihr Glas. »Ich bin wirklich müde«, sagte sie und stand auf. Sie hatte keine Lust auf weitere Wortgefechte.

Alex erhob sich langsam. »Lass mich dir nachschenken«, sagte er und nahm ihr das Glas aus der Hand.

Jill wollte ablehnen, überlegte es sich dann aber anders. Warum war er so freundlich zu ihr? Oder wollte er sie vielleicht hier festhalten? Als Alex ihre beiden Gläser wieder gefüllt hatte, nahm sie ihres entgegen. »Danke«, sagte sie. »Noch einer, und ich schlafe auf der Stelle ein.«

Er deutete ein Lächeln an. Sie tranken. Zum ersten Mal seit ihrer Ankunft in London begann sich Jill ein kleines bisschen zu entspannen, während der Scotch ihr Blut wärmte. »Wer ist Marisa?«

Alex starrte sie an.

»Marisa Sutcliffe ist – war – Hals erste Jugendliebe – die Frau, von der wir alle erwartet haben, dass er sie heiraten würde«, sagte Thomas auf der Türschwelle.

Beim Klang seiner kühlen, arroganten Stimme ließ Jill beinahe ihr Glas fallen. Sie machte steif einen Schritt von Alex weg und drehte

sich ängstlich zu Thomas um. Er schlenderte herein. »Ich hoffe, ich störe nicht.« Sein Blick galt Alex, nicht ihr.
Jill starrte ihn sprachlos an. Alle hatten erwartet, dass Hal Marisa heiratete? Sie war seine Jugendliebe gewesen? Sie verspürte sofort brennende Eifersucht. Aber hatte sie so etwas nicht schon geahnt? »Waren sie verlobt?«
Thomas machte sich einen Drink. Er drehte sich zu ihr um. »Wie hätten sie verlobt sein können? Haben Sie uns nicht gesagt, dass Hal *Sie* gebeten habe, ihn zu heiraten?«
Jill konnte den Blick nicht von ihm wenden. Sie hatte Thomas das nicht gesagt – sie hatte es Alex und Lauren erzählt. Offensichtlich hatten sie sich untereinander ausgetauscht.
»Jill war heute Nachmittag in der British Library«, berichtete Alex seinem Cousin.
Thomas betrachtete sie beide, während er an seinem Scotch nippte. Er hatte sein Jackett abgelegt und trug zu seiner schwarzen Anzughose ein maßgeschneidertes Hemd und eine Valentino-Krawatte. Er hatte sehr breite Schultern und schmale Hüften. »Ich weiß. Es war nicht zu überhören.«
Jill antwortete nicht und beobachtete ihn. Um das mitgehört zu haben, musste er schon einige Zeit in der Tür gestanden haben – sie belauscht haben. Jill war wütend über diese Art von Eindringen. Und wie sie da so neben Alex stand, während Thomas sie anstarrte, fühlte sie sich bedrängt, gefangen. Der Ausdruck in seinen Augen gefiel ihr nicht – es war der Blick eines leidenden Tieres, aggressiv vor Schmerzen und bereit zum Angriff. Er wollte sie angreifen – ihr wehtun, sie bestrafen für Hals Tod. Da war sich Jill sicher.
Seine Augen blieben auf Jill fixiert. »Sie hatten also einen … interessanten Nachmittag?«, fragte er in höflichem Tonfall.
In Erwartung eines Angriffs hob sie das Kinn. »Sehr interessant.«
Sein Blick blieb unverändert. »Geschichte ist also auch Ihr Hobby – ebenso wie Hals.«

»Nein.«
Er zog die dunklen Brauen hoch. »Warum dann der Besuch in der Bibliothek?«
Sie fuhr sich über die trockenen Lippen. »Haben Sie meine Gründe dafür nicht mitbekommen, während Sie dort an der Tür gestanden haben, um meine Unterhaltung mit Ihrem Cousin zu belauschen?«
Es war schwer zu sagen, ob er lächelte und ob das freundlich wirkte oder nicht. »Ach ja, ich meine, Sie hätten gesagt, dass Sie diese Frau, Kate Gallagher, für einen Ihrer Vorfahren halten.«
»Ja, das glaube ich.«
»Wer ist Kate Gallagher?«, fragte er nach einem weiteren Schluck Scotch.
»Ihre Großmutter Anne war mit ihr befreundet, und Kate war 1906 bei ihr zu Besuch«, erwiderte sie, zugleich trotzig und beklommen.
»Und?«
»Hal hatte eine Fotografie der beiden in seinem Zimmer. Wir haben denselben Nachnamen, und Hal wollte mich heiraten. Ich finde, das alles kann kein bloßer Zufall sein.« Sie wusste, dass sie ihn damit quälte. Aber sie konnte nicht anders.
Er wirkte mehr als amüsiert. »Das behaupten *Sie.* Hal hat uns gegenüber mit keinem Wort erwähnt, dass er vorhatte, Sie zu heiraten.« Er senkte den Blick auf ihre Hände. »Ich sehe keinen Ring an Ihrem Finger.«
»Wir hatten keine Zeit, einen Ring auszusuchen«, sagte Jill mit fester Stimme.
»Ach ja. Tanzen muss ein sehr aufreibender … äh … Beruf sein.« Sein Tonfall verriet, dass er Tanzen in keinster Weise für einen Beruf hielt.
»Das ist es«, stellte sie fest. »Ich habe mein ganzes Leben lang sechs, sieben Tage die Woche trainiert. Mit vier Jahren habe ich mit Ballett angefangen – mit sechs habe ich täglich drei oder vier Stunden geübt. Ich war erst siebzehn, als ich in der Juilliard-School aufge-

nommen wurde, und mit achtzehn bin ich zum New York City Ballett gekommen. Es ist sogar noch härter, wenn man dort zum Ensemble gehört. Vor ein paar Jahren bin ich vom Ballett zur Showbühne gewechselt.«

»Versuchen Sie, mich zu beeindrucken?«, fragte er.

Jetzt wurde Jill rot vor Wut. »Ich weiß, was Sie von mir halten. Und es ist mir egal. Ich nehme auch an, dass es sehr wenig gibt, was Sie beeindrucken kann«, rief sie. Dann zwang sie sich zu schweigen. Sie war versucht, sich auf sein Niveau zu begeben und ihm zu sagen, dass er, abgesehen von seinem lorbeerbekränzten Stammbaum und seinem Reichtum, eigentlich nur von sich selbst beeindruckt war. Aber sie hatte nicht die Absicht, so gehässig zu werden wie er.

Er lächelte sie an. »Nur zu. Sprechen Sie frei heraus, Miss Gallagher. Sagen Sie mir, was Sie denken.«

»Lieber nicht«, erwiderte Jill. Sie stellte ihr halb geleertes Glas ab. »Ich gehe jetzt schlafen.«

»Hal hat Ihnen nie von Marisa erzählt«, sagte Thomas mit trügerisch weicher Stimme.

Jill zögerte. Instinktiv wusste sie, dass Thomas ihr gleich einen tödlichen Hieb verpassen würde.

»Ich habe doch Recht.« Thomas kam näher. »Er hat Ihnen überhaupt nichts erzählt, richtig?«

Mit geschürzten Lippen schüttelte sie den Kopf. Sie wollte das nicht hören. Aber sie wusste, dass es unvermeidlich war.

»Hal kannte Marisa fast sein ganzes Leben lang. Unsere Familien sind eng befreundet. Hal und Marisa sind zusammen aufgewachsen – sie waren praktisch schon als Kinder ein Pärchen. Als Hal in seinem letzten Jahr in Cambridge war, wurde es wirklich ernst mit den beiden, und er hat nur so lange damit gewartet, weil sie erst sechzehn war. Sie haben alles gemeinsam unternommen – Ski fahren in den Alpen, eine Safari in Kenia, eine große Tour durch China, mit dem Rucksack durch Indien. Sie haben sich ein paarmal getrennt, sind aber immer wieder zusammengekommen. Immer.«

Jill rührte sich nicht. Ihr Herz schlug schwer und laut in ihrer Brust. Aber Marisa hat einen anderen geheiratet, dachte sie noch.

»Thomas.« Alex trat zwischen sie. »Lass das doch. Sie reist ja morgen ab.«

»Nein«, fuhr Thomas ihn an.

Und dumpf dachte Jill, dass Alex doch kein so großer Mistkerl war.

Alex packte ihren Arm. Jill lehnte sich an ihn, während er sie zur Tür zerrte. »Komm«, sagte er. »Das reicht. Der Tag war auch so schon scheußlich genug.«

»Marisa hat Hal das Leben gerettet«, brüllte Thomas hinter ihnen.

Jill schwankte. Sie riss sich von Alex los, um sich entsetzt zu Thomas umzudrehen.

»Ja«, presste er zwischen den Zähnen hervor. »Marisa hat Hals Leben *gerettet*.«

Jill zitterte. »Was meinen Sie damit?«

Er war entgeistert. »Sie wissen nichts davon, oder? Von den Drogen und dem Alkohol?«

Es dauerte einen Moment, bis Jill ihm folgen konnte. »Hal hat nicht getrunken. Er hat auch keine Drogen genommen.«

Thomas lachte. Es klang rau und bitter. »Die ganze Familie hat weggesehen, wollte einfach nicht wahrhaben, was vor unseren Augen mit Hal geschah«, sagte er. »Er kam im Morgengrauen nach Hause, schlief den ganzen Tag, stank nach Alkohol, zog sich eine Linie rein, wann immer ihm danach war, aber wir alle glaubten ihm, wenn er sagte, dass er müde sei, überarbeitet oder erkältet. Wir haben jahrelang die Augen verschlossen und eine faule Ausrede nach der anderen geglaubt. Aber eines Tages fand Marisa ihn bewusstlos, er hatte eine Überdosis genommen. Kokain, Speed und Alkohol. Sie hat den Rettungswagen gerufen, sie war bei ihm im

Krankenhaus, und sie hat drei Monate lang seine Hand gehalten, während er in einer Entziehungsklinik eingesperrt war. Und sie hat im Jahr darauf seine Hand gehalten, als er dort ambulant weiter behandelt wurde – und das, obwohl sie mitten in ihrer Scheidung steckte. Es war Hals Kampf, aber sie war bei ihm, trotz ihrer eigenen Schlachten vor Gericht, sie hat für ihn gekämpft, um jeden Schritt seines Weges.« Er schrie immer noch. Außerdem war er den Tränen nahe.

Jill bekam weiche Knie. *Sie hatte nichts von alldem gewusst.* Sie war schockiert.

»Und Sie haben davon nichts gewusst«, schrie Thomas.

Jill konnte ihn nur anstarren, während seine Wut über sie hinwegdonnerte, und ihr einziger Gedanke war, dass Hal ihr die wichtigste Sache in seinem Leben verschwiegen hatte und dass Marisa sein Leben gerettet hatte.

Während sie, Jill, es ihm genommen hatte.

Jill schloss die Augen, aber nur für einen Augenblick. Als sie sie wieder öffnete, war ihre Sicht verschwommen. »Warum hat Hal sie nicht geheiratet?«, brachte sie hervor. »Wann war das alles?«

»Vor zwei Jahren war er über den Berg. Aber Marisa steckte mitten in einer hässlichen Scheidung. Sie hat ein Kind, einen Sohn, und dieser italienische Mitgiftjäger von einem Ehemann wollte das Sorgerecht, um etwas gegen sie in der Hand zu haben. Sie und Hal waren während der Scheidung zusammen, bis es einfach zu viel wurde. Als Hal vor einem Jahr nach New York ging, sah es so aus, als könnte Marisas Scheidung sich noch Jahre hinziehen, wegen dem Sorgerechtsstreit.« Er lächelte grimmig. »Aber die Scheidung kam vor zwei Monaten durch.«

Vor Jills Augen drehte sich alles. Sie dachte, *Oh Gott, er war drauf und dran, mich zu verlassen, um zu Marisa zurückzukehren …*

»Nein!«, schrie sie auf. »Er hat mich geliebt. Er hat sie verlassen. Er war bei mir, in New York, die letzten acht Monate …«

Thomas fiel ihr ins Wort: »Allerdings war er bei Ihnen in New York. Und ich denke, der Grund dafür ist verdammt offensichtlich.« Er ließ seinen Blick mit unverblümtem Chauvinismus über ihren Körper gleiten.

»Das reicht«, schrie Jill und drehte sich so hastig um, dass sie mit dem Gesicht gegen Alex' Brust rannte.

»Du warst schon immer als grausam bekannt«, sagte Alex über ihren Kopf hinweg zu seinem Cousin, während seine Hände sich um ihre Schultern schlossen.

Jill schob ihn weg und rannte hinaus.

»Ich bin noch nicht fertig«, knurrte Thomas und eilte ihr mit dröhnenden Schritten nach. Von hinten packte er ihren Arm und riss sie herum. Jill gab einen leisen Schrei von sich – wie ein kleines Tier, das von einem viel größeren, gefährlichen Räuber gepackt wird – ein Schrei, der purer Angst entsprang.

»Sie sind aus demselben Grund hier, aus dem Sie sich überhaupt erst für Hal interessiert haben«, sagte Thomas; seine Augen sprühten vor Wut. »Und wagen Sie es nicht, das zu leugnen!«

»Ich habe keine Ahnung, wovon Sie sprechen«, keuchte Jill.

»Nicht«, sagte Alex barsch und schlug Thomas aufs Handgelenk, so dass er Jill loslassen musste.

Jill wich zur Tür zurück.

»Warum beschützt du sie auch noch? Oder hat sie dich vielleicht auch schon eingewickelt?«, brüllte Thomas Alex an.

»Das habe ich nicht gehört. Ich werde alles vergessen, was du gerade angedeutet hast, weil du vor Trauer nicht mehr weißt, was du sagst«, knurrte Alex. »Thomas, du bist nicht mehr du selbst!«

Thomas richtete den Blick auf Jill, die wie erstarrt an der Tür lehnte, und ignorierte seinen Cousin einfach – vielleicht hatte er ihn gar nicht gehört. Er kochte. »Sie haben sich an Hal herangemacht, weil Sie hinter seinem *Geld* her waren! Und aus genau diesem Grund sind Sie auch hierher gekommen.«

Jill war so erschüttert, dass sie kein Wort hervorbrachte.

»Sie sind hier, um sich einen Anteil an Hals Treuhandfonds zu holen. Als Nächstes werden Sie vermutlich behaupten, dass Sie ein Kind von ihm bekommen!«

Endlich fand Jill die Worte, die sie verzweifelt gesucht hatte. »Sie irren sich«, rief sie. »Sie irren sich gewaltig.« Sie schubste Alex beiseite und floh vor den beiden Männern.

Drei

Jill fühlte sich, als wäre sie tot.

Langsam stieg sie in eine leichte graue Stretchhose und einen passenden schwarzen Pulli; es kam ihr vor, als sei ihrem Körper sämtliche Energie entzogen worden. Ihre Glieder erschienen ihr schwach und nutzlos. Sie war gerade nach einer schlaflosen Nacht aufgestanden. Schreckliche Zweifel über ihre Beziehung mit Hal hatten sie stundenlang gequält, und sie hatte schließlich sogar zugesehen, wie die Sonne aufging. Thomas' Anschuldigungen hatten sie verfolgt, ebenso die Tatsache, dass Hal ihr etwas so Wichtiges wie seinen Kampf gegen Drogen und Alkohol verschwiegen hatte, und sie hatte sich den Kopf darüber zerbrochen, dass Hal vielleicht vorgehabt hatte, Marisa zu heiraten.

Thomas musste sich irren.

Aber die Tatsachen sprachen für sich.

Jill zog sich fertig an. Sie war noch nie so verbittert gewesen – oder so trübsinnig. Sie begriff jetzt, warum Hals Familie sie hasste. Es ging nicht nur darum, dass sie am Steuer gesessen hatte oder dass sie Tänzerin war. Sie glaubten alle, sie sei hinter ihrem Geld her. Es war einfach unglaublich.

Jill war noch nie einem leibhaftigen Mitgiftjäger begegnet. Wie konnten sie sie auf eine Stufe mit solchem Abschaum stellen? Das war wirklich die schlimmste aller Unterstellungen.

Marisa hatte Hal das Leben gerettet. Sie, Jill, hatte es beendet.

Hatte Hal Marisa geliebt? Oder hatte er sie, Jill, geliebt?

Jill sank erschöpft auf ihr Bett. Sie konnte diese Gedanken nicht abstellen, und, schlimmer noch, ihr war wieder zum Weinen zu Mute.

KC hatte Recht. Sie brauchte Medikamente. Nur für ein paar Tage, vielleicht ein paar Wochen.
Bis sie sich einigermaßen daran gewöhnt hatte, wieder allein zu sein; bis sie sich damit abfinden konnte, dass sie auf ihre Fragen niemals eine Antwort bekommen würde.
Jemand klopfte an der Tür. Jill nahm an, es sei eines der Dienstmädchen, und sah auf den Wecker neben dem Bett. Es war fast Mittag.
Heute Abend flog sie nach Hause. Sie konnte es kaum erwarten, obwohl es bedeutete, Hal für immer zurückzulassen – durch einen unendlichen Ozean von ihm getrennt zu sein. Obwohl es bedeutete, dass sie sein Grab jahrelang nicht würde besuchen können.
Sie wusste selbst nicht mehr, was sie eigentlich fühlte. Ein Teil von ihr, der immer noch an ihr Märchen glauben wollte, hasste die Vorstellung, ihn zu verlassen, so weit fort von ihm zu sein. Aber sie konnte es bei den Sheldons nicht mehr aushalten. Sie konnte keine weiteren schrecklichen Entdeckungen über Hals Leben mehr verkraften – sie fürchtete sich davor, noch mehr Dinge zu erfahren, die er ihr verheimlicht hatte.
Jill schnappte sich ihre Handtasche und ihre Lederjacke und öffnete die Tür. Zu ihrer Überraschung wartete draußen Lauren. In einer frisch gebügelten Jeans, ihrem marineblauen Escada-Blazer, einer weißen Bluse mit Hemdkragen und legeren Schuhen von Tod's wirkte sie wie immer makellos und elegant.
»Guten Morgen«, sagte Lauren, die Hände in den Taschen ihres Blazers vergraben. Sie lächelte nicht gerade, aber ihre Miene war längst nicht so finster wie in den vergangenen Tagen. »Sie sind nicht heruntergekommen, also dachte ich, ich sollte mal nach Ihnen sehen.«
Jill lockerte das nicht auf. »In der Hoffnung, ich sei friedlich entschlafen?«, fragte sie, ohne nachzudenken.
Lauren starrte sie an. »Das ist nicht fair.«

»Da haben Sie Recht. Machen wir uns nichts vor. Sie sind nicht heraufgekommen, um sich nach meinem Befinden zu erkundigen.«
Jill wusste, dass sie furchtbar unhöflich war, aber sie sagte nur, was sie dachte. Sie war zu müde, um weiterhin irgendwelche Spielchen mitzumachen.
Lauren folgte ihr den Gang entlang. »Jill. Wir haben letzte Nacht ausführlich über dich gesprochen.«
Jill zögerte und drehte sich auf dem Treppenabsatz zu Hals Schwester um.
»Thomas bedauert seinen grässlichen Wutausbruch. Ich bin gekommen, um dich im Namen aller um Entschuldigung zu bitten.«
Jill wollte ihren Ohren nicht trauen. Und sie glaubte auch keinen Moment, dass Thomas seine Meinung über sie grundlegend geändert hatte. Er hielt sie für eine billige Abzockerin. Er machte sie für Hals Tod verantwortlich. Was war da los? »Okay«, sagte Jill vorsichtig.
Laurens Hände blieben in den Taschen. »Mir tut es auch Leid. Das ist wirklich schwierig. Ich meine damit nicht die Entschuldigung, sondern alles. Aber Hal war mit dir befreundet, und immerhin hast du ihn nach Hause gebracht …« Plötzlich stiegen ihr Tränen in die Augen, ihre Nase wurde rot, und sie konnte nicht fortfahren. »Oh Gott!« Sie wandte sich mit bebenden Schultern ab.
Auch Jills Augen füllten sich mit Tränen. Endlich hatten sie etwas gemeinsam. Jill kramte in ihrer Tasche nach einem Taschentuch und legte eine tastende Hand auf Laurens Schulter. Lauren schüttelte den Kopf und schluchzte. Jill wartete, und als das Schluchzen schließlich verebbte, reichte sie ihr das Taschentuch. Lauren tupfte sich die Augen ab und achtete sorgfältig darauf, dass sie ihre Wimperntusche nicht verwischte.
Als sie aufsah, suchte ihr Blick Jills Augen, die ebenfalls noch feucht waren. »Danke.«
Jill brauchte einen Moment, bevor sie sprechen konnte. »Vielleicht

war ich nicht die Liebe seines Lebens, aber ich habe ihn mit Herz und Seele geliebt.«

Lauren schaute sie entgeistert an.

Jill hängte sich die Tasche über die Schulter. »Thomas irrt sich, was mich betrifft«, sagte sie impulsiv und bedauerte die Worte gleich darauf. Irgendetwas ging hier vor, und sie wollte nicht, dass Lauren etwas von ihrem Verdacht merkte.

»Thomas steht unter Schock, wie wir alle. Er gibt sich die Schuld an Hals Tod.«

»Warum denn das? Er beschuldigt doch mich.«

Lauren schüttelte den Kopf. »Ich weiß, dass du ihn für ein Ungeheuer hältst, aber das ist er nicht. Versuch, das zu verstehen. Bitte. Wir sind eine sehr eng verwobene Familie. Unsere Abstammung reicht Jahrhunderte zurück. Thomas ist Vaters Erbe. Aber Vater ist neunundsiebzig. Thomas ist praktisch jetzt schon das Familienoberhaupt. Er ist fast so etwas wie ein Patriarch, er trifft alle Entscheidungen, ist Vorstandsvorsitzender der Firma und verwaltet sogar Hals und meinen Treuhandfonds.« Lauren wurde klar, was sie gerade gesagt hatte, und sie brach wieder in Tränen aus.

Jill verstand sie. Es war so leicht, zu vergessen, dass Hal tot war – für einen Moment zu denken, er sei noch unter ihnen. Jill reichte ihr noch ein Taschentuch. Lauren schneuzte sich. »Irgendwie habe ich immer gedacht, dass Alex die Firma leitet«, sagte sie.

Lauren warf ihr einen merkwürdigen Blick zu. »Sie engagieren sich beide sehr in der Firma«, sagte sie schließlich. »Alex ist einer der Präsidenten und sitzt tatsächlich in einigen wichtigen Gremien, aber Thomas ist der eigentliche Chef.« Sie lächelte leise. »Thomas hat das letzte Wort – bei allem, und so sollte es auch sein.«

Hal hatte gesagt, Thomas sei ein Playboy. Sein Wochenendhaus befand sich wahrscheinlich auf Mykonos. Sie konnte nicht anders, als ein wenig gehässig zu sein. Nichts, was Lauren sagen mochte, konnte Jills Urteil über ihren älteren Bruder mildern.

Lauren fuhr fort – offenbar wollte sie Jill wirklich für Thomas einnehmen. »Thomas ist ein Beschützer-Typ. Er hat sich immer für uns verantwortlich gefühlt, ich meine, für mich, Alex und Hal. Als wir noch klein waren, ist er immer für uns eingestanden. Wir sind mit jedem Problem zu ihm gekommen, und er hat immer eine Lösung gefunden. Wenn ein Junge mich in der Schule geärgert hat, ist Thomas zu meiner Rettung erschienen. Ich erinnere mich noch an damals, als Alex zu uns gekommen ist – als seine Mutter starb. Mutter und Vater haben ihn in dieselbe Schule geschickt wie Hal. Es war natürlich schwierig für ihn. Er war ein kleiner amerikanischer Gauner, und er war todunglücklich – der absolute Außenseiter. Bis Thomas der Schule einen Besuch abgestattet hat. Ich weiß bis heute nicht, was er zu den anderen Jungen gesagt hat, aber danach haben sie Alex allmählich akzeptiert.«
»Okay«, unterbrach Jill, obwohl sie die Geschichte über Alex Preston interessant fand. »Ich verstehe schon. Thomas ist der Ritter in schimmernder Rüstung.«
Lauren überging das. »Wir alle richten uns nach ihm, auch heute noch. Allerdings kümmert er sich jetzt zusätzlich um unsere Eltern. Mutter geht es nicht sehr gut.« Lauren wirkte angespannt. Nach einer Pause fügte sie hinzu: »Ich weiß, dass Thomas sich die Schuld an Hals Tod gibt. Gestern Abend hat er gesagt, er hätte selbst nach New York fliegen sollen, um ihn nach Hause zu holen. Er meint, dass er Hal nie hätte erlauben dürfen, überhaupt nach New York zu ziehen.«
Jill verstand sie nicht. »Hal war erwachsen. Thomas hatte doch nicht über sein ganzes Leben zu bestimmen.«
»Hal war Künstler. Ich habe dir doch gesagt, dass Thomas seinen Fonds verwaltet.«
Jill war sprachlos vor Staunen. Also konnte Thomas über Hals Geld verfügen. Er hätte Hal ganz einfach zur Rückkehr zwingen können, wenn er gewollt hätte. Es sprach für ihn, dass er das nicht getan hatte.
»Hal und ich standen uns besonders nahe«, fuhr Lauren fort. »Er

hat mir immer alles erzählt, glaube ich.« Jills Herz schlug einen Salto. »Er ist ja nur zwei Jahre älter als ich. Aber ich glaube, dass sein Tod Thomas sogar noch schlimmer trifft als mich.« Sie schauderte. »Wir alle stehen unter Schock. Bitte verzeih ihm seine Grobheit. Bitte verzeih uns. Es tut uns wirklich Leid.«

Dass Lauren sie um Verzeihung bat, ließ Jill nicht kalt. Wie auch? Jill war ein gutherziger Mensch, und sie wollte mit Thomas fühlen – weil Hal ihn vergöttert hatte. Aus demselben Grund wollte sie auch Lauren mögen. Andererseits erschien ihr diese plötzliche Freundlichkeit irgendwie aufgesetzt. Und warum hatte Thomas sich nicht selbst entschuldigt? Zweifelsohne deshalb, weil er keineswegs bedauerte, was er gesagt hatte, dachte Jill. »Ich schätze, wir können das Kriegsbeil begraben.« Für einen kurzen Moment sah sie Lauren direkt in die Augen. Jill war sich nicht ganz sicher, wer zuerst wegsah – Hals Schwester oder sie.

»Gut«, sagte Lauren. Sie lächelte. Ihre Augen und Nase waren immer noch rot vom Weinen.

Jill erwiderte ihr Lächeln zaghaft. Das Problem war, dass sie selbst gern Frieden geschlossen hätte. Aber sie wusste eben, dass Lauren nicht ganz aufrichtig zu ihr war.

»Hast du immer noch vor, heute Abend abzureisen?«, fragte Lauren.

Jill nickte.

»Hättest du heute gern ein bisschen Gesellschaft? Ich kann dir London zeigen, wenn du möchtest, und dich zum Essen einladen.«

Jill starrte sie überrascht an. Dann beeilte sie sich, ihr Erstaunen zu verbergen. »Ich wollte eigentlich alleine gehen.«

Lauren wirkte betroffen. »Aber ich dachte, meine Entschuldigungen seien angenommen?«

»Das sind sie.« Jill war gezwungen zu lächeln. »Ich fühle mich nicht besonders«, begann sie.

»Wie wär's mit einem Essen und einer Privatführung durch London?« Lauren lächelte wieder. »Das Viertel hier ist wirklich sehr

schön. Ich würde gern mit dir durch Mayfair spazieren, dir die Houses of Parliament, Buckingham Palace und all diese Touristenattraktionen zeigen.«
Jill zögerte. »Ich hatte eigentlich schon andere Pläne.« Aber sie fragte sich, ob sie Laurens Angebot nicht doch annehmen sollte. Lauren hatte erwähnt, dass die Geschichte der Familie Sheldon Hunderte von Jahren zurückreichte. Jill interessierte sich nur für die Vergangenheit bis 1906.
»Was für Pläne?«
»Hal hat mir erzählt, dass Uxbridge Hall der Stammsitz der Familie ist und dass man es besichtigen kann. Ich möchte gern hin, und ich habe mich gefragt, ob das alte Haus eurer Großmutter Anne auch öffentlich zugänglich ist.«
Laurens hellbraune Brauen hoben sich. »Einige Räume im Erdgeschoss von Uxbridge Hall stehen Besuchern offen. Es ist nicht weit von London entfernt – mit dem Auto etwa eine halbe Stunde. Ich würde dich gern hinbringen.«
»Das wäre toll«, sagte Jill langsam. Warum war Lauren so nett zu ihr?
»Aber ich fürchte, mit dem Haus meiner Großmutter wirst du Pech haben. Anne ist in Bensonhurst Hall aufgewachsen. Sie war die letzte Bensonhurst, und sie war eine reiche Erbin, als sie meinen Großvater Edward heiratete, der der neunte Earl of Collinsworth wurde. Bensonhurst, das gesamte Anwesen, ging beim Tod ihrer Eltern an unsere Familie, ich glaube, das war kurz nach dem Ersten Weltkrieg. Aber das Haus wurde schon vor dem Krieg vom Parlament enteignet und abgerissen – um Platz für einen Bahnhof zu schaffen.«
»Das ist nicht dein Ernst«, entfuhr es Jill.
»Doch. So etwas kommt vor. Es war ein altes Haus, kaum noch zu unterhalten, und es stand schlicht und einfach im Weg.« Lauren lächelte. »Fahren wir nach Uxbridge. Ich habe die Öffnungszeiten vergessen, aber ein ganzer Flügel ist ausschließlich der Familie vor-

behalten, und wir können auf jeden Fall ins Haus, selbst wenn Uxbridge Hall heute geschlossen sein sollte.«
»Das ist großartig«, sagte Jill aufgeregt.
»Was willst du dort?«, fragte Lauren neugierig, während sie die Treppe hinuntergingen.
Jill zögerte, sagte aber die Wahrheit. »Ich muss ständig an Kate Gallagher denken. Sie geht mir einfach nicht aus dem Kopf. Sie hat etwas Fesselndes an sich.« Jill zögerte wieder. »Und ich habe so ein Gefühl, dass sie eine Verwandte von mir war, und das verfolgt mich auch.« Aber sie erzählte Lauren nicht, dass »Kate« der letzte Name war, der über Hals Lippen gekommen war. Jill würde keinen Frieden finden, bis sie herausfand, was das zu bedeuten hatte.
»Aber was hat dieses Gefühl mit Uxbridge Hall zu tun?«
»Kate war schließlich Annes Freundin«, sagte Jill, als sie das großzügige Foyer betraten. »Sie war 1906 bei Anne auf Bensonhurst zu Besuch. Anne hat Edward geheiratet. Ich glaube, näher als durch Uxbridge Hall werde ich Annes Stammhaus niemals kommen. Ich weiß eigentlich gar nicht genau, was ich dort will oder was ich mir davon erwarte. Ich muss einfach hin.« Noch während sie sprach, krochen eisige Schauer ihren Rücken hoch.
»Nun ja, es ist ein zauberhaftes Gebäude«, antwortete Lauren. »Und es gibt dort einige Erinnerungsstücke von der Bensonhurst'schen Seite der Familie. Aber ich bin ziemlich sicher, dass du da nichts Wichtiges über Kate finden wirst – außer natürlich Kates Geist.«
Jill fuhr zu ihr herum. Ihre Nackenhaare schienen sich zu sträuben. »Warum hast du das gesagt?«
Lauren lächelte. »Glaubst du nicht an Geister? Das hier ist England, Jill. Unsere Geschichte ist sehr bewegt – und auch ziemlich blutig. Bei uns wimmelt es von alten Gespenstern.«

Besucher mussten ihre Autos auf dem Parkplatz abstellen und den Rest des Weges zum Haus laufen. Aber Lauren hatte erklärt, dass das nicht für die Familie galt, während sie mit dem Chauffeur im Rolls-Royce vor einem hohen, geschlossenen eisernen Tor warteten. Das Tor war die einzige Öffnung in einer hohen Mauer, und dahinter erstreckte sich eine hügelige Landschaft mit einigen Bäumen und einem großen Backsteingebäude. Jill starrte hinaus, während das Tor sich automatisch öffnete und der Rolls-Royce hindurchfuhr. Sie hätte mitten im Londoner Vorstadtbezirk niemals eine solche ländliche Idylle erwartet.

»Dieses Haus gehört deiner Familie?«, fragte Jill atemlos, als der eindrucksvolle Landsitz in Sichtweite kam.

»Eigentlich gehört es jetzt als Kulturerbe dem National Trust, aber wir Sheldons können hier tun, was uns beliebt. Manchmal veranstalten wir hier sogar Partys«, erklärte Lauren.

»Da ist ja ein See«, rief Jill aufgeregt, als sie einen großen, von Bäumen gesäumten Teich vor einem Flügel des rechteckigen Hauses entdeckte. Türme mit spitzen Dächern schmückten die vier Ecken des Gebäudes, und als sie die bogenförmige Einfahrt entlangglitten, tauchte ein fantastischer Säulenvorbau vor Jill auf, der mit seinem prächtigen Giebel den Eindruck erweckte, als betrete man das Haus durch einen Tempel.

»Die meisten dieser alten Häuser haben Seen oder Teiche. Üblicherweise sind sie künstlich angelegt.«

Der Wagen hielt vor den breiten, beeindruckenden Stufen der Säulenhalle. Jill, die mit klopfendem Herzen langsam ausstieg, bemerkte erst jetzt, wie hoch die sechs Säulen, die das Vordach hielten, tatsächlich waren. »Hat das Haus drei Stockwerke?«, fragte sie.

»Ja. Aber wie du siehst, sind die Räume im Erdgeschoss sehr hoch.«

Jill kam aus dem Staunen nicht heraus. Sie sah sich um. Links von ihr standen weitere große Gebäude aus Backstein. »Lass mich raten. Die Ställe?«

Lauren nickte. »Heutzutage sind da ein Andenkenladen und ein Café für die Touristen drin.«

»Und die Familie ist hier – wohnt hier – wirklich ab und zu?«
»Nicht sehr häufig«, gestand Lauren. »Hal hat manchmal wochenlang hier gewohnt, wenn er in London war. Von uns allen hatte er Uxbridge Hall am liebsten. Und als Thomas noch verheiratet war, hat er mit Frau und Kindern die meisten Wochenenden hier verbracht. Er hat es als eine Art Wochenendhaus genutzt.« Sie lächelte.
»Wie weit ist es von hier nach London?«
»Nur gut fünfzehn Kilometer«, sagte Lauren fröhlich. »In früheren Zeiten, als dies der Hauptsitz unserer Familie war, war das sehr angenehm.«
»Als dies der Hauptsitz der Familie war?«, fragte Jill, während sie die Stufen hinaufstiegen. Sie gingen durch die Säulenhalle und kamen in einen offenen Vorhof. Bis zum Eingangsportal waren es noch über fünfzehn Meter.
»Das war vor langer Zeit. Jedenfalls, bevor ich geboren wurde.«
»Hat die Familie zu Kates Zeiten hier gelebt?«
Lauren sah sie an. »Wann denn?«
»So um 1906.«
»Ich denke, meine Familie wird damals noch die meiste Zeit über hier gewesen sein. Das Haus in Kensington Gardens wurde zu jener Zeit gebaut, glaube ich.«
Sie überquerten den Hof. Eine große, etwas füllige Frau mit kurzem grauem Haar und einer übergroßen Brille mit Perlmuttrahmen war an der Schwelle des Eingangs aufgetaucht. Sie schien überrascht, sie zu sehen. »Mrs. Sheldon-Wellsely, wie geht es Ihnen, meine Liebe?«
»Hätte ich vorher anrufen sollen, Lucinda?«
»Aber nein«, sagte die ältere Frau lächelnd. »Dies ist Ihr Zuhause, meine Liebe.« Ihr Lächeln erlosch. »Es tut mir so Leid wegen Ihrem Bruder. Ich kann es gar nicht fassen. Er war so ein netter junger Mann.«
Jill wand sich unter der Wirklichkeit, die wieder über sie herein-

brach. Sie wollte jetzt nicht an Hal denken, sondern an Kate. Aber wenn sein Name erwähnt wurde, konnte sie den stechenden Schmerz in ihrer Brust nicht ignorieren.

»Danke«, murmelte Lauren. Sie wechselte rasch das Thema und stellte sie einander vor. »Lucinda Becke ist die Verwalterin hier, schon seit ich ein kleines Mädchen war. Dies ist unser Besuch aus Amerika, Jill Gallagher.«

»Ich betrachte mich schon fast als Mitglied der Familie Collinsworth«, sagte Lucinda freundlich zu Jill und streckte ihr die Hand entgegen. Falls sie etwas darüber wusste, in welcher Beziehung Jill zu Hal gestanden hatte – oder über den Unfall –, ließ sie sich nichts anmerken. »Seit 1981 bin ich hier die Kuratorin. Ich war gerade dabei, einige interessante Dokumente zu ordnen – Briefe von Ihrem Großvater an seinen Kammerdiener.«

»Dieses Haus ist unglaublich«, sagte Jill, als sie in einem großen, unmöblierten Raum stehenblieben. Die hohe, graublau und weiß gestrichene Decke wurde von Säulen gestützt. In ihrer Mitte prangte eine kreisförmige Stuckverzierung, die wie ein Spiegelbild des Mosaiks auf dem Marmorfußboden aussah. Die Wände zierten kunstvolle Friese, die militärische Motive aus dem alten Rom zeigten. Und an beiden Querseiten des Raumes waren in Nischen offene Kamine eingelassen.

»Das ist heute die Eingangshalle«, erklärte Lucinda. »Früher hat man hier allerdings Gäste empfangen. Die Bälle, die hier gefeiert wurden, waren ausgesprochen luxuriöse Feste.« Lucinda lächelte breit. »Es gab sogar die Familientradition, die Hochzeitszeremonie des Erben hier abzuhalten. Leider endete diese Tradition mit dem achten Earl.« Sie lächelte Lauren an. »Ihr Urgroßvater war der letzte Collinsworth, der in diesem Saal heiratete. Wirklich schade.«

Jill betrachtete Lucindas lebhaftes Gesicht, während Lauren fragte: »Könnten Sie uns ein wenig herumführen? Jill interessiert sich für die Geschichte des Hauses.«

»Herzlich gern.« Lucindas Augen leuchteten auf. »Es gibt nichts, was ich lieber täte.«

Während sie durch den Saal wanderten, machte Lucinda sie auf die Details des Wandschmucks aufmerksam, vor dem sie immer wieder stehenblieben. Jill konnte gar nicht alles aufnehmen, was sie erzählte. Sie war voll aufgeregter Erwartung.

Anne Bensonhurst, die spätere Countess of Collinsworth, war auf jeden Fall nach ihrem Debüt hier zu Besuch gewesen, denn sie hatte sich schließlich mit Edward Sheldon, dem Collinsworth-Erben, verlobt. Sie musste häufig hier zu Gast gewesen sein. Hatte sie ihre Freundin Kate Gallagher mitgebracht? Jill konnte sich die beiden jungen Frauen in diesem herrlichen Raum vorstellen, in Abendkleidern, vielleicht mit erhobenen Fächern – benutzten die Damen damals Fächer? –, umgeben von anderen Gästen. Vielleicht, dachte sie, während ihre Gedanken sich überschlugen, vielleicht hatte Kate Anne nach ihrer Heirat mit Edward hier besucht. Vielleicht hatte sie hier sogar übernachtet.

Als sie ein weiteres Zimmer betraten, das Lucinda als »Speisezimmer« ankündigte, fragte sie: »Wäre es üblich gewesen, dass Besucher über Nacht hier blieben? Vor neunzig Jahren?«

»Wochenendpartys waren recht beliebt damals, aber längere Besuche machte man gewöhnlich während der Saison auf den Landsitzen.«

»Während der Saison?«

»Im Sommer.«

Sie waren im Esszimmer stehen geblieben. Auch dieser Raum hatte riesige Ausmaße. Der roséfarbene Teppich zeigte ein Muster in Gold und Grün, und auch die stuckverzierte Decke war in mattem Hellgrün gehalten. An den hohen Wänden hingen kostbare alte Gemälde, überwiegend Porträts.

Jill war überwältigt. Lucinda erklärte mit Begeisterung, wie die Familie und ihre Gäste in diesem Raum zu frühstücken pflegten. »Sind das Porträts von Vorfahren?«, fragte Jill; ihre Lippen waren

eigenartig gefühllos, aber das musste wohl von ihrer Aufregung kommen.
»Oh nein. Diese beiden sind Porträts vom Duke of Northumberland aus dem mittleren achtzehnten und frühen neunzehnten Jahrhundert. Dieses zeigt William und Mary. Das hier ist George IV.« Lucinda lächelte breit. »Das da hinten ist einer der frühen Earls of Collinsworth, Mitte des siebzehnten Jahrhunderts, und das daneben ist William, der achte Earl. Es war in solchen Häusern nicht unüblich, dass die Familie königliche Porträts aufhängte – so dass man die Familie selbst quasi automatisch für ebenso majestätisch und nobel hielt.«
Jill war enttäuscht. Es waren unter den Porträts nur einige wenige Bilder von Damen, und sie hatte gehofft, Anne irgendwo zu entdecken. Sie ließ den Blick auf Lucinda ruhen. »Wie schade.«
»Meine Liebe, suchen Sie etwas? Würden Sie gern etwas ganz Bestimmtes sehen?«
Jill fuhr sich mit der Zunge über die Lippen. »Ich hatte gehofft, ein Porträt von Anne zu finden, oder von Edward. Und vielleicht sogar eines mit ihrer Freundin Kate Gallagher, der amerikanischen Erbin.«
Lucinda starrte sie entgeistert an.
Jill merkte, dass Lauren von einer zur anderen sah.
»Folgen Sie mir in die Galerie«, sagte Lucinda und ging forsch voran.
Sie durchquerten zwei prachtvoll eingerichtete Zimmer und betraten dann einen leeren und extrem langen Raum. Französische Türen in einer der langen Wände führten zu einer Terrasse und in die fantastischen Gartenanlagen hinaus. Riesige kristallene Lüster hingen von der Decke, und Stühle mit blauen Samtbezügen säumten die Wände, an denen Dutzende Bilder hingen. Lucinda marschierte weiter durch den mit Teppichen ausgelegten Raum, vorbei an mehreren offenen Kaminen mit Simsen aus weißem Marmor. Schließlich blieb sie vor einem großen Gemälde stehen.

Jill ergriff unwillkürlich Laurens Arm. Vor ihr hing ein Bild von einem Pärchen beim Picknick auf einer Wiese, unter einem Baum. Die Dame saß zu Füßen des Gentleman; sie war jung, dunkelhaarig, weder wirklich schön noch besonders unscheinbar. Aber ihre Augen strahlten. »Das ist Anne, hab ich Recht?« Jill zitterte. Ihr war auf einmal sehr warm.

»Ja.« Lucinda kam näher. »Sie war noch sehr jung, nicht älter als achtzehn. Dieses Bild entstand im ersten Jahr ihrer Ehe.«

Jill konnte sich nicht satt sehen. Anne trug ein zauberhaftes weißes Kleid mit blauer Stickerei und saß auf einer Decke unter einem großen, blühenden Kirschbaum. Auf der roten Wolldecke mit Paisley-Muster waren alle möglichen Accessoires eines Picknicks ausgebreitet – ein Weidenkorb, eine Flasche Wein, zwei Kelche und mehrere Tabletts. Ein Apfel, zwei Birnen und eine Traube Weinbeeren waren aus dem Korb gekullert. Bei ihrem Rock lag ein offenes Buch, und zu ihren Füßen kauerte ein Cockerspaniel.

Neben Anne stand ein großer, dunkler, gutaussehender Mann mit noblem, recht streng wirkendem Gesicht. Er trug Reithosen, hohe schwarze Stiefel, ein weißes Hemd und ein lang geschnittenes Tweedjackett. In einer Hand hielt er eine Reitpeitsche. Er sah aus, als sei er dazu geboren, Hundertschaften von Dienern zu befehligen – und er schien nicht zu wissen, wie man lächelt. Anne zu seinen Füßen wirkte zu jung für ihn und sehr zerbrechlich. »Also das ist Edward.«

»Ja.«

»Sie geben ein tolles Paar ab«, sagte Jill nachdenklich. »Anne ist so jung.«

»Viele Mädchen haben damals in ihrem Alter geheiratet«, erklärte Lucinda. »Diese Verbindung war wirklich gelungen. Edward Sheldon war *die* Partie zu seiner Zeit. Und Anne selbst war eine reiche Erbin. Ganz London war schier aus dem Häuschen über diese Verbindung – und das zu Recht.«

Auch Lauren studierte das Gemälde. »Ich kenne dieses Bild schon so lang, aber es kommt mir vor, als sähe ich es heute zum ersten Mal.« Sie lächelte nicht. Jill erschien sie angespannt. »Ich habe ihn nicht mehr erlebt. Er ist vor langer Zeit gestorben. Um den Zweiten Weltkrieg, glaube ich.«
»Wann ist sie gestorben?« fragte Jill, während sie sich auf Anne konzentrierte.
»Ich war neun, als sie starb«, antwortete Lauren.
»Sie hat das hohe Alter von fünfundachtzig Jahren erreicht«, sagte Lucinda. »Dann ist sie plötzlich sehr krank geworden und im Schlaf gestorben, das war 1975. Ich kann mich recht gut an die Beerdigung erinnern.«
Jill sah Lauren an. »Du musst viele Erinnerungen an sie haben.«
»Nein, eigentlich nicht.« Lauren war erregt. »Sie war sehr brüsk – und immer sehr beschäftigt. Wir sind ihr möglichst aus dem Weg gegangen. Wir hatten alle Angst vor ihr.«
Überrascht richtete Jill den Blick wieder auf die junge Frau zu Edwards Füßen, deren Augen so verliebt strahlten. »Auf mich wirkt sie eher zart und verletzlich.«
Lauren antwortete nicht.
»Hat sie jemals von Kate gesprochen?« Jill wusste, dass sie im Nebel stocherte.
»Woran ich mich gut erinnere«, sagte Lauren, die plötzlich wieder unter Tränen lächelte, »ist, dass Hal und Thomas als Kinder in diesem Haus ziemlich wild gespielt haben. Wir waren meistens in den Ferien hier – und auch an ein paar Wochenenden, als wir noch sehr klein waren. Ich war damals vielleicht fünf oder sechs. Sie haben mich immer ausgeschlossen.« Lauren versagte die Stimme.
»Ist schon gut«, sagte Lucinda und tätschelte ihr den Rücken.
Lauren schüttelte den Kopf. »Das ist so lange her. Ich hatte es ganz vergessen. Sie hatten eine Geheimsprache, und sie haben mich so geärgert, weil sie schon lesen konnten und ich noch nicht. Sie

haben einfach die Wörter rückwärts buchstabiert. Nur um mich zu ärgern.«

Jill wusste nichts zu sagen, also schwieg sie, betrachtete das Bild und meinte fast, Hal direkt neben sich zu fühlen, der sich über ihre Schulter hinweg auch das Bild ansah. Sie verschränkte die Arme vor der Brust. »Was meinen Sie, wo das gemalt wurde?«, fragte sie Lucinda.

»In Stainesmore«, antwortete Lucinda, »dem Landsitz der Familie.«

»Er liegt im Norden von Yorkshire«, fügte Lauren hinzu. »Früher war Stainesmore ein riesiges, recht einträgliches Gut. Jetzt ist es allerdings ziemlich heruntergekommen. Manchmal verbringen wir noch die Sommerferien dort.«

»Hal hat erwähnt, dass er als Kind die Sommerferien in Yorkshire verbracht hat«, sagte Jill. Sie konnte die Augen nicht von Edward lassen. Aus irgendeinem Grunde hatte sie eine Gänsehaut, und die Haare an ihren Armen sträubten sich. Er wirkte eitel, arrogant, kalt und wenig umgänglich. Jill dachte, dass das keine so glückliche Verbindung war. Anne schien nicht die Sorte Frau zu sein, die einen solchen Mann lange halten konnte, was immer Lauren auch sagen mochte.

»Ich glaube, deine Großmutter war sehr verliebt«, bemerkte Jill.

Lauren antwortete nicht.

»Niemand hat zu jener Zeit aus Liebe geheiratet, Miss Gallagher«, sagte Lucinda lächelnd. »Nicht, wenn Titel und Besitztümer im Spiel waren. Aber es ist kein Geheimnis – Anne war hingerissen von ihrem Bräutigam.«

Jill bezweifelte, dass Edward dasselbe für seine Braut empfunden hatte. Er schien nicht zu den Männern zu gehören, die zu heftiger Leidenschaft oder großen Gefühlen fähig sind. »Haben die Sheldons Annes Vermögen gebraucht?«, fragte Jill.

Lauren riss die Augen auf. Sie war offenbar entsetzt. »Selbstverständlich nicht«, sagte sie schnell.

Jill hatte niemandem auf die Zehen treten wollen. »Entschuldigung.«
Lucinda versuchte, die Lage zu retten, denn Laurens Wangen waren flammend rot geworden. »Hal mochte dieses Bild ganz besonders, wissen Sie. Er hat sogar Stunden hier in der Galerie verbracht. Was natürlich nicht heißt, dass er die anderen Kunstwerke im Hause nicht auch zu schätzen wusste.«
Plötzlich stellte Jill sich vor, wie Hal ganz allein durch dieses riesige Haus gelaufen war – und sie stutzte innerlich. Diese Vorstellung hatte etwas Trauriges, Einsames, und ergab irgendwie keinen Sinn. Aber da war noch etwas, ein Gefühl, das sie zu fassen versuchte, doch sie schaffte es nicht. Er hatte das Foto von Anne und Kate aufbewahrt – und er hatte viel zu viel Zeit in Uxbridge Hall verbracht. Sie erinnerte sich an all ihre gemeinsamen Abende. Es schien ihr plötzlich, als sei kein einziger Abend vergangen, an dem er seine Familie nicht erwähnte oder ihr wenigstens eine amüsante Geschichte von daheim erzählte. »Wie viel Zeit hat er eigentlich hier verbracht?«, fragte sie Lucinda.
Lucinda sah zu Lauren hinüber. »Er hat die privaten Räumlichkeiten genutzt, wann immer er in London war«, sagte sie schließlich. »Ich würde Ihnen gern etwas zeigen.«
In Jills Kopf begann eine kleine Alarmglocke zu schrillen, aber sie verstand nicht, warum. Sie folgte Lucinda und Lauren durch die Galerie zu einem wunderschönen Tischchen mit Marmorplatte. Darauf standen mehrere gerahmte Fotografien – neuere Fotos von William und Margaret, einige von Thomas, und eines von zwei kleinen Jungen in Schuluniformen, die Thomas so ähnlich sahen, dass sie seine Söhne sein mussten. »Der Earl, die Countess, der älteste Sohn und die beiden Enkel«, bemerkte Lucinda.
Dann zeigte sie auf einen kleinen Glaskasten auf dem Schreibtisch daneben. Darin befanden sich verschiedene kleine Gegenstände – ein bemaltes Porzellanei, eine emaillierte Schnupftabaksdose, trop-

fenförmige schwarze Ohrringe, ein Tintenfässchen und eine Feder, einige alte, in Leder gebundene Bücher, ein Medaillon.

»Sehen Sie sich das Medaillon hier an, meine Liebe«, sagte Lucinda triumphierend.

Jill schrie vor Überraschung leise auf. Das Medaillon war aufgeklappt. Jede Hälfte enthielt ein winziges, aber vollkommenes Porträt. Das eine zeigte Anne. Das andere Kate. »Anne und Kate«, keuchte Jill.

»Sie waren offensichtlich sehr gute Freundinnen«, meinte Lucinda. »Aus den Annalen des Hauses Bensonhurst in unserem Archiv geht hervor, dass Kate und ihre Mutter eine Zeitlang bei den Bensonhursts zu Gast waren.«

Jill bekam kaum noch Luft. »Sie sind im September 1906 angekommen«, flüsterte sie.

»Ja? Sie haben ein sehr gutes Gedächtnis, meine Liebe. Anne selbst hat dieses Medaillon dem Museum geschenkt, kurz bevor sie starb.«

Jill konnte sich einfach nicht von dem Schaukasten mit dem Medaillon losreißen. Wieder liefen ihr Schauer über den Rücken, und obwohl sich das seltsam anfühlte, fand sie es doch nicht ganz unangenehm.

Und dann sah sie Anne und Kate vor sich, klar wie der helle Tag, beim Dinner in einem Esszimmer, wie sie es gerade besichtigt hatte. Sie steckten die Köpfe zusammen, kicherten und erzählten einander flüsternd von ihren Flirts und Eroberungen beim Fairchild-Ball. Die Sonne schien herein und tauchte die Mädchen in ein warmes, beinahe überirdisches Licht. Beide waren zu aufgeregt, um zu essen. Beide waren noch nie so glücklich gewesen. Sie waren die besten Freundinnen.

Jill schlang die Arme noch enger um sich, ihr Herz klopfte wie wild. Ein eigenartiges, aber deutliches Gefühl ergriff sie. Es war eine Ahnung drohenden Unheils, und es war alles andere als angenehm.

»Sie soll einen Liebhaber gehabt haben.«

Jill und Lauren fuhren herum und starrten Lucinda mit großen Augen an.
»Wie bitte?«, fragte Lauren steif.
»Nicht Lady Anne.« Lucinda lächelte sie an. »Kate.«
Jill blickte überrascht. »Kate hatte einen Geliebten?«
»Das Gerücht besagt, dass sie sich immer durch Annes Schlafzimmerfenster hinausstahl, wenn sie auf Bensonhurst war, und mit Hilfe von zusammengeknoteten Bettlaken in die Gärten darunter kletterte.«
Jill klingelte es in den Ohren.
Lauren wirkte unterkühlt. »Geben Sie hier den Tratsch von vor fast hundert Jahren weiter, Lucinda?«
»Ich gebe Tratsch weiter, der von Anne selbst stammt.« Lucinda lächelte unverdrossen.
Jill wollte ihren Ohren nicht trauen. »*Sie* hat Ihnen das erzählt?«
»Sie hat es meiner Vorgängerin erzählt. Uxbridge Hall wurde 1968 nach umfangreichen Renovierungsarbeiten für Besucher geöffnet. Kurz vor der Eröffnung kam Anne hierher, um das Haus zu inspizieren und ihre Erlaubnis zur Eröffnung zu geben. Sie war damals bereits Witwe. Ihr Besuch hier schien viele Erinnerungen in ihr wachzurufen. Behauptet jedenfalls Janet Witcombe.« Lucinda lächelte immer noch.
»Lebt sie noch?«, fragte Jill hastig. »Janet Witcombe?«
»Allerdings.«
»Ich würde so gern mit ihr sprechen und herausfinden, ob das wahr ist und was Anne wirklich gesagt hat.« Noch während es aufgeregt aus Jill hervorsprudelte, wurde ihr klar, dass das vielleicht zu nichts führen würde. 1968, das war über dreißig Jahre her. Wer konnte sich an eine Unterhaltung von vor dreißig Jahren erinnern?
»Sie ist jetzt ein bisschen senil. Aber sie hat ausgesprochen lichte Momente. Wenn Sie Glück haben, erwischen Sie sie zu einem günstigen Zeitpunkt. Ich gebe Ihnen gern ihre Nummer.«

Jill wandte sich an Lauren. »Kannst du das fassen?«
Lauren runzelte die Stirn. »Nein, kann ich nicht. Und was macht all das für einen Unterschied? Selbst wenn Kate einen Liebhaber hatte und an Bettlaken aus dem Haus geklettert ist, es ist einfach alberner Klatsch, Jill. Gehen wir. Ich habe für heute genug von meinen toten Ahnen.«
Jill wollte nicht gehen. Es gab ein ganzes Haus zu erforschen, und wenn sie es nicht heute tat, würde sie es nie tun können, denn heute Abend ging ihr Flug. Aber für Lauren war der Ausflug offensichtlich beendet. Widerstrebend folgte sie Lucinda und Lauren aus der Galerie und durch einen Raum mit feinstem Porzellan.
Erst in der riesigen Eingangshalle blieben die drei stehen. Jill hatte noch eine letzte Frage. »Wissen Sie, ob Kate Anne hier besucht hat, nachdem sie Edward geheiratet hatte?«
»Nein, das hat sie nicht. Ich fürchte, das wäre unmöglich gewesen.« Lucinda starrte sie an. »Sie sehen ihr übrigens sehr ähnlich.«
Jill fuhr zusammen. »Was?«
»Ich habe es in dem Moment bemerkt, als ich Sie zum ersten Mal gesehen habe. Noch bevor wir einander vorgestellt wurden.«
Jill fand, dass zwischen ihr und Kate gar keine Ähnlichkeit bestand. Kate war eine so fesselnde Erscheinung gewesen – Jill wusste zwar, dass sie selbst auch gut aussah, hielt sich jedoch für viel unscheinbarer. Aber Lucinda meinte es ganz ernst. Bedeutete das nicht, dass sie vielleicht doch miteinander verwandt waren? War Kate Gallagher eine lange vergessene Verwandte oder sogar ihre Urgroßmutter?
»Weshalb sind Sie so sicher, dass Kate nie hier war?«, fragte sie.
Lucindas Lächeln erlosch. Sie wurde sehr ernst. »Sie hat Anne hier nicht besucht, meine Liebe, weil sie verschwand, als sie achtzehn war, und man hat nie wieder etwas von ihr gehört oder gesehen.«

Vier

Jill ging langsam die Treppe hinunter. Sie war für den Heimflug in ihre Jeans geschlüpft, und ihre Taschen waren bereits von einem Diener in den Wagen gebracht worden. Sie verlangsamte ihren Schritt, als sie Alex Preston unten im Foyer stehen sah.

Er hatte ihr den Rücken zugewandt. Einen Moment lang zögerte Jill und erwog, wieder hinaufzugehen, um ihm nicht zu begegnen. Andererseits wollte sie ihren Flug nicht verpassen. Sie betrachtete ihn. Als Lauren heute Morgen ihren Versöhnungsmonolog vorgetragen hatte, hatte sie nicht direkt erwähnt, dass Alex sich der Entschuldigung angeschlossen hätte.

Alex musste sie gehört oder gespürt haben, denn er drehte sich um. Sein Blick suchte sofort ihr Gesicht.

Jill ging weiter hinunter und blieb vor ihm stehen. Er hatte so eine Art, direkt durch sie hindurch- oder vielmehr in sie hineinzuschauen, die sie nervös machte. »Ich bin unterwegs zum Flughafen«, erklärte sie. Sie wollte unbedingt hier weg, und es war ihr egal, wenn er das bemerkte.

»Ich weiß.« Er lächelte sie kurz an. »Ich bin hier, um dir eine gute Reise zu wünschen.«

Jill nahm an, dass er ihre Abreise ebenso herbeisehnte wie der Rest der Sheldons. »Spielst du jetzt auch den abgesandten Sprecher der Familie?«

»Sollte ich das?«

Sie war überrascht. Wusste er nichts von Laurens Entschuldigung im Namen der Sheldons? »Ich schätze, nein. Danke für die Gastfreundschaft.« Sie bemühte sich, höflich zu sein, damit sie endlich gehen konnte. Sie wusste nicht, was sie sonst sagen sollte, aber selbst in ihren eigenen Ohren hatten diese Worte einen sarkastischen Unterton.

Seine schön geschwungenen schwarzen Brauen hoben sich. »Wir waren nicht einmal wirklich höflich. Und dabei sind die Briten doch für ihre Höflichkeit berühmt.«

»Ich werde mich nicht beschweren.« Ungeduldig schaute sie durch die offene Haustür zu dem Wagen, der in der Einfahrt wartete.

»Das ist nett von dir. Aber du scheinst mir nicht zu der übermäßig duldsamen Sorte Frauen zu gehören.«

»Ich bin sehr müde, Alex«, erwiderte Jill knapp; ihr war nicht nach Geplänkel zu Mute. »Die letzten paar Tage waren wirklich scheußlich.« Kate Gallagher war im Alter von achtzehn Jahren verschwunden. Damit hätte Jill niemals gerechnet.

Und nun lagen ihr ein Dutzend Fragen auf der Zunge, Fragen, die ihr vorher gar nicht eingefallen waren, so geschockt war sie von der Bombe, die Lucinda hatte platzen lassen. Lauren hatte darauf bestanden, dass sie kurz darauf zum Lunch aufbrachen. Aber Lucinda hatte Jill eingeladen, jederzeit vorbeizuschauen – und sie hatte ihr sowohl Janet Witcombes als auch ihre eigene Telefonnummer gegeben.

Jill wünschte fast, sie müsste London nicht verlassen.

»Ja, wirklich scheußlich«, sagte Alex. »Aber ich habe gehört, du hattest einen tollen Tag in Uxbridge Hall.«

Jill starrte ihn entgeistert an. Konnte er Gedanken lesen? »Wie macht ihr das in dieser Familie – benutzt ihr Buschtrommeln?«

»Wir stehen uns alle sehr nahe«, entgegnete er trocken.

»Es war sehr interessant.« Jill zögerte, denn sie hätte ihm gern erzählt, was sie erfahren hatte. Aber sie widerstand der Versuchung. »Wie lange lebst du schon hier, Alex?«

Er sah sie an. »Warum?«

»Ich habe mich nur gefragt, ob du etwas über die Geschichte der Familie weißt.«

»Über die Geschichte der Familie – oder über das angebliche Verschwinden von Kate Gallagher?« Er sah ihr direkt in die Augen.
Sie glaubte zu erröten. Also hatten er und Lauren sich über sie ausgetauscht. Sie brauchte sich nicht zu wundern, wenn Lauren auch Thomas alles über ihren Ausflug erzählt hatte. Natürlich hatte sie das. »Kannst du es mir übel nehmen, wenn ich neugierig bin?«
»Ich denke, du brauchst einfach Ablenkung, und deine Faszination für Kate Gallagher bietet sie dir. Aber um deine Frage zu beantworten, ich wurde in diese Familie aufgenommen, als meine Mutter starb. Ich war damals vierzehn. Ein paar Jahre später habe ich London wieder verlassen, um in Princeton zu studieren, danach war ich noch auf der Akademie in Wharton. Vor genau zehn Jahren bin ich nach London zurückgekehrt. Und nein, ich weiß so gut wie gar nichts über sie.«
»Über Anne musst du doch etwas wissen«, beharrte Jill.
»Kaum.« Er blieb stumm.
Jill fand das nicht sehr glaubhaft. Andererseits hatte Hal ihr einmal erzählt, dass Alex nur für seine Arbeit lebte. Jill erinnerte sich jetzt ganz deutlich daran. Vielleicht lebte er in einer Art Vakuum. Aber das glaubte sie nicht. Sie besaß eine recht gute Menschenkenntnis, und Alex erschien ihr scharfsinnig und aufmerksam. »Ich weiß, wie das ist«, sagte sie langsam, »wenn man kaum Verwandte hat.«
Er starrte sie stumm an.
»Meine Eltern kamen ums Leben, als ich fünfeinhalb war.« Ihre Miene verdüsterte sich. »Es war ein Autounfall. Fasst man das?« Plötzlich fühlte sie wieder diesen schrecklich stechenden Schmerz. Für eine kurze Weile hatte sie eine Familie gehabt – Hal war zu ihrer Familie geworden – und sie hatte immer angenommen, dass sie eines Tages selbst Kinder haben würde. Alle diese Träume waren nun für immer zerschlagen. »Das Schlimmste ist, dass ich mich einfach nicht an sie erinnern kann. Ich habe überhaupt keine Erinnerung an meine Eltern.« Aber sie hatte Erinnerungen an Hal. Und

die musste sie irgendwie festhalten – nichts und niemand durfte sie trüben.
Diese Aufgabe ragte wie ein Berg vor ihr auf.
Es herrschte Schweigen. »Worauf willst du hinaus?«, fragte Alex schließlich.
»Deine Mutter ist gestorben, und die Sheldons sind deine Familie geworden. Ich glaube, sie bedeuten dir sehr viel. War Anne nicht weit über achtzig, als sie starb?« Jill hielt seinem Blick stand.
»Ja.«
»Und du bist jetzt – dreiunddreißig? Vierunddreißig? Fünfunddreißig?«
»Du bist verdammt hartnäckig«, sagte Alex, aber ohne echte Schärfe. »Ich war neun, als sie starb. Ich kannte sie nur flüchtig. Sie gehörte zu der Sorte Frauen, der Kinder möglichst aus dem Weg gehen.«
Das war interessant. Lauren hatte dasselbe gesagt. »Warum?«
»Sie war streng und herrisch. Eine echte Matriarchin. Wir hatten alle Angst vor ihr. Sogar die Dienstboten.«
Jill sah ihn überrascht an. Das war nicht der Eindruck von Anne, den sie von dem Foto mit Kate und dem Gemälde mit Edward gewonnen hatte. Sie hatte jung gewirkt, weich, nicht wirklich schön und eher passiv. Aber die Menschen änderten sich. Das Leben änderte sie.
Jill dachte daran, wie ihr Leben sich verändert hatte – sie selbst verändert hatte – unwiderruflich, im Sekundenbruchteil eines Autounfalls. Zweimal.
Die Ungerechtigkeit war kaum zu ertragen. Wütend schob sie ihr Selbstmitleid beiseite.
»Was ist?«, fragte Alex ein bisschen zu scharf.
Sie schüttelte ihre traurigen Gedanken ab. »Nichts. Ich muss meinen Flug erwischen.« Sie sah auf ihre Swatch und hängte sich die Vinyltasche über die Schulter. Ihr kam die Idee, dass Alex, wenn er

mit Lauren über sie gesprochen hatte, vielleicht nur Laurens Version stützte. Aber warum sollte er? »Also, noch mal vielen Dank. Sag das bitte auch den anderen.« Sie wollte jetzt nicht an Thomas denken. Hoffentlich würde sie ihn nie wiedersehen. Es wunderte sie nicht, dass sonst niemand gekommen war, um sich von ihr zu verabschieden.

Zu Jills Überraschung ging Alex mit. »Ich bringe dich nach Heathrow«, sagte er. Seine Augen bohrten sich in ihre. »Um wenigstens ein bisschen amerikanische Höflichkeit zu zeigen.«

Als Jill die Tür zu ihrem winzigen Apartment öffnete, sprang ihr ein kleines graues Fellbündel vor die Füße. Gestern Abend hatte sie KC angerufen und ihr gesagt, dass sie nach Hause kam, und KC hatte verstanden. Nichts wäre schlimmer gewesen, als jetzt in eine leere Wohnung zurückzukehren. Aber sie war nicht leer.

»Ezekial!«, rief sie und wollte ihn hochheben.

Aber ihr grauer Kater war ernstlich verärgert – er hasste es, allein gelassen zu werden – und hatte sich bereits verzogen, um irgendwo zu schmollen und Jill eine Lehre zu erteilen.

Jill seufzte. Sie hätte ein bisschen Trost gebrauchen können. Diese Rückkehr rief in ihr sehr zwiespältige Gefühle hervor. Jill stellte ihre Taschen im Eingang ab. Sie konnte nicht hineingehen. Sie registrierte betroffen, wie klein ihr Apartment tatsächlich war. Der krasse Gegensatz zur Sheldon'schen Villa in Kensington Palace Gardens oder zu Uxbridge Hall drängte sich unwillkürlich auf.

Jill trat ein und schloss langsam die Tür. Sie würde weder den einen noch den anderen Ort je wiedersehen – und das war gut so, oder nicht?

Sie fühlte sich merkwürdig, als sei sie gerade aus einem Märchen ins wahre Leben zurückgekehrt – und doch war es kaum ein Märchen gewesen. Es waren definitiv die furchtbarsten Tage ihres Lebens gewesen.

Doch sie wurde das Gefühl nicht los, dass sie London noch nicht hätte verlassen sollen. Aber das war Unsinn – dort gab es nichts von Bedeutung für sie.

Augenblicklich standen ihr Hals Familie und Kate Gallagher vor Augen.

Jill schob sich den Pony aus dem Gesicht und ging durch ihre Wohnung. Laut Lucinda Becke hatte Hal Uxbridge Hall geliebt. Sie dachte an die Porträts im Esszimmer – eines war von einem seiner Vorfahren aus dem siebzehnten Jahrhundert gewesen. Sie fand das so erstaunlich – seine Wurzeln so weit zurückverfolgen zu können – ohne jeden Zweifel zu wissen, wer man war, woher man kam. Für Hal, dachte Jill, und Leute von seiner Abstammung war dieses Wissen sicher völlig selbstverständlich.

Sie sah sich in ihrem Apartment um und war sich bewusst, dass sie ganz allein auf der Welt war.

Dann dachte sie an die schöne, faszinierende Kate Gallagher, die im zarten Alter von achtzehn Jahren verschwunden war. Was war mit ihr geschehen? War ihr etwas Schreckliches zugestoßen? Oder hatte sie wirklich einen Liebhaber gehabt und war mit ihm durchgebrannt?

War Kate ihre Vorfahrin? War sie vielleicht sogar ihre Urgroßmutter gewesen?

Wenn es eine so merkwürdige Wendung des Schicksals gab, bedeutete das, dass Kate nie geheiratet hatte, denn sie hatten ja denselben Nachnamen.

»Mist«, murmelte Jill und ging durchs Zimmer. Es war in einem zarten Gelbton gestrichen, bis auf die Wand gegenüber der Tür, die eine befreundete Künstlerin bemalt hatte. Diese Wand zeigte verschiedene New Yorker Szenen in kräftigen Grundfarben. Die bunten Kelims auf dem Fußboden hatte Jill über die Jahre auf Flohmärkten zusammengekauft. Ihr Bett bestand aus einem einfachen Kasten und einer Doppelmatratze, aber darauf lagen ein tiefblauer

Quilt und ein halbes Dutzend großer Kissen in Pfirsichrosa, Blau und Gold. Von der orangefarbenen Couch schaute man direkt auf das Wandgemälde, und als Couchtisch diente eine Korbtruhe.
Der Essbereich befand sich neben der kleinen Küchenzeile – an ihrem winzigen Tisch aus Pinienholz fanden gerade zwei Leute Platz. Klappstühle mit Sitzen und Lehnen aus rotem Stoff vervollständigten die Einrichtung.
Jill ging zur Küchenzeile und schälte sich aus ihrer Lederjacke. Sie hatte im Flugzeug nicht schlafen können. Ihre Gedanken hatten sich wie auf einem Karussell gedreht, um die Sheldons und Alex Preston und Kate Gallagher. Und sie fühlte sich immer noch sehr unwohl bei der Vorstellung, dass sie Hal so weit hinter sich gelassen hatte – und dass er vielleicht eine andere Frau geliebt hatte, Marisa Sutcliffe.
Sie öffnete den Kühlschrank, um sich etwas Wasser zu nehmen, und erstarrte. In dem fast leeren oberen Fach lag eine halbe Pizza, und im Fach in der Tür stand eine offene Flasche Weißwein. Erst letzte Woche hatten sie und Hal sich diese Pizza geteilt, und Jill hatte Wein getrunken.
Sie warf die Tür zu.
Sie erwartete fast, ihn aus dem Bad spazieren zu sehen, ein Grinsen auf dem markanten Gesicht.
Hatte er Marisa geliebt? Hatte er mit Jill Schluss machen wollen, um nach Hause zu fahren und die andere zu heiraten? Hätte sie sich so in ihm täuschen können? Wäre sie so dumm gewesen?
So etwas passiert ständig, dachte Jill grimmig.
Und warum hatte er das Foto von Kate und Anne ausgerechnet auf seinem Nachttisch aufbewahrt?
Jill hielt sich an der Arbeitsplatte fest. »Das ist nicht fair, Hal«, schrie sie wütend. »Das alles ist einfach nicht fair!« Sie wollte Marisa jedes einzelne wundervolle Haar von ihrem hübschen Köpfchen reißen. Aber das war auch nicht fair. Was hatte Marisa denn getan,

außer Hal sein ganzes Leben lang zu lieben? Wenn Hal Jill etwas vorgemacht hatte – wenn er sie benutzt hatte, dann war er zu verurteilen und nicht sie.
Aber wie konnte sie auf jemanden wütend sein, ja jemanden hassen, der gerade gestorben war?
Jill wünschte, sie wäre wieder in Uxbridge Hall, um den Rest des Hauses zu erforschen und nach Hinweisen auf die Frau zu suchen, die tragischerweise so jung verschwunden war.
Jill drehte den Wasserhahn auf und trank gierig, mit geschlossenen Augen, ein ganzes Glas Leitungswasser. Sie wollte eigentlich gar nicht zu Hause sein. Ihre Wohnung war so schrecklich leer. Sie fühlte sich jetzt noch einsamer als je zuvor – selbst die Sheldons, so grob und unhöflich sie auch waren, waren Gesellschaft gewesen.
Ezekial strich schnurrend um ihre Knöchel.
Jill öffnete die feuchten Augen und bückte sich, um die Katze auf den Arm zu nehmen. Dem Himmel sei Dank für Zeke, dachte sie. Aber er war ein temperamentvolles Tier, fauchte und sprang von ihrem Arm. Er hasste es, festgehalten zu werden, aber er ließ sich sehr gern streicheln – wenn es ihm gerade passte. »Danke, Zeke«, sagte Jill zittrig.
Plötzlich nahm sie das Telefon in der Küche ab. Aus der vorderen Tasche ihrer Jeans zog sie einen kleinen Zettel mit Lucindas Telefonnummern. Sie sah auf die Uhr. In New York war es zwei Uhr nachts, das bedeutete sieben Uhr früh in London. Schnell wählte sie Lucindas Privatnummer.
Sie nahm sofort ab.
»Jill! Welch eine Überraschung.«
»Ich hoffe, ich habe Sie nicht geweckt«, sagte Jill rasch.
»Nicht doch, meine Liebe, ich bin immer um sechs auf den Beinen«, zwitscherte Lucinda.
»Ich muss ständig an Kate Gallagher denken«, erzählte Jill. »Ich

wünschte, Lauren hätte mich nicht so schnell wieder aus Uxbridge Hall rausbugsiert.«

Lucinda schwieg. »Ja, das ist schade«, erwiderte sie dann.

»Was ist passiert, nachdem sie verschwunden ist, Lucinda?«, fragte Jill. »Und wann genau war das?«

»Im Herbst 1908, auf Weihnachten zu«, erzählte Lucinda. »Es gab eine offizielle Untersuchung, aber sie wurde nie gefunden. Ich glaube aber, es gab den Verdacht, dass sie mit ihrem Geliebten durchgebrannt ist. Ich habe irgendwo ein paar alte Zeitungsausschnitte darüber. Ich müsste sie aber erst suchen.«

»Das wäre toll«, sagte Jill begeistert. »Ist je herausgekommen, wer dieser Geliebte war?«

»Nein, ich glaube nicht. Ich bin sicher, dass ich mich an seinen Namen erinnern würde, wenn ich etwas über ihn gelesen hätte. Das war ein großer Skandal, liebe Jill, damals, 1908. Ein großer Skandal.«

Jill schwieg und dachte darüber nach, wie es damals gewesen sein musste. Sie konnte sich nicht einmal vorstellen, wie Kates Familie und Freunde auf ihr Verschwinden reagiert haben mochten. »Glauben Sie auch, dass sie mit ihrem Geliebten weggelaufen ist?«, fragte sie schließlich.

»Meine Liebe, das habe ich mich immer gefragt. Aber, offen gestanden, ich habe keine Ahnung. Anne hat zwar meiner Vorgängerin erzählt, dass es einen Geliebten gab, aber was, wenn sie sich geirrt hat? Vielleicht gab es gar niemanden.«

»Dann ist Kate etwas Schreckliches zugestoßen«, sagte Jill schaudernd.

»Ihre Familie war sehr wohlhabend. Vielleicht wurde sie gekidnappt, aber es ist etwas schief gegangen. Ich glaube, das war eine der Theorien, die damals kursierten.«

»Danke, Lucinda.«

»Wollen Sie demnächst wieder nach London kommen?«

»Na ja, das überlege ich gerade. Aber ich schätze, ich sollte Kate einfach vergessen und wieder zur Arbeit gehen.« Die Vorstellung war nicht verlockend.

Die beiden Frauen unterhielten sich noch ein bisschen und verabschiedeten sich dann. In Jills Kopf schwirrte es. Wie konnte sie *nicht* nach London zurückkehren? Irgendetwas zwang sie fast dazu, als würde sie ihren Frieden mit Hal nie machen, wenn sie nicht mehr über Kate herausfand.

Sie konnte wieder nach London fliegen, oder sie konnte zur Arbeit gehen. Gar keine Frage, was sie lieber wollte.

Ich muss verrückt sein, dachte sie, auch nur mit dem Gedanken zu spielen, nach London zurückzukehren, um eine Frau aufzuspüren, die nur vielleicht eine Verwandte, aber vor allem vor einundneunzig Jahren verschwunden ist.

Aber Kate verfolgte sie, beherrschte ihre Gedanken, und sie *musste* einfach herausfinden, was mit ihr geschehen war. Jill wurde klar, dass sie sich nichts so sehr wünschte wie zu erfahren, dass Kates Leben ein glückliches Ende gehabt hatte, selbst wenn sie keine vergessene Verwandte war.

Im Moment war die Vorstellung, ihr Gerechtigkeit zu verschaffen, sehr verlockend – aber flüchtig wie ein Regenbogen.

»Ezekial«, lockte sie leise.

Urplötzlich tauchte er auf der Arbeitsplatte der Küche auf und starrte sie an. Seine Augen waren grünlich golden. Sie ging zu dem Kater hinüber und streichelte sein Fell. Ezekial begann zu schnurren.

Jill lächelte schief, und Tränen schossen ihr in die Augen. Aber sie fühlte sich besser, denn sie musste einfach zurückkehren – und sie spürte, dass die Entscheidung wichtig war. Um die Einzelheiten würde sie sich morgen kümmern – und um die Finanzen. Sie ging ins Bad, um zu duschen. Aber Hals Rasierer lag auf ihrem Waschbecken, sein Shampoo stand in der Dusche. Fluchend verließ sie

das Bad. Sie musste dringend seine Sachen loswerden. Auf einmal fiel ihr ein, dass Klamotten von ihm in ihrem Schrank hingen, Jeans in ihrer Kommode lagen. Wahrscheinlich waren sogar noch Kondome in der Schublade ihres Nachttischchens.
Jill wusste, dass sie der Aufgabe nicht gewachsen war, sich seiner Sachen zu entledigen.
Sie fühlte sich jämmerlich, und das lag nur teilweise an Erschöpfung und Jetlag. Sie waren zu oft in ihrem Apartment miteinander glücklich gewesen. Sie konnte hier nicht bleiben – jetzt noch nicht.

Als Jill am nächsten Morgen aufwachte, dachte sie zuerst an Hal. Sie hatte wieder von Kate geträumt. Sie konnte sich nicht genau an den Traum erinnern, aber er hatte sich drängend und beunruhigend angefühlt, und sie war fast sicher, dass Hal auch darin vorgekommen war, und ein finsterer, gesichtsloser Fremder.
Dann erinnerte sie sich an ihre Entscheidung, nach London zurückzukehren, und entspannte sich allmählich. Auf jeden Fall fühlte sie sich schon besser als in den vergangenen Tagen. Zumindest würde ihre Suche nach der Wahrheit über Kate Gallagher sie beschäftigen, und das war gut so. Diese Ablenkung würde sie sicher vor dem völligen Zusammenbruch bewahren. Sie würde Last Minute fliegen, und das einzige Problem war, eine wirklich billige Unterkunft in London und einen Untermieter für ihr Apartment zu finden.
Jill duschte und rief dann Goldman an, den Choreographen von *The Mask*. Sie erfuhr, dass man in ihrer Abwesenheit einen Ersatz für sie engagiert hatte. So lief das eben am Broadway, wenn eine Tänzerin nicht zur Probe erschien. Jill fühlte sich eigenartig erleichtert, machte sich Kaffee und aß einen Bagel. Dann griff sie wieder zum Telefon. In London war es jetzt früher Abend, und Jill wollte mit Janet Witcombe sprechen. Aber die Frau, die in dem Pflegeheim ans Telefon ging, sagte ihr, dass Mrs. Witcombe schon zu Bett gegangen sei. Jill war enttäuscht.

Sie stand auf, um sich noch einen Kaffee einzuschenken, während Hal und Kate ihr ständig vor Augen standen. Plötzlich lief ihr ein Schauder über den Rücken. Da war eine Frage, die zu stellen sie sich bisher gescheut hatte, auch sich selbst gegenüber. Es war eine Frage, die sie nicht einmal denken wollte, geschweige denn aussprechen. Hatte Hal sich nur wegen seiner Vorfahren für Uxbridge Hall interessiert? Oder war es ihm auch um Kate Gallagher gegangen? Jill fürchtete sich vor der Antwort.

Sie sagte sich, dass sie albern sei. Sie hatte keinen Grund, die Antwort auf diese Frage zu fürchten, überhaupt keinen. Jill schauderte es wieder. Sie fror, und es schien ihr, als sei die Temperatur plötzlich gefallen; sie schloss die Fenster und schlüpfte in ein viel zu großes Sweatshirt. War ihm, wie Lucinda, ihre Ähnlichkeit aufgefallen?

Jill fühlte sich unwohl. Aber wenn sie Kate wirklich ähnlich sah, dann war das ein deutlicher Hinweis auf eine genetische Verbindung zwischen ihnen. Oder nicht?

Abrupt schob Jill Teller und Becher beiseite. Sie stand auf und ging ins Bad. Sie knipste das Licht an und starrte auf ihr Gesicht im Spiegel.

Sie hatte noch nie schlechter ausgesehen, aber daran waren Trauer und Erschöpfung schuld, und ein wenig Make-up würde die Sache richten. Sie betrachtete ihr Spiegelbild. Sie hatte haselnussbraune Augen, und sie war sicher, dass Kates dunkelbraun waren. Ihr Haar hatte einen Kastanienton, und Kates war rot. Aber vielleicht war da doch eine gewisse Ähnlichkeit. Jill hatte eine gerade, zierliche Nase – Kates wirkte fast römisch. Trotzdem, Jill hatte ein ähnlich kräftiges Kinn, die breite Stirn und die hohen Wangenknochen. Und dann war da noch der Leberfleck.

Jills Muttermal war so hell wie eine Sommersprosse, nicht dunkel wie Kates. Kate hatte das Muttermal nahe am Mundwinkel gehabt. Jills saß ein bisschen höher, mehr zur Wange hin. Unwillkürlich griff Jill unter das Waschbecken, wo sie in einem Körbchen ihr ganzes Schminkzeug aufbewahrte. Sie holte einen braunen Kajal hervor und tupfte damit auf den Leberfleck.

Jills Hände zitterten. Langsam strich sie ihr kinnlanges Haar aus dem Gesicht und schob es auf dem Hinterkopf zusammen. Kate hatte langes, lockiges Haar gehabt, das sie entweder offen oder in einem Knoten getragen hatte.

Jill starrte sich mit klopfendem Herzen an. Einen Augenblick lang glaubte sie, Kate schaue aus dem Spiegel zurück. Eine wunderschöne, lebenslustige, energische Frau der Jahrhundertwende … und dann verflog der Augenblick.

Jill ließ die Arme herabfallen, als hätte sie sich an ihrem eigenen Haar verbrannt.

Sie holte tief Luft und sah sich selbst in die Augen, die weit aufgerissen und von einem wilden Leuchten erfüllt waren. Sie hatte gerade nicht Kate im Spiegel gesehen – das lag alles nur an ihrer Erschöpfung und ihrer übermäßig lebhaften Fantasie. Aber sie sah Kate tatsächlich ähnlich. Da war kein Irrtum möglich.

Sie sah ihr sogar sehr ähnlich. Ähnlich genug, um ihre Schwester zu sein – oder ihre Urenkelin.

Jill hatte glückliche Erregung erwartet. Die stellte sich jedoch nicht ein.

Denn plötzlich leuchtete die Frage in großen Neonlettern in ihren Gedanken auf. Wie konnte Hal die Ähnlichkeit *nicht* bemerkt haben? Die Antwort war einfach. Sie stand direkt vor ihr im Spiegel. Und eine leise Stimme flüsterte in ihrem Kopf, dass es keine Zufälle gab. Überhaupt keine. Sie wisperte: Hal und Kate. Kate und Jill. Jill und Hal. Jill hätte sich am liebsten die Ohren zugehalten.

Und sie hatte Angst.

Fünf

Tante Madeline lebte noch. Jill hatte seit vier oder fünf Jahren nicht mehr mit ihr gesprochen. Sie machte ihrer Tante keine Vorwürfe, sie hatten nie wirklich viel für einander empfunden, und so war es nur natürlich gewesen, dass sie sich mit der Zeit immer weiter voneinander entfernt hatten.

Madeline war die Schwester ihrer Mutter. Ihr Vater, Jack Gallagher, hatte keine Geschwister gehabt. Zumindest hatte Jill das immer geglaubt. Zitternd griff sie zum Telefon. Wenn sie wirklich versuchen wollte, herauszubekommen, ob Kate eine Verwandte war, dann schien Tante Madeline der nahe liegendste Anfangspunkt zu sein.

Jill erkannte den typischen Zungenschlag des Mittleren Westens und den barschen Ton sofort. »Tante Madeline? Hallo. Hier ist Jill.«

Am anderen Ende der Leitung herrschte einen Moment lang Schweigen. »Hallo, Jill. Wie geht's?« Es klang höflich, aber reserviert.

»Gut«, log Jill. Madeline wusste nichts über ihr Leben; es hatte keinen Sinn, ihr jetzt etwas zu erzählen. »Ich habe gehofft, dass du mir vielleicht helfen könntest. Ich versuche gerade, etwas über meinen Vater und seinen Vater herauszufinden.«

»Na, so was«, war alles, was Madeline dazu sagte.

Jill konnte sie sich lebhaft vorstellen, wie sie in einem Sessel in ihrem blassgrünen Wohnzimmer saß, mit einem sauberen, aber altmodischen Hauskittel, das dunkle Haar mit den grauen Strähnen, das volle, mürrische Gesicht, die Lesebrille, die auf ihrer Brust baumelte. »Hatte Jack Geschwister?« Jill wollte sich vergewissern, dass ihre Version der Wahrheit auch stimmte.

»Nein, hatte er nicht. Wenn er welche gehabt hätte, hättest du bei denen leben können anstatt bei mir.«

Jills Mund verzog sich. »Ja.« Sie fügte nicht hinzu, dass das für alle besser gewesen wäre. »Hast du Jacks Familie je kennen gelernt? Seinen Vater Peter oder seine Mutter?«

»Nein, habe ich nicht. Das sind aber komische Fragen, Jill.«

»Tut mir Leid«, entschuldigte sich Jill. »Ich bin auf der Suche nach meinen Wurzeln. Du weißt schon, nach meiner Abstammung.«

»Warum?«

Jill zögerte. »Ich war vor kurzem in London, und ich bin dort auf eine Frau gestoßen, von der ich glaube, dass sie eine Verwandte von mir ist.«

Es kam keine Antwort.

Jill seufzte. »Weißt du irgendetwas über Jacks Leben? Er ist in New York geboren, nicht? Und hat er da nicht auch meine Mutter geheiratet?«

»Ja, ich glaube schon.«

Jill hätte sich die Haare raufen mögen. Ihre Mutter war Hausfrau gewesen, und Jack, das wusste sie, hatte als junger Anwalt in einer größeren Kanzlei gearbeitet. »Tante Madeline, weißt du, ob Peter, mein Großvater, auch gebürtiger New Yorker war?«

»Ich habe keine Ahnung.«

Jill wurde klar, dass sie das hier nicht weit bringen würde. »Gibt es irgendetwas über meine Familie, woran du dich erinnerst?«

»Nein. Da ist der Klempner an der Tür. Moment.«

Jill hörte Holz knarzen und wusste, dass ihre Tante im Schaukelstuhl gesessen hatte. Sie umklammerte das Telefon. Diesen Anruf hätte sie sich sparen können.

Fünf endlose Minuten vergingen, während derer Jill überlegte, ob sie einfach aufhängen sollte, aber sie tat es nicht. Plötzlich sagte Madeline: »Auf dem Dachboden steht eine Kiste.«

»Was?«

»Ihre Sachen. Von deinen Eltern. Ich bin fast alles losgeworden, aber einiges an Papieren und Schmuck hab ich behalten. Weiß auch nicht, wieso.«

Jill saß vor Überraschung und Erregung plötzlich kerzengerade. »Tante Madeline, du bist ein Schatz!«, rief sie.

Am anderen Ende herrschte Totenstille.

»Könntest du mir die Kiste schicken, als Eilzustellung? Das ist gar nicht so teuer, und ich schicke dir sofort einen Scheck, wenn ich weiß, was es gekostet hat«, sagte Jill aufgeregt.

»Na, ich weiß nicht … «

»Bitte. Es ist sehr wichtig«, flehte Jill.

Madeline gab einen Laut von sich, den Jill als Zustimmung auffasste. Sie gab ihr ihre Adresse, Broadway Ecke Zehnte, und rang Madeline das Versprechen ab, die Kiste gleich morgen früh abzuschicken. Zufrieden legte sie auf.

Wenn sie Glück hatte, würde sie in dieser Kiste etwas finden, das sie der Wahrheit über Kate ein Stück näher brachte – oder jedenfalls über ihre Abstammung, auch wenn sie mit Kate nichts zu tun hatte. Und selbst wenn es so war, sehnte sie sich doch auf einmal danach, die wenigen Dinge für sich zu haben, die einmal ihren Eltern gehört hatten. Warum hatte Madeline ihr nicht schon vor Jahren von dieser Kiste erzählt?

Jill schüttelte den Kopf. Die Antwort war klar. Ihre Tante hatte nichts gesagt, weil sie einfach nie daran gedacht hatte.

Eines war jedenfalls sicher. Sie musste wieder nach London, so bald wie möglich. Seit sie diese Entscheidung getroffen hatte, war ihre Sehnsucht noch gewachsen, und jetzt drängte es sie fast unwiderstehlich zurück.

Jill ging zu der Kommode neben ihrem Bett und nahm ihr Sparbuch heraus. Wie sie befürchtet hatte, waren nicht einmal dreitausend Dollar darauf. Auf ihrem Girokonto waren nur ein paar hundert. »Verdammt.«

Sie musste ein paar Anrufe erledigen. Einer der Toningenieure von *The Mask* war mit einer Immobilienmaklerin verheiratet. Jill konnte sich keine Provision leisten, aber vielleicht würden sie ihr auch so helfen – mit Hals Tod und dem Verlust ihrer Arbeit steckte sie schließlich ganz schön in der Tinte. Es war einen Versuch wert.

KC kannte auch jede Menge Leute. Vielleicht wusste sie von jemandem, der sofort etwas zur Untermiete suchte.

Jill sauste durch ihre Wohnung, kramte ihr Filofax aus ihrer Tasche und fand die Nummer, die sie brauchte. Sie wollte gerade wählen, als das Telefon klingelte. Überrascht vernahm sie die Stimme ihrer Tante.

»Tante Madeline?« Jill konnte es kaum glauben.

Ohne auch nur Hallo zu sagen, verkündete ihre Tante: »Mir ist gerade noch was eingefallen. Ich glaube, dein Großvater ist dort geboren. In England.«

Jill erstarrte.

Madeline schwieg.

Jill kam wieder zu sich. Bilder von Kate Gallagher tanzten vor ihrem inneren Auge, und sie fragte atemlos: »Bist du sicher?«

»Nein. Aber ich habe so was im Hinterkopf. Ich glaube, er ist als junger Mann nach Amerika gekommen.«

In London war es jetzt vier Uhr nachmittags. Rasch wählte Jill die Nummer des Museums.

Zu ihrer Erleichterung war Lucinda noch da und nahm gleich den Hörer ab. »Jill! Wie schön, dass Sie anrufen«, sagte sie erfreut. »Ich habe an Sie gedacht. Wie geht es Ihnen?«

»Ganz gut«, sagte Jill, die schier platzte vor Aufregung über die Neuigkeiten ihrer Tante. »Lucinda, haben Sie ein paar Minuten Zeit für mich?«

»Natürlich, meine Liebe«, antwortete Lucinda. In ihrer Stimme

schwang ein Lächeln mit. »Spukt Ihnen Kate immer noch im Kopf herum?«
Jill horchte auf. »Ja, wenn Sie es so nennen wollen. Klingt ein wenig merkwürdig, nicht wahr?«
»Finden Sie? Wir sind hier in England recht stolz auf unsere Geister, Jill.«
Lauren hatte fast dasselbe gesagt. »Sie beschäftigt mich. Ich habe gerade erfahren, dass mein Großvater wahrscheinlich aus England stammt, Lucinda – und ich hatte immer geglaubt, meine Familie sei durch und durch amerikanisch.«
»Das ist interessant«, erwiderte Lucinda. »Am besten suchen Sie erst mal nach seiner Geburtsurkunde. Wenn sie nicht in New York ist, können wir sie vielleicht hier in England auffinden.«
»Guter Gott. Ich weiß ja gar nicht, wo ich anfangen sollte. Lucinda, ich versuche gerade, einen Untermieter für mein Apartment zu finden. Ich will zurück nach London und Nachforschungen über Kate anstellen, aber ich habe nicht viel Geld. Wie viel müsste ich für eine Wohnung in London bezahlen? Oder nur ein Zimmer?«
»Die Mieten in London sind sehr hoch – jedenfalls in den ordentlichen Stadtvierteln. Hmm. Vielleicht fällt mir ja was ein. Lassen Sie mir etwas Zeit. Lauren ist übrigens am nächsten Tag wiedergekommen, wissen Sie. Offenbar ist sie jetzt auch von der Familiengeschichte fasziniert.«
Einen Moment lang war Jill verwirrt, sogar bestürzt. Doch der Moment ging vorüber. »Was haben Sie ihr erzählt?«
»Nichts. Sie ist ganz allein herumspaziert. Und sie hat einige Zeit im Archiv verbracht.«
»Kann ich auch ins Archiv?«, fragte Jill.
Lucinda zögerte. »Da müsste ich erst meinen Arbeitgeber fragen. Schließlich gehören Sie nicht zur Familie.«
»Wer ist Ihr Arbeitgeber?«
»Jemand, der für die Collinsworth Group arbeitet.« Sie machte eine

Pause. »Wissen Sie, meine Liebe, ich habe einen Nachbarn, der eine hübsche Wohnung direkt neben meiner in Kensington hat. Ich glaube, Allen wird die nächsten paar Monate nicht in London sein, und er sucht jemanden, der bei ihm einzieht und seine zwei Katzen hütet. Ich werde mich gleich mal erkundigen und sehen, was ich für Sie tun kann.«

Jills Herz klopfte heftig vor Hoffnung und Aufregung. »Lucinda, wenn diese Wohnung frei ist und nicht allzu teuer, dann nehme ich sie. Und ich liebe Katzen – ich habe selbst eine. – Eine Frage noch, bitte«, sagte Jill und setzte sich nervös. »Lucinda, hat Hal jemals von Kate Gallagher gesprochen? Oder irgendwie Interesse an ihr gezeigt?«

Die andere Frau schwieg.

Jill erstarrte. »Lucinda?«

»Er war fasziniert von Anne und Kate«, begann Lucinda schließlich. »Er hat gesagt, dass er eines Tages ihre Geschichte aufschreiben wolle. Er hat oft das Medaillon, das ich Ihnen gezeigt habe, mit auf sein Zimmer genommen, es angestarrt und sich dabei Notizen gemacht. Jill, da ist etwas, das Sie wissen sollten.«

»Was?« Sie wagte kaum zu atmen. Ihre Handflächen waren feucht.

»Etwa vor einem Jahr hat Hal mir erzählt, dass er Briefe gefunden habe, Briefe von Kate an Anne.«

Jill ließ fast den Hörer fallen. »Oh mein Gott. Haben Sie sie gelesen?«

»Nein. Ich habe sie nie zu Gesicht bekommen. Eigentlich bin ich nicht einmal sicher, ob es sie überhaupt gibt«, sagte sie vorsichtig.

Jill sprang auf. »Was meinen Sie damit? Ich verstehe das nicht.«

Wieder zögerte Lucinda. »Ich weiß nicht, wie ich Ihnen das sagen soll. Ich weiß nicht einmal, ob ich es Ihnen überhaupt erzählen sollte.« Sie sprach nicht weiter.

Jill spürte Entsetzen in sich aufsteigen. »Was auch immer Sie sich denken, Lucinda, ich wäre Ihnen sehr dankbar, wenn Sie es mir

sagen würden. Ich muss wissen, was Hal vorhatte.« Erst nachdem die Worte heraus waren, fiel ihr auf, welche komische Formulierung sie da verwendet hatte.
»Also schön. Er hat versprochen, mir Kopien der Briefe zu schicken, er hat es sogar mehrmals versprochen, aber er hat sie nie geschickt.«
»Aber Hal war kein Lügner«, sagte Jill langsam, sehr verwirrt. »Er würde sich so eine Geschichte nicht einfach ausdenken.«
»Jill, als er mich angerufen hat, um mir zu erzählen, dass er die Briefe gefunden habe, war es fast Mitternacht. Er redete ziemlich … wirr.«
Jill umklammerte den Hörer. Ihr Herz machte wilde Sprünge. »Wirr.«
»Man soll ja nicht schlecht über Tote sprechen. Aber ich muss sagen, er klang betrunken, meine Liebe, sogar sternhagelvoll, um genau zu sein … «
Jill brauchte einen Moment, bis sie verstand. »Sie glauben, er war betrunken?«, keuchte sie.
»Er redete wirres Zeug«, sagte Lucinda bestimmt. »Ich weiß nicht, wie ich das sonst deuten soll.«
Jill war wie gelähmt. »Lucinda, wenn er diese Briefe gefunden hat, haben Sie irgendeine Ahnung, wo er sie gefunden haben könnte – oder wo er sie aufbewahrt hat?«
»Nein. Aber sie wären absolut unbezahlbar – für uns und für die Familie. Er hätte sie an einem sehr sicheren Ort aufbewahrt. Hier in Uxbridge Hall sind sie jedenfalls nicht. Vielleicht hat er sie bei sich versteckt.«
Jill starrte vor sich hin und sah vor ihrem inneren Auge Hal mit alten Briefen in der Hand. »Das könnte sein. Was, wenn sie in seinem Apartment hier in New York sind?«
»Wenn Sie sie finden, sagen Sie mir Bescheid. Sie gehören nach Uxbridge Hall«, sagte Lucinda. »Wir müssten die Originale bekommen.«

Jill versprach es ihr. Die beiden unterhielten sich noch ein paar Minuten, und Lucinda versprach, sie morgen wieder anzurufen, wenn sie mit ihrem Nachbarn Allen Henry Barrows gesprochen hatte. Dann legte sie auf. Jill fühlte sich wie betäubt. Hal war von Kate und Anne fasziniert gewesen; Kate hatte an Anne geschrieben. Und Hal war sturzbetrunken gewesen, als er Lucinda angerufen hatte, um ihr davon zu erzählen.

Nein. Jill entschied, dass Lucinda sich geirrt haben musste. Hal hatte sein Drogenproblem überwunden. Sie hatte ihn in den ganzen acht Monaten niemals Alkohol trinken oder Drogen nehmen sehen. Lucinda irrte sich.

Jill fühlte sich nicht eben erleichtert. Erst Marisa und nun das. Vielleicht hatte Thomas Recht. Vielleicht hatte sie Hal nicht so gut gekannt, wie sie geglaubt hatte.

Hal hatte eine Wohnung an der Fifth Avenue bewohnt, zu der Jill noch Schlüssel besaß. Der Portier erkannte sie und lächelte.

Das Apartment lag im zwanzigsten Stock. Es war hell und sonnig mit Blick auf den Park. Jill war seit seinem Tod nicht mehr hier gewesen. Sie blieb im Wohnzimmer stehen, ohne die Aussicht auf den Park und die West Side eines Blickes zu würdigen. Sie fühlte sich an diesem Ort schrecklich elend.

Sie musste unbedingt diese Briefe finden. Aber sie war wie gelähmt. Hal schien hier überall gegenwärtig zu sein.

Jill schloss die Augen. Hatte er sie geliebt? Oder Marisa? Was, wenn er auf irgendeine bizarre Art und Weise Kate geliebt hatte?

Sie würde niemals vergessen, was er gesagt hatte, als er an jener Straße sterbend in ihren Armen lag. »Ich liebe dich … Kate.« Als er im Sterben lag, hatte er sie mit einer anderen Frau verwechselt, einer Frau, die, wenn sie überhaupt noch lebte, über neunzig Jahre alt sein musste.

Nein. Das war unmöglich. Aber warum hörte sie ständig diese leise, flüsternde Stimme in ihrem Kopf eine Litanei aufsagen, die Jill mittlerweile regelrecht hasste? Hal und Jill … Jill und Kate … Kate und Hal …

Jill schob diese beunruhigenden Gedanken beiseite und ging steif in das Zimmer, das Hal als Arbeitszimmer gedient hatte. Sie war aus einem bestimmten Grund hier, und den durfte sie nicht aus den Augen verlieren – aber sie zitterte, ihre Knie wackelten, und ihre Eingeweide krampften sich schmerzhaft zusammen. Sie konnte auch die lächerliche Erwartung nicht abstreifen, dass Hal jeden Moment durch die Tür kommen und sie aus dem schlimmsten Albtraum wecken würde, den sie jemals gehabt hatte.

Jill setzte sich an den Schreibtisch und versuchte, an nichts anderes als an die Briefe zu denken. Sie begann die Schubladen zu durchsuchen, eine nach der anderen, systematisch, fest entschlossen. Sie musste die Briefe finden. Sie ignorierte seine Rechnungen und Quittungen. Sein Schreibtisch war ordentlich, denn er hatte sich nur der Fotografie gewidmet, was bedeutete, dass er weit mehr Zeit in seiner Dunkelkammer als an seinem Schreibtisch verbracht hatte. Sie blätterte seine Papiere durch und erstarrte, als sie auf ein Adressbuch stieß.

Jill schlug es gleich beim Buchstaben G auf. Da standen ihr Name und ihre Nummer. Sie zögerte, wollte es wieder schließen und in die Schublade zurücklegen. Aber sie konnte nicht anders. Sie ging es sorgfältig durch und bemühte sich, kein schlechtes Gewissen zu haben. Lucinda stand darin, sowohl mit ihrer Privatnummer als auch der Nummer in Uxbridge Hall. Da war auch Marisa Sutcliffe.

Jill legte das Adressbuch weg. Es war ein Fehler gewesen, es durchzusehen. Das hatte sie nur traurig gemacht – natürlich hatte er Marisas Telefonnummer und Adresse, er hatte sie schließlich viele Jahre gekannt.

Aber jetzt war Jill so trübselig, dass sie gar nicht mehr an Kate dachte. Eine leise Stimme im Inneren warnte sie, dass es ihr noch Leid tun würde, wenn sie jetzt in seinem Privatleben herumschnüffelte. Gleich darauf fand sie seine Telefonrechnung mit einer Einzelaufstellung seiner Ferngespräche. Ihr Herz schien sich seinen Weg aus ihrem Mund bahnen zu wollen. Schau sie nicht an, befahl sie sich. Konzentrier dich. Such die Briefe.

Aber Jills Hände und Augen gehorchten ihr nicht. Rasch überflog sie die Liste.

Da war eine ganze Reihe von Gesprächen nach London aufgeführt, und nicht alle mit derselben Nummer. Jill hatte ja gewusst, dass er oft mit seiner Familie telefonierte, also sollte sie das nicht überraschen. Aber er hatte drei verschiedene Londoner Nummern häufiger gewählt. Mit bebenden Händen öffnete Jill sein Adressbuch. Im letzten Monat hatte er Marisas Nummer zehnmal gewählt.

Jill schlug das Buch zu. Ihr Puls raste. Ein Anruf war kein hässlicher Betrug. Das bedeutete nicht, dass er Marisa immer noch geliebt hatte. Es bedeutete nicht, dass er sie, Jill, betrogen hatte – oder dass sie nur ein Abenteuer gewesen war. Es bedeutete nicht, dass er sie nicht von ganzem Herzen geliebt hatte.

Oder?

Jill sprang auf. Es war ein Fehler gewesen, in Hals Apartment zu kommen. Es ging ihr noch schlechter als vorher, sie war hierfür noch nicht bereit, sie würde ein andermal wiederkommen, wenn sie ruhiger war – sie musste hier raus, jetzt sofort.

Sie brauchte Luft.

Warum hatte er in den vier Wochen vor seinem Tod zehnmal Marisa angerufen? Warum?

Die Antwort war so offensichtlich. Thomas hatte Recht. Hal hatte vorgehabt, Marisa zu heiraten, und sobald er von ihrer Scheidung erfahren hatte, hatte er mit Jill Schluss gemacht, damit er nach Hause fahren und es tun konnte.

Aber wie passte Kate da hinein?

Auf einmal bekam Jill keine Luft mehr. Sie rannte aus dem Büro, schnappte sich ihre Tasche und ihre Jacke und sauste durchs Wohnzimmer zur Tür. Sie drückte sie auf, stand draußen im Hausflur und schnappte nach Luft. Sie würde ein andermal nach den Briefen suchen, wenn ihr vor Zweifel und Kummer nicht zu jämmerlich zu Mute war, wenn sie wieder mehr Kraft hatte.
In diesem Moment öffnete sich die Tür des Aufzugs, und Thomas Sheldon trat hinaus in den Flur. Jill wollte ihren Augen nicht trauen. Er war der allerletzte Mensch, den sie jetzt sehen wollte. »Was tun Sie denn hier?«, keuchte sie.
»Der Portier sagte mir, Sie seien hier oben, und ich konnte es nicht fassen«, antwortete er. Mit weit aufgerissenen Augen starrte er sie ebenso ungläubig an wie sie ihn. »Wie meinen Sie das, was ich hier tue? Was haben *Sie* hier zu suchen?«
Jill musste sich eine Antwort einfallen lassen. »Ich habe noch ein paar Sachen hier«, begann sie. Dann brach sie ab. Sein Gesicht zeigte deutlich, dass er ihr nicht traute.
»Sie haben einen Schlüssel zum Apartment«, stellte er fest. Er wartete nicht auf eine Antwort. »Geben Sie ihn mir bitte?«
Sie blinzelte ihn an. »Was?« Wenn sie ihm ihre Schlüssel gab, würde sie nicht wiederkommen können, um die Briefe zu suchen.
Sein Blick wurde plötzlich forschend. »Sind Sie krank? Werden Sie wieder ohnmächtig?«
In diesem Moment wusste Jill, dass ein Blackout bevorstand. »Ich muss mich hinlegen«, flüsterte sie. Sie wurde mit dem ganzen Stress einfach nicht mehr fertig.
Thomas ging an ihr vorbei, schloss die Tür zum Apartment auf und trat zur Seite.
Jill hatte direkt zur Couch gehen wollen. Aber als sie die Wohnung betrat, drehte sich ihr der Magen um und sie wusste, dass sie gleich ihr Frühstück wieder von sich geben würde. Jill rannte ins Bad und musste sich heftig übergeben.

Als der Würgreiz nachließ, klammerte sich Jill an die Toilettenschüssel; sie konnte nicht glauben, was mit ihr passierte. Dies schien ihr der mit Abstand schlimmste und peinlichste Moment in ihrem Leben zu sein. Aber sie rührte sich nicht und wartete darauf, dass der Schwindel nachließ.

Sie hörte Schritte. Jill wollte sich nicht umdrehen. Sie wusste, dass er in der offenen Badezimmertür stand. Sie hatte keine Zeit mehr gehabt, sie zu schließen.

Er schwieg. Dann sagte er: »Ich hole Ihnen ein Glas Wasser.« Er ging weg.

Jill fragte sich, warum er auf einmal freundlich wurde. Sie zweifelte daran, dass er auch nur ein Quäntchen Herzlichkeit – oder Mitgefühl – in sich trug. Sie kam auf die Beine, schloss die Tür ab und begann, ihren Mund auszuspülen und sich das Gesicht zu waschen. Jill starrte ihr bleiches Spiegelbild an und bemerkte wieder einmal, dass ihr Gesicht zu schmal war, die Ringe unter den Augen zu dunkel, ihr kinnlanges, stufig geschnittenes Haar zerzaust – bemerkte wieder die verblüffende Ähnlichkeit mit Kate.

Er klopfte an der Tür. »Alles in Ordnung?«, fragte er in absolut neutralem Tonfall.

»Mir geht's gut«, rief sie und versuchte, normal zu klingen, obwohl sie atemlos und zittrig war. Aber wenigstens fühlte sie sich schon kräftiger. Sie trank etwas Wasser aus der hohlen Hand und betete um Fassung.

Sie hörte ihn weggehen.

Jill warf einen letzten Blick auf ihr Spiegelbild und verzog das Gesicht.

Als sie aus dem Bad trat, stand er mitten im Flur, und ihre Blicke trafen sich kurz. »Tut mir Leid«, sagte sie.

Er reichte ihr das Glas Wasser. Jill nippte daran und setzte sich auf den nächstbesten Stuhl, ein ledergepolstertes Monstrum. Sie sah zu, wie er auf und ab tigerte und seinen Blick über die umwerfende

Szenerie des Central Park schweifen ließ, in dem die Kirschbäume in voller Blüte standen.

Thomas drehte sich um. »Sind Sie krank?« Er stemmte die Hände in die Hüften. Sein Hemd war cremeweiß, die Krawatte vorwiegend türkis mit einem Muster in Gold und Schwarz. Seine Rolex blitzte an seinem Handgelenk.

Jill schüttelte den Kopf. »Nein. Ich bin nur völlig ausgelaugt.«

Er sah sie weiterhin an. »Was machen Sie hier?«

Jills Schultern spannten sich. »Dasselbe könnte ich Sie fragen.«

»Diese Wohnung gehört mir«, sagte er gleichgültig. »Ich habe jederzeit das Recht darauf, hier zu sein.«

Sie starrte ihn an. »Dies ist Hals Wohnung.«

»Wovon sprechen Sie eigentlich? Diese Wohnung gehört mir. Ich habe sie vor fünf Jahren gekauft, weil ich so oft in New York bin. Als Hal nach New York gezogen ist, habe ich ihm gesagt, er solle ruhig hier einziehen. Es wäre absurd gewesen, sich noch eine Wohnung zu nehmen.«

Jill war wie vor den Kopf geschlagen. »Hal hat mir gesagt, das sei seine Wohnung.«

»Sie haben das zu wörtlich aufgefasst.«

Jill wusste, dass es nicht so war, ganz sicher. Er hatte sie angelogen. Warum? Was hatte er sich davon erhofft? Jill konnte es nicht verstehen. Eine weitere Lüge, eine weitere Täuschung …

»Kann es sein, dass Sie schwanger sind?«, unterbrach Thomas ihre Gedanken.

Jill schnappte nach Luft. »Schwanger?«

»Ja, schwanger.«

Jill konnte nicht wegschauen, und sie musste an KCs Karten denken.

Die Herrscherin. »Nein, ich bin nicht schwanger.« Die Chancen, dass sie es war, standen eins zu einer Milliarde dagegen; sie waren immer sehr vorsichtig gewesen. Aber jetzt wusste sie, dass sie sich

dieser Möglichkeit stellen musste. Sie würde auf dem Heimweg einen Schwangerschaftstest kaufen.
»Sie scheinen sich nicht ganz sicher zu sein«, sagte er und betrachtete sie genau. »Sie wirken nervös.«
»Sie machen mir Angst«, rief sie. »Aber das wollen Sie ja, nicht wahr?«
Thomas' Augen verdunkelten sich. »Warum sollte ich Ihnen Angst einjagen wollen, Miss Gallagher?«
»Ich weiß nicht«, gestand Jill. »Weil Sie mich hassen. Weil Sie mich für Hals Tod verantwortlich machen.«
Thomas setzte sich ihr gegenüber auf die Couch und knöpfte dabei sein Jackett auf. Dann fuhr er sich mit der Hand durch sein dichtes, von der Sonne gebleichtes Haar. Sein Siegelring glitzerte. »Ich will Ihnen keine Angst machen.« Er blickte zu ihr auf. »Ich hatte vor, seine Sachen zusammenzupacken«, sagte er langsam. Eher zu sich selbst als zu ihr. »Aber ich weiß nicht. Ich glaube, ich lasse das lieber jemand anderen machen.« Er verzog das Gesicht.
Jill war klar, dass sie sich dafür anbieten konnte – und so eine Entschuldigung hätte, um wieder herzukommen –, aber sie war dieser Aufgabe auch nicht gewachsen. Sie schlang die Arme um den Oberkörper. Trotz ihrer negativen Gefühle Thomas gegenüber hatte sie sehr viel Verständnis für das, was er durchmachte. »Ich muss auch in meiner Wohnung einige Sachen von ihm wegpacken. Es ist schrecklich.«
Zum ersten Mal trafen sich ihre Blicke.
Rasch schauten beide weg.
»Es kommt einem vor, als ob er noch hier wäre«, sagte Jill, die sich in dem sonnigen Apartment umsah und wieder fast erwartete, dass Hal in der Tür stand.
Thomas fuhr zusammen, und sein Blick wurde durchdringend. »Wie meinen Sie das? Meinen Sie, dass sein Geist noch hier ist?« Er klang ungläubig, aber da war noch etwas in seiner Stimme, und Jill wusste nicht, ob sie es für Angst oder Hoffnung halten sollte.

»Ich weiß nicht. Seine Schwingungen vielleicht.« Sie schaffte es nicht, beruhigend zu lächeln. »Ich habe ganz vergessen, dass ihr Briten so sehr an Geister glaubt. Wir hier drüben tun das nicht.«

Abrupt sah Thomas auf die Uhr und griff in seine Brusttasche, holte aber nichts heraus. Er sagte: »Ich bin spät dran, und ich muss einen Termin verschieben. Ich hab mein Telefon vergessen.«

Jill betrachtete seinen Rücken.

Dann sagte er, ohne sich umzudrehen: »Im Moment kann ich froh sein, dass mein Kopf angewachsen ist, sonst würde ich ihn wohl irgendwo liegen lassen. Ich verpasse ständig Termine, vergesse oder verlege irgendwas.« Er wandte sich um, lächelte schief und zuckte resigniert mit den Schultern.

Jill hatte ihn noch nie lächeln sehen, und nun konnte sie sich vorstellen, wie groß sein Sex-Appeal wirklich war. Kein Wunder, dass er ein Playboy war. Mit seinem guten Aussehen, seinem blauen Blut und seinem Reichtum hatte er wahrscheinlich noch zehn Frauen an jeder Zehe. »Immerhin können Sie noch arbeiten«, sagte Jill und dachte an ihre eigenen Nöte.

»Nun«, sagte Thomas nach einer bedrückenden Pause. »Gehen wir?« Offenbar hatte er nicht die Absicht, sein oder ihr Verhalten seit Hals Tod zu besprechen. Jill nahm es ihm nicht übel. Eine solche Aufrechnung wollte sie auch nicht. Sie waren keine Freunde; das würden sie nie sein.

Draußen schloss Thomas die Tür ab und drehte sich zu ihr um. »Kann ich bitte Ihren Schlüssel haben?«

Jill erstarrte. Er wartete. Ihre Blicke trafen sich wieder, und diesmal für einen langen Moment.

»Es gibt keinen Grund, weshalb Sie einen Schlüssel zu dieser Wohnung haben sollten«, sagte Thomas.

Jill wandte sich mit klopfendem Herzen ab, damit Thomas ihr Gesicht nicht sah. Sie hatte keine andere Wahl, als ihm den Schlüssel

zu geben. Sie konnte ohne seine Erlaubnis nie wieder in diese Wohnung. Aber sie musste doch Kates Briefe finden.
Jill grub den Schlüssel aus ihrer Jeans und gab ihn ihm. »Ich möchte mich bei Ihnen entschuldigen. Ich hätte nicht ohne Erlaubnis hierher kommen dürfen, aber ich wusste ja nicht, dass das Apartment Ihnen gehört. Wenn ich es gewusst hätte, wäre ich nicht einfach so hineinspaziert.«
»Entschuldigung angenommen«, sagte Thomas. Jill glaubte ihm. Irgendwie hatten sie das Kriegsbeil begraben – vorerst. Sie folgte ihm zum Aufzug. »Bitte.« Er trat zurück, um sie vorgehen zu lassen. Hal hatte das immer genauso gemacht.
Die Aufzugtür schloss sie in der kleinen, verspiegelten Kabine ein. »Haben Sie gefunden, was Sie gesucht haben?«
Jill wollte sich gerade die Ponyfransen aus dem Gesicht streichen und erstarrte mit erhobener Hand. »Ich habe nichts Bestimmtes gesucht«, sagte sie.
Er antwortete nicht.

Sechs

Die Türklingel weckte Jill aus tiefstem Schlaf. Es war fünf Uhr nachmittags – sie war den ganzen Tag über immer wieder eingenickt. Jill hatte KCs Rat befolgt und sich von ihrem Arzt noch einmal etwas verschreiben lassen, das sie durch die nächsten Wochen bringen sollte. Das war wohl der Grund, warum sie endlich einmal eine Nacht und sogar noch den folgenden Tag über geschlafen hatte.

Sie hatte sich auch Blut für einen Schwangerschaftstest abnehmen lassen. Der Arzt hatte sie vor ein paar Stunden angerufen: Der Test war, Gott sei Dank, negativ.

Jill stolperte zur Sprechanlage und wurde hellwach, als die Stimme unten sich als Kurier von UPS vorstellte. Die Kiste von ihrer Tante war da.

Jill öffnete ihre Wohnungstür und wartete ungeduldig auf den Kurier. Er trat aus dem einzigen, unglaublich lahmen Aufzug, und Jill kritzelte hastig ihre Unterschrift hin, um den mittelgroßen Karton überreicht zu bekommen. Dann drehte sie sich um und betrachtete aufgeregt die Kiste, die die Sachen ihrer Eltern enthielt.

Jill ging den Inhalt langsam durch und war glücklich über jedes einzelne Stück, das sie herausnahm. Ihre Tante hatte vor allem Papiere aufgehoben, die Jill sich für zuletzt aufhob. Ansonsten enthielt die Kiste ein komisches Sammelsurium: Krawatten und Manschettenknöpfe ihres Vaters, mehrere Tücher und Schals ihrer Mutter, alles knallbunte Kreationen der frühen Siebziger, eine mit Kristallkügelchen bestickte Abendtasche, eine echte Perlenkette. Madeline hatte die juristischen Lehrbücher ihres Vaters aufgehoben und die Kochbücher ihrer Mutter, darunter echte Raritäten. Da war auch ein Gartenbuch und, seltsamerweise, eine Fernsehzeitschrift für die Woche vom ersten Mai 1976.

Jill wurde es schwer ums Herz. In dieser Woche war der Unfall passiert.

Sie legte die Zeitschrift wieder weg. Madeline hatte auch einige Kleider ihrer Mutter aufgehoben. Jill lächelte, als sie ein Minikleid mit einer Art Pucci-Druck und dann ein blondes Haarteil fand. Warum hatte ihre Mutter das zu ihrem schulterlangen Haar gebraucht?

Und da war eine Karte von Großbritannien und ein Reiseführer.

Jill setzte sich auf den Boden, die Perlen ihrer Mutter in der einen Hand, die vergilbte Karte und den Reiseführer in der anderen. Sie starrte die drei Gegenstände an.

Waren ihre Eltern in England gewesen? Oder hatten sie eine Reise dahin geplant? Und wenn ja, warum?

Jill sagte sich, dass sie dort einfach Urlaub gemacht hätten, weiter nichts. Aber tief drinnen empfand sie es als einen weiteren »Zufall«, der sie und Kate Gallagher verband.

Sie sagte sich, dass sie den Grund für die Reise oder die geplante Reise niemals erfahren würde.

Also machte sie sich wieder an die Arbeit. Schließlich kamen die großen Umschläge voll Papiere dran, die sie als Erstes aus der Kiste genommen hatte. Sie öffnete den dicksten zuerst und schüttete den Inhalt neben sich auf den Boden.

Das Erste, was sie sah, waren ihre Pässe. Jills Herz begann heftig zu pochen.

Sie schlug sie auf, zuerst Shirleys, dann Jacks. Endlich besaß sie ein Foto von ihnen. Ihre Augen füllten sich mit Tränen. »Oh Gott«, stammelte Jill. Schmerzlich wurde ihr klar, dass sie ihrem Vater sehr ähnlich sah. Und ihre Mutter war genauso blond und schön wie in ihrer einzigen Erinnerung an sie.

Jill blätterte den Pass ihres Vaters durch. Und tatsächlich fand sie einen Stempel, aus dem hervorging, dass er 1970 nach Großbritannien eingereist war. Derselbe Stempel fand sich im Pass ihrer Mutter. Sie waren in dem Jahr, bevor sie geboren wurde, nach England gereist.

Jill schüttelte ihren verwirrten Kopf. Das war wahrscheinlich nur Zufall – aber sie wünschte, es wäre noch viel mehr. Sie fragte sich, ob sie mehr über ihre Reise herausfinden könnte – wo genau sie dort gewesen waren.

Als Nächstes bekam sie Jacks Zeugnisse in die Hand, darunter sein Jura-Abschlusszeugnis. Sie fand seine Geburtsurkunde – er war am vierundzwanzigsten November 1936 geboren – und als sie weitersuchte, entdeckte sie auch Shirleys Geburtsurkunde. Sie war zehn Jahre jünger gewesen als Jack.

Sie hielt ihre Heiratsurkunde hoch. Überrascht stellte sie fest, dass sie nicht kirchlich geheiratet hatten. Als Trauzeugen waren Timmy O'Leary und Hannah Ames aufgeführt.

Auch der Führerschein ihres Vaters war dabei. Wie damals üblich, war kein Foto darin. Aber da standen sein Geburtsdatum und seine Adresse, 305 Dreiundfünfzigste Ost, New York. Jill wusste, dass sie einmal an diesem Haus vorbeigehen musste. Sie hoffte, dass es noch stand.

Jill schloss die Augen und drückte den Führerschein an ihre Brust. Plötzlich hatte sie ein vages Bild vor Augen, ein Bürgersteig an einem trüben Tag, ein blitzendes rotes Dreirad und die auf Hochglanz polierten Lederschuhe eines Mannes. Oxford-Schuhe. Ihr Vater hatte braune Oxfords getragen.

Sie sah nach, ob der Umschlag auch wirklich leer war, und öffnete dann den nächsten, der im Gegensatz zum ersten sehr dünn war. Eine Hand voll Fotos fielen heraus und ein paar Papiere.

Jill erstarrte, als sie erkannte, dass es sich um Briefe handelte. Sie ignorierte die Fotos und griff nach den mit eleganter Schrift gefüllten Seiten. Die Briefe waren an Shirley gerichtet, und sie stammten von ihrer Mutter, Bonnie Lewis, und ihrer Schwester Madeline. Dann wandte sie sich den Fotos zu.

Jills Puls spielte verrückt. Die Fotos zeigten sie selbst und ihre Eltern. Auf einigen war sie noch ein Baby. Ihre Eltern sahen auf allen Bildern so glücklich aus, dass ihre Liebe nicht zu übersehen war. Wieder stiegen Jill Tränen in die Augen.

Ein Foto fesselte sie besonders. Shirley in Shorts und weißem T-Shirt stand neben einem älteren Paar in altmodischer Kleidung, und Jill zweifelte nicht daran, dass das Shirleys Eltern waren, denn die Ähnlichkeit war unverkennbar. Sie drehte es um, und tatsächlich, auf der Rückseite stand in eleganter Schrift das Datum, der einunddreißigste Juli 1965, und die Worte »Ich, Mum und Dad beim Ausflug ans Meer«. Mit Bleistift hatte ihre Mutter darunter geschrieben: »Zwei Tage später habe ich Jack kennen gelernt!« Jill lächelte, und Tränen nahmen ihr die Sicht.

Den Versuch, nicht zu weinen, gab sie endgültig auf, als sie das nächste Bild ansah. Es zeigte sie selbst als Baby in einem albernen Spitzenkleidchen, und ihre Eltern hielten sich an den Händen und beugten sich mit einem strahlenden Lächeln über sie. Auch die Jill auf dem Foto strahlte. Das also war es, was sie niemals gekannt hatte.

Nein, das war es, was sie gekannt hatte, woran sie sich aber nicht erinnern konnte.

Erschüttert sah Jill vier oder fünf weitere Familienfotos durch, und ihr wurde klar, dass sie zwar nichts gefunden hatte, das sie mit Kate in Verbindung brachte; aber sie hatte endlich die fehlenden Stücke ihrer eigenen Vergangenheit gefunden, die sie für immer in Ehren halten konnte. Und dann entdeckte sie das allerletzte Bild – es war auf der Hochzeit ihrer Eltern aufgenommen worden.

Einige Leute in festlicher Kleidung standen um das Brautpaar herum, das sich glücklich lächelnd an den Händen hielt. Sie standen auf den Stufen eines großen Gebäudes, das nach Verwaltung aussah. Einen Moment lang bewunderte sie Shirley in ihrem weiten weißen Hochzeitskleid, und ihren Vater, der einen weißen Smoking trug. Das Ehepaar Lewis erkannte sie gleich, sie standen direkt hinter ihrer Tochter und lächelten breit, aber sie kannte weder den jungen Mann neben Jack noch die junge Frau neben ihrer Mutter. Das mussten wohl die beiden Trauzeugen sein.

Sie betrachtete den älteren, grauhaarigen Mann, der allein neben ihrem Vater stand, in einem weißen Smoking mit roter Nelke im Knopfloch. Er kam ihr bekannt vor – obwohl sie ihn noch nie zuvor gesehen hatte. Ihr Herz schlug schneller.

Wer war er? Warum kam er ihr so bekannt vor?

Jill drehte das Foto um und las: »Unser Hochzeitstag, am ersten Oktober 1969, Jack und ich, Timmy und Hannah, Mom und Dad und Peter.«

Peter. Jill drehte das Foto wieder um, sprang auf und starrte aufgeregt auf Jacks Vater, Peter Gallagher. Ihr war immer noch nicht ganz klar, warum sie ihn wieder erkannt hatte. Jack sah ihm überhaupt nicht ähnlich. Sie kam zu dem Schluss, dass sie ihn vielleicht als Baby einmal gesehen hatte und dass die Erinnerung an ihn irgendwo in ihrem Unterbewussten noch vorhanden war.

Jill setzte sich, überwältigt von all dem, was sie gefunden hatte, wieder auf den Boden. Ihr Blick schweifte über die Fotos, die Briefe, die sie ein andermal lesen würde, die Pässe und Geburtsurkunden. Die Kiste hatte wahre Schätze enthalten, wenn sie auch nichts Genaueres über ihre Vorfahren auf der Gallagher-Seite darin gefunden hatte.

Plötzlich spürte Jill, dass da etwas nicht stimmte. Sie schob die Sachen hin und her und versuchte auszumachen, was sie so störte – und zwischen all dem Zeug traf sie immer wieder auf die Fotos von Jack und Shirley, ihre Babyfotos, Shirley und die Lewis', Jack, Shirley und die Lewis'. Plötzlich wurde Jill klar, dass ihre Mutter alle

möglichen Erinnerungsstücke an ihre Familie hatte, während da bei Jack überhaupt nichts war – bis auf die Anwesenheit seines Vaters auf dem einzigen Hochzeitsfoto. Es war mehr als merkwürdig. Es war eine himmelschreiende Lücke.
Aber was hatte das zu bedeuten?
Hatte Jack seinen Vater gehasst? Hatten sie sich zerstritten? Oder hatte er etwas in seiner Vergangenheit, in seiner Familie aus dem Weg gehen wollen? Hatte er vielleicht sogar etwas verborgen?
Jill hatte keine Ahnung. Sie griff nach den Briefen ihrer Mutter – und ein weiteres Puzzlestückchen schien wie von selbst an die richtige Stelle zu fallen.

Als Jill nach dem Einkaufen ihre Wohnungstür aufschloss, hörte sie drinnen den CD-Spieler. Sie erstarrte hinter der halb geöffneten Tür. Hatte sie ihn laufen lassen, als sie ging? Das glaubte sie nicht. Sie war sogar ziemlich sicher.
Im nächsten Moment wurde Jill klar, dass KC sich wohl mit ihrem Schlüssel selbst hereingelassen hatte – das tat sie manchmal. Einen schrecklichen Augenblick lang war sie panisch geworden, hatte das Schlimmste angenommen und dabei ganz die Neigung ihrer besten Freundin vergessen, einfach mal reinzuschauen.
Ihr Gehirn funktionierte nicht wie üblich. Sie war unkonzentriert und vergesslich geworden. Letzte Nacht hatte sie trotz des Beruhigungsmittels überhaupt nicht geschlafen. Sie war zu aufgekratzt gewesen wegen einem der Briefe von Shirleys Mutter.
Jill hatte den Grund für die Englandreise ihrer Eltern herausgefunden. Peter war in jenem Jahr, 1970, an Herzversagen gestorben. Sein Tod war ein Schock gewesen. Er war erst zweiundsechzig, und alle hatten angenommen, er sei kerngesund. Aber Vater und Sohn standen sich nicht sehr nahe, und jetzt, so schrieb Shirley, gab Jack sich die Schuld an allem, an ihrer Entfremdung und sogar am viel zu frühen Tod seines Vaters.

Jack hatte auch darauf bestanden, dass sie nach England reisten – er hatte das Land sehen wollen, aus dem sein Vater stammte. Ihre Eltern waren drei Wochen lang als Touristen in Yorkshire herumgereist, Jack vor Trauer und Schuld ganz durcheinander. Peter war in Yorkshire geboren worden, und Jack glaubte, obwohl er sich nicht sicher war, dass York seine Geburtsstadt war. Shirley hatte ihrer Mutter am Ende des Briefes erzählt, dass sie sich darauf freute, wieder nach Hause zu kommen – und dass sie endlich schwanger war.

Jill hatte rasch nachgerechnet, während sie den Brief wieder und wieder las. Peter war 1908 auf die Welt gekommen. Das Jahr, in dem Kate verschwunden war.

Das konnte kein Zufall sein, und Jill bekam jedes Mal eine Gänsehaut, wenn sie daran dachte.

Jetzt lief KC in ihrer Wohnung hin und her. Als sie Jill entdeckte, blieb sie abrupt stehen. »Ich bin ja so froh, dass du wieder da bist! Ich *muss* mit dir reden, Jill. Weißt du eigentlich, dass deine Tür nicht abgeschlossen war?«

Jill schloss die Tür und blieb stehen. »Im Ernst?«

»Jap.« KC kam auf sie zu. Sie trug ein knappes pinkfarbenes Top und einen langen, wehenden bunten Rock. Ihr langes blondes Haar war zu einem Zopf geflochten. »Jill, du siehst ja furchtbar aus!«

»Danke«, sagte Jill. Sie und KC hatten sich seit ihrer Rückkehr mehrmals verpasst. Sie hatten einander Nachrichten auf dem Anrufbeantworter hinterlassen, anstatt eine ausgiebige Unterhaltung zwischen Freundinnen genießen zu können. »Ich kann es gar nicht fassen, dass ich nicht abgeschlossen habe«, sagte Jill.

»Vielleicht liegt es an deinen Medikamenten.«

Jill war erleichtert. »Wahrscheinlich.«

»Ach, du armer Schatz!« Urplötzlich schlang KC die Arme um Jill und drückte sie fest an sich. »England muss schrecklich gewesen sein!«

Jill stellte ihre Gefühle normalerweise nicht zur Schau – und sie hatte darin sowieso nicht viel Übung, wenn man von der kurzen Zeit mit Hal absah. Sie wich unbehaglich zurück. »Es war die Hölle.« Und das fand Jill noch untertrieben.

»Es hat sich angehört, als wären das sehr böse Menschen«, sagte KC. »Jill, ich hoffe, ich habe deine letzte Nachricht falsch verstanden. Du willst doch nicht nach London zurück, oder?«

»Doch. Aber du musst mir helfen, KC, ich muss einen Untermieter finden, bevor ich fahre. Ich bin ziemlich pleite.«

KC staunte. Aber dann wurde sie dramatisch. »Du kannst da nicht wieder hin. Ich mache mir ehrlich Sorgen um dich.«

Jill sah sie beunruhigt an. »Warum?« Sie bekam die nächsten Worte kaum heraus. »Was hast du jetzt wieder gesehen?«

KC schüttelte den Kopf, aber sie hatte Tränen in den Augen. »Es war nur ein Traum, Jillian, aber er war schrecklich.«

Jill entspannte sich ein wenig, weil sie sich nicht um Träume scherte. Und KC hatte noch nie zuvor von Träumen gesprochen. Sie schienen nicht zu ihrem übersinnlichen Repertoire zu gehören. Aber KC sagte: »Ich habe von dieser Kate Gallagher geträumt. Jillian, sie war eingesperrt.« KC begann zu weinen.

Jill sah entgeistert, dass ihrer Freundin Tränen über die Wangen liefen. »Warum weinst du?«, flüsterte sie.

»Es war so dunkel, und sie hat solche Angst gehabt, so furchtbare Angst«, antwortete KC ebenfalls flüsternd. »Aber dann …« Sie verstummte.

»Dann was?«, fragte Jill barsch.

KC schüttelte wieder den Kopf. »Ich weiß nicht. Es war nur ein Traum. Ich weiß, was du jetzt denkst, aber ich kann nicht hellsehen, und ich sehe *nie* etwas in Träumen voraus.«

Sie sahen sich an. »Zumindest bis jetzt«, flüsterte KC.

Jill schauderte. Zögerlich fragte sie: »Wie sah sie aus? In deinem Traum?«

KC fuhr sich über die Augen. »Sie war jung und schön.«
»Und?«
»Ich weiß nicht.«
Jill fühlte so etwas wie Erleichterung.
Dann sagte KC: »Sie hatte wundervolles Haar. Lang und rot, und lockig.«
Jills Puls begann zu rasen. »Das hatte sie wirklich. Wie konntest du das wissen? Hab ich dir das erzählt?«
»Ich weiß nicht.« KC stand auf, ging zur Küche und holte sich ein Glas Wasser.
Jill folgte ihr und stellte sich ihr gegenüber. Sie konnte sich nicht erinnern, KC jemals Kates Äußeres beschrieben zu haben. »Kate hat ihrer besten Freundin, Anne, geschrieben. Anne war Hals Großmutter. Ich will diese Briefe finden. Ich bin sicher, dass Hal sie irgendwo in seiner Wohnung versteckt hat."
»Du hast doch noch den Schlüssel, oder?«
»Nein, hab ich nicht. Als ich neulich bei ihm drüben war, bin ich Thomas begegnet.« Jill runzelte die Stirn. »Er hat mich um den Schlüssel gebeten, und ich musste ihn rausrücken.« Jill starrte auf die Arbeitsplatte mit ihren Kacheln in fröhlichem Ringelblumen-Gelb. »Ich frage mich, ob ich das Schloss knacken könnte.«
»Jillian! Das ist doch verboten!«
Jill blickte auf. »Ich weiß. Das ist Einbruch. Aber Thomas ist im Waldorf abgestiegen, er ist nicht in der Wohnung. Er wird mich schon nicht erwischen.« Wagte sie das wirklich? War sie denn verrückt geworden?
»Ich halte das für keine so gute Idee.« KC war bleich. »Jill, bitte, du musst dir das mit London noch mal gut überlegen.«
Jill hatte eine Eingebung. »Ich hab eine tolle Idee!« Sie starrte ihre Freundin an. »Ich kenne den Portier. Ich werd ihm sagen, dass ich meinen Schlüssel vergessen und meine Handtasche verloren hab oder so was. Er wird mich reinlassen.« Auf einmal war sie richtig

aufgekratzt. Sie kannte alle Portiers dort. Sie würden ihr die Tür aufsperren, daran hatte sie keine Zweifel.

»Das ist eine gute Idee«, stimmte KC zu, aber sie war noch nicht zufrieden. »Vielleicht sollte ich mitkommen. Ich könnte dir suchen helfen.«

»Würdest du das tun?« Jill wusste, dass sie Hilfe brauchen würde. Aber dann verzog KC ihr Gesicht und sah auf die Uhr. »Himmel! Ich hab's vergessen! Ich trete in einer Stunde auf.«

»Du trittst auf?«

KC nickte. »Ich soll in so einer Bar spielen. Nicht gerade der Wahnsinn. Aber sie lassen mich während der Happy Hour mit der Gitarre auftreten. Macht irgendwie Spaß. Ich treffe ziemlich coole Leute.«

Jill griff nach ihrer Tasche. »KC, ich muss los.« Während Thomas noch bei der Arbeit war – hoffte sie jedenfalls. »Bitte hör dich um, ob jemand Interesse an meiner Wohnung hat.«

»Warte!« KC hielt sie am Ellbogen fest. »Jillian, ich war nicht ganz aufrichtig zu dir.«

Jill riss die Augen auf. KC konnte gar nicht lügen. Schon der Gedanke war abwegig. »Was meinst du damit?«

»Ich hab etwas Entsetzliches gesehen«, rief KC und packte ihren Arm noch fester. »*Bitte geh nicht!*«

Jills Begeisterung verpuffte. KC war so außer sich, dass sie sich lange Augenblicke nicht rührte und nicht sprach. »Was? Was hast du gesehen?«

KC ließ die Hand sinken. »In dem Traum, Jillian. Aus Kate wurdest du.«

Jill war wie versteinert.

Aus Kate wurdest du.

Dieser Satz verfolgte Jill, als sie den Schlüssel, den sie vom Portier bekommen hatte, in das Schloss von Hals Wohnung steckte. KC wusste nicht, was der Traum zu bedeuten hatte. Aber sie sagte, dass die Dunkelheit und die drohenden Schatten darin Furcht erregend waren und dass sie jetzt noch Angst davor hatte. KC war davon überzeugt, dass Kates Angst sehr real war und dass sie über das Meer der Zeit hinweg sie und Jill um Hilfe anrief.

Jill war nervös, als sie die Wohnung betrat. Sie wusste nicht, was sie davon halten sollte. Es war nur ein Traum gewesen. Aber KC hatte sich so aufgeregt. Jill konnte sich nicht erinnern, sie jemals so außer sich erlebt zu haben.

Es war später Nachmittag, und es waren drohende Regenwolken aufgezogen, also machte Jill Licht im Wohnzimmer. In diesem Moment trat ein Mann aus dem Schlafzimmer.

Jill schrie auf.

Er fuhr ebenfalls zusammen. »Jill?«, staunte Alex Preston mit aufgerissenen Augen und hochgezogenen Brauen.

Jill presste eine Hand auf ihr wild pochendes Herz und überwand allmählich den Schreck. Und dann bemerkte sie, dass er nur eine Jeans trug. Seine breite, muskulöse Brust war nackt. Sein Haar war nass. Sein ganzer Oberkörper war feucht – er kam offensichtlich eben aus der Dusche.

»Hallo, Jill«, sagte er und kam auf sie zu.

Jill wurde klar, dass sie ihn angestarrt hatte, schlimmer noch, dass sie ungebetenerweise in die Wohnung der Sheldons spaziert – und zum zweiten Mal dabei erwischt worden war. Sie zwang sich, ihm ins Gesicht zu sehen. Er lächelte sie an. »Ich habe niemanden erwartet«, sagte er.

»Tut mir Leid.« Alex' Körper war schlank und muskulös – er wirkte ohne Kleidung nicht halb so schmal wie angezogen. »Ich wusste nicht, dass du hier bist. Ich ...«

»Offensichtlich. Ich bin gerade gekommen«, sagte er und lehnte sich mit einer Schulter lässig an die Wand. »Wie bist du reingekommen? Oh. Lass mich raten. Hal hat dir den Schlüssel gegeben.«

Jill fühlte sich scheußlich und wusste nicht, was sie tun sollte. »Ich schätze, ich stecke in Schwierigkeiten«, sagte sie schließlich.
»Wirklich?« Er klang nicht wütend. Eigentlich schien es ihn überhaupt nicht zu stören, dass sie sich so trafen. Er war in London nicht eben freundlich zu ihr gewesen, aber jetzt wirkte alles an ihm, von seiner Pose bis zu seinem Gesicht, sehr viel entspannter.
Jill biss sich auf die Lippe. Wie viel sollte sie ihm sagen? Alles, was sie ihm anvertraute, würde er direkt zu Thomas tragen. Andererseits könnte sie so vielleicht ein bisschen Zeit in der Wohnung gewinnen. »Ich bin neulich Thomas begegnet«, sagte sie langsam.
»Oh?« Sein Lächeln blieb, aber sein Blick wurde forschend.
Jill wand sich. »Ich wollte ihn um die Erlaubnis bitten, hierher zu kommen und eine Fotoserie zu suchen, die Hal mir gewidmet hat. Aber ich wollte ihn nicht behelligen, also bin ich einfach raufgekommen. Ich wusste nicht, dass du da bist. Es tut mir Leid, dass ich dich gestört habe.« Sie hasste es, solche Lügen zu erzählen.
Er sah sie mit seinen blauen Augen unverwandt an. Jill hatte das Gefühl, er wusste, dass sie sich das ausgedacht hatte. »Wo bist du Thomas begegnet?«
»Hier.« Jill lächelte unsicher.
Dann zuckte er mit den Schultern. »Okay. Nur zu. Such die Fotos. Das wird unser kleines Geheimnis.« Er hielt ihrem Blick stand. Aber er lächelte nicht mehr. »Ich werd's niemandem sagen.«
Jill starrte ihn misstrauisch an. »Warum?«
»Weil ich nicht immer alles unter Kontrolle haben muss, so wie er.« Alex starrte sie ebenfalls an. »Weil ich versuche, nett zu sein«, sagte er. »Ich meine, wir haben alle schon genug durchgemacht, oder?«
Jill wunderte sich über diese Kehrtwendung in seinem Verhalten. Und merkwürdigerweise war sie alles andere als glücklich darüber, Alex angelogen zu haben. Sie war verstört, aber sie schob ihre Sor-

gen beiseite. Sie hatte nicht den ganzen Tag Zeit. Wo konnte Hal die Briefe aufbewahrt haben? Sie ging hinüber zum Bücherregal und nahm einige Bände heraus. Sie begann sie durchzublättern.

So nah hinter ihr, dass sie seinen Atem in ihrem Nacken spürte, fragte Alex: »Warum suchst du in Büchern nach Fotos, Jill?«

Jill fuhr herum. »Ich …«

Er nahm ihr das Buch aus der Hand. »Was suchst du wirklich?«

Ihr wollte keine Antwort einfallen.

Er schlug das Buch zu. »Vielleicht kann ich dir helfen. Es ist dir offenbar sehr wichtig, sonst wärst du nicht hier – und würdest nicht den Zorn meines Cousins herausfordern.«

Jill verzog das Gesicht. »Ich habe Angst davor, es dir anzuvertrauen. Du stehst auf ihrer Seite.« Sobald diese Worte heraus waren, wünschte sie, sie hätte sich vorsichtiger ausgedrückt. Sie entschloss sich, das Beruhigungsmittel die Toilette herunterzuspülen, wenn sie nach Hause kam. Es beeinträchtigte ihr Denkvermögen.

»Warum sollte es da gegnerische Seiten geben?«, fragte er.

»Weil ich Hal umgebracht habe. Weil ich hinter seinem Geld her bin.« Sie sah ihm in die Augen.

Er antwortete nicht, sondern stellte die Bücher zurück. Dann wandte er sich ihr zu. »Ich weiß, dass du ihn geliebt hast. Thomas wird alles klarer sehen, wenn er den Schock überwunden hat.«

Jill sank in einen Stuhl und legte den Kopf in die Hände. »Es war ein Unfall. Ein schrecklicher Unfall, den ich nie vergessen werde.«

Einen kurzen Augenblick lang fühlte sie seine Hand, die sich ganz sanft um ihre Schulter schloss, und dann war sie fort. Langsam blickte Jill auf. Was hatte das zu bedeuten?

»Niemand kann die Vergangenheit ändern. Es tut nur weh, darin zu verharren. Wir müssen alle weiterleben«, sagte Alex ruhig.

»Das ist nicht so einfach.«

»Das Leben ist nicht einfach, Jill, und jeder, der dir das erzählt, ist entweder ein Idiot oder ein Lügner.«

Jill lächelte zart. »Du kannst dich gut ausdrücken.«
Er verbeugte sich. »Stimmt, mit Worten kann ich ganz gut umgehen. Aber mit Zahlen bin ich noch viel, viel besser.«
Sie lächelte wieder, diesmal etwas breiter.
»Wie schlägst du dich so?«, fragte er nüchtern.
Jill war überrascht. Was interessierte es ihn? »Mir geht's gut.«
»Du siehst nicht gut aus. Du siehst gar nicht gut aus.«
»Ich nehme Medikamente. Ich glaub, das bekommt mir nicht.«
»Vielleicht ist das erst mal das Beste. Warum versuchst du nicht, dich ein bisschen zu erholen?«
»Kann ich nicht. Ich träume nachts … « Sie zuckte hilflos mit den Schultern und fühlte sich jetzt sehr schwach. Sie hatte sich ihm nicht so öffnen wollen. Sie wünschte, er würde sie nicht bemitleiden. »Vergiss es.« Sie zwang sich zu lächeln.
Er betrachtete sie. »Vielleicht solltest du Urlaub machen, mal verreisen.«
Sie holte tief Luft. »Ich fahre zurück nach London.«
Überraschung spiegelte sich in seinen Augen.
»Ein Freund von mir hat zwei Katzen, auf die jemand aufpassen muss, und jetzt, wo ich meinen Job verloren habe, fand ich die Idee eigentlich ganz gut.« Sie wich seinen durchdringenden blauen Augen aus. Warum hatte sie das Gefühl, dass sie ihre Pläne besser für sich behalten hätte? »Ich kann hier nicht bleiben, noch nicht.« Sie stoppte sich, bevor sie noch etwas sagen konnte.
»Ich verstehe.«
Ihre Blicke trafen sich. Er betrachtete sie voll Mitgefühl. Sie brach den Blickkontakt ab, als würde sie das von ihm entfernen, und schlang die Arme um sich. Das musste das Medikament sein – sie sah Mitgefühl, wo nur Feindseligkeit sein sollte.
»Also, was suchst du?«, fragte Alex.
Der Themenwechsel war willkommen, aber Jill zögerte. Sie wollte nicht mehr lügen. Außerdem war es ihr gutes Recht, ihre Abstam-

mung zu recherchieren. »Briefe.« Sie sah ihm in die Augen. »Von Kate an Anne. Ich muss sie finden.«
Alex starrte sie an. »Also bist du immer noch hinter Kate Gallagher her. Warum?«
Jill antwortete nicht sofort. Sie wollte ihm alles erzählen. Dieser Drang überraschte sie – vor allem, weil er so stark war. Aber Alex war kein Freund oder Vertrauter, selbst wenn er sich im Moment so verhielt. Er war ein Sheldon, ob sein Nachname nun Preston war oder nicht.
»Du hoffst also, deiner Familiengeschichte auf die Spur zu kommen, oder?«
Jill fuhr zusammen. »Ist das so schlimm?«, fragte sie schließlich. »Im Gegensatz zu dir habe ich keine Familie. Als deine Mutter starb, haben die Sheldons dich aufgenommen. Mit ganzem Herzen. Als meine Eltern gestorben sind, hat mich eine Tante aufgenommen, aber sie hat die Verantwortung und die viele Arbeit gehasst, die ganze Zeit über. Also was stört dich daran, wenn ich einer faszinierenden Frau nachspüre, die auf mysteriöse Weise verschwand und zufällig eine Verwandte von mir ist?«
»Das ist sogar sehr verständlich«, sagte er mit all der Ruhe, die sie nicht hatte. »Da hast du dir aber was vorgenommen, Jill. Das ist dir doch klar.«
Ihre Blicke trafen sich. »Ja, ich weiß.«
Er zuckte lächelnd mit den Schultern. »Na dann, an die Arbeit.«
Jill stand auf. »Du willst mir helfen?« Jetzt war sie völlig durcheinander.
»Ich hab bis zu meinem nächsten Termin eine Stunde rumzubringen. Warum also nicht?«
»Danke«, sagte Jill, unsicher, was das alles sollte. Es war wirklich unheimlich, erst Lauren und dann Thomas mit ihren Entschuldigungen, und jetzt war Alex so nett zu ihr. Vielleicht war es eine Verschwörung.

Wieder versuchte sie ihren Kopf frei zu bekommen. Vielleicht war es einfach nur so, dass sich jeder komisch benahm, weil der Schock beim Tod eines geliebten Menschen sehr lange anhielt. Jill dachte, dass sie Hals Familie nicht mochte, aber sie war sich nicht sicher. Wahrscheinlich ging es ihnen mit ihr genauso.
Sie gab die Grübelei auf, denn jetzt zählte nur Kate Gallagher. Sie ging zurück zu dem Bücherregal. Als sie anfing, jedes einzelne Buch zu durchsuchen, hörte sie ihn ins Schlafzimmer gehen, vermutlich, um sich fertig anzuziehen.
Als er wiederkam, hatte er ein einfaches weißes Unterhemd an. »Jill«, sagte er, nahm ihre Hand und hielt sie davon ab, nach dem nächsten Buch zu greifen. »Lass uns erst nachdenken. Wenn Hal wertvolle alte Briefe hatte, hat er bestimmt Kopien davon gemacht. Die Originale sind sicher in einem Bankschließfach – oder einem Safe. Die Kopien, na ja« – er lächelte und zog sie mit sich zum Arbeitszimmer –, »müssen irgendwo abgelegt sein.«
Jill starrte auf den Computer, der schon eingeschaltet war, während Alex die restlichen Lampen anmachte. »Arbeitest du denn immer?«, fragte sie, ging zum Tisch und schaute auf den Monitor hinunter. Das Dokument, das gerade geöffnet war, war so eine Art Finanzbericht, mit Brutto- und Netto-Prognosen, Präsentationsfolien und dergleichen. Was sie betraf, so hätten die Zahlen auf dem Bildschirm ebensogut chinesische Schriftzeichen sein können – sie sagten ihr gar nichts.
»Ich liebe meine Arbeit«, sagte er und setzte sich vor den Computer. »Ich bin eigentlich wegen einer kleinen Krise hier.« Dann lächelte er, als machten ihm Krisen Spaß. »Ich habe in Meetings gesteckt, seit ich angekommen bin – hab heute Abend noch zwei. Ich hoffe, dass ich morgen mit dem ersten Flug wieder verschwinden kann.«
»Das ist ein ganz schönes Hin und Her in nur vierundzwanzig Stunden.«
Er lachte. »Das bin ich gewöhnt.« Dann wurde er ernst. Mit for-

schendem Blick schloss er das Dokument und öffnete ein weiteres Programm. Der Bildschirm füllte sich augenblicklich mit Hunderten von Dokumenten.

»Die können doch nicht alle von Hal sein«, keuchte Jill erschrocken.

»Ich wohne auch hier, wenn ich in New York bin. Also ziemlich oft.« Alex lächelte den Bildschirm an und suchte die Liste ab.

Plötzlich erinnerte sich Jill an all die Abende, an denen Hal vorgeschlagen hatte, bei ihr zu bleiben und nicht zu ihm zu gehen. Er hatte ihr nie gesagt, dass Alex oder Thomas bei ihm waren – oder sonst jemand. Stattdessen hatte er gesagt, dass sie in Tribeca oder SoHo essen gehen oder sich etwas mitnehmen und zu Hause essen könnten. Er hatte immer behauptet, ihr Apartment sei so »gemütlich«.

Alex verdrehte den Kopf, um sie anzusehen. »Was ist?«

Er merkte auch wirklich alles. Jill sah ihn an und fühlte sich elend. »Er hat so viele Nächte bei mir verbracht, aber er hat mir nie den wahren Grund dafür genannt – dass du oder Thomas hier wart.«

Alex sah sie unverwandt an. »Wie gut hast du Hal gekannt?«

Jill holte tief Luft. Sie wollte ihm nicht antworten. Aber es war jetzt offensichtlich, dass Thomas Recht hatte – sie hatte ihn doch nicht wirklich gekannt.

»Sieh mal, Hal wollte dir nicht wehtun. Er hatte ein Herz aus Gold. Aber manchmal kam er mir vor wie ein übergroßes Hundebaby. Er wollte allen gefallen. Hal war nicht sehr gut darin, den Leuten schmerzhafte Dinge zu sagen.« Alex schenkte ihr einen langen, innigen Blick und wandte sich dann wieder dem Computer zu. »Ich lass ihn ein bisschen suchen – nach Gallagher, Kate und so weiter.«

Jill nickte. Unvermittelt sagte sie zu seinem Rücken: »Er hat mir erzählt, dass diese Wohnung ihm gehört. Er hat mich angelogen.«

Alex' Finger hielten inne. Er drehte sich zu ihr um. »Das tut mir Leid.«

Sie hatte einen Kommentar erwartet, aber nicht diesen. »Ja.« Sie zwang sich, auf den Bildschirm zu schauen. »Ich versteh das einfach nicht.«
»Ich hab's dir doch gesagt.« Alex sah sie immer noch an. »Er wollte es allen recht machen. Er hat dir erzählt, was du gern hören wolltest.«
Sie sahen sich in die Augen, und Jill wünschte fast, sie wäre nicht hierher gekommen und über Alex Preston gestolpert. Versuchte Alex ihr beizubringen, dass Hal nur gesagt hatte, dass er sie liebte, weil er es ihr recht machen wollte?
Plötzlich war ihr zum Weinen zu Mute. Hal hatte gesagt, dass er sie liebte – aber er hatte auch etwas mit Marisa gehabt. Das war also eine weitere Lüge gewesen.
Eine unverzeihliche Lüge.
Und dann war da noch Kate.
»Alles in Ordnung?«
Alex starrte sie an. Jill nickte, obwohl nichts in Ordnung war, und fuhr sich mit den Fingerspitzen über die Augen. »Es war mir doch egal, wem diese Wohnung gehört«, sagte sie.
Er sah nicht zu ihr auf. »Deine Eltern sind gestorben, als du noch sehr klein warst. Irgendwo im Unterbewusstsein war die Vorstellung, dass diese Wohnung Hal gehörte, dass er diese Art von Stabilität bieten konnte, sehr anziehend für dich.«
Jill erstarrte, denn ihr wurde klar, dass er Recht hatte.
Sie hatte andauernd Schulden, oft keine Arbeit und musste zusehen, wie sie ihre Rechnungen bezahlen konnte. Und sie war ganz allein. Aber Hal hatte eine Familie, die er liebte und von der er oft sprach, und er hatte Geld, das er nach Belieben ausgeben konnte. Und sie hatte geglaubt, dass die Wohnung ihm gehörte.
»Nichts«, sagte Alex schließlich, während er noch eine Suche laufen ließ. Dann sagte er: »Moment mal. Vielleicht hat Hal noch irgendwo was versteckt.« Er begann wieder, schnell etwas einzugeben.

»Du bist wirklich gut in so was«, bemerkte Jill, die immer noch hinter ihm stand und über seine Schulter blickte. Sie war erleichtert über den Themenwechsel.
»Ja, das bin ich. Heureka! Gallagher1.doc, Gallagher2.doc, Gallagher3.doc.«
»Oh Gott«, sagte Jill aufgeregt. »Das müssen die Briefe sein.«
Alex verdrehte wieder den Kopf. »Oder er hat Sachen über dich gespeichert.«
Jill erschrak – und merkte, dass Alex nur Spaß machte. »Das ist nicht witzig.«
»Sorry.«
»Mach sie auf. Fang mit der ersten Datei an.«
»Es geht nicht«, sagte Alex einen Moment später.
»Warum nicht?«, rief sie.
»Wir brauchen ein Passwort.« Er tippte weiter. Jill beobachtete, wie er es mit Gallagher, Kate, Jill, Hal versuchte. Er probierte sogar noch Anne, Collinsworth, Bensonhurst. Der Bildschirm blieb leer.
Sie verbrachten die nächste halbe Stunde damit, jedes nur denkbare Wort auszuprobieren, das ihnen zur Familie oder zu Hal einfallen wollte. »Versuch's mal mit Fotografie«, sagte Jill schließlich verzweifelt.
Alex tippte, nichts geschah.
»Ich hab's«, rief Jill plötzlich mit weit aufgerissenen Augen. »Als Lauren und ich in Uxbridge Hall waren, hat sie mir erzählt, dass Hal und Thomas so eine Geheimsprache hatten, als sie noch klein waren. Sie haben alles rückwärts buchstabiert! Versuch's mit Etak«, drängte sie und umklammerte aufgeregt die Lehne seines Stuhles.
»Kate rückwärts buchstabiert. Okay.« Nichts passierte. »Noch andere Ideen?«, fragte er. Und als Jill gerade vorschlagen wollte, er solle es mit Gallagher rückwärts versuchen, flogen seine Finger schon über die Tastatur. R-E-H-G-A-L-L-A-G.
Sofort füllte ein Dokument den Bildschirm aus. Jill packte Alex'

Schulter und beugte sich über ihn, ihr war schwindlig vor Aufregung.
»Es ist ein Brief«, sagte er knapp. »Vom zehnten Januar 1908. Ich drucke ihn aus.«
Aber Jill rührte sich nicht. »Stop«, flüsterte sie und legte ihre Hand auf seine. Ein Schauder lief ihr über den Rücken, während sie laut vorlas: »Liebe Anne.«
Die nächste Zeile lautete: »Ich habe solche Angst. Ich fürchte um mein Leben.«

Zweiter Teil

Die Herrscherin

Sieben

Liebe Anne,
ich habe solche Angst. Ich fürchte um mein Leben.
Oh, meine liebste Freundin, ich weiß, dass Du mich nur allzu gut verstehst und meine Neigung zum Melodramatischen kennst. Es ist nicht meine Absicht, Dich zu erschrecken, Anne. Aber in diesem Falle übertreibe ich nicht. Ich bin so allein, so verängstigt, und ich kann mich niemandem anvertrauen. Dir wage ich die Wahrheit zu gestehen.
Ich bin nicht nach Hause abgereist. Ich bin nicht in New York. Ich habe mich in einem reizenden kleinen Landhaus in der Nähe der Robin Hood Bay eingemietet. Du, meine liebste Freundin, wirst verstehen, dass ich keine andere Wahl hatte, als die Stadt zu verlassen, und mir meine Täuschung verzeihen, die mir selbst recht schmerzlich war. Anne, ich erwarte ein Kind.
Bitte verurteile mich jetzt nicht! Ich kann Dich aufstöhnen hören, das Entsetzen und das Mitleid in Deinen Augen sehen wie auch Deine Tränen. Bedaure mich nicht. Ich selbst habe nichts zu bereuen. Anne, ich liebe den Vater dieses Kindes, und ich zweifle nicht daran, dass wir bald heiraten werden. Seine Familie – und es handelt sich um ein überaus gut angesehenes und sehr altes Haus – steht zwischen uns. Aber er ist fest entschlossen, seinen Vater umzustimmen. Ich weiß, dass es ihm gelingen wird. Er ist ein Meister der Überredung. Ich denke doch, dass ich das beurteilen kann. Wenn ich nach London zurückkehre, werde ich seine Frau sein, mit einem wunderhübschen

Baby in den Armen, seinem Baby, und, hoffentlich, seinem Sohn.

Bitte mich nicht, die Identität meines Geliebten preiszugeben. Ich kann es nicht. Es wäre zu diesem schwierigen Zeitpunkt ein schrecklicher Fehler. Außerdem hat er mich dringend gebeten, unsere Liebe geheim zu halten.

Denke nicht schlecht von mir, Anne. Es hat Zeiten gegeben, da wünschte ich mir, mehr wie Du zu sein – so anständig, eine wirkliche Lady, die an eine solche Liaison niemals auch nur denken würde. Aber ich bin nicht wie Du, und das liegt nicht daran, dass ich Amerikanerin irirscher Abstammung bin. Ich weiß auch nicht, woher ich dieses ungestüme Temperament habe. Ich habe nie verstanden, warum ich schon immer gedacht habe, dass das Leben eine riesige, aufregende Schatztruhe ist, die nur für mich geschaffen wurde, damit ich sie öffnen und ihre unzähligen, ach so kostbaren Schätze erforschen kann. Aber ich bin gewiss, dass ich mein ganzes Leben lang auf diesen Mann gewartet habe. Er ist mein Ritter, wie im Märchen, Anne.

Erinnerst Du Dich, wie ich Dir das aufregende Gefühl geschildert habe, in einem Heißluftballon aufzusteigen, vor einem Jahr in Paris? Wie das Herz pocht, der Atem stockt, wie schwindlig und glücklich ich war? So fühlt es sich an, wenn man verliebt ist, liebste Anne, wenn man die wahre Liebe gefunden hat. Ich weiß es. Denn so fühle ich mich selbst jetzt, während ich Dir schreibe und meine einzige Gesellschaft die Regentropfen sind, die gegen das staubige Fenster prasseln.

Aber, guter Gott, ich bin so allein, und ich bin so einsam. Selbstverständlich ist er nicht hier, er ist im Ausland; sein Vater hat ihn fortgeschickt. Ich habe hier eine Dienerschaft von gerade mal drei Personen – zwei Mädchen, die so einfältig sind, dass sie mir kaum ein Bad bereiten können, und eine Haushäl-

terin, die so grimmig ist, dass ich meine Ängste und Sorgen lieber für mich behalte. Und selbstverständlich gehe ich nie ins Dorf. Niemand hier hat mich je gesehen, außer meinen Dienstboten, und ich kann nur spekulieren, welche Gerüchte in der Nachbarschaft umgehen mögen. Wir haben verlauten lassen, ich sei eine trauernde Witwe. Das war sein Einfall, und ich glaube, er ist perfekt. Aber schließlich ist er selbst ja auch vollkommen.

Ja, liebste Anne, jetzt lächle ich.

Ach Anne, das Kind wird immer schwerer in mir. Bald schon, im Mai, sagte der Arzt, werde ich gebären. Er erwartet keine Komplikationen – ich habe breite Hüften, die ihm zufolge sehr geeignet zum Gebären sind, und ich bin wieder vollkommen gesund und kräftig, was ich meinen täglichen Ausritten zuschreibe, meinem Fahrrad und den langen Spaziergängen, über die Du Dich immer so beklagt hast. Und natürlich habe ich darauf bestanden, mein Kind im besten Geburtshaus zur Welt zu bringen; ich werde mich doch nicht irgendeiner Dorfhebamme ausliefern! Aber dennoch habe ich schreckliche Angst, egal, was der gute Doktor mir auch sagt. Wie viele Frauen kennen wir, die bei dem Versuch, einer neuen Seele das Leben zu schenken, verstorben sind? Erinnerst Du Dich an Lady Caswell, die erst letzten Sommer starb, als sie ihrem Mann einen Erben schenkte? Und auch ihr hatte man gesagt, es würde keine Komplikationen geben! Was, wenn ich sterbe, während ich unserem Kind das Leben zu schenken versuche?

Was, wenn Gott mich für meine Sünden bestrafen will? Nicht nur für die Sünde, einen Mann ohne den Segen der Ehe zu lieben, sondern für meine ganze leichtsinnige, schamlose Vergangenheit?

Und das Schlimmste ist, dass ich keinerlei Reue empfinde! Und das weiß Er sicherlich!

Kannst Du es mir verdenken, Anne, dass ich solche Angst habe? Wie sehr ich mir wünsche, Du wärst bei mir.
Ich versuche, stark zu sein. Das versuche ich wirklich. Aber ich bin erst achtzehn. Da ist so vieles, was ich noch tun möchte, es gibt ganze Kontinente zu erforschen, Ozeane zu überqueren, Menschen kennen zu lernen, Bücher zu lesen, Gedanken zu verfolgen und zu diskutieren, Bälle zu feiern und ja, Himmel zu durchfliegen. Dieses Baby zu bekommen und die Frau dieses Mannes zu werden ist erst der Beginn meines restlichen Lebens. Jedenfalls bete ich darum. Wenn ich nur meine Vergangenheit bedauern, meine Sünden bereuen könnte, aber, lieber Gott, das kann ich nicht!
Bitte tadle mich nicht, wenn wir uns wiedersehen. Ich habe die Absicht, bald nach der Geburt in die Stadt zurückzukehren. Und weil mein Aufenthalt ein Geheimnis bleiben muss – ich habe es auf die Bibel geschworen –, kann ich Dir nicht einmal eine Adresse nennen, damit Du mir schreiben kannst. Bete für mich, Anne. Deine Gebete werden zu mir dringen, Du weißt, dass ich sie spüren werde, und es wird mir schon besser gehen, wenn ich nur weiß, dass Du diese Zeilen gelesen hast und dass es Dich gibt und Du Dich um mich sorgst, mir Deine Liebe und Zuneigung von ferne sendest.
Ich vermisse Dich.
In aufrichtiger Zuneigung, Deine liebende und treueste, beste Freundin,

Kate

Jills Herz klopfte wild, während sie den Brief zu Ende las. Sie war so in Kates Worte vertieft, so von ihren Gefühlen gefesselt, dass sie völlig vergaß, wo sie war. Sie konnte Kate vor sich sehen, mit ihrem dicken Bauch, elegant gekleidet in ein weißes Kleid mit Blumenstickerei, wie sie in einem spärlich erleuchteten Landhäuschen an ihrem Schreibtisch saß und diesen ergreifenden Brief an ihre beste Freundin schrieb. Der Salon, in dem sie sich befand, war wohnlich eingerichtet. Regen prasselte an die Fenster, draußen war es düster und neblig feucht. Ein Feuer knisterte unter dem hölzernen Kaminsims. Und eine griesgrämige Haushälterin in Schwarz mit einer gestärkten weißen Schürze stand in der Tür und beobachtete Kate.

»Jill? Jill, geht's dir nicht gut?«

Alex' Stimme weckte Jill unsanft aus ihrer Träumerei. Sie blinzelte und merkte, dass sie sich so gespannt über ihn gelehnt hatte, dass ihr Gesicht fast auf seiner Schulter ruhte. Eine Hand hatte sie neben seiner auf dem Schreibtisch aufgestützt. Ihre Blicke trafen sich. Jill brauchte einen langen und fast schmerzvollen Moment, um sich wieder in der Gegenwart zurechtzufinden. Sie richtete sich auf und rang nach Luft.

Sie war verwirrt.

Er drehte sich mit dem Stuhl herum, um sie sich genau anzusehen. »Alles in Ordnung?«, fragte er.

Sie merkte, dass sie zitterte, und schüttelte den Kopf. »Arme Kate«, flüsterte sie.

»Das war ein sehr eindrucksvoller Brief. Mir tut sie auch Leid.« Er wandte sich wieder dem Computer zu und bewegte die Maus. Der Drucker begann zu summen.

Jill war erschüttert. Sie ging vom Schreibtisch weg und fuhr sich mit der Hand durchs Haar. Kate war aufs Land gezogen, um ihr Kind zu bekommen. Sie hatte eine kleine Villa in der Nähe der Robin Hood Bay gemietet, wo auch immer das sein mochte. Der Arzt hatte die Geburt für Mai angekündigt. »Kate Gallagher hat im Mai 1908 ein uneheliches Kind geboren«, sagte Jill gedehnt. Ihr Großvater Peter war 1908 in Yorkshire auf die Welt gekommen. Ein Zufall?

Alex erhob sich. »Ja, so steht es in dem Brief. Du bist ja weiß wie die Wand.« Er studierte sie unverhohlen, aber Jill war so überwältigt von dem, was sie eben gelesen hatte, und von dem Zusammentreffen der Geburtsdaten, dass sie es kaum bemerkte. »Ich glaube, du solltest ein Glas Wasser trinken, oder besser ein Glas Wein.«

Jill antwortete nicht. Hatte Kate jemals geheiratet? Was, wenn ihr Kind ein Junge gewesen war? Was, wenn Kate nicht nur eine entfernte Verwandte von ihr war? Was, wenn sie ihre Urgroßmutter war?

Jill wusste, dass sie voreilige Schlüsse zog. Sie wusste, dass all das äußerst unwahrscheinlich war. Aber … Hal hatte dieses Foto geliebt, Hal und sie hatten sich geliebt, und sie selbst sah Kate so ähnlich, und Peter war in demselben Jahr geboren worden wie Kates Kind, und in demselben Land.

»Jill? Wo bist du mit deinen Gedanken?«

Jill fuhr hoch vor Schreck, als Alex sie ansprach. Er stand vor ihr, so dicht, dass sich ihre Knie berührten. Sie hatte nicht gehört, wie er aufgestanden und herübergekommen war. Seine Hände umfassten ihre Schultern, und seine durchdringenden Augen sahen forschend in ihre.

Sie zog sich von ihm zurück. Sie wollte ihn nicht berühren. »Mir geht's gut. Sie tut mir nur so Leid. Ich frage mich, ob er sie je geheiratet hat.«

Alex sah sie ungläubig an.

»Was hat dieser Blick zu bedeuten?«, fragte Jill und folgte ihm widerstrebend vom Arbeitszimmer in die Küche. Das Bild von Kate, die in dem schummrigen Landhaus an dem kleinen Pult schrieb, verfolgte sie. Und wenn ihr Liebhaber Kate geheiratet hatte, konnte sie natürlich nicht Jills Urgroßmutter sein.

»Dieser Blick bedeutet, dass ein Kerl, der nach der Pfeife seiner Eltern tanzt und eine Achtzehnjährige irgendwo auf dem Land versteckt, damit sie dort ganz allein ihr Kind bekommt, nicht vorhat, sie zu heiraten.« Er holte eine Flasche Wein aus dem Kühlschrank. »Der Typ war ein Feigling. Und ein Arsch.«

Jill beobachtete, wie er die Flasche entkorkte. Sie bekam den Brief nicht aus dem Kopf und Kates fesselnde Ausdrucksweise auch nicht. »Das ist nicht fair, finde ich. Damals hatte man doch seinen Eltern gegenüber sehr viele Pflichten. Ich glaube, man brauchte ihre Erlaubnis, um zu heiraten.«

Alex goss ihnen zwei Gläser Pinot Grigio ein. »Süße, ich bin ein Mann. Die Zeiten mögen sich ändern, aber nicht die Spielregeln. Liebe, Ehre, Aufrichtigkeit – diese Werte sind zeitlos. Entweder besitzt ein Mann Integrität oder nicht. Das ist eines der wenigen Beispiele im Leben, wo es tatsächlich nur Schwarz oder Weiß gibt.«

Jill starrte Alex an, sah ihn zum ersten Mal wirklich an, seit sie Kates Brief entdeckt hatten – vielleicht sogar, seit sie sich kennen gelernt hatten. Er war ein außergewöhnlicher Mann – er hatte sich hochgearbeitet, war erfolgreich, sehr intelligent, dabei aber sensibel und aufmerksam. Offenbar konnte er sich durchbeißen, denn sonst hätte er nie eine solche Position erreicht. Und doch war er ein moralischer Mensch. So schien es jedenfalls.

Dann dachte sie an Hal, und das tat weh. Was war mit Hals Integrität? »Du bist ein interessanter Mann«, hörte sie sich sagen.

»Eine meiner Freundinnen sagte, ich sei langweilig.«

Jill sah ihn an, und ihr Lächeln war echt. »Worüber hat sie sich beschwert? Dass du zu viel arbeitest oder dass du sie nicht heiraten willst?«

Er lächelte zurück. »Kluges Mädchen«, sagte er. »Beides.«

Jill lächelte immer noch, bis sie merkte, dass sie fast flirteten. Sie wandte ihm erschrocken den Rücken zu. Sie wollte seine Gegenwart nicht genießen, weder seine noch die eines anderen Mannes. Sie war nicht auf der Suche nach einem Mann, nur nach der Wahrheit über Kate Gallagher, sie wollte nicht einmal Alex' Freundschaft – vor allem, weil Freundschaft zu etwas führen konnte, das sie nicht wollte.

»Wo sind deine Gedanken jetzt schon wieder?«, fragte Alex und reichte ihr ein Glas Wein.

Jill schrak zusammen. Gott sei Dank konnte er ihre Gedanken nicht lesen. »Bei dem Brief«, log sie.

Er beäugte sie skeptisch, seine schmale Hüfte immer noch an die granitene Küchenplatte gelehnt, und nippte mit offensichtlichem Genuss den eiskalten italienischen Wein. Er hatte auch eine ganz eigene Anziehungskraft, dachte sie. Und das bemerkte sie erst jetzt, wahrscheinlich, weil Hals Tod und seine Lügen sie so durcheinander gebracht hatten. Er sah nicht aus wie ein draufgängerischer Schauspieler, so wie Thomas. Wenn der einen Raum betrat, drehte sich garantiert jeder Kopf wie von selbst nach ihm um. Aber Jill zweifelte nicht daran, dass die Frauen in jenem Raum schließlich in Alex' Richtung schauten und sich fragten, wer das wohl war.

»Du starrst mich an«, sagte er.

Jill verzog das Gesicht. »Ich habe nachgedacht.«

»Über Kate?«

»Ja.« Was für eine fette Lüge. Sie wich seinem Blick aus. Was immer hier vor sich ging, es war nicht richtig. Hal war eben erst gestorben. Sie wollte Alex nicht interessant oder anziehend finden, nicht mal für einen Augenblick.

»Ich weiß, dass du viel durchgemacht hast, aber du musst es ein bisschen lockerer angehen lassen, Jill.« Sein Ton ließ sie hochfahren. Sie sah ihn an. Er wusste, dass sie über ihn nachgedacht hatte. Er wusste wahrscheinlich auch, dass sie ihn anziehend fand. Er lächelte sie an, aber nicht, weil ihn etwas amüsierte. Jill wusste nicht, was sein Lächeln bedeuten sollte. Aber es war ein gutes, richtiges, ehrliches Lächeln.

»Warum sollte ich es langsamer angehen lassen?«, gab sie sofort zurück. Ihre Gedanken gerieten auf gefährliche Abwege, und sie war entschlossen, alles so zu belassen, wie es vor ihrem Treffen in dieser Wohnung gewesen war. »Damit du es bei mir versuchen kannst?«

Er riss die Augen auf. »Willst du das?«
»Zum Teufel, nein«, sagte sie und meinte es auch.
Er starrte sie an. Seine Miene verriet nicht, was er dachte. Und Stille senkte sich zwischen sie wie eine schwere, schwarze Gewitterwolke, oder eher wie ein Felsen.
»Entschuldige«, sagte Jill plötzlich und wandte sich ab. Er war nett zu ihr, und sie benahm sich wie eine blöde Ziege. Was war nur los mit ihr?
»Ist schon gut. Ich verstehe.« Seine Stimme war ausdruckslos. Jill blickte auf und dachte, dass sie ihn verärgert hatte.
»Du brauchst mal eine Pause – dringend«, sagte er bestimmt. »Trink deinen Wein aus, und dann fahre ich dich nach Hause.«
Jill wollte nichts lieber, als nach Hause gehen. Es würde eine Erleichterung sein. »Was ist mit den Briefen?«
»Ich drucke sie dir aus und kopiere sie auch auf Diskette.« Er sah auf die Uhr. Er trug keine protzige achtzehnkarätige Rolex wie sein Cousin, sondern eine Audemars Piguet aus rostfreiem Stahl mit dunkelblauem Zifferblatt. Sie war schwer, aber elegant, außergewöhnlich und bescheiden zugleich. Jill betrachtete seine Uhr, dann ihn. Die Uhr passte perfekt zu ihm, bis hin zu den winzigen Diamantsplittern, die die Stunden markierten. »Das werde ich später machen müssen, wenn ich von meinem Meeting zurück bin«, sagte er. Sein Blick blieb fest. Stand da eine Frage in seinen Augen?
Jill nickte hektisch. Sie musste hier raus. Sie kam zu dem Schluss, dass sie erschöpft war, vielleicht zu viele Medikamente genommen hatte. War es da überhaupt ratsam, Alkohol zu trinken? Offensichtlich nicht. »Hast du so viel Zeit? Du scheinst sehr beschäftigt zu sein.«
»Ich nehme mir die Zeit.«
Sie wusste, dass er tun würde, was er versprochen hatte. Aber sie dachte an die Briefe, die da auf der Festplatte des Computers lagen. »Alex, ich könnte das schnell erledigen, während du dich fertig

machst – und wenn es länger dauert, könnte ich dableiben –, wenn es dir nichts ausmacht, dass ich allein hier bin?«

Er lächelte. »Du gehst nach Hause – bevor du mir noch umkippst. Ich bin in zwei Minuten fertig, und wenn mein Fahrer mich am *Vier Jahreszeiten* rausgelassen hat, wird er dich hinfahren, wo immer du willst.«

Irgendwie war Jill erleichtert. Sie war nicht sicher, warum – vielleicht, weil sie für heute wirklich genug Neues erfahren hatte. Sie musste jetzt über so vieles nachdenken. Andererseits war es ihr nicht lieb, die Briefe hier zu lassen. Aber was konnte schon mit ihnen passieren? Sie waren auf der Festplatte, und Alex hatte versprochen, sie zu kopieren. »Lucinda Becke, die Kuratorin von Uxbridge Hall, will die Briefe auch haben. Sie sind sehr wichtig, Alex.«

»Das sagst du mir jetzt zum zweiten Mal«, sagte er und stellte sein Weinglas ab. »Vertrau mir, Jill.«

Jill sah ihm nach, als er barfuß ins Schlafzimmer ging, und hörte ihn pfeifen, während er sich anzog. Es war ein Fehler, Alex zu vertrauen, schoss es ihr durch den Kopf. Sie hatte Hal vertraut, und was war geschehen? Er hatte etwas mit Marisa gehabt, und er hatte einen Großteil seines Lebens vor ihr verborgen. Nein, sie sollte keinem Mann trauen, nie wieder für den Rest ihres Lebens, und ganz sicher nicht Alex Preston. Sie drehte sich um, ging ins Arbeitszimmer zurück und zog die zwei Seiten aus dem Drucker. Jill setzte sich hin und las den Brief noch einmal, Wort für Wort.

Alex kam herein. »Fertig?«

Jill schüttelte den Kopf, um den Schleier einer anderen Zeit, eines anderen Ortes loszuwerden. Ihr Blick traf Alex'. »Hast du schon mal etwas von der Robin Hood Bay gehört?«, fragte sie.

Er zögerte einen Moment. »Ja, das habe ich. Ist einen Steinwurf von Stainesmore entfernt«, sagte er. »Von unserem Landsitz in Yorkshire.«

Das Klingeln des Telefons riss Jill aus tiefstem Schlaf.

Sie stöhnte und griff nach dem Wecker. Die Sonne war kaum aufgegangen; der Himmel war grau mit einem Hauch von Lila. Ihr Wecker zeigte halb sieben. Plötzlich war sie hellwach. Wer konnte sie um diese Zeit anrufen? »Hallo?« Sie knipste die Nachttischlampe an. Vielleicht steckte KC in Schwierigkeiten.

»Jill, entschuldige, dass ich dich um diese Zeit wecke. Ich bin's, Alex.«

Überrascht setzte Jill sich auf. »Alex, stimmt etwas nicht? Es ist fast noch Nacht.«

»Ich weiß. Ich bin auf dem Weg nach London und ich wollte dich erwischen, bevor ich an Bord muss.«

Plötzlich wusste Jill, dass er wegen der Briefe anrief. »Hast du noch etwas in den Briefen von Kate an Anne entdeckt?« Ihr ganzer Körper kribbelte vor Aufregung.

»Jill, ich weiß gar nicht, wie ich dir das sagen soll. Sie sind weg.«

Jill verstand ihn nicht. »Was?«

»Als ich gestern Nacht nach Hause gekommen bin, gab es in der ganzen Wohnung keinen Strom. Zuerst dachte ich, es muss eine Sicherung durchgebrannt sein. Ich hatte den PC nur im Ruhezustand. Die halbe Festplatte ist gelöscht – es muss einen Kurzschluss gegeben haben. Es tut mir so Leid.«

Jill starrte ungläubig auf ihre melonengelbe Wand. »Die Briefe sind weg?«

»Ich musste dich einfach anrufen, bevor ich fliege. Ich wollte nicht, dass du aufwachst und dich fragst, ob ich dich vergessen habe. Das hab ich nicht. Mich regt das genauso auf wie dich.«

Plötzlich war Jill wütend, und sie fühlte sich betrogen. Sie versuchte sich zu beruhigen. Alex konnte nichts dafür. So etwas passierte nun mal. Oder? Leider waren Computer nicht gerade Jills Spezialgebiet.

»Bist du sicher, dass sie weg sind? Vielleicht könnten wir einen Fachmann finden, der …«

»Ich bin Fachmann, Jill. Ich hab die ganze Nacht lang versucht, Kopien davon zu finden und festzustellen, ob sie vielleicht irrtümlich in einem anderen Ordner gelandet sind. Sie sind weg.«

Jill war so geschockt, dass sie nicht sprechen konnte.

»Mein Flug wird aufgerufen«, sagte er. »Ich bin heute Nachmittag im Büro, falls du mich erreichen willst.«

Jills Augen wurden feucht. Kate war ihr einziger Gedanke. Was, wenn sie die Briefe nie wiederbekamen? Nein. Jill verscheuchte diesen Gedanken. Sie würde die Originale finden. Hal hätte sie niemals zerstört.

Alex sagte: »Was denkst du, wann du nach London kommst?«

Jill war so außer sich über die verlorenen Briefe, dass er die Frage wiederholen musste. »So bald wie möglich. KC sagt, sie kennt vielleicht jemanden, der sofort eine Wohnung braucht.«

»Das ist schön«, sagte Alex, der es offenbar eilig hatte. »Ruf mich an, wenn du es genau weißt.«

Sie hörte ihn kaum. Mechanisch wünschte sie ihm einen guten Flug und legte auf. Als sie sich in die Kissen zurücklehnte, sprang der Kater aufs Bett. Jill streichelte sein seidiges Fell.

Sie hatte Alex geglaubt, als er gesagt hatte, dass er die Briefe später kopieren würde. Sie hatte keinen Grund gehabt, ihm nicht zu glauben.

Er hatte gesagt: »Vertrau mir.« Und sie hatte nicht auf ihre Intuition gehört und genau das getan.

Jill zog Ezekial an sich. Sie fürchtete, dass all ihre neuen Entdeckungen über Hal sie paranoid machten. Der Strom war ausgefallen; die Daten waren gelöscht worden – so einfach war das.

Es war absurd, ja verrückt von ihr, Alex' Version der Ereignisse in Frage zu stellen. Warum tat sie es dann? Alex hatte keinen Grund, alte Briefe zu zerstören, die nur für seine Familie wertvoll waren – und für sie. Hals Tod und alles, was seitdem geschehen war, raubten ihr die Fähigkeit, klar zu denken. Gott sei Dank hatte sie

gestern Abend die Medikamente weggeworfen, sonst hätte es nun in ihrem Kopf noch schlimmer ausgesehen.
Jill setzte den Kater ab, stand auf, ging in ihre kleine Küche und holte den Kaffee aus dem Schrank. Sie war nicht wirklich beruhigt.
Was, wenn Alex gelogen hatte?
Was, wenn er die Briefe selbst gelöscht hatte?

Brighton, 23. Juni 1906

»Mutter, findet du diese Leute nicht langweilig?«
Mary Gallagher schnappte nach Luft und erbleichte. Sie und ihre Tochter spazierten die Promenade entlang, die parallel zum Strand verlief; ihre langen Röcke wirbelten um ihre Knöchel, sie trugen Sonnenschirme und Handtäschchen, und fein gearbeitete Hüte schützten ihren Teint. Auf der Promenade war viel los. Da waren Ehepaare, Pärchen von jungen Damen mit ihren Anstandsdamen, Mütter und Töchter, Kinder und Kindermädchen. Auch fesch gekleidete Gentlemen in Anzügen aus feiner Wolle spazierten umher, von denen viele Mary und ihrer hübschen Tochter Blicke zuwarfen.
»Kate! Wie kannst du nur so etwas sagen?«
Kate verrenkte sich den Hals, um mehrere Männer in Badekleidung zu beobachten, die am Strand ein Ruderboot zu Wasser ließen. Den ganzen Strand entlang standen blau-weiße Strandliegen, aber viele waren jetzt leer, denn es war später Nachmittag. Nicht wenige Grüppchen waren dabei, ihr Picknick und ihre Handtücher einzupacken und sich zur Promenade aufzumachen.
»Weil es wahr ist. Zu Hause waren wir wenigstens nicht allein. Da gibt es genug passende Gesellschaft. Aber diese Brits sind so … so … zurückhaltend«, sagte Kate und ignorierte einen weiteren Japser ihrer Mutter.
Sie war es gewöhnt, ihre Mutter zu schockieren; das hatte sie getan,

solange sie sich erinnern konnte. »Neureiche wissen wenigstens, wie man sich amüsiert«, erklärte Kate.
Mary stöhnte, griff in ihr Ridikül und zog ein Taschentuch hervor. »Nenne die Engländer nicht so wie eben, oder sie werden uns niemals akzeptieren, nicht, wenn man so etwas von uns hört. Und sprich niemals von dir als Neu… du weißt schon!«
Kate lachte. »Aber auch das ist wahr.« Sie wurde ernst. Sie entdeckte einen sehr gut aussehenden Gentleman, etwa zehn Jahre älter als sie, der an einem der Teleskope stand, mit denen man auf die See hinausblicken konnte. In Anzug und Melone wirkte er sehr schneidig, wie er sich so an das Geländer der Promenade lehnte; er sah nicht durch das Fernrohr, sondern schaute sie an. Kate fragte sich, ob er eben erst in Brighton angekommen war, denn sie hatte ihn in den vergangenen Tagen hier nicht gesehen. Sie merkte, dass er sie anstarrte.
Ihr Herz flatterte, und sie zog den Kopf ein, erstaunt über ihre plötzliche Schüchternheit. Aber er war ohne jeden Zweifel ein absolut umwerfender Mann.
Kate sah über die Schulter zu ihm zurück.
Er griff an seinen Hut, und seine Zähne blitzten weiß in seinem ungewöhnlich dunklen Gesicht.
Kate konnte ihre Freude nicht verbergen und lächelte sofort zurück. Sie wusste, dass er sie weiterhin beobachtete, während sie die Promenade hinabgingen und am Palace Pier ankamen. Sie fragte sich, wer er sein mochte.
»Flirtest du etwa?«, rief Mary entsetzt und blickte nun auch über die Schulter zurück.
»Selbstverständlich. Das ist doch nichts Schlimmes, Mutter«, sagte Kate mit einem verzweifelten Unterton.
Mary war außer sich. Sie war eine füllige Frau mit äußerst heller Haut, blauen Augen und goldenen Löckchen. »Ich wünschte wirklich, du würdest dich benehmen«, sagte sie und tupfte sich wieder

mit dem Taschentuch übers Gesicht. »Wie sollen wir einen Mann für dich finden, wenn du dich so ordinär aufführst?«
»Und ich wünschte, Vater wäre noch am Leben«, murmelte Kate, aber Mary hörte sie nicht. Peter Gallagher hatte ihre unverschämte Art immer gemocht – aber er war selbst ein Heißsporn gewesen, der sich nicht darum scherte, was die arroganten Europäer von ihm hielten. Er konnte mit Knickerbockern wenig anfangen und tat das auch bei jeder Gelegenheit kund. Aber schließlich hatte er ja sein Vermögen mit Gummi und der neuen Automobilindustrie gemacht, ein so großes Vermögen, dass er es sich leisten konnte zu ignorieren, was andere von ihm hielten. Er war ein Jahr zuvor verstorben und hatte ihr, Kate, fast sein gesamtes Vermögen in Form von Firmenanteilen und Grundbesitz hinterlassen, und auch ihre Mutter hatte eine mehr als großzügige Pension erhalten. Mary hatte für ihr Leben ausgesorgt. Kate war eine reiche Erbin.
In New York hatte ihr Vater ein Dutzend Verehrer abgelehnt – Kate war erst fünfzehn gewesen. Er hatte behauptet, dass nicht ein Einziger von ihnen gut genug für sie sei – aber dann hatte er Kate nach ihrer Meinung gefragt, und Kate hatte ihm zugestimmt. Kate wusste, dass Peter sie, wenn er noch leben würde, niemals gegen ihren Willen zu einer Heirat gezwungen hätte.
Aber es war sein Wunsch gewesen, dass sie in Großbritannien in die Gesellschaft eingeführt wurde. »Das ist der Ire in mir«, hatte er ihr einmal gesagt. »Als ich ein kleiner Junge war, haben sie auf mich gespuckt, mir ihren Pferdemist vor die Füße geworfen und zugeschaut, wie ich ihre Straßen für sie sauber gemacht habe. Jetzt wird mein kleines Mädchen einen von ihnen zum Mann bekommen, du wirst schon sehen.«
Es tat weh, an ihn zu denken. »Lass uns zum Meer hinuntergehen«, sagte Kate plötzlich. »Wir können unsere Schuhe ausziehen und ins Wasser gehen.«
»Wir tragen keine Badekleidung, und es ist ohnehin zu spät, um im

Meer zu baden«, antwortete Mary. »Außerdem besteht der Strand nur aus Steinen. Schau. Alle verlassen den Strand.«

»Na großartig«, sagte Kate ärgerlich. »Ich weiß, was du gleich sagen wirst. Dass wir ins Metropole zurückmüssen, um uns fürs Abendessen umzuziehen.«

»Ja, meine Liebe, so ist es.«

»Das Abendessen gestern war schrecklich. Alle diese fetten alten Damen, die uns anstarrten, als wären wir Ungeheuer vom Mond.«

»Kate, hör auf.«

Aber Kate lächelte jetzt. »Eigentlich haben sie uns angestarrt, als wären wir Ungeheuer aus der Zeit der Höhlenmenschen. Ist dir das egal, Mutter? Sie hassen uns. Wir sind nicht gut genug für sie – wir sind doch Wilde.« Kate schüttelte sich theatralisch.

»Wenn du etwas weniger freimütig wärest, würden sie uns nicht so anstarren! Jeder hat gesehen, wie du gestern zu diesem Gentleman hinübergegangen bist und eine Unterhaltung mit ihm angefangen hast«, klagte Mary.

»Sein Krocket-Partner hat ihn im Stich gelassen. Warum sollte ich nicht vorschlagen, seinen Platz einzunehmen?«

»Das war bei weitem zu vieldeutig. Damen bieten sich keinem Gentleman an.«

»Ich habe mich ihm kaum angeboten«, sagte Kate lachend. »Ich wollte doch nur mitspielen. Mutter, selbst wenn ich prüde und ehrbar wäre, würden sie uns anstarren. Ich bin kein Brit. Wir sind *Neu*reiche. Und alle wissen das.«

»Du sollst dieses Wort nicht gebrauchen! Es ist so … so … hässlich.«

»Welches Wort? Brit … oder Neureiche? Ich gehe an den Strand. Komm mit, wenn du willst«, rief Kate und rannte eine Rampe hinunter, die Röcke ein gutes Stück über ihre bestrumpften Unterschenkel gerafft.

»Kate. Komm zurück! Du wirst dich überall mit Sand beschmutzen, und das Dinner beginnt um acht!«

Kate sauste lachend über den Strand. Sie nahm ihre Mutter absichtlich nicht zur Kenntnis – sie fürchtete, andernfalls genau so zu werden wie sie. Es wehte eine frische, salzige, herrliche Brise, die an ihrem Hut zerrte. Sie blieb nicht stehen, ignorierte die Blicke der letzten Badenden, die ihre Sachen zusammenpackten. Damen und Herren starrten Kate an, als sie an ihnen vorbeirannte.

Alle waren so langweilig.

Wer konnte ein solches Leben aushalten? Von Regeln gefesselt und geknebelt? In ständiger Angst davor, was die anderen denken könnten?

Schließlich flog ihr der weiße Strohhut vom Kopf. Kate blieb stehen, um ihren weißen Sonnenschirm zu schließen, den Hut aufzuheben und unter den Arm zu klemmen. Ihr Haar, mehr als schulterlang, rot und lockig, rutschte ihr aus dem Knoten. Kate kümmerte es nicht. Sie schüttelte den Kopf, damit er sich endgültig auflöste, und als das Haar ihr frei über die Schultern fiel, hüpfte sie zum Wasser hinunter, wobei sie nun doch kleine Steinchen in die Schuhe bekam. Die Wellen rauschten auf sie zu, und sie wartete bis zum allerletzten Augenblick, bevor sie zurückrannte, um ihnen zu entkommen. Ihre feinen weißen Lederschuhe blieben wundersamerweise trocken.

Kate lachte, sie fühlte sich frei und glücklich. Wenn sie es sehr klug anstellte, würde sie es schaffen, sich diesen Sommer zu amüsieren, und sie würde es auch vermeiden können, sich mit irgendeinem sterbenslangweiligen Briten verloben zu müssen. Wieder tanzte Kate auf die Wellen zu und wartete bis zur letzten Sekunde, bis sie vor der Brandung zurückwich. Genau in diesem Moment schaute sie intuitiv zur Promenade zurück, aber nicht zu ihrer Mutter, die auf einer hölzernen Aussichtsplattform auf sie wartete. Der schneidige, dunkle Gentleman stand am Rand der Promenade; er lehnte

als große Silhouette an dem eleganten schmiedeeisernen Geländer und starrte in ihre Richtung.
Kates Herz schien einen Schlag auszusetzen, sie stolperte. Atemlos wandte sie ihm den Rücken zu, und da war es zu spät: Eine Welle ergoss sich schäumend über ihre Schuhe und ihren Rocksaum. Ihre Wangen glühten.
Er beobachtete sie. Da gab es keinen Zweifel.
Und das Wasser war kalt. Während die Brandung rasch wieder zurückfloss, zog Kate lächelnd ihre Schuhe aus. Was für eine Erleichterung, und nicht nur wegen der Steinchen. Sie schlang die Arme um sich und drehte sich in einem schwindeligen Freudentanz. Vielleicht würde Brighton – und Großbritannien – doch nicht so langweilig werden. Sie riskierte einen weiteren Blick zur Promenade. Der Fremde hatte sich nicht von der Stelle gerührt.
Sie spielte noch eine Weile Fangen mit den Wellen, bis sie ganz außer Atem war, die Wangen erhitzt, ihr Korsett und die Haut zwischen ihren Brüsten feucht – sie war sich bewusst, dass er da stand und ihr zusah. Ihre Strümpfe waren jetzt nicht nur patschnass, sondern zerrissen und schmutzig. Auch der Saum ihres Kleides war voll Wasser und nassem Sand. Die Sonne sank endlich – es wurde dunkler. Schließlich blickte Kate doch zu ihrer Mutter auf der Plattform. Mary winkte ihr ungeduldig. Kate wusste, was sie wollte, aber sie rührte sich nicht. Der Unbekannte ging langsam fort, die Promenade hinunter auf die King's Road zu. Hatte er sie die ganze Zeit über beobachtet? Kate lächelte.
Sie wusste, dass ihre Mutter wahrscheinlich nach ihr rief, also hob sie seufzend ihre Sachen auf und ging gemächlich auf die Promenade zu. Die letzte Gesellschaft von Damen und Herren brach gerade auf, aber eine junge Dame mit einem riesigen weißen Hut und einem hübschen weißen Batistkleid blieb hinter ihnen zurück, umklammerte ihren Sonnenschirm und sah Kate verstohlen an. Die übrige Promenade wie auch der Strand waren nun menschenleer,

obwohl einige Pärchen und junge Burschen am Pier herumlungerten. Es war später, als Kate gedacht hatte.

Sie würden zweifellos zu spät zum Essen kommen, und alle würden sich hinter ihrem Rücken flüsternd darüber echauffieren. Kate seufzte.

Sie ging über den groben Sand auf die Promenade zu. Die andere junge Frau war stehen geblieben, hinter ihre Gesellschaft zurückgefallen, und Kate sah, dass sie etwa in ihrem Alter war, also um die sechzehn. Sie hatte dunkles Haar und blaue Augen und ebenso helle Haut wie Kate. Die Blicke der Mädchen trafen sich.

Kate lächelte.

Das andere Mädchen sagte vorsichtig: »Haben Sie denn keine Badekleidung?«

»Aber natürlich«, antwortete Kate, ohne zu zögern und in freundlichem Tonfall. »Aber warum sich um diese Stunde noch die Mühe machen, sie anzuziehen?«

»Ihr Kleid ist vermutlich ruiniert«, sagte die andere.

Kate schaute an sich herunter und lächelte bedauernd. »Dieses Kleid hat mir sowieso nie gefallen.«

Das Mädchen lachte. »Sie sind Amerikanerin.«

»Und Sie sind eine Br… und Sie sind Engländerin«, gab Kate sofort zurück.

Das dunkelhaarige Mädchen lächelte. »Das ist wohl kaum außergewöhnlich. Wir sind schließlich in Brighton.« Sie sprach mit jenem perfekten, gepflegten Akzent der englischen Upper-Class.

»Ich bin mit meiner Mutter hier. Wir machen Urlaub«, erklärte Kate.

Das andere Mädchen zögerte und ging neben ihr her. »Wie nett. Waren Sie schon einmal in Brighton?«

»Nie. Eigentlich« – Kate lächelte sie an – »will meine Mutter, dass ich mir hier einen Ehemann suche, und das ist der Grund, warum wir hier sind.«

Die Augen der anderen weiteten sich, dann hatte sie sich wieder unter Kontrolle, und die Überraschung schwand aus ihrem Gesicht. »Nun ja … wir müssen alle heiraten, früher oder später.«
»Und warum?«, lachte Kate. »Weil es das ist, was unsere Eltern erwarten?«
Das Mädchen blieb stehen und starrte sie an, als sei sie ein Kalb mit drei Köpfen. »Aber natürlich müssen wir heiraten und Kinder bekommen.«
»Das ist sehr altmodisch gedacht«, sagte Kate spitz, aber nicht bösartig. »Sie sind nicht eine von diesen Br… Engländerinnen mit einem tollen Titel, oder? Dann stehen Sie wirklich unter großem Druck, nicht wahr?«
»Ich bin Lady Anne Bensonhurst, und ich denke doch, dass ich damit etwas unter Druck stehe.« Ihr Ton war jetzt sehr zurückhaltend.
»Also, ich bin Miss Kate Gallagher«, sagte Kate und streckte die Hand aus, eine absichtlich draufgängerische und männliche Geste. »Und Sie sollten etwas von Miss Susan B. Anthony lesen.«
Anne zögerte und ergriff ihre Hand. Sie lächelte ein wenig. »Es ist mir ein Vergnügen«, sagte sie. »Wer ist Miss Susan B. Anthony?«
»Eine außergewöhnliche Frau – eine Frau, der ich im Laufe meines Lebens nachzueifern hoffe.«
Anne Bensonhurst sah sie verständnislos an.
Kate war ein sehr ungeduldiges Mädchen, aber jetzt schien ihre Geduld grenzenlos, und sie fügte hinzu: »Sie war eine Suffragette und eine begnadete Vordenkerin, meine Liebe. Sie glaubte, dass Frauen den Männern gleichgestellt seien – in jeder Hinsicht.«
Anne riss die Augen auf. Sie gingen einen Moment schweigend nebeneinander her, dann fragte Kate: »Für wie lange sind Sie in Brighton?« Sie waren nicht mehr weit von Mary entfernt, und diese nette Unterhaltung würde gleich enden. Kate graute vor dem restlichen Abend.

»Nur noch ein paar Tage. Ich habe in der Stadt so viel zu erledigen. Wissen Sie, ich debütiere in dieser Saison.« Anne lächelte, offenbar hoch erfreut über diese Aussicht.

»Wie reizend«, sagte Kate und bemitleidete sie. Sie würde im Nu verlobt werden und kein Wort dazu zu sagen haben, da war Kate ganz sicher.

Anne zögerte.

»Wenn ich mal heirate«, sagte Kate bestimmt, »dann nur aus wahrer Liebe, und wenn ich noch zehn Jahre darauf warten muss.«

Anne schaute sie groß an. »Sie müssen sehr mutig sein«, sagte sie. »Denn niemand heiratet aus Liebe, oder doch fast niemand.«

Kate lachte. »Ich weigere mich, das zu tun, was alle tun. Wissen Sie denn nicht, dass das Leben viel zu kurz ist, um sich von dummen, sinnlosen Konventionen fesseln zu lassen? Haben Sie ein Automobil?«

Anne blinzelte. »Nein. Aber mein Nachbar hat eines. Ich kenne ihn allerdings kaum. Ich meine, ich weiß, wer er ist – er ist der Erbe der Collinsworths, und er hat das Anwesen neben unserem gemietet. Sein Roadster ist wirklich wundervoll.«

»Sie sollten ihn bitten, einmal mit Ihnen auszufahren. Oder noch besser, bitten Sie ihn, Sie das Fahren zu lehren.« Kate grinste beim Gedanken an den Aufruhr, den das in der Familie dieser hochanständigen Engländerin verursachen würde.

Anne blieb der Mund offen stehen. »Ich könnte niemals einen Gentleman – geschweige denn eine so hervorragende Partie – bitten, mit mir auszufahren … Können Sie fahren?«

»Ja«, sagte Kate mit stolzgeschwellter Brust. »Mein Vater hat es mir beigebracht, als ich vierzehn war. Ich bin eine sehr gute Fahrerin, und der einzige Wermutstropfen ist meine Mutter, die sich weigert, mich fahren zu lassen – sie sagt, das schickt sich nicht für eine Frau, schon gar nicht in meinem Alter, und sie läßt sich nicht davon abbringen. Aber bald werde ich mir mein eigenes Automobil kaufen. Wahrscheinlich einen Packard.«

Anne schwieg staunend. Sie waren fast an der Plattform angekommen. »Ich habe noch nie von einer Frau gehört, die einen Roadster fährt, Miss Gallagher.«

»Sag doch Kate zu mir. Ist schon in Ordnung.«

Die beiden Mädchen verharrten ein paar Schritte vor Mary. »Ist das deine Anstandsdame?«

Kate seufzte. »Das«, sagte sie tonlos, »ist sie ganz sicher. Eigentlich«, fügte sie hinzu, »ist das meine Mutter. Ich glaube, sie bekommt gleich einen Anfall.«

»Nun ja, du hast Sand im Gesicht und in den Haaren.« Anne lächelte tatsächlich. Dann wurde sie ernst. Eine Frau eilte auf sie zu. »Das ist meine ältere Schwester, Lady Feldston. Ich denke, sie hat soeben bemerkt, dass sie mich verloren hat.«

Kate lachte. »Ich bin überzeugt, dass du den Rückweg zu eurem Haus ohne Mühe finden könntest.«

Anne errötete. »Natürlich. Kate, würden du und deine Mutter mir das Vergnügen machen, heute Abend mit uns zu essen? Wir erwarten einige Gäste. Ich glaube, etwa zwanzig. Das wäre ja so nett.«

Kate musste nicht lange überlegen. »Ich würde zu gern kommen«, sagte sie. »Ich habe das Essen im Hotel mit Grausen erwartet – du würdest nie glauben, wie unhöflich die anderen Gäste sind.«

»Unhöflich?« Anne war entsetzt. »Aber was ist denn geschehen?«

»Seit unserer Ankunft haben sie mich hinter meinem Rücken beschuldigt, hinter einem Titel her zu sein – und ziemlich laut, das muss ich sagen –, ich konnte es gar nicht überhören.«

Anne war schockiert. »Das ist ja ungeheuerlich! Einfach ungeheuerlich – und absolut nicht akzeptabel, das kann ich dir versichern.«

Kate sah sie an. »Aber das Problem ist, dass das stimmt. Meine Mutter ist fest entschlossen, eine hervorragende Partie für mich zu finden.«

Anne war so entsetzt, dass sie kein Wort herausbrachte. Nach einer langen Pause sagte sie leise: »Meine liebste Kate. So etwas darfst du nie wieder offen zugeben. Du musst sehr viel diskreter sein.«

Kate lachte sie aus. »Du klingst wie meine Mutter, Anne. Wir sehen uns heute beim Abendessen.«

Nachdem Anne gegangen war, ging Kate zu ihrer Mutter und erzählte ihr von der Einladung zum Abendessen. Marys Augen weiteten sich vor Aufregung. »Kate! Die Bensonhursts sind eine sehr alte, wohl etablierte Familie! Wenn sie uns zu ihren Freunden zählen, dann wirst du doch noch zu deinem Debüt kommen!«

Kate sah ihre Mutter an und bedauerte sie, da sie so in ihrer engstirnigen Denkweise gefangen war. Sie tätschelte ihre Hand. »Warum freuen wir uns nicht nur auf meine Saison, sondern auf einen sehr netten Abend?«

Aber Mary murmelte: »Ich frage mich, ob sie einen Bruder hat, oder einen Cousin – das heißt, einen annehmbaren.«

Kate ignorierte sie – das hatte sie sich immer mehr angewöhnt. Sie kam zu dem Schluss, dass Brighton doch nicht so öde werden würde. Vielleicht, nur vielleicht, hatte sie eine Freundin gefunden, mit der sie den Sommer verbringen konnte.

Dann erinnerte sie sich an den gut aussehenden Unbekannten und verspürte einen wohligen Schauder. Er ging ihr einfach nicht aus dem Kopf, und immer wenn sie an ihn dachte, hatte sie so ein merkwürdiges Gefühl – eine tiefe, ganz gewisse Erwartung –, in das sich aber ängstliche Erregung mischte. Kate wusste kaum, was sie von ihren eigenartigen Empfindungen halten sollte. So etwas hatte sie noch nie gefühlt.

Aber eines wusste sie ganz sicher. Sie würde ihn wiedersehen – und zwar bald.

Acht

Jill stieg aus dem Taxi und starrte auf Lexham Villas, wo Allen Henry Barrows lebte. Der Block bestand aus viktorianischen Reihenhäusern, alle weiß verputzt und durch schmiedeeiserne Gitter zur Straße hin geschützt. Das Haus von Mr. Barrows, Lexham Villas No. 12, lag an der Ecke. Ein schmaler, von bunten Stiefmütterchen gesäumter Weg führte zum Eingang des weißen Hauses. Vor dem Haus gab es zwei winzige Fleckchen grünen Rasens und zwei alte, schattige Bäume. Es war einfach zauberhaft.

»Darf ich Ihnen mit dem Gepäck helfen, Madam?«, fragte der Fahrer, nachdem er ihre drei Reisetaschen aus dem Kofferraum gehievt hatte.

Jill fuhr herum. »Oh ja, danke«, sagte sie, zugleich erfreut und erstaunt. Das war so typisch britisch, dachte sie, und anstatt dem Taxifahrer zur Haustür zu folgen, die graublau gestrichen war, ging sie um das Haus herum.

Zu ihrem allergrößten Entzücken fand sie auf der Rückseite einen blühenden Garten voller Tulpen und Narzissen, Azaleen und Hortensien, der zu allen Häusern des Wohnblocks gehörte. Da war sogar eine alte, weißgetünchte Schaukel. Rosa und weiße Petunien füllten die Blumenkästen auf den Fensterbrettern.

Jill eilte wieder nach vorn, bezahlte den Fahrer, gab ihm ein dickes Trinkgeld und bekam dafür ein noch dickeres Dankeschön. Sie ging hinein.

Der Flur war dunkel, und direkt vor ihr führte eine schmale Treppe mit einem glänzenden Holzgeländer nach oben. Sie sah sich um. Die Wände waren mit cremeweißen Prägetapeten bedeckt. Der

Holzfußboden war alt und zerkratzt, aber gewachst und gebohnert. Sie konnte direkt ins Wohnzimmer blicken. Da lagen einige alte Teppiche, und ihr gegenüber war ein offener Kamin aus Backstein. Das Sofa war dick gepolstert, überdimensioniert und wirkte sehr nobel, wie die beiden Lehnstühle. Das Tischchen daneben war offensichtlich antik, ebenso der Spiegel an einer der Wände. Sie lächelte.

Das Haus gehörte in eine andere Zeit, an einen anderen Ort, und obwohl Jill ein durch und durch moderner Mensch war, gefiel es ihr sehr. Es war warm und kuschelig und so anheimelnd. Sie lief ins Wohnzimmer. Der Kamin war echt – sie würde sich heute Abend ein Feuer anmachen. Sie ging zu den Fenstern, vor denen schwere Musselin-Vorhänge hingen, und schob diese beiseite. Der Himmel draußen klarte auf. Die Sonne wollte zum Vorschein kommen. Jill öffnete alle Fenster und ließ Luft herein, die ihr unglaublich frisch, rein und sehr süß erschien. Sie konnte die blühenden Blumen im Garten riechen und den Regen von vorhin. Das Gras war nass.

Und in einem Baum direkt vor dem Fenster sang ein Vogel. Jill legte den Kopf in den Nacken, um den kleinen Sänger auszumachen, und entdeckte ein Rotkehlchen. Als merkte es, dass es Publikum hatte, sang es noch lauter. Jill lächelte wieder.

Sie fühlte sich unbeschwerter, als das seit Hals Tod je der Fall gewesen war. Sie hatte vier Wochen gebraucht, um ihre Wohnung unterzuvermieten und ihre Angelegenheiten in New York zu regeln. In diesen vier Wochen war Jill mehrmals in die Bibliothek gegangen, um mehr über ihren Großvater oder Kate herauszufinden. Sie hatte nichts gefunden außer einem Nachruf auf einen Gummi-Millionär, Peter Gallagher, der 1905 gestorben war und eine Ehefrau namens Mary und eine Tochter namens Katherine Adeline hinterlassen hatte. Jill fragte sich, ob das Kates Vater gewesen sein könnte. Sie hatte keine Ahnung. Aber die angegebene Adresse gehörte damals zu den feinsten der Stadt – Washington Square.

Jetzt ging Jill in die kleine, sehr altmodische Küche, in der es noch uralte Wasserhähne und Geräte gab. Dann entdeckte sie eine kleine Vase mit Gänseblümchen auf dem Küchentisch. Daneben lag ein Zettel.

»Herzlich willkommen, Miss Gallagher, genießen Sie Ihren Aufenthalt in meinem Haus.« Es folgten Anweisungen, wie die beiden Katzen, Lady Eleanor und Sir John, zu füttern waren. Am Schluss stand: »Alles Gute, Allen Henry Barrows.« Jill lächelte und legte den Zettel zurück.

Sie hörte Schritte im Wohnzimmer und nahm an, es sei Lucinda, ihre Nachbarin, der sie ihre genauen Reisepläne gefaxt hatte. Sie rannte hinüber. Schlitternd kam sie zum Stehen, als sie Alex Preston erblickte, der in einem grauen, zweireihigen Nadelstreifen-Anzug vor ihr stand.

Er lächelte sie leicht verschämt an. »Du hast die Tür sperrangelweit aufgelassen. Es gibt keine Klingel. Nur einen Türklopfer. Du hast ihn nicht gehört.«

Jill verschränkte schützend die Arme vor der Brust. Sie sahen sich an, und ihr Puls raste. »Woher weißt du, dass ich hier bin?« Er hatte sie nicht nur überrascht – sie war völlig perplex, dass er überhaupt auftauchte und noch dazu so kurz nach ihrer Ankunft. Sie hatte ihn nicht angerufen, um ihm zu sagen, dass sie nach London kam. Sie hatten nicht einmal mehr miteinander gesprochen, seit er sie vom Flughafen aus angerufen hatte, um ihr mitzuteilen, dass die Briefe verloren waren.

Sie hatte deren Verlust immer noch nicht verwunden und sich bei einem Fachmann erkundigt. Ein Kurzschluss kam bei Computern äußerst selten vor.

Andererseits hatte man ihr gesagt, dass das durchaus möglich war.

»Lucinda hat es mir gesagt«, erklärte er, und sein Lächeln erlosch – als spürte er, dass er eigentlich nicht willkommen war.

Jill sah ihn stumm an. Er *war* eigentlich nicht willkommen – aber er sah umwerfend gut aus in seinem eleganten Maßanzug. Sie wollte das nicht denken. Sie wollte den Gedanken lieber auf ihre Medikamente schieben. Ihr Arzt hatte sie angerufen, und als er herausgefunden hatte, dass sie die Beruhigungsmittel weggeworfen hatte, hatte er sie gebeten, es mit der halben Dosis zu versuchen, und das hatte sie getan. In den letzten Wochen hatte sie begonnen, sich wieder wie ein Mensch zu fühlen. Hal hatte sie angelogen, Hal hatte Marisa geliebt, aber sie hatte schon viel einstecken müssen, und sie konnte – und würde – auch das überstehen. »Ich wusste nicht, dass du Lucinda kennst«, sagte sie langsam. Warum war er hier?
Warum fühlte sie sich so völlig überrumpelt?
»Sie hat mich vor ein paar Wochen durch Uxbridge Hall geführt«, antwortete er. Sein Lächeln kehrte zurück, aber er wirkte etwas verlegen. Während Jill noch versuchte zu verstehen, warum er in Uxbridge Hall gewesen war, bemerkte sie, dass er eine in Geschenkpapier gewickelte Flasche unter dem Arm hielt. Es handelte sich offenbar um Wein, und offensichtlich war er für sie bestimmt.
Er folgte ihrem Blick und hielt ihr die Flasche hin. »Champagner. Ein kleines Willkommensgeschenk. Ich hoffe, es macht dir nichts aus.«
Sie nahm sie an. »Danke.« Sie verstand nicht, was er hier wollte und warum er ihr ein Geschenk mitbrachte. Sie stellte die Flasche auf das Tischchen, ohne sie auszupacken. War das eine Art Friedensangebot? Aber hatten sie nicht schon Frieden geschlossen? War das ein Annäherungsversuch?
Jill wandte ihm den Rücken zu und holte tief Luft. Das war ganz sicher kein Annäherungsversuch. Was für ein verrückter Gedanke. Alex war nicht nur Hals Cousin, er war außerdem ein mächtiger und reicher Mann. Männer wie Alex konnten so viele wunderschöne zwanzigjährige Möchtegernmodels haben, wie sie wollten, vor allem, wenn sie nicht nur stinkreich waren, sondern auch noch gut

aussahen. Das wusste Jill genau. In New York sah sie ständig fette, alte, reiche Kerle mit ihren jungen, makellosen Freundinnen.

Sie straffte die Schultern und drehte sich zu ihm um. »Ich wusste nicht, dass du dich auch für Geschichte interessierst.«

»Tue ich auch nicht. Eigentlich.«

»Das verstehe ich nicht«, sagte Jill. »Was wolltest du dann in Uxbridge Hall?«

Er kam näher, den Blick auf ihr Gesicht fixiert. »Vielleicht hat Kate mich auch erwischt.«

Jill hielt seinem Blick stand. Sie konnte gar nicht anders.

»Du willst sie immer noch finden, nicht?«, fragte er.

Sie zögerte. »Ja.« Mehr denn je, dachte sie.

»Bist du noch sauer auf mich wegen dieser verlorenen Briefe?«

Jill atmete tief durch. Die Frage verblüffte sie und machte sie misstrauisch. »Ich bin nicht sauer.«

»Ich habe es an dem Morgen, als ich anrief, an deiner Stimme gehört. Und sogar jetzt sehe ich Zweifel – an mir – in deinen grünen Augen.«

Warum bedrängte er sie so? Jills Misstrauen wuchs. »Ich weiß nicht, was du hier willst. Es ist ja nicht so, als wären wir Freunde, und Hals Tod steht zwischen uns. Und außerdem: Meine Augen sind braun, nicht grün.«

Er starrte sie an. »Heute wirken sie grün. Das muss das Licht sein – oder dein Hemd.«

Sie trug ein eng anliegendes Hemd, eine Hommage an die Siebziger in knalligen Blau- und Grüntönen, und dazu eine enge, schwarze Schlaghose.

»Ich mag es, dass du immer sagst, was du denkst, Jill. Aber ich dachte, wir wären vielleicht doch Freunde«, fuhr er fort.

Sie wurde rot und wandte sich erneut ab. »Vielleicht ist das Leben zu kurz für alberne Spielchen.« Er hatte ihre Frage nicht wirklich beantwortet.

»Verdammt richtig«, sagte Alex und schob die Hände in die Taschen. »Ich bin hergekommen, um dich in London willkommen zu heißen, weil du ja hier praktisch niemanden kennst, und wenn du willst, werde ich dir helfen, Kate zu finden.«
Jill nickte, aber sie war immer noch misstrauisch. Sie hatte sich geschworen, dass sie sich auf niemanden mehr verlassen würde, nur auf sich selbst. Aber eine innere Stimme redete auf sie ein, schubste sie vorwärts und sagte: Warum nicht? Warum sollten wir keine Freunde sein? Zwar stand Hals Tod noch immer zwischen ihnen, aber was, wenn er wirklich ein netter Kerl war? Sie konnte weiß Gott Hilfe brauchen, um sich in London zurecht zu finden. Er war clever und einfallsreich. Und er schien nett zu sein – jedenfalls sah er schick aus, ehrlich und wohlhabend. Was, wenn sie ihn auf die Probe stellte?
Der Gedanke beunruhigte sie, ließ sie erzittern.
»Du starrst mich schon wieder so an. Ist mir ein zweiter Kopf gewachsen?«, fragte er.
Sie war so in ihre Gedanken versunken, dass sie zusammenschrak. »Ich werde einfach nicht schlau aus dir.«
Er lächelte. »Da gibt es nicht viel zu wissen. Ich bin ein hart arbeitender Junge aus Brooklyn – den man nach London verpflanzt hat. Punkt.«
Auch Jill lächelte und schüttelte den Kopf. »Klar.« Sie wussten beide, dass das eine wahnsinnige Untertreibung war.
»Du siehst aus, als ginge es dir besser«, sagte er abrupt.
»Ich fühle mich auch besser.« Jill schob sich ein paar Fransen aus der Stirn. »Ich nehme immer noch Medikamente, aber nur eine niedrige Dosis.« Sie sah ihm in die Augen. »Hal hat vieles durcheinander gebracht. Er hat mich durcheinander gebracht. Aber ich kann damit leben. Ich versuche, nicht zu viel daran zu denken.«
Er hielt ihrem Blick stand. Sie las Wärme und Verständnis und

sogar Mitgefühl darin. »Du bist eine starke Frau. Ich denke, wir haben einiges gemeinsam, du und ich.«

Jill fühlte, wie sie bei diesem Kompliment errötete; dann dachte sie über seine Worte nach. In einem Punkt hatte er Recht. Sie waren beide in ärmlichen Verhältnissen aufgewachsen, und sie hatten beide sehr früh ihre Eltern verloren. Aber das war's auch schon. »Du bist reich, machst Karriere, du lebst mit Adeligen und bist in ihren Kreisen zu Hause. Ich bin völlig pleite, mein Beruf zwingt mich dazu, ausgelatschte Schuhe zu tragen, und ich kaufe in Secondhand-Läden ein.«

Er grinste breit.

»Also schön«, sagte Jill und erlaubte sich ein weiteres kleines Lächeln. »Wir haben etwas gemeinsam.« Dann wurde sie ernst. Sie hatten auch Hal gemeinsam.

»Denk nicht daran«, sagte er mit weicher Stimme.

Da wurde ihr klar, wie scharfsinnig er wirklich war. »Bist du telepathisch veranlagt?«

»Überhaupt nicht. Aber ich kann eben in die Menschen hineinschauen. Berufskrankheit.«

Jill nickte und ermahnte sich, es langsam angehen zu lassen, wenn sie ihn auch nur am Rande in ihr Leben ließ, als bloßer Freund oder Bekannter.

»Wie geht es deiner Tante und deinem Onkel?«, fragte sie, ehrlich interessiert.

Auch er wurde ernst. »Ganz gut. Margaret nimmt Medikamente für ihr Herz. Ich mache mir ziemliche Sorgen um sie.« Das sah man auch in seinen blauen Augen. »William geht es den Umständen entsprechend. Er ist ständig müde und jammert deswegen, aber er hat sich auf ein paar Firmenprojekte gestürzt, um sich abzulenken.«

Jill konnte sie beide verstehen. »Und Thomas und Lauren?«

»Thomas arbeitet wie ein Pferd. Ich habe ihn noch nie so ackern sehen. Lauren trauert immer noch.« Er sah sie durchdringend an.

»Und du?« Die Worte waren ausgesprochen, ehe sie es sich anders überlegen konnte.
Er zögerte mit der Antwort. »Ich wünschte, Hal wäre zu dir und Marisa aufrichtig gewesen. Ich wünschte auch, er hätte eine Chance gehabt, sein Leben zu leben.«
Jill schob die Hände in die winzigen Taschen ihrer engen Hose. Bedeutete das, dass er sie insgeheim immer noch für Hals Tod verantwortlich machte? Wie konnte es anders sein? Die hässliche Fratze der Schuld ließ sich nicht vertreiben. Sie hinterließ einen bitteren Geschmack in ihrem Mund. »Ich meine, wir wünschen uns alle, er wäre noch hier«, sagte sie endlich.
Sein Blick war forschend auf ihr Gesicht gerichtet.
»Ich wäre früher oder später schon drauf gekommen«, sagte Jill grimmig. »Ich bin naiv. Aber ich bin nicht dumm.«
»Das bist du ganz sicher nicht«, stimmte er zu. »Ich hab was für dich.«
Jill war seine Aktentasche aus weichem, schwarzem Leder gar nicht aufgefallen, die neben ihrem Gepäck auf dem Boden stand. Er holte einen Umschlag heraus und gab ihn ihr. »Mach auf.«
Neugierig gehorchte Jill. Sie riss die Augen auf, als ihr eine dicke Überschrift der *New York Times* vom 21. Januar 1909 in die Augen sprang. »Amerikanische Erbin vermisst«, las sie. Der Untertitel lautete: »Keine Hinweise auf den Verbleib der Gallagher-Erbin.« Es war eine Kopie des alten Zeitungsartikels.
Jill bebte vor Aufregung. Rasch blätterte sie zur nächsten Seite – eine weitere Kopie, diesmal von einem Artikel aus der Londoner *Tribune*. »Oh Gott«, flüsterte sie und las vor: »Keine Anzeichen für Verbrechen beim Verschwinden der Gallagher-Erbin.« Der dritte Artikel war aus der *World*, New York, vom 28. September 1909. Überschrift: »Verschwinden von Kate Gallagher bleibt rätselhaft.«
»Der Fall wurde offiziell nie abgeschlossen«, sagte Alex beiläufig und holte Jill damit in die Gegenwart zurück. »Aber die Ermittlun-

gen wurden im Herbst 1909 eingestellt, weil es keine brauchbaren Hinweise gab. Lucinda Becke hatte Recht. Kate Gallagher ist einfach verschwunden – als hätte sie sich in Luft aufgelöst.«
Jill sah ihn verblüfft an. »Woher hast du das? Hast du diese Artikel in den Archiven von Uxbridge Hall gefunden?«
Er grinste jungenhaft. »Nein. Ich surfe gern im Internet. Mit der richtigen Software kommst du überall rein – auch in alte Archive von Zeitungen wie der *Times* und der *Tribune*.«
»Aber warum? Warum diese Mühe?« Jill verstand es nicht. Und sie brannte darauf, die Artikel zu lesen. Sie konnte sich kaum davon abhalten, sich sofort damit zum Sofa zu verziehen.
»Vielleicht wollte ich einfach helfen – nachdem ich dich bei den Briefen so enttäuscht habe.«
Er lächelte nicht. Er wirkte sehr ernst – und sehr gespannt. Jill vergaß zu atmen. Warum machte er sich eine solche Arbeit?
Alex löste die Spannung. »Jetzt setz dich schon hin und lies. Ich mach uns einen Tee.«
Jill nickte. Sie sank aufs Sofa; ihre Hände zitterten. Die Vermisstenanzeige war von Kates Mutter, Mary Gallagher, am 2. Januar 1909 erstattet worden. Jills Erregung wuchs. Der Artikel beschrieb Kate als Tochter des verstorbenen Peter Gallagher aus New York City. Sicher war das derselbe Peter Gallagher, der am Washington Square gewohnt hatte – jedenfalls nahm Jill das an.
Kate war offenbar auf einer Geburtstagsparty von Anne Bensonhurst das letzte Mal gesehen worden. Die, so las Jill, hatte am Samstag, den 17. Oktober, auf Bensonhurst stattgefunden.
Schauer liefen Jill über den Rücken. Die Worte verschwammen vor ihren Augen. Sie starrte auf die Kopien in ihrer Hand, aber sie sah Kate, in einem schwarzen Ballkleid mit Spitze, hinreißend schön und bleich vor Kummer. Die Menge um sie herum bildete einen Wirbel fröhlicher Farben, die Damen waren mit Juwelen behängt, die Herren trugen Smokings und gestärkte weiße Hemden. Ein

Orchester spielte. Kate stand ganz allein und beobachtete die Menschen in dem riesigen Saal.

»Ihre Mutter beharrte darauf, dass Kate nicht aus freien Stücken verschwunden ist«, sagte Alex.

Jill erschrak dermaßen, dass sie beim Klang seiner tiefen Stimme fast vom Sofa gefallen wäre. Er stand in der Küchentür und sah sie an. »Wo warst du gerade, Jill?«

»Ich konnte es sehen. Sie. Auf Annes Geburtstagsfest. Ein Dutzend Zeugen haben angegeben, dass sie sie dort zuletzt gesehen hätten. Ich konnte sie sehen, und die ganze Gesellschaft, ganz deutlich. Es war fast beängstigend lebendig.« Jill brachte kein Lächeln zustande.

Er stieß sich vom Türrahmen ab und kam mit langen, lockeren Schritten auf sie zu. »Also hat sie ihr Kind bekommen – oder es verloren –, und ist nach London zurückgekehrt, um dann einfach zu verschwinden.«

Daran hatte Jill nicht gedacht. »Du hast Recht.«

»Wenn du alle Artikel liest, wirst du sehen, dass einige ihrer Freunde ihrer Mutter widersprachen. Es scheint, dass deine Ahnfrau, wenn sie das denn war, als draufgängerische, impulsive und ziemlich wilde Person verschrien war.«

»Ich glaube, dass sie meine Urgroßmutter war. Davon bin ich mit jedem Tag mehr überzeugt.«

»Warum?« Er setzte sich neben sie auf das Sofa, und in diesem Moment begann der Teekessel zu pfeifen.

»Ist nur so ein Gefühl. Ein starkes Gefühl.« Jill sah ihn an und erwartete, dass er sie auslachte.

Er lachte nicht. Stattdessen sagte er: »Manchmal haben solche starken Gefühle Recht. Wenn ich so ein Gefühl im Bauch habe, höre ich meistens darauf.«

Jill lächelte über seine Ausdrucksweise. »Ich habe herausgefunden, dass mein Großvater, Peter Gallagher, 1970 im Alter von zweiundsechzig Jahren gestorben ist. Das bedeutet, dass er 1908 geboren wurde, Alex, in demselben Jahr, in dem Kate ihr Kind bekommen hat.«

»Das ist interessant«, sagte Alex. »Wie hast du das rausgefunden?«

»Meine Mutter hat an ihre Mutter geschrieben.« Jetzt lächelte Jill begeistert. »Mein Großvater wurde außerdem in Yorkshire geboren, wahrscheinlich in York.«

Alex sah sie an. »Das beweist immer noch nichts. Und wir wissen nicht, ob Kates Kind gesund war. Jill, damals sind viele Frauen im Kindbett gestorben; Kate aber nicht, jedenfalls nicht im Mai 1908, weil sie fünf Monate später auf Annes Geburtstagsfest noch springlebendig war. Aber damals sind sehr viele Neugeborene gestorben.«

»Das ist mir klar«, sagte Jill, weigerte sich aber, pessimistisch zu denken. »Was meinst du, was passiert ist?«

»Keine Ahnung.« Er sprang fröhlich vom Sofa auf und lief in die Küche, um den Herd abzustellen. Jill las gerade den zweiten Artikel, als er mit zwei Tassen süßem schwarzem Tee wieder erschien. Er hatte sein Jackett abgelegt und seine wagemutig gemusterte rotgoldene Krawatte gelockert. »Ich hoffe, er ist dir nicht zu stark.«

»Ich trinke eigentlich nie Tee.«

»Ich auch nicht. Schätze, du wirst dir etwas Kaffee besorgen müssen.«

Jill starrte ihn an, aber sie sah nur Kate. »Ich glaube, dass sie mit ihrem Liebhaber durchgebrannt ist.«

Seine blauen Augen schienen ihr Gesicht abzusuchen. »Und wenn sie nicht gestorben sind, so leben sie noch heute?«

»Ja.« Jill wurde weder rot, noch verteidigte sie sich.

»Im wahren Leben geht selten etwas wie im Märchen aus, Jill«, sagte er langsam.

»Stimmt.« Sie dachte an Hal und verspürte einen schmerzlichen Stich. Sie fragte sich, ob sie ihm seine Heimlichtuerei je würde verzeihen können. Sie fragte sich, ob sie das wollte.

»Ich wollte keinen wunden Punkt berühren.«

Sie sah ihn an und sagte schließlich: »Du hast eine unglaubliche Intuition.«
»Krieg ich dafür ein paar Sympathiepunkte?«
Sie stand auf. Er war zu groß, er nahm zu viel von dem Sofa ein.
»Warum solltest du dafür Punkte kriegen?«
»Die meisten Frauen stehen auf sensible Kerle.« Er betrachtete sie weiterhin.
»Ich habe Hal geliebt«, sagte Jill barsch. Sie konnte es nicht fassen. Er machte sie tatsächlich an!
»Das weiß ich.« Alex starrte sie an. Er sagte nicht, was er sicherlich dachte – jedenfalls glaubte Jill das: Aber du hast jemanden geliebt, der eine andere geliebt hat, und jetzt weißt du nicht, ob du ihn lieben oder hassen sollst. »Jill, das Leben geht weiter, auch für dich. Wenn ich das sagen darf.«
Plötzlich war Jill furchtbar wütend. »Was glaubst du eigentlich, was ich tue? Hal ist meinetwegen gestorben, er hat mich über einen Großteil seines Lebens belogen, ich habe ihn nicht wirklich gekannt, aber ich versuche, darüber hinwegzukommen – über ihn – so gut ich nur kann. Und weißt du was? Ich finde, ich mache das ganz gut – und das Letzte, was ich brauche, ist, dass du mich anmachst oder mir kluge Ratschläge gibst oder mir sagst, was ich alles nicht schaffe!«
Abrupt setzte Jill sich hin und starrte auf ihre Knie.
»Schau mal.« Er klang angespannt. Jill musste zu ihm aufsehen. Er war erhitzt, hatte sich aber unter Kontrolle. »Ich wollte dich nicht kritisieren. Und ich habe dich auch nicht angemacht.«
Ihre Blicke trafen sich. Jill glaubte ihm nicht, aber das behielt sie für sich.
»Wenn ich dich anmache, wirst du es schon merken«, sagte Alex nüchtern.
Jill erstarrte. Etwas in seiner Stimme machte sie beklommen.
»Tut mir Leid. Ich bin nicht hergekommen, um dich durcheinan-

der zu bringen, ich wollte dir nur meine Hilfe anbieten.« Alex schenkte ihr ein kurzes Lächeln. Es wirkte bemüht. »Vielleicht müssen wir mehr als nur Hal begraben, früher oder später.«

Jill zögerte und traute sich, ihm in die Augen zu schauen – traute sich, aufrichtig zu sein. »Das will ich ja. Ich hab das so satt. Ich hab es satt, traurig zu sein, wütend zu sein, glücklich zu sein – nur um dann festzustellen, dass ich mir was vorgemacht habe. Aber es ist so schwer. Ich wache nachts auf, und mein erster Gedanke ist, er fehlt mir. Dann fällt mir alles wieder ein, und er fehlt mir überhaupt nicht. Es ist schrecklich.«

»Kann ich mir vorstellen«, sagte er sanft. »Aber du hast keine andere Wahl, Jill. Du musst ihn gehen lassen. Du musst das alles hinter dir lassen.«

Sie sah ihn an. Er wusste gar nichts. Er konnte sich kaum vorstellen, welche Qualen sie litt. Niemand konnte das wissen – wenn ihn nicht ein geliebter Mensch belogen und betrogen hatte, der jetzt tot war.

»Was ist?«, fragte er.

Wieder hatte er ihre Gedanken erraten. Jill fühlte sich unwohl. »Da ist etwas, das ich dir nicht erzählt habe. Das ich niemandem erzählt habe.« Alarmglocken schrillten in ihrem Kopf und sie konnte fast die Warnlämpchen blinken sehen. Aber sie konnte den Mund nicht halten.

Alex wartete geduldig, schweigend, völlig ruhig.

»Als Hal gestorben ist, hat er gesagt, er liebt mich, aber er hat mich Kate genannt.«

Alex starrte sie verblüfft an. »Vielleicht hast du dich verhört.«

»Nein, hab ich nicht. Er sagte: ›Ich liebe dich, Kate.‹ Und ich weiß einfach ganz sicher, dass er Kate Gallagher gemeint hat«, rief Jill.

Alex starrte sie wortlos an.

Neun

10. September 1906

Liebes Tagebuch,

Ich habe eine wirklich außergewöhnliche Frau kennen gelernt. Sie heißt Kate Gallagher. Wir sind uns in Brighton begegnet. Sie ist mit ihrer Mutter in England, um sich einen Mann aus dem Adel zu angeln. Das hat sie mir sogar gestanden, nur Augenblicke, nachdem wir uns begegnet waren – und wir hatten uns noch nicht einmal richtig vorgestellt. Aber so ist Kate eben. Sie ist mutig und geradeheraus, völlig sorglos. Ich habe noch nie jemanden wie sie gekannt, weder einen Mann noch eine Frau. Bei Kate fühlt man sich wie im Auge eines Wirbelsturms. Natürlich habe ich von solchen Naturereignissen nur in Romanen gelesen, aber ein Wirbelsturm muss sich anfühlen wie Kate. Sie kann kaum ein paar Minuten still sitzen und ist ständig dabei, irgendwelche Ideen zu entwickeln, die, gelinde gesagt, sehr unkonventionell sind. Sie hat ernstlich vor, aus Liebe zu heiraten! Sie erwartet dasselbe von mir! Ich kann nachvollziehen, warum sie unsere Gesellschaft nicht versteht, oder die Tatsache, dass ich eine gute Partie machen muss und dass die Verbindung für beide Familien von Vorteil sein muss. Ich habe versucht, es ihr zu erklären, doch sie will nicht einmal versuchen, mich zu verstehen.

Aber ach, ich glaube, das ist der Grund, weshalb ich mich so zu ihr hingezogen fühle. Neulich haben wir ein Picknick an einem Weiher gemacht. Kate hat alle ihre Kleider ausgezogen und ist nackt geschwommen. Ich muss sagen, nachdem mein Schock abgeklungen war, sah es aus, als würde es Spaß machen. Aber was, wenn andere Spaziergänger uns überrascht hätten? Mich schaudert, wenn ich nur daran denke, wie man sich das Maul über sie zerrissen hätte. Es ist wahr, Kate denkt nie zweimal nach, wenn sie etwas tun will, und ich glaube, das ist der Grund, weshalb ich so begeistert von ihr bin. Ich wünschte, ich könnte, nur für einen einzigen Tag, so mutig sein wie sie.

Ich habe mir meinen ersten Wutanfall erlaubt. Ich wollte unbedingt, dass Mama Kate und ihre Mutter für diese Saison nach Bensonhurst einlädt. Ich hätte so gern, dass Kate mit mir debütiert, aber als ich Mama das gesagt habe, war sie entsetzt. Mama mag Kate nicht. Das ist albern, aber verständlich, denn sie fürchtet, dass Kates wilde Natur auf mich abfärbt! Ich habe stundenlang geweint und geschluchzt, bis Papa sich eingemischt hat, was er sonst niemals tut, und Mama gesagt hat, sie solle mir meinen Willen lassen. Mir ist ganz schwindelig vor Glück. Dies wird die beste Saison, die eine Lady nur jemals haben könnte. Es gibt keinen Augenblick der Langeweile, wenn Kate in der Nähe ist.

Dennoch habe ich einige Befürchtungen. Weißt du, liebes Tagebuch, auch Mamas Freundinnen mögen Kate nicht. Ich habe mehr als einmal mit angehört, dass sie sie für Abschaum halten. Ich fürchte auch, dass ihre Verehrer ihr gegenüber nicht die ehrenhaftesten Absichten hegen. Habe ich erwähnt, dass die Männer sich um sie scharen wie die Motten um das Licht? Ein bloßes Lächeln von Kate, und schon eilt ein weiterer Bewunderer heran. Die meisten ihrer augenblicklichen Verehrer haben einen schrecklichen Ruf als Lebemänner und Schurken. Kate selbst ist eine reiche Erbin, aber das kann ihr skandalöses Benehmen nicht aufwiegen. (Sie wurde erst kürzlich um Mitternacht im Garten erwischt, allein mit einem viel älteren Gentle-

man, trotz meiner Ermahnungen, ihn nicht in ihre Nähe zu lassen.) Ich fürchte, sie wird nur einen Ehemann der schlimmsten Sorte abbekommen, bestenfalls an einen gefühllosen Mitgiftjäger geraten. Und das, das weiß ich, würde meiner armen Kate das Herz brechen.

Ich muss gehen. Kate und ihre Mutter sind eingetroffen.

Mit einer Hand drückte Jill die Tüte mit ihren Einkäufen an sich, während die andere mit dem Schlüssel kämpfte. Es war nicht einmal sieben Uhr früh am folgenden Morgen, aber der Jetlag und die Aufregung hatten sie schon vor Stunden geweckt. Als sie mit der Hüfte die Tür aufschob, hörte sie drinnen etwas zu Boden krachen.

Erschrocken hielt sie inne. Einen Moment lang dachte sie an einen Eindringling, im nächsten sah sie eine der Katzen aus dem Wohnzimmer nach oben sausen wie ein silbrig brauner Kugelblitz. Sie lächelte. Niemand hatte sie gewarnt, dass es sich bei Allen Barrows' Tieren um temperamentvolle Siamkatzen handelte, und sie musste sowohl mit Lady Eleanor als auch mit Sir John erst noch Freundschaft schließen.

»Jill?«

Beim Klang von Lucindas Stimme drehte sie sich um. »Guten Morgen«, sagte sie zu Lucinda, die den Gartenweg heraufkam. Sie trug eine bequeme schwarze Hose und einen schwarzen Wollpulli. Es würde sicher Regen geben.

Lucinda lächelte breit wie immer unter ihrer überdimensionalen Schildpattbrille hervor. »Ich bin gestern erst sehr spät nach Hause gekommen und wollte nicht mehr anrufen. Aber ich habe Sie heute früh fortgehen sehen, und ich wollte herüberkommen und Sie willkommen heißen.«

»Das freut mich. Ich bin schon seit Stunden auf. Kommen Sie doch rein«, sagte Jill.

Lucinda folgte ihr in die Küche und sah sich lächelnd in der Wohnung um. »Wie gefällt es Ihnen hier?«

»Es ist wunderbar«, sagte Jill. »Ist das nicht ein Haus, wie es Kate 1906 gehabt haben könnte?«

»Nun, ich denke, Kate hätte etwas standesgemäßer gewohnt, und ganz sicher in einem nobleren Viertel als Mayfair«, sagte Lucinda. »Sie dürfen nicht vergessen, dass sie sogar in Bensonhurst zu Gast war.«

»Ich weiß. Aber das war, bevor sie aufs Land ging, um ihr Kind zu bekommen. Sie ist hinterher wieder nach London zurückgekehrt – sie war auf Annes Geburtstagsfest. Ich habe nur Instantkaffee. Ist das okay?« Jill setzte den Kessel auf und holte Milch aus dem Kühlschrank. Als sie die Tür öffnete, hatte sie plötzlich den kostbaren Champagner vor sich, den Alex ihr am vorigen Abend geschenkt hatte. Sie hatte die Flasche ausgepackt, nachdem er gegangen war, weil sie nicht widerstehen konnte. Es war ein 1986er Taittinger Blanc de Blancs. Er hatte für diese eine Flasche weit über hundert Dollar ausgegeben, vielleicht sogar zweihundert. Aber schließlich war er ja reich. Die Geste hatte wahrscheinlich nicht viel zu bedeuten; sie bezweifelte, dass er es sich zweimal überlegt hatte, so viel Geld auszugeben.

»Ja, sicher. Ich war ja so aufgeregt, als Sie mir den Brief gefaxt haben, Jill.«

Sie setzten sich an den Küchentisch, auf dem ein schweres leinenes Tischtuch lag. Die blau-weiße Vase mit den Gänseblümchen von Allen Barrows stand in der Mitte. »Gibt es Archive in Uxbridge Hall, die ich mir ansehen dürfte? Könnte man nicht ziemlich sicher annehmen, dass Kate wieder in Bensonhurst zu Besuch war, als sie nach der Geburt nach London zurückkam?«

»Ich kenne alle Dokumente sehr gut, meine Liebe. Kate war nach ihrem ersten Besuch von 1906 nicht noch einmal länger dort.« Lucinda sah sie direkt an. »Wenn es auch nur das kleinste Gerücht über ihr Kind gegeben hat, Jill, dann war sie in der Gesellschaft nicht mehr willkommen.«

Jill nahm das in sich auf und sagte dann: »Hal hätte diese Briefe an einem sicheren Ort aufbewahrt. Wenn ich wieder in New York bin, werde ich seine Wohnung noch einmal absuchen. Aber ich habe viel darüber nachgedacht. Ich glaube, sie müssen im Haus der Sheldons in Kensington Palace Gardens sein – denn da gehören sie hin.«

»Zumindest wissen wir jetzt, dass es die Briefe wirklich gibt.« Lucindas Augen funkelten.

»Alex holt mich heute Abend ab. Er wird mir helfen, sie dort zu suchen.« Jill stand auf, um den Kessel vom Herd zu nehmen. Alex war gar nicht wild darauf gewesen. Er meinte, die Sucherei sei nur ein Schuss ins Blaue. Aber er erklärte ihr, dass alles von Hals Konten der Familie übergeben worden war. Hal hatte bei keiner der Banken, mit denen er üblicherweise Geschäfte gemacht hatte, ein Schließfach gehabt.

Lucinda drehte sich um und betrachtete sie. »Er scheint ein sehr netter Mann zu sein. Auf jeden Fall ist er sehr hilfsbereit.«

»Ich weiß nicht, was ich von Alex Preston halten soll.« Jill zögerte. »Lucinda, glauben Sie, dass er diese Briefe gelöscht haben könnte?«

Lucinda machte große Augen. »Warum sollte er so etwas tun?«

Jill stellte zwei Becher, ein Kännchen Milch und eine Zuckerdose auf den Tisch. »Je länger ich darüber nachdenke, desto mehr zweifle ich. Kate war Annes Gast, und sie wurde schwanger. Sie haben eben selbst gesagt, dass, falls jemand Verdacht geschöpft hätte, sie aus der Gesellschaft ausgestoßen worden wäre. Berichtigen Sie mich, wenn ich mich irre. Eine junge, unverheiratete Mutter wäre in diesen Tagen mehr als ein Riesenskandal gewesen – eine unannehmbare Tragödie.«

»Ja, es wäre eine Tragödie gewesen. Kate war in dem Moment ruiniert, in dem sie schwanger wurde. Sie tut mir so Leid – ich hatte ja keine Ahnung, bis ich den Brief gelesen habe.«

»Also, das ist eine Leiche im Keller der Collinsworths, nicht wahr? Und Alex' Nachname mag zwar Preston sein, aber er ist durch und durch ein Sheldon.«

Lucinda schwieg. »Ich hoffe, Sie irren sich, Jill. Das hoffe ich wirklich. Außerdem hat jede alte britische Familie nicht nur Leichen im Keller, sondern es gehen auch noch allerhand Geister um – und wir sind alle an diese morbide Seite unserer Geschichte gewöhnt. Wir finden sie sogar aufregend. Ich kann mir nicht vorstellen, warum Alex Preston alte Briefe vernichten sollte, die für die Familie von historischem Wert sind.«

»Vielleicht haben Sie den Nagel auf den Kopf getroffen. Alex ist Amerikaner und denkt da anders. Vielleicht glaubt er, seine Familie auf diese Weise schützen zu müssen.«

»Ach, du meine Güte«, sagte Lucinda.

»Ich hoffe auch, dass ich mich irre«, meinte Jill schließlich. »Es gibt noch eine Möglichkeit.«

»Ja?«

»Ja.« Jill sah Lucinda in die Augen. »Vielleicht hat Thomas sie gelöscht. Ich wette, er ist auch nicht scharf darauf, dass irgendeine Leiche zum Vorschein kommt.«

Jill starrte aus einem Fenster auf die Straße hinaus; einige Fußgänger und ein Wagen kamen an ihrem Haus vorbei. Alex hatte versprochen, sie um halb acht abzuholen, weil er nicht früher aus dem Büro wegkam. Er verspätete sich. Es war Viertel vor acht, und draußen wurde es schon dunkel.

Dann hörte sie einen PS-starken Motor. Sie schob den Vorhang ein wenig beiseite und riss die Augen auf, als sie Alex aus einem sehr rassigen, sehr schnittigen silbernen Sportwagen steigen sah. Er trug einen einreihigen dunkelgrauen Anzug und ein sehr gewagtes pinkfarbenes Hemd mit blauer Krawatte. Er sah sie und lächelte.

Jill wurde rot, ließ den Vorhang los und trat zurück. Sie wünschte,

er hätte sie nicht dabei ertappt, dass sie wie ein aufgeregtes Mädchen vor ihrer ersten Verabredung durch die Vorhänge linste.
Sie drehte sich um, schlüpfte in ihre schwarze Lederjacke und schnappte sich ihre Umhängetasche. Sie trug ein weißes T-Shirt und einen langen, gerade geschnittenen schwarzen Jersey-Rock. Sie öffnete die Tür, bevor er anklopfen konnte, und stand ihm plötzlich gegenüber.
»Tut mir Leid, dass ich mich verspätet habe. Es gab ein kleines Problem in der Firma.« Er lächelte sie an.
Jill lächelte knapp zurück. »Schon okay. Ich danke dir, dass du mich überhaupt abholst und zu den Sheldons bringst.« Sie schloss die Tür ab.
»Das ist ja vielleicht ein Schloss. Mit verbundenen Augen würde ich das aufkriegen«, bemerkte Alex.
»Eine deiner vielen Fähigkeiten?«
»Als Junge hatte ich so einige Tricks drauf.«
Jill starrte ihn an. »Was soll das heißen?«
»Ich war ein Straßenkind, ein kleiner Gangster. Ich hab zu meiner Zeit so manches Schloss geknackt.« Er grinste.
»Du hast Leute beklaut?«
»Nur so hier und da was mitgehen lassen.«
»Und wie alt warst du damals?«
»Acht, neun, zehn. Meine Mutter hat immer sehr lange gearbeitet. Ich war das typische verwilderte Kind.« Alex nahm ihren Ellbogen, als sie zu seinem Wagen gingen.
Jill sah ihn von der Seite an. Er hätte jetzt genausogut in irgendeiner Fabrik schuften, nach der Arbeit Bier trinken und Pool spielen gehen, in einer billigen Mietskaserne wohnen können; stattdessen war er ein Manager in einem Tausend-Dollar-Anzug, der ein Auto fuhr, das sicher ein Vermögen gekostet hatte, und gehörte zu einer Familie von Aristokraten, die in einem Jahrhundertwende-Schlösschen lebten. »Es ist schon komisch«, murmelte Jill, »wie

schnell sich ein Leben verwandeln kann.« Und noch bevor sie zu Ende gesprochen hatte, musste sie an Hal denken.

»Ja, ist es. Wenn meine Mom nicht gestorben wäre, wäre ich wohl nicht hier.« Er hielt ihr die Tür auf. »Und ich wäre vielleicht ein richtig großer Gangster geworden.«

Jill sah ihn lange und forschend an. Er lächelte. Sie versuchte, ihn sich als kleinen Gauner vorzustellen. Es ging nicht. »Ich glaube, du wärst so ein Geldhai geworden, der hier und da ein paar Millionen von Leuten abzockt wie die, mit denen du jetzt arbeitest.«

Er lachte auf. »Ich nehme das als Kompliment«, sagte er.

Sie setzte sich hinein, und er schloss die Tür. Während er um den Wagen herumging und einstieg, betrachtete sie das weiße Lederinterieur. Sobald er den Zündschlüssel umdrehte, sprang ein CD-Player an, und klassische Musik ertönte.

»Brahms entspannt mich«, sagte er und stellte sie etwas leiser.

»Tolles Auto«, gab Jill zurück.

»Ein Lamborghini.«

»Männer und ihr Spielzeug.« Jill konnte nicht anders.

Er grinste. »Ja. Das Leben ist schön.«

Jill musste lächeln.

»Festhalten«, sagte er und legte den Gang ein.

Jill blieb fast das Herz stehen vor Schreck, und sie schnallte sich hastig an. Aber er hatte nur Spaß gemacht, wie sein Blinzeln bewies. Rasch wandte sie das Gesicht ab. Jill sah aus dem Fenster und versuchte, an etwas anderes zu denken, aber das Bild seiner kräftigen Hände an dem lederbezogenen Lenkrad hatte sich in ihre Gedanken gebrannt. Er beherrschte das schnittige Ungetüm unter ihnen so locker wie sie ihre Ballettschuhe. Er war ein interessanter Mann. Versuchte er, sie zu beeindrucken? Und warum wollte er ihr helfen, das Haus zu durchsuchen, das seinem Onkel gehörte? Konnte sie ihm vertrauen?

»Wie war dein Tag? Hast du dich schon ein bisschen eingelebt?« Sie befanden sich auf einer verstopften zweispurigen Straße. Ein Schild sagte Jill, dass es die Cromwell Road war.

»Ich habe den halben Tag ausgepackt, bin ein bisschen einkaufen gegangen und habe versucht, mich mit zwei misstrauischen, wenn nicht sogar feindseligen Siamkatzen anzufreunden.«

Er lachte. »Da hast du dir aber was vorgenommen.«

Jill entspannte sich ein wenig. »Ich glaube, sie gewöhnen sich langsam an mich.« Sie zögerte. »Wie viele Geschäfte hast du heute abgeschlossen?« Sie war einfach neugierig.

Er warf ihr einen Blick zu und sah ihr einen Moment lang in die Augen. »Eines. Ein sehr wichtiges. Daran habe ich etwa acht Monate lang gearbeitet.« Er lächelte. »Ich hab auch persönlich einen schönen Gewinn gemacht. Ich könnte die Frau meines Lebens für das nächste Jahrzehnt mit Taittinger versorgen.«

Jill wandte den Blick ab. Was sollte das heißen?

»Stimmt etwas nicht?«

»Nein«, log Jill.

»Du kommst mir so gereizt vor.«

Sie erstarrte. Dann wandte sie sich ihm zu. »Warum sollte ich gereizt sein?«

»Aus irgendeinem Grund mache ich dich nervös.« Er lächelte nicht. Er schaute auf die Straße. Sein klassisches Profil erinnerte sie an Pierce Brosnan. Aber im Gegensatz zu Pierce Brosnan, der den Helden nur spielte, war er vielleicht in Wirklichkeit so. Jill wurde bewusst, dass sie ihn dafür bewunderte, wie er sich selbst aus dem Schlamassel gezogen hatte, selbst wenn er dabei die Unterstützung der Sheldons gehabt hatte.

»Du machst mich nicht nervös.« Das war eine glatte Lüge. Er machte sie sehr wohl nervös, weil sie niemanden so attraktiv finden wollte; es war ihr einfach noch zu früh.

Jill starrte verbissen aus dem Fenster. Es würde noch viel Zeit vergehen, bis sie wieder mit jemandem schlafen würde. Aber plötzlich konnte sie sich in den Armen eines dunklen Unbekannten sehen, und es würde ihr so gut tun. Sie könnte alles vergessen, der Wirklichkeit entkommen, sich verehrt und geliebt fühlen – selbst, wenn das eine Illusion war, die der folgende Morgen verscheuchen würde.

Das waren gefährliche Gedanken. Sie schob sie beiseite.

»Ich habe heute Janet Witcombe besucht«, sagte sie.

Er nahm die Augen nicht von der Straße. »Und?«

»Sie war völlig daneben. Sie hat mich für eine ihrer zehn Enkelinnen gehalten. Wir haben uns nett unterhalten, obwohl ich überhaupt nichts verstanden habe – es ging um diese Enkelin, ihren Mann und ihre Kinder. Sie hat Carol viele gute Ratschläge gegeben.« Jill seufzte.

»Ist sie immer so?«, fragte Alex.

»Ihre Pflegerin meinte, sie hätte überraschend klare Tage, an denen sie sogar das genaue Datum kennt. Sie hat gesagt, ich könnte zu den Besuchszeiten jederzeit vorbeikommen. Ich habe der Schwester meine Nummer gegeben und sie gebeten, mich anzurufen, wenn Mrs. Witcombe mal wieder einen guten Tag hat.«

»Was hast du dir von ihr erwartet?«

»Ich will wissen, was Anne ihr erzählt hat.«

Alex schaute zu ihr herüber. »Ich hoffe, sie kann sich daran erinnern, wenn sie klar im Kopf ist«, war alles, was er dazu sagte.

»Ich auch.«

Gleich darauf waren sie vor dem Haus der Sheldons angekommen. Jill blickte schaudernd auf die imposante, helle Residenz. »Gott. Es ist so groß. Es kann einen ganzen Monat dauern, dieses Haus gründlich abzusuchen.«

»Wir müssen eben clever sein«, erwiderte Alex, sprang aus dem Wagen und lief zu ihr herum. »Wir müssen versuchen, uns in Hal hineinzuversetzen.«

Jill war schon allein ausgestiegen. »Meinst du, es ist jemand zu Hause?« Sie hoffte nicht.

»Ich glaube nicht«, sagte Alex, während sie die Stufen hinaufgingen. Er schloss auf, und sie betraten das große Foyer. »William und Margaret gehen meistens aus zum Essen, oder sie laden dazu ein. Seit Hals Tod bleiben sie allerdings abends auf ihren Zimmern.«
Wieder schlichen sich Schuldgefühle bei ihr ein. »Und Thomas?«
»Ich weiß nicht.« Er sah sie an.
Sie wurde rot. »Ich kann mir nicht vorstellen, dass er um diese Zeit zu Hause ist.« Das war halb Frage, halb Feststellung.
»Das wäre wirklich ungewöhnlich. Sollen wir in Hals Zimmer anfangen?«
Jill stimmte zu, und sie gingen nach oben. In Hals altem Zimmer schaltete Alex das Licht an. Jill sah sich um. Alles schien so zu sein wie bei ihrem letzten Besuch.
»Auf geht's«, sagte Alex und ging zum Bett. Sie sah zu, wie er sich hinkniete, die Tagesdecke anhob und unter das Bett schaute.
Jill lächelte. Er musste etwas gehört haben, denn er hob plötzlich den Kopf und schlug ihn sich an der unteren Bettkante an. »Au«, fluchte er, beugte sich zurück und stand auf. »Was ist so komisch?«
»Du siehst einfach nicht aus wie jemand, der unter Betten nach jahrzehntealten Briefen sucht«, sagte Jill. Das war die Wahrheit.
»Was tut man nicht alles für die Liebe«, scherzte er.
Jills Lächeln erstarrte. Sie fing an zu glauben, dass er sich für sie interessierte. Es hatte einfach zu viele kleine Anzüglichkeiten gegeben. Das war gar nicht gut. »Was erwartest du unter seinem Bett außer Staub und Mottenkugeln?«
Er ignorierte ihre Frage. »Sieh mal, Jill. Ich weiß, dass das alles sehr schwierig für dich ist, aber ein bisschen Humor kann dir nur gut tun.«
»Okay, du hast Recht. Ich sollte alles etwas lockerer nehmen.«
»Braves Mädchen. Ich dachte, er hätte die Briefe vielleicht in eine Kiste oder eine Tüte gepackt und unters Bett geschoben.« Er setzte

sich aufs Bett und begann den Schreibtisch daneben zu durchsuchen.

Ihr Blick wanderte über die Matratze, und sie erstarrte. Das Foto von Anne und Kate stand nicht mehr auf dem Nachttisch.

»Was ist?«, fragte Alex, als sie hinübersauste.

Jill öffnete die einzige Schublade. »Ich glaub's einfach nicht.« Sie drehte sich zu ihm um. »Dieses wunderschöne Foto ist verschwunden.«

»Das kann ich mir nicht vorstellen«, sagte Alex, kam herüber und schaute in die leere Schublade. »Wahrscheinlich hat es jemand von der Familie weggeräumt. Irgendwann müssen alle Sachen von Hal weggepackt werden.«

Jill war beunruhigt. »Nein. Es ist weg. Jemand hat es weggenommen.«

Er betrachtete sie genau. »Ich werde Thomas und Lauren danach fragen«, sagte er schließlich.

»Warum sollte jemand dieses Foto verstecken?«, fragte sie.

»Deine lebhafte Fantasie geht mit dir durch.« Er klang geduldig. »Niemand hat es versteckt.«

Jill wandte sich skeptisch ab. Sie begann, die Bücher von den Regalen zu nehmen, eines nach dem anderen, und versuchte dabei, die Fotos von Hal als Junge und als Teenager zu ignorieren. Es war unmöglich, das Foto von ihm und Marisa auf dem Skihang zu übersehen. Sie hielt inne, griff danach. Als sie es anstarrte, fühlte sie, wie ihr Herz schwer vor Traurigkeit wurde. Wie hatte sie sich so täuschen können?

Sie hörte nicht, dass Alex hinter sie trat. »Quäl dich doch nicht selbst. Das wurde vor zehn Jahren gemacht.«

»Tue ich nicht. Es ist vorbei. Zack. Einfach so.« Sie schnippte mit den Fingern und wandte sich abrupt um, wobei sie fast gegen seine Brust gelaufen wäre. Jill wich einen Schritt zurück.

Er sah sie einfach nur forschend an.

Jill fühlte sich unbehaglich. »Was gefunden?«, versuchte sie abzulenken.
Diesmal war sein Blick bittend. »Arbeiten wir hier gegen die Uhr?«, fragte er und ging wieder zum Schreibtisch.
Jill merkte, dass ihr Herz vor Erleichterung klopfte. »Nein, natürlich nicht.«
Plötzlich drehte er sich wieder zu ihr um. »Jill. Ich möchte dir etwas sagen.«
Sofort wurde sie wieder nervös. »Suchen wir die Briefe.«
»Weil ich dich mag«, fügte Alex hinzu.
Ihre Blicke trafen sich, und Jill schaute sofort weg.
»Hal war schwach«, sagte Alex mit ernster Miene. »Ich spreche ungern schlecht von den Toten, und Gott weiß, dass wir Freunde waren, dass wir als kleine Jungen allerhand zusammen angestellt haben und dass er ein gutes Herz hatte. Aber. Und das ist ein großes Aber. Er war durcheinander, unreif und flüchtete sich gern in eine Fantasiewelt. Du hast ihn nur acht Monate gekannt. Ich kannte ihn fast dreiunddreißig Jahre. Es gibt im Leben keine Garantien, Jill. Keine. Und niemand kann dir sagen, was geschehen wird. Die Zukunft entwickelt sich fast nie so, wie du es erwartest. Man sagt doch, das Leben sei eine Reise; und manchmal ist es eben eine verdammte Achterbahnfahrt.«
»Als ob ich das jetzt nicht auch wüsste«, sagte Jill. Sie lächelte nicht. »Mir geht's gut. Wirklich.« Und wenn es nicht so war, würde es zumindest bald so sein. Das hatte sie sich selbst versprochen.
Er betrachtete sie genau. Schließlich lächelte er, obwohl ihr Gesicht wie versteinert wirkte. »Du bist ganz schön zäh. Also, lass uns diese Briefe suchen und eine Familie für dich finden.«
Jill schaute nun auf seinen Rücken. Seine Wortwahl brachte sie fast zum Weinen. Wusste er überhaupt, was er da gerade gesagt hatte? Sie machte sich wieder daran, die Bücher aus dem Regal zu nehmen, aber ihre ganze Aufmerksamkeit galt dem Mann auf der ande-

ren Seite des Raumes, und sie konnte seine Worte nicht vergessen ... Fantasiewelt ... niemand kann dir sagen, was geschehen wird ... Immer wieder hallte seine Stimme durch ihren Kopf.

Schließlich war Jill mit den Büchern fertig und begann, die Fächer unter dem Regal abzusuchen. Sie drehte sich um. Alex steckte bis zu den Ellbogen in Hals Kleidung im Schrank. Aber er drehte den Kopf und ertappte sie dabei, dass sie ihn anstarrte. Keiner von beiden lächelte.

Jill wandte sich ab. Sie fühlte sich jetzt noch zittriger. Zittriger – und aufgewühlt.

Sie setzte sich auf den Boden und fuhr mit der Hand über die hölzernen Innenwände des Schränkchens, um sicherzugehen, dass es leer war. Was, wenn sie ihm erlaubte, sich ihr wirklich zu nähern? Wenn sie ihn die Rolle des gesichtslosen Unbekannten spielen ließ? Jill wollte sich für diesen Gedanken hassen, über sich selbst schockiert sein. Aber es war so ein verlockender Gedanke, in seine starken Arme zu flüchten, nur für eine einzige Nacht. Sie lächelte bitter. Wem wollte sie etwas vormachen? Es hatte in ihrem ganzen Leben noch keinen One-Night-Stand gegeben. Hal war sogar erst der zweite Mann gewesen, mit dem sie je geschlafen hatte. Ihr erster Freund war Tänzer gewesen, und sie waren fast vier Jahre zusammen gewesen, als sie noch Teenager waren.

Sie war mehr als entmutigt. »Alex.« Jill stand auf, als er sich umdrehte, und ihre Blicke trafen sich. »Vielleicht sollten wir Feierabend machen.«

Seine Augen glitten langsam über ihr Gesicht. »Gut. Wie wär's mit einem Schlummertrunk? Du siehst aus, als könntest du einen Drink brauchen.«

Jill reckte steif das Kinn vor. »Ich denke nicht.« Und sie war stolz darauf, sich so vernünftig zu verhalten. Sie schwor sich, dass sie nichts übereilen würde. Nicht heute Abend, nicht morgen, überhaupt nicht.

»Was ist denn hier los?« Eine Frau keuchte auf.

Jill fuhr herum. Hals Mutter, Margaret Sheldon, die Countess of Collinsworth, stand in einem roten Kaschmirgewand auf der Schwelle. Ihre Augen waren vor Entsetzen weit aufgerissen. Jill drehte sich der Magen um. Der Abend hatte soeben, unfasslicherweise, eine Wendung zum Allerschlimmsten genommen.

Zehn

Jill blieb reglos stehen.

Alex ging zu seiner Tante hinüber. »Tante Margaret, wir wollten dich nicht erschrecken.«

Margaret war offensichtlich im Begriff gewesen, zu Bett zu gehen. Sie schaute von Alex zu Jill. »Ich verstehe nicht.« Sie brachte ein Lächeln zustande. »Verzeihung. Wie unhöflich von mir. Sie sind Jillian Gallagher?«

Jill war das entsetzlich peinlich. Sie trat vor, ganz sicher, dass sie der letzte Mensch sein musste, den Margaret Sheldon sehen wollte. »Ja. Wir wollten niemanden stören, Lady Sheldon. Es tut mir Leid, wenn wir Sie erschreckt haben.«

»Die richtige Anrede für meine Tante ist Lady Collinsworth«, korrigierte Alex sie freundlich. »Sheldon ist der Familienname, aber der Titel lautet Collinsworth.«

Jill nickte und errötete noch heftiger.

»Sie stören gar nicht … ich bin nur überrascht … ich habe Geräusche aus diesem Zimmer gehört«, Margaret brach ab, sie war den Tränen nahe. Sie blickte sich in Hals Zimmer um, als erwarte sie, dass er jeden Moment irgendwo auftauchen könnte.

Jill wünschte sich überallhin, nur nicht in Hals Schlafzimmer mit Hals Mutter. Beschützend schlang sie die Arme um ihren Oberkörper.

»Wir hoffen, hier einige sehr wichtige Briefe zu finden«, erklärte Jill lahm. »Hal hat sie vor seinem Tod an irgendeinem sicheren Ort versteckt. Es tut mir so Leid.« Sie wollte noch viel mehr über diese Briefe erzählen. Sie wollte erklären, dass sie Hal geliebt hatte und

dass sie ihn nicht hatte töten wollen. Sie wollte diese Frau um Vergebung bitten.
»Briefe?«, fragte Margaret verwirrt. Sie war blass, und in ihren blauen Augen stiegen Tränen auf. Sie wandte sich an ihren Neffen. »Ich hätte gern ein andermal eine Erklärung hierfür, Alex. Jetzt bin ich sehr müde.«
»Natürlich, Tante«, erwiderte er respektvoll.
»Ich finde, dass du und Miss Gallagher Hals Sachen sowieso nicht durchsuchen solltet, da er selbst nicht hier ist, um … « Sie verstummte, Tränen liefen ihr über die Wangen. »Da er nicht hier ist«, flüsterte sie schwach.
Jill wollte zu dieser Frau gehen und sie trösten. Doch sie rührte sich nicht. Ihre eigenen Augen wurden feucht.
Alex tat es. Er legte einen Arm um Margaret. »Ich bringe dich auf dein Zimmer. Morgen werde ich dir alles erklären. Wo ist Onkel William?« Seine Stimme war sanft.
»In der Bibliothek. Er versucht zu lesen«, antwortete sie und ließ sich ohne weiteres von Alex zur Tür bringen.
Alex schaute über die Schulter zu Jill zurück. »Wir sehen uns dann unten.« Ihre abendliche Suchaktion war beendet, jedenfalls für den Moment.
»Ich will erst noch aufräumen«, sagte Jill, die sich schrecklich fühlte, weil sie Margaret Sheldon in ihrer Trauer belästigt hatte. »Ich möchte mich noch einmal entschuldigen, Lady Collinsworth.«
Margaret drehte sich tatsächlich um und nickte Jill zu, sie versuchte sogar ein zittriges, mattes Lächeln. Dann gingen sie. Mit einem riesigen Kloß im Hals machte Jill sich rasch daran, Hals Sachen wieder einzuräumen. Sie musste die Briefe finden, aber eins war klar: Sie sollte sich von diesem Haus so weit wie möglich fern halten – und von Hals Familie. Vielleicht mit Ausnahme von Alex. Aber wenn sie ihr plötzliches Interesse an ihm bedachte, vielleicht auch nicht.
Ein paar Minuten später kam sie eilig die Treppe herunter. Ihr ein-

ziger Wunsch war, sich ein Taxi zu rufen – wenn es so etwas in dieser vornehmen Gegend gab – und sich in ihrer gemütlichen Wohnung zu verkriechen. Sie würde sich einen starken Drink machen und mit den Katzen schmusen. Sie würde versuchen, den ganzen Abend zu vergessen.

Im Foyer zögerte sie. Thomas war im Wohnzimmer und machte sich einen Drink. Er stand mit dem Rücken zu ihr.

Das war das Tüpfelchen auf dem i. Er war derjenige, den sie am wenigsten sehen wollte. Ihr erster Gedanke war, sich aus dem Haus zu schleichen, bevor er sie entdeckte. Aber er musste ihre Anwesenheit gespürt haben, denn er drehte sich um. Seine braunen Augen weiteten sich, als er sie sah.

Jill fuhr sich mit der Zunge über die Lippen und wollte sehr höflich Hallo sagen. Aber sie brachte kein einziges Wort heraus.

Er schritt auf sie zu, einen Scotch in der Hand, während Jill an der Treppe wie angewachsen stehen blieb. Er kam offenbar gerade aus dem Büro oder aus einem Restaurant, denn er trug einen dunklen Anzug mit Krawatte. Sein Hemd war rosa. Nicht viele Männer konnten ein rosafarbenes Button-Down tragen und darin absolut maskulin wirken. Thomas schon. »Guten Abend, Jill.«

»Guten Abend, Thomas.« Sie bemühte sich um höflichen Small Talk. »Wie geht's?«

Sein Lächeln war kurz und mechanisch. »Gut.« Er starrte sie mit leicht gerunzelten Brauen an. »Was tun Sie hier?«

Jill war nicht sicher, ob das eine Anschuldigung sein sollte. Sie suchte fieberhaft nach einer plausiblen Erklärung. Sie hatte ihm nichts von den Briefen erzählt, aber Alex wusste davon – und sie hatte sie auch Margaret gegenüber erwähnt. Es war äußerst wahrscheinlich, dass er den wahren Grund für ihren Besuch ohnehin bald erfahren würde. »Alex hat mich hergebracht. Wir haben ein paar Briefe gesucht, die Kate an Ihre Großmutter Anne geschrieben hat, bevor sie verschwand.«

Eine lange Pause folgte. »Ich verstehe.« Er deutete ein Lächeln an. Jill fand, er sah erschöpft und müde aus. »Sie sind immer noch auf Geisterjagd.«
»Ja.« Jill rechtfertigte sich nicht.
»Kommen Sie herein.« Er deutete zum Wohnzimmer. »Möchten Sie vielleicht etwas trinken, während Sie warten?«
Jill zögerte überrascht. Er verhielt sich nicht besonders warmherzig, aber auch nicht feindselig, und er hatte eigentlich keinen Grund, ihr einen Drink anzubieten. »Vielleicht sollte ich hier auf Alex warten«, begann sie.
»Ich beiße nicht«, sagte er abrupt. Und er lächelte sie wieder leicht an.
Ihre Blicke trafen sich. »Also gut«, gab Jill nach. Der Wunsch, etwas zu trinken – zu fliehen, zu vergessen, sich zu entspannen –, hatte gesiegt.
Er winkte sie hinein. »Was hätten Sie denn gern? Scotch? Gin? Wodka?«
Jill trat näher, sie war schon etwas ruhiger. »Ein Glas Wein?«
»Rot oder weiß?«
»Weiß.«
Er ging zum Buffet und öffnete eine der Türen, hinter der ein eingebauter Kühlschrank zum Vorschein kam. Er nahm eine Flasche Wein heraus, entkorkte sie und goss ihr ein Glas ein. Es war ein Pouilly-Fussé, und als Jill daran nippte, fand sie ihn eiskalt und köstlich.
»Ich war überrascht, Sie hier zu sehen«, sagte Thomas schließlich.
»Etwa so überrascht wie ich, Sie wiederzusehen«, gab Jill zurück.
»Ich wohne hier.«
»Aber Sie sehen eher wie ein Mann aus, der seine Abende mit ein, zwei Models in einem schicken Clubrestaurant verbringt.«
Er lachte. »Da komme ich gerade her. Wo ist mein genialer Cousin?«

»Er hat Ihre Mutter auf ihr Zimmer begleitet.« Jill hörte, wie sich ihre Stimme veränderte, unsicher wurde.
»Warum?«
Jill vermied es, ihm in die Augen zu sehen. »Wir haben in Hals Schlafzimmer nach den Briefen gesucht. Ihre Mutter hat uns überrascht.«
Thomas' Gesichtsausdruck verfinsterte sich. Rasch sagte Jill: »Ich habe mich entschuldigt. Es tut mir wirklich Leid. Das Letzte, was ich will, ist Ihrer Familie noch mehr wehzutun.«
»Mutter geht es nicht gut«, stellte Thomas fest. Er sah Jill nicht an. Seine Hand schloss sich so fest um sein Glas, dass die Knöchel weiß wurden. »Erst neulich hat sie wieder über Herzrasen geklagt. Sie nimmt Medikamente, und morgen sollen eine ganze Reihe Untersuchungen gemacht werden.«
»Das wusste ich nicht.« Jill rührte sich nicht. Was, wenn Hals Mutter etwas zustieß? Erst Hal, dann Margaret? Alles wäre Jills Schuld.
»Was hat Sie wieder nach London geführt?«, fragte Thomas.
Thomas war der Letzte, der ihre wahren Gründe dafür erfahren würde. Trotz seiner augenblicklichen Höflichkeit würde sie niemals vergessen, wie feindselig er sie bei ihrer ersten Ankunft in London empfangen hatte. »Es hat einfach zu sehr wehgetan, in New York zu bleiben.«
»Aber warum kommen Sie ausgerechnet hierher?«
»Ich hüte die Katzen eines Freundes«, sagte Jill. Sie zögerte und fügte dann hinzu: »Und ich kann nach Kates Briefen an Anne suchen.«
Er nickte. »Es tut mir Leid, aber dafür habe ich kein Verständnis. Hat sich Mutter sehr aufgeregt, als sie Sie gesehen hat?«
Jill errötete und nippte an ihrem Wein. »Wir hätten nicht abends kommen sollen, wenn Ihre Eltern zu Hause sind.«
Er starrte sie an. Seine Miene war schwer zu interpretieren. »Ich

bemühe mich immer, meine Familie zu schützen. Das ist meine Pflicht.«

Wieder nahm Jill einen Schluck Wein und senkte den Blick. Sie wusste nicht, was sie sagen sollte. »Pflichtgefühl ist etwas sehr Lobenswertes. Bei uns in den Staaten macht sich niemand viele Gedanken über seine Pflichten.«

»Ich bin meines Vaters Erbe«, antwortete er schlicht, als würde das alles erklären. Nach einer Pause fügte er gequält hinzu: »Als Amerikanerin halten Sie mich wahrscheinlich für altmodisch. Aber der Stammbaum der Collinsworths reicht Hunderte von Jahren zurück – fünfhundertzweiundsiebzig, um genau zu sein. Mein Vater ist der zehnte Earl, wissen Sie.« Er deutete ein Lächeln an. »Wir sind altmodisch. Ich glaube an altmodische Werte – Pflicht, Ehre, Loyalität. Es ist meine Pflicht, dafür zu sorgen, dass die Familie über die Jahrhunderte weiterlebt.« Er zuckte leicht mit den Schultern. »Manche hier in England nennen uns antiquierte Aristokraten und Schlimmeres.«

Jill trank noch etwas Wein. Er war nicht nur reich, blaublütig, elegant und einflussreich. Er dachte in Dynastien. Die Sheldons waren eine Dynastie. Empfand Alex das genauso wie Thomas? »Ich muss jetzt wirklich gehen«, sagte sie und stellte ihr leeres Glas ab; sie war unerklärlich verstört. »Könnte ich mir ein Taxi rufen?«

»Habe ich Sie verunsichert?« Er sah ihr in die Augen.

Jill erschrak und fragte sich, ob das eine kleine Herausforderung sein sollte. »Ja, das haben Sie. Ich bewundere die Art, wie Sie darüber denken. Aber sie ist mir sehr fremd.« Sie zögerte. »Sie tragen eine schwere Last auf Ihren Schultern«, fügte sie ruhig hinzu.

Er sah sie unverwandt an. »Das ist keine Last. Das ist es, was ich bin, wer ich bin.«

Zum ersten Mal, seit sie ihn getroffen hatte, sah sie ihm wirklich in die Augen. Es war, als blicke sie in Hals. Sie hatten denselben Bernsteinton und wurden von denselben dichten, dunklen Wimpern eingerahmt. Aber er war überhaupt nicht wie Hal. »Sie sind doch nicht Superman. Nur Superman würde eine solche Aufgabe einfach finden.«

Thomas zuckte mit den Schultern. Und zum ersten Mal glitten seine Augen über ihren Körper. Es war nur für einen Augenblick, aber er begutachtete sie vom Scheitel bis zur Sohle und wandte dann schnell den Blick ab.

Jill fühlte sich unbehaglich. Sie war es gewöhnt, von Männern begafft zu werden, denn sie hatte den anmutigen, schlanken Körper einer Tänzerin, und sie war attraktiv, aber nicht in einer Million Jahren hätte sie damit gerechnet, dass Thomas sie so abchecken könnte – auch wenn es anscheinend nur ganz automatisch geschehen war. Sie schaute zur Tür und wand sich innerlich, als Lauren die Eingangshalle betrat. Das war wirklich nicht ihr Glückstag.

Falls Lauren überrascht war, sie zu sehen, ließ sie es sich nicht anmerken. Sie lächelte und schüttelte Jill die Hand. »Alex hat erwähnt, dass du wieder da bist. Und, schon fertig eingerichtet?«

»Ja, danke, fast«, sagte Jill. Sie kam nicht umhin zu bemerken, dass Lauren sogar in Jeans wohlhabend und elegant wirkte. Andererseits sah sie noch mitgenommener aus als Thomas. Sie hatte dunkle Ringe unter den Augen und offensichtlich etwa fünf Kilo abgenommen, seit Jill sie zuletzt gesehen hatte.

»Wo wohnst du?«, fragte Lauren freundschaftlich.

Jill sagte es ihr, und sie unterhielten sich ein wenig über Kensington und Jills Glück, kurzfristig eine hübsche Wohnung in einer so guten Gegend bekommen zu haben.

Plötzlich seufzte Thomas. »Ich bin ja richtig rührselig geworden. Ich nehme an, Sie haben nicht gefunden, wonach Sie gesucht haben?«, fragte er Jill.

Auf einmal fielen Jill die Briefe wieder ein. Na ja, das war jetzt kein Geheimnis mehr. »Nein, haben wir nicht.« Mehr sagte sie nicht. Sie wollte nicht unbedingt mit ihm über die Briefe sprechen.

»Kennen Sie Lucinda Becke von Uxbridge Hall?«, fragte er. »Sie kann Ihnen vielleicht helfen. Fragen Sie sie doch mal. Sie leitet das Museum. Wissen Sie, als ich noch verheiratet war, haben wir in Uxbridge gewohnt, jedenfalls an Wochenenden und in den Ferien. Manchmal glaube ich, Lucinda liebt meine Familie – und Uxbridge – mehr als ich.«

Jill lächelte mit ihm. »Ja, ich habe sie kennen gelernt. Als ich mit Lauren in Uxbridge war.«

Er nickte. »Ich bin sicher, dass sie Ihnen helfen könnte, diese Briefe zu finden.«

»Worum geht es denn?«, fragte Lauren und sah von ihrem Bruder zu Jill.

Thomas antwortete: »Jill interessiert sich immer noch für diese Kate Gallagher. Offenbar hat Kate unserer Großmutter geschrieben.«

Lauren sah Jill an. »Warum?«

Jill zögerte. Sie stand im Rampenlicht. Auch Thomas sah sie fragend an. Nicht besonders intensiv oder interessiert. Aber Jill hatte das deutliche Gefühl, dass sie beide eine Antwort wollten.

Hitze stieg ihr in die Wangen. Mit klopfendem Herzen sagte sie: »Ich glaube, dass sie zu meiner Familie gehörte.«

Thomas nippte an seinem Scotch. »Ach ja, ich erinnere mich. Das haben Sie doch schon gesagt, als Sie das letzte Mal hier waren. Das ist ziemlich unwahrscheinlich, Jill.«

»Ich weiß.« Jill lächelte ihn an und schielte wieder nach der Tür. Wo, zum Kuckuck, blieb Alex?

»Noch etwas Wein?«, fragte Lauren.

Jill schüttelte den Kopf. »Nein, danke. Sobald Alex herunterkommt, fährt er mich nach Hause.«

Lauren staunte. »Du bist mit Alex hier?« Das schien sie sehr zu überraschen.

»Ja. Was für ein Auto«, schwärmte Jill und hoffte, das Gespräch von Kate Gallagher fortzulenken.

»Ja, es ist wunderschön«, stimmte Lauren zu. »Ich habe versucht, es ihm auszureden, als er es kaufen wollte, denn ebensogut könnte er sich das Guthaben seines Bankkontos auf die Stirn tätowieren, aber er hat nicht auf mich gehört. Natürlich ist jede annehmbare Frau in dieser Stadt sowieso schon hinter ihm her, aber jetzt gilt das auch für jede nicht annehmbare – ab dem Augenblick, in dem sie ihn in dem Auto sieht.«

Jill entging Laurens Anspielung keineswegs. »Ich bin nicht scharf auf Alex Preston«, sagte sie offen. »Noch vor einem Monat war ich mit deinem Bruder so gut wie verlobt.«

Lauren antwortete nicht.

Jill versuchte, sich nicht aufzuregen. Inzwischen wäre sie auch nach Hause gelaufen, um hier endlich rauszukommen. Aber Thomas tätschelte ihren Arm.

»Auch meine kleine Schwester will diese Familie schützen.« Er sah Lauren an. »Eines Tages wird Alex jemanden mit nach Hause bringen, und wie ich Alex kenne, wird keiner von uns in dieser Sache etwas zu sagen haben.«

»Ich will auch gar nichts dazu zu sagen haben«, erwiderte Lauren kühl. »Aber ich war schon unzählige Male mit ihm unterwegs, wo Frauen mich für seine Freundin halten mussten und ihn trotzdem unverhohlen angemacht haben. Ich meine, er bekam Zettelchen mit Telefonnummern zugesteckt, direkt vor meiner Nase!«

Jill war froh, dass sie das mit anhörte. Hoffentlich würde es ihrer beginnenden Faszination für einen Mann, der für sie unerreichbar war, den Garaus machen. Sie fragte sich, ob er ein Herzensbrecher war. Hal hatte ihn als absoluten Workaholic beschrieben, also hatte er wohl wenig Zeit für die Jagd auf das weibliche Geschlecht.

Thomas hingegen war erheitert. »Er ist ein Single«, sagte er, als würde das alles erklären.

Jill fragte sich, wie viele Frauen sich erst an den Collinsworth-Erben heranmachen mochten. Dann entschied sie, dass seine Arroganz und sein Titel auf die meisten Frauen wohl eher einschüchternd wirkten.

»Der Lauscher an der Wand«, sagte Alex und betrat das Wohnzimmer.

Jill war erleichtert, ihn zu sehen. So nett Lauren und Thomas auch zu ihr waren, ihre Gegenwart strengte sie an. »Anscheinend ist ein Großteil der weiblichen Bevölkerung Londons hinter dir her«, sagte Jill.

Er lachte herzlich, ging zum Barwagen und goss sich einen Wodka on the rocks aus einer Flasche ein, deren russisches Etikett Jill nichts sagte. »Hat einer von euch das Foto von Kate und Anne von Hals Nachttisch genommen?«, fragte er.

Thomas fuhr zusammen. »Welches Foto?«

Alex nippte den eiskalten Wodka mit offensichtlichem Behagen, lehnte sich an das Buffet und betrachtete seinen Cousin. Er wiederholte die Frage.

Thomas sah Alex an. »Warum sollte ich? Ich möchte nicht unhöflich sein, aber ich habe keine Zeit für die Geisterjagd.« Er lächelte Jill entschuldigend an. »Meine Interessen liegen in der Gegenwart und in der Zukunft, nicht in der Vergangenheit.«

Jill war unschlüssig, ob sie ihm glauben sollte. Hatte er nicht eben noch mit glühendem Eifer von der jahrhundertealten Geschichte und Tradition seiner Familie gesprochen? War es wirklich denkbar, dass diese alten Schätze ihm nichts bedeuteten? Einer Sache war sie gewiss: Er würde die Familie Collinsworth schützen. Das war seine Pflicht. Würde er sich auch verpflichtet fühlen, sie vor wieder ans Licht gebrachten Geistern und vergessenen Skandalen zu schützen?

»Ich habe dieses Foto nie gesehen«, sagte Lauren. »Wen kümmert dieses Bild schon? Wahrscheinlich hat Mutter es weggeräumt.«

Jill fuhr sich über die Lippen. »Das Foto wäre eine Art Familienerbstück für mich.«

»Nur, wenn Kate tatsächlich eine Verwandte von Ihnen ist«, sagte Thomas betont.

»Kate wurde schwanger, während sie bei Anne zu Besuch war«, erklärte Alex, immer noch gegen die Anrichte gelehnt.

Jill blieb fast der Mund offen stehen. Was sollte das?

Thomas hätte beinahe seinen Drink fallen lassen. »Wovon in drei Teufels Namen sprichst du?«

Als die beiden sich anstarrten, war Jill mehr als beunruhigt; sie hatte ganz deutlich ein schlechtes Gefühl dabei. »Alex, es ist schon spät. Sollen wir gehen?«

»Warum trinkst du nicht noch einen Wein, Jill?«, sagte er. »Ich dachte, du wolltest ein paar Antworten?«

Sie starrte ihn an.

»Selbst wenn diese Kate Gallagher schwanger wurde, während sie bei meiner Großmutter wohnte, was soll das schon bedeuten?«, fragte Thomas. Er war sichtlich verärgert.

Alex lächelte Jill seelenruhig an. »Willst du ihnen deine Theorie erklären?«

Warum stellte er sich gegen die beiden? Ihr schoss durch den Kopf, dass er sie selbst damit sabotieren könnte – dann fragte sie sich, ob er jemandem an den Kragen wollte. Nicht ihr, sondern seinem Cousin – oder sonst jemandem, der die Wahrheit kannte.

Jill holte tief Luft. »Vielleicht war Anne bei der Affäre eine Art Komplizin – oder Mittlerin. Wer weiß? Vielleicht hat die Sache auch Annes Ruf ruiniert. Für eine Weile. Dann verschwindet Kate. Egal, ob sie durchgebrannt oder einem Verbrechen zum Opfer gefallen ist, Anne hatte etwas damit zu tun, weil sie gute Freundinnen waren. Es überrascht mich, dass niemand in dieser Familie etwas darüber weiß«, sagte Jill und blickte in die drei ihr zugewandten Gesichter. »Alle Beteiligten wären in einen schlimmen Skandal verwickelt worden. So eine wüste Geschichte wird doch von Generation zu Generation weitergereicht.«

Eine verblüffte Stille folgte. Dann sagte Thomas: »Ich bitte um Entschuldigung, und es tut mir Leid, Sie enttäuschen zu müssen, aber das ist nicht die Art von wüster Geschichte, wie Sie es genannt haben, die in unserer Familie weitergereicht wird.« Er war wütend.
»Meine Großmutter war eine sehr edle Dame und gesellschaftlich hoch angesehen«, sagte Lauren bestimmt. »Und selbst wenn sie als Kind einmal die Mittlerin einer Affäre gespielt hätte, was würde das für einen Unterschied machen, heute oder damals? Als sie meinen Großvater heiratete, wurde sie die Viscountess Braxton.« Lauren schaute Alex an. »Anne war die Schwester deiner Urgroßmutter, Alex.« In ihrer Stimme schwang Missbilligung.
»Das weiß ich«, sagte er ohne Bedauern.
Jill sah Lauren an.
»Sie wurde eine der meistbewunderten Frauen dieses Landes«, sagte Alex. »Sehr angesehen und extrem einflussreich.«
Jill fing seinen Blick auf. Sie konnte nichts darin lesen, außer vielleicht, dass er sich amüsierte. Falls Thomas oder Lauren etwas wussten, waren sie fantastische Schauspieler, dachte sie, jeder Londoner Bühne würdig.
Thomas wandte sich an sie. »Gibt es irgendeinen Grund, warum Sie einen Skandal über meine Familie ausgraben wollen?«, fragte er grob.
Sie schüttelte den Kopf. »Nein. Ich will Ihrer Familie nicht schaden, ich habe schon genug angerichtet. Ich hoffe, es gibt gar keinen Skandal.« Ihr Lächeln fühlte sich sehr wackelig an. »Ich glaube, dass Kate mit ihrem Liebhaber und ihrem Kind durchgebrannt ist und dass sie glücklich waren bis an ihr Lebensende.«
Lauren sah sie an, als hätte sie Chinesisch gesprochen. Thomas nippte an seinem Scotch. Alex sagte: »Klingt wie ein Märchen.« Jill verstand die Anspielung und hätte ihm am liebsten eine verpasst. Nicht hart, aber hart genug.
»Wie geht es Lady Collinsworth?«, fragte sie stattdessen.

»Sie ist zu Bett gegangen. Alles okay«, sagte Alex.

Thomas stellte seinen Drink auf der Marmorplatte eines Tischchens ab. »Ich habe es schon Jill gesagt, und jetzt sage ich es dir. Mutter geht es nicht gut, und ich will nicht, dass sie sich aufregt.«

»Ich will auch nicht, dass meine Tante sich aufregt«, erwiderte Alex ebenso bestimmt.

»Du kommst doch sonst nie vor zehn aus dem Büro«, schoss Thomas zurück.

»Ich wusste nicht, dass ich hier nach der Stechuhr lebe.«

Blinzelnd schaute Jill von einem Cousin zum anderen.

»Wenn ihr zwei vorhabt, euch zu streiten, dann gehe ich jetzt ins Bett«, sagte Lauren.

»Natürlich musst du mir nicht erklären, was du mit deiner Zeit machst. Außer es betrifft die Familie und ist irgendwie schmerzlich. Wie sehr hat sich meine Mutter aufgeregt?« Thomas sprach, als sei Lauren eine stumme Fliege an der Wand.

»Sie fühlt sich schon besser. Es tut mir Leid. Ich werde mich gleich morgen früh angemessen bei ihr entschuldigen – und es ihr erklären«, sagte Alex.

»Nein. Ich übernehme das.« Thomas' Stimme duldete keinerlei Widerspruch.

Jill beobachtete die beiden. War da eine Rivalität, von der sie vorher nichts geahnt hatte?

»Wie du meinst.«

Thomas sah wieder auf die Uhr. »Ich muss noch ein paar Anrufe erledigen.«

»Thomas.« Alex' barsche Stimme brachte Thomas zum Stehen. »Ja?«

Alex ging durchs Zimmer und baute sich vor ihm auf. »Hast du diese Dateien gelöscht?«

Jill wäre beinahe in Ohnmacht gefallen. Mit aufgerissenen Augen betrachtete sie Alex' harte Miene und beobachtete, wie Thomas' Augen eisig kalt wurden. »Nein«, erwiderte er knapp. »Und du?«

Alex' Ausdruck wurde noch verbissener. »Nein.«
Sie starrten sich an, und dann verließ Thomas mit großen Schritten den Raum.

Vom Haus der Sheldons bis zu ihrer Wohnung waren es nur zehn Minuten, aber es hatte einen Unfall gegeben – ein Lkw war umgekippt –, und so standen sie im Stau. Jill war ganz steif vor Anspannung. War Alex unschuldig? Oder hatte er Thomas nach den Dateien gefragt, um sie zu täuschen?
Irgendjemand hatte sie gelöscht, aber sie konnte nicht sagen, wer von den beiden Männern es getan hatte. Es war jedenfalls kein Kurzschluss gewesen.
Das wusste sie jetzt, denn sonst hätte Alex Thomas nicht so angegriffen.
Jill begann zu glauben, dass Thomas der Schuldige war. Er hatte so getan, als hätte er von den Briefen nichts gewusst, bis sie ihm heute Abend davon erzählt hatte. Wenn das stimmte, hätte er gar nicht verstehen können, was Alex meinte, als er ihn nach den gelöschten Daten fragte.
Aber er hatte es verstanden.
Ihre Nackenhaare sträubten sich, und ein kalter Schauer lief ihr über den Rücken.
»Frierst du?«
Jill sah Alex an, der nur Zentimeter neben ihr ganz entspannt auf dem Fahrersitz des aufregenden Wagens saß. Seine Frage war beiläufig, aber direkt gewesen. Der Blick seiner blauen Augen war ebenso direkt, aber er hatte nichts Beiläufiges an sich. Seine Augen leuchteten.
Jill nickte. Sie verschränkte die Arme vor der Brust und wünschte, er hätte sie ein Taxi rufen lassen. In diesem Augenblick war das Auto einfach zu klein für sie beide.
Jill vergaß die Briefe. Sie stellte sich vor, wie er sie vor ihrer neuen

Wohnung absetzen würde. Und das war alles, was er tun würde – sie am Bürgersteig rauslassen, winken und wegfahren.

Sie erinnerte sich daran, dass ihm Hunderte von Frauen nur so zu Füßen fielen. Sie erinnerte sich daran, dass Hal noch keine fünf Wochen tot war. Sie erinnerte sich daran, dass sie immer noch Antidepressiva nahm. Dann gab sie auf.

Seine Arme würden stark sein und sicher, für ein paar Stunden. Gott, tief in ihr drin tat es immer noch weh. Weil Hal sie hintergangen hatte. Weil sie sich schuldig fühlte. Ein paar Stunden lang wollte sie nur berühren und küssen, berührt und geküsst werden, und sie könnte *alles* vergessen.

Der Gedanke war unglaublich verführerisch.

Plötzlich merkte Jill, dass er sie anstarrte. »Warum schaust du mich so an?«

»Das weißt du doch«, sagte er leise.

Jills Herz machte einen Sprung, doch sie versuchte, ihre Aufregung zu verbergen. »Ich will gar nicht wissen, wovon du sprichst.«

»Du brauchst keine Angst zu haben«, murmelte er.

Sie wich zurück und weigerte sich, ihn anzusehen. Sie würde ganz sicher nicht antworten. Aber sie war sich bewusst, dass sie neben ihm saß wie ein Eisklumpen, steif vor Anspannung, und sich mehr vor sich selbst fürchtete als vor ihm.

»Du bist ja noch nervöser als sonst. Warum macht es dich so nervös, mit mir allein zu sein?«

Jill fühlte Ärger in sich aufwallen. Sie dachte, dass er sie weiß Gott offen anmachte. Sie fühlte sich von ihm in die Enge getrieben, und sie hatte Angst. »Vielleicht liegt es daran, dass ich dich kaum kenne, und ich kann mich nicht entscheiden, ob ich dir trauen soll oder nicht.«

»Aber Thomas traust du?« Er lächelte.

Jill fuhr herum. »Wohl kaum.«

Er klang nicht bösartig. »An Thomas ist viel mehr dran, als man auf den ersten Blick vermutet.«

»Und?«

Er lächelte wieder. Auf der Gegenfahrbahn floss der Verkehr wieder, und die Lichter der entgegenkommenden Autos erhellten sein Gesicht. »Ich habe gesehen, wie du ihn angeschaut hast. Ich sehe, wie alle Frauen ihn anschauen. Die meisten können nicht übersehen, dass er wie ein Hollywood-Star aussieht. Dann kommt noch der Titel dazu. Eine irre Kombination, der sie kaum widerstehen können. Die meisten Frauen haben keine Ahnung, wer er wirklich ist. Thomas ist ein komplizierter Mann. Mit bestimmten Plänen.«

»Die meisten Leute haben Pläne«, erwiderte Jill. Sie hatte nicht die Absicht, sich in ein Gespräch über ihre Gefühle für Thomas verwickeln zu lassen. Nicht nur, weil das niemanden außer sie selbst etwas anging, sondern vor allem, weil sie immer noch sehr gemischter Natur waren.

»Aber seine sind geheim«, sagte Alex. Er fuhr mit den Händen über das Lenkrad, bevor er es ergriff. Jill fragte sich, ob er das mit Absicht tat. »Ich glaube, es gibt noch einen Grund dafür, warum ich dich schreckhaft wie eine Katze mache.« Er wandte sich ihr zu.

Sie hob die Augenbrauen und hoffte, dass sie so cool wirkte, wie sie beabsichtigte. »Nämlich?«

Er lächelte. »Ich bin ein Mann … du bist eine Frau. Yin und Yang. Ganz einfach.«

Sie schnappte nach Luft. »Es würde mich völlig kalt lassen, wenn du Paul Newman wärst – mit vierzig.« Musste er so direkt sein? »Willst du damit sagen, dass es zwischen uns irgendeine Art von Anziehung gibt?« Sie würde es leugnen, bis sie schwarz wurde. Sie würde nichts Unüberlegtes tun. Jetzt nicht – niemals.

Er sah sie ungläubig an. »Ich finde schon. Ich finde, dass zwischen uns gerade jede Menge Yin und Yang abgeht.« Er lächelte wieder. Er schien sich seiner Sache sehr sicher zu sein, und er schien sie wirklich zu mögen. Jill starrte atemlos zurück und erkannte, was das bedeutete.

»Ich habe Hal geliebt«, sagte sie und betonte jede einzelne Silbe, als ob das ihre Liebe zurückbringen und Alex verschwinden lassen könnte. Dies war die denkbar unpassendste Gelegenheit für einen Aufruhr der Hormone. Der unpassendste Zeitpunkt, der unpassendste Ort – und das unpassendste Objekt der Begierde.

»Hal ist tot. Geister sind schlechte Liebhaber.«

Sie riss die Augen auf. »Liebhaber? Wie sind wir denn jetzt auf dieses Thema gekommen?«

»Ich weiß nicht«, sagte er. Er lächelte nicht. »Vielleicht bin ich ja doch telepathisch veranlagt.«

Sie sah ihn entgeistert an. Hatte sie den ganzen Abend etwas ausgestrahlt, ohne es zu bemerken? »Ich gehe zu Fuß«, entschied sie und streckte die Hand nach dem Türgriff aus.

»Wie ich gesagt habe, schreckhaft wie eine Katze.« Er griff hinüber und hinderte sie daran, die Tür zu öffnen. Seine Hand war groß, stark – und unnachgiebig. »Ich möchte dir gern einen Rat geben«, sagte er mit sehr weicher Stimme.

»Ich bin sicher, dass ich ihn nicht hören will«, sagte Jill wahrheitsgemäß.

»Ich geb ihn dir trotzdem.« Er sah ihr in die Augen. Sein Blick war, wie immer, viel zu durchdringend. »Das ist so eine Sache mit dem Timing. Manchmal bekommt man eine Chance nur ein einziges Mal geboten. Mutige Menschen wissen, wie man sie ergreift.«

»Ich bin nicht mutig.«

»Nein?« Sein Lächeln war echt. »Das ist Käse, Jill.«

Sie wandte den Blick ab. Sein Arm war immer noch vor ihrer Brust ausgestreckt, seine Hand lag auf ihrem Türgriff. Sie war nicht mutig. Er irrte sich. Sie war ein Feigling. Denn er war in jeder Hinsicht anders als Hal, und sie hatte Angst, Angst vor einem One-Night-Stand, Angst vor mehr, Angst, sich zu verstricken, Angst, zu vertrauen und verletzt zu werden. »Verdammt«, keuchte sie, den Tränen nahe. »Kann ich jetzt bitte aussteigen?«

»Nein. Ich fahre dich nach Hause. Und du kannst einsam und allein ins Bett gehen, wenn es das ist, was du willst.«
»Genau das will ich«, feuerte sie zurück, schneller als ein Maschinengewehr.
»Ach ja?« Er klang skeptisch. Und setzte wieder sein leichtfertiges Lächeln auf.
Sie schob seinen Arm weg; er ließ ihn sinken.
»Natürlich«, sagte er leise, als es endlich weiterging und zwei Polizisten sie vorbeiwinkten, »ist dies eine der Gelegenheiten im Leben, die sich nicht nur einmal bieten. Wenn du verstehst, was ich meine.«
Jill sah ihn an. »Ich bin nicht dein Typ.«
Er starrte sie verblüfft an und brach dann in Lachen aus. »Na klar doch, überhaupt nicht.«
Er wandte sich wieder der Straße zu. Voll Furcht und auch Erwartung sah Jill, dass sie sich Lexham Villas näherten. Oh verdammt. Wenn er nur nicht so völlig überzeugt geklungen hätte.
»Weißt du«, sagte Jill und verkroch sich so tief wie möglich in ihrem Sitz, »dass du über jedermanns Pläne gesprochen hast, nur nicht über deine eigenen?«
Er steuerte den Lamborghini geschickt durch eine Kurve und hielt am Bürgersteig vor ihrem Haus. Der Motor schnurrte; er machte ihn aus und drehte sich zu ihr um. »Selbstverständlich habe ich Pläne«, sagte er. Er sah ihr tief in die Augen. »Und ich mache nicht gerade ein Geheimnis daraus, oder?«
Jill erwiderte seinen Blick.
Keiner von beiden rührte sich.

Elf

Sie saßen in der nächtlichen Dunkelheit. Jill hielt den Atem an. Noch immer rührte sich keiner von beiden.

Und jetzt? Dachte Jill, während ihr Herz gegen ihre Rippen hämmerte. Sollte sie … oder sollte sie nicht? Und warum musste sie überhaupt darüber nachdenken?

»Jill.«

Sie musste ihn ansehen. Das hatte halb wie eine Frage, halb wie ein Befehl geklungen. Sie sahen sich in die Augen. »Ich muss gehen«, platzte sie heraus, und dann beugte sie sich, ohne nachzudenken, das kleine bisschen vor, das sie trennte, und küsste ihn auf die Wange.

Es war ein flüchtiger Kuss. Eher eine Liebkosung ihrer Lippen auf seiner stoppeligen Haut.

Er roch fantastisch.

Jill fuhr zurück, kämpfte mit der Tür, bekam sie auf und sprang aus dem Wagen. Sie warf die Tür zu, winkte und lief den kleinen Weg zu ihrem Haus hinauf, als sei der Leibhaftige hinter ihr her.

Als sie zitternd den richtigen Schlüssel suchte, hörte sie den Motor des Lamborghini aufheulen. Aber das elegante Ungetüm fuhr nicht ab. Jill hörte es hinter sich auf der Straße brummen.

Endlich schob sie ihre Tür auf, trat ein, machte Licht und schlug rasch die Tür zu. Als sie sie abschloss, erhaschte sie durch das kleine Fenster in der Tür einen Blick auf seine nachtschwarze Silhouette in dem Sportwagen. Erst dann hörte sie ihn wegfahren.

Sie lehnte die Stirn an das glatte Holz. Warum, zum Teufel, hatte sie das getan? Sie Idiotin hatte völlig falsche Signale ausgestrahlt, sie ermutigte ihn ja noch und bettelte förmlich um Schwierigkeiten.

Schlimmer noch, ihre Wohnung erschien ihr auf einmal mehr als leer, und sie fühlte sich schrecklich einsam.

Der nächste Morgen war sonnig und klar. Während Jill sich eine Riesenportion Rühreier machte, weigerte sie sich, an den vergangenen Abend zu denken, und versuchte stattdessen zu entscheiden, wie es mit ihrer Suche nach Kate Gallagher weitergehen sollte. Vielleicht würde sie noch einmal nach Uxbridge Hall fahren. Lucinda konnte ihr bestimmt einen Rat geben, wo sie anfangen sollte.

Aber eine Frage ließ sie nicht los. Wer hatte die Briefe gestohlen? Bei Tageslicht betrachtet, meinte sie, dass beide Männer guten Grund dazu hatten, Leichen im Keller der Collinsworths auch dort belassen zu wollen.

»Aber da haben sie wirklich Pech«, sagte sie zu Lady Eleanor, die in der Küche erschienen war und nun, die Augen auf Jill gerichtet, schnurrend auf ihr Frühstück wartete. »Denn Kate hat eine tolle Geschichte zu erzählen, und ich werde ihr Gehör verschaffen.«

Lady E. begann sich zierlich die Pfoten zu lecken.

Jill hoffte von ganzem Herzen, dass Kates Geschichte glücklich ausging.

Das Telefon klingelte. Jill konnte sich nicht vorstellen, wer das sein sollte, außer vielleicht Lucinda. Sie erschrak, als sie William Sheldons Stimme erkannte.

Nach einer höflichen, aber kühlen Begrüßung kam er sofort zum Punkt. »Ich wollte Sie bitten herüberzukommen, Miss Gallagher. Ich möchte gern etwas mit Ihnen besprechen, und ich bin bis heute Mittag zu Hause.«

Jills Alarmglocken schrillten. Sie konnte sich nicht vorstellen, was er wollte. »Das würde ich sehr gern.« Sie fürchtete sich zu fragen, was das alles sollte. Hatte er davon gehört, dass sie vergangenen Abend seine Frau in solche Aufregung versetzt hatte?

»Können Sie noch heute Morgen vorbeikommen?«, fragte Lord

Collinsworth. »Sie wohnen in Kensington, nicht wahr? Wäre Ihnen elf Uhr angenehm?«

Jill sagte zu. Als sie nach oben sauste, um sich umzuziehen – ihr Frühstück hatte sie bereits vergessen –, klingelte das Telefon. Sie sah Alex vor sich, als sie abhob. »Hallo?«

»Jillian, geht's dir gut?«, rief KC.

Jill presste den Hörer fester an ihr Ohr. »Alles in Ordnung. Stimmt was nicht, KC? Ist was mit Ezekial?« In New York war es jetzt mitten in der Nacht, aber KC schlief nicht viel. Jill konnte im Hintergrund den Fernseher hören.

»Ezekial amüsiert sich königlich damit, Chiron anzufauchen und dann aus seiner Reichweite zu flüchten.«

Jill lächelte erleichtert. Sie konnte sich vorstellen, wie Ezekial mit dem kleinen Hund spielte. Aber dann verpuffte ihre Erleichterung. »Deshalb hast du also nicht angerufen.«

»Du brauchst dringend einen Anrufbeantworter. Ich hab gestern und letzte Nacht schon x-mal versucht, dich zu erreichen.« KC klang sehr besorgt.

Jill spürte, wie die Angst in ihr hochkroch. Sie sagte sich, dass KC absolute Spitze darin war, aus einer Mücke einen Elefanten zu machen – sie war die geborene Dramatikerin mit einem zusätzlichen Hang zur Hysterie. »Was ist passiert?«

»Jillian, ich rufe an, weil gestern früh jemand in deinem Apartment rumgeschnüffelt hat.«

Jill fuhr zusammen. »Was?«

»Ich bin gerade mit Chiron spazieren gegangen, und als ich zurückkam, habe ich gesehen, wie dieser Typ aus deiner Wohnung kam. Das war nicht dein Untermieter, Jill. Ich hab natürlich so getan, als hätt ich nichts gemerkt, und bin schnell in meiner Wohnung verschwunden. Sobald er weg war, bin ich runtergerannt – und hab gesehen, wie er in einem BMW weggefahren ist. Ich hab das halbe Nummernschild erkannt, Jill. Dann bin ich rüber in deine Woh-

nung. Es sah nicht so aus, als hätte er irgendwas angerührt«, erzählte KC atemlos.
Jill konnte es nicht fassen. »KC, wahrscheinlich war das bloß ein Freund von Joe.« Joe war ihr Untermieter.
»Ich hab mit Joe gesprochen. Er macht sich solche Sorgen. Er sagt, er hat niemandem seinen Schlüssel gegeben. Dieser Typ, Jill, der hat sich so merkwürdig benommen – wie der da rumgeschlichen ist!«
Jill stand im Flur und starrte Löcher in die Luft. »Aber das ergibt keinen Sinn«, sagte sie schließlich. »Jemand ist in meine Wohnung eingebrochen? Aber warum? Es ist ein schäbiges Haus. Ich hab nichts Wertvolles – und Joe ist nicht gerade reich.« Joe war ein hoffnungsvoller Jungschauspieler – also Kellner.
»Wahrscheinlich hat er das Schloss geknackt. Ich hab's mir angeschaut. Jill, das war ein Profi. Das Schloss hat nicht mal einen Kratzer.« Jill hörte an KCs Stimme, dass sie noch etwas sagen wollte.
Dann erstarrte sie. Alex hatte gesagt, er könne Schlösser knacken. Dann fühlte sie eine Woge der Erleichterung – Alex war in London, nicht in New York. Oder? »Wann ist das passiert?«
»Gestern früh um halb acht.«
Das wäre in Londoner Zeit halb ein Uhr mittags. Alex war nicht der Einbrecher. Außer, er hatte sich morgens in die Concorde gesetzt und wäre danach sofort zurückgeflogen – um ihr bei der Suche im Haus der Sheldons zu helfen. Aber warum verdächtigte sie Alex? Er hatte keinen Grund, in ihrer Wohnung herumzuschnüffeln. »Das muss ein Irrtum gewesen sein«, sagte sie schließlich. »Ich meine, ich hab nichts Wertvolles, wir wohnen praktisch in einer Müllhalde. Hat der Typ nach Drogen ausgesehen? Hast du die Polizei gerufen?«
»Hab ich, und sie haben gesagt, dass du selber aufs Revier kommen musst, um Anzeige zu erstatten. Ich hab ihn kaum gesehen, Jill, er hatte den Kopf gesenkt und einen Hut auf. Er war mittelgroß und schlank, und seine Haare waren dunkelbraun, glaube ich. Aber er war ordentlich und nüchtern. Da bin ich mir sicher.«

Jill wusste nicht, was sie davon halten sollte. »Das ist ja abartig«, sagte sie schließlich.

»Jill, das war kein Dieb. Das hat etwas mit deiner Mission zu tun.«

Jill erstarrte. »Meine *Mission*?«

»Deine Suche nach der Wahrheit über Kate Gallagher«, sagte KC bestimmt.

»Woher willst du wissen, dass dieser Typ etwas damit zu tun hat?«

»Ich fühle es, Jill. Es war so merkwürdig. In dem Moment, als ich ihn gesehen habe, musste ich an *sie* denken. Nicht an dich – an *sie*.«

Jill schwieg verängstigt und versuchte sich zu sagen, dass sie alles, was KC erzählte, als Unsinn abtun sollte. Aber das konnte sie nicht.

»Du hast in letzter Zeit nichts geträumt, oder?« Sie hörte selbst, wie argwöhnisch sie klang.

»Nein. Ich musste eine große Legung für dich machen.«

Jill erschrak. Eine große Legung bedeutete, dass KC gründlich in die Tarotkarten geschaut hatte. »Du hast mir doch gesagt, dass sich die Karten manchmal irren.«

»Nein. Die Karten irren sich nie. Es ist nur der Leser, der etwas falsch versteht«, gab KC ungeduldig zurück.

»Also, was willst du mir sagen?«, fragte Jill furchtsam.

»Da ist ein Mann, Jill. Er taucht immer wieder auf. Der König der Schwerter, verkehrt herum. Und er ist sehr wichtig für dich.«

»Sehr wichtig«, wiederholte Jill.

»Er ist zusammen mit dem Rad des Schicksals gekommen – und mit den Liebenden«, sagte KC.

»KC, ich habe nicht vor, mit jemandem etwas anzufangen«, sagte Jill. Und sie dachte nur, wie nahe dran sie gewesen war, mit Alex ins Bett zu hüpfen.

»Auch die Liebenden bedeuten Schicksal. Das heißt nicht, dass du jetzt mit diesem Mann etwas hast, aber das hattest du, in einem früheren Leben. Natürlich könntest du dich in diesem Leben wieder in ihn verlieben …«

»KC«, sagte Jill barsch, um sie zum Schweigen zu bringen. Sie wollte nichts mehr hören.

Aber KC war noch nicht fertig. »Er ist brillant, Jill. Brillant und stark, mächtig, der Beste bei allem, was er tut. Er ist wahrscheinlich ein Luftzeichen. Oder es tauchen viele Luftzeichen in seinem Horoskop auf.«

Jill sah auf die Uhr. Wenn sie jetzt nicht ging, würde sie zu spät kommen. »KC, ich muss los.«

»Ich glaube, du bist ihm schon begegnet«, sagte KC hastig. »Oder du wirst es. Bald. Du kommst um diesen Kerl einfach nicht herum, und ich mache mir solche Sorgen um dich!«

Jill wollte weg, aber sie legte nicht auf. »Was hast du gesehen?«

»Mit ihm stimmt etwas nicht«, sagte KC mit erstickter Stimme. »Seine Kommunikation ist nicht okay.«

Jill starrte das Telefon an.

»Er ist nicht ehrlich zu dir«, sagte KC leidenschaftlich. »Er kann es nicht. Und du kannst ihm nicht vertrauen. *Jill, du darfst ihm nicht trauen.* Wenn du es tust, wird etwas Schreckliches geschehen, das habe ich in den Karten gelesen, und ich kann es auch fühlen, es ist so stark – Jill, du solltest nach Hause kommen!«

Jill rührte sich nicht. KCs Worte hallten durch ihren Kopf. Sie hatte offensichtlich panische Angst. Schließlich sagte sie: »Ich kann nicht nach Hause. Noch nicht.«

»Guten Morgen, Miss Gallagher.« William Sheldon erhob sich hinter seinem massiven, lederbezogenen Schreibtisch.

Man hatte Jill in eine große Bibliothek gebeten, mit einer hohen, gewölbten, zartgrün gestrichenen Decke. Eine Wand war vom Boden bis zur Decke mit Büchern gefüllt. Die mittlere Wand wurde von einem riesigen Kamin mit grünem Marmorsims und einem umwerfenden vergoldeten Spiegel darüber eingenommen. Großformatige Gemälde, die meisten davon Landschaften aus dem achtzehnten und neunzehnten Jahrhundert, hingen an den anderen Wänden. Mehrere Sitzgruppen waren über den Raum verteilt, und an einem Ende stand Williams Schreibtisch. Die ganze Ecke dahinter bestand aus riesigen Fenstern, durch die man auf die Rosengärten blickte. Diese Gärten waren sorgfältig gepflegt und bunt wie ein blühender Teppich.

»Guten Morgen«, sagte Jill nervös und strich ihren knielangen schwarzen Rock glatt. Aber sie konnte sich kaum auf das bevorstehende Gespräch konzentrieren. Der König der Schwerter, verkehrt herum. Ein Mann, der mächtig und brillant war, ein Mann, dem sie nicht trauen konnte. War es Alex? Oder Thomas?

Etwas Schreckliches wird geschehen …

»Miss Gallagher?«

Jill fuhr zusammen. William bedeutete ihr, sich in einen der Sessel vor dem Schreibtisch zu setzen. Jill folgte hastig.

Sein Lächeln war herzlich. Jill schlug ein Bein über das andere. Sie trug nie Schuhe mit Absätzen, aber heute hatte sie ihr einziges Paar hochhackiger Pumps gewählt, die sie so selten getragen hatte, dass sie wie neu aussahen. Sie hatte damenhafte Eleganz ausstrahlen wollen, und wenn sie Perlen gehabt hätte, hätte sie die auch angelegt. Sie war furchtbar nervös.

Allein schon der Gedanke – wenn all ihre Träume in Erfüllung gegangen wären, wäre dieser Mann ihr Schwiegervater geworden. Es war unvorstellbar.

»Ich habe erfahren, dass Sie gestern Abend mit meinem Neffen hier waren«, sagte er. Goldene Manschettenknöpfe blitzten an seinem Hemd.

Jill wurde noch nervöser. »Wir dachten nicht, dass wir jemanden stören würden«, sagte sie. »Lord Collinsworth, ich bitte um Entschuldigung«, platzte sie heraus. »Ich entschuldige mich für alles, vor allem für das, was Hal zugestoßen ist.« Das hatte sie nicht sagen wollen. Sie hatte ruhig und würdevoll wirken wollen.

Er sah auf seine gefalteten Hände herab. »Ja, das bedauern wir alle, Miss Gallagher. Danke.«
»Wenn ich rückgängig machen könnte, was geschehen ist, würde ich es tun«, fuhr Jill in ernstem Ton fort. Sie versuchte, die Schuldgefühle zu ignorieren, die sie quälten. Sie wusste nicht, ob sie sie je wieder loswerden würde.
Er schaute auf. »Aber niemand kann die Vergangenheit ungeschehen machen, nicht wahr? Ich habe ein langes und erfülltes Leben hinter mir. Aber auch ich bereue vieles, Entscheidungen, die ich nicht getroffen, Wege, die ich nicht eingeschlagen habe.« Er lächelte sie freudlos an. »So ist das Leben, Miss Gallagher. Es ist niemals das, was man erwartet.«
»Ja.« Jill zögerte. »Warum haben Sie mich hergebeten?«
Er seufzte. »Meine Frau hat sich gestern Abend sehr aufgeregt.«
»Ich weiß. Es tut mir so Leid.« Er würde sie abkanzeln.
»Es wäre sicher besser, wenn Sie und meine Frau sich nicht noch einmal begegnen. Miss Gallagher, ich muss Sie dringend bitten, sich von meiner Frau fern zu halten. Es geht ihr nicht gut, sie ist in tiefer Trauer, und es scheint ihr schlechter zu gehen, seitdem sie Sie gesehen hat. Sie hat die ganze Nacht nicht geschlafen und über Herzbeschwerden geklagt. Es war ihre schlimmste Nacht seit der Beerdigung.«
Natürlich war Margaret Sheldon ihr bloßer Anblick verhasst. Jill schluckte. »Ich will nicht, dass Ihrer Frau etwas zustößt«, flüsterte sie. Wollte er sie für immer aus dem Haus verbannen? Jill wusste, dass es abscheulich von ihr war, nur ihre Suche nach den Briefen im Kopf zu haben, aber sie konnte nicht anders. »Lord Collinsworth, wir waren auf der Suche nach einigen wertvollen Briefen.«
»Das hat man mir gesagt. Wertvoll für wen?«
»Nun, sie wären sicherlich bedeutende Hinterlassenschaften, für Sie und Ihre Familie«, begann Jill.
»Aber was hat das mit Ihnen zu tun?«, fragt er spitz.

»Kate war eine Verwandte von mir. Dafür habe ich einige Beweise.«
Jill wusste, dass sie da übertrieb.
»Nun, das mag ja sehr interessant sein, aber ich muss Sie trotzdem bitten, alles zu unterlassen, was eine Aufregung für Lady Collinsworth bedeuten könnte.«
Jill wollte ihn geradeheraus fragen, ob sie wiederkommen und die Briefe suchen dürfte, wenn seine Frau nicht zu Hause war. Sie tat es nicht. Ihr gesunder Menschenverstand sagte ihr, dass dies der falsche Zeitpunkt war. Aber es würde nicht schaden, sich für die Zukunft einen besseren Stand zu verschaffen. Jill schluckte. »Ich habe praktisch keine Familie, Mylord. Meine Eltern kamen bei einem Autounfall ums Leben, als ich fünf Jahre alt war. Ich bin bei einer Tante aufgewachsen, die schwerhörig war und viel zu alt, um mit einem kleinen Kind belastet zu werden. Ich bin von zu Hause fortgegangen, um eine Ballettausbildung zu machen, als ich siebzehn war – und nie zurückgekehrt. Ich muss wissen, ob Kate Gallagher zu meinen Vorfahren gehört. Sie können Ihre Abstammung Hunderte von Jahren zurückverfolgen. Ich nicht einmal eine Generation.«
»Ich habe großes Verständnis für Ihre Bitte, und wenn es meiner Frau besser ginge, würde ich Ihnen selbstverständlich gestatten, Ihre Suche nach Ihren Wurzeln fortzuführen, Miss Gallagher. Aber im Augenblick würden Sie ihren gesundheitlichen und geistigen Zustand nur verschlimmern.« Er sah auf seine Uhr, ein goldenes Gehäuse an einem schwarzen Armband von Van Cleef & Arpels, erhob sich und deutete damit an, dass ihre Unterhaltung beendet war. »Ich muss jetzt in die Firma.«
Jill stand auf und fuhr sich mit der Zunge über die Lippen. »Kate Gallagher war bei Ihrer Mutter zu Gast, bevor sie Edward geheiratet hat – Ihren Vater. Kate hatte ein Kind, das wahrscheinlich außerehelich geboren wurde. In demselben Jahr, 1908, ist Kate verschwunden – und wurde nie mehr gesehen.«

Er sah sie verständnislos an. »Wie bitte?«
Jill begann zu schwitzen und wiederholte, was sie gesagt hatte.
»Was versuchen Sie zu sagen, Miss Gallagher? Weshalb sollte das für mich von Interesse sein?«
»Hat Ihre Mutter je von Kate gesprochen? Hat sie sie erwähnt? Wissen Sie, wer der Vater ihres Kindes war? Sie haben doch sicher etwas gehört, Sie sind doch hier aufgewachsen.«
»Ich weiß nichts über Kate Gallagher, Miss Gallagher. Heute habe ich zum ersten Mal von ihr gehört. Meine Mutter war eine viel beschäftigte Frau, als ich noch klein war. Ich habe die meiste Zeit in einem Internat verbracht, und mein Bruder ebenso. Mutter war eine Matriarchin – mein Vater ist sehr jung gestorben, schon 1944. Mutter hat unseren Besitz verwaltet, im House of Lords die Fäden gezogen und war in jeder einzelnen Firma des Collinsworth-Konzerns die Vorstandsvorsitzende, von den unzähligen Wohltätigkeitsvereinen gar nicht zu sprechen, in denen sie sich sehr engagiert hat. Sie gehörte nicht zu den Frauen, die in der Vergangenheit schwelgen. Solange sie lebte, lebte sie im Hier und Jetzt. Das ist es, woran ich mich erinnere.« Er lächelte nicht, als er hinter seinem Schreibtisch hervorkam und ihr die Hand hinstreckte.
»Das klingt, als sei sie eine starke und bewundernswerte Frau gewesen«, sagte Jill. Den Rest ihrer Gedanken behielt sie für sich, nämlich dass sie auf dem Porträt und auf dem Foto, das Jill gesehen hatte, alles andere als stark wirkte.
»Ja, sie war beides. Nun, wenn das alles ist?«
Jill zögerte. »Wussten Sie, dass Hal ein Foto von Anne und Kate als sechzehnjährige Mädchen aufbewahrt hat?«
Er starrte sie an, als hätte sie nicht mehr alle Tassen im Schrank. Oder als könne er nicht ganz glauben, dass sie ihm nicht die Hand gegeben hatte und gegangen war, wozu er sie recht deutlich aufgefordert hatte.
»Nicht nur, dass Hal dieses ungewöhnliche, sehr alte Foto aufbe-

wahrt hat, er hatte auch das Datum auf die Rückseite geschrieben – und es in einem Rahmen auf seinen Nachttisch gestellt. Es hat ihm offensichtlich viel bedeutet«, sprudelte Jill hervor.
»Was hat das mit mir zu tun?«
»Es war ihm sehr wichtig«, sagte Jill, »und ich versuche herauszufinden, warum.«
William schüttelte den Kopf. »Wir alle haben eine schlimme Zeit hinter uns«, sagte er. »Ich weiß, dass Sie meinem Sohn sehr nahe standen, und ich weiß, dass Sie ebenso gelitten haben wie wir. Vielleicht hat Ihre Besessenheit einen positiven Effekt, sie lenkt Sie ab. Aber ich würde Ihnen dringend raten, sich zu erholen und diese Frau zu vergessen. Ich bezweifle stark, dass sie eine Verwandte von Ihnen ist.«
»Was, wenn ich Ihnen sagen würde, dass Hal von Kate gesprochen hat, als er sterbend in meinen Armen lag?«
William wurde blass.
Jill sprang auf. »Verzeihen Sie.« Sie hatte den armen, gemarterten Mann nicht mit einem weiteren schrecklichen Bild quälen wollen. »Es tut mir Leid«, sagte sie. »Dass ich Sie so belästigt habe.«
Sichtlich erschüttert sah William sie an. Schließlich sagte er heiser: »Ich muss Sie bitten, zu gehen.« Er schritt durch die geräumige Bibliothek zur Tür. Jill hatte keine Wahl, als ihm zu folgen.
Aber an der Tür schien er sich zusammenzureißen. Etwas von seiner kräftigen Gesichtsfarbe war zurückgekehrt. »Danke, dass Sie mir Ihre Zeit geopfert haben«, sagte er höflich. »Einen schönen Tag noch.«
Jill war verblüfft. »Danke.«
Sie folgte dem Diener hinaus und dachte über ihre Unterhaltung nach. William Sheldon wusste nichts. Wenn doch, war es mit ihrer Menschenkenntnis nicht weit her. Sie wünschte, sie hätte ihn nicht aus der Fassung gebracht, aber sie hatte nach Kate fragen müssen. Doch wie sollte sie nun die Briefe finden? Dieses Haus stand ganz

oben auf ihrer Liste wahrscheinlicher Verstecke. Sie fragte sich, ob sich Alex offen gegen seinen Onkel stellen würde, um ihr zu helfen. Wahrscheinlich nicht.

Der Flur war endlos lang. Als sie sich der Eingangshalle näherte, hörte sie Frauenstimmen; eine davon erkannte sie als Laurens. Obwohl Hals Schwester gestern Abend sehr freundlich zu ihr gewesen war, wurde Jill nervös und zwang sich, nicht an William und die Briefe zu denken.

Als Jill das Foyer betrat, drehte Lauren sich um und entdeckte sie. Sie riss die Augen auf. Bei ihr war Marisa Sutcliffe.

Die beiden Frauen starrten Jill an, und in diesem Augenblick wusste Jill, dass sie hier nur ein Eindringling war – und einer aus der Unterschicht noch dazu.

Plötzlich kam Marisa mit ausgestreckter Hand und einem festen Lächeln auf sie zu. »Sie sind Jill Gallagher«, sagte sie.

Jill war überrascht. »Ja, das bin ich.«

»Marisa Sutcliffe«, sagte sie, die Hand immer noch ausgestreckt.

Jill ergriff sie langsam und widerstrebend. Sie tauschten einen knappen Händedruck. Marisa musste sie verabscheuen. Jedes andere Gefühl wäre undenkbar. Also was sollte das? Eine Demonstration guter Manieren?

»Welch eine Überraschung«, unterbrach Lauren Jills Gedankengang, während Marisa nur Zentimeter von Jill entfernt stand und sie genauso unter die Lupe nahm wie Jill Marisa. »Hallo, Jill.«

Jill entschied rasch, ihr so wenig wie möglich zu erzählen und sich so bald wie möglich zu verabschieden. »Guten Morgen, Lauren. Ich wollte gerade gehen.« Sie rang sich ein Lächeln ab und ging weiter.

»Warten Sie.«

Jill erstarrte bei Marisas Flehen. Denn es war ein Flehen.

»Bitte«, sagte Marisa.

Jill drehte sich ernst und angsterfüllt zu ihr um.

»Ich weiß nicht, was ich sagen soll«, sagte Marisa mit einem kurzen,

matten Lächeln. »Das hier ist verdammt unangenehm. Aber ... bevor Hal gestorben ist. Hat er noch etwas gesagt ... irgendetwas?«
Jills Herz krampfte sich zusammen. Was fragte Marisa da? Sie konnte doch von Hals letzten Worten nichts wissen! »Ich bin nicht sicher, was Sie meinen.«
»Marisa, tu das nicht«, sagte Lauren mit weicher, besorgter Stimme – ein Ton, den Jill noch nie von ihr gehört hatte. »Tu das nicht.« Lauren nahm ihre Hand.
Marisa entzog sie ihr. »Hat er irgendetwas gesagt – über mich?« Ihre Stimme überschlug sich am Ende vor Aufregung, Hoffnung und Angst.
Und Jill verstand. Obwohl Marisa für sie eine Konkurrentin war, wurde sie von Mitgefühl für sie überwältigt. Marisa wollte wissen, ob Hal Jill von ihr erzählt hatte, oder ob er Jill gesagt hatte, dass er Marisa liebte oder sie heiraten wollte, so etwas in der Art. »Er hat mir nie von Ihnen erzählt«, sagte sie schließlich wahrheitsgemäß.
Marisas Lächeln erstarb. Lauren legte einen Arm um sie, und während Marisa in ihrer Krokotasche nach einem Taschentuch suchte, warf Lauren Jill einen bitterbösen Blick zu.
Jill erstarrte. Dieser Blick war zutiefst bösartig. Aber im nächsten Moment war er verflogen.
»Ich sollte jetzt gehen«, sagte Jill. Ihr war sehr unbehaglich zu Mute, und sie verspürte den Drang, Marisa die Wahrheit zu sagen – dass Hal gerade dabei gewesen war, mit ihr Schluss zu machen. Diese Reaktion hatte sie nicht erwartet. Sie hatte nichts als Hass erwartet. Sie hatte sogar erwartet, dass diese Frau ihr eine hässliche Szene machen würde. Doch Marisa hatte etwas sehr Nettes an sich. Sogar etwas Anziehendes. Wie konnte Jill jemanden verabscheuen, der so trauerte? Ihr Schmerz war unvorstellbar.
»Er fehlt mir so«, flüsterte Marisa plötzlich erstickt in ihr Taschentuch. »Wenn er nur noch leben könnte!«
Lauren führte Marisa zu zwei thronartigen Stühlen an einem Mar-

mortisch. Jill sah ihnen nach; sie wollte davonlaufen, konnte sich aber nicht bewegen.

Marisa blickte auf. »Er wollte nach Hause kommen«, schrie sie Jill mit schmerzverzerrtem Gesicht an. »Das hat er mir gesagt. Er hätte mich nie angelogen – wir hatten keine Geheimnisse voreinander –, er hat mir sogar von Ihnen erzählt. Er war mein bester, mein allerbester Freund! Wie soll ich ohne ihn leben?!«

Jill verstand sie. »Marisa.«

Sie blickte auf, die Nase gerötet, die Haut fleckig, Gesicht und Körper makellos.

»Er war sich nicht sicher, ob das mit uns was würde«, sagte Jill, obwohl es ihr vor ihren Worten graute. »Er hatte Heimweh. Das hat er mir gesagt.«

Marisas Augen leuchteten auf.

Mehr konnte Jill nicht tun.

»Danke«, sagte Marisa. Dann begann sie wieder zu weinen.

Jill nickte Lauren knapp zu und ging zur Tür. Leider kam Lauren neben ihr her. »Ist Alex hier?«, fragte sie. »Hat er dich wieder hergebracht?«

»Nein.« Jill zögerte. »Dein Vater hat mich hergebeten.«

»Was könnte es denn geben, woran ihr beiden ein gemeinsames Interesse habt?«, gab Lauren offensichtlich verwirrt zurück.

Jill sagte: »Da wirst du wohl ihn fragen müssen.« Sie schaute zu Marisa zurück, die um ihre Fassung rang. »Sag ihr, dass es mir Leid tut«, fügte sie hinzu.

Damit ging sie und ließ Lauren stehen.

Jill eilte die Auffahrt hinunter und durch das schmiedeeiserne Tor. Als sie die schattige Allee erreichte, blieb sie stehen, um wieder zu Atem zu kommen und sich zu beruhigen. Ihre Schläfen hämmerten. Sie fing an, Marisa und Hal als Paar zu sehen.

Und als sie da so stand und fast wünschte, sie wäre Marisa nie begegnet, hallten ihr ihre Worte durch den Kopf.

Wir hatten keine Geheimnisse voreinander.
Jill starrte über die Straße, ohne die riesige Villa gegenüber und Kensington Gardens dahinter zu sehen. Hatte Hal Marisa *alles* erzählt?
Hatte er ihr von Kate erzählt?

Mit der Hüfte drückte Jill ihre Haustür auf. Sie hielt zwei Tüten in der Hand, eine mit Lebensmitteln, die andere mit einem brandneuen Sony-Anrufbeantworter, den sie nach ihrem Gespräch mit KC unbedingt hatte kaufen wollen. Sie lächelte Lady Eleanor an, die erwartungsvoll auf dem Sofa im Wohnzimmer saß und sie unbeweglich anblickte. Ein weiteres silbrig braunes Knäuel verschwand in die Küche, vermutlich, um durch die Klappe in der Tür in den Garten zu flüchten.
»Wie steht's, Lady E.?« Jill lächelte die Siamkatze an und trug ihre Einkäufe in die Küche. Während sie den Anrufbeantworter anschloss – wozu sie die Gebrauchsanweisung lesen musste –, wanderten ihre Gedanken immer wieder zu ihrem deprimierenden Vormittag zurück. Nachdem sie eine Ansage aufgenommen hatte, wählte sie Lucinda Beckes Nummer, ließ sich auf einen der Küchenstühle fallen und machte sich eine Dose Cola auf.
»Wie kommen Sie zurecht, Jill?«, fragte die Direktorin.
»Ich habe das Gefühl, in einer Sackgasse zu stecken«, sagte Jill. Sie erzählte Lucinda, wie William ihr das Haus verboten hatte. »Von diesem Haus habe ich mir am meisten versprochen.«
»Da würde ich Ihnen zustimmen«, pflichtete Lucinda ihr bei. »Aber Sie werden doch jetzt nicht aufgeben?«
Alex' Bild schob sich in ihre Gedanken und machte sie traurig. »Nein. Diese Briefe finde ich vielleicht nie. Entweder Alex oder Thomas, einer von beiden hat sie gelöscht, aber ich würde darauf wetten, dass er sie sich vorher kopiert hat. Ich fahre nach Yorkshire, Lucinda. Und nach York. Mein Großvater ist da irgendwo auf die

Welt gekommen, und jedenfalls hat sich Kate in der Nähe der Robin Hood Bay aufgehalten, während sie schwanger war. Das ist erstaunlicherweise nur ein paar Kilometer von Stainesmore entfernt. Noch so ein Zufall? Wie könnte das sein! Ich muss dahin. Ich werde alle Krankenhäuser aufsuchen und feststellen, welches es schon 1908 gab. Vielleicht wurde Kate zur Geburt dort eingeliefert. Vielleicht kann ich Peters Geburtsurkunde auftreiben, wenn ich schon mal da bin. Ich werde irgendeine Spur von ihr finden, das schwöre ich, und das gilt auch für Peter.«

»Ich würde ja so gern mitkommen«, sagte Lucinda. »Vielleicht finden Sie sogar das Haus, in dem sie während ihrer Schwangerschaft gewohnt hat. Das ist ja so aufregend, Jill.«

»Das ist es«, stimmte Jill zu. »Und weil Kate durch Anne mit den Sheldons verbunden ist, werde ich mich auch auf deren Landsitz umsehen. Gott, wenn ich nur die Erlaubnis hätte, alle Collinsworth-Anwesen zu durchsuchen.« Jill fragte sich, wie sie in das Haus in Stainesmore kommen sollte. Sie würde sich eine unglaublich gute Geschichte ausdenken müssen.

»Ich habe so das Gefühl, dass Lord Collinsworth Sie dort nicht so gern sähe, meine Liebe. Im Gegensatz zu Uxbridge Hall ist das schließlich ein Privathaus.«

»Das weiß ich«, sagte Jill. »Und deshalb werde ich ihn auch nicht um Erlaubnis bitten. Ich werde einfach da auftauchen.« Sie überlegte kurz. »Lucinda, da ist etwas, das ich Ihnen nicht erzählt habe. Ich habe es bis jetzt nur einem einzigen Menschen erzählt.« Und sie bedauerte schon fast, Alex von Hals letzten Worten berichtet zu haben.

»Und was wäre das?«

Jill zögerte. »Hal hat Kates Namen genannt, als er starb. Ich habe mich ganz sicher nicht verhört. Er hat ganz deutlich ›Kate‹ gesagt. Und nachdem ich das Foto gefunden habe, kann ich nur annehmen, dass er mir etwas über Kate Gallagher sagen wollte.«

Lucinda gab keinen Laut von sich.
»Lucinda?«
»Sie haben mir vielleicht einen Schauer über den Rücken gejagt. Ich weiß nicht, was ich davon halten soll. Sie wissen ja, dass er viel Zeit in Yorkshire verbracht hat. Er ist immer wieder für ein paar Tage hinaufgefahren.«
»Ich dachte, es sei eine reine Sommerresidenz.«
»Nein. Jedenfalls habe ich nicht den Eindruck gewonnen. Harold hat selbst im Winter seine Wochenenden dort verbracht. Ich erinnere mich genau daran.«
Jill fragte sich, ob Hal allein dorthin gefahren war oder ob er Marisa mitgenommen hatte. Sie schob diese Überlegung beiseite, da sie die Antwort schon kannte. Plötzlich war sie zuversichtlich: Je eher sie nach Yorkshire fuhr, desto schneller würde sie die Antworten bekommen, die sie suchte. »Lucinda, würden Sie sich um die Katzen kümmern, solange ich weg bin? Nur für ein paar Tage.«
»Natürlich, meine Liebe«, sagte Lucinda.
Nachdem Jill aufgelegt hatte, grübelte sie nach. Selbst wenn sie Alex noch nicht trauen konnte, selbst wenn er KCs Schwert-König war, er war clever und einfallsreich, und sie hätte ihn am liebsten angerufen, um sich einen guten Rat geben zu lassen. Sie fragte sich, was er in ihrer Situation als Nächstes tun würde.
»Der verdammte König ist wahrscheinlich Thomas«, murmelte Jill und liebäugelte mit dem Telefon. Sie war nicht sicher, ob sie sich das nur einreden wollte oder ob sie es wirklich glaubte. Außerdem konnte KC sich irren. Sie war eine echte Dramatikerin. Vielleicht hatte sie ihre geliebten Karten falsch interpretiert.
Aber KC hatte sie in Unruhe versetzt. Jedes Mal, wenn sie an diesen Mann dachte, dem sie nicht trauen konnte, drehte sich ihr der Magen um, und sie wurde nervös und hatte ein sehr ungutes Gefühl. Sie beschloss, KCs Warnung für den Augenblick in den Wind zu schreiben. Das ungute Gefühl hatte wahrscheinlich mehr damit zu

tun, dass sie sich ständig ermahnte, nicht einmal an Alex zu denken – was nur darauf hindeutete, dass ihre Hormone immer noch verrückt spielten und sie eher früher als später ihrer Sehnsucht nachgeben würde.

Sie konnte nicht anders als daran denken, wie es mit Hal gewesen war. Mit ihm zu schlafen war, als schwebe man im Himmel. Natürlich war sie mit Haut und Haaren in ihn verliebt gewesen. In Alex war sie nicht verliebt. Nicht ein kleines bisschen. Er sah sehr gut aus und hatte einfach Klasse – das machte sie an. Jill hatte so ein Gefühl, dass er ein fantastischer Liebhaber war.

»Denk nicht mal dran«, befahl sie sich streng.

Das Telefon klingelte und schreckte sie aus ihren Gedanken. Es war Alex. Ungläubig klammerte Jill sich an den Hörer.

»Hallo«, sagte er. »Wie geht's den Katzen?«

»Wie geht's den Katzen?«, echote sie. Vielleicht waren sie wirklich telepathisch verbunden. Es war unglaublich.

»Lady Eleanor und Sir John.«

Sie verkniff sich ein Lächeln. »Lady E. fängt an, mich zu mögen – sie schmilzt geradezu dahin. Sir John versteckt sich im Garten.«

Sie sah ihn am anderen Ende der Leitung lächeln. Er sagte: »Ich möchte mich für gestern Abend entschuldigen. Ich hab dich wie eine Dampfwalze überrollt. Das wollte ich nicht. Was kann ich tun, um es wieder gutzumachen?«

Jill blinzelte erstaunt. Sie spürte ihren jagenden Herzschlag und brauchte einen Moment, bis sie sprechen konnte. »Das war deutlich ausgedrückt.«

»Das Leben ist so verdammt kurz, Jill. Ich glaube, das haben wir beide vor kurzem gelernt.«

Jill wurde ernst. »Ja.« Sie zögerte. »Du warst nicht wirklich eine Dampfwalze. Vielleicht eher ein kleiner Bagger.«

Er lachte. »Danke.«

»Ich glaube, du kannst Gedanken lesen«, sagte sie grinsend.

Er lachte wieder. »Überhaupt nicht. Weil ich nämlich keine Ahnung habe, was dir so im Kopf herumspukt, außer deiner Ahnfrau.«
Jill erstarrte. Sie keuchte: »Hast du an sie gedacht? Ist Kate der Grund, warum du anrufst?«
»Ich wollte mich bei dir entschuldigen, aber ich habe wirklich an sie gedacht. Irgendetwas stimmt da nicht, ich kann noch nicht genau sagen, was, aber ich habe auch das starke Gefühl, dass es eine Verbindung zwischen euch beiden gibt.«
Ein Schauer überlief Jill.
»Jill?«
Sie lächelte ins Telefon. »Es ist schön, dass noch jemand, der viel objektiver ist als ich, dasselbe denkt wie ich.«
»Also, was willst du jetzt machen?«
Sie zögerte wieder. Sollte sie Alex von ihrem Plan erzählen? Wenn sie es tat, würde sie ihm Vertrauen entgegenbringen. Jill schloss die Augen. Es war offensichtlich, dass Thomas hier der Böse war. Thomas war derjenige, dem sie nicht trauen durfte.
Sie holte tief Luft. »Dein Onkel hat mich heute Morgen zu sich beordert«, sagte sie schnell. Sie erzählte ihm, was passiert war.
»Autsch«, sagte er. »Das ist meine Schuld. Wir sind aufgetreten wie der sprichwörtliche Elefant im Porzellanladen. Ich hab darüber nachgedacht, weißt du. Diese Briefe finden wir vielleicht nie. Aber wir können andere Spuren verfolgen.«
»Wir« hatte er gesagt. Jill umklammerte den Hörer mit feuchten Händen. Er klang aufrichtig. Wenn er log, wenn er diese Briefe gelöscht hatte, musste er ein Irrer sein. Jill glaubte nicht, dass er log. Er kam ihr nicht vor wie ein Irrer. Er war offen und aufrichtig. Er schien Integrität zu besitzen. Sie würde sich entscheiden müssen, und zwar schnell, ob sie ihm vertrauen wollte oder nicht.
Alex unterbrach ihre Gedanken. »Ich könnte dich nach Yorkshire fahren. Wir wissen ungefähr, wo Kate sich während ihrer Schwangerschaft aufgehalten hat. Wie viele passende Häuser kann es da

schon geben? Und die Leute dort haben ein gutes Gedächtnis. Jedes Dorf hat seine Geschichten und Gespenster. Gott weiß, was wir alles ausbuddeln könnten.«

Jill hörte sich krächzen: »Da bin ich dir voraus. Ich habe gerade Lucinda gebeten, die Katzen zu hüten.«

»Kluges Mädchen«, murmelte er, und seine Stimme klang so tief und voll, dass sie Jill den Atem raubte und die Schlafzimmerfrage sie völlig vereinnahmte.

Dann sagte er: »Wann willst du fahren? Wie wär's mit Donnerstagmittag? Es sind gute sechs Stunden von hier nach York. Und noch mal vier nach Stainesmore. Der einzige Haken ist der, dass wir am Sonntagabend oder ganz früh am Montag wieder zurückfahren müssten.«

Sie war überwältigt. »Du musst das nicht tun. Ich kann mir ein Auto mieten …«

»Noch ein toter Yankee? Vergiss es. Ich fahr dich. Auf diese Weise können wir auch völlig problemlos auf dem Gut übernachten – ich rufe die Haushälterin an und sage ihr, dass wir kommen.«

Jill fuhr sich über die Lippen. »Danke, Alex«, sagte sie.

»Kein Problem. Eigentlich ist es mir eher ein Vergnügen.« Er zögerte. »Jill. Ein guter Rat.«

»Nämlich?«

»Sag niemandem, wo wir hinfahren – oder warum.«

Jill war sprachlos.

»Dann bis Donnerstagmittag«, sagte er.

Nachdem er aufgelegt hatte, starrte Jill auf den Hörer in ihrer Hand. Warum hatte er so betont, dass sie heimlich fahren mussten? Warum glaubte er, dass sie etwas zu verbergen hätten?

Und Jill fragte sich, ob er mehr wusste als sie.

Zwölf

Die nächsten zwei Tage verbrachte Jill in Uxbridge Hall. Lucinda hatte ihr erlaubt, sich in den meisten Räumen der Georgianischen Residenz frei zu bewegen – auch auf den Dachböden und im Archiv. Die Privaträume der Sheldons blieben ihr jedoch verschlossen. Jill erwartete nicht, die Briefe in Uxbridge zu finden, außer vielleicht im Trakt der Familie, aber sie hoffte, irgendetwas zu finden, das mit Anne und Kate zu tun hatte.

Sie begann auf den Dachböden. Das schien ihr der nahe liegendste Platz zu sein, denn schließlich verstaute dort jeder die Überbleibsel der Vergangenheit. Bedauerlicherweise waren die Dachböden in tadelloser Ordnung. Man hatte sie schon vor langer Zeit ausgemistet. Es standen keine alten Truhen herum, ob verschlossen oder nicht, keine Kisten, keine Papierstapel – es gab nichts als staubige Fußböden und Mäusedreck.

Auch in Annes Schlafzimmer fand sich kein Hinweis auf die Vergangenheit. Jede Schublade war längst geleert worden. Jill hatte gehofft, Briefe zu finden, Notizen, Erinnerungsstücke oder ein Tagebuch. Sie war sehr enttäuscht.

Dasselbe galt für den Rest der öffentlich zugänglichen Räume. Jede Schublade und jeder Schrank war leer.

Die Archive im Keller waren auch nicht das, was Jill erwartet hatte. Sie hatte gehofft, dort eine umfangreiche Sammlung von Dokumenten zu finden, aber sie konnte das gesamte vorhandene Material an einem Nachmittag durchlesen. Das meiste davon bezog sich auf das Leben, die Geburten, Hochzeiten und Todesfälle vergangener Generationen von Sheldons, die Jill einfach ausließ.

Die interessanteste Entdeckung war die, dass Edward Sheldon, der neunte Viscount und Williams Vater, eine Vorliebe dafür gehabt hatte, seiner Familie und seinen Angestellten Instruktionen zu schicken. So gab es Anweisungen an den Vorarbeiter in seiner Eisenerz-Mine, neue Lampen in allen Schächten anzubringen. Es gab Anweisungen an den Obersten Gärtner von Stainesmore. Die Rosen entwickelten sich nicht richtig, man musste etwas unternehmen, der Viscount empfahl, einen Gartenbauexperten hinzuzuziehen. Es gab Anweisungen an seinen Kammerdiener, seine Haushälterin, seinen Butler sowie an seine Söhne Harold und William und eine Tochter namens Sarah.

Jill hatte gar nicht gewusst, dass Edward und Anne noch einen Sohn gehabt hatten, oder gar eine Tochter. Aber 1932 hatte Edward Sarah einen kurz angebundenen Brief geschrieben, um sie von ihrer Verlobung in Kenntnis zu setzen und sie nach London zurückzubeordern, damit ihre Hochzeit vorbereitet werden konnte. Er hängte eine Liste von Instruktionen an – wen sie besuchen musste, wohin sie zu gehen hatte, was sie bis zur Hochzeit tun und in Auftrag geben musste.

Am 15. Oktober 1930 hatte Edward an William geschrieben, einer der wenigen Briefe während dessen fünfjährigem Schulaufenthalt in Eton.

Ich habe Verständnis dafür, dass die Pflicht manchmal zu kurz kommt, dass der Respekt versagt und Jungen sich eben wie Jungen verhalten. Das ist jedoch keine Entschuldigung für Dein Benehmen. Ich stimme mit Dr. Dalton darin überein, dass eine Suspendierung angebracht ist. Bereite alles für Deine Abreise nach London vor.

Ich bin sicher, William, dass Du bis zu Deiner Rückkehr nach Eton Deine Prioritäten überdacht und die richtigen Schlussfolgerungen gezogen haben wirst.

Dein Vater, Collinsworth

Jill betrachtete überrascht diesen unterkühlten Brief. Alle seine Briefe an William waren so – alle enthielten irgendeinen Tadel. William, so dachte Jill, war als Junge wohl ein kleiner Tunichtgut gewesen.
Es gab eine Reihe von Briefen an Harold während dessen Jahren in Eton und Cambridge, auch diese ständige Ermahnungen, wie er sich zu benehmen und wann er was zu tun habe. Gleich darauf las sie einen Brief aus dem Jahre 1941. Offenbar war Harold Kampfpilot in der Royal Air Force gewesen.
Jill fragte sich, wann Harold gestorben sein mochte.
Es gab auch solche kurzen Notizen an Anne. Alle waren sehr unpersönliche Anweisungen. Edward ersuchte sie, die Arbeiten an Stainesmore zu beaufsichtigen, die Anlage eines neuen Gartens in der Stadt, die Ankunft eines neuen Vollblut-Hengstes, die Entlassung des Oberaufsehers der Hundezwinger. Es gab einige Dutzend solcher Aufträge, aber der früheste war von 1916. Jill musste davon ausgehen, dass er und Anne damals schon sechs oder sieben Jahre verheiratet waren.
Die kurzen Briefe verwirrten sie. Keiner davon enthielt irgendetwas Persönliches. Jill fragte sich, ob Edward wirklich so kalt, distanziert und herrisch gewesen war.
Am Donnerstag war sie schon lange vor Mittag reisefertig. Sie hatte bei ihrer Suche nach der Wahrheit über Kate Gallagher keinerlei Fortschritte gemacht, aber einige interessante Dinge über die Familie Sheldon erfahren. Harold war im Krieg gefallen, woraufhin William Erbe des Titels wurde. Laut Lucinda war Sarah 1985 verstorben. Sie hatte zwei Töchter, beide waren verheiratet und hatten Kinder, und eine lebte noch in London.
Jill hörte den starken Motor des Lamborghini grollen, als ihr Telefon klingelte. Sie hatte bereits ihre kleine Reisetasche in der Hand, schaute erwartungsvoll aus dem Fenster und beschloss, das Telefon zu ignorieren. Das silberne Ungetüm hatte am Bordstein gehalten.

Jill wollte los und öffnete die Haustür, in verwaschener Levis, einem schwarzen, gerippten T-Shirt und ihrer schwarzen Lederjacke. Alex kam in einer braunen Hose und einem gelben Polohemd durch ihren Vorgarten. Er lächelte sie an, offensichtlich gut gelaunt.

Als Jill gerade die Tür schließen wollte, hörte sie von ihrem Anrufbeantworter: »Miss Gallagher, hier ist Beth Haroway aus dem Felding Park-Pflegeheim. Ich wollte Ihnen Bescheid sagen, dass ...«

Jill ließ ihre Taschen fallen und sauste zum Telefon. »Beth! Ich bin's, Jill«, rief sie atemlos.

»Ich wollte Ihnen nur sagen, dass Janet Witcombe heute einen ihrer besonders guten Tage hat, Jill. Sie scheint völlig klar zu sein«, sagte die junge Schwester. »Wenn ich an Ihrer Stelle wäre, würde ich sofort rausfahren und mit ihr sprechen.«

Jill umklammerte aufgeregt den Hörer und bemerkte dann Alex, der an der Tür nach ihren Taschen griff. »Wir sind gleich da«, sagte sie. »Vielen Dank.« Sie legte auf und eilte zu Alex, der sie mit einem gemütlichen Ausdruck ansah. »Wir müssen unterwegs noch am Pflegeheim vorbeifahren. Janet Witcombe hat heute einen guten Tag, Alex. Ich muss mit ihr sprechen, solange sie noch bei klarem Verstand ist.«

Er lächelte; seine Augen weiteten sich leicht und senkten sich in ihre. »Das kann ja interessant werden.« Er nahm ihre Taschen, sie verließen das Haus, und Jill schloss ab. Als sie in dem silbergrauen Wagen saßen und sein Motor schnurrte, sagte Alex: »Mach dir keine allzu großen Hoffnungen, Jill. Dreißig Jahre sind eine verdammt lange Zeit, um sich noch an ein Gespräch zu erinnern.«

»Ich weiß. Aber ich komme überhaupt nicht voran. Ich habe gar nichts Neues entdecken können, seit wir uns zuletzt gesprochen haben. Ich brauche irgendeine Spur.«

Er steuerte den Wagen um die Ecke, und auf seiner linken Wange erschien ein Grübchen. »Was hast du denn gemacht, seit wir uns das letzte Mal gesprochen haben?«

»Ich habe in Uxbridge Hall herumgestöbert«, sagte sie und studierte sein Profil. Nicht, um seine schönen Züge zu bewundern, sondern weil sie seine Reaktion abschätzen wollte.

Er lächelte, ohne sie anzusehen. »Klingt doch lustig. Ich habe bis zum Hals in Zahlen gesteckt.« Er seufzte und warf ihr einen kurzen Blick zu. »Ich hab in den letzten Tagen nicht viel Schlaf gekriegt.«

Ihre Blicke trafen sich. Jill stellte sich vor, wie er bis spät in die Nacht ganz allein in seinem Büro saß, und sie errötete und schaute weg. Jetzt war ein ganz schlechter Zeitpunkt, ihn attraktiv zu finden, denn sie fuhren zusammen übers Wochenende weg. Sie war dankbar für die Unterbrechung, als Alex' Handy klingelte.

Er hatte außerdem ein fest installiertes Autotelefon. Das Handy lag in der kleinen hölzernen Ablage zwischen seinem Oberschenkel und Jills. Er nahm es mit einer Hand und öffnete die Klappe, wobei er auf dem Display nach der Nummer des Anrufers schaute. »Ja.«

Einen Moment später sagte er: »Ich habe beschlossen, mal ein bisschen auszuspannen. Ich bin fertig. Sonntagnacht oder Montag früh bin ich wieder da.«

Und dann: »Ich weiß nicht. Ich fahre ein bisschen ins Grüne, nach Norden rauf. Der Lamborghini braucht seinen Auslauf. Wenn es ein Problem gibt, du hast ja meine Mobilnummern.«

Jill tat so, als hörte sie nichts. Mit wem sprach er da? Plötzlich fragte sie sich, ob er eine Freundin hatte und ihr nicht sagen wollte, wo er hinfuhr. Sie hatte ihn nie nach einer Freundin gefragt; das würde sie auch jetzt nicht tun. Es ging sie nichts an.

»Ich habe mich noch nicht entschieden, wo ich übernachten will. Okay. Bye.« Er beendete das Gespräch und legte das Telefon weg.

Schließlich konnte sie doch nicht anders. »Wer war das?«

Er lächelte sie an, als habe er ihre Vermutung erraten. »Das war

Thomas. Ich hab eine Konferenz heute Nachmittag abgesagt, und er wollte wissen, warum.«

Sie starrte ihn an. »Du hast ihm nicht viel erzählt.«

»Nein.«

»Du hast ihm überhaupt nichts gesagt.«

»Stimmt.«

Jill schaute wieder nach vorn. Sie fuhren in Richtung Westen auf der Oxford Street. Warum diese Geheimniskrämerei? Er hatte neulich auch ihr geraten, niemandem zu sagen, wohin sie wollten. Er sagte es nicht einmal Thomas. Weil er wusste, dass Thomas derjenige war, der die Briefe gelöscht hatte?

War Thomas der Mann, dem sie nicht trauen sollte?

Wem könnte mehr daran liegen, die Familie vor der Leiche im Keller zu beschützen? Jill sah zu Alex hinüber, der in gewisser Weise ebenso ein Außenseiter war wie sie selbst. Aber er hatte hart gekämpft, um sich seinen Platz in der Familie zu erarbeiten. Machte ihn das nicht zu einem noch glühenderen Verteidiger ihres Rufes?

Jill konnte sich nicht entscheiden. Thomas' Gegnerschaft war offensichtlich, Alex' nicht. Aber es war Alex gewesen, der Thomas beschuldigt hatte, verborgene Pläne zu hegen. Wenn Alex so aufrichtig war, wie er sich gab, dann war Thomas der Schuldige. Aber was, wenn er nicht so aufrichtig war? Was, wenn er sie absichtlich getäuscht hatte? Was, wenn er derjenige mit verborgenen Plänen war?

»Woran denkst du, Jill?«, fragte er leise, als sie auf die Autobahn auffuhren.

Sie schrak zusammen. »Alex«, sagte sie vorsichtig, »was glaubst du, was passieren würde, wenn wir herausfinden, dass Kate etwas Schreckliches zugestoßen ist, während sie auf Bensonhurst war? Und dass Anne etwas damit zu tun hatte?«

Er sah sie an – und schaute dann in den Rückspiegel. Jill betrachtete seine Hände, um zu sehen, ob sie das Lenkrad fester umklammer-

ten. »Du könntest die Story für ein hübsches Sümmchen an ein Schmierblatt verkaufen«, erwiderte er.
Jill setzte sich auf. »Du machst wohl Witze.«
»Nein. Die Presse würde eine kleine Sensation daraus machen. Die Leute würden sich auf Partys und in den Clubs eine Woche oder so das Maul zerreißen. Und dann würde die Sache wieder im Sand verlaufen.«
»Das alles wegen einer Geschichte, die sich vor mehr als neunzig Jahren abgespielt hat?«
»Wenn es etwas Schlimmes war, sicher.« Er sah sie an. »Stell dir vor, es käme heraus, dass Joe Kennedy eine Geliebte hatte, die fortgeschickt wurde, um sein außereheliches Kind zu bekommen – und die Frau und das Kind sind unter mysteriösen Umständen verschwunden. Stell dir vor, er hätte ihnen gefälschte Identitäten verschafft, und jetzt würden ihre Nachkommen gefunden und benannt. Würde das in den Staaten nicht für Schlagzeilen sorgen?«
»Vielleicht im *Time Magazine*«, bemerkte Jill trocken, »wenn die Story blutig genug ist.«
»Siehst du«, sagte Alex und warf ihr diesmal einen längeren Blick zu.
»Warum hilfst du mir?«, fragte Jill geradeheraus.
Er schwieg. Dann sagte er, die Augen auf die Straße gerichtet: »Weißt du das wirklich nicht?«
Sie zögerte. Eigentlich wusste sie es sehr gut, da brauchte sie sich nur an ihren gemeinsamen Abend zu erinnern. Rasch wechselte sie das Thema. »Es gibt ein Krankenhaus in York, das wir uns anschauen sollten. 1908 war es das York Infant Hospital; Frauen haben dort ihre Kinder geboren.«
Er lächelte still vor sich hin.

»Mrs. Witcombe, meine Liebe, Sie haben Besuch.« Beth Haroway war eine füllige Blondine Mitte dreißig, und sie hatte Alex und Jill zu einer kleinen alten Dame geführt, die auf einer Bank in dem Park saß, der das Altenheim umgab. Beth Haroway lächelte fröhlich. Der Himmel war blau, und dicke Wattewolken zogen vorbei. Andere Bewohner des Heims genossen den Sonnenschein auf anderen Bänken oder in ihren Rollstühlen, wieder andere gingen spazieren. Dies schien ein sehr friedvoller Ort zu sein, aber Jill hatte nur Augen für die zierliche, weißhaarige Dame, die in ein kamelfarbenes Wolltuch gehüllt auf der grünen Bank saß.

»Das ist Jill Gallagher aus Amerika, und ihr Bekannter Alex Preston«, fuhr Beth fröhlich fort und berührte Mrs. Witcombes Schulter. »Ich werde Sie einen Moment allein lassen, meine Liebe. Brauchen Sie noch etwas?«

Janet Witcombe schüttelte den Kopf und studierte Jill und Alex mit ihren blauen Augen, die viel wacher wirkten als bei Jills letztem Besuch. Sie strahlten Neugier und Interesse aus. »Na, so was«, sagte sie leise. »Ich bekomme nicht oft Besuch von Leuten, die ich nicht kenne, und schon gar nicht aus Amerika.« Sie lächelte.

»Ich weiß, dass Ihnen das merkwürdig erscheinen muss«, sagte Jill, »und ich hoffe, Sie nehmen es uns nicht übel. Stören wir Sie?« Sie hielt einen Blumenstrauß in der Hand.

»Aber ganz und gar nicht«, rief die kleine alte Dame. »Was für ein herrlicher Tag – wie könnte einen an solch einem Tag jemand stören?«

»Die sind für Sie«, sagte Jill und reichte ihr die Lilien.

Mrs. Witcombe roch daran. Als sie aufblickte, hatte sie Tränen in den Augen. »Meine Lieblingsblumen. Ach ja. Mein Mann hat mir früher immer als Überraschung Lilien mitgebracht, wissen Sie. Das ist viele Jahre her. Er ist ja so jung gestorben. Er war erst zweiundfünfzig.«

»Das tut mir Leid«, sagte Jill leise. »Darf ich mich setzen?«

»Ja, bitte.« Mrs. Witcombe klopfte neben sich auf die Bank. »Ist dieser gut aussehende Mann Ihr Freund?«

Jill wäre fast wieder aufgesprungen, und sie wusste, dass sie rot wurde. »Alex ist nur ein guter Bekannter«, sagte sie bestimmt.

Nun mischte er sich ein. »Aber nur deshalb, weil ich mich in dieser Sache bisher nicht durchsetzen konnte«, erzählte er Mrs. Witcombe und blinzelte sie an.

Jill ging darüber hinweg.

Alex reichte ihr ein Lunchpaket, das sie in einem Café in der Nähe besorgt hatten. »Ich hoffe, Sie haben Hunger, Mrs. Witcombe. Wir haben Ihnen nämlich etwas mitgebracht. Ein Sandwich mit geräuchertem Truthahn und gebratener Paprika und ein paar Muffins zum Nachtisch, glaube ich.«

»Ach, wie lieb von Ihnen«, rief Mrs. Witcombe aus, als Alex die Schachtel neben sie auf die Bank legte. Sie sah Jill an. »Er ist einfach bezaubernd, und Sie beide geben ein wunderbares Paar ab.«

Jill lächelte und richtete sich auf. Ihre Schultern waren auf einmal verspannt. Sie wich Alex' lachendem Blick aus. »Mrs. Witcombe, ich interessiere mich sehr für Geschichte, und ich hatte gehofft, Ihnen ein paar Fragen über Anne Sheldon stellen zu können, die verstorbene Countess of Collinsworth.«

Auch Mrs. Witcombe richtete sich auf. »Sie war eine großartige Dienstherrin«, sagte sie. »Es hat mir sehr gefallen, in Uxbridge Hall für sie zu arbeiten.«

Jill war begeistert. »Sie haben sie gekannt.«

Mrs. Witcombe lächelte. »Wir sind uns ein paarmal begegnet, meine Liebe. Sie war eine echte Dame, eine von der Art, die es heute gar nicht mehr gibt. Wussten Sie, dass sie niemals ohne Hut und Handschuhe das Haus verließ?«

»Nein, das wusste ich nicht«, antwortete Jill lächelnd. »Hat sie jemals mit Ihnen über ihre Vergangenheit gesprochen?«, fragte sie. »Sie war die beste Freundin einer Frau, von der ich abstamme. Ich meine, als die beiden sechzehn, siebzehn Jahre alt waren, bevor sie Edward Sheldon geheiratet hat.«

Mrs. Witcombe drehte sich auf der Bank, so dass sie Jill direkt gegenüber saß. »Sprechen Sie von dieser unglückseligen jungen Frau, Kate Gallagher?«

Jill schnappte nach Luft, warf Alex einen Blick zu und starrte dann Mrs. Witcombe an. »Ja«, sagte sie heiser. »Die meine ich.« Unglückselig? Wusste Janet Witcombe, was aus Kate geworden war? Jill begann zu schwitzen. Sie hatte die Finger fest verschränkt.

Mrs. Witcombe starrte zurück.

»Entspann dich«, flüsterte Alex ihr ins Ohr.

»Mrs. Witcombe, bitte, ich versuche herauszufinden, was mit Kate passiert ist. Sie wissen doch sicher, dass sie 1908 verschwunden ist. Spurlos. Man hat sie nie wieder gesehen.«

»Ja, das ist allgemein bekannt«, sagte Mrs. Witcombe.

»Allgemein bekannt?« Überrascht hob Jill die Brauen.

»Jedenfalls in Uxbridge Hall. Sie haben doch bestimmt das Medaillon gesehen?« Jill nickte. »Und das Porträt? Mit allen dreien?«

»Welches Porträt?« Jill krallte sich an der Bank fest.

»In Uxbridge. Da gab es ein Porträt von Anne, Kate und Edward. Die beiden Mädchen saßen auf der Bank vor dem Klavier, und Edward stand daneben. Es war ein entzückendes Bild, die Mädchen in bestickten Musselinkleidern, Edward mit Hose und Reitmantel. Ich glaube, das Bild wurde auf dem Lande gemalt.«

Jill blickte zu Alex, der sie ebenfalls ansah. Sie wandte Mrs. Witcombe den Rücken zu. »Auf Stainesmore?«

»Ja, natürlich, meine Liebe. Wo sonst?«

»Ich kann mich nicht an ein solches Porträt in Uxbridge Hall erinnern«, warf Alex leise ein.

Jill nickte und prägte sich ein, so schnell wie möglich Lucinda anzurufen und nach dem Porträt zu fragen. Vielleicht wurde es gerade restauriert. »Was können Sie mir über Kate und Anne sagen?«

Mrs. Witcombe schien zu zögern. »Nicht viel, fürchte ich. Ich weiß dasselbe wie alle anderen. Die beiden waren Freundinnen, und als

Kate nach London kam, wohnten sie und ihre Mutter bei Anne. Und Kate ist verschwunden.«
Jill drückte sich selbst die Daumen. »Mrs. Witcombe.« Sie berührte die alte Dame an der Schulter. »Kurz bevor Uxbridge Hall als Museum eröffnet wurde, hat Anne es besichtigt, um ihre Zustimmung zu geben. Erinnern Sie sich daran?«
Mrs. Witcombe sah ihr in die Augen. »Wie könnte ich das jemals vergessen?« Sie wirkte grimmig.
»Was haben Sie?«, rief Jill.
»Was soll ich Ihnen denn sagen?«, gab Mrs. Witcombe zurück.
»Lucinda hat mir erzählt, dass Anne sehr traurig wurde, als sie ihr altes Schlafzimmer betrat. Dass sie geweint hat.«
»Sie hat sich furchtbar aufgeregt«, flüsterte Mrs. Witcombe. »Nicht sofort. Zuerst war sie sehr zufrieden mit den Renovierungsarbeiten. Dann, als wir in ihr altes Zimmer kamen, geschah etwas mit ihr. Ich habe es sofort bemerkt. Ihr Gesicht wurde … düster … sehr bedrückt. Und sie setzte sich aufs Bett. Ich dachte, ihr sei nicht gut, aber sie winkte ab und deutete aufs Fenster, und sie erzählte mir, wie ihre Freundin Kate – ihre beste Freundin – Nacht für Nacht aus diesem Fenster kletterte, um sich mit ihrem Liebsten zu treffen.«
Jill bekam nur am Rande mit, dass Alex ganz nah an sie herantrat – als wolle er sie vor allem beschützen, was als Nächstes kommen mochte. »Hat sie Ihnen erzählt, wer Kates Geliebter war? Hat sie Ihnen erzählt, was mit Kate passiert ist?«
Mrs. Witcombe seufzte schwer und schlang ihr Tuch noch fester um sich. »Sie hat nie über Kates Schicksal gesprochen. Sie begann zu weinen. Vollkommen lautlos. Ich bekam es mit der Angst zu tun. Ich wusste nicht, was ich tun sollte. Sie war ja so unglücklich, meine Liebe. Also bin ich hinausgelaufen und habe ihr eine Tasse Tee geholt.«
»Und das ist alles?«, rief Jill.
Plötzlich richtete sich Mrs. Witcombes Blick nicht auf Jill, sondern

in eine unbekannte Ferne. Ihre Augen hatten sich verändert, waren verschwommen und hatten ihr Strahlen verloren. Jill fürchtete, sie hätte ihre Klarheit wieder verloren. Sie dachte, das Gespräch sei beendet.

Aber Mrs. Witcombe sprach weiter, mit leiser, entrückter Stimme. »Als ich wieder ins Zimmer kam, stand Anne am Fenster. Sie hörte mich nicht, obwohl ich mich höflich räusperte. Einen Augenblick lang war ich starr vor Schreck, denn ich dachte, sie würde springen. Das Fenster stand weit offen. Sie hatte es ganz weit aufgemacht.« Mrs. Witcombe verstummte.

Neben der Bank war ein kleiner Tisch, und darauf stand ein Tablett mit einem Wasserkrug und mehreren Gläsern. Alex reichte Mrs. Witcombe ein Glas Wasser. Nachdem sie einen Schluck getrunken hatte, sagte sie heiser: »Anne klang sehr merkwürdig, sie sagte, und ich werde ihre Worte niemals vergessen, ›Damals wusste ich es noch nicht, aber ihr Geliebter war Edward, mein Edward.‹«

Jill starrte sie entgeistert an.

»Dann nahm sie den Tee, trank, als wäre gar nichts geschehen, dankte mir für die gute Arbeit, die ich geleistet hatte, und ging. Ich habe sie danach noch ein paarmal gesehen, aber dieses Thema wurde nie wieder erwähnt. Und das ist alles, was ich weiß.« Mrs. Witcombe sah sie beide an. Ihr Blick war wieder klar und konzentriert.

Jill schwieg schockiert.

»Nun«, brach Alex das Schweigen, »wenn Edward Kates Geliebter war, erklärt das eine ganze Menge.«

Jill sah ihn nur verständnislos an.

1. Oktober 1906

Kate und Anne saßen zusammen in der Kutsche, die von sechs rabenschwarzen Pferden gezogen wurde, und hielten einander ganz fest an der Hand, während der Wagen über das Kopfsteinpflaster rollte. Es war ein herrlicher Abend; im blauschwarzen Himmel über ihnen blinkten die Sterne, und wie in Pfützen sammelte sich das Licht zu Füßen der elektrischen Lampen, die die Straße säumten. Es hatte am Nachmittag heftig geregnet, und nun schillerte das Kopfsteinpflaster wie schwarzes Glas. Der livrierte Kutscher lenkte das Gespann in eine kreisförmige Auffahrt vor einer riesigen, festlich beleuchteten Villa. Die Auffahrt war bereits von Dutzenden anderer Kutschen und Automobile verstopft. Ihre Kutsche reihte sich hinten in die Schlange der wartenden Wagen ein, und jedes der Vehikel wartete darauf, schließlich vor der Eingangstreppe anzuhalten und seine Passagiere aussteigen zu lassen.

Kate und Anne sahen sich an. »Wir stehen kurz vor unserem Debüt«, flüsterte Kate, und ihre Finger krallten sich in Annes Hand.

»Ich bin ja so glücklich«, flüsterte Anne zurück. »Dies ist der Anfang, meine liebste Kate, eines wunderbaren Lebens für uns.«

»Wie romantisch du bist«, flüsterte Kate lächelnd. »Genauso empfinde ich es auch.« Und sie drehte sich zu dem verhängten Fenster, um mit klopfendem Herzen auf die vielen Grüppchen von prächtig gekleideten Damen und edlen Herren in Smokings hinauszustarren, die die Vordertreppe zum Haus der Fairchilds hinaufstiegen.

»Mädchen! Habe ich euch nicht schon oft genug erklärt, dass diese Flüsterei ein höchst unhöfliches Benehmen darstellt?«, predigte Lady Bensonhurst vom Sitz gegenüber. »Ich werde ein solches Benehmen auf dem Ball nicht tolerieren. Ich erwarte, dass ihr beide euch vollkommen damenhaft verhaltet, immer und überall!« Und sie funkelte Kate böse an.

Kate trug ein Kleid aus silbernem und blauem Satin mit schmalen Puffärmeln und einem Volantsaum. Sie erhob ihren Fächer, ließ ihn aufschnappen und wedelte affektiert damit herum. »Ich bitte um Vergebung, Mylady«, sagte sie übertrieben unterwürfig. »Wir

werden uns sehr bemühen, den besten nur möglichen Eindruck bei den Gästen des heutigen Balles zu hinterlassen.«
Lady Bensonhurst wandte abrupt den Kopf, um mit zusammengebissenen Zähnen aus dem Fenster zu starren. Ihr Ehemann, Annes Vater, schien das Gespräch gar nicht zu beachten und nippte an einem silbernen Flachmann. Kates Mutter Mary warf ihrer Tochter einen mahnenden, besorgten Blick zu. »Bitte«, flehte sie stumm. »Bitte, Kate, ich bitte dich.«
Ärgerlich ließ Kate ihren Fächer wieder zuschnappen und merkte dann, dass sie mit dem Aussteigen an der Reihe waren. Ihr Blick traf Annes. Schon den ganzen Tag hatte sie das starke Gefühl gehabt, dass dies eine magische Nacht würde – dass sich sehr bald etwas ganz Besonderes ereignen würde. Sie hatte keine Ahnung, was das sein könnte, aber seit dem Aufwachen hatte sie Schmetterlinge im Bauch und war von dieser erregenden Erwartung erfüllt.
Ihre Gruppe stieg aus der Kutsche und schritt langsam die vielen Stufen zum Haus hinauf. Die vier Damen ließen sich von wartenden Dienstboten ihre Umhänge abnehmen, und Lord Bensonhurst händigte ihnen seinen Hut und Gehstock aus. Dann standen sie vor dem Eingang des Ballsaals, Anne vorn zwischen ihren Eltern. Direkt hinter ihnen wartete Kate mit ihrer Mutter, und als die Bensonhursts an der Reihe waren, in den Ballsaal hinunterzugehen, schaute Anne über die Schulter zu Kate zurück. In ihren Augen standen Angst und freudige Erregung. Sie hat noch nie hübscher ausgesehen, dachte Kate, und reckte ungehobelterweise beide Daumen in die Luft.
»Kate«, zischte Mary und packte sie beim Handgelenk. »Lass das.«
Die Bensonhursts wurden angekündigt. Kate schaute auf ihre kleine, blassblonde Mutter mit ihren ständigen Sorgen und wünschte so sehr, ihr Vater könnte heute mit ihnen hier sein.
Wie stolz er heute auf sie wäre, dachte Kate lächelnd. Zweifellos hätte er über ihre derbe Geste gelacht.

»Mrs. Peter Gallagher aus New York City, Witwe des verstorbenen Peter Gallagher, und ihre Tochter, Miss Katherine Adeline Gallagher.«

Kate und ihre Mutter schritten die Treppe zum Ballsaal hinab. In dem riesigen Raum unter ihnen standen die Gäste in großen, bunt gemischten Gruppen herum, tranken Champagner und unterhielten sich mit Freunden und Bekannten. Kate trug ihren Kopf hoch erhoben, aber als sie auf das Spektakel blickte, das sie erwartete, bemerkte sie, dass man sich nach ihr umdrehte, dass Damen und Herren zu ihr heraufstarrten, dass sich viele Augenpaare bei ihrem Anblick weiteten. Sie fühlte ein heiteres Lächeln auf ihrem Gesicht. Diese Nacht hatte etwas Magisches, und sie hätte in diesem Moment mit keinem Menschen auf der Welt tauschen mögen.

Ihre Mutter und sie hatten fast den Fuß der Treppe erreicht. Hinter ihnen wurden bereits die nächsten Gäste angekündigt. Kates Blick fiel auf einen großen, dunkelhaarigen Gentleman, und ihr Lächeln erlosch, sie riss die Augen auf. Sein Blick war so intensiv, dass seine Augen silbrig zu sprühen schienen.

Kate erkannte ihn sofort. Es war der Gentleman aus Brighton, der, der sie vom Pier aus beobachtet hatte, während sie mit den Wellen Fangen gespielt hatte. Ihr Herz schlug so schnell und so laut, dass sie dachte, ihre Mutter müsste es hören. Kate konnte den Blick nicht von ihm wenden, nicht einmal um zu sehen, ob ihre Mutter diese Reaktion auf einen Wildfremden bemerkt hatte.

Wer war das?

Kate konnte kaum atmen. Es klingelte ihr in den Ohren. Ihr Herz raste. War dies Liebe auf den ersten Blick?

Da lächelte er, nur ganz leicht, und verbeugte sich tief vor ihr.

Kate schnappte nach Luft, brachte ebenfalls ein Lächeln zustande und hätte sich dann dafür ohrfeigen mögen; sicher sah er deutlich, wie er sie durcheinander brachte – als sei sie ein Schulmädchen, das männliche Aufmerksamkeit nicht gewöhnt war. Das war nun wahrlich nicht der Fall!

Sie gesellten sich zu den Bensonhursts, die sich mit einigen Paaren unterhielten, die Kate schon bei früheren Gelegenheiten kennen gelernt hatte. Kate merkte sehr wohl, dass Lady Bensonhurst ihr ihre füllige Rückseite zukehrte, aber das kümmerte sie nicht. Sie wusste, dass Annes Mutter sie verachtete und für wenig besser als gemeinen Abschaum hielt. Sie verachtete ihrerseits Annes Mutter, die schlimmer war als eine alte Hexe. Sie war ein Miststück.

Sie riskierte einen Blick über die Schulter. Er sah sie immer noch so gebannt an wie vorhin. Kate schenkte ihm ein kurzes Lächeln. Verdammt! Sie flirtete, aber ohne die Raffinesse, die sie sonst dabei an den Tag legte. Sie musste ihre Fassung wiedergewinnen, bevor er sie am Ende für einfältig hielt.

Kate wandte sich an Anne. »Ich gehe kurz in die Garderobe, Liebes.«

»Jetzt? Aber wir sind doch eben erst angekommen.« Anne sah besorgt aus. »Du bist doch nicht krank, Kate?«

»Wohl kaum«, erwiderte Kate. Sie hätte nichts lieber getan, als Anne von dem Unbekannten zu erzählen, aber irgendetwas hielt sie zurück. »Ich bin gleich wieder da.« Sie drückte ihre Hand und sauste davon in einem Tempo, das weder vornehm noch damenhaft war. Aber sie hatte nicht die Absicht, Lady Bensonhurst in irgendeiner Hinsicht zu gehorchen.

Im Foyer blieb sie stehen, atmete ein paarmal tief durch und rang um Fassung. Sie *musste* in Erfahrung bringen, wer dieser Mann war.

»Kann ich Ihnen behilflich sein?«

Beim Klang der tiefen, kultivierten Stimme unmittelbar hinter ihr erstarrte Kate. Sie wusste, wer es war, obwohl sie noch nie ein Wort gewechselt hatten. Langsam drehte sie sich um.

Und blickte in das unglaublichste Paar bernsteinfarbener Augen, das sie je gesehen hatte. Sie wurden von langen Wimpern gesäumt. Keiner von ihnen beiden lächelte.

Ein langer, stiller, atemloser Augenblick verstrich.

Er fand als Erster die Sprache wieder. »Ich bitte um Verzeihung.« Er ließ kurz ein Lächeln aufblitzen und verbeugte sich. »Wir sind einander nicht einmal vorgestellt worden, und ich stelle fest, dass ich mich wirklich wie der sprichwörtliche Trottel benehme.«

Kate lachte. »Das kann ich nicht finden, Sir.«

»Nein?« Er lächelte auch, aber seine blitzenden Bernsteinaugen wichen nicht von ihrem Gesicht. »Ich versichere Ihnen, so ist es. Üblicherweise mangelt es mir weder an Worten noch an Einfällen. Aber Ihre Schönheit hat mir die Sprache geraubt.«

»Sie sind zu gütig«, begann Kate und merkte, dass sie selbst sich jetzt wie ein Trottel anhörte.

Er verbeugte sich wieder. »Ich bin Lord Braxton«, sagte er.

Kate streckte die Hand aus. »Kate Gallagher, Mylord.«

»Kate.« Sein Blick streifte über ihr hochgestecktes Haar, während er ihre Hand ergriff und küsste. Der sanfte Druck seiner Lippen war auch durch die zarte Seide ihres Handschuhs deutlich zu spüren. »Wie gut dieser Name zu Ihnen passt.«

Kate lächelte. »Es ist ein recht gewöhnlicher Name.«

»Aber da ist nichts Gewöhnliches an der jungen Dame, die ihn trägt.« Er lächelte.

Sie wollte schon wieder sagen, er sei zu gütig. Was war bloß los mit ihr? »Danke«, sagte sie. »Aus diesem Munde nehme ich das als größtes Kompliment.«

Sein Lächeln erlosch. »Also erscheint Ihnen auch die Quelle des Kompliments ungewöhnlich?«

Sie wollte ihren Ohren nicht trauen. »Ja«, sagte sie heiser. »Sehr ungewöhnlich.«

»Wie schmeichelhaft. Ich glaube, Miss Gallagher, dass wir einander schon einmal gesehen haben.«

»Ja«, antwortete Kate, die nicht vorhatte, die üblichen Spielchen zu spielen. »In Brighton.«

Er starrte sie an. Einen Moment später sagte er: »Wissen Sie eigentlich, wie viele Damen die Erinnerung an diesen Tag verleugnen würden?«

»Aber ich bin nicht wie andere Damen – wie Sie eben selbst festgestellt haben.«

»Nein, Sie sind ganz und gar nicht wie die anderen, das habe ich in dem Augenblick erkannt, in dem ich Sie zum ersten Mal gesehen habe, als Sie mit den Wellen um die Wette liefen wie eine griechische Göttin.«

Kate errötete. Ihr fehlten die Worte – wo sie doch sonst stets eine schlagfertige Antwort parat hatte. »Vergleichen Sie mich jetzt mit den Unsterblichen, Mylord?«

»In der Tat, das tue ich, ohne jede Einschränkung.«

Kate verging das Lächeln. Wenn irgendjemand einem Vergleich mit einer Gottheit standhielt, dann war das er und nicht sie.

»Sie sehen bezaubernd aus, wenn Sie erröten«, sagte er mit tiefer, leiser Stimme. Plötzlich ergriff er ihre Hand und drückte seinen Mund wieder gegen ihren Handschuh. Kates Herz überschlug sich. Ihre Knie fühlten sich lächerlich weich an. Als er wieder zu ihr aufsah, glänzten seine Augen. »Ich weiß sehr wohl, dass das sehr verwegen ist. Wann darf ich Sie zu einer Spazierfahrt im Park abholen?«

»Morgen?«, sagte Kate, und ihr Herz schlug einen weiteren Purzelbaum.

»Morgen wäre wunderbar«, erwiderte er. »Und heute Abend? Werden Sie mir einen Tanz gewähren?«

»Ja«, sagte Kate. Sie sah ihm direkt in die Augen. »Nichts wäre mir lieber.«

Sie lächelten sich jetzt beide an wie zwei Vernarrte. Kate hätte nicht sagen können, wie lange sie dort standen und einander angrinsten, während er ihre Hand umklammert hielt. Plötzlich bemerkte sie, dass sie nicht allein waren. Damen und Herren gingen im Foyer an ihnen vorbei, und zahlreiche Köpfe wurden verdreht, um einen guten Blick auf sie zu erhaschen. Sie hatte sich so in seiner Anwesenheit verloren, dass sie die herumschlendernden anderen Gäste gar nicht wahrgenommen hatte. Auch er schien wie aus einem Bann zu erwachen und sah sich um. »Wir sind bereits aufgefallen«, bemerkte er trocken.

»Ich falle immer auf«, gab Kate ebenso trocken zurück.

»Selbstverständlich. Niemand könnte Sie übersehen, meine Verehrteste.«

Die zärtliche Anrede ließ ihr Herz vor Glück in die Höhe springen und sich dann schwindelerregend wie im freien Fall überschlagen. Kate sah in sein umwerfendes Gesicht, seine blitzenden Augen, und dachte erstaunt: Oh Gott, ich habe mich gerade verliebt!

»Fühlen Sie sich nicht wohl?«, fragte er.

Sie hatte sich gerade verliebt. Sie starrte ihn an, für einen Moment unfähig zu sprechen. »Doch«, flüsterte sie schließlich. »Es geht mir gut.« Aber es ging ihr nicht gut. Sie war verblüfft, betäubt, zutiefst lebendig. Sie fühlte sich, als umfinge sie ein magischer Nebel.

Er lächelte und drückte ihre Hand in seinen Händen. »Wir sollten in den Ballsaal zurückkehren, bevor wir zum Gegenstand ausgiebigen Klatsches werden.«

»Ja«, sagte Kate, die am liebsten die ganze Nacht dort mit ihm im Foyer stehen wollte. Er nahm sie leicht beim Ellbogen, doch Kate dachte, dass die Berührung auch etwas Besitzergreifendes hatte, während er sie zu dem belebten Ballsaal zurückführte. »Dann bis zu unserem Tanz«, sagte er.

»Bis zum Tanz«, antwortete Kate und wusste, dass es ihr endlos erscheinen würde. Sie beobachtete ihn, als er sich ein letztes Mal verbeugte und fortging, um sich einer Gruppe schneidiger Gentlemen seines Alters anzuschließen. Kate hatte Anne bei einem Grüppchen junger Damen stehen sehen, aber sie machte keine Anstalten, sich zu ihr zu gesellen, denn sie konnte nur Lord Braxton nachstarren. Großer Gott. Sie hatte nicht gedacht, dass sich die Liebe so anfühlen würde. Sie fühlte sich, als schwebe sie in den Wolken. Sie war so glücklich und so aufgeregt, dass sie es kaum ertragen konnte. *Ach, du lieber Gott.*

»Nun, man sieht ja, nach wem sie die Angel ausgeworfen hat.«

Kate war es gewohnt, dass hinter ihrem Rücken so laut getratscht wurde, dass sie es hören konnte. Sie straffte die Schultern und wollte gehen.

»Sie hat nicht die leiseste Chance, sich den Collinsworth-Erben zu angeln. Edward Sheldon würde niemals so weit unter seinem Stande heiraten, und selbst wenn er das wollte, würde sein Vater es nicht zulassen.«

Kate drehte sich um und stand vor zwei schwerfälligen älteren Damen, die dick mit Diamanten behängt waren. »Wer ist Collinsworth?«, fragte sie barsch, plötzlich von Panik erfasst.

»Collinsworth?« Die weißhaarige Dame lächelte sie an. »Nun, er ist einer der reichsten Grafen des Landes, meine Liebe. Und sein Sohn, Edward Sheldon, der Viscount Braxton, ist sein Erbe. Wurden Sie einander nicht vorgestellt?«

Kate starrte sie blicklos an. Ihr Herz schlug ohrenbetäubend. Viscount Braxton … Collinsworths Erbe … der wohlhabendste Graf des Landes. Nein. Alles würde gut werden, das würde es, denn sie glaubte an die wahre Liebe, und sie hatte soeben gefunden, wonach sie ihr ganzes Leben lang gesucht hatte.

Kate wandte sich um.

Edward beobachtete sie, und er wusste offenbar, dass etwas nicht stimmte. Sein Blick war besorgt und fragend.

Und wenn ihr Leben davon abgehangen hätte, Kate hätte nicht lächeln können. Aber sie konnte auch nicht mehr von dem Abgrund zurücktreten, an dem sie jetzt stand. So verlangte es ihr Herz.

Dreizehn

Sie erreichten York gegen Abend. Alex parkte den Lamborghini vor dem Ole Whistler Pub, einem alten Gebäude mit hölzernen Balken, das zwischen den großen Backsteingebäuden fehl am Platze wirkte.

Die Passanten auf dem Bürgersteig bewunderten mit großen Augen den silbernen Wagen, als sie ausstiegen. Eine Gruppe schmuddeliger Jugendlicher in Jeans und Lederjacken, mit Zigaretten im Mundwinkel, hatte sich nach ihnen umgedreht. Jill musste immerzu an Janet Witcombes schockierende Enthüllung denken, dass Edward Kates Liebhaber gewesen war.

Sie setzten sich an einem zerkratzten Holztisch einander gegenüber. Das Gasthaus war halb leer, und an einer Bar im Hinterzimmer tranken einige Frauen und Männer ihr Bier. Jills Gedanken rasten.

»Ist es zu spät, um noch das Krankenhaus zu besuchen?«, fragte Jill. Sie glaubte der alten Dame jedes Wort. Ihr drehte sich das Herz um, wenn sie an die beiden Liebenden dachte. *Wie war das geschehen? Wie?*

Und sie musste sich fragen, ob Edward etwas mit Kates Verschwinden zu tun gehabt hatte.

»Nein. Okay, Jill, spuck's aus. Woran denkst du?« Er sah ihr in die Augen.

»Deine Laune scheint mit jeder Minute besser zu werden«, bemerkte Jill etwas säuerlich.

»Das macht die gute Luft.« Dann besann er sich eines Besseren. »Und natürlich die nette Gesellschaft.«

Sie hatte sich bequem hingelümmelt, aber jetzt setzte sie sich kerzengerade hin. Ihre Blicke trafen sich. Alex schaute nicht weg.
Okay, dachte Jill, mit ihrem rasenden Herzen und seinen allzu forschenden blauen Augen beschäftigt. Es ist so weit. Das ist der große Test. Heute Nacht würden sie allein unter einem Dach schlafen. Würde sie im Gefängnis landen oder über »Los« gehen und viertausend Mark einsammeln? Ihre Gedanken eilten voraus. Zu ihrem Körper in Alex' starken Armen. Zu einem Bild von ihnen beiden, wie sie im Bett ineinander verschlungen waren, Alex über ihr, ganz geschmeidige, feucht glänzende Muskeln … Nervös und verwirrt zwang Jill die Bilder zu verschwinden.
Er würde es wieder bei ihr versuchen. Da war sie ganz sicher. Weil Alex durch und durch ein Mann war, und er hatte seine Absichten ja auch bereits deutlich gemacht.
Geh über »Los«, dachte sie und bemerkte, dass sie sich an der Tischkante festkrallte. Konzentrier dich auf die Suche nach Kate. Denk nicht an ihn oder an seinen Körper oder wie schön eine wilde Nacht sein könnte.
»Was hast du mit dieser Bemerkung im Pflegeheim gemeint? Dass es eine Menge erklären würde, wenn Edward Kates Geliebter war?«, fragte sie verbissen.
Alex sah sie an. »Hast du das zu Ende gedacht, Jill?«
»Was meinst du?«
»Wenn Kate ein Kind hatte – das überlebt hat – und dieses Kind dein Großvater war, gezeugt von Edward – dann bist du Edward Sheldons Urenkelin.«
Sprachlos sah Jill ihn an.
»Natürlich wissen wir nicht sicher, ob Kates Kind von Edward war, und wir wissen auch nicht, ob das Kind dein Großvater war.« Er starrte sie an. »Ich glaube, wir müssen das, was sie uns erzählt hat, mit großer Vorsicht genießen.«
Jill saß da wie vom Donner gerührt.

In diesem Moment erschien die Bedienung, stellte ihnen Teetassen, Untertassen und Teller hin und lächelte Alex an. Alex und Jill schwiegen, während sie einen Korb mit Rosinenbrötchen und verschiedene Marmeladen vor sie hinstellte, und dazu noch eine Platte mit Sandwiches. Als Letztes kam die weiße Teekanne.

Während Alex Tee einschenkte und den Blick nicht von ihr abwandte, nahm sich Jill ein Gurkensandwich, biss hinein, obwohl sie nicht wirklich hungrig war, und versuchte seinem Blick auszuweichen. War Edward ihr Urgroßvater? Der Gedanke schien nicht in ihren Kopf passen zu wollen. Vielleicht hatte Mrs. Witcombe sich geirrt. Vielleicht hatte sie sich einfach nicht richtig daran erinnert. Vielleicht war es besser, wenn sie die ganze Sache einfach vergaß.

Plötzlich hatte Jill Angst.

Schlimmer noch, sie konnte nicht genau sagen, warum – aber sie wusste, dass sie die Suche nach Kate Gallagher nicht abbrechen durfte. Noch nicht. *Weil ihr etwas Schreckliches passiert war.*

Jill erinnerte sich an KCs Traum über die verängstigte Kate. Sie wünschte, KC hätte ihn nie gehabt. Und nun wünschte sie, dass nicht Edward Kates Liebhaber gewesen war. Denn wie konnte er *nicht* mit ihrem Verschwinden zu tun haben?

Alex nahm einen Schluck von seinem Tee.

»Wärst du dann mein Cousin?«, fragte sie abrupt.

»Nein.« Seine lebhaften blauen Augen bohrten sich in ihre. »Ich bin mit Edward überhaupt nicht verwandt. Anne war meine Großtante. Aber es würde dich zu einer entfernten Cousine, einer sehr entfernten, von Thomas und Lauren machen.« Er schaute weg und nahm sich ein Rosinenbrötchen. »Und von Hal.«

Jill erstarrte. Zuerst war sie schockiert, bis sie sich überlegte, wie entfernt die Verwandtschaft gewesen wäre. »Ich weiß nicht, was ich davon halten soll.«

Alex packte fest ihre Hand. »Jill. Wir haben keinen Beweis dafür, dass Edward deinen Großvater gezeugt hat. Wenn Kate wirklich so eine ungestüme junge Frau war, kann es sein, dass Edward einer von vielen Liebhabern war – oder vielleicht gab es überhaupt keine Männergeschichten, und die ganze Sache ist nur uralter Klatsch und Spekulation.«

»Aber verschwunden ist sie ganz sicher.« Jill entzog ihm ihre Hand.

»Ja, das ist sie«, stimmte Alex ernst zu.

Jill starrte auf die Platte mit den Sandwiches. Zwischen Kates Ankunft in England und ihrem Verschwinden war nicht allzu viel Zeit vergangen. Wenn Edward ihr Liebhaber gewesen war, dann war er der Vater ihres Kindes. Was, um Himmels willen, war nur mit Mutter und Kind geschehen?

Sie wollte keine voreiligen Schlüsse ziehen, aber wenn Edward im Begriff gewesen war, Anne zu heiraten – Kates beste Freundin –, dann konnte man nur annehmen, dass ihm sehr viel daran gelegen haben musste, seine Affäre zu vertuschen. Vielleicht war Kate aus Schmerz und Wut fortgelaufen.

Plötzlich merkte Jill, dass Alex sie genau beobachtete, mit einem merkwürdigen Gesichtsausdruck. Sie verstand nicht, was er bedeutete, und in dem Moment, als er ihren Blick bemerkte, änderte sich seine Miene und wurde freundlich. Was hatte sie da in seinen Augen gesehen? Jill wurde wirklich nervös. Sein Gesicht hatte so anders gewirkt als vorher.

»Alles in Ordnung?«

»Eigentlich nicht.« Das war die Wahrheit. Sie schauderte. Vielleicht war sie so aufgewühlt, dass sie langsam paranoid wurde. Der Gedanke war tröstlich. Aber im selben Moment dachte sie an den Sekundenbruchteil, als sie Laurens furchtbar bösartigen Blick gesehen hatte – der sich auf sie gerichtet hatte. »Alex, ich würde gern herausfinden, wann Edward und Anne sich verlobt haben.«

Er überlegte. »Na ja, wir wissen, dass sie im Oktober 1908 noch nicht verlobt waren, denn das hätte der kleine Artikel über Annes Geburtstagsparty vermerkt.«

»Und das war das letzte Mal, dass Kate gesehen wurde«, sagte Jill, zugleich traurig, niedergeschlagen und verwirrt. »Das heißt wohl, dass Kate und Edward etwas miteinander hatten, bevor er sich verlobt hat, und das halte ich für eine gute Neuigkeit.« Sie bemerkte seinen Blick und fügte rasch hinzu. »Wenn sie etwas miteinander hatten.«
»Ich hab mein Notebook dabei. Ich kann dir gern zeigen, wie man damit übers Internet in die verschiedenen Archive hineinkommt. Aber es kann gut sein, dass du noch die ganze Nacht dasitzt und uralte Zeitungen durchsuchst.«
»Das macht nichts«, sagte Jill und schob ihren Teller von sich. »Edward hat sie nicht geliebt. Er hat sie nur benutzt. Sonst hätte er Kate geheiratet, nicht Anne.«
Wieder griff er nach ihrer Hand. Jill blieb wie versteinert sitzen. Seine Hand war warm und stark. Sie fühlte sich nicht nur gut an. Seine Berührung hatte etwas Elektrisierendes, das ihr Herz zugleich flattern und Saltos schlagen ließ. Und wie lange war es her, dass jemand sie festgehalten hatte? Auch nur auf diese Weise?
Es war niemand da gewesen, um sie im Arm zu halten. Niemand außer KC, aber das war etwas anderes.
»Du bist zu sehr in diese Sache verstrickt. Versuch, ein bisschen objektiver zu bleiben. Selbst wenn sich herausstellt, dass sie die Vorfahrin ist, die du suchst: Sie lebte und liebte vor sehr langer Zeit.«
Lebte und liebte. Jill schaute in seine durchdringenden Augen. Alex' Wortwahl traf sie oft auf eine Weise, die sie irritierte. »Ich habe das Gefühl, sie zu kennen«, sagte sie schließlich. »Ich kann nicht anders, als mich darin zu verstricken.«
»Mein Gefühl sagt mir laut und deutlich, dass das ein großer Fehler sein könnte. Und mein Gefühl hat meistens Recht.« Sein Blick war kurz und warnend. Dann wurde sein Ton fröhlicher. »Bist du schon fertig?«

»Ja. Ich schätze, die Augen waren größer als der Magen.«
Er winkte nach der Rechnung. »Dann können wir ebenso gut zum Krankenhaus weiterfahren, denn die Straßen werden ab jetzt zur Küste hin ziemlich eng. Wir werden noch viel länger brauchen, wenn wir im Dunkeln unterwegs sind.«
Jill nickte und betrachtete ihn, während er sein Rosinenbrötchen aufaß. Es war doch sehr gut gewesen, dass sie ihn hatte mitkommen lassen, denn er hatte seinen Laptop dabei, und sie würde die ganze Nacht aufbleiben können, wenn es sein musste, um zu finden, was sie suchte.
Jill erstarrte. *Der Laptop*.
»Was ist?«, fragte Alex schneidend.
Sie starrte in sein schönes Gesicht, ohne etwas zu sehen. Wer auch immer die Gallagher-Dateien gelöscht hatte, wäre ein Vollidiot, wenn er sie sich nicht vorher kopiert hätte. Und weder Alex noch Thomas waren so dumm, das stand fest.
Jill fragte sich, ob sich Kopien dieser Briefe irgendwo auf seinem Notebook befanden.
Und sie hatte vor, das herauszufinden.

Offenbar war der Name Preston alles andere als unbekannt. Obwohl sie zwanzig Minuten brauchten, um vom Eingang des Krankenhauses in eines der Verwaltungsbüros zu gelangen, hatten sie das Büro kaum betreten, als auch schon ein Herr im Anzug mit ausgestreckter Hand auf sie zukam und Alex herzlich begrüßte.
»Mr. Preston, es ist mir ein Vergnügen. Ich glaube, wir sind uns schon einmal begegnet, bei einer Benefizgala, die Ihr Onkel zu Gunsten unseres Forschungsprogramms in London veranstaltet hat.« Der Angestellte hieß George Wharton. Jedenfalls stand das auf dem Schild an seiner Tür.
Alex gab ihm die Hand und stellte Jill vor. »Glücklicherweise habe ich ein sehr gutes Gedächtnis«, sagte er. »Ich besuche zahlreiche

Wohltätigkeitsveranstaltungen, aber an diese kann ich mich erinnern. Es war ein sehr förmlicher Empfang im Connaught Hotel.«

»Ihre Familie hat dieses Krankenhaus schon immer großzügig unterstützt. Was auch immer ich für Sie tun kann, es wird mir ein Vergnügen sein«, sagte Wharton lächelnd.

Jill fand es recht interessant, dass das einzige Krankenhaus in York, das um die Jahrhundertwende schon existiert hatte, von den Collinsworths unterstützt wurde. Andererseits war es das größte Krankenhaus der Stadt, also konnte man sich nicht allzu viel dabei denken.

Alex erklärte ihr Problem – dass sie auf der Suche nach Unterlagen von 1908 waren.

»Sie haben wirklich Glück. Wir haben umfangreiche Archive im Keller. Ich lasse Sie hinunterbringen, und Sie können nach Herzenslust herumstöbern.« Wharton lachte nervös. »Da der Patient, dessen Akten Sie suchen, offensichtlich schon lange tot ist, brauche ich mir ja keine Sorgen darum zu machen, ob ich die Schweigepflicht verletze. Ich werde Sie sogar selbst hinunterführen.«

Während sie das Büro verließen und mit dem Aufzug in den Keller fuhren, unterhielten sich Wharton und Alex über das Forschungsprogramm des Krankenhauses, das sich mit Leukämie bei Kindern befasste. Als sie ausstiegen und einen blitzsauberen Korridor betraten, fragte Jill: »Dr. Wharton, hat die Familie Sheldon das Krankenhaus schon immer in diesem Umfang unterstützt?«

»Es ist eine Familientradition, wie Ihnen der Graf sicher gern bestätigen würde«, erwiderte Wharton und führte sie zu einer Stahltür, die nicht abgeschlossen war. Er drückte sie auf, und sie standen in einem höhlenartigen Kellerraum, der vom Boden bis zur Decke mit Akten gefüllt war. »Sein Vater war der Erste, der sich ernsthaft für uns interessiert hat. Er hat sehr großzügig für uns gespendet, er hat das Krankenhaus sogar vor dem drohenden Bankrott gerettet. Damals war es noch nicht mehr als eine große Geburtsstation.« Er lächelte Jill an.

Jill schaffte es, zurückzulächeln, Alex dankte ihm noch einmal, und Wharton verließ sie.
»Das ist komisch«, entfuhr es Jill. »Edward war derjenige, der damit begonnen hat, dieses Krankenhaus zu unterstützen? Ausgerechnet Edward?«
»Jill, meine Familie engagiert sich in Dutzenden wohltätiger Projekte. Wir haben viel vor. Also los.«
Jill ging schnell zu der ersten Reihe von Akten. »Die sind alphabetisch geordnet – aber auch nach Jahrgängen«, sagte sie und schaute auf die Ordner Williams-Woolverton 1980–1995.
Eine Stunde später fanden sie etwas. Alex hatte sehr alte Unterlagen aus einem der Schränke gezogen und rief: »Bingo! Jill, hier ist eine Patientin namens Katherine Gallagher. Sie wurde am neunten Mai 1908 hier aufgenommen.« Er blätterte weiter und hielt ihr eine Geburtsurkunde hin. »Peter Gallagher, geboren am zehnten Mai, Vater unbekannt, Mutter Katherine Adeline Gallagher.«
Zitternd nahm Jill das Blatt engegen. »Natürlich wissen wir nicht ganz sicher, ob das unsere Kate Gallagher war – aber wenn, dann hatte sie einen Sohn namens Peter!« Ihre Gedanken rasten. »Dies könnte die Geburtsurkunde meines Großvaters sein. Oh Gott – wenn ich nur ganz sicher wüsste, dass er in York geboren wurde!«
»Immer mit der Ruhe«, sagte Alex beschwichtigend. »Sie war drei Tage hier. Zuständiger Arzt, Aufnahmedatum, Entlassung, steht alles hier drin«, fuhr er fort, während er die Aktenmappe durchblätterte.
»Das sagt uns eigentlich nicht viel«, klagte Jill. Dann erstarrte sie. »Alex, das ist unsere Kate! Sie hat ihren Sohn nach ihrem verstorbenen Vater genannt!«, rief sie.
»Ganz ruhig. Vielleicht. Hier ist die Rechnung. Es muss auch einen Durchschlag der Quittung geben.«
Jill war äußerst gespannt. »Wer hat ihre Rechnung bezahlt?«, rief sie und umklammerte seinen starken, muskulösen Arm.

Er lächelte sie an. »Das mag ich so an dir – du bist ein kluges Mädchen.« Er wandte den Blick wieder den Papieren zu. »Ja. Hier ist es. Kannst du dieses Gekrakel entziffern?«

Jill nahm das furchtbar dünne, vergilbte Stückchen Papier, nach dem die Kosten für Kates Aufenthalt etwas über fünfundfünfzig Pfund betragen hatten. Darunter prangte ein »Bezahlt«-Stempel und, in der rechten unteren Ecke, eine Unterschrift. Aber die war nicht nur hingekritzelt, sondern auch verblasst und fast unleserlich. Sie konnte die Worte kaum erkennen. »Jedenfalls steht hier nicht Edward Sheldon oder Viscount Braxton«, sagte sie, zugleich enttäuscht und erleichtert.

Er schaute ihr über die Schulter und stand so dicht hinter ihr, dass sie seine Schultern und seine Brust an ihrem Rücken spürte. »Ich glaube, der Vorname lautet Jonathan. Wir werden wohl eine Lupe brauchen.«

»Du hast Recht, das heißt Jonathan. Ich glaube, der Nachname ist Barclay«, sagte Jill, aus der die Spannung wich wie aus einem kaputten Ballon. »Verdammt.«

»Nur ruhig. Glaubst du wirklich, Edward würde hier hereinspazieren, bezahlen und dann auch noch mit seinem richtigen Namen unterschreiben?«

Jill starrte in die Untiefen seiner blauen Augen. »Wir brauchen einen Graphologen«, hauchte sie.

»Genau mein Gedanke. Jedenfalls haben wir *etwas* herausgefunden. Wenn das hier Edwards Handschrift ist, wenn er hier den Namen Jonathan Barclay benutzt hat, dann können wir davon ausgehen, dass dies unsere Kate ist.«

Jill nickte und fasste neue Zuversicht. »Danke, Alex«, sagte sie. Aber irgendetwas in ihr gab keine Ruhe, und sie kam nicht dahinter, was es war. War ihr der Name Jonathan Barclay schon einmal begegnet? Er kam ihr bekannt vor.

»Kein Problem.« Er legte einen Arm um sie und führte sie zu Tür.

»Jetzt machen wir noch Kopien davon, und dann fahren wir nach Hause.«
Jill nickte und rückte von ihm ab. Wie seine Hand, so war auch sein Körper stark und warm. Und dies war kein guter Zeitpunkt, daran zu denken.
Aber er sah sie beständig und forschend an. Jill erkannte eine Frage in seinen Augen. Und sie wusste verdammt gut, wie diese Frage lautete.
Sie wusste, dass sie wegschauen sollte, einen Schutzwall errichten, und zwar schnell. Aber sie tat es nicht. Im Augenblick konnte sie das einfach nicht.

Das Bad war heiß und dampfte, und Jill wollte auf ewig darin liegen bleiben.
Sie waren vor einer Stunde in Stainesmore angekommen, über kurvige Straßen, die so schmal waren, dass ihr ein Frontalzusammenstoß sicher schien, falls sie einem anderen Auto begegneten. Die Straßen wurden von hohen Steinwällen begrenzt, an denen Kletterpflanzen und manchmal Blumen wucherten; hinter diesen uralten, verfallenden Mauern erstreckte sich eine scheinbar endlose, karge, nackte Moorlandschaft, bis sie irgendwo auf Meer und Himmel stieß. Ab und zu sah Jill eine grasende Schafherde. Einmal entdeckte sie sogar einen Reiter auf einem fernen Hügel. Die Straße wurde immer steiler und steiler. Alex hatte erzählt, dass die Robin Hood Bay »da drüben« sei, und in südlicher Richtung auf die Küste gezeigt. Derweil kletterte der Lamborghini stetig bergan, und der Motor schien lautstark gegen die Qualen des langsamen Tempos und des steilen Anstiegs zu protestieren.
Stainesmore wirkte wie die gotische Kulisse eines Schauerromans. Das Anwesen lag auf einer baumlosen Erhebung, mit dem Rücken zu den Klippen und der See. Es war ein hoch aufragendes, burgähnliches, rötlich braunes Gemäuer mit einem Torbogen, der auf einen

grasbewachsenen Hof führte. Zinnen ragten aus dem Dach des langen, viereckigen Hauptgebäudes, das von zwei runden Türmen flankiert wurde. Jill hatte eher eine sommerlich anmutende, weißgetünchte Villa erwartet. Ihr blieb der Mund offen stehen, als sie sich der Eingangstür näherten, an der sie die Haushälterin und ein Dutzend Diener erwarteten, um sie mit Knicksen, Verbeugungen und »Guten Tag, Sir. Guten Tag, Madam« zu begrüßen.

Jill seufzte. Die Badewanne auf krallenförmigen Füßen war eine Antiquität, bis hin zu ihren Messingarmaturen. Das Badezimmer war groß und sehr geräumig, aber spärlich eingerichtet – eine uralte Toilette mit Seilzug, ein kleines, sockelartiges Waschbecken, ein Handtuchhalter und ein elektrischer Heizlüfter. Aber der Fußboden war aus beigem Marmor, und durch die riesigen Fenster blickte man auf das schmale Stück Land hinter dem Haus. Dort gab es einen Pool und die Rosengärten, wegen denen Edward an seinen Gärtner geschrieben hatte. Sogar in der Wanne liegend konnte Jill die Aussicht auf die dunkler werdende graue See und den abendlichen Himmel genießen. Jill bedauerte nur, dass sie nicht auch noch ein Glas Wein in der Hand hatte.

Langsam dämmerte ihr, dass sie, auch wenn Hal noch lebte und sie nie von seinen Lügen erfahren hätte, eines Tages vielleicht selbst die Beziehung beendet hätte wegen der riesigen Unterschiede in Klasse und Kultur zwischen ihnen beiden.

Schließlich stieg sie aus der Wanne und begann sofort zu bibbern, weil die Luft eiskalt war und sie nicht daran gedacht hatte, den kleinen Heizlüfter anzumachen. Sie wickelte sich in ein riesiges weißes Frottiertuch und stellte sich Alex als kleinen Jungen vor, der hier bei Onkel und Tante den Sommer verbrachte. Hatte er sich nicht als krasser Außenseiter gefühlt, so wie sie jetzt? Sie beschloss, ihn zu fragen, wie das gewesen war.

Ein Klopfen an ihrer Schlafzimmertür schreckte sie aus ihrer Träumerei.

Da sie barfuß und noch immer in das Badetuch gewickelt war, zögerte Jill. Das war ganz sicher Alex, und sie war sich nur allzu bewusst, dass sie vom Bad heiß und feucht war und unter dem kuscheligen weißen Handtuch völlig nackt. Nervös öffnete sie die Tür und sah, dass Alex seine verwaschene Levis und den eng anliegenden gelben Kaschmirpulli trug, dazu weiche, ausgetretene Slipper. Sein Haar war feucht. Offenbar hatte auch er gebadet.
Die Jeans umschloss seine Hüften und die langen Beine wie ein Handschuh, und der Pulli lag wie angegossen an seinen breiten Schultern und muskulösen Armen. Jill schaute weg, merkte aber noch, wie sein Blick über ihr dickes Badetuch glitt. »Tut mir Leid. Ich dachte, du wärst schon fertig.«
Jill trat zurück und war sich nur allzu bewusst, dass sie ganz allein mit ihm auf ihrer Schwelle stand, in einem praktisch menschenleeren Haus. »Ist schon okay.«
»Ich warte unten in der Bibliothek auf dich. Die ist gemütlicher als das Wohnzimmer. Was hältst du von einem Glas Rotwein? Wir haben hier einen wirklich hervorragenden Weinkeller.«
»Klingt gut«, sagte sie mit einem knappen Lächeln und meinte es auch so, obwohl sie es für keine so gute Idee hielt, seine Einladung anzunehmen. Sie würde sich auf Kate konzentrieren. Sie würde sich auch nur ein einziges Glas Wein genehmigen. »Alex? Bringst du deinen Laptop mit?«
»Es ist nur ein Palmtop.« Er sah sie entschuldigend an. »Willst du heute Abend ins Netz?«
»Warum nicht?«
Seine Augen hingen an ihren Lippen.
Jill verging das Lächeln.
»Dann sehen wir uns unten«, sagte er, drehte sich um und ging den langen, kahlen Flur hinunter.
Jill sah ihm nach und hielt immer noch die Tür fest. Irgendetwas ging hier vor, und es gefiel ihr ganz und gar nicht. Denn wenn sie

schonungslos ehrlich zu sich selbst war, musste sie zugeben, dass sie ein wenig enttäuscht darüber war, dass er nicht versucht hatte, sie zu küssen oder zu berühren, und nun, da die Nacht hereinbrach, fiel es ihr schwer, ihre Gedanken in eine Richtung zu lenken, vor der sie sich nicht fürchtete.

Alex gab den Dienstboten frei und trug selbst auf einem Tablett zwei Gläser besten Portwein, zwei Tassen koffeinfreien Kaffee und zwei Stücke warmen Apfelkuchen herein. Jill folgte ihm in die Bibliothek. Der Raum wirkte nicht gerade gemütlich, er hatte eine hohe Decke und war mindestens zweimal so groß wie Jills Wohnung. Aber er war immerhin kleiner als der »große Salon« mit seinen zahlreichen Sitzgruppen und den vielen verblichenen, aber prachtvollen Teppichen. Außerdem bekam er auch dadurch etwas Anheimelndes, dass drei Wände vom Boden bis zur Decke voll Bücher standen.

In die vierte Wand war ein riesiger offener Kamin eingelassen, über dem ein ausgezeichnetes impressionistisches Gemälde hing. Jill hatte sich die stürmische Hafenszenerie schon aus der Nähe betrachtet und gesehen, dass es sich um einen echten Vlaminck handelte. Die Möbel waren alt und hervorragend gearbeitet, die Bezüge auf elegante Art verblasst. Jill setzte sich auf den Boden und lehnte den Rücken an den abgenutzten, goldenen Damastbezug des kleinsten der drei Sofas. Sie streifte ihre Cole-Haan-Slipper ab, wackelte mit den nackten Zehen und seufzte zufrieden – eine halbe Flasche superber Wein und ein paar Schlucke Port hatten ihr geholfen, sich zu entspannen.

»Was für eine großartige Mahlzeit. Ich bin pappsatt. Würdest du es unmöglich finden, wenn ich diesen Kuchen für einen Mitternachtsimbiss mit auf mein Zimmer nähme?«, fragte sie.

»Ich finde, das klingt gut«, erwiderte Alex und stellte das Tablett vorsichtig auf das zierliche Tischchen vor Jill. Er brachte sein Mini-

Notebook, das nicht größer war als Jills Filofax, und stellte es daneben. Jill fühlte die Anspannung wachsen, und das wohlige Gefühl verschwand.
Er fummelte an dem Modem herum und ersetzte das kurze Kabel durch ein längeres, das er in die Telefonbuchse steckte. Wortlos sah Jill ihm zu. Sie wollte immer noch herausfinden, wann Anne sich verlobt hatte, aber wollte sie wirklich in Alex' Dateien herumschnüffeln? Und was, wenn sie dort die Gallagher-Briefe fand?
Er fuhr den Minicomputer hoch. Dann setzte er sich neben sie und ließ die Finger über die Tasten flitzen. »Es wird einen Moment dauern, bis wir da sind, wo wir hinwollen.«
Er sagte immer »wir«. Jill griff nach dem Kaffee. Sie sollte heute wirklich keinen Alkohol mehr trinken. Sie war bereits angesäuselt, und sie waren allein. Das Haus war riesig – aber sein Zimmer lag ihrem direkt gegenüber.
Da ist ein Mann … du darfst ihm nicht trauen … wenn du es tust, wird etwas Schreckliches geschehen …
»Wir sind jetzt bei der *Tribune*«, unterbrach er ihre Gedanken. »So kannst du dich durch die Seiten jeder Ausgabe bewegen«, sagte er und zeigte ihr, welche Tasten sie drücken musste.
Jill stellte ihre Kaffeetasse weg und rutschte zur Seite, so dass sie direkt vor dem Palmtop saß. Sie kniff die Augen zusammen. Schlagzeilen der Zeitung vom Oktober 1908 schwirrten über den Bildschirm. Das war der Monat, in dem Kate zum letzten Mal gesehen worden war – in dem sie verschwunden sein musste. »Ich frage mich, wann Anne und Edward geheiratet haben«, sagte sie, und weil Kates Leben sie so faszinierte, war es einfach, die quälenden Fragen um Alex beiseite zu schieben. Für den Moment. Außerdem konnte sie wohl kaum seine Dateien durchsuchen, während er hier neben ihr saß.
Sie ließ sich von ihrem Gefühl leiten und überflog rasch die Seiten. Sie wusste, dass Alex neben ihr saß, seinen Port trank und

sie beobachtete, obwohl sie nicht zu ihm hinsah. Dann fand sie, was sie suchte. »Alex, hör dir das an«, sagte sie aufgeregt. »Die Hochzeit von Anne Bensonhurst, einziges Kind von Lord Randolph Bensonhurst, und Edward Sheldon, Viscount Braxton, wird am Samstag, den achtzehnten August 1909, stattfinden.«

Jill sah Alex in die Augen. Ihr Herz raste. »Ob sie die Hochzeit verschoben haben, weil Kate vermisst wurde?«

»Von wann ist der Artikel?«, fragte Alex und stach mit der Gabel in seinen warmen Apfelkuchen.

»Vom siebten Februar – vier Monate nach Annes Geburtstagsparty und Kates Verschwinden«, antwortete Jill. Ihre Augen hingen schon wieder an dem winzigen Bildschirm vor ihr. »Himmel, wie arbeitest du bloß an diesem Ding? Es ist so winzig«, schimpfte sie leise, während sie seitenweise Artikel überflog, so schnell sie konnte.

»Mit äußerster Konzentration«, konterte Alex.

Sie wusste, dass er sie weiterhin beobachtete, aber sie schaute nicht auf, denn sie war zu vertieft in die alten Zeitungen. Jill konnte nicht sagen, wie viele Minuten vergingen, bis sie über den Bericht von der Hochzeit stolperte. »Sie haben tatsächlich am achtzehnten August geheiratet«, keuchte sie. Der Artikel war kurz, und Jill las ihn vor.

»›Lady Anne Bensonhurst, die einzige Tochter von Lord Randolph Bensonhurst, und Edward Sheldon, Viscount Braxton, ältester Sohn des Earl of Collinsworth, heirateten gestern um ein Uhr in der St. Paul's Cathedral. Dreihundertfünfzig Gäste erschienen sowohl zu der Zeremonie als auch zum anschließenden Empfang im Hotel Ritz. Lord und Lady Braxton werden ihre Flitterwochen in Marseille verbringen.‹« Jill lehnte sich vor, ihr Herz raste wieder. »Oh Gott. Hör dir das an:

›Der einzige Schatten über diesem rauschenden Fest, das Seine Lordschaft angeblich zweihunderttausend Pfund kostete, ist die betrübliche Tatsache, dass eine gute Freundin der Braut, die amerikanische Erbin Katherine Gallagher, noch immer vermisst wird. Ihr Verschwinden wurde in diesem Januar von ihrer Mutter, Mrs. Peter Gallagher aus New York City, angezeigt.‹«

Jill verstummte. Dann spürte sie Alex' leichte Berührung. »Also, sie haben die Hochzeit nicht verschoben.«

Sie drehte sich zu ihm um. »Nein, haben sie nicht.« Sie war jetzt hellwach und spürte nichts mehr von dem Wein. »Das ist ekelhaft.«

»Du nimmst das zu persönlich«, sagte Alex. »Vielleicht war sie ja auch schwanger.«

Jill starrte ihn und fragte: »Machst du Witze?«

»Eigentlich nicht.«

»Glaubst du, er hat mit allen beiden rumgespielt?«

»Er hat nicht mit Anne gespielt, Jill. Sie kam aus einer hervorragenden Familie. Und sie war eine reiche Erbin. Als Ehefrau war sie allererste Wahl.«

Jill starrte ihn an und wurde rot vor Wut. »Während Kate aus der Unterschicht kam, auch wenn sie Geld hatte – willst du das damit sagen?«

»Ich will nicht mit dir streiten. Ich habe fast mein ganzes Leben hier verbracht. Grenzen zwischen den Schichten gibt es immer noch, und jeder, der dir was anderes erzählt, ist ein Idiot.«

Sie rückte von ihm und dem Notebook ab. »Kate war für Edward das, was ich für Hal war.« Dann fügte sie hinzu: »Nur habe ich kein Geld, und sie war reich.«

»Dies ist eine sehr alte, ehrwürdige Familie«, sagte Alex leise.

»Warum spuckst du's nicht endlich aus?« Jill hörte selbst, wie verbittert sie klang. »Hal hätte mich nie geheiratet. Selbst wenn er gewollt hätte, hätten Thomas und William das niemals zugelassen.«

»Es hätte den nächsten Weltkrieg gegeben.«

Jill stand auf. »Warum musst du immer so direkt sein?«

Auch Alex erhob sich langsam. Jill registrierte kühl, dass er ebenfalls

seine Schuhe ausgezogen hatte. »Wäre es dir lieber, wenn ich dich anlüge? Was sollte das bringen? Ist es nicht besser, die Wahrheit zu kennen – damit man denselben Fehler nicht zweimal macht?«
Jill schüttelte den Kopf. »Nur keine Sorge. Ich mache nie zweimal denselben Fehler.« Und das meinte sie auch so. Das hatte sie sich geschworen, und sie würde ihren Schwur halten.
»Jill«, sagte er voller Mitgefühl.
»Ist schon gut«, erwiderte sie. »Aber ich mach Schluss für heute.«
»Ich auch.« Er kniete sich hin und sicherte den Artikel. »Bis morgen, Jill.«
Sie beobachtete, wie seine Hände über die Tasten hüpften. »Was machst du da?«
»Ich speichere diesen Artikel. Ich hab einen Gallagher-Ordner angelegt. Dieses Dokument nenne ich ›Annes Hochzeit‹. Okay?« Er schaltete aus, schloss das Notebook und richtete sich auf.
Sie dachte an den Ordner; sie dachte an die verschwundenen Briefe. Sie würde nie eine bessere Gelegenheit bekommen, sein Notebook zu durchsuchen. Sie griff nach dem Tablett.
»Eines der Mädchen wird das morgen früh machen, lass es einfach stehen«, sagte er. »Aber vergiss deinen Kuchen nicht.« Er lächelte sie an.
Mit verschlossener Miene nahm Jill den Teller, und dann gingen sie schweigend hinauf. Sie würde eine Stunde abwarten, entschied sie, bis er eingeschlafen war, und dann hinuntergehen und sehen, was sie auf seinem Palmtop finden konnte. Sie fühlte sich scheußlich, als plane sie ein unvorstellbares Verbrechen.
Vor ihrer Tür blieben sie stehen; seine war direkt gegenüber. Jills Schultern waren unglaublich steif geworden. Es kam ihr vor, als sei sie im Begriff, ihn zu betrügen, was absolut lächerlich war.
Er starrte sie an, und sein Blick war intensiv und forschend. Jill schaute weg und murmelte »Gute Nacht.«
Er rührte sich nicht.

Jills Herz schlug noch schneller. Viel zu schnell. »Oh nein«, dachte sie und merkte, dass sie die Worte geflüstert hatte.
Denn er sah sie weiter so an, und irgendwie hatte sich der Abstand zwischen ihnen dramatisch verringert. »Jill.«
Sie wollte ihn. Sie hatte Angst.
Plötzlich hob Alex ihr Kinn und küsste sie. Ihre Lippen berührten sich leicht, einmal, zweimal, dreimal. Und Jill spürte, wie der Druck seiner Finger sich verstärkte, seine Lippen fester wurden, sie spürte die Spannung, die plötzlich von ihm ausging wie von einer Starkstromleitung.
Plötzlich trat Alex zurück, er lächelte nicht. »Ja. Schlaf gut«, sagte er. Und drehte sich um. Einen Moment später war er in seinem Zimmer verschwunden und hatte die Tür fest hinter sich geschlossen.
Jill starrte auf das blank polierte Holz. Das Atmen fiel ihr wieder ein. Sie bebte am ganzen Körper.
Schnell schlüpfte sie in ihr Zimmer, schloss die Tür und lehnte sich dagegen.
Ihr Gehirn verweigerte den Dienst, und Jill wusste nicht, wie lange sie so mit dem Kuchenteller in der Hand stand und der Stille des Hauses und der Nacht lauschte.
Schließlich kam sie wieder zu sich. Er würde nicht zurückkommen, und das war auch besser so. Sie stellte den Teller auf den kleinen Schreibtisch, dachte über ihren Plan nach, heimlich seinen Computer zu durchsuchen, und fühlte sich schäbig. Er hatte sie gerade eben geküsst. Zärtlich. Wenn er ein verlogener Mistkerl wäre, hätte er sie heftiger dazu gedrängt, mit ihm ins Bett zu gehen, da gab es keinen Zweifel.
Jill ging aufgewühlt im Zimmer auf und ab und schaute alle paar Sekunden auf die Uhr.
Schließlich wurde es ihr zu viel, und sie setzte sich. Wenn sie nicht heute Nacht seinen Computer durchsuchte, würde sie vielleicht nie

wieder Gelegenheit dazu haben. Sie konnte ihr Vorhaben nicht einfach abblasen. Kate zählte auf sie.
Jill merkte, was sie da gerade gedacht hatte, und erstarrte. Kate war tot. Niemand zählte auf sie außer ihr selbst.
Sie sah wieder auf die Uhr auf ihrem Nachttisch. Es war Viertel vor zwölf. Wie lange war es her, dass er sie auf dem Gang geküsst hatte? Sie dachte, dass fünfzehn Minuten oder mehr verstrichen sein mussten.
Jill zog ihre Slipper aus, ging zur Tür und hielt ein Ohr an das Holz. Es war nichts zu hören.
Sie machte sie einen Spalt auf und lauschte angestrengt. Wiederum herrschte im Flur, in seinem Schlafzimmer, im ganzen Haus Totenstille.
Jill schlich sich aus ihrem Zimmer und huschte den Flur entlang, der immer noch hell erleuchtet war. Jedes Mal, wenn unter ihr eine Diele knarrte, machte ihr Herz einen Looping. Sie schaute immer wieder über die Schulter, aber Alex kam nicht zum Vorschein.
Unten eilte sie atemlos durch das dunkle Haus, das ihr auf einmal sehr groß und sehr leer vorkam. Einige der Bediensteten wohnten auf dem Anwesen, wie sie wusste; die anderen kamen jeden Tag von der Stadt oder einem nahe gelegenen Dorf hierher.
Plötzlich fühlte Jill sich beobachtet.
Als sie die Bibliothek betrat und das Herz ihr vor Aufregung bis zum Hals schlug, sagte sie sich, dass das Unsinn war. Ausgenommen natürlich, es gäbe hier Gespenster.
Zitternd knipste sie die kleine Lampe neben dem Sofa an, vor dem sie mit Alex auf dem Boden gesessen hatte. Wahrscheinlich spukte es hier wirklich, aber sie interessierte sich nur für einen bestimmten Geist. Trotzdem hatte Jill den Verdacht, dass sie glattweg in Ohnmacht fallen würde, wenn sie jemals Kate Gallagher durch diese Hallen schweben sähe.
Sie setzte sich vor das Notebook, öffnete es und startete. Als der

Bildschirm zum Leben erwachte, erschien eine DOS-Anfrage. Das war das Letzte, was sie erwartet hatte. Sie hatte angenommen, dass Windows oder irgendeine andere Oberfläche mit Icons erscheinen würde.
Jill starrte auf den blinkenden Cursor. Dann tippte sie »Windows« ein, obwohl sie sich nicht viel Hoffnung machte.
Sofort blinkte ihr auf dem Bildschirm die nächste schlechte Nachricht entgegen: »Kein Zugang.«
Kein Zugang?
Was zum Teufel sollte das bedeuten? Jill starrte auf die Meldung und den Cursor eine Zeile weiter unten. Aus ihrer Highschool-Zeit hatte sie noch ein wenig Computerwissen. Sie schrieb: »Start.«
»Kein Zugang.« Dieselbe Meldung.
»Du brauchst das Passwort«, sagte Alex hinter ihr.
Jill keuchte auf, ihr Herz wollte vor Schreck fast stehen bleiben, und sie sprang auf die Füße. Sie starrte ihn an, als sei er der Geist, an den sie eben noch gedacht hatte. Er stand, nur in seiner Jeans, in der Tür der Bibliothek.
»Ich konnte nicht schlafen«, sagte Jill hastig.
»Das sehe ich.« Langsam stieß er sich vom Türpfosten ab und kam auf sie zu. Er schaute nicht auf das Notebook, sondern sah sie an. Nur sie. »Was machst du da, Jill?«
Seine Stimme klang nicht unbedingt freundlich, und Jill wurde starr vor Angst. »Was ich mache?«, echote sie.
Er kam um das Sofa herum. »Bist du auf der Jagd nach Kate oder nach mir?«, fragte er kalt.

Vierzehn

Ich weiß nicht, wovon du sprichst«, sagte Jill nervös. Sie bezweifelte nicht, dass ihr das schlechte Gewissen ins Gesicht geschrieben stand. Ihr Herz hämmerte gegen ihre Rippen. »Ich konnte nicht schlafen. Ich dachte, ich könnte noch mal ins Internet gehen, bei der *Tribune* weitersuchen …«

»Ich bezweifle, dass du wüsstest, wie du ins Internet kommst, geschweige denn zur *Tribune* – oder sonst wohin.« Seine Kiefermuskeln waren angespannt. An seiner Schläfe zuckte ein Nerv. Jill starrte ihn an und sah, dass er wirklich wütend war.

»Das hier ist nicht das, was du denkst«, begann sie unsicher.

»Nein?«, kam es kalt und grimmig zurück. Sie bekam eine Seite von ihm zu sehen, die sie zuvor erst einmal zu spüren bekommen hatte – als sie sich kennen gelernt hatten, an dem Tag, als sie mit Hals Leichnam in London angekommen war. Er ging an ihr vorbei. Die Muskeln seiner Oberschenkel schienen die Jeans sprengen zu wollen. Er schaltete das Notebook aus und klappte es zu. Dann wandte er sich ihr zu. »Weißt du was? Ich glaube, wir sollten die Unterhaltung für heute beenden.« Seine Augen glühten.

Nichts lieber als das, dachte Jill. »Es tut mir Leid«, hörte sie sich sagen.

Er stöpselte das Modem an beiden Enden aus und rollte das Kabel mit flinken Fingern zusammen. Dann schob er es in die Hosentasche und hob den kleinen Toshiba auf. »Gute Nacht«, sagte er genauso kalt wie vorher.

Sie sah ihm nach, als er mit wütenden Schritten die Bibliothek verließ, ohne die Tür hinter sich zu schließen.

Jill zitterte. Zu spät wurde ihr klar, dass Alex jemand war, mit dem sie sich nicht überwerfen wollte.

Sie sank auf das Sofa mit dem verschossenen goldenen Damastbezug und stützte den Kopf in die Hände. Bedrückende Mutlosigkeit senkte sich wie eine unerbittliche, schwarze Wolke auf sie nieder. Sie würde niemals schlafen können.

Sie hatte sich wie eine Idiotin benommen.

Und dann fragte sie sich, ob Alex den Minicomputer extra hier unten gelassen hatte, um sie auf die Probe zu stellen.

Jill war wie versteinert. Ihre Gedanken überschlugen sich. Plötzlich klangen ihr KCs Warnungen laut und deutlich in den Ohren. Da war ein Mann in ihrem Leben, dem sie nicht ausweichen konnte – dem sie nicht trauen konnte.

Die Erkenntnis leuchtete auf wie eine Stichflamme. Alex hatte sie bisher nicht umgehen können. Nicht Thomas. Es war Alex gewesen, der sie in London wieder freundlich empfangen hatte, Alex, der ihr von Anfang an bei der Suche nach den Briefen geholfen hatte, Alex, der sie nun nach Stainesmore mitgenommen hatte.

»Nein«, sagte Jill bebend. Das Tablett mit Alex' Kuchen, den beiden Portgläsern, von denen eines noch fast voll war, und dem inzwischen eiskalten koffeinfreien Kaffee stand immer noch auf dem Tischchen. Jill nahm den Port und stürzte ihn hinunter. Mit einem willkommenen Brennen floß er in ihren Magen. Tränen drohten ihr in die Augen zu steigen.

Sie sank deprimiert auf das Sofa. Sie hatte so wenige Freunde. Lucinda war sogar ihre einzige Freundin in London, aber nun wurde ihr klar, dass sie auch Alex trotz ihrer Zweifel und ihres Misstrauens, trotz KCs Warnung als Freund betrachtete. Sie wollte seine Freundschaft nicht verlieren. Aber vielleicht wäre das sogar besser.

Morgen. Morgen würde sie klarer denken können, sagte sie sich. Morgen würde sie überlegen, was sie tun sollte.

Und als sie gleich darauf einschlief, spukte Alex in ihren Träumen herum, nicht Kate.
Aber nicht für lange.

Kates Gesicht stand fast schmerzlich deutlich vor ihr.
Ihre dunklen Augen waren weit aufgerissen, ihr hübsches Gesicht so blass, dass ihr Leberfleck schwarz erschien. Das lange Haar fiel ihr offen über die Schultern, aber die Locken waren ungekämmt und wirr. Kate starrte sie mit ihren riesigen Augen unverwandt an.
Jill warf sich unruhig auf dem Sofa hin und her. Sie war in dem Traum gefangen, obwohl sie irgendwo tief drinnen wusste, dass es nur ein Traum war. Aber Kate sah sie unablässig so merkwürdig an, fast flehentlich.
Jill stöhnte.
Kate sah sie an und begann zu sprechen.
Jill lauschte angespannt. Kate sprach hastig, ihr Mund bewegte sich rasch und formte Worte, die Jill nicht hörte. Offensichtlich war sie mehr als beunruhigt, sie war verängstigt und redete auf jemanden ein. Aber Jill konnte kein einziges Wort verstehen, sie hörte nicht das leiseste Geräusch. Jill wollte aufwachen. Hier war etwas nicht in Ordnung, ganz und gar nicht in Ordnung, und sie wollte nicht davon träumen, sie wollte nichts davon wissen.
Und dann war Kates Gesicht verschwunden. Jill sah nur noch Wände aus großen, grauschwarzen Steinbrocken, die so dicht vor ihr aufragten, dass sie die Hand ausstrecken, den Stein berühren und die rauhe, unbehauene Oberfläche spüren konnte …
Jill fasste in nassen, körnigen Dreck.
Ihre Fingerspitzen trafen auf feuchte Erde, nicht auf Stein, und sie fuhr zurück, die Galle stieg ihr hoch, sie wollte zurücktreten, die Hände wegnehmen, aber stattdessen füllten sich ihre Hände mit matschiger Erde, grobe Klumpen blieben zwischen ihren Fingern hängen und bohrten sich unter ihre Fingernägel. Nein, dachte Jill

ängstlich, aber anstatt zurückzutreten, grub sie die Hände weiter in den Dreck, tiefer und tiefer, während Panik und Verzweiflung Besitz von ihr ergriffen.
Nein, dachte Jill wieder, völlig außer sich. Ich will das nicht tun! Da war so viel Dreck! Sie schaute auf ihre Hände herab, die mit dunkelbrauner Erde bedeckt waren, und dann sah sie das Blut – Blut überall …
Und dann sah sie den Turm. Es war ein quadratisches Gebilde aus Stein, eine verfallene Ruine, die zwischen Grüppchen verkrüppelter Bäume aufragte, umrahmt von einem trüben, grauen Himmel und der schäumenden See.
Ich muss hier raus, dachte Jill panisch. Aber wenn sie versuchte, aufzustehen, versanken ihre Finger in der Erde, und wenn sie hinunterschaute, sah sie das Blut, und wenn sie aufblickte, sah sie die undurchdringlichen Mauern …
Ein Schrei erfüllte die steinerne Kammer. Er klang beinahe unmenschlich und ging ihr durch Mark und Bein.
Ein Schrei wie im Todeskampf?
Jill fuhr hoch.
Während ihr verwirrter Verstand langsam aus dem surrealen Traum in die Bibliothek von Stainesmore zurückkehrte, hörte sie immer noch den entsetzlichen Schrei in sich widerhallen.
Ein Schrei voller Entsetzen und Verzweiflung.
Es lag auch rasende Wut darin.
Jill merkte, dass ihre Finger sich nicht in Erde, sondern in den Bezug des Sofas krallten. Ihr Blick schweifte rasch von dem Sofa über den Kaffeetisch zu der kleinen Lampe auf dem Beistelltisch. Sie war in der Bibliothek in Stainesmore. Und sie zitterte wie Espenlaub.
Jill schnappte nach Luft. Das war der schlimmste Traum, den sie je gehabt hatte. Er war so entsetzlich real gewesen, aber schließlich doch nur ein Traum.
Und weiter nichts.

Aber immer noch konnte sie Kates Gesicht ganz deutlich vor sich sehen. Niemals würde sie den verzweifelten, verängstigten Ausdruck vergessen können

»Es war nur ein Traum«, murmelte Jill und schlang die Arme um ihre Brust. Unsicher kam sie auf die Beine und blickte trübe in die Dunkelheit, aber Kate Gallagher erschien nirgends, auch nicht als Geist, Gott sei Dank. Jill merkte, dass sie schweißgebadet und verweint war. Dann erinnerte sie sich an KCs Traum.

Aus Kate wurdest du.

Jill rührte sich nicht, ihr Herz schlug heftig. Und sie fror von dem feuchten Schweiß auf ihrem Körper. Es war nur ein Traum gewesen. Es hatte keinen Sinn, ihn verstehen zu wollen.

Aber was hatte KC gemeint?

Sie schaute auf die Uhr. Es war fünf Uhr morgens. Jill wusste, dass sie unmöglich wieder einschlafen konnte. Sie würde die Küche suchen und sich einen Kaffee machen – nachdem sie geduscht und sich umgezogen hatte. Sie fürchtete sich vor dem Schlafen, davor, dass dieser schreckliche Albtraum wiederkommen könnte.

Jill las Zeitung und trank Kaffee, als Alex in die Bibliothek spaziert kam, wo sie sich niedergelassen hatte. Sie erstarrte. Es war erst halb neun.

»Guten Morgen«, sagte er. Er trug seine Levis und einen schwarzen Wollpulli mit Zopfmuster. Er schaute sie abwartend an.

Jill legte die Zeitung weg und stand auf. »Ich schulde dir eine dicke Entschuldigung«, begann sie nervös.

»Ja, das tust du.« Er hielt ihrem Blick stand.

Sie studierte sein Gesicht, blickte ihm lange in die Augen und versuchte zu entscheiden, ob sie ihm trauen konnte oder nicht. Sein Blick wirkte verschleiert, ausdruckslos. »Mir ist klar geworden, dass ich mich mehr und mehr auf dich verlassen habe … Ich habe nicht viele Freunde.« Sie hielt inne. Sie wollte hinzufügen: Aber ich habe

Angst, dir zu vertrauen. Kannst du mir das verübeln? Doch sie wagte es nicht, ihm ihre Gedanken und Gefühle ganz zu enthüllen.

Er wartete darauf, dass sie ihre Rede beendete. Jill versuchte zu lächeln, doch es wollte ihr nicht gelingen. »Ich hätte dich um Erlaubnis bitten sollen, mir deine Dateien anzusehen ...«

Er fiel ihr ins Wort: »Du traust mir nicht. Du glaubst, dass ich diese Dateien mit Kates Briefen gelöscht habe. Oder?«

Jill schaute ihn an und bemerkte seinen vorwurfsvollen Blick. »Ich weiß nicht, was ich denken soll«, flüsterte sie schließlich. »Ich habe gehofft, wir wären Freunde. Aber kannst du es mir verübeln, dass ich ganz sichergehen wollte?« Nach kurzem Zögern fügte sie hinzu: »Ich habe nicht wirklich erwartet, diese Briefe auf deinem Computer zu finden.«

Er fuhr sich mit der Hand durch das kurze, dichte Haar; er wirkte verärgert, aber auch mitfühlend. »Ich schätze, ich verstehe schon, dass es dir in dieser Situation sehr schwer fällt, irgendeinem Mann zu trauen.«

»Danke«, flüsterte Jill. »Ich werde nicht noch einmal herumschnüffeln.« Und irgendwo in ihrem Inneren, vielleicht in ihrem Herzen, war sie erleichtert und auf alberne Weise glücklich darüber, dass sie diesen Streit beigelegt hatten.

Er sah sie an. »Du bist unglaublich zäh und hartnäckig«, sagte er schließlich, »und das gehört zu den Dingen, die mir an dir so gut gefallen. Ich erwarte gar nicht, dass du dich änderst.« Endlich lächelte er.

Das Lächeln brachte sein schönes Gesicht und seine wahnsinnig blauen Augen zum Strahlen. Jills Herz raste. Er glaubte ihr nicht ganz – sie war nicht einmal sicher, ob sie ihre Beteuerungen selbst glaubte.

»Jill.«

Sie sah ihm in die Augen, als er mit fester, gebieterischer Stimme ihre Gedanken unterbrach.

»Du kannst mir vertrauen«, sagte er. »Ich will dir helfen. Wir *sind* Freunde.«
Jill nickte. Sie wollte ihm glauben. Aber seine unterdrückte Wut von gestern Nacht hatte ihr mehr Angst eingejagt als Thomas' lautstarke Ausbrüche. Wenn er unschuldig war, warum war er dann so wütend auf sie geworden?
Was für ein schrecklicher Gedanke.
»Ist der heiß?«, fragte Alex freundlich, als sei alles vergeben und vergessen. Er bezog sich auf die große silberne Kanne auf dem Tischchen vor Jill, die das Küchenpersonal für sie mit dampfend heißem Kaffee gefüllt hatte. Sie stand auf einem Silbertablett, zusammen mit eiskalter Milch, einer Zuckerdose und einer Karaffe mit frisch gepresstem Orangensaft.
Jill fuhr sich über die Lippen, während er ihr Schweigen als Ja nahm und sich eine Tasse frisch gebrühten Kaffee einschenkte. Und sie fragte sich: Wenn er unschuldig war, warum hatte er ihr dann nicht angeboten, sich seine Dateien anzusehen? Um ihren Verdacht ein für alle Mal auszuräumen?
Jill wurde unwohl bei diesem Gedanken. Sie wollte nicht an ihm zweifeln. Aber sie konnte nicht anders. »Alex? Kann ich dich was fragen?«
Er nippte an seinem Kaffee und sah sie mit seinen leuchtend blauen Augen an. »Klar.«
»Glaubst du, dass Thomas die Briefe gelöscht hat?«
Er ließ die Tasse sinken und hielt ihrem Blick stand, zögerte aber mit der Antwort. »Nein. Das glaube ich nicht«, sagte er mit fester Stimme. »Ich glaube, dass es einen Kurzschluss gegeben hat – es war ein unglücklicher Zufall. In der ganzen Wohnung gab es keinen Strom, als ich reinkam, Jill. Ich hab mir das doch nicht ausgedacht.«
Jills Herz klopfte noch heftiger. Hatte er da gezögert? Hatten seine Augen verräterisch aufgeblitzt? Oh Gott! Das Problem war, dass sie

ihn als Menschen schätzen gelernt hatte und ihn als Mann anziehend fand. Wenn sie nur objektiv sein könnte. Warum konnte sie ihm nicht einfach blind vertrauen?

Weil zu viel auf dem Spiel stand.

Jill wurde vor Entsetzen steif wie ein Brett, denn die Stimme in ihrem Inneren hatte sich angehört wie Kate.

»Was ist, Jill? Was hast du?«

Sie starrte ihn an, aber sie sah ihn nicht. Was dachte sie da? Sie konnte überhaupt nicht wissen, wie sich die Stimme dieser Frau angehört hatte. »Ich bin furchtbar müde«, sagte Jill keuchend. Sie schob sich den Pony aus der Stirn. »Ich bin letzte Nacht hier eingeschlafen und um fünf aufgewacht.« Sie beschloss, ihm nichts von dem Traum zu sagen. Er hatte sie zu sehr aufgewühlt, und, was schlimmer war, er verfolgte sie immer noch und machte ihr Angst.

»Du siehst erschöpft aus. Vielleicht sollten wir heute mal ausspannen.« Er blickte in den wolkenverhangenen Himmel hinaus und lächelte. »Sieht nach jeder Menge Regen aus.«

»Eigentlich hatte ich gehofft, dass du mir das Haus und vielleicht auch den restlichen Besitz zeigen könntest, wenn es nicht regnet. Ich würde mir auch gern mal das Dorf ansehen.«

Jetzt grinste er sie breit an, und das war der alte Alex, den sie irgendwie lieb gewonnen hatte. »Das wollte ich auch vorschlagen«, sagte er. »Das Haus können wir uns auch anschauen, wenn es regnet. Also, wie wär's, wenn wir uns warm anziehen und ich dir das ganze Anwesen zeige. Danach könnten wir im Ort essen gehen.« Er lächelte sie wieder an. »Es sei denn, es schüttet draußen. Der Weg, der zur Robin Hood Bay führt, ist sehr steil. Wir müssen das Auto stehen lassen und laufen.«

»Das macht nichts, klingt doch lustig.« Jill war begeistert. Alles war willkommen, was die vergangene Nacht und ihren Streit aus ihren Gedanken verjagte.

Alex hatte fahren wollen, vor allem, weil ein nebliger Nieselregen sich übers Land zu senken begann. Jill war einverstanden gewesen, und er hatte seinen Lamborghini zu Gunsten des dunkelgrünen Landrovers stehen lassen, den die Familie hier zur Verfügung hatte. Felsige, karge Moorlandschaft erstreckte sich nördlich und westlich des Hauses in endlose Weiten.

Sie verließen Stainesmore und fuhren landeinwärts. Jill staunte, wie grün und fruchtbar das Land bald wirkte, das hier mit großen Bäumen, Gräsern, Kräutern und Wildblumen bewachsen war. Es regnete mittlerweile in Strömen.

Alex zeigte ihr verschiedene Häuschen und Höfe, die man von der Straße aus nicht sehen konnte, auf die aber kleine, weiß getünchte Holzschilder mit schwarzen Buchstaben hinwiesen. Sie gehörten Pächtern, die zum Großteil schon seit Generationen auf dem Grund lebten.

»Wie groß ist dieser Besitz eigentlich?«, fragte Jill, während der Landrover auf der löchrigen und teils sogar ungeteerten Straße gefährlich herumschaukelte.

»Gut vierhundert Hektar. Es war früher noch mehr, aber etwa zwei Drittel des Landes wurden schon vor Jahren verkauft«, erzählte Alex aufgeräumt.

Jill lächelte ihn an und sah dann durch ihr Fenster etwas, das ihr Blut gefrieren ließ. »Oh Gott!«, schrie sie auf und packte seinen Arm so plötzlich, dass der Landrover gefährlich aus der Spur kam.

»Jill!«

Aber Jill hörte ihn nicht. Sie starrte auf die Überreste eines Turms aus grauschwarzem Stein, die in den regnerischen Himmel ragten. Sie begann zu zittern. »Halt an. Wir müssen aussteigen.« *Das konnte doch gar nicht wahr sein.*

»Was, zum Teufel, ist denn los? Du siehst aus, als wärst du einem Gespenst begegnet«, sagte Alex und fuhr so weit wie möglich an den linken Rand der schmalen Straße. Eigentlich war nicht genug

Platz zum Parken, aber die Straße war ohnehin kaum befahren. Sie hatten seit mindestens zwanzig Minuten keinen anderen Wagen gesehen.

»Vielleicht stimmt das auch«, erwiderte Jill bibbernd und mit einem unguten Gefühl. »Dieser Turm.« Sie konnte die Augen nicht davon abwenden. »Ich will näher ran. Ich muss ihn sehen.«

Er schaute sie fragend an, und sie musste sich ihm kurz zuwenden. »Ich habe letzte Nacht von diesem Turm geträumt«, erklärte sie heiser. Sofort schossen ihre Augen wieder zu dem Turm zurück. *Das war haargenau derselbe Turm wie in ihrem Traum.*

Er sah sie weiterhin verständnislos an. »Okay. Kannst du mir das vielleicht näher erklären?« Er stellte den Scheibenwischer noch schneller, denn jetzt goss es wie aus Kübeln.

Jill verschränkte beschützend die Arme vor der Brust. Ihr Herz raste in einem alarmierenden Tempo. »Ich hatte einen schrecklichen Traum«, sagte sie leise. »Von Kate. Und ich habe diesen Turm in dem Traum gesehen.«

»Ich bringe dich gern da hin, Jill«, sagte Alex nach einer kurzen Pause. »Aber muss ich dich daran erinnern, wie viele Türme es in Großbritannien gibt?«

Sie runzelte die Stirn.

»Es gibt hier bestimmt Hunderte, vielleicht sogar Tausende von solchen Türmen.«

Hatte er Recht? »Lass uns aussteigen«, meinte Jill und streckte die Hand nach dem Türgriff aus.

»Schätzchen, ich kann den Landrover doch nicht einfach hier auf der Straße stehen lassen.« Er legte den Gang ein und rollte langsam vorwärts. Jill hielt noch immer die Arme vor die Brust gepresst. Sie verrenkte sich den Hals, um über die Schulter zu dem Turm zu schauen … es schien genau derselbe zu sein wie in ihrem Traum. Sie konnte sich nicht irren.

Ein kleines Schild zu ihrer Linken verkündete: »Coke's Way«. Alex bog auf den schmalen Pfad ab, und sie ließen die Straße hinter sich. Während sie unter einem Baldachin grüner Laubbäume über den löchrigen Weg holperten, erschien vor ihnen ein kleines Haus. Es hatte zwei Stockwerke und ein hohes Dach mit spitzem Giebel und zwei gemauerten Schornsteinen. Alle Fenster, die Jill sehen konnte, waren mit Brettern vernagelt.

Der Turm stand keine dreißig Meter dahinter. Abrupt erhob er sich vor einer Kulisse von dürren, verkrüppelten Bäumen, durch die man ab und zu einen Blick auf die stahlgraue, schäumende See erhaschte. Der Turm war eine Ruine, aber ganz genau das, was Jill im Traum gesehen hatte. Ganz sicher.

»Ich dachte, wir wären landeinwärts gefahren«, brachte sie durch klappernde Zähne hervor. Sie fühlte sich eigenartig, fast krank. Sie war ganz durcheinander, ihre Nerven lagen blank, und es fiel ihr schwer, zu sagen, was genau sie eigentlich fühlte. Sie wusste nur, dass sie besorgt, nervös und ängstlich war.

»Sind wir auch, aber hier ist eine kleine Bucht. Ist dir kalt?«, fragte Alex offensichtlich besorgt, als er den Landrover vor dem kleinen Landhaus zum Stehen brachte.

»Ist nicht weiter schlimm«, murmelte Jill und öffnete rasch die Tür. Als sie auf den Turm zuging anstatt auf das Haus, hörte sie, wie hinter ihr der Motor abgestellt wurde. Sie trug einen Anorak und eine Baseball-Kappe, aber sie zog ihre Kapuze nicht hoch. Es regnete immer noch. Der Boden unter ihren Füßen war uneben. Überall kamen unter dem wuchernden Gras große Steine zum Vorschein. Außerdem musste sie sich einen Weg durch wild wachsende Sträucher bahnen oder sie umgehen. Alex tauchte an ihrer Seite auf.

»Jill«, sagte er, während sie auf die Ruine zustapften, »du hast solche Türme doch sicher schon früher mal gesehen. Was du da sagst, klingt ziemlich unwahrscheinlich.«

Jill machte sich nicht die Mühe, ihm zu antworten. Sie war ganz sicher, dass sie von diesem Turm geträumt hatte, ohne ihn jemals gesehen zu haben. Sie musste sofort KC anrufen, wenn sie nach Hause kamen.

Jills Zittern wurde stärker, als sie endlich vor der Ruine stehen blieben, von der noch etwa vier oder fünf Stockwerke erhalten waren. Sie sah, dass der Turm kein Dach hatte, und aus den niedrigen Mauerresten darum herum schloss sie, dass er einmal ein Teil einer größeren Anlage gewesen sein musste.

»Hier gab es mal eine kleine Festung. Ich glaube, sie stammt noch aus normannischer Zeit«, sagte Alex. »Ich würde die Dinge ja gern etwas dramatisieren und dir erzählen, dass sie im Zweiten Weltkrieg bombardiert wurde, aber sie ist im Laufe der Jahre einfach verfallen. Als Kind hab ich hier mit meinen Cousins gespielt. Nichts hat sich seitdem verändert.«

Jill war sich bewusst, dass er sie die ganze Zeit anschaute, während sie über das Feld hinter dem alten Haus gingen. Sie sah zu ihm auf.

»Sind wir immer noch auf Collinsworth-Besitz?«

»Ja. Dieses Landhaus gehört zu unseren Ländereien.«

Jill nickte und schluckte, denn ihr Mund war trocken. Diese Information überraschte sie nicht. Sie kletterte über einen Haufen Steine und ging um den Turm herum. Alle vier Wände standen noch. Die Fenster waren nicht größer als Schießscharten, und an der Stelle, wo einmal die Tür gewesen war, klaffte nur noch ein Loch.

Jill ging hinein. Der unangenehm süßliche Geruch des erdigen Bodens schlug ihr entgegen. Die Luft veränderte sich. Innen schien die Luft merkwürdig dünn zu werden, und es war sehr kalt und feucht. Atemlos und mit fast schmerzlich pochendem Herzen berührte Jill einen harten Mauerbrocken. Er war roh und unbehauen.

Sie starrte darauf. Das Gefühl des Déjà-vu war überwältigend. Sie hatte letzte Nacht von genau diesem Moment geträumt, aber in ihrem Traum hatten Horror und Verzweiflung geherrscht – und Kate war da gewesen.

»Was machst du da?«

Alex' Stimme kam aus weiter Ferne. Jill konnte Kate wieder sehen, ihr bleiches, verzerrtes Gesicht, ihre riesigen schwarzen Augen, und dann hörte sie ihre Stimme … *zu viel auf dem Spiel steht …*

Jill rang nach Luft und schloss die Augen, ihr war schwindlig. Und speiübel.

Sofort ergriff Alex von hinten ihren Arm und stützte sie. Dankbar lehnte sie sich an seine Brust. »Ist dir schlecht?«

Sie konnte nicht antworten. Als der Schwindel nachließ, blieb Kates Gesicht ihr lebhaft vor Augen, und nun erkannte sie deutlich, dass ihre Augen Jill um Hilfe anflehten. Sie konnte sie fast wieder hören: Hilf mir, bitte, hilf mir … Aber Jill dachte, dass sie sich die Stimme diesmal nur einbildete – sich vielleicht alles nur einbildete.

Plötzlich schienen sich die steinernen Wände des Turms zu bewegen. Sie neigten sich zueinander, als wollten sie immer näher an sie heranrücken.

Jill schüttelte den Kopf, um klarer zu sehen. Sie halluzinierte, weil der Traum sie so furchtbar aufgeregt hatte und weil sie sehr erschöpft war.

Jill riss sich von Alex los, sie sah ihn nicht einmal mehr, und kniete sich hin, um die feuchte Erde auf dem Boden zu berühren. Die Erde war grob und körnig in ihren Händen. Sie hatte dieselbe nasse, klumpige Erde schon einmal gespürt – letzte Nacht. Abrupt stand Jill auf. Sie fürchtete sich davor, hinunterzuschauen und ihre Hände zu öffnen, fürchtete sich ganz schrecklich, aber sie tat es.

Es war kein Blut daran.

Sie starrte auf ihre schmutzigen Hände und wartete darauf, dass sie sich mit Blut bedeckten.

Stattdessen sah sie Kate, keuchend, panisch, voll Dreck und Blut, das lange Haar, das ihr zerzaust und verfilzt über Schultern und Rücken fiel. Und dann schrie sie …

»Ich krieg keine Luft«, rief Jill plötzlich, und bevor Alex etwas tun konnte, war sie an ihm vorbeigesaust, hinaus in die frische Luft und den prasselnden Regen.

Sie stand draußen, hatte den Kopf zurückgelegt und die Hände dem Regen entgegengestreckt, damit der Dreck abgewaschen wurde, und zitterte am ganzen Körper.

Was passierte mit ihr? Es war doch nur ein blöder Traum gewesen!

Aber ihr Herz sagte ihr etwas anderes. Mit Kate war etwas Schreckliches passiert. Und vielleicht war es genau hier geschehen.

Jill merkte, dass sich auf ihren Wangen Tränen mit dem Regen vermischten.

Und plötzlich hallten ihr KCs gespenstische Worte durch den Kopf. *Aus Kate wurdest du …*

Es war eine erleuchtende Erkenntnis, wie eine Vorahnung. Kate war nicht einfach verschwunden, sondern es hatte sich eine furchtbare Tragödie abgespielt – und dieselbe furchtbare Tragödie stand auch Jill bevor.

»Jill?« Seine Hand schloss sich fest um ihren Oberarm.

Jill zuckte bei seiner Berührung zurück. Sie stand ihm gegenüber, ohne ihn zu sehen. Denn vor sich sah sie Kate, schmutzig, blutig, ausgemergelt, verzweifelt. Es war Kate, die ihren Arm packte. Es war Kate, die solche Angst hatte, die in großer Gefahr war …

»Jill.« Das klang wie ein Peitschenschlag.

Es war nur ein Traum, sagte sich Jill, aber ihr war immer noch furchtbar schlecht. Sie wurde sich bewusst, dass Alex sie schüttelte. Sie holte tief Luft. Gott sei Dank konnte er nicht sehen, dass sie weinte. Endlich schaute sie ihn an und fuhr zurück, weil er sie so eindringlich betrachtete. Sie wollte dieses Erlebnis nicht mit ihm teilen, noch nicht, und vielleicht niemals.

Sie riss sich los, immer noch keuchend. Das Zittern hatte endlich nachgelassen, sie bekam wieder Luft, und als sie zu den Wänden des Turms hochschaute, standen sie da wie eh und je, solider Stein, völlig bewegungslos.

»Jill, was ist da drin passiert?«
Seine Stimme war unglaublich sanft und warm. Jill wurde klar, dass sie im Augenblick völlig außer sich und sehr, sehr verletzlich war. Langsam drehte sie sich zu ihm um. Was würde er tun, fragte sie sich, wenn sie zu ihm ging, sich an ihn schmiegte und den Kopf an seine Schulter legte? »Ich kann jetzt nicht darüber reden.«
»Okay.« Er zögerte und sah sie immer noch durchdringend an. »Wir sollten zusehen, dass wir ins Trockene kommen.«
Jill nickte und folgte ihm zurück zum Wagen.
»Weißt du, ich habe von Leuten gelesen, die merkwürdige und sehr starke Reaktionen auf Orte gezeigt haben, die sie noch nie gesehen hatten – so wie du eben.«
Jill stolperte. »Was?« Ihre Unruhe wuchs.
»Du bist da drinnen so weiß geworden, dass ich dachte, du fällst in Ohnmacht.« Er betrachtete sie immer noch besorgt, als sie an der Schmalseite des Hauses ankamen. »Es hat ausgesehen, als wärst du in Trance – oder sonst einem komischen Zustand. Ich habe dich angesprochen. Du hast mich gar nicht gehört.« Er starrte sie an. »Du warst gar nicht da, sondern weiß Gott wo.«
Jill überlegte sich ihre Antwort gut. »Mich hat es vor dem Turm gegraust«, gestand sie. »Er hat mir Angst gemacht. Ich habe dir doch gesagt, dass ich letzte Nacht davon geträumt habe.« Sie zögerte. »Ich habe dich schon gehört.« Langsam hob sie den Blick. Sie sahen sich in die Augen. »Aber deine Stimme klang so weit weg.«
Ein endloser Augenblick verstrich. »Vielleicht sollten wir bei unserer Suche nach Kate eine Pause einlegen. Du hast in letzter Zeit viel durchgemacht. Du wirst noch krank ...«
»Nein!« Ihr Schrei war spitz und laut. Obwohl sie sich jetzt davor fürchtete, was als Nächstes kommen mochte, was sie noch alles herausfinden würde, sie konnte die Suche nach der Wahrheit jetzt nicht aufgeben. Kate war etwas Schreckliches zugestoßen. Und Jill fühlte sich verpflichtet, das ans Licht zu bringen. Erschrocken stell-

te sie fest, dass sie Gerechtigkeit wollte. Zumindest das hatte Kate verdient.

»Also gut. Wenn du nicht aufhören willst, bin ich weiterhin dabei. Sollen wir gehen? Es ist zu früh fürs Mittagessen, aber wir können ja noch ein bisschen herumfahren.«

Jill rührte sich nicht. Sie waren jetzt aus dem Regen heraus, denn sie standen auf der überdachten Veranda hinter dem Haus. Sie schaute an dem Haus hinauf. Er hatte Coke's Way als Landhaus bezeichnet.

»Wer hat hier früher gewohnt, Alex?«, fragte sie langsam.

»Niemand hat hier gewohnt, seit ich mit sieben oder acht zum ersten Mal in Yorkshire war. Ich weiß nicht, ob seit dem Zweiten Weltkrieg überhaupt jemand hier gewohnt hat.«

»Hast du es nicht vorhin als Landhaus bezeichnet?«

»Es war kein Bauernhaus, sondern eher ein Sommersitz, aber wenn du's genauer wissen willst, müsstest du Thomas oder Lauren fragen. Oder vielleicht weiß jemand im Dorf mehr darüber.« Er betrachtete sie. »Worauf willst du hinaus?«

Jill starrte auf die vernagelten Fenster auf der Rückseite des Hauses. Ihr Blick wanderte nach oben. Im oberen Stockwerk waren nicht vor allen Fenstern Bretter.

»Was schwirrt denn jetzt durch deinen einfallsreichen Kopf?«, drängte er.

Sie drehte sich um und sah, dass er lächelte. »Kate hat in einem Landhaus nicht weit von der Robin Hood Bay gewohnt. Sind wir nicht vor ein paar Minuten an einem Wegweiser zur Robin Hood Bay vorbeigekommen?«

Er überlegte. »Sind wir. Es sind von hier keine fünf Kilometer bis dahin, genau in östlicher Richtung. Es gibt hier noch zwei solcher alten Landhäuser«, fügte er hinzu. Dann seufzte er. »Du willst da rein.« Es war keine Frage.

Jill nickte ernst. Kate und Edward waren ein Liebespaar gewesen. Sie hatte dafür keinen Beweis, nur die vagen Erinnerungen einer alten Dame, aber sie war vollkommen davon überzeugt. Wo hätte Edward seine schwangere Geliebte besser verstecken können als in einem abgeschiedenen Landhaus auf seinem eigenen Grund und Boden?

Sie gingen zur Vorderseite herum. Während Alex aus dem Landrover Werkzeug holte, um die vor die Tür genagelten Bretter abzureißen, versuchte Jill, durch ein Fenster hineinzuspähen. Sie konnte nichts sehen außer zugedeckten Möbeln und tiefen Schatten. Sie ging um das Haus herum.

An der Seite entdeckte sie eine Hintertür zur Küche, die nicht vernagelt war. Aber die Tür war mit einem schweren Vorhängeschloss an einer dicken, rostigen Kette versperrt. Jill packte die Kette und zog daran. Doch sie war noch recht stabil.

Plötzlich erstarrte sie, ihr liefen Schauer über den Rücken. Sie konnte Alex nicht mehr hören, der auf der Vorderseite die Sperrholzbretter bearbeitete. Die Haare in ihrem Nacken schienen sich zu sträuben. Sie fühlte sich beobachtet.

Jill ließ das Vorhängeschloss fallen und trat von der Tür zurück. Ihr Blick schweifte über die wuchernde Wiese, die wenigen Bäume auf dem Hof, die Mauer an der Straße. Sie konnte niemanden entdecken, aber das komische Gefühl ließ nicht nach.

Es wurde sogar stärker.

Als spioniere jemand hinter ihnen – hinter ihr her.

Jill beschloss, zu Alex auf die Vorderseite zurückzukehren. Sie lief hastig los und schaute über ihre Schulter, als sie über etwas stolperte. Sie blickte hinunter. Es war nur die Falltür eines Vorratskellers, die so von Gras und Unkraut überwuchert war, dass man sie kaum erkennen konnte.

Sie kam atemlos vorne an, wo Alex gerade das letzte Stück Sperrholz vor dem Eingang abriss. »Gerade rechtzeitig«, sagte er fröhlich. Dann wurde er ernst. »Was ist denn jetzt?«

»Nichts.« Sie zwang sich zu lächeln. Sie würde Alex nicht sagen, dass sie irgendetwas gespürt hatte, das im Hof oder vielleicht im Wald auf sie lauerte. Er hielt sie jetzt schon für nicht ganz dicht – er würde glauben, sie sei völlig durchgeknallt.

Alex drehte an dem soliden Messingknauf. Er ließ sich leicht bewegen, und die Tür schwang auf. Jill wäre vor Neugier fast über ihn geklettert.

Vor sich sah sie ein kleines Wohnzimmer, und wie sie durch das Fenster schon festgestellt hatte, waren alle Möbel mit alten Laken verhängt. Da war auch ein gemauerter Kamin. Vorsichtig traten sie in den Flur. Der Fußboden war aus dunkler Eiche. Direkt vor ihnen führte eine Treppe nach oben.

Alex schnüffelte. »Komisch«, sagte er.

Jill wurde nicht ruhiger, im Gegenteil. Vielleicht war es ein Fehler gewesen, nach Coke's Way zu kommen und den Turm zu erforschen. »Was ist komisch?«, fragte sie. Sie roch nichts Besonderes.

»Nichts«, sagte er kopfschüttelnd.

Jill ging vorsichtig an ihm vorbei in den Salon. Man hatte nur das Sofa und die Sessel abgedeckt. An einer Wand stand ein langer, ganz gewöhnlicher Serviertisch. Er war leer, bis auf eine sehr altmodische Lampe, wahrscheinlich eine Gaslampe, und einige alte, verblichene Bücher. Auf ihren stoffbespannten Umschlägen konnte man nicht einmal mehr die Titel erkennen.

Alex ging an ihr vorbei zu dem Tisch. Er nahm ein Buch in die Hand, drehte es um und schlug es auf. »Eine Novelle von Henry James«, sagte er versonnen. »*Washington Square*.« Er blätterte um. »Copyright 1880.«

Aufregung erfasste Jill. Sie eilte an seine Seite. »Ich frage mich, ob Kate dieses Buch gelesen hat? Gibt es eine Widmung oder so was?«

»Nein.« Er reichte es ihr und sah sie durchdringend an. »Du ziehst schon wieder voreilige Schlüsse.«

Sie würdigte ihn keiner Antwort. Kate hatte hier gewohnt. Entweder hier oder in dem Turm.

Jill war sich noch nie einer Sache so sicher gewesen.
Alex ging an ihr vorbei in die kleine Küche. Jill nahm sich das andere Buch vor, es war von Thomas Melville. Dann hörte sie Alex in der Küche aufschreien: »Himmel!«
Sie rannte zur Tür. Alex stand mitten in dem dämmrigen Raum mit Steinfußboden, hölzernen Regalen und einem langen, rußgeschwärzten, gemauerten Kamin am anderen Ende. Und dann sah sie, warum er geschrien hatte.
Auf einer hölzernen Arbeitsplatte stand ein Paket Kellogg's Cornflakes. Daneben eine Dose Instantkaffee. In einem Trockengestell aus Plastik neben der uralten Spüle lagen ein paar Teller und Besteck.
Alex wandte sich zu ihr um. »Hier hat es nicht gerochen, als sei das Haus seit vielen Jahren unbewohnt. Schau dir das an! Hier war jemand – und zwar erst vor kurzem.« Er nahm die Cornflakes-Packung und schüttete etwas daraus auf seine Hand. »Aber nicht vor allzu kurzer Zeit. Die Cornflakes sind nicht mehr gut.«
»Vielleicht war es ein Obdachloser«, schlug Jill vor, aber sie war ziemlich sicher, dass es nicht so war.
»Wie ist er hier reingekommen?«, fragte Alex und bückte sich, um unter die Spüle zu schauen. Offenbar suchte er nach dem Abfalleimer – aber der war geleert worden.
»Es gibt eine Hintertür, aber da ist ein Vorhängeschloss dran«, sagte Jill. »Vielleicht hat ja jemand einen Schlüssel.«
»Oder ein Landstreicher ist durch eines der Fenster reingekommen. Das schauen wir uns mal an, bevor wir gehen.«
Jill dachte an die Fenster im Obergeschoss, die nicht vernagelt waren. »Lass uns raufgehen.«
Sie verließen die Küche durch das Wohnzimmer, und Alex überprüfte den Kamin. »Verkohltes Holz«, verkündete er. »Und Asche.« Er richtete sich auf. »Jemand hat es sich hier richtig gemütlich gemacht. Ich frag mal nach, ob wir dieses Haus an irgendeinen Spinner vermietet haben.«

Schweigend stiegen sie die Treppe hinauf, Jill vorneweg. Sie ging ohne zu zögern ans Ende des Flurs. »Weißt du etwas, was ich nicht weiß?«, fragte Alex hinter ihr.

»Ist dir an den Fenstern auf dieser Seite nichts aufgefallen?«, antwortete Jill. Die letzte Tür war offen. Die beiden anderen, die sie gar nicht beachtet hatte, waren geschlossen.

Jill blieb zögernd an der Schwelle zu dem Schlafzimmer stehen. Ein schmales Bett mit vier kurzen Bettpfosten stand in der Mitte. Über weiße Baumwoll-Laken war ein blauer Überwurf gezogen. Auf dem Nachttisch stand eine elektrische Lampe. Daneben befand sich ein gläserner Aschenbecher und auf dem Boden ein elektrischer Heizlüfter.

Jill ließ ihren Blick durch den Raum schweifen. An der gegenüberliegenden Wand stand ein Tisch mit einem Spiegel darauf. Während diese beiden Möbelstücke, ebenso wie das Bett, bestimmt mindestens hundert Jahre alt waren, galt das nicht für die Gegenstände auf dem Tisch, so wenig wie für Laken und Überwurf und Heizlüfter.

Jill sah einen Stapel Zeitschriften. Ihr blieb das Herz stehen. Zuoberst lag *Photography Today*, die sie sofort erkannte.

»Hal war hier«, sagte Alex hinter ihr. Auch er hatte die Zeitschriften entdeckt. »Ich hab einen Blick ins Bad geworfen. Da sind Handtücher, Seife, Rasierschaum, ein Rasierer.«

Jill stand da wie angewurzelt. Er war hier gewesen, vielleicht kurz bevor sie, Jill, ihn kennen gelernt hatte. Und dieser Ort hatte etwas mit Kate zu tun. Warum hatte Hal sich hier aufgehalten? Oder war diese Frage inzwischen überflüssig?

Er war wegen Kate hier. Jill spürte es.

Was, wenn er mit ihr zusammen gewesen war, weil sie Kates Urenkelin war?

Alex war an ihr vorbeigegangen und hatte die Schreibtischschubladen geöffnet. Sie waren leer. Dann blätterte er die Zeitschriften

durch und hielt plötzlich inne. Jill sah unter dem Stapel einen großen Umschlag.
Sie wurde von ahnungsvollem Grauen gepackt, erstarrte und wartete auf den nächsten Tiefschlag.
Als Alex den Umschlag öffnete, zog er eine Reihe großformatiger Hochglanzfotos heraus. Selbst aus der Entfernung konnte Jill erkennen, dass sie schwarzweiß waren. Sie musste sie nicht aus der Nähe sehen, um zu wissen, dass sie von Hal waren.
Alex starrte auf das erste Foto und sagte kein Wort. Jill bekam Angst. Seine Hände schienen zu zittern, und eine leichte Röte stieg ihm ins Gesicht.
Er nahm es und steckte es zuunterst, starrte auf das zweite Bild und sah dann schnell das restliche Dutzend Bilder durch.
»Was ist denn?« Ihre Stimme war ein heiseres Krächzen.
Er drehte sich zu ihr um. »Hier.« Er hielt ihr den Stapel Fotos entgegen.
Jill warf einen Blick darauf und erkannte sie sofort als Hals Arbeiten. Aber im nächsten Moment wäre sie fast in Ohnmacht gefallen, denn sie starrte auf Kate, die sich nackt und wunderschön auf einem dick gepolsterten Sessel räkelte. Die Pose war so geschmackvoll arrangiert, dass das Foto in der *Vogue* hätte erscheinen können. Weder ihre Brustwarzen noch ihre Scham waren zu sehen, aber Kate war ganz zügellose Weiblichkeit und verlockende Sinnlichkeit; ihre Brüste quollen über ihre verschränkten Arme, ihre schmale Taille ging in eine üppig gerundete Hüfte und schön geschwungene Oberschenkel über. Sie hatte den Kopf in den Nacken gelegt, und der Blick in ihren Augen war so anzüglich und verträumt zugleich, dass sie unübersehbar in den Fotografen verliebt war.
Aber Hal konnte Kate nicht fotografiert haben.
Sofort wurde Jill klar, dass das ein Bild von *ihr selbst* war, nicht von Kate.

Sie erinnerte sich an diese Aufnahme, und auch ihre Hände zitterten, ihre Wangen brannten wie Feuer.
Sie starrte sich an. Sie sah nicht wirklich so aus – Hal hatte durch seine geschickte Arbeit mit Licht und Schatten ihre Formen und ihr Gesicht weicher erscheinen lassen. Himmel, einen Augenblick lang, einen entsetzlichen Augenblick lang, hatte sie geglaubt, Kate vor sich zu haben.
Ihre Hände zitterten noch heftiger, als sie rasch die anderen Bilder durchschaute. Sie enthüllten noch mehr von ihr – in einem stand sie fast frontal der Kamera zugewandt und strich sich mit einer Hand das Haar zurück, während das Sonnenlicht, das durch ein offenes Fenster fiel, eine Seite ihres Körpers überflutete. Auf diesem Foto sah sie überhaupt nicht aus wie Kate – man erkannte deutlich straffe, durchtrainierte Muskeln, den Körper einer Tänzerin eben. Jill verzog das Gesicht und drückte den Stapel Fotos an ihre Brust. Ihr Herz raste. Sie schaffte es, Alex anzusehen.
Er lächelte nicht. »Ja, Hal hatte wirklich Talent – aber das wussten wir ja schon.«
Jill stand auf, griff nach dem Umschlag, steckte hastig die Bilder hinein und legte ihn wieder auf den Tisch.
»Hm«, sagte Alex. »Ich schätze, die solltest du behalten.« Er hob den Umschlag auf und gab ihn ihr. »Wie wär's mit Mittagessen? Ich weiß nicht genau, was wir eigentlich suchen, aber jedenfalls haben wir etwas gefunden.« Ohne auf sie zu warten, ging er hinaus.
Jill starrte ihm nach. Sie brauchte einen Moment, bis sie sich bewegen konnte; sie dachte nur: *Hal hatte sich in Kate verliebt.* Sie war absolut sicher.

Jill marschierte durch die flachen Pfützen im Park von Stainesmore. Sie konnte einfach keine Ruhe finden und wusste kaum noch, was sie mit sich anfangen sollte.
Hal hatte sie so fotografiert, dass sie aussah wie Kate – ihr Gesicht

erschien runder, der Körper üppiger, und ihr unordentlich nach hinten geschobenes Haar gaukelte lange Locken vor. Oh Gott.
Die Teile des Puzzles fügten sich zusammen – und was sie sah, gefiel Jill ganz und gar nicht.
Hal, Kate, sie selbst. Es war unglaublich, aber unübersehbar: Sie bildeten eine Art epochenübergreifende Dreiecksbeziehung. Vielleicht hatte Hal sogar wegen Kate speziell nach ihr gesucht. Eine grässliche Vorstellung.
Unter ihrer linken Brust spürte sie einen stechenden Schmerz. Zumindest hatte Alex die Ähnlichkeit auf dem Foto nicht bemerkt. Sie wusste nicht, warum sie wegen dieser Kleinigkeit so erleichtert war.
Sie war lange gelaufen und hatte immer wieder an einem Müsliriegel genascht, den sie in ihrer Jackentasche gefunden hatte. Der Regen ließ endlich nach, aber nun hing ein dichter Nebelschleier über dem Boden, so dass sie kaum etwas sehen konnte. Jill blieb stehen und schaute über die Schulter dahin zurück, wo sie hergekommen war. Zu ihrer Überraschung konnte sie nicht einmal einen der Türme oder einen Schornstein des Landsitzes sehen.
Sie wollte schon umkehren, aber aus irgendeinem Grund schaute sie sich noch einmal um. Die weißen Schwaden tanzten. Der Nebel lichtete sich ein wenig. Keine dreißig Meter zu ihrer Rechten erkannte sie die schwachen Umrisse einer Kapelle.
Sie kniff die Augen zusammen. Das musste dieselbe kleine Kirche sein, die sie vor ein paar Stunden auf dem Rückweg von Coke's Way bemerkt hatte. Sie wusste nicht, wo sie sich befand – ihr Orientierungssinn war sehr schlecht – aber die kleine Kirche musste auf der anderen Seite der Straße sein, die Jill nicht sehen konnte.
Nicht, dass das so wichtig war. Sie sollte umkehren, bevor sie sich verirrte.
Der Nebel tanzte immer noch, und bevor Jill sich umdrehen konnte, sah sie in den feuchten Schwaden unmittelbar vor sich mehrere

Grabsteine auftauchen. Irgendwie war sie über einen Friedhof gestolpert.

Der Friedhof interessierte sie nicht, denn es wurde zusehends dunkler. Aber sie fragte sich, ob er der Familie gehörte oder von den umliegenden Dörfern benutzt wurde. Jill ging zu dem nächststehenden Grabstein aus Granit und las darauf den Namen Martha Watts Benson, 11. Februar 1901 – 1. Mai 1954. Die Frage wäre geklärt, dachte sie.

Jill wandte sich zum Gehen. Sie wollte direkt nach Stainesmore zurück und hoffte nur, dass sie sich nicht verlaufen würde. Diese Gefahr wurde immer realer, denn Jill hatte nichts, woran sie sich hätte orientieren können. Verflixt, dachte sie.

Sie schaute zu der alten Kapelle hinüber, die sie kaum erkennen konnte, und versuchte sich zu erinnern, wo genau im Verhältnis zum Haus sie sich befunden hatte. Hoffentlich stand sie wirklich genau südlich des Familiensitzes.

Entschlossen machte Jill sich auf den Weg. Nach wenigen Schritten stieß ihr Fuß an etwas sehr Hartes, und sie schlug mit einem dumpfen Geräusch auf den Boden.

»Au!« Das harte Etwas – ein Stein – bohrte sich in ihre Hüfte. Sie rollte sich davon weg, setzte sich ins nasse Gras, begann zu frieren und dachte an den blauschwarzen Bluterguss, den ihr das zweifellos einbringen würde. Dann schaute sie sich den Stein an, über den sie gestolpert war.

Er war von Unkraut überwuchert, aber wenn sie sich nicht irrte, handelte es sich um einen kleinen, unauffälligen Grabstein.

Guter Gott. Sie war über ein Grab gestolpert! War das nicht ein schlechtes Omen?

Jill wollte schon aufstehen. Ihre Zähne klapperten. Doch stattdessen kroch sie näher heran und befreite den kleinen Stein von dem Unkraut. Er war keinen halben Meter hoch und schwarzgrau. Wie die Steine des Turms.

Jill lief ein Schauer über den Rücken, aber schließlich war sie nass und fror, und es hatte wieder zu nieseln begonnen.

Während sie Gräser und Moos ausriss, stießen ihre Finger auf eine eingemeißelte Inschrift. Jill kroch noch näher heran. Ihr blieb die Luft weg.

Jill starrte ungläubig auf die Worte, die vor ihren Augen verschwammen, und ihr Herz schlug so heftig, dass ihr davon schwindlig wurde.

»Katherine Adeline Gallagher«, stand darauf. »10. Juni 1890 – 12. Januar 1909.«

Dritter Teil

Der Turm

Fünfzehn

Wie unter Schock starrte Jill reglos auf den Grabstein. Sie konnte die Augen nicht von dem Todesdatum abwenden – der zwölfte Januar 1909. Sie bekam kaum noch Luft und keuchte schwer.

Kate war 1908 nicht einfach verschwunden, sie war bald darauf gestorben, und hier war der himmelschreiende Beweis dafür.

Plötzlich ließ Jill sich vor dem Grabstein auf die Knie zurücksinken, schloss die Augen und kämpfte gegen heiße Tränen an. Kate, die so jung, so wunderschön, so leidenschaftlich und lebendig gewesen war, war mit achtzehn Jahren gestorben. Aber warum überraschte sie das? Sie hatte doch schon seit einiger Zeit und vor allem seit der letzten Nacht dieses furchtbare, grauenhafte Gefühl gehabt, dass Kate etwas Schreckliches zugestoßen war. Und sie hatte Recht damit.

Was war geschehen? Und warum?

Jill fuhr sich mit der Hand über die Augen. Hal hatte im Sterben nicht gesagt, dass er sie liebte, er hatte ihr gesagt, dass er Kate liebte. Jetzt rang sie umso mehr nach Luft. Die Wahrheit war unübersehbar, und sie war unausweichlich.

Sie hatten sich in der U-Bahn kennen gelernt. Zumindest hatte Jill das geglaubt. Aber Lauren hatte darauf beharrt, dass Hal sie in ihrem Fitness-Studio getroffen hatte. Hatte er sie dort beobachtet und sie ausgewählt, weil sie Kate ähnlich sah? Hatte er sie ausgewählt, weil er wusste, dass sie Kates Urenkelin war?

Natürlich hatte er das.

Jill wollte nicht weinen. Sie hatte geglaubt, die tränenreichen Ausbrüche seien vorüber, ihre Tränen versiegt. Aber jetzt brachen sie sich Bahn. Still weinte sie um ihr anderes Ich, um die Jill, die es nicht mehr gab, die junge Frau, die so naiv gewesen und einem sehr verwirrten und gequälten Mann all ihre Liebe und ihr volles Vertrauen geschenkt hatte.

»Jill? Was ist?«

Sofort erkannte Jill Alex' Stimme; er eilte zu ihr, und seine Stiefel gaben auf dem nassen Gras ein lautes Quietschen von sich. Sie wollte nicht, dass er sie so sah. Er würde es nicht verstehen; er würde glauben, sie weinte um Hal. Rasch fuhr sie sich übers Gesicht.

Er zog sie auf die Füße, drehte sie um und riss sie in seine Arme. Jill rührte sich nicht. Sie konnte nicht. Nicht nur, weil sie völlig überrumpelt war, sondern vor allem, weil er sich so gut, so absolut richtig anfühlte.

Sie wusste nicht, wie lang sie da in seinen Armen lag, aber sie vergaß den Grabstein, vergaß Kate. Er hielt ihren Hinterkopf, der in einer Baseball-Kappe steckte, schützend in seiner großen Hand. Diese Geste war unglaublich tröstlich – so hielt eine Mutter den weichen, warmen Kopf ihres Babys.

Aber sie wussten beide, dass sie kein kleines Kind war. Seine Hand rutschte tiefer, zu ihrem bloßen Nacken. Die Berührung war elektrisierend. Und in diesem Moment wurde ihr bewusst, dass sie vom Kopf bis zu den Zehen an ihn gedrückt dastand; sie hatte sich auf ganzer Länge gegen seinen straffen, starken Körper gepresst. Einen weiteren Herzschlag lang blieb sie reglos stehen, während ihr Geist wieder zu arbeiten begann. Ich will das hier, dachte sie. Ich will ihn. Widerwillig trat sie zurück.

Sein Blick suchte forschend ihre Augen, ihr Gesicht ab.

Einen Moment lang konnte sie die Augen nicht abwenden. Dann drehte sie sich weg und streckte eine zitternde Hand aus: »Schau.«

Er folgte ihrem Blick. Er hielt eine kleine, stabförmige Taschenlampe in der Hand, und nun ging er an ihr vorbei, kniete sich hin und richtete das Licht auf den Grabstein. Er schwieg.

Es wurde immer dämmriger. Das Nieseln hatte aufgehört und die heraufziehende bläulich schwarze Nacht dem dichten Nebel überlassen. Jill merkte, dass sie nass war bis auf die Knochen. Ihre Zähne begannen zu klappern. Alex richtete sich auf. »Ach, du grüne Neune«, sagte er leise.

Jill konnte nicht anders, dieser Kommentar war so absurd, dass sie in ein ziemlich hysterisch klingendes Lachen ausbrach.

Er lächelte nicht, und sein Blick glitt wie tastend langsam über ihr Gesicht. »Tja, so viel zu deiner Theorie, dass Kate Gallagher davongelaufen ist, um den Rest ihrer Tage glücklich mit irgendeinem Mann zu leben.«

Zitternd nickte Jill.

Plötzlich nahm Alex seinen Mantel ab, ein schweres Ding aus herrlich abgetragenem Leder mit Wollfutter, und legte ihn über ihren nassen Anorak. »Du holst dir noch eine Lungenentzündung«, sagte er. Er legte den Arm um sie, als glaubte er nicht, dass sie es allein zurück zum Haus schaffen könnte. So stapften sie gemeinsam über das Feld Richtung Stainesmore.

»Sie ist gestorben«, sagte Jill zähneklappernd, während ihre Hüften sich streiften und aneinander stießen. »Und jemand kannte das genaue Datum ihres Todes. Jemand wusste es und hat sie begraben, Alex. Er hat sie hier begraben, in der Nähe von Stainesmore. Wir müssen herausfinden, was passiert ist und wer das war!«

Er antwortete nicht. Aber er zog sie noch näher an sich, als Jill schrecklich zu zittern begann. Kate, Hal, Marisa, Alex … das Chaos, die Dramatik um all das war überwältigend.

»Ich hab dir noch nicht von meinem Traum erzählt«, sagte Jill heiser und blickte hoch zu seinem makellosen Profil. »Es war der reinste Horror, Kate war irgendwo eingesperrt, vielleicht in diesem Turm, und sie war ganz voll Dreck, bis unter die Fingernägel, und da war so viel Blut. Ich habe sie *gesehen*, Alex.«

Er fuhr zusammen; Jill spürte es. »Das war nur ein Traum.« Seine

Stimme klang schneidend. »Ich mach mir Sorgen um dich. Wir müssen wirklich mal eine Pause einlegen.«
»Morgen Abend fahren wir nach London zurück. Wir können doch nicht einfach aufhören, noch nicht. Wir müssen in Stainesmore nach mehr Beweisen suchen, nach mehr Spuren, und vielleicht auch noch mal in dem Häuschen. Glaubst du, dass es vielleicht in der Kirche noch Unterlagen gibt? Sie halten doch sicher fest, wer auf ihrem Friedhof begraben wird?«
Er betrachtete sie nachdenklich, während sie durch den matschigen Park gingen. »Was versprichst du dir davon?«, fragte er schließlich leise.
Jill riss sich abrupt von ihm los und starrte ihn ungläubig an. »Was soll denn die Frage! Sie war meine Urgroßmutter, und jemand hat sie umgebracht!«
»Wir wissen nicht sicher, dass sie deine Urgroßmutter war, und wir wissen nicht sicher, ob sie ermordet wurde oder nicht.« Seine Augen blitzten.
»Stellst du dich auf einmal gegen mich?« Jill begann wieder heftig zu zittern. Sie wollte jetzt nicht an ihren Verdacht gegen Alex denken. Das war mehr, als sie ertragen konnte.
Er sah sie an. »Ich würde mich nie gegen dich stellen«, sagte er schließlich. Fluchend fuhr er sich durch die Haare. »Was willst du eigentlich, Jill? Wie soll das hier ausgehen?«
»Ich will die Wahrheit herausfinden. Ich will wissen, was mit Kate passiert ist und warum. Und ich will wissen, was aus ihrem Kind geworden ist, Peter – der vielleicht mein eigener Großvater war. Er ist nicht gestorben. Was ist mit ihm passiert?« Jill holte tief Luft. »Wenn deine Familie darin verwickelt ist, kann ich das nicht ändern. Dann gibt es eben eine Woche oder so eine Schlammschlacht in der Boulevardpresse. Damit werden sie schon fertig.« Sie war verbittert.
»Meine Tante und mein Onkel haben gerade ihren Sohn verloren«,

sagte Alex barsch. »Sie brauchen keine weiteren unschönen Geschichten. Nicht jetzt.«

Sie starrte ihn an. »Also befürchtest du, dass die Wahrheit etwas mit der Familie zu tun hat – und dass sie unschön ist?«, drängte Jill.

Er zögerte. »Was soll ich mir denn sonst denken? Sie sind alt, sie haben gerade Hal verloren. Tante Margaret hat Probleme mit dem Herzen. Mein Onkel ist in den letzten vier Wochen um zwanzig Jahre gealtert.« Er wurde laut. »*Ich will nicht, dass man ihnen wehtut.*«

Jill war verblüfft. Sie hatte Alex noch nie so erregt gesehen. Oder so entschlossen und unnachgiebig. Da traf sie die Erkenntnis wie ein Schlag, dass er in diesem Punkt niemals nachgeben würde, dass seine Loyalität zu den Sheldons ewig währen würde.

»Jill«, sagte er mit sanfterer Stimme und neuer Beherrschung, »was auch immer mit Kate passiert ist, sie ist vor langer Zeit gestorben, und niemand wird jetzt noch für dieses Verbrechen bestraft werden – falls sie einem Verbrechen zum Opfer gefallen ist. Ich will nicht, dass meine Familie noch mehr leiden muss. Sie haben schon genug ertragen müssen – und ich weiß, dass du mir zumindest darin zustimmst. Lassen wir die Sache ein oder zwei Wochen ruhen. Bevor du davon so besessen bist, dass man überhaupt nicht mehr vernünftig mit dir reden kann.«

»Ich bin doch nicht besessen«, sagte Jill verstört. Wie weit würde Alex gehen, um die Collinsworths zu beschützen? Er war der Außenseiter, der immer nur dazugehören wollte. Jetzt gehörte er zu ihnen. Hatte er nicht ein viel stärkeres Motiv als Thomas?

»Ich glaube schon, dass du besessen bist, und das ist auch verdammt praktisch, nicht? Anstatt jede Nacht wegen Hal und allem, was er dir angetan hat, dein Kissen vollzuheulen, hast du etwas, das dich ständig beschäftigt«, sagte Alex, nun nicht mehr so ruhig.

Zuerst konnte Jill nichts erwidern. Natürlich würde Alex sich verpflichtet fühlen, die Familienehre zu verteidigen. Wäre sie nicht ge-

nauso hartnäckig und grenzenlos loyal ihrer eigenen Familie gegenüber, wenn sie plötzlich herausfände, dass sie eine hatte?
Aber sie hatte ja eine Familie. Kate Gallagher war ihre Familie – und Kate brauchte sie jetzt.
Jill stolperte, rempelte Alex an und versuchte sich zu sagen, dass Kate tot war und dass es trotz ihrer instinktiven Überzeugung keinen Beweis dafür gab, dass Kate ihre Urgroßmutter war. Dass man diese »Familien« nicht vergleichen konnte.
»Ich gebe nicht auf, Alex«, sagte Jill schließlich. »Ich kann nicht. Und es ist unfair von dir, das von mir zu verlangen, vor allem jetzt, wo ich so einen Durchbruch erzielt habe – wo so viel auf dem Spiel steht.« Sie kehrte ihm den Rücken zu und marschierte allein weiter. Es war schon dunkel, aber jetzt blinzelten und blitzten die vielen gelben Lichter des Hauses durch den Nebel und lockten sie, wie ein unheimlicher Leuchtturm, der ihr den Rückweg zu Hals Zuhause wies.
»Was soll auf dem Spiel stehen, Jill?«, rief Alex ihr nach.
»Die Wahrheit«, gab sie über die Schulter zurück. Sie blieb nicht stehen, und er machte keinen Versuch, sie einzuholen.

Ein paar Stunden später saß Jill in einer grauen Trainingshose und einem weißen T-Shirt, ihrer üblichen Nachtwäsche bei Kälte, auf ihrer Bettkante und starrte auf den elektrischen Heizlüfter, den jemand freundlicherweise für sie eingeschaltet hatte. Sie wollte nicht schlafen, obwohl sie ziemlich fertig war. Tatsächlich hatte sie sich noch nie in ihrem Leben so müde gefühlt. Aber sie fürchtete sich davor, von Kate zu träumen.
Alex und sie hatten schweigend zu Abend gegessen, jeder in seine eigenen Gedanken versunken, und hatten dabei immerhin zwei Flaschen Wein geleert.
Jill hatte sich dabei ertappt, dass sie sich Gedanken über Alex' Privatleben machte – also über etwas, das sie nicht im Geringsten

interessieren sollte. Sie hatten beide keinen Nachtisch gewollt und immer noch schweigend zwei koffeinfreie Espresso getrunken, bevor sie sich Gute Nacht gesagt hatten und jeder seiner Wege gegangen war.

Sie hatte erwartet, dass er einen weiteren Versuch bei ihr starten oder sie an ihrer Schlafzimmertür küssen würde. Das hatte er nicht. Jill war nur teilweise erleichtert gewesen. Sie fand sein Verhalten mehr als eigenartig, es war so wechselhaft wie das Wetter. Sie verstand ihn einfach nicht. Schlimmer noch, sie konnte ihre Enttäuschung nicht leugnen.

Jill seufzte und versuchte, an etwas anderes zu denken. Daran, dass Hal sie irgendwie hierher geführt hatte – in das Haus seiner Familie im nördlichen Yorkshire, mit Alex, in diesem Frühling, auf der Suche nach der Wahrheit über Kate. Sie war bald nach ihrem Verschwinden im Oktober 1908 gestorben. Arme, arme Kate. Seit sie ihr Grab gefunden hatte, wurde Jill von Fragen gequält – was war geschehen? Warum? Und wer trug die Schuld an ihrem Tod?

Sie war erst achtzehn gewesen, also war es logisch anzunehmen, dass sie keines natürlichen Todes gestorben, sondern ermordet worden war. Jill fühlte sich elend und erschüttert, wenn sie sich an Kates Panik in ihrem Traum erinnerte und daran, wie jämmerlich sie irgendjemanden angebettelt hatte. Hatte sie um ihr Leben gefleht? Hatte Edward sie umgebracht?

Das war das Schrecklichste, was sie sich ausmalen konnte, und Jill wusste, dass sie keine solchen Spekulationen anstellen sollte, dazu war es noch viel zu früh, und es war nicht nur unfair, sondern geradezu abscheulich.

Jill konnte sich nicht vorstellen, dass Kate sich demütig mit einer Rolle als heimliche Geliebte abgefunden hätte. Jill meinte, Kate zu kennen. Sie war eine leidenschaftliche und sehr mutige Frau gewesen. Sie hätte um ihre Liebe gekämpft. Sie hätte niemals hingenommen, dass Edward sich einer anderen Frau zuwandte.

Und diese andere Frau war ihre beste Freundin gewesen.
Jill fühlte sich elend. Der Verrat, den Edward und Anne begangen hatten, war ungeheuerlich – das hieß, falls Kate je davon gewusst haben sollte. Jill hoffte, dass sie es nie erfahren hatte.
Und Jill konnte nicht anders, als sich mit Kate zu identifizieren. Sie war eine Außenseiterin gewesen, egal, wie viel Geld sie besessen hatte, wohingegen Anne die perfekte, vollkommen passende Braut für Edward dargestellt hatte. Der Gedanke machte Jill wütend.
Sie war jetzt umso fester entschlossen, sie Sache weiterzuverfolgen. Jill sagte sich, dass sie einen Beweis dafür brauchte, dass Edward der Liebhaber gewesen war. Sie brauchte mehr als Janet Witcombes Erinnerung an ein lange zurückliegendes Gespräch mit Anne. Sie brauchte stichhaltige Beweise. Sobald sie wieder in London war, würde sie sich eine Probe von Edward Collinsworths Handschrift besorgen und sie mit Jonathan Barclays Unterschrift vergleichen lassen. Wenn sie übereinstimmten, würde sie das sehr viel weiterbringen.
Barclay. Wieder stieß ihr dieser Name auf. Hatte sie ihn nicht erst kürzlich irgendwo gehört oder gelesen?
Jill wünschte, sie hätte eine Schlaftablette. Oder noch was zu trinken. Obwohl sie schon mindestens eine ganze Flasche Rotwein getrunken hatte, drehten sich ihre Gedanken wie auf einem Karussell, und sie fürchtete sich immer noch vor weiteren Albträumen.
Sie stand auf, ging zur Tür und öffnete sie einen Spalt. Alex' Tür gegenüber war verschlossen. Schlief er schon?
Jill schlich hinunter. Gang und Treppe waren beleuchtet, aber das Erdgeschoss war fast ganz dunkel, erfüllt von zuckenden Schatten. Alle im Haus schliefen wohl schon.
Jill ging zur Bibliothek. Dann zögerte sie. Die Tür war offen, und drinnen brannte Licht.
Sie sah Alex, der es sich auf einem der Sofas bequem gemacht hatte, ein Glas Brandy in der Hand. Er starrte in den Kamin und saß mit dem Rücken zu ihr. Aber ein Feuer hatte er nicht gemacht.

Sein Kopf fuhr herum. »Du auch?«, fragte er trocken. Ein Mundwinkel zitterte leicht. Aber seine blauen Augen blickten fragend.
Jill fuhr sich mit der Zunge über die Lippen. Ihr Puls beschleunigte sich von ganz allein. Sie hatte schon die Arme vor der Brust verschränkt. »Ich habe Angst einzuschlafen.«
Sie sah Verständnis in seinen Augen. Er stand auf, ging zu dem Buffet, das als Bar diente, und schenkte ihr einen Brandy ein. Jill nahm ihn dankbar entgegen.
»Warum hast du Angst?«, fragte er, nachdem sie einen tiefen Schluck getrunken hatte.
»Ich will nicht von Kate träumen, die in Panik darum bettelt, nicht umgebracht zu werden.«
Sein Kiefer spannte sich. »Glaubst du, dass du das letzte Nacht geträumt hast?«
Sie nickte.
»Das würde bedeuten, dass du übersinnliche Fähigkeiten hast, oder?«
»Ja«, flüsterte Jill. »Ich muss KC anrufen und sie fragen, was das bedeutet. Gott, bin ich fertig. Aber meine Gedanken geben einfach keine Ruhe.«
»Du bist übermüdet – und überfordert«, stellte Alex nüchtern fest. Er hielt seinen Brandy in der Hand, und Jill merkte, dass seine Fingerknöchel darum weiß wurden.
Sie überlegte, wie einfach es wäre, einen Schritt zu machen und ihren Kopf in die Mulde zwischen seinem Kopf und seiner Schulter zu legen. Es wäre so schön, wieder von ihm im Arm gehalten zu werden.
Dann wurde ihr klar, dass sie sich nur etwas vormachte. Und das nicht besonders überzeugend. Sie wollte mehr als nur eine Umarmung, selbst wenn sie ihm nicht ganz trauen konnte.
Sie sah ihm in die Augen. Etwas darin verdunkelte sich. Er wandte sich ab und ging zur Couch zurück, wo er sich mit dem Rücken zu ihr niederließ.

Er weiß es, dachte Jill bebend. Er weiß es, aber jetzt ist er es, der sich von mir fern hält. Jill verstand nicht, warum.
Sie zwang sich, tief und gleichmäßig zu atmen, ging um das Sofa herum und setzte sich neben ihn. Er sagte nichts. Sie nippte an ihrem Drink und sagte schließlich: »Möchtest du lieber allein sein?«
»Nein. Ist schon okay.« Sein Lächeln wirkte aufgesetzt.
Jill betrachtete eingehend ihr Glas.
»Alles in Ordnung?«
Ihre Blicke trafen sich, und sie sah, dass seine blauen Augen sich förmlich an ihr festsaugten. »Eigentlich nicht.«
»Du hattest einen harten Tag.«
»Ja.« Jill starrte in ihren Brandy. Das war stark untertrieben. »Die Fotos«, hauchte sie.
Auch er studierte gründlich seinen Drink, vielleicht, um ihrem Blick auszuweichen. »Was ist damit?«
Sie sah ihn an. »Auf dem ersten habe ich genau so ausgesehen wie Kate.«
»Das hab ich gemerkt.«
Sie fuhr zusammen und verschüttete etwas Brandy. »Hast du? Du hast gar nichts gesagt.«
»Ich hatte nicht bemerkt, dass du es gesehen hattest.« Seine Augen wanderten von ihrem Gesicht zu ihren nackten Armen, ihren Händen; dann senkte er sie.
Jill wusste nicht, was dieser Blick bedeuten sollte. Ihr T-Shirt war zwar ärmellos, aber nicht weiter aufregend.
Alex setzte sich zurecht. »Was bedeutet das für dich?«, fragte er schließlich vorsichtig.
Sie stellte das Glas ab. »Ist das nicht offensichtlich?«
»Nein. Ist es nicht«, gab er gedehnt zurück.
»Weißt du nicht mehr, seine letzten Worte an mich waren … « Sie hielt inne. Ihre Blicke trafen sich. »Ich liebe dich … Kate.«

»Du hast dich verhört«, sagte er, ohne zu zögern. Sein Ton war ausdruckslos.
»Ich habe mich nicht verhört«, flüsterte Jill, die seinem Blick immer noch standhielt.
Er packte ihre Schulter. Seine Augen blitzten. »Was willst du damit sagen? Dass Hal dich mit einer Frau verwechselt hat, die 1909 gestorben ist?«
Plötzlich waren sie nur noch Zentimeter voneinander entfernt. Sie wusste nicht, wer sich bewegt hatte, sie oder er. Und er war zornig. Warum? War er wütend auf sie oder auf Hal? Jill wagte nicht zu fragen.
Er ließ die Hände sinken. Auf einmal wandte er fluchend die Augen ab. »Ich hab's dir schon mal gesagt, Hal hat sich gern in Traumwelten geflüchtet«, sagte er grob. »Er wusste genau, wer du bist.«
Jill erstarrte. In ihr bekämpften sich Verlangen, schreckliche Angst und das Bedürfnis nach der Wahrheit. Und eine sehr reale Befürchtung. »Wusste er, dass ich Kate Gallaghers Urenkelin bin?«
Er stand auf und wich ihrem Blick aus. »Ich weiß es nicht. Woher denn auch? Wir wissen ja noch nicht einmal, ob du überhaupt Kates Urenkelin bist.« Er sah ihr in die Augen. Dann sagte er abrupt: »Einer von uns sollte jetzt wirklich zurück ins Bett.«
»Alex«, sagte Jill langsam. Sie ignorierte die kleine Alarmglocke in ihrem Kopf.
Er starrte sie immer noch an. Sein Kiefer arbeitete.
Warum machte er sich nicht an sie heran? Sie waren beide angetrunken, sie auf jeden Fall, und es war sehr spät, die Nacht draußen war schwarz und nebelverhangen, und niemand würde je davon erfahren. Es war so lange her. Sie brauchte es, brauchte ihn. Alex in seinen verwaschenen, engen Jeans und seinen weichen, körperbetonten Pullis. Aber er rührte sich nicht. Er sprach nicht einmal.
Jill drehte sich um und kippte ein Drittel ihres Brandys herunter.

Dann wandte sie sich ihm wieder zu. »Du machst es mir nicht gerade einfach.« Sie räusperte sich. »Sollen wir nach oben gehen?«

»Nach oben?«

Jill konnte es nicht fassen. Er war sehr clever und sehr aufmerksam. Er wusste genau, was sie meinte. Er war ja kein Idiot – auch wenn er sich wie einer benahm.

»Soll das heißen, du willst mich nicht?«, fragte sie und versuchte zu lächeln, unberührt darüber hinwegzugehen – doch es gelang ihr nicht.

Alex starrte sie an – und ließ die Hände in seinen Hosentaschen verschwinden. »Weißt du überhaupt, was du da machst?«, fragte er barsch.

Sie wich einen Schritt zurück. »Natürlich. Ich bin ein großes Mädchen …«

Er fiel ihr ins Wort. »Du bist ein Paket Dynamit, ein Nervenbündel, und wenn ich mich nicht irre, bist du im Moment sehr, sehr verletzlich.« Er starrte sie an.

Jill wurde klar, dass er sie tatsächlich zurückwies, und sie wich weiter zurück, schockiert, verletzt, verwirrt und verblüfft. »Du willst mich nicht?«

»Ich will dich. Noch viel mehr als vor ein paar Tagen. Aber du willst mich nicht.«

Jill fiel keine Antwort ein. »Nein«, flüsterte sie und fürchtete, er könnte Recht haben. »Du irrst dich.«

»Ich mag dich, Jill«, sagte er grimmig. »Ich bin aber auch ein sehr guter Menschenkenner. Du bist nicht leichtfertig. Du willst keinen One-Night-Stand. Du bist eine Romantikerin, und versuch ja nicht, mir etwas anderes einreden zu wollen. Morgen – weiß der Himmel, wie du morgen drauf wärst. Du bist noch nicht bereit dafür. Du bist nicht bereit für mich.«

Ein Teil von ihr, auf den sie nicht hören wollte, wusste, dass er Recht hatte.

Sie wollte keinen One-Night-Stand, bei Gott, aber es gab keine Alternative. Alles andere war ausgeschlossen.
»Jill«, sagte er mit weicherer Stimme. »Ich will dir ja nicht wehtun. Aber ich kann deine Lage nicht so ausnutzen.«
»Oh Gott«, sagte Jill, der sich der Magen umdrehte. »Ich hab mich total zum Narren gemacht!« Sie brachte ein jämmerliches Lächeln zustande. »Gute Nacht.«
»Nein, Jill, warte. Das hast du nicht …«
Aber Jill blieb nicht stehen, und sie hörte nicht auf ihn. Sie rannte hinaus.

Sechzehn

Jill stolperte bei ihrer hastigen Flucht auf der Treppe. Sie hatte schon den oberen Treppenabsatz erreicht, als sie merkte, dass er direkt hinter ihr war – er ergriff ihre Hand und hielt sie fest.

»Jill«, sagte er. »Bleib stehen.«

Jill erstarrte. Sie hielt ihm den Rücken zugewandt, hatte Angst, ihn anzusehen, und war tiefer getroffen, als ihr eigentlich zustand – aber ihr Leben war irgendwie völlig aus der Bahn geraten. Sie war hinter einer toten Frau her und hinter einem Mann, der meilenweit außerhalb ihrer Reichweite war. Was hatte sie denn nur? Was passierte mit ihr?

Er drehte sie zu sich um. »Lass uns den Abend nicht so beenden«, sagte er rau.

»Ich muss mich bei dir entschuldigen.« Sie brachte ein Lächeln zustande, wusste aber, dass es gespenstisch wirkte. »Ich bin so müde, so durcheinander, und ich geb ja zu, dass ich völlig fertig bin. Ich hab mich noch nie so an einen Mann rangeschmissen.«

Er lächelte nicht. »Ich will keine Entschuldigung. Wir sind doch beide erwachsen. Wir fühlen uns zueinander hingezogen. Das ist ganz normal. Es ist aber im Moment einfach ein bisschen zu kompliziert.«

Kompliziert, dachte Jill.

Sie war sich der wenigen Zentimeter bewusst, die sie trennten, seiner Hände, selbst der Hitze, die von seinem schlanken Körper ausging. Sie wusste, warum es für sie kompliziert war, aber warum sollte es für ihn kompliziert sein?

Keiner von beiden sagte ein Wort, und keiner rührte sich. Dann

verzog er das Gesicht und ließ die Hände von ihren Schultern sinken. »Ich bin nicht gut in so was«, sagte er.
Jill sah ihm in die Augen. Ihr Herz schlug langsam und donnernd. Sie fuhr sich über die Lippen. »Was soll das heißen?«
»Das heißt, wenn ich mit einer Frau allein bin, so wie jetzt, lasse ich die Dinge ihren natürlichen Lauf nehmen. Aber was hier vor sich geht, gefällt mir nicht. Du hast so viel Schlimmes durchgemacht, und jetzt bist du von Kate besessen. Als ob du krank wärst. Das macht mir Sorgen.«
Und die Sorge stand auch in seinen blauen Augen. Jills Herz machte einen Salto, während es dahinschmolz und die Spannung in ihr weiter wuchs. »Ich bin nicht besessen«, flüsterte sie. »Ich kann dir meine Eingebungen nicht erklären, oder das, was im Turm passiert ist, oder warum Hal mich hierher geführt hat, mit dir, aber ich will einfach nur irgendwohin gehören, Alex. Wenn irgendwer das verstehen kann, dann sicher du.«
Er starrte sie nur an.
Jill spürte seinen Zwiespalt – im nächsten Moment würde er entweder einen größeren, sicheren Abstand zwischen sie legen oder näher kommen. Ohne darüber nachzudenken, lehnte sie sich an ihn, schloss die Augen und legte die Wange an seine Brust.
Der Kaschmirpulli war so herrlich weich. Aber der Körper darunter war stark und hart und männlich kraftvoll. Selbst sein Herz war stark. Sie lauschte mit geschlossenen Augen seinem beständigen Rhythmus, spürte, wie Alex zu beben begann und wie sich in ihr selbst etwas Irrationales, Wildes und Gefährliches Bahn brach und sie überwältigte. Es nahm ihr den Atem. Da war ein Drängen, das sich in ihr aufbaute, und es war heiß und erregend.
Er reagierte im Bruchteil eines Augenblicks. Seine Arme schlangen sich fest um sie. Er vergrub das Gesicht in ihrem Haar. »Du riechst so gut«, flüsterte er, »wie der Regen. Verdammt, Jill, du fühlst dich so gut an.«

Jill hatte seine Worte kaum aufgenommen, als er mit einer Hand ihr Gesicht zu seinem anhob – und sein Mund sich auf ihren senkte.
Ihre Lippen berührten sich einmal, zweimal, während Jills Herz ihren Brustkorb zu sprengen drohte.
Er beendete den Kuss. Ihre Blicke trafen sich. Er sagte: »Morgen werden wir einiges bereuen.«
Noch ehe Jill ihm zustimmen konnte, küsste er sie wieder, stürmischer diesmal, und plötzlich wurde sie von den Füßen gerissen, lag in seinen Armen, und er drückte mit der Schulter ihre Schlafzimmertür auf. Einen Augenblick später lag sie auf dem Bett. Er war über ihr, hatte seine harten Lenden gegen ihre gepresst und rieb sich verlangend und drängend an ihr. Ihre Münder schienen zu verschmelzen.
Der Kuss lief völlig außer Kontrolle. Noch nie hatte jemand Jill so geküsst, und ihr berauschter Verstand fasste den Gedanken, dass sie ihn wirklich wollte – dass sie noch nie jemanden so sehr gewollt hatte. Nicht einmal Hal.
Ihre Zungen fochten einen heißen Kampf. Eine seiner Hände glitt über den Schritt ihrer Hose, und gleich darauf wühlten sich seine Finger unter ihr Höschen.
Jill keuchte vor Schreck und Erregung, als er sie mehrmals streichelte und sie schließlich mit gespreizten Fingern hart und besitzergreifend umschloss.
Jill nahm seinen Kopf in beide Hände und beendete den feuchten, leidenschaftlichen Kuss. Sie zitterte und war ganz benommen. Sie dachte nur: Ich kann nicht mehr warten.
»Doch, das kannst du«, sagte er mit rauer Stimme.
Jill wurde klar, dass sie laut gedacht hatte, und ihre Augen versanken in seinem hellblauen, wild gewordenen Blick. Sein Zeigefinger strich über ihre empfindsamste Stelle. Jill konnte sich nicht bewegen. Sie konnte nur keuchen – versklavt von ihrem schweren Atem

und dem wilden Glücksgefühl in ihrem Körper. Alex lächelte sie an und beobachtete gebannt jeden Ausdruck ihres Gesichts.
»Oh Gott«, hauchte Jill, während er sie wieder und wieder so gekonnt verwöhnte.
Plötzlich zog er seine Hand weg; gleich darauf spürte Jill, wie er ihre Handfläche gegen die Erektion drückte, die seinen Reißverschluss sprengen wollte. Sie spürte ihn, riesig, wie er sich gegen den Stoff aufbäumte, und zerrte ungeduldig an dem Reißverschluss. »Nein, jetzt«, hörte sie sich klagen.
Alex zerrte ihr die weiche Trainingshose mitsamt der Unterwäsche vom Leib. Jill bekam endlich seine Jeans auf und schob sie ihm über die Hüfte hinunter. Sie bog sich nach oben und leckte über den Baumwollstoff seiner Unterhose, wo sie sich über seinem prallen Penis spannte; sie wollte mit der Zunge daran.
Er riss sich die Hose herunter und brachte sich über ihr Gesicht, damit sie bekam, was sie wollte – Jill schmeckte ihn, ganz und gar, nahm ihn tief in sich auf. Sie schmeckte Salz und Schweiß und Sperma. Etwas in ihr explodierte, und sie merkte, dass sie zu weinen begann, aber sie schluchzte nicht vor Schmerz, sondern vor Verlangen.
Jill kam.
»Oh Gott!« Alex spreizte ihre Schenkel und drängte sich in sie. Sofort schaukelten sich Jills Wogen der Lust noch höher auf.
Sie war noch nie so schnell, so schamlos gekommen. Sie zuckte immer noch, als sie spürte, wie er sich zurückzog, ihre Hüfte zu sich hob und sein Gesicht zwischen ihren Schenkeln vergrub. Unter seiner flatternden Zunge kündigte sich ein weiterer Orgasmus im Nachbeben des ersten an.
Sie war wie gelähmt, und das lag nicht nur an seinem eisernen Griff um ihre Hüften. »Oh«, stöhnte Jill, als Alex sich wieder über sie schob, um in sie einzudringen.
Er fuhr tief in sie hinein. »Ich bin derjenige, der nicht warten kann«, sagte er heiser und hielt inne, um sie anzusehen.

Aber seine angespannten Züge und seine brennenden Augen nahm sie nur entfernt wahr. Der zweite Orgasmus hallte noch in ihr nach, und er war hart, feucht und mächtig in ihr. Ungläubig spürte Jill, dass sich in ihr schon wieder das drängende Verlangen erhob. Er bewegte sich.

Jill umklammerte seine Schultern, als ertrinke sie – denn so fühlte sie sich. Er trug immer noch seinen Pulli, und die weiche Wolle war schweißnass. Jeder Muskel und jede Sehne war durch die nasse Wolle deutlich zu erkennen. Plötzlich zog er sie an sich, drang tiefer und noch tiefer, hielt sie ganz fest, bebte in ihr. Jill fühlte den Abgrund kommen, stürzte hinein und begann ins Bodenlose zu fallen.

»Dreh dich um«, sagte er fordernd, zog sich zurück und drehte sie auf die Knie herum.

Sie hätte ihn dafür umbringen mögen, dass er sich zurückzog, aber dann war er wieder in ihr, seine Hand in ihrem Schritt spreizte weit ihre Lippen, und er stieß immer schneller, und Jill fiel, ins Endlose. Sie hörte ihre eigenen Schreie kaum, während er hinter ihr stöhnend immer wieder und wieder zustieß, bis er sie schließlich aufs Bett sinken ließ und über ihr zusammenbrach.

Er wurde sehr still. Jill lauschte ihrem donnernden Herzschlag und konnte sich nicht rühren. Ihr erster klarer Gedanke war, wie warm sein Körper sie bedeckte und dass er sie umarmte, die Hände auf ihren Brüsten. Sie lächelte, als er herunterrollte.

»Hab ich dir wehgetan?«, flüsterte er.

»Nein«, flüsterte Jill zurück.

Er schaute sie an, und sie sah, dass er lächelte, das Lächeln eines gesättigten, befriedigten Mannes. Dann streckte er einen Arm aus und zog sie an sich. Jill schlief zuerst ein.

An der Schwelle zum Esszimmer blieb Jill stehen. Sie sah Alex, bevor er sie bemerkte – er war in die Sonntagszeitung vertieft. Sie konnte nicht sprechen. Sie konnte ihn nur anstarren. Ihr Herz dröhnte wie ein Ferrari beim Kavaliersstart, und sie war ein einziges Nervenbündel.

Die vergangene Nacht war ein Riesenfehler gewesen. Denn es war besser gewesen, als sie sich hätte vorstellen können – und ein Teil von ihr dachte bereits an eine weitere Nacht in Alex' Armen. Ihr hätte klar sein müssen, dass sie nicht mit ihm ins Bett gehen konnte, ohne etwas für ihn zu empfinden, und schon war es passiert, gegen ihren Willen und gegen besseres Wissen. Und was sollte sie jetzt tun?

Was für ein schrecklicher, zerstörerischer Fehler. Denn die Tatsache, dass sie sich geliebt hatten, änderte überhaupt nichts. Er war immer noch ein Sheldon, die Wahrheit über Kate lag immer noch im Dunkeln, und irgendwann würde sie nach Hause fliegen und die Scherben ihres Lebens einsammeln müssen.

Plötzlich merkte er, dass sie in der Tür stand, denn sein Kopf schnellte hoch und seine aufgerissenen blauen Augen schauten direkt in ihre – und dann sprang er so hastig auf, dass der Stuhl laut über den Boden kratzte und fast umgefallen wäre. Sein Kaffee ergoss sich über die blütenweiße Tischdecke.

Jill hoffte, dass er genauso nervös war wie sie. Bereute er ebenfalls ihre gemeinsame Nacht? Und bedeutete sie ihm etwas, wenigstens ein bisschen?

»Hi«, sagte sie nervös. Sie konnte immer noch nicht lächeln, als sie den Raum betrat. Alles erschien ihr sogar noch schlimmer. Jetzt, bei Tageslicht, musste sie immer wieder an KCs Warnung und die gestohlenen Briefe denken. Wenn Alex dieser verfluchte König der Schwerter war, dann hatte sie einen katastrophalen Fehler gemacht.

»Guten Morgen.«

»Guten Morgen«, sagte er und stand da, während sie näher kam. Er starrte sie mit solcher Intensität an, dass Jill die Röte ins Gesicht stieg.

Sie sah ihm zu, wie er ihr einen Kaffee einschenkte. Der kleinen

Geste kam auf einmal enorme Bedeutung zu. Wie viele Männer heutzutage wohl so etwas taten? Seine leicht gebräunten Hände zitterten nicht. Himmel. Wenn nur letzte Nacht nichts geschehen wäre. Wenn sie nur immer noch einfach Freunde wären. Alex hatte Recht gehabt, als er gesagt hatte, dass die Lage zu kompliziert für eine Affäre sei.

»Danke«, sagte sie. Alles an der letzten Nacht erschien ihr falsch, außer dem Sex. Er war ein Sheldon, sie war ein Niemand. Selbst wenn es keine weiteren Barrieren zwischen ihnen gegeben hätte, diese eine würde vollkommen genügen.

»Ist das zu fassen? Die Sonne scheint«, sagte Jill viel zu fröhlich. Ihre Wangen schienen zu brennen.

Er sah sie mit unbeweglichem, ausdruckslosem Gesicht an, als habe sie chinesisch gesprochen. Schließlich sagte er: »Ja.«

Jill trank ihren Kaffee mit gesenktem Blick. Sie fragte sich, ob sie die vergangene Nacht zur Sprache bringen sollte oder ob sie so tun sollten, als sei nichts geschehen. Er nahm ihr die Entscheidung ab, indem er sagte: »Was steht heute auf dem Plan?« Er fuhr mit der Gabel in das Rührei auf seinem Teller.

Jill griff nach einem Rosinenbrötchen, eher erleichtert als enttäuscht. Er würde so tun, als habe es die letzte Nacht nie gegeben. Das war ihr nur recht. Sie würde sich nicht erlauben, sich verletzt zu fühlen. »Die Kirche.«

»Das hab ich mir gedacht.« Er lehnte sich in seinem Stuhl zurück. Sie konnte seine Miene nicht deuten. »Okay, ich fahr dich nach dem Frühstück hin.«

»Danke«, sagte Jill langsam. Sie wünschte, sie hätte wenigstens eine Ahnung davon, was er fühlte. Hatte sie aber nicht. Da war nur diese unglaubliche Spannung zwischen ihnen. »Ich kann selber fahren, wenn dir das lieber ist.« Sie sagte sich, dass es sie nicht treffen würde, wenn er ihr sagte, sie sollte ihrer eigenen Wege gehen.

»Ich fahr dich.« Es klang entschieden.

»Warum?« Jill wusste, dass ihr Lächeln ziemlich schief ausfiel. »Es ist meine Suche. Du machst heute keinen besonders unternehmungslustigen Eindruck. Es macht mir nichts aus, wenn du lieber hier bleiben möchtest.«

Er erhob sich. »Ich bin nicht unternehmungslustig. Ich bin müde.« Und er warf ihr einen viel sagenden Blick zu.

Jill errötete. Aber immerhin sprach er die vergangene Nacht überhaupt an.

Er zuckte seufzend mit den Schultern. Er wirkte so ernst. »Ich habe diese Woche einen Haufen Arbeit, also kann ich dir nicht mehr helfen, wenn wir wieder in London sind.« Er zögerte.

»Was ist?«

»Ich geb's zu. Ich bin auch neugierig, was mit deiner Urgroßmutter passiert ist, Jill.« Ihre Blicke trafen sich. Alex schaute als Erster weg. Sie verstand nicht, warum. Er gehörte nicht zu den Männern, denen ein sexuelles Erlebnis wie das, das sie letzte Nacht geteilt hatten, peinlich ist.

Und völlig aus dem Nichts heraus durchzuckte sie ein höchst unwillkommener Gedanke. Er war nicht ehrlich zu ihr. Irgendetwas war nicht in Ordnung. *Er log sie an.* Jill spürte es genau.

Alex und Jill stiegen aus dem Landrover und gingen auf die kleine alte Kirche zu. Sie stand direkt neben der Straße hinter einer Mauer und war von einer hübschen, saftigen Wiese, Heckenrosen und mächtigen alten Eichen umgeben. Ein paar Schritte weiter befand sich das Pfarrhaus, es war nur durch einen gepflasterten Weg und eine Rosenhecke von der Kirche getrennt. Die Kapelle ähnelte den unzähligen anderen jahrhundertealten Kirchen, die Jill aus Reiseführern und aus dem Fernsehen kannte. Sie war kaum größer als ihre Wohnung daheim.

»Kann ich Ihnen behilflich sein?« Der Pfarrer kam in einem dunklen Anzug mit dem typischen weißen Kragen auf sie zu.

»Pfarrer Hewitt?«, fragte Alex und ging ihm mit ausgestreckter Hand entgegen. »Ich bin Alex Preston, Lord Collinsworths Neffe. Ich habe vor ein paar Minuten angerufen.«
Die beiden Männer gaben sich die Hand, und Jill wurde vorgestellt. Sie war überrascht, dass der Pfarrer so jung war – nicht viel älter als sie selbst. Alex erklärte ihr Anliegen, und Hewitt führte sie in einen kleinen Raum voller Bücher hinter der Kapelle, wo die Register der Kirche aufbewahrt wurden. Er fand die Unterlagen, die sie suchten, und legte das große Buch auf einen alten, verschrammten Tisch in der Mitte des Raumes. Es war so groß wie ein Atlas, der dunkelbraune Einband abgegriffen und altersschwach, die Seiten vergilbt und rissig. »Jeder, der 1909 gestorben ist und hier auf unserem Friedhof begraben wurde, ist in diesem Buch vermerkt«, sagte er. »Die Listen sind natürlich chronologisch geordnet.«
Alex dankte ihm, und als er und Jill sich über das Buch beugten, verließ er den Raum. Die beiden Fenster waren geöffnet, und nur der Gesang der Vögel war zu hören. Alex blätterte das Buch durch, ließ den Finger über unzählige Zeilen und Spalten von Daten gleiten, bis der 17. Mai 1908 vor ihnen erschien. »Eine Woche nach der Geburt meines Großvaters«, murmelte Jill. Ein Mann namens George Thompson war an jenem Tag auf dem Friedhof der kleinen Kirche beerdigt worden.
Der folgende Eintrag war vom 30. September 1908. Der darauf vom 3. Dezember desselben Jahres. Danach kamen nur noch Einträge von 1909.
Jills Herz raste. Sie fuhr mit dem Finger die Spalte hinunter zum 21. Mai jenes Jahres. Plötzlich verflog die Aufregung. Für den 12. Januar 1909 gab es keinen Eintrag. Katherine Adeline Gallagher stand nicht auf der Liste.
»Da muss jemandem ein Fehler unterlaufen sein«, sagte Jill und überflog alle aufgeführten Namen der hier Beerdigten, aber Kathe-

rine Adeline Gallagher war nicht dabei. »Blätter noch mal zurück, Alex«, drängte sie.

Er warf ihr einen mitleidigen Blick zu und blätterte eine Seite zurück, aber da waren sie schon bei 1907. Dann blätterte er vorwärts, zum Sommer 1909. Katherine Adeline Gallagher war nirgends aufgeführt; offensichtlich hatte es auf dem Friedhof der Hinton Vale Chapel für sie weder einen Gottesdienst noch ein formelles Begräbnis gegeben.

Jill starrte Alex an, als er das Buch so fest zuschlug, dass der Knall in dem steinernen Gemäuer widerhallte. »Das ist ja merkwürdig.«

Er antwortete nicht.

»Jemand hat sie begraben, aber heimlich, still und leise.«

»Anscheinend«, sagte er.

»Wie haben die das gemacht? Sich mitten in der Nacht mit Hacke und Schaufel hier eingefunden?«

»Ich bezweifle, dass man sie am helllichten Tag begraben hat. Ich hab nicht erwartet, hier was zu finden, Jill. Die Polizei hat den Fall nie abschließen können. Natürlich wurde sie heimlich beerdigt. Die Frage ist nur, warum? Jemand ist ein ziemliches Risiko eingegangen, nur um sie hier zu begraben.«

»Ja«, gab Jill zurück und ballte die Fäuste. »Zweifellos hat ihr Mörder sie begraben – was bedeuten würde, dass er noch gewisse Gefühle für sie hatte.«

Alex sah sie an. »Also, was schließt du daraus?«

Jill biss sich auf die Lippe. »Sieh mal, Edward hat mit Kate herumgespielt, aber Anne geheiratet. Ich kann mir vorstellen, dass Kate ihm ziemlich zu schaffen gemacht hat. Ich meine, ich glaube nicht, dass sie ihm viel Glück gewünscht und sich dann höflichst verzogen hätte, damit er ihre beste Freundin heiraten konnte.«

»Jill, immer mit der Ruhe. Was, wenn sie im Kindbett gestorben ist? Vielleicht ist sie wieder schwanger geworden. Auch so einen Skandal hätte man vertuschen wollen. Du bist wirklich zu voreilig.«

Er hatte Recht. Warum reagierte sie so übertrieben? Jill trat zurück. »Ich weiß auch nicht, warum mir das so unter die Haut geht. Es kommt mir fast so vor, als würde Kate mich beobachten und von mir erwarten, dass ich ihren Tod aufkläre.« Sie sah ihn an, aber er erwiderte nichts. »Ich glaube, deine Familie weiß sehr viel mehr, als sie zugibt.«

Er riss die Augen auf. Dann hatte er sich wieder völlig in der Gewalt, und seine Miene war so nichts sagend wie vorher. »Ach wirklich?«

»Ja. In den meisten Familien gehen irgendwelche Geschichten herum, die von Generation zu Generation weitergereicht werden. Aber niemand scheint auch nur zu wissen, dass es Kate überhaupt gegeben hat. Das glaub ich einfach nicht«, sagte Jill. »Sieh mal, wenn Edward der Vater von Kates Sohn Peter war – Peter war nur zwölf Jahre älter als William.«

Es schaute sie nur an. »Ja und?«

»Wie hätte William nichts von einem unehelichen älteren Bruder wissen können?«

Alex schwieg. »Vielleicht gab es keinen unehelichen Bruder«, meinte er dann.

»Vielleicht«, sagte Jill und glaubte ihm keinen Moment lang.

»Mein Onkel ist ein aufrichtiger Mensch. Er ist doch kein Lügner.«

»Aber ich bin eine Außenstehende und noch dazu für Hals Tod verantwortlich. Ich bin sicher, dass er es nicht gern sähe, wenn finstere Familiengeheimnisse vor mir ausgebreitet werden.« Jills Gedanken überschlugen sich, und plötzlich fiel ihr etwas ein, worauf sie schon viel früher hätte kommen müssen. »Lass uns zurückfahren. Haben diese alten Landgüter nicht auch Geschäftsbücher, die lange zurückreichen? Wir sollten uns Edwards Unterschrift besorgen. Am Montag bringe ich sie als Allerersten zu einem Experten und lasse sie mit der von Barclay vergleichen. Wenn sie übereinstimmen, Alex,

dann ist das der Beweis dafür, dass Edward Kates Liebhaber und der Vater ihres unehelichen Kindes war.«
»Also gut«, sagte Alex schließlich.

Vorsichtig riss Alex eine Seite aus einem riesigen Buch, das noch viel größer war als das Register der Kirche. Er faltete es zusammen und reichte es ihr.
»Ich will bloß hoffen, dass keiner merkt, was du da gemacht hast«, sagte Jill und schaute über die Schulter zur offenen Tür. Sie waren in dem Raum, den Alex als Arbeitszimmer bezeichnete. Er war kleiner als die Bibliothek, dunkel und nüchtern mit seiner Holztäfelung, und hatte nur ein Fenster, von dem aus man die felsigen Klippen und das Meer sehen konnte. Er hatte offensichtlich früher als eine Art Büro gedient. Jill meinte allerdings, dass das schon mindestens zwanzig oder dreißig Jahre her sein musste. Es war zu düster hier, zu stickig, die Luft roch abgestanden und muffig.
»Ich glaube nicht, dass jemand hier reinkommt, höchstens mal eines der Mädchen zum Putzen«, sagte Alex und stellte den Band wieder zwischen die vielen anderen auf einem Regal. Die Unterlagen des Hauses reichten bis 1495 zurück. Jill fand das sehr erstaunlich.
Sie war bester Laune. »Bist du bereit für die Dachboden-Tour?«
Sein Kopf fuhr herum. »Du willst auf die Dachböden? Heute?« Die Sonne schien immer noch so hell und freundlich, dass man sich fast in Florida wähnen konnte. »Du hast die Robin Hood Bay noch gar nicht gesehen. Wir könnten im Pub zu Mittag essen.«
»Wie wär's, wenn wir das Essen verschieben?«, fragte Jill lächelnd. »Alex, jeder stellt seinen alten Kram einfach auf den Dachboden. Wir können morgen nicht fahren, ohne uns da umgesehen zu haben.«
Alex seufzte. »Mir nach.« Während er sie durch das Haus nach oben führte, erzählte er ihr, dass sie schon als Kinder unzählige Male die

Dachböden des Hauses erforscht hatten. »Wenn wir erwischt wurden, bekamen wir immer was zu hören«, sagte er lächelnd.
Sie waren im obersten Stockwerk, wo einige der Angestellten wohnten. Am Ende des Flurs stieß Alex eine schmale Tür auf. Jill lugte über seine Schulter und sah eine schmale Treppe in die Dunkelheit aufsteigen. »Gibt's hier Licht?«, fragte sie hoffnungsvoll.
»Du machst wohl Witze«, erwiderte er und zog die kleine Taschenlampe aus seiner Hosentasche. »Aber es gibt drei Fenster, wenn ich mich recht erinnere, und die Sonne scheint heute so schön.« Er warf ihr einen Blick zu, der deutlich besagte, wie viel lieber er jetzt draußen in der Sonne gewesen wäre, anstatt mit ihr einen muffigen Speicher nach Spuren ihrer vermutlichen Ahnfrau zu durchwühlen.
Jill drückte sich an ihm vorbei, stieg vorsichtig die schmale Treppe hinauf und hoffte, dass hier keine Mäuse herumliefen. Oben blieb sie stehen und sah einen langen Raum mit niedrigen, schrägen Decken. Er stand voller Kisten und Kästen, von kleineren Bücherkartons bis hin zu Truhen, in denen man Kleidung oder Bettwäsche aufbewahrte. Sie seufzte. »Es würde einen Monat dauern, sich hier alles anzuschauen.«
»Robin Hood Bay?«, fragte Alex hoffnungsvoll.
Jill ignorierte ihn und ging weiter. Er hatte Recht, um diese Tageszeit brauchte man gar kein Licht, obwohl alles so voll gestellt war. Sie ging zu einem Stapel alter, messingbeschlagener Reisetruhen aus Leder und wollte die oberste herunterziehen.
Sofort war Alex bei ihr. »Lass das, du brichst dir noch was – den Fuß zum Beispiel.«
Sie beobachtete die schwellenden Muskeln an seinen Armen, während er stöhnend die Truhe herunterhob. Jill sah ein kleines Vorhängeschloss daran baumeln. Sie kniete sich hin und spielte damit. »Glaubst du, wir kriegen das auf?«, fragte sie.

Er kniete sich neben sie. »Ist schon eine Weile her, aber ich versuch's.«

Jill sah zu, wie er ein Schweizer Taschenmesser hervorholte, eine Feile herausklappte und sich an dem Schloss zu schaffen machte. Plötzlich musste sie an den Einbrecher denken, den KC angeblich dabei ertappt hatte, dass er aus ihrer Wohnung in New York kam. Ihre gute Laune verflog. Als er das Schloss nicht aufbekam, empfand sie eine merkwürdige Erleichterung. »Schätze, du bist aus der Übung.«

Er sah sie an und ließ das Schloss aufspringen. »Voilà.«

»Da hab ich dich unterschätzt«, sagte Jill grimmig. Sie sagte sich, dass sie diesen Vorfall vergessen sollte – KC hatte sich das wahrscheinlich nur eingebildet –, und außerdem war Alex sowieso in London gewesen. Sie musste sich auf das Hier und Jetzt konzentrieren und beobachtete, wie Alex den Truhendeckel hob und sorgfältig eingepackte Damenkleider enthüllte. Dann ging ihr auf, dass dies ja fremde Sachen waren. Sie gehörten William und Margaret.

»Wirst du mich verpfeifen?« Er schaute zu ihr auf.

»Nein. Wir stecken da beide drin.«

Jill wühlte sich durch die Truhe. »Die müssen aus den Fünfzigern sein«, sagte sie. »Himmel, schau dir nur mal diesen Stoff an – und die Verarbeitung.«

»Vielleicht sogar aus den Vierzigern«, gab Alex zurück. »Sieh dir bloß die Schultern an.«

Sie lächelte. »Du bist also Mode-Experte?«

»Nein, aber ich kann oft nicht einschlafen. Dann schau ich mir mitten in der Nacht die alten Schinken im Fernsehen an.« Er erwiderte das Lächeln.

Ihre Blicke trafen sich. Jill schaute weg. »An die Arbeit«, sagte sie und weigerte sich, sich jetzt über ihre Beziehung den Kopf zu zerbrechen.

»Ich seh schon, du lässt dich nicht davon abbringen«, bemerkte Alex und wuchtete eine weitere Truhe herunter.

»Nein. Ich habe eine Mission zu erfüllen.« Sie richtete sich auf. »Du machst die Koffer auf. Ich schau mir die kleineren Kisten an. Ich bin nun mal sexistisch« fügte sie hinzu.
»Merkt man«, gab er trocken zurück.
Als Jill auf einen Stapel Kisten zuging, bemerkte sie einen großen Gegenstand dahinter, der, mit einem dicken weißen Tuch verhängt, an der Wand lehnte. »Was ist denn das?« Sie sprach eher zu sich selbst als zu Alex. Sie manövrierte sich zwischen den Kisten durch, bis sie eine Ecke von dem Tuch anheben konnte. Es war ein Gemälde.
Sie schauderte, als sie das Tuch ganz herunterzog.
Das lebensgroße Porträt in Öl lag auf der Seite. Aber es war sofort klar, wen das Bild darstellte. Kate saß auf dem Gras in einem Garten, der an einem besonders sonnigen Tag mit blühenden Tulpen übersät war. Sie war atemberaubend schön. »Alex!«
»Ich seh's«, sagte er und trat hinter sie.
»Hilf mir, es rauszuholen«, rief Jill aufgeregt und drehte sich um, um die Kisten wegzuräumen. Kurz darauf hatten sie genug Platz geschaffen und lehnten das Bild richtig herum gegen die Kisten. »Das ist ja unglaublich«, rief Jill mit wild klopfendem Herzen. »Oh mein Gott. Sieh nur, was wir gefunden haben!«
Alex schwieg.
Jill betrachtete Kate wie gebannt, und plötzlich fiel ihr Kates unbeschreiblich sinnlicher Gesichtsausdruck auf. Sie erstarrte. Kates dunkle Augen wirkten fast schwarz, erotisch schwül und lockend. Ihr voller Mund war leicht geöffnet, als habe sie gerade Luft geholt oder als wolle sie etwas sagen. Kate war vollständig bekleidet, aber dieser Ausdruck auf ihrem Gesicht ließ das Bild alles andere als unschuldig wirken. Es war keine Frage, woran sie gerade dachte.
Und auf einmal fielen Jill die Fotos ein, die Hal von ihr gemacht hatte. Erschüttert trat sie von dem Bild zurück. Er hatte ihr Gesicht genauso wirken lassen.

»Was ist los?«
Ihre gute Laune war verflogen. Jill zog es den Magen zusammen, und sie konnte sich nicht rühren, ihm nicht einmal antworten. Sie sah ihrer Urgroßmutter so ähnlich, dachte sie, und starrte gebannt auf das Bild.
Starrte wie verhext auf Kate.
»Jill? Woran denkst du?«
Seine Stimme klang wie aus weiter Ferne. Kate schaute dem Betrachter aus dem Garten entgegen, aber sie sah ihn nicht direkt an. Jill wusste, dass sie Edward anschaute, der neben dem Maler stand und sich ansah, welche Fortschritte das Bild seiner Geliebten machte. Jill konnte sie ganz deutlich sehen. Edward trug eine helle Weste, er hatte die Ärmel seines Hemdes hochgekrempelt und ließ seine Augen immer wieder zwischen Kate und der Leinwand hin und her wandern. Er lächelte, zufrieden und erfreut. Der Künstler, ein jüngerer Mann, war in seine Arbeit versunken und hatte nur Augen für Kate. Und Kate mit ihrem angedeuteten Lächeln und diesem verträumten, verlangenden Blick hatte nur Augen für ihren Liebsten.
Zwischen ihnen tobte ein ganzer Funkensturm.
»Jill.«
Jill fuhr zusammen. Alex war hinter sie getreten, und sie hatte es gar nicht bemerkt. Sie drehte sich zu ihm um. »Welch ein Kunstwerk.«
»Ja.«
»Sie ist so wunderschön. Es ist doch ganz klar, dass Edward – und jeder andere Mann – sich unsterblich in sie verlieben musste.«
»Ist denn Schönheit nur etwas Äußerliches?«
Sie sah ihm direkt in die Augen. »Natürlich nicht. Aber wir wissen doch auch, dass sie mutig und waghalsig war und nicht viel auf Konventionen gab – sie war einfach bewundernswert. In einer Gesellschaft, in der so strenge Moralvorstellungen herrschten, muss sie

wie eine köstliche frische Brise gewirkt haben. Die Männer haben sie wahrscheinlich umschwärmt wie die Motten das Licht.«

»Da hast du Recht.«

Etwas in seiner Stimme machte sie stutzig, und sie starrte ihn an.

»Hättest du dich in sie verliebt?«, fragte Jill impulsiv. »Wenn du damals gelebt hättest?« Sie hoffte – verzweifelt –, dass er das verneinen würde.

»Ich weiß nicht. Kann ich nicht sagen. Vielleicht, wenn sie wirklich so war.«

»Das war sie.« Jill war sicher.

»Du bist viel zu romantisch veranlagt, Jill. Hat dir das noch nie jemand gesagt?« Er heftete den Blick auf ihr Gesicht.

»Ich bin doch nicht romantisch!« Jill fand das nicht komisch.

»Du hast Kate total romantisiert. Sie verherrlicht. Vielleicht war sie nur ein rebellischer Teenager, genauso unreif wie die meisten Mädchen in dem Alter.« Er hob die Brauen. »Vielleicht hat sie eine falsche, kindische Entscheidung getroffen, ohne an die Konsequenzen zu denken, und sich in eine Affäre gestürzt – in einer Ära, in der so etwas nur Kummer und Zerstörung bringen konnte.«

»Nicht«, sagte Jill leise. Sie wandte sich wieder dem Bild zu. Alex' Worte hallten in ihr nach – Kummer und Zerstörung. Jill zweifelte nicht daran, dass die Affäre Kate zerstört hatte. »Ist es denn so schlimm, wenn ich sie verkläre?«, fragte sie schließlich.

Er schwieg einen Moment. Dann sagte er: »Ich fange an, das zu glauben.«

Sie wollte nicht wissen, was er damit meinte. Sie studierte das Gemälde und vertiefte sich jetzt in die Details, die Sorgfalt, mit der jede Falte in Kates Satinkleid, ihre zierlichen Hände, das Medaillon an ihrem Hals dargestellt waren. »Ich kann mir nicht vorstellen, dass keiner etwas von dem Bild hier oben gewusst hat.«

Alex hinter ihr sagte nichts. Plötzlich kam ihr eine Idee. »Oder vielleicht hat jemand sehr wohl gewusst, dass es hier steht – und man

hat es aus einem bestimmten Grund hier versteckt!« Mit großen Augen drehte sie sich zu Alex um. Ihre Anschuldigung schien noch in dem langen, niedrigen Dachboden zu hängen.
»Ich habe das schon irgendwo gesehen«, sagte er ruhig.
Sie blinzelte erstaunt. »Was?«
»Als wir noch klein waren, sind wir manchmal hier heraufgekommen – das hab ich dir doch erzählt.« Er steckte die Hände in die Taschen. Sein Blick war ernst. »An dem Tag, als wir das Bild gefunden haben, waren wir alle zusammen hier, ich, Thomas, Lauren und Hal.«
Jills Herz schlug noch schneller. »Ihr vier habt das gefunden«, wiederholte sie langsam.
Er nickte.
»Hal hat dieses Bild gesehen«, sagte sie.
Er nickte wieder.
»Und?« Warum überraschte sie das nicht? Sie fühlte sich elend. Hal hatte dieses Bild als kleiner Junge gesehen, und Alex ebenfalls. Aber er hatte kein Wort davon gesagt.
Alex zuckte mit den Schultern. »Das ist alles. Das war's. Die Haushälterin hat uns angeschrien, weil wir hier oben nichts zu suchen hatten.«
Jill starrte ihn an, das komische Gefühl in ihrem Magen wurde stärker, und sie wunderte sich über seinen unsteten Blick. Er verschwieg ihr etwas, aber was? »War das das erste Mal, dass Hal Kate gesehen hat?«
Er zögerte. »Ich weiß nicht.«
Er log. Jill fuhr sich über die Lippen. »Erinnerst du dich, wie er auf dieses Bild reagiert hat?«
»Nein«, sagte Alex. »Ich hab nicht gefrühstückt. Ich falle um vor Hunger. Gehen wir?«
Er hatte das Thema gewechselt. Beunruhigt sah Jill ihn an. Er verschwieg ihr etwas Wichtiges, da war sie sich ganz sicher. »Hat Hals

Besessenheit damals angefangen, als ihr das Bild gefunden habt?«, hörte sie sich fragen.
»Ich habe keine Ahnung«, sagte er. »Ist das Verhör jetzt beendet?«
Jill lächelte hastig. »Ich verhöre dich doch nicht. Es überrascht mich nur, dass du mir nie etwas von diesem Bild gesagt hast.«
»Ich hab nicht daran gedacht«, erwiderte er tonlos.
Jill nickte. Aber vielleicht irrte sie sich. Vielleicht sagte er die Wahrheit, und KCs blödsinnige Warnungen und Tarotkarten beeinflussten unbewusst ihre Wahrnehmung. »Lass mich noch ein paar Kisten durchsehen, bevor wir gehen«, sagte sie schließlich.
»Hast du immer noch nicht genug?«
»Nein.« Abrupt marschierte Jill zu einem Stapel Kartons und holte den obersten herunter. Während sie sich durch ein Sammelsurium verschiedener Kleinigkeiten wühlte, fragte sie sich, wer wohl das Bild versteckt hatte. Es sollte in Uxbridge Hall ausgestellt sein. Sie konnte es kaum erwarten, Lucinda davon zu erzählen.
Dann wurde ihr klar, warum man das Bild versteckt hatte. Kate war gestorben – und man hatte das Ganze vertuscht. Natürlich hatte jemand aus der Familie das Bild versteckt, denn sonst hätte es bei jeder Führung in Uxbridge Fragen gegeben, Touristen hätten sich für Kate interessiert, und es wäre niemals Gras über die Sache gewachsen.
Jill fragte sich, ob ihr das Eis nicht allmählich zu dünn wurde.
Ihr Magen knurrte. Jill ignorierte es und öffnete grimmig die sechste Kiste. Sie enthielt Gläser. Jill wollte sie schon wegstellen und Alex sagen, dass sie jetzt gehen könnten, da schaute sie auf die gläsernen Pokale herab, die säuberlich durch Pappwände getrennt waren. Der Boden des Kartons war mit Zeitungsschnipseln ausgelegt. Sie nahm die Gläser heraus.
»Was machst du da?«, fragte Alex neugierig und kam herüber. »In den Koffern sind nur Klamotten – Kinderkleidung.«
»Ich weiß nicht«, sagte Jill und wollte die Gläser schon wieder ein-

räumen. »Von mir aus können wir essen gehen.« Aber sie starrte in die Schachtel, in der jetzt nur noch die Papierschnipsel lagen. Ohne darüber nachzudenken, griff Jill hinein und durchsuchte das Papier, aber da war nichts mehr versteckt. Sie war wirklich albern, entschied sie, eine Hand voll Zeitungspapier in der Hand. Dann erstarrte sie. Denn sie merkte, dass das Papier keineswegs zerrissen war, obwohl die einzelnen Stücke unregelmäßig groß waren. Sie hielt anscheinend verschieden lange Zeitungsartikel in der Hand, die sorgfältig aus verschiedenen Zeitungen ausgeschnitten waren. Dann bemerkte sie das Datum auf einem Teil einer Seite – 1909. Jill glaubte nicht mehr an Zufälle.

Mit klopfendem Herzen strich sie das Papier glatt und sah, dass das quadratische Stück einen ganzen Artikel enthielt, der vier Absätze umfasste. Die kleine, aber fett gedruckte Überschrift verkündete: »Mutter der vermissten Erbin überzeugt: Es war ein Verbrechen.«

»Alex! Unten in diesem Karton liegen lauter Zeitungsausschnitte – und alle handeln von Kates Verschwinden!«, krächzte Jill und glättete mehrere Stücke auf einmal. Und während sie das tat, fiel der Groschen: Auch diese Zeitungsausschnitte hatte jemand versteckt. Es gab noch mehr Schlagzeilen, und bei einer stand das Datum – der 15. Januar 1909. »Vertrauliche Aussage der besten Freundin liefert keine neuen Anhaltspunkte im Fall Gallagher.«

Alex kniete sich neben sie. »Soso«, sagte er. »Jemand hat sich eine hübsche kleine Sammlung angelegt.«

Jill fuhr zusammen und sah ihn an. »Die Frage ist nur, wer?«

1. Juni 1907

Lachen schallte über die Wiese, dazwischen fröhliches Kindergeschrei und Hundegebell.

»Es ist so idyllisch hier«, bemerkte Kate seufzend zu Anne. Die beiden Mädchen standen in der Nähe eines dunklen, glitzernden Teiches, auf dem eine Gruppe von Enten vorbeizog, gefolgt von zwei wunderschönen weißen Schwänen. Hinter dem Teich befand sich Swinton Hall, Lord Willows Jagdschloss. Es war eigentlich eine alte schottische Festung, ein gedrungener, viereckiger Bau, an dessen uralten Wehrgängen stolz die Fahnen mit dem blau-goldenen Wappen der Willows vor einem tiefblauen Himmel flatterten. Etwa ein Dutzend Damen und Herren und einige Kinder verteilten sich um die beiden Freundinnen und genossen gemeinsam ein nachmittägliches Picknick.

»Ich hatte schon immer eine besondere Vorliebe für Schottland«, sagte Anne lächelnd. Sie und Kate trugen lange, kühle Kleider aus weißer Seide, Kates mit gelber, Annes mit grüner Stickerei, die Säume mit Volants aus französischer Spitze verziert. Händchen haltend spazierten sie um den Teich. Keine von beiden war so brav gewesen, den Sonnenschirm zu öffnen. »Ich habe mir immer gewünscht, dass Vater uns einmal ein Landhaus im Norden anmietet, aber er weigert sich schlichtweg. Er muss wohl der einzige Engländer auf dieser Erde sein, der die Jagd nicht ausstehen kann.«

»Und das ist wirklich merkwürdig«, lachte Kate.

»Anne!«

Beim Klang von Lady Bensonhursts durchdringender Stimme wurde Kate ganz steif. Die beiden Mädchen drehten sich um, Anne ebenso widerwillig wie Kate.

Lady Bensonhurst kam recht forsch auf sie zu. Sie hatte eine weitere Dame im Schlepptau, eine schöne Frau von etwa vierzig Jahren, die Kate so wenig leiden mochte wie Annes Mutter. Lady Cecilia Wyndham lächelte Anne an, schaute aber durch Kate hindurch, als sei sie Luft. Als Antwort setzte Kate ein eisiges Lächeln auf. Kate wusste, dass die attraktive Baroness sie nicht mochte, weil sie die männliche Aufmerksamkeit auf sich lenkte, derer Cecilia sich sonst so gewiss sein konnte.

»Anne, Cecilia und ich fahren ins Dorf, um ein paar von diesen entzückenden kleinen Glöckchen zu kaufen, die wir neulich gesehen haben. Möchtest du uns begleiten? Wäre es nicht ganz reizend, wenn wir sie zu Hause im Garten aufhängen?« Lady Bensonhurst lächelte ihre Tochter an und übersah Kate geflissentlich.

Anne blickte zu Kate.

Kate warf ihr einen bedeutungsvollen Blick zu.

»Oh, Verzeihung, du darfst natürlich auch mit, Kate«, sagte Lady Bensonhurst. »Ich würde dich nur ungern allein lassen, vor allem, da Mary wegen ihrer Krankheit dieses Wochenende nicht bei uns sein kann.«

»Ich glaube, ich passe«, sagte Kate und gebrauchte absichtlich einen Ausdruck, den die Herren beim Poker verwendeten.

Lady Bensonhurst bemerkte es wohl und runzelte die Stirn. »Ich bitte dich, sprich anständig, liebe Kate.«

»Aber ich bin keine anständige Engländerin«, sagte Kate mit großen Unschuldsaugen, obwohl sie wusste, dass sie der Versuchung eines kleinen Schlagabtausches hätte widerstehen sollen. Schließlich war Lady Bensonhurst ihre Gönnerin. Aber sie war auch, hinter Kates Rücken, ihre schärfste Gegnerin, und Kate ließ sich keinen Moment täuschen.

»Meine Liebe, ich glaube nicht, dass wir Ihre irisch-amerikanischen Ursprünge jemals vergessen könnten«, sagte Cecilia mit dem Lächeln einer Eisprinzessin.

»Wie geht es Lord Howard?«, gab Kate verschmitzt lächelnd zurück.

Cecilia verging das Lächeln. »Wie bitte?«

Kate wusste, dass Lord Howard Dunross vergangene Nacht in Lady Cecilias Bett gekrochen war – und in der Nacht davor ebenfalls. Natürlich hatte Lord Wyndham diese Zeit in Lady Georgina Cottles Bett verbracht, also mussten sich alle prächtig amüsiert haben.

»Lord Howard bat mich nach dem Tee, mit ihm spazieren zu gehen«, log Kate. Sie lächelte süßlich. »Ich dachte, dass ich aus Rücksicht auf Sie lieber ablehnen sollte.«

Cecilia starrte Kate mit hoch erhobenen Brauen an. Abrupt kehrte sie ihr den Rücken zu und marschierte mit einem Laut der Entrüstung von dannen.

Kate konnte sich das Lachen kaum verkneifen.

Lady Bensonhurst maß sie mit einem kalten Blick. »Das war ausgesprochen unhöflich.«

»Ich verstehe nicht, warum«, sagte Kate und dachte, dass es noch viel unhöflicher war, sich so laut zu lieben, dass man die Bewohner der benachbarten Zimmer wach hielt.

Annes Mutter wandte sich an ihre Tochter. »Du kommst mit uns. Kate kann tun, was ihr beliebt.« Lady Bensonhurst eilte ihrer Freundin hinterher. Ihre üppigen Hüften schwangen hin und her, so dass es aussah, als watschelte sie wie die Enten, die nun das matschige Ufer des Teiches heraufkamen.

»Ich will nicht ins Dorf fahren«, jammerte Anne.

Aber Kate war plötzlich wie erstarrt, das Herz hämmerte ihr in der Brust, und sie hörte ihre Freundin gar nicht. Lord Braxton war soeben auf einem prächtigen kastanienbraunen Jagdpferd zu den anderen gestoßen – offensichtlich kam er gerade aus London. Kate legte eine zitternde Hand an ihre Brust. Sie hatte gar nicht gewusst, dass er nach seinem zehntägigen Aufenthalt aufs Land kommen wollte. Oh Gott. Sie konnte kaum atmen; sie war so erregt, aber sie durfte sich ihre Gefühle nicht anmerken lassen, was sollte sie nur tun!

Sie hatte ihn seit Monaten nicht gesehen. Sein Vater hatte ihn gleich nach Weihnachten nach Charleston geschickt, wo die Familie offenbar einige Ländereien besaß.

»Kate? Geht es dir nicht gut? Ist etwas?«

Edward war nicht abgestiegen. Er unterhielt sich lächelnd mit einer Gruppe junger Männer, von denen einige, das wusste Kate, im Ort einen schrecklichen Ruf als Rabauken hatten. Sie konnte die Augen nicht von ihm lassen. Und dann blickte er auf und sah sie. Ihre Blicke trafen sich.

Ein endloser Augenblick verging. Kate wusste nicht, wer zuerst lächelte. Aber sie lächelte und er ebenfalls.

Dann senkte sie den Blick.

Edward hatte ihr nach ihrer Begegnung auf dem Fairchild-Ball zweimal in London seine Aufwartung gemacht, aber das war schon Ewigkeiten her – vor seiner Reise nach Amerika. Er hatte mit ihr eine Spazierfahrt im Park gemacht und sie zu einem ländlichen Jahrmarkt außerhalb Londons mitgenommen, in einem kleinen Ort namens Hampstead. Beide Nachmittage waren himmlisch gewesen und viel zu rasch vergangen. Im Gegensatz zu den letzten Monaten, die er fort gewesen war. Noch nie war die Zeit so langsam vergangen.

Und auf jedem Fest, bei jeder Soiree, hatte Kate seither die Ohren gespitzt und erfahren, dass er die beste Partie im ganzen Lande war und dass so gut wie jede junge Dame, die in der vergangenen Saison debütiert hatte, ihn nur zu gern vor den Altar schleppen wollte. Er war sechsundzwanzig. Er schien es mit dem Heiraten nicht eilig zu haben. Seit er volljährig war, hatte er niemals ernsthaft jemanden umworben. Und er hatte niemand anderem einen Besuch abgestattet, nachdem er vor seiner Abreise bei ihr gewesen war.

»Kate! Ist das nicht Lord Braxton?«, flüsterte Anne mit weit aufgerissenen Augen.

Kate folgte ihrem Blick und sah Edward, mittlerweile abgesessen, auf sie zukommen. »In der Tat«, sagte Kate und versuchte, ruhig und gelassen zu lächeln und von seinem Erscheinen auf Swinton Hall unbeeindruckt zu wirken. Kate wusste kaum, wo sie sich lassen sollte. Nervös rang sie die behandschuhten Hände.

Vor den beiden Mädchen blieb er stehen und verbeugte sich. »Meine Damen.« Seine Augen hingen an Anne. »Lady Bensonhurst, nehme ich an?«

Anne war nicht zu Hause gewesen, als er Kate besucht hatte. Jetzt senkte sie die Augen und streckte die Hand aus.
»Wir wurden einander noch nicht vorgestellt«, murmelte sie züchtig.
»Es wird mir ein Vergnügen sein, das nachzuholen«, sagte Kate, die mit Edward einen Blick tauschte, während Anne es nicht bemerken konnte. »Viscount Braxton, dies ist meine liebe Freundin Lady Anne.«
Er beugte sich über Annes Hand und ergriff dann Kates, um sie ebenfalls zu küssen. Seine warme Hand drückte leicht ihre Finger und hielt sie ein wenig zu lang. »Wie bezaubernd Sie beide aussehen«, sagte er und lächelte Kate an, ohne Anne zu beachten. »Wann sind Sie in Lord Willows Jagdschloss angekommen?«
»Wir sind erst vorgestern eingetroffen«, antwortete Kate und versuchte, gelassen zu klingen. Wie schwer ihr das fiel. »Und wir bleiben noch für eine Woche.«
»Wie schön für mich«, sagte er mit einem strahlenden Lächeln. »Auch ich werde eine ganze Woche bleiben.«
Kates Herz vollführte eine Reihe hastiger Purzelbäume. »Wie reizend«, flüsterte sie. »Ich hatte gar nichts von Ihrer Rückkehr gehört, Mylord.«
»Ich bin auch erst vor ein paar Tagen angekommen«, erwiderte er ebenso leise und sah sie unverwandt an.
Lange schauten sie sich in die Augen. Kate konnte nicht anders. Sie hatte Anne ganz vergessen, die neben ihnen stand. Sie fragte sich, wann er sie küssen würde. Er hatte sie schon einmal fast geküsst, an jenem Tag, als er sie mit seinem Automobil zu dem Jahrmarkt mitgenommen hatte. Er würde eine Woche lang in Swinton sein. Sie würde eine Woche da sein. Also musste dies der Himmel sein. Sicherlich würde er sie irgendwann im Laufe dieser Woche so leidenschaftlich umarmen und berühren, wie sie es sich erträumte.
Und sicherlich würde es diesmal ein Anfang sein, der Anfang von

etwas Großem und Wundervollem, von etwas unendlich Ergreifendem und Ewigem.

»Anne! Wir wollen fahren!«

»Ich fürchte, ich muss gehen«, sagte Anne. Sie lächelte Edward an und knickste. »Es war mir ein Vergnügen, Sie kennen zu lernen, Lord Braxton.«

»Das Vergnügen ist ganz auf meiner Seite«, sagte er und verbeugte sich.

Die beiden sahen der Davoneilenden nach, die gleich darauf mit ihrer Mutter und Cecilia eine Kutsche bestieg. Als der Wagen an ihnen vorbeirollte, bemerkte Kate, dass die beiden Damen sie und Edward unverhohlen anstarrten. Dann steckten sie die Köpfe zusammen, und Kate wusste, dass sie über sie sprachen und über ihre Aussichten, sich Englands begehrtesten Junggesellen zu schnappen, um diese Möglichkeit dann als absolut lächerlich abzutun.

»Alte Hexen«, sagte sie.

»Wie bitte?«

Einen Moment lang war sie entsetzt darüber, wie ihre allzu spitze Zunge mit ihr durchgegangen war, aber dann sah sie das Lachen in Edwards Augen und lachte mit ihm. »Hinter meinem Rücken reden sie über mich. Ich bin Irin, ich bin Amerikanerin, und ich passe nicht in solch vornehme Gesellschaft«, sagte Kate ohne Bitterkeit. Sie lächelte. »Ich hätte mehr Respekt vor ihnen, wenn sie offen sprechen würden. Wie engstirnig sie sind.«

»Heuchelei ist etwas sehr Hässliches«, stimmte Edward zu, »und dasselbe gilt für Arroganz. Unglücklicherweise habe ich festgestellt, dass die wohlhabendsten Menschen meist auch die meisten Vorurteile haben. Ein Jammer, nicht wahr?«

»Allerdings«, sagte Kate fröhlich. »Aber ich bemühe mich, Mitleid für Lady Bensonhurst zu empfinden. Offensichtlich führt sie trotz ihres Reichtums und ihrer Stellung kein sehr glückliches Leben.«

»Wie scharfsinnig Sie sind. Ich nehme an, Sie wissen, welchen Ruf Lord Bensonhurst in der ganzen Stadt genießt?«

»Ich kann es mir vorstellen.« Kate lächelte schief. »Hält er sich wirklich eine französische Schauspielerin als Geliebte?«

»Das werde ich nie verraten«, schwor Edward grinsend.

»Ach, ich kann die Wahrheit in Ihren Augen lesen. Nun, dann müssen wir Lady B. bedauern. Wir müssen sie nicht nur bedauern, wir müssen auch für sie hoffen, dass sie auch weiterhin ihre Erfüllung im Einkaufen findet. Schließlich scheint das der einzige Genuss zu sein, den sie im Leben hat, nicht wahr?«

»In der Tat«, antwortete er. »Viele Frauen wären mit einem solchen Arrangement vollkommen zufrieden, ein adliger Ehemann, der seiner eigenen Wege geht und sie nicht mit seinen Bedürfnissen belästigt, ihnen dafür aber in den Geschäften freie Hand gewährt.« Er sah sie forschend an.

»Ich nicht! Ich bin alles andere als versessen aufs Einkaufen, und ich erwarte von dem Mann, den ich einmal heirate, dass er genauso verrückt nach mir ist wie ich nach ihm.« Kate lächelte mutig.

Edward war überrascht. »Eines Tages, wunderschöne Kate, wird dieser Wunsch zweifellos in Erfüllung gehen.«

Kate spürte, wie ihr die Röte in die Wangen stieg. »Vielleicht habe ich ja merkwürdige Erwartungen bezüglich der Ehe. Ich verstehe nicht, warum nicht mehr Männer ihre Frauen ernst nehmen. Warum machen sie sich die Mühe, sich an einen Menschen zu binden, wenn sie ohnehin die Absicht haben, ihr Leben zu gestalten, als gäbe es diese Bindung gar nicht?«

»Ja nun, wir alle haben Pflichten«, sagte Edward und streckte ihr seine Hand entgegen. »Es gilt, Titel weiterzugeben, Erben zu zeugen, Allianzen zu schmieden. Gehen Sie ein wenig mit mir, Kate. Wieder bei Ihnen zu sein ist, als würde man aus einer stickigen alten Kammer befreit und fände sich plötzlich am Strand wieder.«

»Sie sind ein Poet, Sir.« Kate lachte, und sie spazierten zwischen den anderen Picknick-Gästen hindurch.
»Wohl kaum.« Edward lachte, und sie ließen die Wiese hinter sich. Ein schmaler Weg führte sie durch ein Birkenwäldchen auf ein Feld. »Aber ich muss sagen, liebe Kate, dass Sie wahrlich Balsam für müde Augen sind. Ihre Schönheit verschlägt mir förmlich die Sprache.«
Kate wusste, dass sie schon wieder errötete. »Zu viel des Lobes, Mylord. Sie dürfen nicht vergessen, dass meine Zunge zu spitz, meine Sommersprossen zu dunkel und meine Nase bei weitem zu lang ist – ich entspreche also kaum dem Ideal.«
Edward brüllte vor Lachen. Er blieb stehen und Kate ebenfalls. Vor ihnen lag ein leuchtend grünes Tal, das von niedrigen Mauern durchzogen war. Dahinter sahen sie eine hohe Hügelkette voll lilafarbenem Heidekraut. Der Himmel über ihnen war wolkenlos blau, und die Sonne schien warm und freundlich auf sie herab. »Es gefällt mir, dass Sie Frau genug sind, sich selbst zu kennen und sich mit vollkommener Würde anzunehmen.«
»Ah« – Kate lächelte –, »also geben Sie zu, dass ich nicht makellos bin.«
»Nichts dergleichen gebe ich zu! Ich finde Ihre Sommersprossen entzückend, Ihre Nase bezaubernd, und wenn Sie nur platte Konversation machen könnten, würden Sie mich genauso langweilen wie all die Debütantinnen vor Ihnen.«
Kates Lächeln erlosch. Seines ebenfalls. Ein langer Augenblick verstrich. Kate sagte: »Hat denn niemand in all den Jahren Ihre Augen wie auch Ihr Herz für sich gewonnen?«
Er zögerte. »Haben Sie denn nicht gehört, meine liebe Kate, dass ich ein Herz aus Stein habe, ein verdorbener Schurke bin und erst dann heiraten werde, wenn mein Vater mich entweder dazu gezwungen hat oder auf dem Totenbett seinen letzten Atemzug tut?«
»Sagt man das über Sie?«, japste Kate, ehrlich entsetzt.

»Das sagen die Mütter über mich, die mich unbedingt als Ehemann für ihre Töchter wollen. Offensichtlich kann keine Mutter es mit Anstand und Würde hinnehmen, wenn man ihre Tochter zurückweist. Mein Ruf ist anscheinend so schlecht, dass keine Frau mit mir allein sicher ist.« Seine goldenen Augen bohrten sich in ihre. »Mache ich Ihnen Angst, Kate?«

»Nein.« Kates Herz raste. »Sie könnten mich niemals ängstigen. Sie können mich nur faszinieren.«

Er griff nach ihr. »Und Sie faszinieren mich. Ich war fasziniert von Ihnen seit dem Augenblick, als ich Sie zum ersten Mal gesehen habe. Sie sind so anders als alle anderen. Aber das wissen Sie ja, und Sie sind stolz darauf, und das ist vielleicht das Wunderbarste an Ihnen.«

Kates Herz schien stehen bleiben zu wollen. »Sie beschämen mich noch, Verehrtester«, flüsterte sie.

»Das glaube ich nicht. Sie haben mir gefehlt, Kate. Ich habe kaum an etwas anderes gedacht seit unserer letzten Begegnung.« Er sah sie unverhohlen an, und seine Augen wurden überraschend dunkler.

Kates Herz hüpfte vor Glück. »Ich habe Sie auch vermisst, Mylord«, flüsterte sie. »Und ich gestehe, dass auch ich kaum an etwas anderes denken konnte.«

Er starrte sie nur an. Einen Augenblick später riss er sie in seine Arme und presste seinen Mund auf ihren. Kate erwiderte seinen Kuss. Sie spürte, wie er sich anspannte, und wusste, dass sie, unglaublich wagemutig, eine Grenze überschritten hatte. Aber dann zog er sie noch enger an sich, schlang die Arme um sie, bog sie hintenüber, jegliches Zögern vergessend. Kates Lippen öffneten sich; ihre Finger gruben sich in seine starken Schultern. Der Kuss dauerte ewig, aber als er vorüber war, schienen nur Sekunden vergangen.

Er ließ sie los und trat mit weit aufgerissenen Augen einen Schritt zurück.

Kate starrte ihn entsetzt an. Ihr Herz donnerte so heftig, dass sie meinte, er müsste es hören. Nun, zum ersten Mal in ihrem Leben, verstand sie, was Begehren bedeutete. »Oh Gott.« Sie merkte zu spät, dass sie die Worte ausgesprochen hatte, und presste zwei Finger an den Mund.

Er starrte sie wie gebannt an. Und schließlich sagte er: »Keine Frau hat mich je so empfinden lassen wie Sie.«

Sie fuhr sich über die Lippen. »Wie meinen Sie das?«

Er sah sie immer noch so an; er konnte die Augen nicht von ihr abwenden. »Sie verfolgen mich, Kate, unablässig, Tag und Nacht, Nacht und Tag. Meine Reise nach Übersee erschien mir endlos, denn ich habe mich so nach Ihnen gesehnt.« Nach einer Pause sagte er: »Wir dürfen nie wieder allein miteinander sein.«

»Nein!« Ihr Aufschrei war heftig, überrascht.

Edward sagte: »Wissen Sie, wie gefährlich es für uns ist, allein zu sein? Ich bin bereits sehr im Gerede, und dasselbe gilt für Sie. Sollte man uns in einer solch kompromittierenden Situation überraschen, wären Sie endgültig ruiniert, meine Liebe.«

Dann heirate mich, dachte Kate, sagte aber nichts Derartiges. »Der Klatsch ist mir egal. Nur Sie sind mir wichtig.«

Er rührte sich nicht. »Sie sind eine Frau ganz ohne Falsch – eine sehr mutige Frau. Sie bedeuten mir auch sehr viel, Kate. Aber wir dürfen unseren Gefühlen keinen freien Lauf lassen. Sie könnten uns ins Unglück stürzen. Wir müssen vorsichtig sein.«

»Warum? Was nützt denn die Vorsicht? Bringt sie Freude, Liebe, Glück?«

In seinen Augen stand ein sehr ernster Ausdruck.

»Sollen wir unser Leben lang von Leuten wie Lady Bensonhurst bevormundet werden?«, rief Kate. »Wenn wir uns unser Leben lang nur darum sorgen, was andere von uns denken, wie, bitte sehr, findet man Glück statt Elend?« Sie sah ihn flehentlich an. »Mit Ihnen habe ich das Glück gefunden, Mylord. Bitten Sie mich nicht, es wegzuwerfen wegen einiger verbitterter, eifersüchtiger alter Damen mit losen Zungen, die es genießen, andere in Schwierigkeiten zu bringen.«

Er griff nach ihr und zog sie an sich, umarmte sie ohne einen Kuss. Er hielt sie für einen langen Augenblick. »Ich will Sie nicht verletzen«, sagte er.

Kate wich zurück, um ihm ins Gesicht zu sehen. »Und wie könnten Sie mich verletzen, Mylord?«

»Mein Vater erwartet, dass ich eine anständige junge englische Dame heirate. Er hat schon eine Liste junger Damen mit tadelloser Abstammung, riesigem Vermögen und völlig überbewerteten Titeln. Ich bin kurz davor, mich in Sie zu verlieben, Kate. Vielleicht bin ich schon in Sie verliebt.« Er fuhr sich mit der Hand durch die Haare. »Das wäre ein schrecklicher Fehler. Es wäre ein Fehler für uns beide.«

Kate entzog sich ihm. »Die Liebe, wenn sie wahrhaftig ist und stark, ist niemals ein Fehler.«

»Sie sind zu romantisch«, sagte er.

»Ja, das bin ich. Und werden Sie immer Ihrem Vater gehorchen?«, gab Kate unsicher zurück.

»Ich bin sein Nachfolger. Ich bin ihm verpflichtet und dem Titel«, sagte Edward gelassen.

Kate stand wie erstarrt. Verzweiflung und Euphorie rangen in ihrem Inneren. Er wollte sie, vielleicht liebte er sie sogar, so wie sie ihn liebte, aber es war seine ehrenvolle Pflicht, dem Wunsch seines Vaters gemäß irgendeine hochanständige Engländerin zu heiraten, mit einem alten Titel und einem großen Vermögen. Wie konnte er auch nur an so etwas denken, wenn er sich in sie verliebte?

Dann ermahnte sich Kate, an die Macht der wahren Liebe zu denken, an das Schicksal zweier füreinander bestimmter Seelen. Sie liebte ihn vom ersten Augenblick, an jenem Tag in Brighton, und sie wusste, dass er sie ebenso leidenschaftlich liebte – selbst jetzt konnte sie es in seinen Augen lesen. Sicher konnte ein einzelner uralter Mann, so einflussreich er auch sein mochte, sich nicht zwischen sie drängen. Die Liebe, das wusste Kate, würde immer einen Weg finden. »Ich werde Ihnen nicht Lebewohl sagen, wo wir doch gerade erst am Anfang stehen.«

Er lächelte leicht. »Habe ich denn vom Lebewohl gesprochen? Ich kann Ihnen nicht Lebwohl sagen, Kate. Vielleicht ist es das, was mich so erschreckt.«

»Mich erschreckt es nicht«, gab Kate leise zurück, wieder völlig obenauf.

Seine Augen verdunkelten sich, und er zog sie noch einmal in seine Arme. Dieser Kuss war atemberaubend, so intensiv, dass sie auf die Knie ins Gras sanken, wo sie einander umklammert hielten, bis eine vorüberziehende Wolke die Sonne verdeckte und sie wieder zur Besinnung brachte.

Siebzehn

Sie sah die drei, Anne, Edward und Kate.
Jill warf sich ruhelos herum, während die Bilder und Geräusche einer Dinner-Party immer lebhafter und klarer wurden. Sie wusste, dass sie schlief und träumte – und sie wollte nicht träumen. Ihr Körper blieb steif und verspannt, sogar noch im Schlaf.
Aber es war ja nur eine Dinner-Party, beruhigte sie sich. Eine lange Tafel war gedeckt, mit einer blütenweißen Tischdecke, Kristallgläsern, goldenen Platztellern und wunderhübschen Tellern mit Goldrand. Darüber hingen drei oder vier riesige kristallene Lüster, die den Raum erhellten und die Gläser im Kerzenlicht funkeln ließen. Einige Dutzend Damen und Herren waren anwesend, alle in prächtiger Abendgarderobe, die Herren in schwarzen Jacketts, die Damen in kostbaren Kleidern aus Seide, Taft oder Chiffon in allen Farben des Regenbogens. Edelsteine glitzerten an fein geschwungenen Hälsen, baumelten von zarten Ohrläppchen und blitzten an zierlichen Händen. Lachen vermischte sich mit den ruhigeren Tönen angenehmer Unterhaltung und dem melodischen Klingen von Sektflöten und Weingläsern.
Kate war umwerfend schön. Ihr bronzefarbenes Spitzenkleid ließ gewagterweise ihre Schultern und einen großen Teil ihres Dekolletés frei. Ihre Locken waren diesmal gebändigt und auf dem Hinterkopf mit diamantbesetzten Spangen in Form von Schmetterlingen hochgesteckt. Um den Hals trug sie ein goldenes Medaillon. Jill erkannte es sofort, und ihre ängstliche Spannung wuchs. Sie wusste, dass es zwei exquisite Miniaturporträts von Kate und Anne enthielt.
Edward saß Kate gegenüber neben Anne. In seinem Smoking und

dem weißen Hemd war er eine herausragende Erscheinung – unglaublich weltmännisch, elegant, unwiderstehlich. Er lächelte und hatte nur Augen für Kate.

Jill konnte Anne nicht deutlich sehen. Ihr Kleid war wohl hellblau. Ihr dunkles, lockiges Haar schien sie offen zu tragen. Aber ihr Gesicht wollte einfach nicht deutlicher werden. Neben Edward verschwand Anne irgendwie unter den anderen Gästen, als sei sie völlig unscheinbar, nur ein Schatten ihrer selbst.

Edward wartete, bis auch Kate ihn ansah, und hob dann dezent die Sektflöte, ein heimliches Anstoßen auf Kate, auf sie beide.

Kate verbarg ihr Lächeln und senkte den Blick.

Anne beobachtete die beiden.

Jill drehte sich auf den Rücken. Sie wollte aufwachen. Sie wollte nicht wissen, was als Nächstes geschehen mochte. Kate war glücklich, Edward war glücklich, es war zu schön, um wahr zu sein …

Ein nächtlicher Garten, erfüllt mit dem schweren Parfum von Hyazinthen, Fresien, Lilien und duftenden Stauden. Eine sternklare Nacht. Die Gäste wandelten draußen umher. Drinnen spielte ein kleines Streichorchester. Jill hatte noch nie eine Harfe gehört, aber nun erkannte sie den melodiösen Klang. Die angenehme Musik strömte nach draußen in die Nacht. Anne, Edward und Kate. Die drei standen an einer Balustrade in der Nähe eines Springbrunnens. Edward sagte etwas Amüsantes. Kates Lachen war leise und rauchig. Annes hatte einen überraschend hohen, schrillen Klang.

Ich muss sofort aufwachen, bevor irgendetwas Schreckliches passiert, dachte Jill und grub die Finger in das Bett unter ihr. Es war kalt und nass.

Warum war es kalt und nass?

Warum fror sie so furchtbar?

Jill erstarrte vor Angst.

Anne entschuldigte sich und ging.

Kate und Edward sahen ihr nach. Dann berührte Edward Kates

nackte Schulter. Sie wandte sich ihm zu und betrachtete ihn mit dem weichen Ausdruck der Liebe in den Augen.

Vor Jill schoss eine Mauer in die Höhe.

Nein! Sie versuchte zu schreien, die Wand war jetzt so nah vor ihr, dass sie sie anfassen, dagegen drücken konnte, aber es nützte nichts, die Wand bewegte sich nicht. Sie war kalt und fühlte sich rau an.

Vor ihr erschien Kates Gesicht. Glühend vor Liebe und Lachen, das Medaillon an seinem Samtband um ihren Hals.

Und im nächsten Augenblick wandelte sich das Bild. Kates Gesicht war vor Angst verzerrt. Tränen hinterließen weiße Spuren in dem Dreck, der ihre porzellanhelle Haut verkrustete. Ihre Augen waren weit aufgerissen, flehend, voll Verzweiflung, und sie streckte die Hand aus, immer weiter, und in dieser Hand …

Mit einem Schrei schnellte Jill hoch.

Einen Moment lang wusste sie nicht, wo sie war, so sehr war sie noch immer in dem Traum gefangen. Sie sah Kate vor sich, die ihr mit angstverzerrtem Gesicht die Hand entgegenstreckte.

Jill krallte sich in ihr Laken. Und erst da verrauchte der Traum, denn Jills Finger gruben sich in nasse, kalte Erde.

Sie schnappte nach Luft und merkte in diesem erschreckenden Augenblick, dass sie draußen saß, auf der matschigen Wiese, während das Tageslicht am östlichen Horizont heraufkroch. Jill schaute wild um sich.

Leichter Nebel hing über dem Boden, aber sie konnte gerade noch die Mauern des Hauses erkennen, vielleicht fünfzig Meter entfernt. Sie war im Schlaf aus dem Haus gegangen!

Erstaunt schaute Jill an sich herunter. Sie trug ein T-Shirt und eine Jogginghose. Beide waren klatschnass und schmutzig. Sie merkte, dass sie völlig durchgefroren war. Zitternd mühte Jill sich auf die Beine und schob sich den Pony aus dem Gesicht.

Ihre Zähne begannen zu klappern. Sie war noch nie im Schlaf umhergewandelt. Sie wusste nicht, was sie davon halten sollte.

Sie schlang die Arme um sich und rannte zum Haus zurück. Es wurde heller. Der Himmel und der Nebel färbten sich rosig. Wenn sie zum Meer hinüberschaute, konnte sie die rot glühende Sonne über dem Horizont aufgehen sehen.

Jill war immer noch benommen, als sie über die Terrasse in einen Raum eilte, den Alex als »Musikzimmer« bezeichnete. Zu Kates Zeiten, hatte er erzählt, war die Gesellschaft nach dem Essen für etwa eine Stunde in diesen Raum umgezogen, um den jungen Damen Gelegenheit zu geben, sie am Klavier oder an der Harfe mit ihrem Gesang zu unterhalten. Jill fand die Flügeltüren weit geöffnet. War sie also auf diesem Wege in der Nacht herausgekommen? Und wie lange war sie draußen gewesen?, fragte sie sich verwundert. Sie konnte sich nicht daran erinnern, ihr Bett verlassen zu haben, geschweige denn ihr Zimmer oder das Haus.

Jill war durcheinander und wirr. Warum hatte sie nicht von Edward als kaltem, gerissenem Verführer geträumt, der Kate nur benutzen wollte? Unglücklicherweise war er ihr recht sympathisch erschienen, aber es war ja auch nur ein Traum gewesen.

Sie drehte sich um und schloss die Terrassentür. Dabei erhaschte sie einen Blick auf ihr Spiegelbild in einem goldgerahmten Spiegel an der Wand über einem Tischchen. Jill erstarrte.

Dann schaute sie langsam, zitternd, noch einmal in den Spiegel.

Und einen entsetzlichen Moment lang sah sie dort Kate.

Plötzlich packte Alex ihre Schultern. »Herr im Himmel! Was ist denn mit dir passiert?«

Jill stand, in ihren dicken Bademantel gewickelt, im Bad und starrte auf ihr bleiches Gesicht im Spiegel. Sie kam gerade aus der Dusche, und der Dampf im Raum vernebelte das Glas. Sie war verängstigt. Sie war noch nie im Schlaf herumgelaufen. Was geschah mit ihr?

Sie stand ganz still. Sie wollte die Sicherheit des dampfigen Badezimmers nicht verlassen. Alex war in ihrem Schlafzimmer. Sie konnte ihn mit jemandem sprechen hören – entweder telefonierte er, oder er sprach mit einem der Zimmermädchen.

Jill ging hinaus. Alex war vor der Tür auf und ab gelaufen; jetzt blieb er abrupt stehen. »Komm. Setz dich ans Feuer. Bevor du dir noch eine Lungenentzündung holst.«

Sie sah, wie er ihr einen großen Sessel zurechtrückte, ging hinüber und setzte sich hinein. In dem riesigen Polstersessel versank sie förmlich. Es war einfacher, das zu tun, was er sagte, als zu diskutieren.

Jill wollte aufhören zu denken, nur für eine kleine Weile. Aber das ging nicht. Was, wenn sie gerade den letzten Rest ihres Verstandes verlor?

Alex zog sich einen gepolsterten Hocker mit seidenem Paisley-Bezug heran und setzte sich neben sie. Jill schaute in die tanzenden Flammen. »Jill.« Er nahm ihre Hände in seine. Jill musste ihm in die Augen sehen. »Du holst dir den Tod, wenn du so weitermachst. Das muss aufhören.«

Sie sah ihn starr an. »Ich weiß nicht, was passiert ist«, sagte sie schließlich. »Ich bin im Schlaf nach draußen gegangen. Kannst du dir das vorstellen?« Ihr erzwungen leichter Ton klang schrill.

»Schlafwandelst du öfter?«

»Nein.« Jill fühlte, wie sie die Kontrolle über sich verlor. Sie stand kurz davor, in Tränen auszubrechen. »So was hab ich noch nie gemacht. Ich habe Angst.«

»Du brauchst keine Angst zu haben«, sagte er ruhig. »Sobald du fertig bist, fahren wir nach London zurück. Ich möchte, dass du zu meinem Arzt gehst. Er ist wirklich nett. Er wird dich gründlich untersuchen und dir etwas verschreiben, damit du dich beruhigst und besser schlafen kannst. Du brauchst ein paar Tage Pause, Jill. Ruhe vor Kate.« Er lächelte sie warmherzig an.

Jill starrte steif zurück, und in ihren Schläfen begann es zu hämmern. Er erteilte ihr Befehle. Er befahl ihr, die Suche nach der

Wahrheit aufzugeben. Warum? »Alex, ich bin so nah dran. Ich fühle es. Mir spukt etwas im Kopf herum, eine Kleinigkeit, die ich übersehen habe, und ich weiß, dass ich bald drauf kommen …«
»Hast du denn nicht gehört, was ich gesagt habe?«, fragte er ungläubig.
Sie blickte auf. »Ich habe wieder von ihr geträumt, aber diesmal waren Edward und Anne dabei.«
»Das ist alles?«
»Nein, das ist nicht alles!«, schrie Jill. Sie begann zu zittern. Ihr war so kalt. Die endlose heiße Dusche hatte die Kälte nicht aus ihren Knochen vertreiben können, und Jill wusste auch, warum – weil die Kälte in ihrem Herzen saß, nicht in ihrem Körper. »Es war so lebendig, so wirklich, Alex, es war, als hätte ich neben ihnen gestanden! Ich konnte sie alle deutlich sehen, und Edward und Kate waren verliebt.« Jill schaute Alex an, aber sie sah nur Edwards attraktive, aristokratische Erscheinung. Er strahlte vor Liebe und Glück. »Er hat sie nicht umgebracht. Er hat sie von ganzem Herzen geliebt!«
Alex legte einen Arm um sie und führte sie zum Tisch. »Ich habe eine tolle Idee. Wie wär's, wenn du für ein langes Wochenende irgendwo an die Küste fährst? Wir haben ein paar sehr schöne Badeorte in England, weißt du. Vielleicht kann ich mich auch für ein Weilchen loseisen und mitkommen.«
Sie sahen sich an. Verzweifelt versuchte Jill den Ausdruck in seinen Augen zu deuten, aber sie konnte es nicht. »Seien wir doch mal ehrlich: Du willst, dass ich nach Hause fahre. Um mich zu *erholen*«, sagte sie.
Er rutschte auf dem Sitz herum. »Das ist wahr. Und warum kommt dir das so verdächtig vor? Du bedeutest mir etwas, und ich will nicht, dass du dir so was antust.«
»Deine Familie hat Kates Tod vertuscht«, fauchte Jill. »*Deine* Familie, Alex.«
»Dafür gibt es keinen Beweis«, stellte er nüchtern fest. »Du steigerst

dich in einen Traum hinein, Jill, weil du verletzt bist und einsam, und weil du dich nach einer eigenen Familie sehnst.«
»Und wenn ich einen Beweis dafür finde?«
»Dann würde ich ihn gern sehen«, sagte Alex gelassen.
»Du als Allerersster«, gab sie zurück und wandte sich ab. Ihre Tasche stand auf einem der Stühle am Bett. Jill setzte sich und wühlte darin herum. Sie holte das Hochzeitsfoto ihrer Eltern heraus, das mit Jack und Shirley und den Trauzeugen und Shirleys Eltern mit Peter dahinter. Plötzlich verschwamm ihr alles vor den Augen.
Schlaf schön, Mäuschen.
Gute Nacht, mein Schatz.
Jill fühlte sich so entsetzlich allein. Sie hätte alles gegeben für einen Augenblick in den Armen ihrer Eltern.
»Was ist das?«, fragte Alex und schlenderte herüber.
Jill reichte ihm das Foto. »Meine Eltern, ihre Trauzeugen, meine Großeltern mütterlicherseits und Peter.«
Alex' Augen weiteten sich erstaunt.
»Was ist?«, fragte Jill scharf, aber noch während sie sprach, spukte ihr der letzte Traum durch den Kopf, Edward, der Kate anlächelte, sie wortlos mit dem Sektglas grüßte, Edward …
»Nichts«, sagte Alex und gab ihr das Bild zurück.
Jill stand auf und starrte auf das Foto, starrte auf Peter. »Oh Gott«, keuchte sie. »Jetzt weiß ich, warum er mir so bekannt vorkam. Auf diesem Bild ist mein Großvater fast sechzig – und er sieht aus wie eine ältere Ausgabe von Edward auf diesem Porträt in Uxbridge Hall – oder nicht?«, rief sie herausfordernd.
Alex sah ihr in die Augen. Schließlich, widerstrebend, sagte er: »Ja.«

1. Dezember 1907

Liebes Tagebuch,

Ich weiß, nun habe ich schon seit mehreren Monaten nichts geschrieben, aber es ist so viel geschehen, dass ich kaum weiß, wo ich anfangen soll! Kate fehlt mir so, dass ich nicht weiß, wohin mit mir – und doch fühle ich eine rätselhafte Erleichterung, da sie nun nach Hause gefahren ist. Sie ist in großer Eile nach New York abgereist, so rasch, dass ich es kaum begreifen konnte. Aber Mutter ist natürlich hocherfreut darüber, dass sie fort ist. Ich glaube, Mutter weiß von Kates Affäre – aber der Reihe nach.

Wie merkwürdig das ist. Ich erinnere mich daran, wie wir, als Kate noch da war, immer zusammen bei allen Partys und Festlichkeiten erschienen und wie niemand mich je bemerkte. Alle hatten immer nur Augen für Kate – sowohl die Männer als auch die Frauen, und das, obwohl ich ebenso reich bin wie sie, aber natürlich aus einem alten Adelsgeschlecht stamme. Wie sehr sich das verändert hat, seit Kate nicht mehr hier ist. Wenn ich nun zu einem Dinner gehe oder auf einen Ball oder auch nur zum Einkaufen in die Bond Street, nimmt man augenblicklich Notiz von mir. Gentlemen kommen von der anderen Straßenseite herüber, um mich zu begrüßen. Die Damen laden mich zu so vielen Gelegenheiten ein, dass ich unmöglich alle Einladungen annehmen kann. Mutter sagt, Kate habe einen sehr unguten Einfluss auf mein Leben gehabt und mir viele Chancen verdorben. Ich beginne ihr zu glauben.

Ich muss tief durchatmen und mich beruhigen. Das ist leichter gesagt als getan! Man weiß ja kaum, was man tun soll, wenn man plötzlich so en vogue ist! Und hier sitze ich, lächle und gebrauche ein Lieblingswort meiner liebsten Kate. Ach, Kate. Ich muss ihr unbedingt schreiben und ihr erzählen, wie man sich jetzt um mich reißt – ohne ihr natürlich den wahren Grund dafür zu sagen.

Ich beginne sogar daran zu glauben, dass auch ich nicht nur um der gesellschaftlichen Stellung wegen, sondern aus Liebe heiraten könnte.

Ich kann beinahe hören, wie Kate mir bei diesem mutigen Gedanken applaudiert. Wie sehr würde sie sich für mich freuen. Aber es macht mich auch traurig, an Kate zu denken. Die vergangenen Monate waren die schönsten meines Lebens. Kate war – ist – die beste Freundin, die ich jemals haben werde. Manchmal vermisse ich sie so, dass ich fast in Tränen ausbreche. Aber dann denke ich daran, wie beliebt ich bin, seit sie fort ist, und das tröstet mich. Mutter erinnert mich ständig daran, dass Kates Gegenwart, wäre sie noch hier, meine angesehensten und besten Verehrer vertreiben würde.

Deshalb ist es das Beste, dass Kate nach Hause zurückgekehrt ist. Da ich von ihrer Affäre wusste (obwohl sie es geleugnet hat), müssen andere ganz gewiss Verdacht geschöpft haben. Ich bin mir sicher, dass Mutter etwas ahnte. Kate ist so halsstarrig. Sie wollte nicht hören, wenn ich sie zur Vorsicht mahnte, und jedes Mal, wenn sie sich aus meinem Fenster stahl, um ihren Liebsten zu treffen, erwartete ich das Schlimmste. Kate hat mir geschworen, dass jedes ihrer Rendezvous vollkommen keusch verlaufen sei. Das kann ich nicht glauben. Ich kenne Kate zu gut. Wie oft hat sie mir gesagt, dass man hier und heute leben muss, anstatt auf eine Zukunft zu warten, die vielleicht niemals eintritt?

Ich frage mich, wer dieser gottgleiche Mann ist, der das Herz meiner lieben Freundin so vollständig für sich eingenommen hat. Ich bin zu dem Schluss gekommen, dass er verheiratet sein muss und ein bekannter Lüstling. Denn wenn es nicht so wäre, würde er Kate offen umwerben. Entweder ist es das, oder er ist von so tadelloser adliger Herkunft, dass Kate als Braut für ihn niemals in Frage käme.

Und, da ich gerade von Göttern schreibe, muss ich nun zum aufregendsten Teil meiner Neuigkeiten kommen. Ich habe einen Mann kennen gelernt. *Liebes Tagebuch, er ist der charmanteste, bestaussehende, klügste Gentleman, ein Mann, der alle anderen aussticht. Wenn er den Raum betritt, sehe ich niemand anderen mehr – als stünde er dort ganz allein. Eigentlich habe ich ihn ja schon letztes Jahr auf Lord Willows Jagdschloss in Swinton getroffen. Sein Name ist Edward Sheldon, und er ist der Erbe des Earl of Collinsworth. Liebes Tagebuch, ich bin im Begriff, mich zu verlieben!*

Tatsächlich glaube ich, dass ich gehört habe, wie einige ältere Damen anlässlich verschiedener Zusammenkünfte in letzter Zeit über meine Aussichten sprachen – und Lord Braxtons Name wurde in Verbindung mit meinem genannt! Ich habe Papa gegenüber bereits mein Interesse für ihn angedeutet. Oh, der Ausdruck in seinen Augen! Und ich habe sogar gehört, wie Mutter und Lady Cecilia sich ihre Gedanken zu dieser Verbindung machten.

Er wirbt nicht um mich. Aber er hat noch nie eine Dame umworben. Man hört immer wieder, er sei ein Lebemann, der nicht die Absicht habe, eine Familie zu gründen, zumindest nicht, bevor der alte Earl tot ist. Aber es gibt auch andere Gerüchte, die besagen, dass sein Herz vergeben ist, aber an eine wenig respektable Person, eine französische Schauspielerin vielleicht, die keinerlei Aussicht darauf hat, jemals mehr zu sein als seine Mätresse, und das sei der Grund dafür, warum er sich so sträubt, warum all die jungen Damen der besseren Gesellschaft ihn zu langweilen scheinen und warum er immer so kühl wirkt und allen aus dem Wege geht.

Ich weiß aber, dass ein solcher Mann niemals eine nichtswürdi-

ge französische Dirne lieben könnte. Auf Swinton Hall glaubte ich für einen Augenblick, er interessiere sich für Kate. Ich muss zugeben, dass er auch damals schon großen Eindruck auf mich machte, aber letzten Sommer stand Kate neben mir und stach mich aus, so dass ich nur das Mauerblümchen war – und kaum selbstbewusst genug, mich auch nur mit ihm zu unterhalten. Wie sehr sich das geändert hat. Dennoch, ich gebe zu, dass ich eifersüchtig war, als ich ihn mit Kate flirten sah. Aber wenn er sich in irgendeiner Weise für sie interessiert haben sollte oder sie für ihn, so war das entweder nur meine Einbildung, oder sie haben beide ihr Vergnügen anderswo gefunden. Ich habe die beiden seit unserer Woche auf Swinton Hall oft zusammen in einem Raum gesehen. Sie sehen sich nicht einmal an – wenn es da jemals eine Neigung gab, so endete sie mit unserer Woche auf dem Lande.

Ich bin glücklich. Ich liebe Kate, wirklich und wahrhaftig, und ich wünsche ihr eine gute Partie (sie sollte sich ihren Ehemann unter den neureichen Amerikanern suchen), aber ich werde Lord Braxton heiraten. Ich liebe ihn schon, während ich Dir nur von ihm erzähle, liebes Tagebuch, und ich werde seine Frau sein, ich werde die Mutter seiner Kinder sein und seine Häuser und Güter verwalten. Und eines Tages werde ich die Countess of Collinsworth sein. Das habe ich mir geschworen. Und ich zweifle nicht im Geringsten daran.

Mutter gestattet mir, morgen an einer kleinen Weihnachtsfeier teilzunehmen. Edward wird auch dort sein. Ich kann es kaum erwarten.

Achtzehn

Jill schloss ihre Wohnungstür auf, bückte sich nach ihren Taschen und drehte sich noch einmal zu Alex um, der in seinem eleganten silbernen Sportwagen davonfuhr. Sie wollte ihm nachwinken, aber sie hatte keine Hand frei. Stattdessen lächelte sie, obwohl sie sicher war, dass er es nicht sehen konnte.

Sie ging hinein. Sie fühlte sich schon heimisch in dieser Wohnung. Sie war gemütlich und einladend, und Jill freute sich sehr, wieder da zu sein. Der Ausflug nach Yorkshire war ganz anders verlaufen, als sie erwartet hatte. Jill schauderte, wenn sie an all das dachte, was sie erfahren hatte.

Lady Eleanor saß vor ihr auf der Treppe und leckte eine ihrer Samtpfoten.

Jill stellte ihre Taschen in den Flur und ließ die Haustür zufallen.

»Hi, Lady E.«, sagte sie leise.

Die Katze unterbrach ihre Wäsche und miaute.

Jill ging hinüber und setzte sich neben sie. Sie fühlte sich so allein – so hatte sie sich an diesem Wochenende nie gefühlt. Aber da war sie ja auch nicht allein gewesen. Sie hatte Alex als Freund dabei gehabt – und als Liebhaber, für eine einzige Nacht.

Jill schüttelte sich, um diese Gedanken zu vertreiben. Lady E. war nicht vor ihr geflohen. Jill berührte zaghaft ihr weiches Fell. Die Katze begann zu schnurren, und Jill streichelte weiter ihren Rücken.

Sie war erschöpft und dachte sehnsüchtig daran, ins Bett zu kriechen, obwohl es erst ein Uhr nachmittags war. Aber sie fürchtete sich vor dem Schlaf, weil sie Angst hatte zu träumen – und was,

wenn sie wieder schlafwandelte, wie letzte Nacht? Diese Idee war mehr als beängstigend: Eine Horrorvorstellung.
Jill rief ihre Nachbarin an, fest entschlossen, sich auf die Lösung für Kates Rätsel zu konzentrieren und sich nicht von Gefühlen ablenken zu lassen, die ihr nicht einmal willkommen waren. »Wie war's in Yorkshire?«, fragte Lucinda, nachdem sie sich begrüßt hatten.
»Ich habe so viel herausgefunden«, sagte Jill. Sofort bekam sie Kopfschmerzen. »Lucinda, kennen Sie einen Graphologen, der ein paar Unterschriften für mich vergleichen könnte? Und zwar schnell?«
»Ja, ich kenne jemanden. Ich hab schon in so vielen Museen gearbeitet, und wir brauchen oft Experten für Handschriften, um Kunstwerke, alte Briefe und solche Sache verifizieren zu lassen.« Lucinda gab ihr Namen und Telefonnummer eines Arthur Kingston, der sein Büro in Cheapside hatte. »Wozu brauchen Sie einen Graphologen, Jill?«
Jill erzählte ihr von den Krankenhausakten, der Geburtsurkunde und der Quittung mit der Unterschrift von Jonathan Barclay.
»Soso«, sagte Lucinda gedehnt. »Sie sind wirklich auf einige interessante Hinweise gestoßen. Wie gefällt Ihnen Stainesmore?«
»Es ist wunderschön«, erwiderte Jill. »Lucinda. Wir haben Kates Grab gefunden.«
Es entstand eine kurze Pause, in der Jill Lucindas Überraschung förmlich spüren konnte. »Sie haben was?«
Jill erzählte ihr von dem kleinen, unauffälligen Grabstein und der Inschrift. »Ist das nicht unglaublich?«
»Ich bin völlig perplex«, antwortete Lucinda. »Ich weiß gar nicht, was ich davon halten soll.« Sie schwieg, und Jill wusste, dass sie an den Aufwand und das Risiko dachte, die jemand auf sich genommen hatte, um Kate zu begraben – und an die Tatsache, dass dieser Jemand wusste, dass sie tot war, wo sich ihre Leiche befand und wann sie gestorben war. »Und die Behörden haben nie etwas gefunden.«

»War Hal in Kate verliebt, Lucinda?«
Lucinda gab ein überraschtes Japsen von sich. »Ich weiß es nicht, meine Liebe. Wäre das nicht reichlich, äh, bizarr gewesen?«
»Es wäre mehr als bizarr gewesen, nämlich eine krankhafte Besessenheit.« Jill erzählte Lucinda von dem Porträt auf dem Dachboden und dass Hal es entdeckt hatte, als er dreizehn war. Hals merkwürdiges Interesse an Kate – seine Besessenheit – hatte in jenem Sommer seinen Anfang genommen. Sie war sicher. Und auch Alex musste das gewusst haben. Hatte er ihr nicht mehr als einmal erzählt, dass er und Hal sich als Jungen sehr nahe gestanden hätten?
»Was für ein fantastischer Fund!«, rief Lucinda aufgeregt.
»Das finde ich auch.« Jill seufzte. »Ich brauche immer noch einen Beweis dafür, dass Kate meine Urgroßmutter ist. Aber wenn diese Unterschriften übereinstimmen, dann war Edward Collinsworth der Vater ihres Kindes.«
Lucinda gab keinen Laut von sich.
»Lucinda? Sind Sie noch da?«
»Sind Sie sicher, Jill?«
»Ja.« Dann fragte sie plötzlich: »Lucinda, sind Sie mit den Sheldons befreundet?«
»Wie bitte?«
»Ich habe vor ein paar Minuten eines ihrer Autos vor dem Haus gesehen – glaube ich jedenfalls. Niemand war bei mir – aber ich habe mir gedacht, dass Sie vielleicht Besuch hatten.«
»Meine Liebe, ich verehre diese Familie – aber ich bin nur eine Angestellte. Der Earl würde mir kaum einen privaten Besuch abstatten.«
Jill dankte ihr und verabschiedete sich. Und in dem Moment machte es »klick« in ihrem Kopf. Jill erstarrte. Sie hatte Lucinda nicht gefragt, ob William bei ihr gewesen sei. Sie hatte sie nur ganz allgemein nach ihrem Verhältnis zur Familie gefragt.
Jill hätte ihren letzten Dollar darauf verwettet, dass der Earl gerade

bei Lucinda gewesen war. Sie konnte sich nur nicht erklären, warum.

Jill wurde von einem Geräusch aus dem Schlaf geschreckt, das sie nicht identifizieren konnte. Einen Moment lang war sie völlig verwirrt, dann versuchte sie, sich in der Dunkelheit zu orientieren, und stellte fest, dass sie auf dem Sofa im Wohnzimmer eingeschlafen war. Mittlerweile war es draußen schon dunkel.

Eine Katze jaulte.

Jill setzte sich benommen auf und streckte die Hand nach der Lampe neben dem Sofa aus. Sie verfehlte den Schalter, und dann gab es einen scheußlichen Lärm, als die Lampe herunterfiel.

Jill fluchte, denn die Porzellanlampe war eine Antiquität. Sie fragte sich, wie spät es sein mochte und ob das eine von ihren Katzen gewesen war, die hinter dem Haus so gekreischt hatte. Einer der Nachbarn hatte einen Schäferhundwelpen. Lucinda hatte ihr erzählt, dass er sich an diesem Wochenende schon zweimal von seiner Kette befreit hatte, aus seinem Garten geschlichen war und die Katzen fast zu Tode erschreckt hatte. Sir John hatte sich auf einen Baum geflüchtet und sich stundenlang geweigert, herunterzukommen.

Jill tastete sich am Couchtisch und am Sessel vorbei zum Lichtschalter an der Haustür. Sie schaltete das Licht im Flur ein. Sofort sah sie, dass die Lampe nicht zerbrochen war. Sie war erleichtert, denn sie hätte sie schwerlich ersetzen können.

Sie schaute auf die Uhr. Es war halb neun. Sie konnte sich nicht daran erinnern, sich hingelegt zu haben, geschweige denn eingeschlafen zu sein. Hatte sie den ganzen Nachmittag verschlafen? Plötzlich verspürte sie großen Hunger, also bestellte sie sich eine Pizza.

Als Nächstes fiel ihr Kate wieder ein. Zumindest hatte sie nicht von ihr geträumt, Gott sei Dank.

Hinter dem Haus gab es einen lauten Krach.
Jill eilte durchs Wohnzimmer, ohne die Lampe wieder hinzustellen. Sie machte Licht in der Küche und trat hinaus auf die kleine Terrasse. Das Licht reichte nicht sehr weit, und der Garten war nicht beleuchtet. Wenn ihre Nachbarn alle zu Hause gewesen wären, hätte das Licht aus ihren Häusern den ganzen Garten ausgeleuchtet. Aber heute war anscheinend niemand da, denn in den beiden Häusern hinter ihrem Garten war es stockdunkel.
»Lady E.! Sir John! Hierher, ihr Süßen!«, lockte Jill, die immer noch gegen ihre Benommenheit ankämpfte.
Sie sah sich gründlich um, aber sie sah weder Hund noch Katze. Na ja, die Katzen konnten ganz gut auf sich selbst aufpassen, und sie hatte keine Ahnung, was hier gerade umgefallen war. Sie würde sich morgen darum kümmern, wenn es hell war.
Ein merkwürdiges Jammern schien durchs Haus zu tönen.
Jill hatte sich gerade eine Cola aufgemacht und erstarrte. Einen Moment lang glaubte sie, sie höre eine Frau weinen – und die erste Frau, an die sie dachte, war Kate.
Aber das Geräusch klang so schwach. Jill stellte die Dose weg und spitzte die Ohren. Da war es wieder. Ein leises, jämmerliches Weinen.
Kate war tot. Und Jill glaubte vielleicht an Gespenster – irgendwie –, aber sie hatte noch nie eines gesehen und war auch gar nicht scharf darauf. Sie bekam eine Gänsehaut. Ängstlich wanderte ihr Blick durch die Küche und über die nachtschwarzen Fenster.
Sie sagte sich, dass sie sich alles nur einbildete.
Aber das durchdringende Weinen ging weiter.
Ihr Herz begann heftig zu pochen, und sie brach in Schweiß aus. Sie ging ins Wohnzimmer und hörte nichts mehr, aber als sie dann stehen blieb und ihre eigenen leisen Schritte verstummten, hörte sie es wieder.
Sie fuhr zur Treppe herum. Kam das Geräusch von oben?

Oh verdammt, dachte Jill. Der ganze erste Stock lag in pechschwarzer Dunkelheit, und sie wollte da nicht rauf.
Der Lichtschalter befand sich am oberen Ende der Treppe.
Das Weinen – das jetzt mehr wie klägliches Miauen klang – verstummte nicht.
Es schien ihr doch sehr wirklich zu sein.
Sei nicht so ein Feigling, schimpfte Jill mit sich. Sie sah sich nach etwas um, womit sie sich verteidigen könnte, und entschied dann, dass gegen einen Geist sowieso nichts helfen würde. Vorsichtig ging sie auf die Treppe zu und dann langsam hinauf. Als sie auf dem oberen Treppenabsatz in völliger Dunkelheit stehen blieb, hörte sie das Jammern ganz deutlich.
Es schien aus ihrem Schlafzimmer zu kommen, Herrgott.
Jill knipste das Licht an. Der Flur war hell. War es eine der Katzen?
Jill hatte plötzlich keine Angst mehr vor Gespenstern, sondern rannte ins Schlafzimmer, machte Licht und sah sich um. Das jämmerliche Weinen drang unter ihrem Bett hervor.
Jills Herz klopfte heftig, als sie sich auf alle viere herabließ. »John? John?« Sie kroch vorwärts. Was sollte das? Sir John kam niemals in ein Zimmer, wenn sie darin war, und er hatte auch niemals eine Pfote in ihr Schlafzimmer gesetzt, solange sie hier war. Aber jetzt kauerte er unter dem Bett und miaute kläglich, die weit aufgerissenen Augen starr auf sie gerichtet.
»Komm her, mein Schatz«, lockte Jill. »Was ist denn, mein Süßer?«
Der Kater hörte auf zu jaulen. Er starrte sie an, und sein Blick war fast menschlich – und unglaublich traurig.
Jill erschrak fast zu Tode, als es plötzlich unten an der Tür klopfte. Dann sagte sie sich, dass das der Pizza-Service sein musste. Sie schaute noch einmal unter das Bett. Was hatte der arme Sir John?
Der Türklopfer wurde noch einmal geschwungen, diesmal drängender. Jill eilte aus dem Schlafzimmer und stolperte hinunter. Im Flur blieb sie vernünftigerweise stehen und fragte: »Wer ist da?«

»Pizza.«

Erleichtert, aber immer noch in Sorge um den Kater, öffnete Jill die Tür. Ein stämmiger, sommersprossiger Junge hielt ihr mit einer Hand die Pizzaschachtel hin und deutete mit der anderen nach links. »Miss«, sagte er.

Jill schaute in die Richtung, in die sein Finger zeigte.

»Sie haben eine tote Katze vor Ihrer Tür, Miss.«

Noch während er sprach, entdeckte Jill die enthauptete Katze in einer hellroten Blutlache.

Und während sich ein gewaltiger Schrei in ihr Bahn brach, erkannte sie Lady E.

Neunzehn

Jill floh ins Haus und rannte blindlings in die Gästetoilette, wo sie sich prompt übergab.

»Miss! Sie müssen noch die Pizza bezahlen!«

Jill klammerte sich an die Toilettenschüssel und würgte wieder und wieder, während sie Lady E.s kopflosen, blutigen Körper vor sich sah. Der Pizza-Lieferant rief immer noch nach ihr. Jill verstand gar nicht, was er sagte. *Lady E. war tot.*

Sie würgte noch einmal, dann erhob sie sich langsam.

Der Pizza-Junge hämmerte an die Tür.

Jill drehte sich um und wankte aus der Toilette. Was sollte sie tun? Sie konnte keinen klaren Gedanken fassen.

Plötzlich rannte sie durch das Wohnzimmer in die Küche. Oh Gott! Wo war ihre Tasche mit ihrem Filofax?

Jill raste ins Wohnzimmer zurück und sah ihre Shoppertasche neben der Reisetasche an der Tür stehen. Noch im Laufen sah sie durchs Fenster, dass der Junge mit ihrer Pizza wieder ging; er war gerade dabei, in seinen Renault zu steigen. Jill griff nach der Tasche, als ihr wieder schlecht und schwindlig wurde. Lady E. war tot. Sie war wirklich, tatsächlich brutal ermordet worden.

Jemand hatte sie *geköpft*.

Wo war ihr verdammtes Filofax? Mit zitternden Händen schleuderte Jill Taschentücher, einen Kuli, ihren Lippenstift, einen Spiegel, einen Reiseführer über Großbritannien und ihre ziemlich neue schwarze Ray-Ban-Sonnenbrille aus der Tasche. Alles prasselte auf den Boden. Ein paar alte Visitenkarten folgten. Noch mehr Taschentücher, eine Straßenkarte. Endlich hatte sie ihr Filofax in der

Hand. Das nächste Telefon stand im Wohnzimmer. Jill rannte hinüber und suchte dabei nach P … Preston. Sie wählte und betete. Alex nahm sofort ab – sie hatte ihn im Büro auf seinem persönlichen Anschluss angerufen. »Preston.«

»Alex, sie ist tot, jemand hat ihr den Kopf abgeschnitten!«, würgte Jill hervor.

»Himmel, Jill! Wer ist tot?«

»Lady E.!« Obwohl Jills Verstand nicht zu funktionieren schien, wurde ihr klar, was Alex denken musste. »Eine von den Siamkatzen. Sie haben ihr den Kopf abgeschnitten und sie mir vor die Tür gelegt, oh Gott, mir wird wieder schlecht.« Jill ließ den Hörer fallen und rannte wieder in die Gästetoilette, um sich zu übergeben.

Als es vorbei war, kniete sie vor der Toilette und drückte eine Wange gegen das Schränkchen unter dem Waschbecken. Tränen begannen ihr übers Gesicht zu laufen. Sie keuchte und versuchte vergeblich, sie zurückzuhalten. Und dann dachte sie an Sir John, der sich oben unter ihrem Bett versteckte und so jämmerlich jaulte. Jetzt verstand sie, warum. Er war völlig verschreckt – und betrauerte seine Gefährtin.

Jill erstarrte. Die Erkenntnis kam wie ein entsetzlicher Tiefschlag. Es war ein Geräusch im Garten gewesen, was sie vorhin geweckt hatte. Ein Geräusch, gefolgt vom Schrei einer Katze und einem lauten Krach. Ach du lieber Himmel.

Jill schaffte es, aufzustehen. Sie zitterte wie Espenlaub.

Jemand hatte Lady E. eingefangen und getötet, während Jill schlief – oder kurz nachdem sie aufgewacht war – und zwar gleich hier hinter dem Haus.

Was, wenn dieser Jemand noch da draußen herumschlich?

Jill rannte zur Vordertür und schloss sie ab. Keuchend lauschte sie in die Stille. Erschrocken registrierte sie, dass sie den Hörer nicht aufgelegt hatte, aus dem nun laut das Besetztzeichen tönte. Sie blieb reglos stehen und versuchte, es zu ignorieren. Sie glaubte nicht, dass sie Sir John oben noch jammern hörte. Ihr drehte sich das Herz im Leibe um, wenn sie an den armen Kerl dachte.

Er hatte aufgehört zu jaulen – oder übertönte das verdammte Telefon alles andere?

Sie wurde von Schmerz und Trauer geschüttelt. Die arme Lady E. Wie konnte jemand diese wunderschöne, anmutige, zutrauliche Katze auf so bestialische Weise umbringen? Tränen liefen ihr über die Wangen. Warum tat jemand so etwas? Warum?

Und dann wusste Jill, warum. Das war kein böser Streich, oh nein.

Jill fuhr sich über die Lippen und schlug geradezu nach dem Lichtschalter im Flur. Sofort lag das Erdgeschoss in tiefster Finsternis, aber oben war es noch hell. Jill traute sich nicht die Stufen hinauf. Ihr kam der Gedanke, dass derjenige, der Lady E. getötet hatte, sich ins Haus geschlichen haben könnte – es wäre ganz leicht gewesen, wenn er oder sie das wollte –, während sie oben bei Sir John gewesen war, oder hier unten bei dem Pizza-Lieferanten.

Hab keine Angst, sagte sich Jill und holte zitternd Luft. Es gibt keinen Grund, warum derjenige ins Haus kommen sollte.

Ihr schlug das Herz bis zum Hals. Sie war fast gelähmt vor Angst. Sehr langsam ging Jill durchs Wohnzimmer, wobei sie alle paar Sekunden innehielt und lauschte, ob sie im Haus oder draußen einen Eindringling hörte. Sie hörte aber nur ihr eigenes Keuchen und das verdammte Telefon.

Bevor sie die Küche betrat, steckte sie erst den Kopf hinein, den Rücken flach gegen die Wand gedrückt. Sie schien leer zu sein. Jill machte blitzschnell das Licht aus, rannte durch den Raum und schloss die Hintertür – die sperrangelweit offen gestanden hatte. Oh Gott! Noch während sie erst den Schlüssel umdrehte und dann den kleinen Riegel vorschob, wurde ihr klar, dass beide Schlösser so lächerlich aussahen, als könnten sie nicht einmal einen blutigen Anfänger vom Eindringen abhalten.

Was hatte Alex noch gesagt? Er hatte gesagt, dass er das Schloss ihrer Haustür mit verbundenen Augen knacken könnte.
Dann hörte Jill draußen auf der Straße Reifen quietschen und den PS-starken Motor seines Lamborghini dröhnen, während sie dastand und zu atmen vergaß. Sie rührte sich nicht.
Lady E. war eine Warnung. Jill war ganz sicher. Wer hatte sie da gewarnt?
Jemand, der nicht wollte, dass sie herausfand, wer Kate ermordet hatte. Ein Sheldon – und vielleicht Alex Preston.
»Jill! Jill!« Alex hämmerte an die Tür. »Guter Gott!«
Jill begann wieder zu zittern. Alex war den Sheldons gegenüber sehr loyal, aber er würde niemals so weit gehen. Er war kein Irrer, und er hatte Lady E. nicht getötet. Er war ja in seinem Büro gewesen.
Aber konnte man Anrufe nicht überallhin weiterschalten?
»Jill! Bist du okay? Verdammt noch mal!«, tobte er draußen.
Jill rührte sich nicht vom Fleck. Soweit sie wusste, hätte er ihren Anruf auch um die nächste Ecke an seinem Handy annehmen können.
Oder er hätte jemanden anheuern können, der die Dreckarbeit für ihn erledigte.
Glas zersplitterte wie bei einer Explosion.
Jill schrie auf.
Plötzlich raste Alex durchs Haus und drückte einen Lichtschalter nach dem anderen. Er blieb abrupt stehen, als er Jill sah, die wie angewachsen in der Küche stand, mit dem Rücken zu der Tür, die sie eben verschlossen hatte.
»Gott sei Dank, dir fehlt nichts!« Er kam auf sie zu.
Auf seinem Gesicht spiegelte sich nur Besorgnis. Aber sie trat zurück, wich ihm aus.
Seine Augen weiteten sich. »Jill?«
Sie versuchte verzweifelt, klar zu denken – ihre Angst und Hysterie in den Griff zu bekommen. Aber sie hatte ihre Gefühle nicht unter

Kontrolle. Jill war es, als rase sie in einer Achterbahn auf die allerschlimmste Abfahrt zu. »Jemand hat die Katze getötet!«

»Ich weiß. Jill. Ist schon gut«, beruhigte er sie.

Sie konnte nicht noch weiter zurückweichen – sie stand mit dem Rücken so fest an die Tür gepresst, dass sich der kleine Riegel schmerzhaft in ihre Schulter bohrte. »Nichts ist gut. Lady E. ist tot. Wer hat das getan?«

»Woher zum Teufel soll ich das wissen?«

Sie starrte ihn nur an, während ihre Gedanken sich sinnlos immer wieder im Kreis drehten und sie Lady E.s blutigen kleinen Körper vor sich sah.

»Du zitterst ja wie Espenlaub.« Er kam näher und streckte die Arme nach ihr aus.

Jill wich zur Seite. »Das war kein böser Streich.«

Er riss erstaunt die Augen auf.

»Das war eine Warnung.«

»Eine Warnung«, wiederholte Alex verständnislos.

Jill nickte, und dann fing sie an zu weinen.

Plötzlich nahm er sie ganz fest in die Arme und zog sie an sich. »Du zitterst am ganzen Leib, und du bist so steif wie ein Brett. Süße. Es war nur ein Dummejungensstreich.«

»Du bist einer von ihnen«, wollte sie sagen, aber sie konnte nicht, denn sie heulte sich an seinem hellblauen Button-Down und seiner rotkarierten Krawatte aus.

Eine seiner großen Hände strich ihr übers Haar und weiter über ihren Hinterkopf. »Nicht weinen. Weißt du denn nicht, dass Tränen das Einzige sind, womit wir starken Machos nicht fertig werden?«

Sie lächelte an seiner Brust.

Er drückte sie noch fester an sich. »Oh Scheiße. Das geht wirklich zu weit«, murmelte er – jedenfalls glaubte sie, dass er das gesagt hatte.

Jill hoffte, sich verhört zu haben. Vielleicht hatte sie ihn auch falsch verstanden. Vielleicht hatte er ihre Heulerei gemeint. Jedenfalls war sie paranoid, wenn sie annahm, dass er etwas mit dem Tod der Katze zu tun hatte oder wusste, wer da zu weit gegangen war. Alex mochte seine Familie schützen, aber er war kein Irrer. Nur ein Mensch, der keinerlei Moral besaß oder völlig durchgeknallt war, könnte einem geliebten Haustier den Kopf abschlagen – oder überhaupt einem Tier.

Er fühlte sich so sicher an und die Nacht draußen so schrecklich.

Seine Hände verharrten auf ihren Schultern.

Langsam blickte Jill schließlich zu ihm auf.

Ihre Blicke trafen sich.

»Weißt du, wer die Katze getötet hat?«, hörte Jill sich mit ruhiger Stimme fragen. Aber diese Ruhe war erzwungen. Innerlich war ihr immer noch furchtbar elend.

Er versteifte sich und ließ sie los. »Laß uns darüber reden.«

Jill nickte. Sie setzte sich an den Küchentisch. Alex begann, die Schränke zu durchsuchen. »Ich hab nichts zu trinken«, sagte sie.

»Na toll.« Er öffnete den Kühlschrank, betrachtete den dürftigen Inhalt und machte ihn wieder zu. »Du brauchst wirklich Hilfe in der Küche, Kleines. Jetzt weiß ich, warum du so dünn bist.«

»Er ist mit meiner Pizza verschwunden.« Jill hatte keinen Hunger, aber sie hörte, wie mitgenommen sie klang.

Er setzte sich und rückte dicht neben sie. »Hast du die Polizei angerufen?«

»Nein.«

»Ich mach das.«

Sie hielt ihn am Handgelenk zurück. »Wozu?«

»Damit das jugendliche Monster, das das getan hat, kriegt, was es verdient«, erwiderte Alex mit wütend funkelnden Augen.

Jill sah ihn stumm an.

Er starrte zurück.

»Jemand will, dass ich hier verschwinde«, sagte Jill mit flacher Stimme. »Wegen Kate – und das weißt du genau.«
Er betrachtete sie lange. »Das glaube ich nicht«, sagte er schließlich ruhig. Er wandte sich ab, aber Jill konnte noch die Wut in seinem Gesicht erkennen.
War er wütend, weil jemand ihr das angetan hatte? Oder weil jemand aus seiner Familie etwas damit zu tun hatte und ihr Verdacht ins Schwarze traf? Sie konnte es nicht sagen.
Alex musste die Dreckarbeit nicht selbst erledigen. Er war stinkreich.
Jill schloss die Augen und wünschte, sie hätte das nicht gedacht – nicht schon wieder.
Wenn er irgendetwas damit zu tun hatte, war er vollkommen verrückt.
»Lass mich ein paar Anrufe erledigen«, sagte Alex. »Ich lasse jemanden kommen, der sauber macht, und ich lasse Scotch und was zu Essen liefern. Willst du etwas Valium?«
Sie antwortete nicht und fürchtete nur, den Verstand zu verlieren.
»Ein Freund von mir ist Arzt. Ich kann ihn jetzt gleich anrufen, und …«
»Nein.«
»Okay.« Er lächelte sie an, aber sein Blick war forschend. »Hey. Du bist ganz schön zäh.« Er fuhr mit den Fingerspitzen über ihre Wange.
Seine Berührung war tröstlich. Verwirrt stand Jill auf. »Ich will hier heute Nacht nicht allein sein«, sagte sie zögernd.
»Natürlich nicht. Ich bleibe hier. Auf dem Sofa«, fügte er hinzu und erwiderte ihren Blick.
Jill nickte. »Lady E.« Sie brach ab und rang um Fassung. »Wir waren gerade Freunde geworden.«
»Ich weiß«, sagte er zärtlich. »Ich weiß.«

Jill hatte sich umgezogen und trug jetzt einen Trainingsanzug und dicke weiße Socken. Während sie ihr Haar kämmte, das von der Dusche noch ganz feucht war, starrte sie auf ihr Spiegelbild. Jegliche Farbe war aus ihrem Gesicht gewichen, ihr Haar wirkte dunkelrot, und ihr Leberfleck stach vor ihrer bleichen Haut deutlich hervor. Jills Hand stockte. Es war, als sähe sie eine ältere Version von Kate Gallagher.

Sie legte den Kamm weg. Vor ein paar Minuten hatte sie Alex unten sprechen hören – vielleicht war ein Lieferant gekommen oder derjenige, den er gerufen hatte, um vor dem Haus alles in Ordnung zu bringen.

Jill ging auf ihren dicken Socken leise aus dem Bad. Sie sah nach Sir John, der einfach nur zurückstarrte, und ging auf den Flur hinaus. Im Erdgeschoss war es dunkel – Jill fragte sich, ob Alex vielleicht schon auf dem Sofa eingeschlafen war, bevor er ihr den versprochenen Scotch anbieten konnte. Sie wollte gerade die Treppe hinuntergehen und hatte die Hand schon auf dem glatten hölzernen Geländer, als sie plötzlich seine Stimme hörte. Er sprach sehr leise, so dass sie nicht verstehen konnte, was er sagte, aber er klang ausgesprochen sauer.

Jill erstarrte und lauschte angestrengt. Jetzt herrschte wieder Stille.

Mit wem sprach er da? Und warum war er wütend?

Ihr Herz begann zu rasen. Jill ging die Treppe hinunter, eine Stufe nach der anderen, völlig geräuschlos. Am unteren Treppenabsatz blieb sie stehen. Sie meinte, ihn aus der Küche zu hören – er sprach in sein Handy.

Warum hatte er nicht ihr Telefon benutzt?

»Ich warne dich«, zischte Alex plötzlich. »Das hast du gründlich versaut.« Eine Pause. Und dann sagte Alex mit harter, wütender Stimme: »Ja, richtig.«

Jills Herz hämmerte mit erschreckender Kraft gegen ihr Brustbein. Sie musste sich an der Wand festhalten und wartete darauf, dass er weitersprach. Eine endlose Minute verging, vielleicht auch zwei. Sie kam zu dem Schluss, dass er aufgelegt haben musste.

Sicher bezog sich »Das hast du gründlich versaut« nicht auf das, was geschehen war. Es konnte alles bedeuten. Er konnte mit einem Kollegen oder Mitarbeiter telefoniert haben, es konnte um ein Geschäft gehen. Sie sollte daraus nicht schließen, dass er sauer auf seinen Handlanger war, weil der bei Lady E.s Ermordung einen Fehler gemacht hatte.

Es musste doch eine andere Erklärung für diesen Anruf geben.

Alex war kein Mörder.

»Jill?« Plötzlich spazierte er ins Wohnzimmer.

Jill brachte ihre Gesichtszüge unter Kontrolle und ging um die Ecke ins Wohnzimmer, ihm entgegen. Ihr Lächeln fühlte sich an wie eine Gipsmaske.

»Was ist denn jetzt schon wieder? Du schaust mich an, als wär ich ein Serienmörder.« Sein Lächeln erlosch. »Du glaubst doch nicht etwa, dass ich etwas mit der Sache zu tun hatte?«

Jill schüttelte heftig den Kopf. »Nein, tu ich nicht. Ich bin nur runtergekommen, um Gute Nacht zu sagen. Ich bin sehr müde. Danke, dass du gekommen bist.« Sie zögerte. »Mir geht's schon besser. Du musst nicht hier bleiben.«

Er sah sie forschend an. »Doch, ich bleibe. Ich will nicht, dass du hier ganz allein bist.« Jetzt zögerte er. »Wie wär's mit einem Drink?«

Endlich wagte sie, den Blick zu seinen leuchtend blauen Augen zu heben. Sie wollte nicht mehr, dass er hier blieb – aber andererseits graute ihr davor – nein, sie hatte panische Angst davor –, allein zu sein. Jill schüttelte den Kopf, biss sich auf die Lippe, und ihr traten Tränen in die Augen. »Nein, danke.«

Rasch kam er herüber und nahm sie in die Arme. »Es wird alles gut, Jill. Vertrau mir. Bitte.«

Sie sah ihm in die funkelnden Augen, und ihr Körper sperrte sich steif gegen seine Umarmung. »Das will ich ja«, flüsterte sie. »Das will ich wirklich.« Und das war die Wahrheit.

»Ich verstehe.« Sein Lächeln wirkte gezwungen.

Jill war wieder zum Weinen zumute. »Gute Nacht«, brachte sie hervor. Und sah ihm nach, als er wieder in die Küche ging, zweifellos, um sich einen Drink zu machen.

Jill drehte sich um und ging hinauf.

Am nächsten Morgen fand sie Alex über sein Notebook gebeugt. Es war kurz nach sieben, und der Duft von frisch gebrühtem Kaffee erfüllte die Küche, und ebenso der helle Morgensonnenschein. Es sah nach einem schönen Tag aus.

Jill betrachtete seinen Rücken. Er war so vertieft in das, was er da tat, dass er sie nicht hereinkommen hörte. Er drückte ein paar Tasten. »Guten Morgen«, sagte Jill schließlich.

Er fuhr herum. »Hast du mich erschreckt.« Sein Lächeln verschwand, während er ihr Gesicht forschend betrachtete. »Gut geschlafen?«

»Albträume.« Jill ging zur Kaffeemaschine und goß sich einen Becher ein. Ihre Träume waren schrecklich gewesen, in allen hatte ein gesichtsloser Mann mit einer blutigen Axt sie und Lady E. gejagt. Sie wollte nicht darüber sprechen – sie wollte nicht darüber nachdenken. Sie war fertig. »Ist ja richtig praktisch, dich im Haus zu haben. Ein Ritter ohne Furcht und Tadel, der auch noch frischen Kaffee macht.« Sie prostete ihm mit dem Becher zu.

»Einige von uns Junggesellen können sogar Spiegeleier machen«, erwiderte Alex mit einem schwachen Lächeln. Aber sein Blick blieb forschend, und Jill wandte sich ab, damit er ihr Gesicht nicht sah.

»Ich hab ein Meeting um neun, also muss ich gleich los. Wie fühlst du dich?«

»Okay.« Das war gelogen. Sie fühlte sich schrecklich, und sie kam nicht darüber hinweg, wie viel Mühe sich jemand gegeben hatte, um sie fortzujagen. Jill zögerte. »Also, wer hat die Katze getötet? Thomas? Lauren? Dein Onkel?«

»Du kommst recht schnell zu Sache.« Er schaltete den Computer ab und klappte den kleinen, silbergrauen Deckel zu. Als er sie ansah, wirkte sein Gesicht abgespannt.

Jill fragte sich, was er auf dem Bildschirm gehabt hatte – was es war, was er sie nicht sehen lassen wollte.

Er schlüpfte in seine Anzugjacke. »Es ist schön, wieder ein bisschen Farbe auf deinen Wangen zu sehen, Jill.« Seine Worte standen in krassem Kontrast zu seinem Tonfall, der sich etwas unterkühlt anhörte.

Sie starrte ihn an. Das hier wäre so viel einfacher, dachte sie, wenn sie nicht mit ihm geschlafen hätte oder wenn er nicht die Nacht auf ihrem Sofa verbracht und ihr damit ein bisschen Trost und Schutz geboten hätte. »Ich will darüber reden.«

Er stellte seine Aktentasche auf den Tisch. »Offensichtlich.«

Jill lehnte sich mit der Hüfte an die Küchenzeile und verschränkte schützend die Arme vor der Brust. »Alex. Du bist ein kluger Kerl. Diese Spielchen sind albern. Was gestern Abend passiert ist, war kein grober Spaß. Das hier ist ein sehr ruhiges Viertel. Hier passiert so etwas nicht.«

Er schwieg.

»Ich fahre den Sheldons ziemlich an den Karren, oder?«

»Niemand in meiner Familie ist zu solcher Brutalität fähig«, sagte er, das Gesicht vor Anspannung ganz starr. »Und ich glaube nicht, dass du Recht hast. Ich glaube, dass es ein blöder Streich war. Und in jedem Viertel passiert ab und zu etwas, Jill.«

Sie fühlte sich nicht wohl bei dem Vorhaben, ihn so zu ködern. Aber es musste sein. »Warum hast du dann nicht die Polizei angerufen?«

»Das hab ich schon. Sie haben gestern Nacht noch jemanden vorbeigeschickt, und ich habe eine Aussage gemacht; es kommt später noch mal jemand, um deine aufzunehmen.«

Diese Runde hatte sie verloren. »Ich hoffe, du hast Recht«, sagte sie nach einer Weile.

»Ich weiß, dass ich Recht habe.« Er stemmte die Fäuste in die Hüften. »Jill, du bist völlig am Ende. Hier.« Er griff in die Brusttasche und reichte ihr eine Visitenkarte. »Geh zu Dr. McFee. Du musst mal abschalten, Jill. Du kannst doch gar nicht mehr klar denken.«

»Du verlangst, dass ich jetzt aussteige? Wo ich so kurz davor bin, die Wahrheit über Kate zu erfahren – und über deine Familie?« Jill war wütend. »Das ist nicht das erste Mal, dass du dich da einmischst – und wir wissen beide, warum.«

»Verdammt noch mal!«, brüllte er. »Hier gibt's keine Verschwörung, und was Kate vor neunzig Jahren passiert ist, ist nun mal passiert. Du kannst sie nicht wieder lebendig machen. Wenn sie ermordet wurde, kannst du ihren Mörder nicht vor Gericht bringen. Hör auf damit, bevor du dich – und alle anderen auch – um den Verstand bringst!«

Jill erschrak über seinen Ausbruch. »Das kann ich nicht. Ich muss wissen, was mit Kate passiert ist. Ich glaube, ich weiß es sogar schon.« Diesmal zögerte sie nicht. »Edward hat sie umgebracht, weil sie seiner Heirat mit Anne im Wege stand.« Ihr Herz pochte schmerzlich bei diesen Worten. In ihren Träumen war ihr Edward sehr verliebt erschienen – nicht wie ein eiskalter Mörder. Aber das waren nur Träume. Sie musste sich jetzt auf ihren gesunden Menschenverstand verlassen, nicht auf ihre Vorstellungskraft. Jill hatte mehr Porträts von Edward gesehen, als sie zählen konnte, sie hatte seine Briefe und Anweisungen an seine Angestellten und seine Familie gelesen, und es stand außer Frage, dass er ein hartherziger, kalter Mann gewesen war.

Er starrte sie immer noch unverwandt an. »Du solltest nach Hause gehen. Es war ein Fehler, wieder nach London zu kommen.«

Seine Worte trafen sie völlig überraschend und mit voller Wucht. Sie fühlte sich, als hätte er ihr ein Messer in den Rücken gejagt.

»Und ich habe das nicht so gemeint, wie du es jetzt auffasst«, fügte er ärgerlich hinzu.
Jill schüttelte den Kopf. »Ich kann nicht nach Hause. Nicht jetzt – nicht, bevor ich hiermit fertig bin.«
Sie starrten sich schweigend an.
»Okay«, sagte Alex schließlich grimmig. »Ich muss los, Jill.« Er sah auf die Uhr. »Ich ruf dich später an, um zu sehen, wie's dir geht. Überleg dir noch mal, ob du nicht doch zu diesem Arzt gehen willst. Er wird dich gleich drannehmen, und du kannst ihm alles erzählen. Er wird dir zumindest etwas geben, damit du schlafen kannst.«
Jill nickte, um ihn zufrieden zu stellen. Sie wollte sich darum jetzt nicht kümmern.
Er hatte seine Aktentasche vom Tisch genommen. Plötzlich kam er zu ihr herüber und küsste sie auf die Wange, bevor er die Küche verließ.
Sie spürte die Berührung seiner Lippen noch, nachdem er gegangen war, ebenso wie der würzige Duft seines Aftershaves sie noch umfing. Jill ging soweit wie möglich in Richtung Wohnzimmer und sah ihn das Haus verlassen. Sie wandte sich ab, und wie ein schweres Gewicht senkte sich Depression auf sie nieder. Oder war es Angst?
Jill setzte sich wieder an den Tisch und schaute kurz auf die Karte, die er ihr gegeben hatte, ohne sie wirklich zu lesen. Sie konnte hören, wie sein Lamborghini draußen röhrend zum Leben erwachte. Etwas Schreckliches war mit Kate geschehen, und nun, neunzig Jahre später, wurde sie ziemlich deutlich davor gewarnt, weiter nachzubohren. Jill holte tief Luft, sie wurde überwältigt von dem Gefühl, das sie schon in Stainesmore überfallen hatte – dass als Nächstes ihr etwas Schreckliches passieren würde.
Weil so viel auf dem Spiel stand.
Jill zuckte beim Klang von Kates Stimme zusammen, die so laut und deutlich in ihrem Kopf erklang, als stünde Kate hier bei ihr im

Zimmer. Aus den Augenwinkeln sah sie etwas. Jill blickte auf und erstarrte.

Kate stand an der Hintertür und starrte sie an.

Jills Herz raste. Sie schüttelte ihren Kopf und blinzelte. Und als sie die Augen wieder öffnete, war Kate verschwunden.

27. April 1908

»Ist er da? Ist er da?«, rief Kate, raffte ihre Röcke und sauste durch ihr Schlafzimmer. Sie lehnte sich zum Fenster hinaus, soweit ihr riesiger Bauch das erlaubte, um hinunter auf den Hof und die Auffahrt blicken zu können.

»Madam«, sagte die Haushälterin hinter ihr. »Bitte. Sie dürfen sich nicht so anstrengen, wo das Kind doch in zwei Wochen kommt.«

Kate ignorierte sie, denn sie erkannte die Kutsche, die in die Auffahrt von Coke's Way einbog. »Es ist Edward!«, rief sie aufgeregt. Sie drehte sich um und rannte an der ewig säuerlichen Miss Bennett vorbei zur Tür hinaus.

Er hatte ihr versprochen, dass nichts ihn davon abhalten konnte, zur Geburt ihres Kindes bei ihr zu sein. Aber sein Vater war während seines Aufenthalts in Südfrankreich krank geworden und hatte Edward zu sich gerufen – schon vor über zwei Monaten. Kate hatte sich nicht anmerken lassen, wie verzagt sie darüber war. Sie hatte ihm zu der Reise geraten. Sie verstand Edwards Pflichtgefühl gegenüber seinem Vater. Bis sie in sein Leben getreten war, hatte er felsenfest an Pflicht und Ehre geglaubt. Nun war er wie zerrissen.

Der Earl näherte sich seinem siebzigsten Geburtstag. Edward hatte seinem Ruf nicht folgen, Kate nicht eine Minute in diesem Zustand allein lassen wollen – geschweige denn mehrere Monate. Aber Kate fürchtete, der Earl könnte sterben. Das wäre zwar die Lösung all ihrer Probleme – denn dann könnten sie auf der Stelle heiraten. Aber

Kate hatte sich Edwards Schuldgefühle ausgemalt, wenn er dem Wunsch seines Vaters nicht nachkam, ihn bei sich zu haben. Und wenn er dann starb, würde Edward sich das nie verzeihen können.

Sie eilte hinab und war schnell außer Atem, denn das Kind, das sie trug, verlangte ihrem Körper viel ab. Sie hörte, wie die Kutschentür zufiel, als sie die Tür des Landhäuschens öffnete, in dem sie sechs schrecklich lange, furchtbar einsame Monate verbracht hatte.

Kate war vorher noch nie einsam gewesen. Und da hatte die Angst begonnen – die Angst, die jede Mutter bekommt, wenn es auf die Geburt zugeht. Einmal war sie lange nach Mitternacht aufgestanden, hatte eine Feder zur Hand genommen und ihr Testament gemacht für den schrecklichen Fall, dass sie und ihr Kind die bevorstehende schwere Prüfung nicht überlebten.

Edward kam den gepflasterten Weg herauf. Er sah sie und blieb stehen. Seine Augen schienen in einem silbrigen Licht zu erstrahlen.

»Edward«, flüsterte sie und klammerte sich an die Tür, denn ihre Knie wollten nachgeben, und ihr Herz schlug beunruhigend schnell.

»Oh Gott, Kate!« Edward rannte auf sie zu, und dann fand sie sich in seinen Armen wieder und ihre Lippen verschmolzen und nichts war ihr jemals so richtig erschienen.

Er löste seine Lippen von ihren. »Wie du mir gefehlt hast – wie wunderschön du bist!« Und er küsste ihre Wange, ihre Stirn, ihre Nasenspitze und forderte dann wieder ihren Mund für sich.

Diesmal beendete Kate den Kuss. »Ich habe nicht mehr geglaubt, dass du noch rechtzeitig zurückkommst!«

Seine Augen verdunkelten sich, während er ihre Hände an seine Brust drückte. »Nichts hätte mich davon abhalten können – nicht einmal die schäbigen Tricks eines gemeinen alten Mannes.«

Kate erstarrte. Früher, bevor sie in seinem Leben eine Rolle gespielt hatte, hatte er seinen Vater respektiert und sogar gemocht. Jetzt nicht mehr. »Liebling?«

Er rang sich ein Lächeln ab. »Entschuldige. Komm. Lass uns hineingehen, es gibt so viel zu erzählen, und wir waren so lange Zeit getrennt.«

Sie gingen ins Haus. Miss Bennett stand in der Tür und nickte Edward zu. »Mylord«, sagte sie und trat vor, um ihm Hut und Handschuhe abzunehmen. »Hatten Sie eine angenehme Reise?«

»Ja, sehr angenehm, danke, Miss Bennett.« Er lächelte knapp, und während er mit ihr sprach, suchten seine warmen Augen bereits wieder Kates Gesicht. Dann starrte er auf ihren dicken Bauch. »Bitte lassen Sie uns einen Moment allein.« Er lächelte Kate an. Er konnte die Augen nicht von ihr lassen, dachte sie, nicht einen Moment lang. Wie wohl ihr das tat.

Sie fühlte, wie ihr die Röte in die Wangen stieg. Miss Bennett verschwand, und Edward zog sie ins Wohnzimmer – und in seine Arme. Sie versanken in einem endlosen Kuss.

Schließlich ließ sich Edward in einem großen Sessel nieder. Kate brachte ihm ein Glas Brandy. »Was für schäbige Tricks hast du gemeint?«, fragte sie furchtsam.

Edward nahm einen Schluck. »Mein Vater hat gelogen. Er war gar nicht krank. Er hat nur nach mir geschickt, um uns zu trennen. Ich habe ihm von dem Kind erzählt, Kate – und nicht einmal das konnte ihn erweichen. Er verweigert weiterhin seine Erlaubnis zu unserer Heirat.«

Kate nickte und setzte sich auf das Sofa, die Hände im Schoß gefaltet. Das überraschte sie nicht. Vor sechs Monaten hatte der Earl alle ihre Hoffnungen zunichte gemacht und Edward die Heirat mit ihr nicht gestattet. Sie war sogar selbst zu ihm gegangen – und auf so viel Verachtung und Erniedrigung gestoßen, dass dieser Besuch eines der niederschmetterndsten Ereignisse ihres Lebens wurde.

Edward erhob sich, war mit zwei Schritten bei ihr, fiel auf die Knie und ergriff ihre Hände. Er lehnte sich vor, die Wange an ihrem Bauch, und schloss die Augen. Dann blickte er zu ihr auf. »Es kümmert mich nicht länger, ob er mich verstößt und enteignet. Soll mein Bruder die verdammte Grafschaft erben! Ich habe dich. Ich habe mich entschieden. Wir heiraten auf der Stelle, und damit ist die Sache erledigt.« Er lächelte sie an.

Kate starrte ungläubig auf ihn herab. Sie zitterte. »Oh Edward«, begann sie. Ihre Liebe für ihn war grenzenlos. Sie wusste, welche Qualen ihn diese Entscheidung gekostet hatte.

»Es wird uns an nichts mangeln, Kate. Dem Herrgott sei Dank für dein Vermögen.« Er lächelte, aber das Lächeln war bitter. »Vielleicht sollten wir uns sogar ganz in Amerika niederlassen?«

»Edward«, sagte Kate mit zittriger Stimme und Tränen in den Augen. »Erinnerst du dich daran, wie du mir das erste Mal Uxbridge Hall von oben bis unten gezeigt hast?« Sie lächelte durch Tränen.

»Warum weinst du?«, fragte er entsetzt. »Ich werde dich heiraten, Kate.«

Sie schmeckte salzige Tränen. »Mein Liebling. Du hast mir von deinem Familiensitz und seiner Geschichte erzählt. Du hast mir von der Grafschaft erzählt – die eines Tages in deinen Händen liegen würde. Du warst stolz wie ein Pfau. Du hast mir Geschichten von deinen Brüdern erzählt, von all dem Unsinn, den ihr als Kinder angestellt habt. Du hast auch voll Zuneigung von deinem Vater gesprochen, Liebling – von seinen Bemühungen im House of Lords um die Gesetze zur Kinderarbeit. Und dann hast du mir von einigen Besitztümern und Unternehmungen der Familie erzählt – die Minen in Cornwall beispielsweise und die neuen Schächte, die du bauen ließest. Die verbesserte Belüftung, hast du gesagt, würde jedes Jahr Dutzende von Leben retten! Du warst so begeistert von diesen Schächten! Und dann hast du von der Verantwortung gesprochen, die du deinen Leuten gegenüber hast. Du hast sie ›deine Leute‹ genannt, Edward, als wärst du ein Prinz und dies dein Königreich. Mit leuchtenden Augen hast du mir von den Möglichkeiten dieses neuen Jahrhunderts erzählt – und dass die Zeit gekommen sei, sich der Grafschaft anzunehmen und sie zu modernisieren. Ich war bereits verliebt in dich, aber an jenem Tag wurde mir klar, wie du zu deinem Erbe, deiner Verantwortung, deinen Pflichten stehst, und von da an liebte ich dich unwiderruflich. Ich war so stolz auf dich.«

Er kniete immer noch zu ihren Füßen. Seine Augen waren fast schwarz. »Was du da sagst, gefällt mir gar nicht.«

»Dein Bruder Henry ist ein Schuft«, rief Kate verzweifelt.

»Dann wird die Grafschaft bleiben, wie sie ist – und Henry kann damit machen, was er will.«

»Er wird jeden Penny verspielen, den er in die Finger bekommen kann!«

Edward zuckte mit den Schultern, als sei ihm das einerlei. Kate wusste, dass das nicht stimmte.

»Ich kann dich nicht heiraten, Edward.« Sie starrten einander an, und ihr liefen Tränen über die Wangen.

Er war entsetzt.

»Bitte versteh doch«, flüsterte Kate. »Ich kann dir nicht dein Leben wegnehmen.«

»Du bist mein Leben. Ich werde dich nicht aufgeben.« Edward klang unbezähmbar.

»Ich habe nicht verlangt, dass du mich aufgibst, denn auch ich kann dich nicht aufgeben.« Sie fuhr mit den Fingern durch sein dichtes, dunkles Haar. »Wenn wir heirateten, würdest du mich eines Tages für das hassen, was ich dir weggenommen habe. Dein Geburtsrecht.«

»Nein.« Sein Mund war verzerrt vor Grimm.

Sie fuhr sich mit der Zunge über die Lippen. »Und was ist mit mir? Ich könnte nicht mit dem Wissen leben, dir all das genommen zu haben.«

»Oh Gott.« Edward setzte sich neben sie und nahm sie in die Arme.

»Nur du, Kate, würdest mich so zurückweisen, nur du bringst den Mut und die Liebe dazu auf.«
»Ja. Ich tue es, weil ich dich so sehr liebe.« Sie wollte nicht weinen. Aber sie konnte die Tränen nicht zurückhalten.
»Bitte weine nicht. Du weißt, dass ich nie eine andere heiraten werde. Du wirst mir meinen Erben geben, Liebste.«
Kate sah ihn an. Sie wollte ihm einen Erben schenken, aber sie ließ sich nicht täuschen. Dieser alte Hund konnte Edward enterben, wenn er nicht heiratete, und das wusste Kate. Was, wenn ihre gemeinsame Zeit bald vorüber wäre? Nein! Sie würde um ihre Liebe kämpfen – um ihre gemeinsame Zukunft. Und so schrecklich dieser Gedanke war, vielleicht würde der liebe Gott ihnen gnädig sein, und der alte Graf würde sterben und damit Edward zum Earl of Collinsworth werden – frei, zu heiraten, wen er wollte.
»Ja«, sagte sie und nahm sein Gesicht in ihre Hände. »Ich werde dir einen Erben schenken, und vielleicht schneller, als wir denken.«
Er sah sie verständnislos an.
»Der Arzt hat gesagt, es könnte jetzt jederzeit so weit sein, Liebster.«
»Oh, ich bin ja so glücklich – und ich habe solche Angst«, rief Edward und umarmte sie.
Und während sie ihn in den Armen hielt, betete sie darum, dass sie einen Sohn bekommen möge. Das war vielleicht ihre einzige Hoffnung.

Zwanzig

Jill war gerade aus dem Haus getreten und schloss die Tür ab, als ein brauner Mercedes vor ihrem Gartentor zum Stehen kam. Sie erkannte den Wagen sofort. Eigentlich war sie auf dem Weg zu Arthur Kingston, dem Graphologen, aber nun ging sie sehr langsam zur Straße hinaus. Ein Chauffeur mit einer dunklen Mütze blieb im Wagen sitzen, während Thomas ausstieg und sie anlächelte.

Jill blieb auf der Stelle stehen und starrte ihn an, unfähig zu lächeln. Warum war er hier? Was konnte er von ihr wollen?

»Hallo, Jill. Wie geht's? Alex hat mich gestern Abend angerufen und mir erzählt, was mit Mr. Barrows' Katze passiert ist.« Er schien aufrichtig besorgt zu sein.

»Hi.« Jill konnte sein kurzes Lächeln noch immer nicht erwidern. Hatte Alex gestern Abend am Telefon Thomas angefaucht? War Thomas verantwortlich für den Tod von Lady E.?

So verstörend diese Vorstellung auch war, war sie dennoch erleichternd, denn dann wäre Alex unschuldig. Außer, er hatte davon gewusst.

»Ich hätte Sie anrufen sollen, aber Alex sagte mir, dass Sie schon zu Bett gegangen seien.«

»Danke. Ich fühl mich schon besser. Was für ein makabrer Scherz.« Sie bog auf den Gehsteig ab und Thomas lief neben ihr her.

»Haben Sie schon mit der Polizei gesprochen?«, fragte Thomas. Er sah sich um. »Das ist ein sehr ruhiges Viertel. Wer auch immer dafür verantwortlich ist, hat eine Strafe verdient.«

»Ein Polizeibeamter war heute früh bei mir.«

Jill hatte nicht die Absicht, Thomas irgendetwas zu erzählen. Bei dem Mercedes blieben sie stehen. »Was verschafft mir die Ehre?«, fragte Jill.

»Ich habe heute Morgen angerufen, aber ich konnte Sie nicht erreichen. Ihr Anrufbeantworter war ausgeschaltet. Ich dachte, Sie würden vielleicht gern mit mir essen gehen.«

Jill sah ihn erstaunt an. »Ich kann nicht«, sagte sie nach einer Pause. »Ich habe einen Termin.« Sie zwang sich zu lächeln und fragte sich, was er von ihr wollte. »Aber ein andermal gerne«, log sie.

Das schien er zu akzeptieren. »Wo müssen Sie denn hin? Ich nehme Sie mit.« Er lächelte.

»Bemühen Sie sich nicht. Ich kann die U-Bahn nehmen.«

»Erzählen Sie mir bloß nicht, dass Sie schon auf den Geschmack gekommen sind.« Sein Lächeln wurde breiter. »Kommen Sie, Jill, es wäre mir ein Vergnügen. Und es ist das Mindeste, was ich tun kann nach allem, was Sie gestern Abend durchmachen mussten.«

»Mir gefällt das U-Bahn-System hier«, sagte Jill. »Ich liebe die U-Bahn – schon vergessen?«

Er starrte sie nur an.

Jill lächelte. Sie wollte ihn nicht wissen lassen, wohin sie fuhr, und vor allem nicht, warum. Andererseits hatte Alex ihm wahrscheinlich in allen Einzelheiten von ihrem Wochenende auf Stainesmore berichtet. Dieser Gedanke verstörte sie sehr.

Schließlich zeigte sich leichte Verärgerung auf Thomas' Gesicht. »Eigentlich möchte ich nur mit Ihnen sprechen, und ich würde es vorziehen, das nicht auf der Straße zu erledigen.«

Jill straffte die Schultern. »Mir macht das nichts aus.«

»Ich habe gerade mit Alex gesprochen.« Er sah ihr direkt in die Augen. »Er hat mir von Ihrem Aufenthalt in Stainesmore erzählt.«

Jills Puls beschleunigte sich. Sie hatte also Recht gehabt. »Was hat er gesagt?«

»Er sagte, dass Sie immer fester davon überzeugt wären, Kate Gallaghers Urenkelin zu sein.« Thomas lächelte amüsiert. »Natürlich haben Sie dafür keinerlei Beweis.«

»Ich bin mir sicher, dass wir miteinander verwandt sind. Und ebenso sicher, dass sie ermordet wurde.«

»Das ist ein ungeheuerlicher Vorwurf«, sagte Thomas ruhig.

Sie verschränkte die Arme. »Es tut mir Leid, wenn meine Nachforschungen oder meine ungeheuerlichen Vorwürfe Sie und Ihre Familie beunruhigen.«

Nach einem weiteren langen Blick sagte er: »Haben Sie irgendeinen Grund dafür, den guten Namen meiner Familie in den Schmutz ziehen zu wollen?«

»Sie gehen also davon aus, dass Ihre Familie etwas mit dieser Tragödie zu tun hatte?«

»Ich weiß, dass meine Großmutter Kates beste Freundin war.«

Entweder wusste er wirklich nicht mehr, oder er war ein fantastischer Schauspieler. »Kate war Edwards Geliebte, Thomas. Sie hat einen unehelichen Sohn von ihm bekommen.«

»Das ist ja absurd!« Thomas lief rot an. Jill hatte sich schon gefragt, wann er endlich die Beherrschung verlieren würde. »Es ist recht wahrscheinlich, dass mein Großvater sich ein, zwei Geliebte hielt – das war damals so üblich –, aber ich bezweifle doch, dass er sich auf eine Affäre mit der besten Freundin seiner Frau eingelassen hätte. Natürlich habe ich ihn nicht persönlich gekannt, aber ich weiß sehr viel über ihn. Er war ein großartiger Mann, ein Mann mit großen Visionen, und er hat die Grafschaft auf bewundernswerte Weise verwaltet. Die Vorstellung, er hätte sich mit Ihrer Kate Gallagher eingelassen, ist schlichtweg lächerlich.«

Jill antwortete nicht. Sie würde ihm nicht erzählen, dass Edward seine Affäre mit Kate schon lange vor seiner Hochzeit mit Anne begonnen hatte und dass es diese Affäre ganz sicher gegeben hatte. Und sie würde ihm auch nicht erzählen, dass Edward ihr Hauptver-

dächtiger für den Mord an Kate war. »Sind Sie deshalb hergekommen? Um über Kate Gallagher zu sprechen?«
Thomas riss die Augen auf. »Eigentlich deshalb, weil Alex vorgeschlagen hat, ich sollte Ihnen ein Angebot machen. Was auch immer Sie über diese Kate Gallagher ausbuddeln – mir ist klar, dass es unter Umständen dem guten Namen unserer Familie schaden könnte. Das würde ich gern vermeiden. Deshalb biete ich Ihnen zwei Millionen Dollar, Jill, und zwar in bar.« Er lächelte sie an.
Jill erstarrte. Sie konnte kaum begreifen, was da vor sich ging. Ihr Gehirn war wie gelähmt. »Was?«
»Vergessen Sie Kate Gallagher und fahren Sie nach Hause zurück. Sie ist schon vor langer Zeit verstorben. Ich zahle das Geld sofort auf ein Konto Ihrer Wahl ein.« Und er lächelte wieder.
Er wollte sie bestechen. Ihr Geld geben, damit sie den Mund hielt und nach Hause fuhr. »Haben Sie die Katze getötet?«, hörte sie sich flüstern.
Er starrte sie entgeistert an. »Wie bitte?«
»Haben Sie Lady E. getötet?«, schrie Jill, während sich eine furchtbare Erkenntnis in ihre Gedanken brannte. Thomas hatte gesagt: *»Alex hat vorgeschlagen, ich sollte Ihnen ein Angebot machen.«* Hatte er das wirklich gesagt?
»Lady E.? Ist das die Katze?«
»Sie wissen verdammt genau, dass das die Katze ist, oder?«, rief Jill, sie hatte die Hände zu Fäusten geballt und war von ihrem eigenen Herzschlag fast taub. Alex wollte sie bezahlen, damit sie verschwand? Das konnte doch nicht wahr sein.
»Wenn ich Sie in einigen Punkten berichtigen darf, Jill.« Thomas war wütend, und seine Stimme war jetzt so hart wie sein Blick. »Meine Familie lässt sich niemals zu so entsetzlichen Methoden herab wie die, Haustiere zu köpfen. Wir haben es nicht nötig, uns selbst dermaßen zu erniedrigen. Und mein Großvater war ein großer Mann. Er hat sicher nicht mit der besten Freundin seiner Frau

geschlafen. Ich schlage also vor, dass Sie Ihre Ansichten für sich behalten.«

Jill begann zu zittern. »Ich will Ihr Geld nicht.« Sie brauchte Gewissheit, sie musste sichergehen, dass sie ihn nicht falsch verstanden hatte – bestimmt hatte sie sich verhört! »Es war Alex' Vorschlag, mich zu bestechen?«

»Ja. Alex ist mir und den Meinen unzweifelhaft treu ergeben, täuschen Sie sich ja nicht«, erwiderte Thomas kalt. Er beugte sich vor. »Täuschen Sie sich nicht in ihm. Er will genau wie ich, dass diese Sache ein Ende hat. Wie viel würde es mich kosten, wenn Sie diese obskuren Nachforschungen beenden und nach Hause fliegen?«

Jill konnte ihm nicht antworten. *Natürlich war das genau das, was Alex, der brillante, clevere Alex, vorschlagen und anraten würde.* Wie hatte sie je auch nur daran denken können, ihm zu vertrauen? Er war durch und durch verlogen – hatte ihr das Messer in den Rücken gejagt, nicht einmal, sondern mehrmals. Aber dies würde das allerletzte Mal sein. KC hatte Recht gehabt.

Jill war schrecklich elend zumute.

»Ich will Ihr Geld nicht«, sagte sie schließlich lahm. »Ich will die Wahrheit – und ich will Gerechtigkeit.«

»Gerechtigkeit«, wiederholte Thomas, als hätte er das Wort noch nie gehört.

Jill drehte sich um und eilte die Straße hinunter, blindlings, fast rennend – sie musste weg von ihm – weit weg – von ihnen allen. Und erst als sie die nächste Ecke erreichte, merkte sie, dass sie nur deshalb kaum etwas sah, weil sie weinte.

Jill saß allein an einem Tisch in einem kleinen, dunklen Pub an einer Straßenecke in Soho, an dessen Namen sie sich nicht erinnern konnte. Sie hatte gerade ihr drittes Ale getrunken. Eigentlich hatte sie Ale immer gehasst, aber jetzt schien es, als könne sie sich daran gewöhnen.

Sie konnte Alex nicht trauen. KC hatte Recht.
Er hatte einen schweren Verrat begangen, an ihr, an ihrer Sache. Er war nicht ihr Freund. Er wollte, dass man ihr Geld gab, sie zum Schweigen brachte, sie nach Hause schickte.
Jill legte auf der zerkratzten, dunklen, hölzernen Tischplatte den Kopf auf die Arme. Wie konnte ihr das Herz so wehtun? Alex bedeutete ihr nichts, nicht das Geringste. Das musste sie im Kopf behalten.
Jill lächelte wehmütig in ihr seidig weiches Hemd. *Gib ihr Geld, damit sie heimfährt.* Hatte Alex es so gesagt? Hatte er es so ausgedrückt? Tränen brannten unter ihren geschlossenen Lidern. Wenn sie nur daran dachte, dass sie geglaubt hatte, sie wären Freunde, und dass sie kurz davor gewesen war, sich in ihn zu verlieben …
Abrupt fuhr Jill kerzengerade in die Höhe und wischte sich grimmig über die Augen. Ihr Puls raste. Dieser letzte Gedanke war einfach aus dem Nichts aufgetaucht, und er gefiel ihr nicht, gefiel ihr gar nicht.
Jill wünschte, sie wäre ihm nie begegnet. Aber es würde nichts nützen, sich mit aller Macht zu wünschen, die Vergangenheit ungeschehen zu machen. Das brachte keine Gerechtigkeit, und es enthüllte nicht die Wahrheit. Es würde nicht ändern, was geschehen war, und Kate kein langes, glückliches Leben verschaffen.
Jill rief die Bedienung herbei und bestellte noch ein Bier. Die Handschriften hatten nicht übereingestimmt. Edward Sheldon und Jonathan Barclay waren nicht ein und derselbe Mann.
Sie blickte auf die Uhr über dem Tresen, wo sich viele Gäste ein Feierabend-Bierchen genehmigten. Es war sechs Uhr. Sie hatte fast zwei Stunden in diesem Pub gesessen. Nachdem sie Kingstons Büro verlassen hatte, war sie ziellos durch London gestreift, furchtbar enttäuscht darüber, dass die Handschriften nicht identisch waren.
Vielleicht sollte sie aufgeben und nach Hause fahren.

Grimmig richtete Jill sich auf. Sie gab nie so leicht auf. Sie hatte jeden Tag ihres Lebens um etwas gekämpft.

Man hatte ihr den Fehdehandschuh hingeworfen – nicht einmal, sondern zweimal. Lady E.s Tod war eine Warnung gewesen, und dann hatte Thomas versucht, sie mit zwei Millionen Dollar zu bestechen, damit sie nach New York zurückkehrte. War das nicht Grund genug für sie, zu bleiben? Sie wurde den Sheldons sehr unbequem, soviel stand fest.

Sie brauchte eine neue Spur. Dieses Puzzle hatte so viele Teilchen, aber da musste eines sein, das Jill bisher übersehen hatte.

Das Haus wirkte so kalt. Es war nicht mehr charmant und anheimelnd, es hatte sich verändert, als führte es neuerdings ein Eigenleben. Jill erschauderte wieder und dachte, dass es anders aussah, fremd – fast gespenstisch, fast drohend.

Ihr graute es davor, hineinzugehen.

Sie sagte sich, dass sie angetrunken war und ihre Fantasie mit ihr durchging. Was nur natürlich war, wenn man bedachte, dass sie von einem vor über neunzig Jahren verübten Mord besessen war – und dass erst gestern Abend jemand Lady E. getötet hatte.

Sie schaute zur Nachbarwohnung hinüber, in der Lucinda lebte. Alle Räume waren hell erleuchtet, was das Haus in einem warmen, friedvollen Licht erstrahlen ließ. Lucindas Wohnung wirkte freundlich und einladend. Abrupt betrat Jill Lucindas Vorgarten.

Lucinda öffnete sofort die Tür und lächelte. »Hallo, Jill.« Dann nahm ihr Gesicht einen traurigen Ausdruck an.

»Stimmt etwas nicht?«, fragte Jill, der die Angst den Magen umdrehte, obwohl sie schon wusste, dass irgendetwas ganz und gar nicht stimmte.

»Janet Witcombe ist tot.«

Sie sahen sich an. Jill konnte es nicht fassen, und einen Moment lang sah sie die liebe alte Dame auf einem Krankenhausflur liegen,

ihr Gesicht im Tode grotesk verzerrt. »Was ist passiert?«, hauchte sie.
»Sie ist heute früh gestorben. Eine Kopfverletzung. Offenbar ist sie hingefallen«, sagte Lucinda händeringend. »Ach, kommen Sie doch herein, Jill. Da lasse ich Sie an so einem kalten Abend einfach draußen stehen – und Sie haben nicht mal einen Mantel an!«
Jill betrat Lucindas hellen Flur. »Also war es ein Unfall«, sagte sie langsam. »Janet war sehr alt. Sie war schon weit über achtzig.«
»Ich glaube, sie war gerade erst achtzig«, sagte Lucinda. »Soll ich uns einen Tee machen?«
Jill antwortete nicht. Alte Menschen fielen hin und starben, das geschah jeden Tag. Es war nicht weiter ungewöhnlich. Warum war sie dann so … alarmiert? So … nervös?
War es wirklich ein Unfall gewesen?
»Jill? Was haben Sie? Sie sind so blass.«
»Ich habe ein bisschen zu viel getrunken«, erklärte Jill und schüttelte den Kopf. Aber er wurde nicht klarer. Alle ihre Sinne schienen ihr eine Warnung zuzuschreien, die sie nicht verstehen wollte. »Janet wirkte sehr gesund und munter für eine so alte Frau.«
Lucinda sah sie erstaunt an, und ihre blauen Augen hinter ihrer Schildpatt-Brille weiteten sich. »Sie glauben doch nicht … ?« Sie schnappte nach Luft. »Jill, Janet ist *hingefallen*. So einfach ist das.«
»Lucinda, ich bin völlig erledigt. Ich gehe wohl lieber nach Hause.«
»Sind Sie sicher, dass Sie nicht doch auf eine Tasse Tee bleiben wollen? Sie wirken so bedrückt.«
Jill lehnte ab, sie wollte nach Hause, allein sein und nachdenken. Vor Lucindas Tür blieb sie stehen und starrte wieder hinüber zu ihrem Haus, und ihre Nackenhaare sträubten sich. »Ach, sei kein Idiot«, schimpfte sie laut. Niemand hatte Janet Witcombe wegen ihrer Erinnerungen an ein Gespräch ermordet, das vor dreißig Jahren stattgefunden und sich um eine Frau gedreht hatte, die vor

neunzig Jahren verschwunden war. Und außerdem musste sie Sir John füttern.

Entschlossen marschierte Jill auf ihre Wohnung zu. Es erschien ihr schwierig, den Schlüssel ins Schloss der Haustür zu bekommen, und noch schwieriger, sie aufzusperren. Jill merkte, dass ihre Hände zitterten.

Alex hatte ihr einen Arzt empfohlen. Vielleicht sollte sie hingehen. Sie wusste nicht, wie lange ihr Körper noch mit dem ungeheuren seelischen Stress fertig werden konnte.

Endlich bekam sie die Tür auf und machte das Licht an.

Sie erstarrte.

Jemand hatte ihre Wohnung auf den Kopf gestellt. Schubladen lagen herausgerissen auf dem Boden, der Inhalt war überall verstreut, das Sofa aufgeschlitzt, die Kissen durch den Raum geschleudert, und die offenen Türen des Buffets schwangen wild hin und her.

Jill stolperte zurück, als sie das ganze Ausmaß der Zerstörung sah, und schrie auf.

Und dann schnellte ihr Blick zurück zu der Anrichte – den offen stehenden Türen. *Sie schwangen hin und her.*

Wer auch immer das getan hatte – hatte es gerade eben getan.

Einundzwanzig

15. September 1908

Kate lehnte sich vor, sie war so aufgeregt, dass sie sich kaum beherrschen konnte. Bensonhurst war vor ihr aufgetaucht, am Ende der Straße. Ihre zweispännige Kutsche bewegte sich rasch auf das imposante Anwesen mit seinen gotischen Türmchen und neoklassizistischen Säulen zu. Kate setzte sich wieder in die Samtpolster ihres Sitzes zurück, rang die Hände im Schoß und strahlte. Sie hatte Anne so lange nicht gesehen, und sie konnte es kaum noch erwarten!

Die Kutsche hielt auf dem gepflasterten Vorplatz. Kate konnte nicht darauf warten, dass der Diener ihr die Tür öffnete, und stieß sie selbst auf. Als sie heraustrat, erschien er, um ihr zu helfen. Kate war jetzt rundlicher, seit sie vor vier Monaten ihren Sohn geboren hatte. Sie war, so dachte sie wehmütig, eine plumpe Matrone geworden. Edward allerdings hatte erst letzte Nacht behauptet, ihre Kurven seien einfach hinreißend.

Sie errötete nicht bei dem Gedanken an die Leidenschaft, die sie nach so vielen Monaten der Enthaltsamkeit wiedergefunden hatten. Aber ihr Herz klopfte heftig, und sie wartete ungeduldig darauf, wieder in seinen Armen zu liegen. Dabei hatte er sie erst vor ein paar Stunden verlassen. Und schon vermisste sie ihn – vermisste ihn fast verzweifelt.

Kate ging an einer Kutsche und einem funkelnden neuen Packard-Automobil vorbei und dachte wieder an Anne und daran, wie herrlich ihr Wiedersehen sein würde. Auf ihr Klopfen hin öffnete der

Butler, den sie noch sehr gut kannte und breit anlächelte. »Hallo, Jenson.«

»Miss Gallagher!« Der kleine, kahlköpfige Mann strahlte zurück. »Ich muss sagen, es ist wirklich schön, dass Sie wieder da sind!«

»Es ist herrlich«, sagte Kate, der plötzlich zum Weinen zumute war. In diesem Moment stürmten so viele Erinnerungen auf sie ein – wie sie Anne auf der Promenade in Brighton kennen gelernt hatte – an dem Tag, an dem sie auch Edward zum ersten Mal begegnet war. Ihr Debüt, die Pferderennen in Newmarket und die Woche auf Swinton Hall. Von ihren Gefühlen überwältigt und mit neuem Bewusstsein dafür, dass ihre Romanze mit Edward so eng mit ihrer Freundschaft zu Anne verbunden war, sah sie sich in der Eingangshalle um und stellte fest, dass sich nichts verändert hatte. »Ach, das ist eines meiner Lieblingsbilder«, rief sie und ging zu einem Ölgemälde von Rembrandt, das eine Mutter mit ihrem Kind zeigte. Dann drehte sie sich um. »Ist meine beste Freundin auf der ganzen Welt zu Hause?«

»Ich werde Lady Anne Bescheid sagen, dass Sie hier sind«, erwiderte Jenson. »Möchten Sie inzwischen im Salon Platz nehmen?«

»Ich kenne den Weg.« Lächelnd ging Anne in den Salon mit den rosafarbenen Wänden und der beigen Decke.

»Nein, was für eine Überraschung.«

Beim Klang von Lady Bensonhursts nicht unbedingt angenehmer Stimme fuhr Kate zusammen. »Hallo, Mylady. Wie schön, Sie wiederzusehen.« Auch Kate lächelte nicht.

Lady Bensonhurst kam nicht in den Salon. Voll Abneigung betrachtete sie Kate von oben bis unten und schien besonders ihre vollen Brüste und die üppigeren Formen von Hüfte und Bauch zu bemerken. Kate beschlich das schreckliche Gefühl, dass Lady Bensonhurst wusste, dass sie ein Kind bekommen hatte. Aber das war unmöglich. Niemand wusste davon, außer den beiden geistig minderbemittelten Dienstmädchen, Miss Bennett, Edward und sein

Vater. Und Anne. Aus lauter Verzweiflung, Einsamkeit und Angst hatte sie Anne im Winter geschrieben.
»Ich dachte, du wärst nach New York zurückgekehrt«, sagte Lady Bensonhurst ausdruckslos.
»Bin ich auch. Aber ich musste zurück nach London. Ich bin geradezu vernarrt in England.«
»Aha.« Sie weigerte sich immer noch, zu lächeln. »Du verlierst deine umwerfende Figur, meine Liebe.«
»Zu viel gutes Essen, fürchte ich.« Auch Kate weigerte sich.
»Hm. Meine Tochter ist nicht zu Hause ...«, hob sie an.
Anne kam eilig den Flur entlang. »Kate!« Ihr Gesicht hellte sich auf.
»Anne!« Kate lächelte, während ihre liebste Freundin auf sie zukam. Sie erwartete eine Umarmung. Zu ihrer Überraschung streckte Anne zwar beide Arme aus, ergriff aber Kates Hände und küsste sie auf die Wange.
»Wie schön, dass du da bist«, sagte Anne.
Kate sah sie befremdet an. Anne hatte sich verändert, und Kate konnte nicht ohne weiteres sagen, woran das lag – sie war selbstsicherer, weniger schüchtern, anmutiger – und zurückhaltender. Anne hatte Kates Hände sinken lassen. Kate drückte sie in ihren Rock. »Du hast mir so gefehlt, liebste Freundin«, sagte sie. »Du siehst großartig aus, Anne.« Und das stimmte. Sie war hübscher als je zuvor. Ihre helle Haut leuchtete förmlich.
Anne lächelte und errötete leicht. »Wir haben uns so viel zu erzählen.« Auch ihr entgingen Kates zusätzliche Pfunde nicht. Anne drehte sich um. »Mutter, wenn es dir recht ist?«
Endlich lächelte Lady Bensonhurst gezwungen. »Vergiss nicht, Anne, dass wir heute zum Dinner in Uxbridge Hall eingeladen sind und du dich bald umziehen musst.« Sie nickte Kate zu und verschwand mit geblähten Röcken.
Kate versteifte sich. Sie konnte nicht anders, als ein bisschen eingeschnappt, sogar betrübt und vielleicht ein bisschen neidisch zu sein,

denn man hatte sie nicht zum Essen bei den Collinsworths eingeladen – und das würde auch nie geschehen. Sie fragte sich, ob Edward bei dem Dinner anwesend sein würde.

»Also, nun erzähl mir, wie es dir geht«, sagte Anne leise, während sie sich nebeneinander auf einem kleinen, samtbezogenen Sofa niederließen.

Kate sagte sich, ihr Anflug von Eifersucht sei schlicht albern. Sie berührte Annes Hand. »Ich bin ja so glücklich, Liebes, das kannst du dir gar nicht vorstellen.«

»Ich habe deinen letzten Brief bekommen. Ich bin so froh, dass bei der Geburt alles gut gegangen ist, Kate. Wie geht es dir? Und dem Baby? Werde ich ihn je zu sehen bekommen?« Anne hatte die Stimme zu einem Flüstern gesenkt.

Kate strahlte vor Stolz. »Er ist ein Wonneproppen. Ach, Anne, ich bin gleich zweimal vernarrt – in unseren Sohn und in seinen Vater.« Ihr traten Tränen in die Augen. »Ich glaube, ich bin die glücklichste Frau auf der ganzen Welt.«

Anne starrte sie an. »Aber er heiratet dich doch nicht, Kate«, sagte sie schließlich leise. »Ich mache mir solche Sorgen um dich, Liebes. Er hätte dich schon vor einiger Zeit heiraten müssen.«

Kate schüttelte den Kopf. »Anne, wir haben seit fast einem Jahr unsere Gedanken und Gefühle nicht mehr richtig teilen können. Er hat mich gebeten, seine Frau zu werden. Er hat sich sogar entschieden, sich deshalb gegen seinen Vater aufzulehnen, und war bereit, auf sein Erbe zu verzichten. Aber ich lasse nicht zu, dass er so etwas tut.«

Annes Augen waren weit aufgerissen. »Ich wünschte, du würdest mir endlich erzählen, wer dieser unvergleichliche Mann ist! Ich gebe zu, ich habe mir den Kopf darüber zerbrochen, immer wieder, um zu erraten, wer es wohl sein könnte.«

Kate zögerte und wäre fast mit der Wahrheit herausgeplatzt, wie sie so gern wollte. Aber die Anwandlung von Leichtsinn verflog, und sie tätschelte Annes Hand. »Eines Tages wirst du die Wahrheit erfahren. Aber wegen unserer brisanten Lage ist es im Augenblick das Beste, wenn ich seine Identität nicht preisgebe. Ich habe solche Angst vor dem, was sein Vater tun könnte, wenn unsere Affäre bekannt wird. Ich wage nicht, dir zu sagen, wer er ist.«

»Was willst du also tun? Er will dich heiraten, und du besitzt ein Vermögen, aber jetzt willst du ihn doch nicht heiraten?« Sie zog scharf die Brauen zusammen.

»Eines Tages würde er mich verabscheuen, weil ich ihm seine Familie und sein Erbe weggenommen habe.« Kate seufzte. »Ich weiß, wie schrecklich das klingt, aber sein Vater ist schon sehr alt.« Kate verzog das Gesicht beim Klang dieser Worte. Sie war der letzte Mensch auf der Welt, der einem anderen den Tod wünschte. Wenn Collinsworth nur nicht ein so halsstarriger, intriganter, gefühlloser alter Mann wäre.

Aber Anne blieb ruhig. »Also wartest du darauf, dass er stirbt. Na ja, das wäre doch großartig! Dein Unvergleichlicher könnte dann dich und seinen Titel haben.«

»Aber es klingt so kalt und berechnend. Wenn sein Vater nur nicht so gegen uns eingenommen wäre«, sagte Kate voll Verzweiflung. Rasch schob sie das Gefühl beiseite, denn sie wollte ihr Wiedersehen mit Anne genießen, und sie glaubte an die wahre Liebe. Ihre Liebe würde alles überwinden, und an diesen kostbaren Glauben hatte sie sich das ganze vergangene Jahr geklammert.

In diesem Augenblick erschien Jenson mit einem Dienstmädchen, das einen Teewagen mit Rosinenbrötchen, Kuchen und Tee hereinschob. »Oh danke, Jenson«, rief Kate. »Woher wussten Sie nur, dass ich am Verhungern bin?«

Er grinste von Ohr zu Ohr. »Sie hatten schon immer einen gesunden Appetit, Miss Gallagher. Sehen Sie. Ich habe Ihnen etwas ganz Besonderes gebracht – Himbeertörtchen und grünen Tee.«

Gleich darauf waren die Dienstboten wieder verschwunden. »Und

wie ist es dir ergangen, Anne? Welche herrlichen Neuigkeiten hast du zu erzählen?«, fragte Kate wissbegierig.
»Kate, du kannst dir gar nicht vorstellen, wie herrlich das vergangene Jahr für mich war. Ich bin jetzt recht beliebt – ich kann es kaum glauben. Ich meine, ich weiß, dass mein Vermögen ein großer Anreiz ist, aber trotzdem, es ist herrlich, so begehrt zu sein. Und weißt du noch, wie scheu und zurückhaltend und völlig ohne Selbstvertrauen ich war, als wir uns vor zwei Jahren kennen gelernt haben?«
Kate lächelte, denn Annes Wangen waren gerötet, und sie hatte sie noch nie so aufgeregt oder so hübsch gesehen. »Du bist erwachsen geworden, meine Liebe. Ich freue mich für dich.«
»Vater wird regelrecht überschüttet von Anträgen für mich«, erzählte Anne erregt. »Im letzten halben Jahr hatte ich ein Dutzend Verehrer mit sehr ernsten Absichten. Ist das nicht unglaublich?«
»Nein, ich finde das nur natürlich, denn du bist einer der nettesten Menschen, die ich kenne. Anne, ich will, dass du die Liebe findest, nicht nur einen Ehemann.« Impulsiv drückte Kate sie an sich. Anne wich nicht zurück, aber sie erwiderte die Umarmung nicht. Verstört sah Kate sie an.
Anne lächelte mit gesenktem Blick. »Aber das habe ich.«
»Wie bitte?« Kate war nicht sicher, ob sie richtig gehört hatte.
Anne sah sie mit leuchtenden Augen an und drückte fest ihre Hände. »Ich bin verliebt, Kate, in einen fantastischen Mann, einen Mann mit Eleganz, Charme und umwerfendem Aussehen! Er ist sogar einer der begehrtesten Junggesellen des Landes, und unsere Familien sind sich bereits einig geworden!«
»Oh Anne – warum hast du mir das nicht sofort erzählt!«, rief Kate begeistert.
Anne zuckte mit den Schultern und lächelte heimlich. »Manchmal muss man sich das Beste eben bis zum Schluss aufheben.«
»Ach, jetzt spann mich doch nicht so auf die Folter! Wer ist dieser Ritter ohne Fehl und Tadel, den du heiraten wirst?«

Anne lachte. »Oh ja, er ist ein edler Ritter, Kate, und ich glaube, das findest du auch, denn du hast ihn letztes Jahr kennen gelernt. Es ist Lord Braxton, Collinsworths Erbe.«

Kate schnappte nach Luft.

Ihr Herz verkrampfte sich und wurde schwer wie ein Stein.

Und irgendwie ahnte etwas in ihr, dass dies der Anfang vom Ende war.

Jills erster Impuls war, zu fliehen. Stattdessen machte sie hastig das Licht wieder aus. Dunkelheit umfing sie.

Oh Gott. War der Einbrecher noch da? Sollte sie die Polizei rufen? War mit Sir John alles in Ordnung?

Jill wagte kaum zu atmen. Sie lauschte so angestrengt, dass sie das Fallen einer Stecknadel gehört hätte. Im Haus war es entsetzlich still.

Beängstigend still.

Sie musste Sir John finden. Sie hatte Angst, ihn könnte dasselbe Schicksal ereilt haben wie Lady E. Aber sie verlor den Mut – sie stand immer noch mit dem Rücken an der Wand neben der Haustür. Ihre Knie fühlten sich merkwürdig wackelig an.

Jill griff hinter sich und tastete vorsichtig nach dem Türknauf. Als sie ihn gefunden hatte, drehte sie daran, stieß die Tür auf und rannte hinaus, rüber zu Lucinda. Sie hämmerte an die Tür ihrer Nachbarin.

»Jill?« Lucinda erschien fast augenblicklich. »Meine Liebe, was haben Sie denn? Was ist passiert?«

Jill sprach durch klappernde Zähne. »Jemand hat meine Wohnung durchwühlt.« Sie musste an Alex denken. Er konnte ja jemanden dafür angeheuert haben, genauso wie Thomas und William oder sonst irgendjemand. Jeder in der Familie konnte etwas damit zu tun haben.

»Kommen Sie rein, Jill«, sagte Lucinda ehrlich besorgt. Sie nahm ihren Arm und zog sie ins Haus. »Sind Sie sicher, dass man die Wohnung tatsächlich durchsucht hat?« Sie schloss hinter ihnen ab.

»Lucinda. Jemand hat im Wohnzimmer alles auf den Kopf gestellt, sogar die Kissen sind aufgeschlitzt«, rief Jill entsetzt.

»Ach du meine Güte. Aber – in dieser ruhigen Gegend?«

Jill ging an ihr vorbei, setzte sich aufs Sofa und stützte den Kopf in die Hände. »Das war einer von ihnen. Einer von den Collinsworths. Jemand, der glaubt, ich wollte etwas von ihrem Vermögen abhaben. Oder jemand, der nicht will, dass ich aller Welt erzähle, was ich über Kate und Edward weiß.«

»Jill, Sie glauben doch nicht, dass jemand aus der Familie jemals so etwas tun könnte. Vielleicht sollten Sie lieber die Polizei anrufen.«

Jill verzog das Gesicht und griff mit einer zittrigen Hand nach dem Telefon. Aber sie nahm nicht ab, sondern sagte gedehnt: »Was wird die Polizei denn machen? Sie werden sich meine Geschichte anhören und mich für verrückt erklären.« Jill sah Lucinda an und begann wieder am ganzen Leib zu zittern. Die Polizei würde hören, wie sie über ihre vor neunzig Jahren verstorbene Urgroßmutter sprach, und ihr ins Gesicht lachen. Sie würden sie für eine Irre halten. Und sie konnte sich gut vorstellen, wie aufrichtig und überzeugend William und Thomas erscheinen würden, wenn die Polizei tatsächlich wagen sollte, sie zu befragen. »Die Sheldons sind hier sehr angesehen – ich werde diejenige sein, die am Ende schlecht aussieht, nicht sie.«

»Jill, ich bin ganz sicher, dass die Familie damit nichts zu tun hat. Collinsworth ist ein Stützpfeiler der Gesellschaft. Wussten Sie, dass auch alle Earls vor ihm herausragende Männer waren? Sie haben die Menschen angeführt, Gesetze geschaffen und so weiter. Es ist fast eine Tradition; die Gesellschaft erwartet Führung und Uneigennützigkeit von den Earls of Collinsworth.«

»Nein, das wusste ich nicht.« Jill bibberte immer noch und versuchte das Zittern zu stoppen, indem sie die Arme um sich schlang und

möglichst tief durchatmete. Es funktionierte nicht. »Hat auch Edward Sheldon die Menschen angeführt und Gesetze geschaffen?«
Lucindas Augen leuchteten auf. »Er hat sogar sein ganzes Leben darauf verwendet, die Grafschaft zu modernisieren, meine Liebe. Er hat sie ins zwanzigste Jahrhundert herübergebracht. Und er war einer der größten Unterstützer der Reformen für die Arbeiter.«
Jill hätte sich die Haare raufen können. »Das klingt alles nicht nach einem Mann, der seine Geliebte ermorden würde«, sagte sie. »Aber der Schein kann ja bekanntlich trügen.«
»Jill, Edward hätte *niemals* jemanden umgebracht«, sagte Lucinda bestimmt. »Ich finde, Sie sollten die Polizei holen. Und vielleicht sollten wir auch Mr. Preston anrufen.«
»Nein! Das ist der letzte Mensch, den ich jetzt anrufen würde«, schnappte Jill. Sie holte keuchend Luft. »Es hat keinen Sinn, die Polizei zu rufen. Glauben Sie mir das.« Und wieder begann Jill furchtbar zu zittern.
»Oh Jill, erst die Katze, und nun das. Wie schrecklich!« Lucinda starrte sie an. »Mr. Preston ist ein wahrer Gentleman. Sie glauben doch wohl nicht, dass *er* etwas damit zu tun hat?«
Jill stierte vor sich hin und kämpfte gegen hysterische Tränen. »Ich weiß nicht, was ich glauben soll. Ich habe ihm vertraut. Ich … ich habe ihn gemocht. Ich weiß nicht mehr, was ich von ihm halten soll.« Tränen liefen ihr über die Wangen. »Ich kann niemandem trauen!«
»Sie Ärmste.« Lucinda setzte sich zu ihr und legte den Arm um sie. »Ich mache Ihnen Tee und ein paar Sandwiches. Sie müssen etwas essen, dann geht es Ihnen gleich besser. Am besten tue ich noch ein bisschen Brandy in den Tee. Das hilft, Sie werden schon sehen.«
Jill hörte kaum zu. Was, wenn der Einbrecher Sir John etwas getan hatte?
Jill sprang auf.
»Jill?«, fragte Lucinda erstaunt.

»Ich muss Sir John finden. Lucinda – haben Sie irgendeine Waffe im Haus?«

Lucinda sah sie verblüfft an. »Nur ein Pfefferspray.«

»Pfefferspray«, wiederholte Jill, und ein ängstliches Lachen blubberte in ihr hoch. »Und eine Taschenlampe?«

Lucinda nickte und verschwand in der Küche.

Jills Knie schlotterten. Sie war ein Feigling – aber sie musste auf jeden Fall nach Sir John sehen. Egal, wie sehr sie sich fürchtete. Und plötzlich wusste und fühlte Jill, wie verängstigt Kate wirklich gewesen war, als sie dem Willen eines Irren hilflos ausgeliefert war und als Gefangene um ihr Leben bangte.

Lucinda kehrte mit einer Taschenlampe zurück und gab Jill das Pfefferspray. »Wenn Sie da rübergehen, komme ich mit«, verkündete sie.

Jills Herz flatterte vor Dankbarkeit. »Danke«, flüsterte sie.

Sie gingen durch die Dunkelheit zu ihrem Haus hinüber. Lucinda hielt die Taschenlampe so, dass sie nur den Boden unmittelbar vor ihnen erleuchtete. Jill sagte sich, dass sie nicht so nervös sein musste – der Eindringling war mittlerweile sicher verschwunden. Und obwohl sie allen Grund hatte, sich die furchtbarsten Dinge auszumalen, sagte sie sich wieder und wieder, dass sie nicht über Sir Johns blutigen, kopflosen Kadaver stolpern würde.

Die drei hölzernen Stufen zum Eingang hinauf knarzten unter ihrem Gewicht. Das Geräusch hallte laut durch die nächtliche Stille. Warum hörte man keine Grillen zirpen?, fragte sich Jill. Autos? Warum schien die Nachbarschaft auf einmal völlig menschenleer zu sein? Unruhig blickte sie sich um, aber sie sah nichts und niemanden. Sie konnte kaum atmen.

Vor der Haustür blieben sie stehen. Jill gab Lucinda ein Zeichen, die sofort verstand und den ganzen Eingang mit der Taschenlampe ableuchtete. Keine kopflose Katze in Sicht, Gott sei Dank.

Jill wagte wieder zu atmen. Langsam und mit heftig pochendem Herzen öffnete sie die Tür, erwartete halb, dass jemand sie anspringen würde, und schaltete das Licht ein.
»Du lieber Himmel«, sagte Lucinda leise und betrachtete das Chaos im Wohnzimmer.
Jill fühlte sich schon mutiger, da sie nicht mehr allein war, also ging sie durchs Wohnzimmer in die Küche und drückte dabei auf jeden verfügbaren Lichtschalter. Die Küche war leer, aber auch hier hatte der Eindringling gewütet. Sämtliche Schränke waren offen und alles Mögliche lag herum, von Kaffeepackungen über Ketchupflaschen, Senfgläser, Salzstreuer und Cornflakes bis hin zu tiefgefrorenen Bagels. Zerbrochene Teller, Tassen und Untertassen waren über den Linoleumboden verstreut. Selbst die Kühlschranktür stand offen.
Hinter ihr knarzte der Boden. Jill fuhr herum, aber es war nur Lucinda. Ihr Herz raste trotzdem beängstigend. Jill flüsterte: »Kann ich die Taschenlampe mal haben?«
Lucinda gab sie ihr mit grimmigem Gesicht, und Jill ging durch die Hintertür hinaus. Sie rief lauthals nach dem Kater in der Hoffnung, den Eindringling, falls er noch in der Nähe war, endgültig zu vertreiben. Ein paar Minuten später schlüpfte sie wieder hinein, und auf einmal war das Haus, verglichen mit den dunklen Schatten im Garten, doch einladender. Sie stieß in der Küche wieder auf Lucinda, ohne die Katze gefunden zu haben.
»Vielleicht ist er oben«, meinte Lucinda.
»Hoffentlich.« Jill machte im Vorbeigehen den Kühlschrank zu und wich Glassplittern und Porzellanscherben aus. Ihr Puls schien sich langsam zu beruhigen – aber normal ging er noch lange nicht. »Na ja, wenigstens können wir davon ausgehen, dass, wer auch immer hier war, schon längst weg ist.« Auch die Angst hatte nachgelassen, aber Jill blieb unruhig. Der, der das getan hatte, war wütend gewesen. Warum hätte er sonst das ganze Geschirr zerbrochen?

»Ja«, sagte Lucinda gepresst.
Jill sah sie an, und sofort tat ihr die ältere Frau Leid. »Lucinda, Sie müssen das hier nicht tun. Es geht mir gut. Ich hab mich furchtbar erschrocken, aber ich fühle mich schon viel besser.« Das war glatt gelogen.
»Ist schon gut, meine Liebe. Ich finde, Sie sollten jetzt nicht allein sein.« Lucinda sah blass aus. Ihre Augen hinter der großen Schildpatt-Brille waren weit aufgerissen.
Jill ging voran, die Treppe hinauf, und rief laut nach Sir John. Fünf Minuten später standen sie ratlos oben im Flur. »Er ist weg«, sagte Jill. »Verschwunden.«
»Ihm ist bestimmt nichts passiert.« Lucinda tätschelte ihren Arm, lächelte aber nicht. »Wahrscheinlich hat der Einbrecher ihn erschreckt. Sie kennen ihn doch. Bestimmt versteckt er sich irgendwo.«
Jill sah den Zweifel in ihren Augen. »Hoffentlich.«
»Ich finde, Sie sollten auf meiner Couch übernachten, Liebes«, sagte Lucinda und schaute nervös um sich.
»Danke«, sagte Jill, ohne zu zögern.
Sie gingen hinunter. Jill ließ zwei Lichter brennen und schloss ab, dann gingen sie. Auf dem Weg hinüber fragte Lucinda, was sie nun tun würde.
»Ich weiß nicht.« Jill war sehr angespannt und schaute auf dem kurzen Weg dreimal über die Schulter zurück. Niemand lauerte im Schatten. Niemand folgte ihnen. »Aber ich bin nicht gerade begeistert von der Aussicht, noch länger hier zu bleiben.« Eine der größten Untertreibungen ihres Lebens. »Vielleicht fahre ich noch mal für ein paar Tage nach Yorkshire.« Mit überraschender Macht drängte sich ein Bild von Kate und dem Turm in ihre Gedanken. Jill wurde langsamer. Sie dachte an die Fotos, die sie in Coke's Way gefunden hatte. Hal hatte sich aus einem bestimmten Grund von der Ruine angezogen gefühlt. Lag dort des Rätsels Lösung?

Eines wusste Jill jetzt ganz sicher. KC hatte Recht. Irgendwie rief Kate nach ihr, verzweifelt, über ein ganzes Jahrhundert hinweg. Kate wollte, dass sie herausfand, was wirklich geschehen war. Eine Wahrheit, die andere unbedingt verbergen wollten. Und diese Wahrheit lag auf dem Lande im Norden.

»Wollen Sie sich erholen – oder weitere Nachforschungen über Kates Tod anstellen?«, unterbrach Lucinda ihre Gedanken.

Jill brauchte einen Moment, um die Frage zu verstehen, denn sie war schon in Coke's Way, war wieder bei dem Turm. Sie musste sich erst einmal wieder in die Gegenwart finden, sich von Zukunft und Vergangenheit losreißen. »Ich will weitersuchen«, sagte Jill. »Ich brauche etwas Handfestes, Lucinda, ich brauche einen wirklich stichhaltigen Beweis dafür, dass Kate meine Urgroßmutter war, dass Edward meinen Großvater gezeugt und Kate getötet hat.« Sie zögerte. »Und wenn er sie nicht umgebracht hat, will ich herausfinden, wer es war.«

»Und Sie glauben die Antworten auf diese Fragen in Yorkshire zu finden?«, fragte Lucinda und öffnete ihre Haustür.

Jill fiel auf, dass sie nicht abgeschlossen hatte, als sie gegangen waren, um bei Jill nach der Katze zu suchen. »Ich kann es richtig spüren. Ich hatte nicht die Möglichkeit, dort so ausgiebig herumzuschnüffeln, wie ich wollte. Ich hatte kaum Gelegenheit, Stainesmore und Coke's Way gründlich zu erforschen. Die Hausangestellten kennen mich ja. Ich wette, wenn ich nur frech genug bin, kann ich mich wahrscheinlich als geladener Gast einschmuggeln.«

Lucinda nickte. »Jetzt mache ich Ihnen erst mal ein Sandwich, Jill.« Sie zögerte. »Jill? Ich würde ganz gern mitfahren. Bestimmt kann ich mir ein paar Tage frei nehmen. Ich würde dieses Porträt von Kate zu gern einmal sehen.«

Jills Augen weiteten sich. »Das wäre wunderbar! Ich hätte sehr gern Gesellschaft. Sollen wir mit dem Auto hinfahren?«

»Ich fürchte, das schafft mein Honda nie.«

»Ich kann ein Auto mieten«, bot Jill eifrig an. »Ja, das mache ich gleich morgen.«

Jill wollte gerade zu ihrem Mietwagen, einem blauen, viertürigen Toyota gehen, als sie plötzlich innehielt. Alex stand auf dem Gehweg vor Lucindas Gartentor und sprach mit ihr. Er hatte Jill den Rücken zugewandt – er hatte sie noch nicht entdeckt.

Jill warf die Tür zu, schloss ab und spürte, wie ihr Herz raste. Sie wollte ihn nicht sehen. Und über was unterhielten sich die beiden? Sie vertraute Lucinda und wusste, dass sie kein Wort darüber verlieren würde, dass sie morgen früh nach Yorkshire fahren würden. Aber was, wenn sie ihm erzählte, was gestern mit ihrer Wohnung passiert war? Wenn sie es ihm in bester Absicht erzählte, weil sie glaubte, dass Alex ihr vielleicht helfen könnte?

In diesem Moment drehte er sich um. Ihre Blicke trafen sich.

Jill rührte sich nicht. Während sie einander anstarrten, erinnerte sie sich an all das, was sie so gern ungeschehen machen wollte – wie er sie an Kates Grab in den Armen gehalten hatte, wie seine starken Hände den Lamborghini steuerten, wie er alles anpackte – entschlossen und wirkungsvoll. Sie erinnerte sich an ihre einzige leidenschaftliche Nacht und an die, die er nach Lady E.s Tod auf ihrem Sofa verbracht hatte.

Jill schloss die Augen und wünschte in diesem Augenblick verzweifelt, das irgendjemand oder irgendetwas ihr die Antworten geben könnte, die sie brauchte – nicht die Antworten, von denen sie fürchtete, sie schon gefunden zu haben.

Sie sagte sich, dass sie nicht für eine Minute vergessen durfte, dass er sie hatte bestechen wollen. Das war eine Tatsache.

Alex sagte etwas zu Lucinda und ging dann zielstrebig auf Jill zu.

»Hi«, sagte er und betrachtete sie forschend.

Jill nickte und versuchte, cool und gelassen zu bleiben. Aber bestimmt konnte er hören, wie laut ihr Herz klopfte.

»Lucinda hat mir erzählt, was gestern Abend passiert ist.« Seine Stimme klang schneidend. »Warum hast du mich nicht angerufen? Warum hast du nicht die Polizei gerufen?«

Jill fuhr sich über die Lippen. »Ich habe daran gedacht«, sagte sie langsam, »aber ich habe auch daran gedacht, dass dies eine weitere Warnung deiner Familie sein könnte.«

Er erstarrte. Lange Sekunden verstrichen. »Lass uns reingehen und über alles reden.«

»Ich glaube, das war eine weitere Warnung, wie die arme Lady E.« Jill reckte herausfordernd das Kinn.

Alex starrte sie nur an. Seine Augen wirkten sehr dunkel. »Ich hoffe, dass das nicht der Fall ist«, sagte er schließlich.

»Wirklich?«, erwiderte Jill kühl und fragte sich, ob er gerade wütend wurde, und wenn ja, warum? Aber er hatte seine Züge hervorragend unter Kontrolle.

Sein Gesicht hatte sich ein wenig verfinstert. »Ja, verdammt noch mal.«

Jill zuckte mit den Schultern. Wenn er nur absolut aufrichtig zu ihr wäre. Und dann sah sie aus den Augenwinkeln eine Bewegung vor dem Haus. Sie drehte sich um und keuchte auf, als Sir John sich bei der Haustür niederließ und sie anstarrte. »Sir John!«, rief sie fast ungläubig.

Sie riss ihr Gartentor auf und rannte den Gartenweg entlang, um sich dann langsam den Stufen zu nähern, damit sie ihn nicht verscheuchte. Aber Sir John rührte sich nicht. Jill war noch nie ein Anblick so willkommen gewesen. Sie setzte sich auf die Treppe. »Dir geht es gut«, flüsterte sie, schwindlig vor Erleichterung.

Zu ihrem Erstaunen stand er auf und kam zu ihr, um seinen anmutigen, silbrigen Körper an ihrem Arm zu reiben.

Augenblicklich hob Jill die Hand, um ihm den Rücken zu streicheln. Er hielt ihn ihr genüsslich entgegen. »Dir geht es wirklich gut«, flüsterte sie wieder, und Tränen nahmen ihr die Sicht.

Sie zog den Kater in ihre Arme, drückte ihn an sich und erwartete, dass er protestieren würde. Das tat er auch. Mit einem leisen Maunzen sprang er herunter, setzte sich aber ein paar Schritte weiter wieder hin und leckte sich zierlich die Schulter.
Jill wischte sich die Tränen aus den Augen, und ein Schatten fiel über sie. Sie wusste, dass es Alex' Schatten war. Sie blickte auf.
Er schaute zu ihr herunter. Dann streckte er ihr die Hand entgegen.
Jill starrte sie an. Es war eine breite Hand mit langen, geschickten Fingern; es war eine starke Hand. Jill spürte die symbolische Bedeutung und zögerte.
»Jill.«
Sie legte ihre Hand in seine, und er zog sie auf die Füße. Sie versuchte sich zu befreien, aber sein Griff um ihre Hand verstärkte sich, und dann hatte er sie in seine Arme gezogen, sie so fest an seinen Körper gedrückt, dass es fast wehtat. »Ich würde nie zulassen, dass dir etwas geschieht«, raunte er ihr mir rauer Stimme ins Ohr. »Das gefällt mir gar nicht, Jill. Es gefällt mir nicht, was mit dir passiert – mit uns.«
Jill war steif wie ein Brett. Sie fühlte, dass sie hierher gehörte, in seine Arme, an seine Brust, Schenkel an Schenkel und Herz an Herz. Hatte sich Hal jemals so angefühlt? Jill glaubte es nicht; sie konnte sich nicht erinnern. Trotz ihrer Zweifel begann sie sich in seiner Umarmung zu entspannen. Oh Gott, dachte sie hilflos, was tue ich hier? Was soll ich machen? »Es gibt kein uns«, flüsterte sie.
»Nein?«, fragte er und sah ihr in die Augen.
»Nein«, gab sie zurück, so entschlossen wie möglich.
»Was war dann mit dieser Nacht?«
Er musste sich nicht deutlicher ausdrücken. Jill trat zurück. »Das war nur Sex.«
Seine Nasenflügel bebten. »Ja, richtig«, sagte er sarkastisch und ungläubig.
»Was machst du hier?«, fragte Jill.

Er packte sie bei den Schultern, damit sie ihm in die Augen sah. »Ich habe dir doch gesagt, dass ich mit dir reden will. Gott sei Dank bin ich gekommen. Du hattest nicht vor, mich anzurufen, oder?«

»Nein.«

Sie sah wieder Ärger in seinen Augen aufflackern. »Vielleicht hattest du ganz Recht damit, nicht die Polizei zu rufen«, sagte er. Sein Blick war sehr intensiv. »Aber du hättest mich anrufen sollen.«

In Jills Schläfen begann ein langsames, schmerzhaftes Pochen. In seiner Nähe fühlte sie sich wie zerrissen. Und in diesem Moment musste sie sich eingestehen, was sie nicht hatte zugeben wollen – ein Teil von ihr war froh, dass er da war, genau wie in der Nacht, in der Lady E. gestorben war. »Ich hab Angst«, sagte sie unbedacht. Und dann war es zu spät, die Worte zurückzunehmen.

»Ich weiß.« Er strich ihr übers Gesicht. »Vertrau mir. Ich werde nicht zulassen, dass dir etwas geschieht.«

Jill schloss die Augen. In diesem Moment brauchte sie seine Stärke, und sie wusste es – aber sie wollte ihn nicht brauchen. Vor allem, weil er vielleicht nicht war, was er zu sein vorgab. Aber er war so verdammt stark. »Alex, ich bin so durcheinander«, flüsterte sie.

»Ich weiß.« Er zog sie wieder an sich, in seine Arme, und sprach zu ihrem Scheitel. »Versprich mir, dass du als Erstes mich rufst, wenn jemals wieder so etwas passiert, Jill«, sagte er.

»Okay«, sagte sie, nicht ganz sicher, ob sie es ehrlich meinte, während sie ihre Wange an sein Hemd drückte. Wäre es denn so schlimm, wieder bei ihm Trost zu suchen?, fragte sie sich. Selbst wenn es nur flüchtig war, nur für kurze Zeit?

Er streichelte ihr Haar. »Ich war wütend auf dich, und das bedaure ich jetzt. Es tut mir Leid, Jill, ehrlich. Aber ich will nicht, dass mein Onkel und meine Tante noch mehr durchmachen müssen. Wie kann ich dich dazu bringen, dass du Edward nicht länger verdächtigst?«

Sie versteifte sich wieder aus Angst, er wolle sie manipulieren, aber seine Arme schlossen sich nur fester um sie, und sie schloss die Augen, gab auf und genoss seine Berührung. »Ich muss wissen, wer Kate getötet hat.«

»Das weiß ich.« Er küsste ihr Ohr. Kleine, genüssliche Wellen schienen sich in ihr auszubreiten. »Ich will es ja auch wissen. Aber sie müssen es nicht erfahren. Und die Presse muss es nicht erfahren. Und du machst dich noch krank. Jill – ich finde wirklich, du solltest einen Termin bei Dr. McFee machen.«

Endlich sah sie zitternd zu ihm auf – aber sie zitterte nicht vor Angst. »Ich werd's mir überlegen.«

»Gut.« Er sah ihr in die Augen. »Du bist so schön«, flüsterte er.

Jills Herz schien plötzlich stillzustehen. Als es wieder einsetzte, schlug es langsam und fest, der Rhythmus erfüllte ihre ganze Brust. Ihr Blick war von Alex' Augen gebannt. Und sie erkannte den Ausdruck darin.

Schlimmer noch, sie erkannte das Gefühl in ihrem eigenen Körper, das drängende Vibrieren der Lust. Das könnte ein Riesenfehler sein, sagte sie sich. Aber jetzt war sie die Erste, die sich trotz ihrer Ängste, ihrer Zweifel und Verdächtigungen eingestehen musste, dass sie sich wahnsinnig von ihm angezogen fühlte, so sehr, dass sie jegliche Vorsicht in den Wind schrieb. Und in diesem Moment schien es einfach unmöglich, dass er bei den Drohungen gegen sie die Hand im Spiel hatte. Natürlich konnte sie nicht klar denken, wenn seine Brust ihre Brüste zusammenpresste und seine Schenkel sich an ihre schmiegten. Sie hatten in Stainesmore etwas begonnen, das nicht aufhören durfte. Was, wenn sie ihm wirklich vertrauen konnte? Was, wenn dies ein Anfang für sie beide war? Sie würde es nie erfahren, wenn sie das Risiko nicht einging.

Ihre Hände glitten zu seiner Hüfte. Sie war hart und fest.

Er küsste sie und nahm ihr Gesicht in beide Hände. Jill hatte beinahe vergessen, wie wundervoll seine Küsse waren. Fast, aber nicht ganz.

Der Kuss wurde drängender. Es gab nur noch seinen Mund und ihren, seinen Körper und ihren.
Sie rührte sich nicht, dazu war sie nicht fähig. Eine Ewigkeit verging.
Jills Hände fuhren in das dichte, dunkle Haar in seinem Nacken. Es gab nur einen Ort auf der Welt, wo sie jetzt sein wollte. Und das war in seinem Bett, unter ihm, mit gespreizten Schenkeln, ihn tief in sich spürend.
Sie wusste nicht, ob sie jemals zuvor jemanden so sehr gewollt hatte. Alex. Groß, schlank, dunkel, mit Kaschmirpulli und enger, verwaschener Jeans.
Er bog ihren Rücken durch und küsste sie fordernd, seine Zunge erforschte ihren Mund. Er hatte einen Oberschenkel zwischen ihre geschoben. Sie rieb sich daran.
Jills Hand glitt zu seinen Schultern, aber sie schob ihn nicht weg. Sie presste ihn noch enger an sich.
Er beendete den Kuss. »Himmel.«
»Lass uns nach oben gehen«, sagte Jill heiser. »Und dann überlegen wir uns, was morgen wird.«

Jill war sich bewusst, dass er ihr die Treppe hinauffolgte, und sie konnte seinen Blick im Rücken spüren. Ihr Herz schlug wie eine riesige Buschtrommel. Sie begann sich schwindlig zu fühlen, und sie dachte nur noch daran, wie sehr sie ihn vermisst hatte.
An ihrer Schlafzimmertür blieb sie stehen, das Bett vor ihr erschien riesengroß, und er stand dicht hinter ihr. Sie zitterte. Ohne Vorwarnung packte er ihre Taille, drehte sie abrupt herum und sein Mund senkte sich heiß auf ihren.
Auch Jill konnte es kaum erwarten, nahm begierig seine Zunge in sich auf und schlang die Beine um seine Hüften. Er presste sich an sie und drückte sie an die Wand. Seine heiße, harte, gewaltige Erektion spannte seine Jeans und rieb über ihren Schoß. Jill um-

klammerte seine Schultern, küsste ihn und hob ihm ihre Hüften entgegen.
Er riss seinen Mund von ihrem los, um ihr Kinn, ihren Hals zu liebkosen und zu beißen. Jill schrie auf.
Plötzlich stellte er sie wieder auf die Füße und schob erst ihren Pulli über ihren BH und dann auch den BH nach oben. Seine Zunge spielte mit ihren Brustwarzen. Seine Hand umschloss sie, hart, zwischen ihren Schenkeln, wo sie feucht war vor Verlangen.
Jill hörte sich willenlos stöhnen – sie konnte kaum noch atmen – sie würde gleich kommen. Sie griff nach ihm, nach der Wölbung seines stahlharten Penis. »Alex.«
Aber er zog ihr schon die Jeans über die Hüften. Wieder umschloss er ihre Scham und führte einen Finger ein.
Einen Augenblick später lagen sie auf dem Boden. Alex wand sich aus seiner Jeans und drang hart in sie ein; Jill schlang die Beine um seine Hüften und drängte ihn, schneller, härter. Er bewegte sich über ihr auf und ab und begann, leise in ihr Ohr zu flüstern. Jill wurde wie von einer Schockwelle erfasst, sie explodierte förmlich.
Er zog sich zurück, immer noch voll aufgerichtet, und rieb sich mit der geschwollenen Spitze seines Penis an ihrer feuchten Scham. Spannung erwachte in Jill. Ihre Blicke trafen sich. Sein Gesicht war vor Erregung verzerrt, aber er lächelte sie kurz an. »Noch einmal«, sagte er mit rauer Stimme.
Jill stützte sich auf die Ellbogen und liebkoste seine riesige Erektion. Dann nahm sie ihn mit klopfendem Herzen und schmerzvollem Verlangen langsam in ihren Mund auf – jeden Zentimeter.
Er rief keuchend ihren Namen, ergriff ihren Kopf und drängte vorwärts. Und dann wich er plötzlich zurück, zog ihre Schenkel über seine Schultern und versenkte den Kopf dazwischen, bis seine Zunge überall zugleich zu sein schien. Gerade als Jill glaubte, es nicht

länger aushalten zu können, bäumte er sich auf und drang mit tiefen, harten Stößen in sie ein.

Sie kamen gemeinsam, in demselben unglaublichen Augenblick.

Sie lagen still und reglos auf dem Fußboden, nur ihre Herzen pumpten heftig. Während die Spannung aus ihrem Körper wich, lauschte Jill seinem Atem, wie er langsamer und gleichmäßiger wurde, und streichelte seine Lederjacke. Auch sie hatte noch ihren Pulli und BH an – über ihre Brüste hochgeschoben.

Oh mein Gott, war alles, was sie denken konnte.

Er küsste sie auf den Mund, sah sie an und setzte sich auf. Jill sah ihm in die Augen, und er hielt ihrem Blick stand. Sie setzte sich hoch. War das eine Frage in seinen Augen? Oder Reue?

Die Wirklichkeit drohte sie einzuholen. »Nicht jetzt«, sprach Jill flüsternd ihre Gedanken aus. Sie biss sich auf die Lippe, zog dann Pulli und BH über den Kopf und warf sie beiseite.

Er lächelte nicht. Seine blauen Augen wanderten über ihren Körper, ganz langsam, bis Jill fühlte, wie ihre Wangen heiß wurden.

»Ich will heute Nacht hier bleiben.«

Jill konnte kaum sprechen. Sie nickte nur.

Er lächelte. Und schälte sich aus Jacke, Pulli und Socken.

Jill erwachte allein.

Ihr kleiner Reisewecker piepste beharrlich, lästig. Sie wollte wieder einschlafen, sie war so erschöpft – aber sofort füllten Erinnerungen an die Liebesnacht mit Alex ihr Denken, und sie war hellwach. Sie rührte sich nicht und rief noch einmal die Berührung seiner Hände, seiner Finger wach; den Geschmack seines Mundes, seiner Zunge; das mächtige, erfüllende Gefühl, wenn er in ihr war; wie er sich zwischen ihren Beinen versenkt und sie fast besinnungslos geleckt hatte. Sie dachte daran, wie er in ihrem Mund geschmeckt hatte. Sie hatten in der vergangenen Nacht nicht viel Schlaf bekommen.

Jill tastete nach dem Wecker und schaltete ihn aus. Sie erinnerte

sich jetzt, dass sie ihn gestellt hatte, weil Alex um acht Uhr im Dorchester geschäftlich zum Frühstück verabredet war. Jetzt war es sieben.
Und um neun würde sie mit Lucinda nach Yorkshire aufbrechen.
Jill setzte sich auf. Seine Seite des Bettes war zerwühlt, das Kissen eingedrückt. Ihre Schlafzimmertür war offen, ebenso die vom Badezimmer auf der anderen Seite des Flurs. Da war er also auch nicht. Bestürzt fragte sie sich, ob Alex vielleicht gegangen war, ohne sich zu verabschieden.
Aber wäre das nicht besser so?
Grimmig krallte sie die Hände in die Matratze. Sie hatte gedacht, dass Sex nicht besser sein könnte, als er mit Hal gewesen war. Sie hatte sich geirrt.
Unglücklich stand sie auf und schlüpfte in ihre Jeans und ein weißes T-Shirt. Sie hatte Hal geliebt, auch wenn diese Liebe einseitig und ein Fehler gewesen war. Alex liebte sie nicht. Sie wusste nicht, wie letzte Nacht eine solche Leidenschaft zwischen ihnen hatte entstehen können.
Vielleicht lag das an den absurden Umständen, entschied sie. Vielleicht hatten Angst, Misstrauen und Verrat, die sie umgaben, sie den Sex so intensiv empfinden lassen.
Vor dem Spiegel über der Kommode blieb sie stehen und presste eine Hand auf die geschwollenen Lippen. Ihre Augen wurden feucht. Sie bereute es bereits. Ihre Ängste – und ihr Misstrauen – waren keineswegs unbegründet. Sie musste jeden verdächtigen, der zur Familie gehörte. Aber schlimmer war, dass sie wieder mit ihm zusammen sein wollte. »Oh Gott. Was mach ich bloß?«, fragte sie ihr Spiegelbild.
Die Antwort kam auf der Stelle. *Bring die Wahrheit ans Licht.* Das war Kates Stimme in ihrem Kopf, und sie klang so beängstigend laut und deutlich.
Jill sah sich um, aber Kate war nirgends zu entdecken – Gott sei

Dank. Sie war verbittert und nervös. Wenn sie diese Wahrheit kannte, würde sie auch die Wahrheit über Alex erfahren. Sie betete, dass er nicht tiefer in die Sache verwickelt war, als dass er ihr Geld geben wollte.

Jill hörte ein Geräusch von unten. Sie zögerte. Wenn er gegangen war, ohne sich auch nur zu verabschieden, wäre sie sowohl erleichtert als auch enttäuscht gewesen. Wenn er da unten war, würde ein Teil von ihr sich freuen – der andere ganz und gar nicht. Jill hatte die Wahl zwischen Regen und Traufe. Auf bloßen Füßen ging sie langsam die Treppe hinunter.

Er war in der Küche und telefonierte auf seinem Handy. Und die Kaffeemaschine lief. Das süßliche, kräftige Aroma erfüllte den Raum.

Er brach mitten im Satz ab, als er sie sah. Ihre Blicke trafen sich.

Jill hatte es die Sprache verschlagen, wie einer Fünfzehnjährigen nach dem ersten Mal.

Aber sie war nicht fünfzehn, und jemand hatte Lady E. getötet und ihre Wohnung verwüstet, und dieser Jemand musste ein Sheldon sein.

Alex lächelte sie an und sagte: »Okay. Danke. Bis dann.« Er klappte das Telefon zu und betrachtete sie liebevoll.

»Guten Morgen«, sagte Jill vorsichtig.

Er lächelte immer noch. »Guten Morgen.«

Er starrte sie an. Sie ging hinüber zur Küchentheke und schenkte, mit dem Rücken zu ihm, zwei Tassen Kaffee ein. »Ich hab nicht vergessen, dass du sehr gut Kaffee kochst.« Sie wollte zurücklächeln, aber sie war jetzt wieder bei Sinnen und durfte sich das nicht erlauben.

Er sagte zärtlich: »Ich hoffe, das ist nicht das Einzige, woran du dich erinnerst.«

Sie fühlte, wie ihr die Hitze in die Wangen stieg, als sie sich zu ihm umdrehte. »Die letzte Nacht war fantastisch.« Sie klang so ruhig.

Sie hatte keine Ahnung, wie sie es schaffte, so ungerührt zu wirken. Und das bei einer so schamlosen Untertreibung.
Er nahm die Augen nicht von ihren. Aber sein Lächeln erlosch. »Ja. Alles okay?«
Einige Augenblicke des peinlichsten Schweigens in Jills ganzem Leben senkten sich zwischen sie. Jill hörte einen Nachbarshund bellen, ein Auto vorbeifahren und Wasser in die Spüle tropfen. Endlich sagte er: »Ich muss los. Ich hab was Wichtiges im Büro vergessen, sonst könnte ich wenigstens noch mit dir Kaffee trinken.«
»Ist schon gut«, sagte Jill und umklammerte ihren heißen Becher mit beiden Händen. Es war albern, aber sie war enttäuscht. Und doch wollte ein Teil von ihr, dass er ging. Damit sie darüber nachdenken konnte, was sie jetzt tun sollte – über ihn, über sie beide.
Er kam auf sie zu und blieb dann stehen. Ein weiterer schweigender Augenblick verging, während er sie nur forschend betrachtete. »Ich ruf dich nachher an«, sagte er schließlich und strich mit dem Daumen über ihr Kinn.
Jill schauderte. Wie leicht er sie erregte. Sie wich zurück.
»Jill?«
»Okay«, sagte Jill. Und erzählte ihm nicht, dass sie später nicht zu Hause sein würde – sondern in Yorkshire, auf Stainesmore.
Er küsste sie auf die Wange, ernst und grimmig und vielleicht sogar verletzt, und ging aus der Küche. Jill sah ihm nach.
Als die Vordertür mit einem Krachen hinter ihm ins Schloss gefallen war, sank Jill langsam auf einen Stuhl. Ein Spiel, in dem es nur Verlierer gibt, dachte sie.
Aber es hatte keinen Sinn, darüber nachzugrübeln, was geschehen war. Es war passiert, und sie würde sich den Folgen stellen müssen, wie immer sie auch aussehen mochten. Sie konnte die letzte Nacht nicht ungeschehen machen. Ein sehr unvernünftiger Teil von ihr wollte das auch gar nicht. Denn es war richtig gewesen. Sie hatte die unglaublichste Liebesnacht ihres Lebens gehabt.

Und wenn sie aufhören könnte, über Alex nachzugrübeln, dann würde sie das tun, aber im Moment war der Gedanke an ihn einfach übermächtig.
Mit dem Kaffee in der Hand ging Jill hinauf, um zu duschen, sich anzuziehen und zu packen. Um Viertel vor neun war sie fertig und trug ihre Reisetasche hinaus zu ihrem Mietwagen.
Sie hatte gerade den Kofferraum geöffnet und hob die Reisetasche hinein, als Lucinda mit ihrer Tasche erschien. Nachdem sie sich begrüßt hatten, nahm Jill ihr die Tasche ab, legte sie in den Kofferraum und schlug die Klappe zu.
»Soll ich uns aus der Stadt hinausmanövrieren?«, erbot sich Lucinda. »Oder würden Sie lieber selbst fahren? Ich bin als Lotse unschlagbar.« Lucinda lächelte.
Jill sah sie an. Sie fühlte sich verpflichtet, als die Jüngere einen möglichst großen Anteil der Strecke zu fahren. »Wie wär's, wenn ich die ersten zwei Stunden oder so fahre, und dann wechseln wir uns ab?«
»Danke, meine Liebe«, sagte Lucinda fröhlich und ließ sich auf dem Beifahrersitz des Toyota nieder. »Ich fahre sehr ungern in so dichtem Verkehr, wissen Sie.«
Jill stieg ein. Bald darauf befanden sie sich auf der A40 und konnten schon gut 70 km/h fahren. Es war nicht viel Verkehr, und es sah nicht nach Regen aus. Jill hielt beides für ein gutes Omen.
Alex schlich sich in ihre Gedanken. Sie versuchte ihn zu verdrängen, schaffte es aber nicht.
»Da kommt eine Ampel«, bemerkte Lucinda.
Jill hatte den Kreisverkehr schon gesehen, wo vor ihnen mehrere Fahrzeuge angehalten hatten, und trat auf die Bremse. Zu ihrer Überraschung machte der Toyota keine Anstalten, langsamer zu werden.
Sie trat das Bremspedal kräftig durch – aber der Toyota behielt seine fast 70 km/h bei.
Hektisch pumpte Jill auf dem Bremspedal herum, und in einem

entsetzlichen Moment wurde ihr klar, dass sie nicht bremsen konnte. *Ihre Bremsen versagten.*

Es war wie ein Déjà-vu. *Sie rasten dahin – der riesige Baum ragte vor ihnen auf – nur noch ein Augenblick bis zu dem erschütternden, zerstörerischen, entsetzlichen Aufschlag.*

»Jill?! Bremsen Sie doch!«, schrie Lucinda, während sie auf die Wagen zurasten, die vor ihnen an der belebten Kreuzung gehalten hatten.

»Es geht nicht!«, rief Jill, die verzweifelt immer wieder das verdammte Pedal durchtrat. »Die Bremse geht nicht!«

Wenige Meter vor ihnen stand ein rotes Auto. Der Toyota flog darauf zu. Die rote Stoßstange kam immer näher. Nur noch ein Augenblick …

Lucinda schrie.

Vierter Teil

Das Gericht

Zweiundzwanzig

15. September 1908

Ihr war schlecht. Kate schlang die Arme um sich und fürchtete sich davor, ihrer Übelkeit nachzugeben, während ihre Kutsche die Straße entlangraste.

Aber es ging ihr nicht schnell genug. Mit ihrer behandschuhten Faust klopfte sie an die Rückenlehne des Kutschers. »Schneller, Howard«, befahl sie. »Schneller!« Er hatte die beiden Pferde schon zu einem leichten Galopp angetrieben.

»Ja, Mylady.«

Kate befahl sich, ruhig zu atmen. Da musste ein Missverständnis vorliegen, dachte sie, während sie auf dem samtbezogenen Sitz durchgeschüttelt wurde.

Abrupt schloss sie die Augen, die sich mit Tränen füllten. Hatte sie nicht gewusst, dass Edward eines Tages gezwungen sein würde, eine andere zu heiraten? So leicht, wie sein gemeiner alter Vater ihn mit der Drohung, ihn zu enterben, von der Ehe mit Kate abgehalten hatte, konnte er Edward auch zwingen, jede Frau zu heiraten, die Collinsworth für seinen Sohn aussuchte.

Aber, lieber Himmel, Anne? Edward sollte Anne heiraten? Ihre allerbeste Freundin? Das konnte nicht wahr sein!

Tränen liefen ihr über die Wangen, und sie hatte Schmerzen in der Brust. Das Ganze musste ein Irrtum sein – ein riesiger, schrecklicher Irrtum.

Sie öffnete die Augen und tupfte sie mit den Fingerspitzen ab. Zwei Bilder befanden sich in ihrem Kopf in erbittertem Widerstreit. Das eine war Edwards schönes Gesicht, seine Augen waren von zärtlicher Liebe für sie erfüllt. Das andere war Annes Gesicht, mit strahlenden Augen – und sie war so schön wie nie zuvor. Anne liebte Edward.

Kate presste die Hände vor den Mund, um einen Aufschrei zu ersticken. Das war ja entsetzlich! Und warum hatte Edward ihr nichts davon gesagt? Hatte er sich schließlich doch entschieden, seinem Vater zu gehorchen? Nein! Das war unmöglich. Kate rief sich ihr Intermezzo in Erinnerung, das erst Stunden her war, und die Leidenschaft und Liebe, die sie geteilt hatten. Zweifellos versuchte er, ihr Kummer zu ersparen, dachte Kate.

Kate war so aufgewühlt gewesen, als Anne ihr von der Verlobung mit Edward erzählt hatte, dass sie nicht einmal mehr nach dem fragen konnte, was jetzt so an ihr nagte. Hatte Edward um sie geworben? Kate glaubte es nicht, aber Collinsworth war ein sehr einflussreicher Mann, und wer konnte wissen, mit welchen Mitteln er Edward unter Druck setzte? Und nun versuchte sie sich zu erinnern, ob sie einen Verlobungsring an Annes Hand gesehen hatte. Sie glaubte es nicht.

Die Kutsche wurde langsamer. Kate wurde überwältigt von Wut, und sie stand kurz davor, wieder an den Sitz zu hämmern und den Kutscher anzuschreien, warum er es wagte, langsamer zu werden, als sie bemerkte, dass sie in die Auffahrt von Uxbridge Hall eingebogen waren. Ihr Herz sank. Sie fürchtete sich entsetzlich.

Sie war erst einmal in Edwards Familienstammsitz gewesen, als er ihr nach einem Ausritt im Park das große Haus gezeigt hatte. Bald darauf hatte der Earl Edward verboten, sie zu sehen, geschweige denn sie zu heiraten, und sie hatten ihre Affäre heimlich fortgesetzt. Kates Herz tat weh, als sie nun vor dem riesigen, imposanten Gebäude stand. Sie konnte an nichts anderes denken, als dass sie hier niemals willkommen sein würde, wenn nicht eines Tages, bald, Collinsworth starb, so dass Edward sie heiraten konnte.

Was geschieht mit mir, flüsterte Kate entsetzt, dass ich jetzt schon darauf warte, dass ein alter Mann stirbt? *Oh Gott, was geschieht mit mir?*
»Miss?« Ein Diener hielt ihr die Kutschentür auf.
Kate kam zu sich und ließ sich von ihm herunterhelfen.
»Was kann ich für Sie tun?«, fragte einer der Diener am Portal.
Kate holte mit zitternder Hand eine Visitenkarte aus ihrer Tasche. Ihr war schwindlig, aber sie musste jetzt alle Sinne beieinander haben, das wusste sie. »Ist Lord Braxton zu Hause?«
»Ich werde dafür sorgen, dass er Ihre Karte bekommt«, sagte der Diener und nahm ihr die kleine bedruckte Karte ab.
»Ist er zu Hause?«, fragte Kate sehr bestimmt.
Der Diener senkte den Blick. »Ich glaube nicht. Ich werde ihm Ihre Karte geben, Miss Gallagher. Sicher wird er Ihren Besuch erwidern.«
Kate tat das Undenkbare. Sie ging einfach an dem Diener vorbei und betrat den Marmorboden des Foyers. »Bitte sagen Sie Lord Braxton, dass ich ihn unverzüglich sprechen muss. Es ist äußerst dringend.«
Der livrierte Diener starrte sie mit aufgerissenen Augen an. Kate wusste, dass sie die Etikette auf unverzeihliche Weise verletzt hatte. Das durfte sie jetzt nicht kümmern.
»Also schön«, begann er, als eine schneidende, befehlsgewohnte Frauenstimme rief: »Fordham. Was geht hier vor sich?«
Kate begann zu zittern, als die Countess of Collinsworth mit geblähten Organzaröcken das Foyer betrat.
»Miss Gallagher möchte Lord Braxton besuchen«, setzte der Diener an.
Die Gräfin war eine schöne, elegante, sehr wohlhabende und sehr hochmütige Frau. Kate war ihr erst einmal begegnet und von ihr sofort und unmissverständlich als völlig unwichtig abgetan worden. Nun starrte die Gräfin sie mit ihren dunklen, durchdringenden

Augen an. Und obwohl diese Augen braun waren, hatte sie blondes Haar. Der Kontrast war überraschend.
»Wir sind uns bereits vorgestellt worden, Mylady«, sagte Kate und knickste. »Bitte verzeihen Sie mein Eindringen, aber ich muss Ihren Sohn sprechen.«
Die Gräfin starrte sie weiter an. Sie hielt den Kopf in einem Winkel erhoben, den Kate als physisch unmöglich betrachtete. Schließlich nickte sie dem Diener zu. »Lassen Sie Seine Lordschaft holen. Aber geben Sie uns noch fünf Minuten, Fordham«, rief sie ihm nach, als er nach oben verschwand. »Kommen Sie.« Das war ein Befehl.
Kate gehorchte und folgte ihr den Flur entlang und in einen Raum, in dessen Mitte ein Flügel stand, daneben ein Cembalo und darum herum Stühle in einem Halbkreis. Ansonsten war das Zimmer gemütlich eingerichtet mit Sitzgelegenheiten und Kartentischen. Die Gräfin ging zu einem Sofa mit goldenem Samtbezug und zwei brokatbezogenen Sesseln und bedeutete Kate, in einem der Sessel Platz zu nehmen.
Kate wollte sich nicht setzen. Sie tat es doch. Sie wappnete sich gegen eine Gardinenpredigt über ihr Benehmen, mindestens. Denn sie konnte nur annehmen, dass, wenn Collinsworth von ihrer Affäre wusste, auch seine Frau im Bilde war.
»Sie beweisen großen Mut, einfach so hierher zu kommen.« Die Gräfin starrte auf sie herab.
Kate fuhr sich über die Lippen. »Ich hatte keine andere Wahl.«
»Es gibt immer eine andere Wahl, Miss Gallagher«, erwiderte die Gräfin kühl, setzte sich auf das Sofa und richtete anmutig ihre bronzefarbenen Röcke. An ihrer rechten Hand funkelte ein riesiger Smaragd, auf ihrer Brust eine passende Kette. »Und Sie haben sich dafür entschieden, meinem Sohn nachzustellen.«
Kate wusste nicht, was sie darauf antworten sollte. »Eigentlich, Mylady, wenn ich das sagen darf, war es Ihr Sohn, der mir nachgestellt hat, nicht umgekehrt.«

»Soweit ich weiß, sind Sie sehr wohlhabend.« Ihr Blick war stechend.
»Allerdings. Ich besitze ein großes Vermögen«, sagte Kate.
Die Gräfin nickte. »Ich glaube, mein Mann hat einige Nachforschungen angestellt – und einige Leute angeheuert. Das geschah nur zu Ihrem Besten, wissen Sie.«
Kate staunte. Sie hatte einen Angriff erwartet, aber das war diese letzte Bemerkung keineswegs.
»Offensichtlich bin ich also nicht hinter Edwards Vermögen her.«
»Es interessiert mich nicht, hinter was Sie her sind oder nicht. Ich möchte Ihnen nur dahingehend raten, dass mein Mann diese Verbindung niemals gestatten wird, er hat andere Pläne für unseren Sohn, und dass es das Beste wäre, wenn Sie und Edward das einsehen und sich jetzt trennen würden, bevor dieser Schritt noch schwieriger wird.«
Kate lag es auf der Zunge, ihr zu sagen, dass es bereits sehr schwierig war – nicht nur, weil sie sich liebten, sondern vor allem des Kindes wegen. Kate glaubte nicht, dass die Gräfin von Peter wusste. »Mir ist durchaus bewußt, was Sie und Ihr Mann wünschen«, sagte Kate schließlich.
Die Gräfin blickte sie unverwandt an. Sie war eine einschüchternde Person – es gefiel Kate gar nicht, sie zur Gegnerin zu haben. Die Gräfin erhob sich. »Ich wünsche mir nur, dass Edward seinen rechtmäßigen Platz in der Gesellschaft einnimmt – und dass er glücklich ist.« Ihr Lächeln war dünn, ihr Blick blieb durchdringend. »Wünscht sich das nicht jede Mutter?«
Langsam stand auch Kate auf. »Ja.« Ihr Herz pochte heftig. »Ja, so ist es.« Schwang da eine Andeutung mit? Wusste die Gräfin vielleicht doch von ihrem kleinen Peter?
»Bitte erschweren Sie diese Angelegenheit nicht noch weiter«, sagte die Gräfin schlicht. »Um unser aller willen.«
Die Tür ging auf. Kate fuhr herum. Edward stand auf der Schwelle

und starrte ungläubig auf die beiden Frauen. Und dann sah er Kate an.

»Edward«, flüsterte Kate, während ihr Herz unerträglich weit wurde vor lauter Liebe. Sie wusste, dass es eine Erklärung für dieses scheußliche Missverständnis geben musste. Wie könnte er sie jemals hintergangen haben, indem er sich hinter ihrem Rücken mit Anne verlobte.

Sein Blick wanderte zu seiner Mutter. »Madam! Was geht hier vor sich, wenn ich fragen darf?«

Die Gräfin ließ sich nicht aus der Ruhe bringen. Sie ging auf ihren Sohn zu. »Du hast Besuch. Bitte vergiss nicht, dass wir heute um sieben Uhr Gäste erwarten.« Sie küsste ihn auf die Wange, ließ sie allein und schloss leise die Tür hinter sich.

Kate starrte Edward an und fühlte die Angst als gewaltige, erdrückende Last auf sich ruhen. Sie konnte nicht sprechen.

Als er zu ihr eilte, stand Besorgnis in seinen Zügen und in seinen Augen. »Kate? Was ist passiert? Oh Gott! Ist etwas mit Peter?« Er packte ihre Schultern.

Sie fuhr sich wieder über die Lippen. Sie hatte Schwierigkeiten, die Worte herauszubekommen. »Es geht ihm gut. Unserem Sohn fehlt nichts.« Sie sah zu ihm auf, und er verschwamm vor ihren Augen.

»Gott sei Dank.« Plötzlich wirkte er nur noch verwirrt. »Wie konntest du einfach so hierher kommen? Und was hat meine Mutter gesagt?«

»Sie will, dass ich dich gehen lasse«, flüsterte Kate. »Das käme allen gerade recht.«

Edward stöhnte. »Ich wusste nicht, dass sie es wusste. Sie hat niemals auch nur eine Andeutung gemacht. Ich wollte sie nicht mit unserer Lage bedrücken.«

»Ich war gerade bei Anne.«

Er erstarrte.

»Deiner Verlobten?«, fügte sie hinzu. Sie wollte nicht sarkastisch werden, aber die Worte sprudelten wie von allein. »Du erinnerst dich doch an sie, oder nicht?«

Sein Blick wurde finster. »Sie ist wohl kaum meine Verlobte!«

Kate starrte ihn an, sie schwankte zwischen Hoffnung und Panik. Es war nicht zu übersehen, dass Edward zornig war. »Sie hat mir erzählt, dass ihr beide heiraten werdet«, begann sie langsam. »Sie sagte, sie sei mit dir *verlobt*, Edward.«

»Kate! Und das hast du ihr geglaubt?« Er ergriff hastig ihre Hände. »Ich werde sie *nicht* heiraten.« Er schloss sie in seine Arme. »Du bist es, die ich liebe – und die ich heiraten will. Ich habe dir vor zwei Monaten einen Antrag gemacht – hast du das etwa vergessen? Ich stehe zu meinem Wort.« Sie sahen sich in die Augen. Sein Blick war leuchtend und intensiv.

Er hatte nicht die Absicht, Anne zu heiraten. Kates Knie wollten nachgeben vor Erleichterung. »Aber ich kann dich nicht heiraten, wenn du dadurch alles verlierst«, flüsterte Kate und klammerte sich an seine Hände. »Anne glaubt, dass du sie heiraten wirst, Edward. Seid ihr verlobt?«

Sein Gesicht wurde unglaublich hart. Seine Schläfen pulsierten sichtlich. »Ich bin mir sehr wohl darüber im Klaren, dass Bensonhurst und Collinsworth sich auf diese Ehe verständigt haben – aber nicht mit mir. Lieber Gott! Ich kann den Gedanken nicht ertragen, eine andere zu heiraten als dich – und schon gar nicht deine beste Freundin.« Er trat zurück und ging ärgerlich hin und her, bevor er sich wieder an sie wandte. »Wir sind *nicht* verlobt. Obwohl ich annehme, dass mein Vater und ihre Familie diese Hochzeit als beschlossene Sache betrachten.«

»Oh Gott«, rief sie bebend. »Ich könnte mich damit abfinden, deine Geliebte zu sein, Edward, das könnte ich, und damit, dass du eine Ehefrau hast, ein Doppelleben, denn ich liebe dich so grenzenlos, aber nicht mit Anne. Niemals mit Anne. Ich muss gestehen, ich hatte solche Angst.«

Er trat zu ihr und drückte sie heftig an sich. »Mach dir nur keine Sorgen um uns, Liebste. Überlass mir die Sorgen und die Pläne. Du bist jetzt eine Mutter – du musst dich nur um unseren Sohn kümmern.« Er küsste sie zärtlich auf die Wange.
Forschend schaute Kate zu ihm auf, und was sie in seinen Augen sah, ließ ihre Liebe zu ihm nur noch größer werden. »Ich mache mir aber Sorgen um Anne. Sie ist in dich verliebt, Edward – wie könnte ich es ihr auch verdenken? Ich muss Anne die Wahrheit sagen. Bevor sie sich noch mehr falsche Hoffnungen macht – bevor sie dich am Ende so sehr liebt wie ich. Ich will nicht, dass ihr das Herz gebrochen wird, Edward.«
»Nein. Das darfst du nicht tun«, sagte Edward barsch. »Ich verbiete es dir, Kate, ihr von uns zu erzählen. Hast du verstanden?«
Er hatte noch nie in so einem Ton mit ihr gesprochen. Kate war erschrocken. Schließlich sagte sie: »Ja. Ich habe dich verstanden, Edward. Du warst schließlich kaum zu überhören.«
»Ich entschuldige mich für meinen Tonfall. Aber diese Sache ist schon so kompliziert.« Er runzelte besorgt die Stirn. »Es ist nicht einfach, sich fast täglich mit Collinsworth zu streiten. Aber« – er lächelte grimmig – »er kann mich nicht vor den Traualtar zwingen.«
»Oh doch, das kann er. Ist dir das immer noch nicht klar?« Kate schaute zu ihm auf.
Er verharrte reglos. »Nein. Das kann er nicht. Das wird er nicht. Eher würde ich alles aufgeben – wenn also Collinsworth noch einmal versucht, mich zu erpressen, wird er auf Granit beißen. Ich werde gehen – hör gut zu, Kate – und zwar für immer.«
»Was habe ich nur angerichtet«, klagte Kate. »Der Vater erpresst den Sohn. Drohungen und Wut und sogar Hass zwischen euch … ich sehe es in deinen Augen! Du hasst ihn!« Sie war mehr als entsetzt. Wie hatte ihre Liebe nur zu so etwas führen können?
Er drückte sie fest an sich. »Ich würde nichts davon ändern wollen, denn ich habe dich.«

Das beruhigte Kate keineswegs. Das ganze Ausmaß ihres Dilemmas wurde ihr auf einmal erschreckend deutlich. Und plötzlich war ihr, als sähe sie die Welt zum ersten Mal so, wie sie wirklich war – ein Ort voll Täuschung und Manipulation, voll Verrat und Tücke, wo die eiserne Faust der Macht über Güte und Liebe herrschte, und sie bekam panische Angst. Seit sie ein kleines Mädchen gewesen war, hatte sie an das Gute geglaubt. Sie hatte an die wahre Liebe geglaubt. Nun, plötzlich, schockierte sie die sehr realistische Möglichkeit, dass Tragik und nicht Triumph, Macht und nicht Liebe über ihre Zukunft, über ihrer beider Leben entscheiden könnten.

Kate war starr vor Angst.

Jill riss die Schaltung in den Leerlauf und das Lenkrad nach rechts, um nicht auf die beiden stehen gebliebenen Autos aufzufahren. Reifen quietschten, und ihr vorderer Kotflügel streifte die hintere Stoßstange des roten Wagens, so dass der Toyota einen unsanften Sprung machte und Funken flogen. Als der Toyota an den beiden Autos vorbeiraste, schräg auf die Gegenfahrbahn hinüber, sah Jill das bleiche, geschockte Gesicht der Fahrerin in ihrem Spiegel.

Ein blauer Wagen bog von rechts in die Kreuzung ein; Jill riss das Lenkrad heftig nach rechts, um nicht frontal in ihn hineinzufahren.

Der Toyota wirbelte um die eigene Achse. Lucinda schrie.

Alles verschwamm – der blaue Wagen, Bäume, Straßenrand und Ampel, während der Toyota sie herumschleuderte. Vor ihr ragte plötzlich ein Telefonmast auf. Dunkles, fast schwarzes Holz kam immer näher und näher. Und Jill dachte, *Oh nein, lieber Gott, nicht noch einmal.*

Der linke vordere Kotflügel des Toyota krachte gegen den Mast, und das Auto wurde in das metallene Geländer auf der anderen Straßenseite geschleudert.

Jills Kopf wurde von dem Aufprall zurückgerissen, während sich

der Airbag augenblicklich vor ihr aufblähte. Und plötzlich war alles still.
Jill starrte durch die Windschutzscheibe, die heil geblieben war, auf das verbogene graue Metallgeländer und dahinter auf einen grasbewachsenen Hügel, eine Ziegelmauer und ein reizendes kleines Haus mit hölzernen Dachschindeln. Ihr Herz begann wieder zu schlagen. Sie schnappte nach Luft. Der Toyota war vorne schwer beschädigt, wo er direkt gegen das Geländer geprallt war. Der vordere Teil war ein klaffendes V, die Motorhaube aufgesprungen. Jill umklammerte immer noch das Lenkrad so heftig, dass ihre schweißnassen Hände sich zu verkrampfen begannen. Sie begann zu zittern. Es fiel ihr immer noch schwer zu atmen. Sie konnte einfach nicht genug Luft bekommen.
Alles, was sie denken konnte, war: *Es ist schon wieder passiert.*
Hals blutüberströmter Körper, als er ihr sagte, dass er sie liebte, als er sie »Kate« nannte, als er in ihren Armen starb, stand ihr mit einem Mal deutlich vor Augen.
Sie hörte ein Martinshorn.
Das holte sie mit einem Ruck in die Gegenwart zurück. »Lucinda«, flüsterte Jill. Wenn ihr irgendetwas passiert war, würde Jill sich das nie verzeihen. »Lucinda!«
»Jill«, keuchte Lucinda atemlos. Ihre Haut hatte einen grünlich grauen Ton, aber sie sah Jill an – sie hatte ihre Brille verloren.
Die Sirenen kamen näher.
»Alles in Ordnung?«, rief Jill. Ihr selbst schien nichts passiert zu sein, bis auf eine Prellung am Auge.
Lucinda antwortete nicht. Jill sah, wie ihr Gesicht sich gespenstisch grün verfärbte, als ihr Kopf zurückfiel und sie das Bewusstsein verlor.
Entsetzt kämpfte Jill mit ihrem Gurt und dem Airbag und stolperte aus dem Auto. Aus den Augenwinkeln sah sie zwei Polizisten aus einem Streifenwagen steigen, der mit zuckendem Blaulicht hinter dem

Toyota angehalten hatte. »Hallo«, rief sie und winkte verzweifelt. »Vorn sitzt eine ältere Frau, sie ist gerade ohnmächtig geworden!«

Jill stand stocksteif und geschockt da und sah zu, wie einer der Polizisten an sein Funkgerät ging, während der andere um das Auto herum zu Lucinda rannte. Der sonnige Tag verschwamm und wurde trüb. Als sei sie in dichten Nebel geraten oder als habe ihr Fernseher sehr schlechten Empfang. So beobachtete Jill, wie sich der Polizist über Lucinda beugte, und fühlte sich dabei wie ein Zuschauer, weit entfernt von den Ereignissen um sie herum. Langsam gaben ihre Knie nach, und sie sackte wie ein Häuflein Elend in sich zusammen.

Ihre Bremsen hatten versagt. Sie wären fast umgekommen.

Jemand hätte sie fast umgebracht.

Eine weitere Sirene schrillte heran – ein Krankenwagen.

»Miss?«

Jill konnte nicht aufblicken und hörte den Polizisten hinter sich kaum. Sie drückte ihre zitternden Beine an die Brust. Sie glaubte nicht mehr an Zufälle.

Jemand war für ihre kaputten Bremsen verantwortlich. Und wer auch immer das war, es war ihm – oder ihr – ganz egal, wenn Jill dabei ums Leben kam.

Oder vielleicht nicht. Vielleicht wollte er genau das.

»Miss? Sind Sie verletzt?«

Jill sah nun doch zu dem Polizisten auf, der vor ihr stehen geblieben war. Sie zitterte wie Espenlaub. Der Krankenwagen hatte mit kreischenden Bremsen neben dem Streifenwagen angehalten. Matt sah Jill zu, wie die Sanitäter aus dem Wagen sprangen und mit einer Bahre auf den Toyota zurannten.

Ich glaube, ich muss mich übergeben, dachte sie, denn sie sah plötzlich die Sanitäter auf sich und Hal zurasen.

Sie kämpfte gegen diese böse Erinnerung und fasste sich so weit, dass sie den Polizisten fragen konnte: »Ist sie okay?«

»Ich weiß nicht. Sie holen sie erst mal aus dem Auto raus.«
Jill kämpfte sich auf die Beine und packte unwillkürlich den Polizisten am Arm, als Lucinda mit einer Halskrause auf die Bahre gelegt wurde. »Oh Gott.« Die Sanitäter trugen Lucinda zum Krankenwagen. Jill stolperte hinüber. »Wie geht es ihr?«
»Scheint nichts gebrochen zu sein. Blutdruck ist niedrig, aber der Puls ist gut. Sie ist wohl nur ohnmächtig; sie kommt schon wieder zu sich.«
Jill erstickte mit der Hand einen Aufschrei, als Lucindas Lider flatterten, während sie in den Krankenwagen geladen wurde. »Und die Halskrause?«, flüsterte sie.
»Vorsichtshalber.«
Jill schlug die Hände vors Gesicht und weinte.
»Miss.« Das war der Polizist. »Wir werden Sie auch ins Krankenhaus bringen müssen.«
Jill nickte, während sie das Gesicht noch in den Händen verborgen hielt. Lucinda war nichts Schlimmes passiert. Gott sei Dank.
Und plötzlich überkam sie eine rasende Wut.
Wer auch immer das getan hatte, musste aufgehalten werden.
Aber sie selbst würde sich nicht aufhalten lassen.
Sie merkte, dass sie den Polizisten anstarrte und dass er ihr ihre Wut anzusehen schien, denn er wirkte erschrocken.
Jill holte tief Luft. Sie durfte sich bei der Polizei keine möglicherweise falschen Beschuldigungen erlauben. »Die Bremsen haben nicht funktioniert.«
Der zweite Polizist trat zu ihr. »Ich weiß«, sagte er grimmig. »Ich hab mal nachgeschaut, während die Sanis mit Ihrer Freundin beschäftigt waren. Der Bremsschlauch ist durchgeschnitten worden. Sie hatten alle Bremsflüssigkeit verloren, Miss.«
Jill starrte ihn an. Wie sie vermutet hatte, war das Auto manipuliert worden. Aber wer hatte das getan?
Und plötzlich erinnerte sie sich daran, wie Alex und Lucinda sich

gestern Nachmittag vor Lucindas Gartentor unterhalten hatten. Alex, der die ganze letzte Nacht bei ihr verbracht hatte.
Alex, der sich jederzeit aus ihrem Bett hätte schleichen können, während sie schlief.

Jill wurde vom Schrei einer Möwe geweckt. Sanftes, nebliges Sonnenlicht bahnte sich seinen Weg in das gelb und weiß gestrichene Schlafzimmer. Sie betrachtete blinzelnd die vier Bettpfosten, die Tapeten, den grauen Morgenhimmel draußen, und war plötzlich hellwach. Sie war sehr spät in der vergangenen Nacht in Stainesmore angekommen, verängstigt und erschöpft, mit dem Zug aus London und einem Taxi aus York. Nach dem Unfall hätte sie niemals bis hier herauffahren können. Es hatte zwei volle Stunden gedauert, bis die Polizei ihren Bericht zu Protokoll genommen hatte, und von da aus war sie direkt zum Bahnhof Paddington gegangen – entgegen Lucindas lautstarkem Protest. Lucinda hatte nur ein paar Prellungen und war nach kurzer Zeit wieder aus dem Krankenhaus entlassen worden. Jill hatte die Abfahrt nicht um einen einzigen Tag hinausschieben wollen. Sie war mehr als entschlossen gewesen, in den Norden zu fahren – sie hatte Angst davor gehabt, in London zu bleiben.
Als sie um halb zwölf in der Nacht im Taxi vorgefahren war, hatte die Haushälterin sie herzlich begrüßt, als sei sie eine alte Freundin der Familie oder ein geladener Gast, und sie hatte sofort ihr altes Zimmer bekommen.
Jill blieb noch einen Moment liegen. Der Schlaf war wunderbar gewesen; ein Geschenk. Sie war so müde gewesen, dass sie nicht einmal geträumt hatte, weder von Kate noch davon, dass jemand sie offenbar umbringen wollte.
Oder von Alex. Es tat weh, an ihn zu denken.
Guter Gott. Sie hatte mit ihm geschlafen.
Jill legte sich die Hand über die Augen. Sie konnte jetzt schon viel

klarer denken, da seit dem Unfall fast vierundzwanzig Stunden vergangen waren. Ach, aber es war ja kein Unfall gewesen – sondern Sabotage.
Es hatte sich herausgestellt, dass Lucinda Alex doch von ihren Plänen erzählt hatte. Lucinda weigerte sich nämlich, auch nur die Möglichkeit in Betracht zu ziehen, dass Alex hinter den kaputten Bremsen oder Lady E.s Tod stecken könnte. Aber es war ja auch denkbar, dass Alex Thomas von der geplanten Reise erzählt hatte. Es konnte also auch Thomas derjenige gewesen sein, der ihre Bremsschläuche durchtrennt hatte. Jill hoffte es – aber sie glaubte es nicht.
Sie wusch sich schnell und schlüpfte in Jeans und Stiefel. Als sie ihr Zimmer verließ, konnte sie nicht anders, als einen Blick auf die Tür gegenüber zu werfen. Erst vor ein paar Tagen hatte Alex da drin geschlafen. Es schien eine Ewigkeit her zu sein. Schlimmer noch, sie erwartete fast, dass die Tür aufging und er herausspaziert kam, mit diesem leichten Lächeln auf dem Gesicht. Wütend versuchte sie, das Bild zu verscheuchen.
Und sie bemühte sich, nicht ständig über die Schulter zu schauen, um sich zu vergewissern, dass keiner der Dienstboten in der Nähe war, während sie sich vom Buffet im Esszimmer eine Tasse Kaffee nahm und dann zu dem kleinen Arbeitszimmer huschte, in dem sie mit Alex die Bücher durchgesehen hatte.
Jill stellte ihre Tasse auf den alten Schreibtisch, ging zur Tür zurück, sah in den Flur hinaus und konnte niemanden entdecken. Sie machte die Tür zu, überlegte, ob sie abschließen sollte, und ließ es dann bleiben. Ihr Herz raste, und ihr schossen ein Dutzend Ausreden durch den Kopf für den Fall, dass jemand sie hier finden sollte, als sie zu den Regalen hinüberging und den unhandlichen Band herausnahm, der die Jahre von Kates kurzem Leben umfasste. Eintrag für Eintrag arbeitete sie sich durch die großen Seiten. Alle paar Minuten hielt sie inne, legte den Kopf schief und lauschte angestrengt, ob sie jemanden kommen hörte.

Jill wurde die Anspannung nicht los. Es war eine Sisyphusarbeit, aber ihr Puls behielt seinen raschen, unregelmäßigen Schlag bei. Sie interessierte sich kaum für eingenommene Mieten, bezahlte Gehälter, geschuldete Steuern. Aber dann hielt sie inne. Jede kleine Ausgabe war genau festgehalten. Sie starrte gerade auf die Küchenabrechnung – die Kosten für Lebensmittel waren genau benannt, bis hin zu vier Pfund Butter. *Was, wenn sie eine Ausgabe finden konnte, die sich auf Kates Aufenthalt in der Geburtsklinik bezog?*

In einem kurzen Höhenflug durchkämmte Jill den Monat Mai. Eine Stunde später wollte sie das Handtuch werfen. Es gab keinen Eintrag Mitte Mai, der sich auf das Krankenhaus bezog. Sie war niedergeschmettert. Vielleicht war doch alles an den Haaren herbeigezogen.

Dann merkte Jill, dass sie auf eine Seite starrte, auf der die Löhne der Angestellten für den Dezember aufgeführt waren. Jill wollte den Band schon schließen und noch ein bisschen in Coke's Way herumschnüffeln, als ihr der Name Barclay ins Auge sprang. Sie erstarrte.

Mit weit aufgerissenen Augen beugte sie sich wieder über das Buch. Sie hatte eine Liste der Weihnachtsgelder vor sich – und ein gewisser Jonathan Barclay hatte zehn Pfund erhalten. Barclay, der die Quittung für Kates Krankenhausaufenthalt unterschrieben hatte, war ein Angestellter der Familie gewesen.

Zitternd vor Aufregung entdeckte Jill, dass neben jedem Bediensteten seine Stellung aufgeführt war – Hausmädchen, Butler und so weiter. Aber Barclays Stellung im Haushalt war nicht beschrieben. Das fand Jill merkwürdig.

Aber ihr Herz raste immer noch. Barclay gab es wirklich – und jetzt konnte es auch keinen Zweifel mehr darüber geben, dass er etwas mit der Familie zu tun gehabt hatte!

Jill blätterte ein Jahr zurück und suchte seinen Namen. Vergeblich. Dann kehrte sie wieder zum Mai 1908 zurück. Und fand den Eintrag, den sie gesucht hatte. Mitte des Monats war ein Einkauf für Lord Braxton getätigt worden, für die Summe von sieben Pfund und fünf Shillings – aber im Gegensatz zu den anderen Einträgen stand nicht dabei, um was es sich handelte. War das von Bedeutung? Kate hatte gerade Peter das Leben geschenkt – und hier war der Beweis dafür, dass Edward zu dem Zeitpunkt hier gewesen war, in Stainesmore, nur wenige Meilen vom Krankenhaus entfernt.

Sie kam der Wahrheit immer näher. Und es gab keinen Zweifel mehr. Die Wahrheit lag hier in Yorkshire verborgen. Sie blätterte zurück. Ihre Augen weiteten sich, als sie einen Eintrag vom 22. April fand. »Lord Braxton eingetroffen um achtzehn Uhr mit Mr. Barclay, Dauer des Aufenthalts noch nicht bekannt.«

»Oh mein Gott«, sagte Jill; ihr Puls begann wieder zu rasen. Und sie lächelte. Hier war eines der Indizien, die sie gesucht hatte. Vielleicht war Barclay sein Butler oder Kammerdiener gewesen, oder vielleicht nur ein Sekretär. Das würde sie womöglich nie erfahren. Aber sie wusste jetzt, dass er für Edward gearbeitet hatte – er hatte einen schönen Bonus zu Weihnachten bekommen –, dass sowohl er als auch Edward hier gewesen waren, als Kate Peter geboren hatte, und dass Barclay das Krankenhaus bezahlt und die Rechnung unterschrieben hatte.

Jill wünschte sich dringend einen Kopierer. Sie zögerte und warf einen Blick auf die Fenster hinter ihr – aber die Vorhänge waren immer noch vorgezogen. Sie riss die Seite vom 22. April aus dem Buch, obwohl sie sich dabei scheußlich fühlte, und dann auch noch die mit Barclays Weihnachtsbonus. Hastig faltete sie die Seiten zusammen, steckte sie in die Hosentasche und schloss zitternd das Buch.

Sobald sie wieder in der Stadt war, würde sie alles kopieren und die Puzzleteile an Lucinda faxen – mit der Anweisung, alles der Polizei und der Presse zu übergeben, falls ihr etwas zustoßen sollte.

Sie verließ das Arbeitszimmer, machte die Tür hinter sich fest zu

und lauschte in die Stille. Sie hörte keine Schritte. Anscheinend hatte niemand bemerkt, wo sie die letzte Stunde verbracht hatte. Erleichtert eilte Jill aus dem Flügel zum Haupthaus zurück.
Jill wollte gerade hinauf in ihr Zimmer stürmen. Da sah sie die offene Tür der Bibliothek. Sie blieb stehen, Alarmglocken schrillten in ihrem Kopf. Angst packte sie. Aber dafür gab es keinen Grund. Das Haus blieb still.
Ihr stellte sich das Haar im Nacken auf.
Sie bekam kaum noch Luft.
Langsam ging sie auf die offene Tür zu. Nein. Das konnte nicht sein. Sie erstarrte mitten im Schritt.
Ihr Blick fiel auf einen kanariengelben Kaschmirpulli, der über der Lehne eines Sessels hing.
Dann bemerkte sie entsetzt das kleine graue Mini-Notebook auf dem Tisch neben dem Sofa.
Alex war hier.

5. Oktober 1908

»Wie schön, dass du kommen konntest«, sagte Anne lächelnd. Da es draußen ungewöhnlich warm war, gingen die beiden jungen Frauen auf dem Rasen hinter der Villa der Fairchilds spazieren, wo heute der Geburtstag der jüngsten Tochter gefeiert wurde. Obwohl es erst Nachmittag war, trugen die Damen bereits ihre Abendkleider, die Herren Smoking. Im Augenblick war ein Krocketspiel im Gange, an dem sowohl Damen als auch Herren teilnahmen. Andere standen in Grüppchen beisammen, unterhielten sich, tranken Champagner oder probierten die Hors d'œuvres, die von weiß befrackten Dienern gereicht wurden. Es rannten auch einige Kinder umher, und ein stämmiger Junge tat sich besonders darin hervor, drei kleine Mädchen herumzuscheuchen. In etwa einer Stunde würde man sich ins Haus zurückziehen, ein frühes Dinner zu sich nehmen und den restlichen Abend mit Tanzen verbringen.

»Ich danke dir, dass du mich eingeladen hast«, sagte Kate leise. Sie war immer noch besorgt und niedergeschlagen. Obwohl sie Edward jeden Tag sah und er so leidenschaftlich und zärtlich war wie immer, war sie sich des bösen Klatsches nur allzu bewusst. Jedes Mal, wenn sie spazieren oder einkaufen ging, traf sie auf Damen, die sie kannte. Alle sprachen von der bevorstehenden Verlobung, und die Tatsache, dass Edward sich dagegen sträubte, diese vollkommene Frau zu heiraten – denn Anne war eine hervorragende Partie –, musste darauf hindeuten, dass er in seine augenblickliche Geliebte tatsächlich verliebt war – wer immer sie auch sein mochte.

Kate ging nicht mehr aus. Es war zu schmerzvoll geworden. Sie konnte nachts keinen Schlaf finden, und sie hatte ihren herzhaften Appetit verloren. Sie fürchtete das Schlimmste – sie wusste nicht, was sie tun sollte.

Und sie hatte begonnen, den Earl of Collinsworth zu hassen.

»Kate! Warum bist du denn so trübsinnig? So habe ich dich ja noch nie erlebt. Und jedes Mal, wenn ich dich eingeladen habe, mit mir spazieren zu fahren oder Tee zu trinken, hast du abgelehnt.« Anne war stehen geblieben und betrachtete sie aufmerksam. »Gehst du mir aus dem Weg? Das muss ich allmählich annehmen.«

Kate rang sich ein Lächeln ab. »Ich würde dir doch nie aus dem Weg gehen, Liebes.« Aber genau das hatte sie getan. Sie hatte ihre beste Freundin noch weniger sehen wollen als sonst irgendjemanden.

Kate fürchtete, dass sie einen Blick auf die schlimme Zukunft erhascht hatte – auf Anne als Edwards Frau. Wer war sie denn schon, dass sie meinte, man könnte dem Earl of Collinsworth ungehorsam sein? Er war einer der reichsten und mächtigsten Männer Englands. Nur eine sehr törichte Frau würde glauben, sich gegen ihn auflehnen und damit durchkommen zu können.

»Miss Gallagher! Ich habe schon gehört, dass Sie wieder da sind, wie schön, Sie wiederzusehen!«, rief eine begeisterte junge Männerstimme.

Kate drehte sich um und sah einen schneidigen jungen Mann mit rotem Haar, der sich vor ihr verbeugte. »Lord Weston. Ich freue mich auch, Sie wiederzusehen.« Sie brachte ein Lächeln zustande.

Er strahlte sie an – und dann entdeckte er Anne. Er verbeugte sich auch vor ihr, wandte seine volle Aufmerksamkeit aber sofort wieder Kate zu. »Wie ist es Ihnen in diesem Jahr ergangen?«, fragte er begierig.

Kate wollte gerade antworten, da bemerkte sie Annes herablassende Haltung gegenüber Weston. Sie fuhr zusammen. Es war nicht nur ihr Gesichtsausdruck, sondern die ganze Art, wie sie sich neuerdings gab – als meinte sie, weit über allen anderen zu stehen. Das war nicht die Anne, die sie so gut kannte und so gern hatte.

Weston sprach mit ihr. »Werden Sie heute Abend mit mir tanzen? Ihnen ist doch wohl klar, dass Sie mir mit Ihrer Rückkehr nach New York das Herz gebrochen haben.«

»Ich bin sicher, Sie übertreiben, Sir.« Jetzt war Kates Lächeln schon echter.

»Ich übertreibe keineswegs. Darf ich Ihnen demnächst meine Aufwartung machen?«, fragte er grinsend.

Kate erstarrte. Sie bemerkte, dass Anne sie mit einem steifen, merkwürdigen kleinen Lächeln beobachtete, aber das war es nicht, was sie so überrascht hatte. Edward stand hinter der Menge und starrte sie an.

»Ich fürchte, ich habe mich in letzter Zeit nicht recht wohl gefühlt«, sagte Kate leise, und ihr Herz schlug schneller, wie immer, wenn er auf der Bildfläche erschien. »Vielleicht ein andermal?«

Sein Lächeln erlosch. »Ich werde nicht aufgeben, ganz bestimmt nicht«, verkündete er. Er verbeugte sich vor ihnen und ging.

Kate schaute ihm nicht nach. Ihre Augen hatten sofort Edwards wiedergefunden, und sie sahen sich an.

Er schenkte ihr den Hauch eines Lächelns.
Kates Herz setzte einen Schlag aus. Da war etwas in seinen Augen, das wusste sie, eine Botschaft nur für sie allein, obwohl sie sie aus dieser Entfernung nicht lesen konnte. Sie erwiderte sein Lächeln. Und in diesem Augenblick lösten sich ihre Ängste und Sorgen in Nichts auf. Sie liebte ihn so sehr, und sie konnte nur daran denken, welch ein Glück sie hatte, eine Liebe wie die ihre gefunden zu haben, selbst wenn sie für immer nur seine Geliebte bleiben sollte.
Und dann wurde ihr bewusst, dass Anne neben ihr stand. Als Edward sich abwandte, fuhr sie zu ihrer Freundin herum. Anne starrte Edward mit weit aufgerissenen, entsetzten Augen nach. Ihr Blick folgte ihm, bis er in der Menge verschwand. Erst als er in einer Gruppe von Gentlemen nicht mehr zu sehen war, drehte sie sich um und starrte Kate an.
Aus ihren großen Augen sprach Ungläubigkeit – und vielleicht auch ein bitterer Vorwurf.
Der Ausdruck war nicht schön – und er ließ ihre Augen hart und kalt erscheinen. Beängstigend kalt.
Und dann war der Ausdruck unter einem Lächeln verschwunden, und sie rief: »Oh, sieh mal. Da ist Lady Winfrey. Wir müssen sie unbedingt begrüßen. Komm, Kate, lass uns eine Weile mit ihr plaudern – sie ist immer so amüsant.«
Kates Herz klopfte heftig. Hatte sie das eben gesehen, oder hatte sie es sich nur eingebildet? Edward hatte ihr verboten, Anne die Wahrheit zu erzählen. Aber Anne war im Begriff, sie zu erraten – oder? Kate fuhr sich mit der Zunge über die Lippen. Eine kleine innere Stimme ermahnte sie, ihre Zunge im Zaum zu halten. »Anne, warte.«
Anne blieb stehen und drehte sich langsam um. Ihr Gesicht hatte etwas eigenartig Maskenhaftes. Es schien einer perfekt bemalten Porzellanpuppe zu gehören.
Kate ergriff ihren Arm. »Ich muss dir etwas sagen.« Sie konnte sich

nicht mehr im Spiegel gegenübertreten, wenn sie Anne nicht die Wahrheit sagte. Sie zog sie an der Hand an den Grüppchen auf dem Rasen vorbei, bis sie unter zwei schattigen Ulmen standen, wo niemand sie hören konnte.

»Was soll das?« Anne trat zurück, als Kate sie losließ. Im Gegensatz zu ihrem starren, bleichen, reglosen Gesicht klang ihre Stimme mild.

Kate schluckte, atemlos und angsterfüllt. »Ich weiß nicht, wo ich anfangen soll.«

Anne lächelte nicht. Sie sah sie unverwandt an. »Du willst mir etwas erzählen. Was könnte das sein?«

»Edward ist mein Geliebter. Edward ist der Vater meines Kindes.«

Anne starrte sie stumm an. Für Kate war es das schlimmste Schweigen, das sie je hatte ertragen müssen. Dann lächelte Anne oder zog jedenfalls die Winkel ihres schmalen Mundes nach oben. »Das glaube ich dir nicht. Du willst mich auf den Arm nehmen.«

»Ich liebe ihn – ich habe ihn geliebt, seit ich ihn das erste Mal gesehen habe, vor über anderthalb Jahren«, sagte Kate heiser. »Er liebt mich. Er liebt unseren Sohn. Oh Anne, ich hätte mir ja nie träumen lassen, dass auch du dich in ihn verlieben könntest! Ich bin dir wirklich aus dem Weg gegangen – mir war ja so elend!«

Anne starrte sie weiter an. Aber das maskenhafte Lächeln war verschwunden. Ein langer Augenblick verstrich. Ihr Gesicht war verkniffen, aber ansonsten ausdruckslos. »Nein«, sagte sie schließlich. »Nein.« In diesem Tonfall hätte sie den Kauf eines Hutes oder eine Aufforderung zum Tanz ablehnen können.

»Anne, du bist meine allerliebste Freundin. Ich würde so etwas niemandem wünschen und ganz besonders nicht dir. Aber es gibt kein Zurück. Wir wollen heiraten. Ich bin die Mutter seines Kindes«, rief Kate. »Dir muss doch klar sein, dass du einen anderen zum Bräutigam wählen musst!«

»Hör auf!«, schrie Anne. Ihre Augen blitzten. Ihre Stimme war

schrill. »Hör sofort auf. Sag nichts mehr. Du hast schon genug angerichtet.«
Kate schnappte nach Luft.
»Ich glaube«, sagte Anne leise, mit gepresster Stimme und geblähten Nasenflügeln, »du willst nicht, dass ich glücklich werde.«
»Nein!«
»Ich glaube, du intrigierst gegen mich!«
Kate war so entsetzt, dass sie nicht antworten konnte.
»Es ist abgemacht!«, schrie Anne viel zu laut. »Die Verträge werden schon vorbereitet. Bald wird ein Datum für die Hochzeit festgesetzt. Er soll – er *wird* – mein Ehemann werden – und du kannst mir das nicht wegnehmen, Kate!« In ihrer Stimme schwang eine schrille Warnung.
»Anne – ich bin die Mutter seines Sohnes!«, begann Kate verzweifelt.
Aber Anne starrte sie hasserfüllt an, mit Tränen in den Augen, und dann drehte sie sich um und lief davon.
Kate sank an den Baum.

Dreiundzwanzig

Seine Schlafzimmertür war offen. Er war nicht in seinem Zimmer, da war Jill sicher, aber sie hatte keine Ahnung, wo er war. Als Jill bemerkt hatte, dass er im Haus war, hatte sie sich in ihrem Schlafzimmer verkrochen und versucht, einen vernünftigen Gedanken zu fassen. Warum war Alex ihr nach Stainesmore gefolgt? Und gefolgt war er ihr, da gab es keinen Zweifel. Weil er es nicht geschafft hatte, sie zu verletzen oder gar zu töten, indem er die Bremsleitungen ihres Mietwagens zerschnitten hatte?

War er ihr gefolgt, um zu verhindern, dass sie die Wahrheit herausfand – und wenn ja, wie weit würde er gehen?

Jill konnte nicht klar denken. Selbst wenn sie sich an all die Gelegenheiten erinnerte, bei denen Alex nett zu ihr gewesen war, und daran, dass jeder aus der Familie Lady E. hätte töten und ihre Bremse hätte sabotieren können. Es musste ja nicht Alex sein. Vielleicht war er heraufgefahren, weil er sie vor demjenigen beschützen wollte, der sie da draußen bedrohte und verfolgte.

Jill hatte ihre Tür einen Spalt geöffnet und linste zitternd zu seiner offen stehenden Schlafzimmertür hinüber. Sie musste herausfinden, auf wessen Seite Alex wirklich stand. Nur, weil er ihr Geld geben wollte, damit sie den Mund hielt, war er noch lange kein Mörder. Sie musste seine Sachen gründlich untersuchen. Vielleicht konnte sie seine Handy-Mailbox abhören. Wenn sie es schaffte, würde sie sogar versuchen, in seinem Mini-Notebook herumzuschnüffeln, um zu sehen, ob er Kopien der vermissten Briefe hatte. Aber der Computer stand unten in der Bibliothek. Jill war fast erleichtert.

Ihr Puls spielte verrückt; sie war ein einziges Nervenbündel. Es war

kaum ihre Art, sich in sein Zimmer zu schleichen und es zu durchwühlen. Sie konnte sich vorstellen, wie er reagieren würde, falls er sie erwischte.
Jill holte tief Luft und huschte zu seiner Tür. Sie schob sie langsam weiter auf. Ihr Blick flog über das gemachte Bett, die Möbel und, großer Gott, das Notebook auf dem Tisch. Wie verhext starrte sie auf das kleine, graue Gerät und konnte ihr Glück gar nicht fassen – er hatte es mit nach oben genommen. Dann bemerkte sie, dass die Modemleitung am Telefonstecker angeschlossen war und dass neben dem Tisch auf dem Boden ein kleiner, schwarzer Gegenstand lag.
Jill schlüpfte ins Zimmer und machte die Tür hinter sich zu. Wenn das Modem angeschlossen war und er es mit heraufgenommen hatte, dann zu dem Zweck, E-Mails zu empfangen oder zu versenden – ganz ungestört. Ihre Gedanken überschlugen sich. Das war ihre Chance – vielleicht ihre einzige. Aber sie brauchte das verdammte Passwort.
Ihr Herz schlug jetzt so laut und beängstigend, dass sie kaum Luft bekam. Jill ging zu dem Notebook, öffnete es und schaltete es ein. Während sie darauf wartete, dass der winzige Bildschirm zum Leben erwachte, kniete sie sich hin und sah sich den kleinen, schwarzen Gegenstand an. Es war ein tragbarer Drucker.
Ihr Puls raste. Jill sah sich um, fand seine Aktentasche und tatsächlich, es war ein Kabel drin. Sie ging zu dem Notebook zurück und schaute dabei zufällig aus dem Fenster. Gerade rechtzeitig, um zu sehen, wie Alex in einer schicken Badehose in den Pool stieg und sich energisch abstieß.
Ihr Herz überschlug sich. Hoffentlich ließ er sich so richtig Zeit beim Schwimmen. Wenn er ein paar Runden drehte, war dies die perfekte Gelegenheit für Jill – denn so konnte sie ihn im Auge behalten.
Jill setzte sich aufs Sofa vor das Notebook. Der Bildschirm verlang-

te die Eingabe des Passwortes. Jill dachte angestrengt nach. Die meisten Leute benutzten dafür etwas Vertrautes, das ihnen etwas bedeutete. Alex war clever und hatte einen trockenen Humor. Jill versuchte es mit allen Namen aus seiner Familie, vorwärts und rückwärts. Plötzlich hielt sie inne. Sie tippte ihren eigenen Namen ein und erwartete, dass Windows auf dem kleinen Monitor erscheinen würde.

Nichts geschah.

Ihre Zuversicht schwand. Sie war so sicher gewesen – und jetzt fiel ihr nichts mehr ein.

Denk nach! Leise knirschten ihre Zähne. Alex – Collinsworth Group, Brooklyn, Princeton, Kaschmir, Jeans, der Lamborghini …

Jill schnappte nach Luft und tippte »Lamb«.

Windows 98 füllte den Bildschirm.

»Ja«, sagte sie grimmig und schaute aus dem Fenster. Er teilte das Wasser mit den geschmeidigen, präzisen Schlägen eines geübten Schwimmers. Jill ging auf »Suchen«. Sie tippte »Gallagher« und ließ die Festplatte absuchen.

Wie gelähmt sah sie zu, als der Bildschirm sich mit Buchstaben füllte. Zu ihrem Entsetzen waren in einem Ordner eine ganze Reihe Gallagher-Dokumente aufgeführt. Jill erinnerte sich daran, dass er ein paar Artikel für sie aus dem Internet heruntergeladen und sie unter »Annes Hochzeit« abgelegt hatte, aber das war es nicht, was sie nun vor sich hatte. Die ersten vier Dateien hießen »JGallagher.doc« mit dem jeweiligen Datum dahinter, und, großer Gott, das erste Datum war der 13. April 1999 – der Tag nach Hals Tod.

JGallagher konnte nur sie selbst sein.

Zitternd holte sie Atem. Die letzte Datei trug das gestrige Datum. Es gab auch drei »KGallagher.doc«-Dateien.

Jill begann heftig zu zittern. Sie konnte kaum einen klaren Gedan-

ken fassen. Ihr Gehirn verweigerte den Dienst. Sie konnte nur eines denken: Nein.
Das konnte doch nicht wahr sein.
Sie würde genau das feststellen, wovor sie sich die ganze Zeit über gefürchtet hatte.
Er hatte Informationen über sie gesammelt. Es gab Dateien über sie. Es gab Dateien über Kate.
Es fiel ihr immer noch schwer, zu atmen, sich zu bewegen, zu denken. Undeutliche, verzerrte Bilder drängten sich in ihre Gedanken – darunter Alex, der mit ihr schlief, Alex in der Küche nach ihrer letzten gemeinsamen Nacht, der ihr sagte, dass er los musste, dass er verabredet war, aber dass sie unbedingt zu diesem befreundeten Arzt gehen sollte. Himmel. Sie war nicht krank. Er war krank, verrückt. Jill öffnete das erste und älteste JGallagher-Dokument, wobei ihre Hand schrecklich zitterte. Es war ein Bericht. Sie war wie vor den Kopf geschlagen. Der Bericht trug den Briefkopf einer Detektei aus New York City. Jill überflog den ersten Absatz, und ihr wurde klar, dass ein Team von Privatdetektiven sie gründlich unter die Lupe genommen hatte, bevor Alex sie jemals gesehen hatte – am Tag nach Hals Tod.
»Oh, du Scheißkerl«, flüsterte sie, während ihr glühende Spieße durch die Brust zu fahren schienen.
Abrupt stand sie auf. Er drehte immer noch seine Runden.
Jill griff nach dem Kabel. Ihre Hände zitterten dermaßen, dass sie eine ganze Minute brauchte, um das Notebook mit dem Drucker zu verbinden. Wild blickte sie um sich. Papier. Sie brauchte Papier. Auf dem Tisch am Fenster lag ein ganzer Stapel. Jill rannte hinüber und sah, dass Alex Wasser trat. Sie duckte sich, um nicht gesehen zu werden, und rannte keuchend zu dem Drucker zurück. Sie stopfte das Papier hinein. Sie wusste, dass sie diesen Bericht über sich selbst nicht wirklich brauchte, aber sie ließ ihn trotzdem ausdrucken. Während der Drucker sich an die Arbeit machte, stand sie auf und

sah wieder aus dem Fenster. Alex stand im Pool und rückte seine Chlorbrille zurecht. Wollte er Schluss machen?

»Verdammt!« Sie riss die zwei Seiten aus dem Drucker und öffnete das nächste Dokument über sich; es verschwamm ihr vor den Augen. Sie klickte wieder auf »Drucken« und stand auf, um aus dem Fenster zu sehen.

Alex stand am hüfttiefen Ende und machte Stretching.

»Oh Gott«, flüsterte Jill und kniete sich neben den Drucker. »Mach schon, na los.« Dann erstarrte sie, denn sie hatte den Namen McFee entdeckt. Was zum Teufel war das?

Sie rückte zur Seite, um auf den Bildschirm sehen zu können. Es war ein medizinischer Bericht, und es ging um DNS – DNS?!

Jill packte das Notebook mit beiden Händen. »… ausgeschlossen, dass Jill Gallagher nicht verwandt ist. Die DNS aus ihrer Haarprobe und Williams Blut lassen keinen Zweifel … «

Jill setzte sich auf die Fersen zurück. Einen Moment lang war sie so perplex, dass sie nicht denken konnte.

Und dann verstand sie. Edward war ihr Urgroßvater.

Kate war ihre Urgroßmutter.

Sie fühlte keine Euphorie, nur völlig konfuse Verwirrung.

Und Alex würde jeden Moment aus dem Wasser steigen.

Irgendwie schaffte es Jill, auch das nächste JGallagher-Dokument ausdrucken zu lassen, und sie rannte zum Fenster. Er stemmte sich gerade aus dem Pool!

Und als sie sich umdrehte, um zum Notebook zurückzueilen, meinte sie, ihn aufblicken zu sehen, zu seinem Fenster – zu ihr.

»Nein«, knurrte sie und riss die nächsten Seiten aus dem Drucker. Sie öffnete das erste KGallagher-Dokument. Und erkannte es sofort wieder.

Es war der Brief von Kate an Anne, den sie und Alex auf dem Computer in Hals New Yorker Wohnung gefunden hatten. Das konnte Jill kaum noch überraschen. Was sie überraschte, war das Ausmaß der schmerzlichen Bitterkeit, die sie empfand. Er war mehr als nur ein Scheißkerl. Sie kannte kein Wort, das dem gerecht würde, was er war.

Jill öffnete den nächsten Brief und ließ ihn ausdrucken.

Ihre Zähne klapperten. Das Zimmer erschien ihr eigenartig kalt. Ihr war kalt. Sie fror, fühlte sich elend und betrogen. Als der Drucker zu summen anfing, rannte sie zur Tür, öffnete sie einen winzigen Spalt breit und lugte hinaus. Niemand zu sehen. Guter Gott! Wie lange würde Alex brauchen, um heraufzukommen?

Jill schätzte, dass ihr nur wenige Minuten blieben, bis er sie entdecken würde.

Und dann?

Der Landrover stand draußen. Die Schlüssel lagen unter der Fußbodenmatte. Damit würde sie entkommen.

Aber sie wollte die beiden letzten KGallagher-Dokumente. Sie wusste, dass sie keine Zeit mehr hatte, sie auszudrucken.

Der Drucker blieb stehen. Jill riss die Seite heraus und stopfte sie zusammen mit den anderen in ihre Jeans. Sie rannte zum Drucker und zerrte das Kabel heraus. Sie meinte, von unten Schritte zu hören.

Jill sah sich um, während sie das Druckerkabel vom Computer löste. Sie rannte zu seiner Aktentasche und legte es wieder hinein, und jetzt hörte sie ganz sicher Schritte. Dann nahm sie das offene Notebook und den Drucker wahr, mit vollem Papierfach. Jill schlug den Computer zu, riss das Papier aus dem Drucker, schloss die Klappe und rannte mit dem Papier in der Hand zur Tür, um hinauszuschielen. Sie hörte ihn die Treppe heraufkommen.

Jill flog über den Flur in ihr Zimmer, schlug die Tür zu und schloss sie hinter sich ab.

Alex ging direkt in sein Badezimmer und drehte die Dusche auf. Er fummelte an der Mischbatterie herum, bis das Wasser so heiß kam, dass sich das Bad augenblicklich mit Dampf füllte. Er streifte den dicken Frotteebademantel und die knappe Badehose ab, trat in die Dusche, schloss die Augen und ließ das heiße Wasser auf sich niederprasseln. Aber es konnte die Spannung in seinem Körper nicht vertreiben.

Sie war unerträglich.

Etwa zehn Minuten später drehte er das Wasser ab und verließ die Kabine. Er trocknete sich ab, wobei er es sorgsam vermied, sich im Spiegel anzuschauen – er konnte sich selbst nicht in die Augen sehen. Nackt ging er ins Schlafzimmer und griff nach der Unterhose, die er aufs Bett geworfen hatte. Als er sie hochzog, störte ihn etwas. Sein Instinkt war so scharf wie der eines Jägers, und Alex' Hand erstarrte auf halbem Wege zu seiner Jeans. Angestrengt lauschte er in die Stille um ihn herum.

Aber in seinem Zimmer war es nicht vollkommen still. Der Duschkopf tropfte. Er hatte ein Fenster einen Spalt offen gelassen, und die Kordel der Jalousie schlug leise gegen die Wand.

Alex sah sich in seinem Zimmer um. Keines dieser Geräusche war für ihn von Interesse.

Und dann hörte er es, ein leises, kaum wahrnehmbares Summen.

Sein Blick suchte das Notebook, aber das war geschlossen. Im nächsten Moment stand er davor und machte es auf, aber es war aus – und so ein Summen gab es sowieso nicht von sich.

Dann fiel sein Blick auf den tragbaren Brother-Drucker. Das »On«-Lämpchen leuchtete.

Er biss die Zähne zusammen. »Verdammt«, sagte er.

In ihrem roten Anorak rannte Jill über den Rasen zum Landrover. Keuchend erreichte sie den schwarzen Geländewagen, öffnete die Tür und griff unter den Vordersitz, wo Alex beim letzten Mal die Schlüssel deponiert hatte. Ihre Hand schloss sich darum.

Sie zitterte, war atemlos und verängstigt. Eine gespenstische Litanei ertönte in ihrem Kopf ... Er war es. Er musste es sein. Die Briefe, die Berichte, die Lügen. Wie lang kannte er die Wahrheit schon – dass sie Kates und Edwards Urenkelin war? Sie musste hier weg. *Sofort.*

Jill rammte den Schlüssel ins Zündschloss, schaute keuchend über die Schulter zurück, den Pony in den Augen, und erwartete jeden Moment Alex die Vordertreppe hinunterrasen zu sehen. Hinter ihr war niemand. Die schwere Eingangstür blieb fest geschlossen. Der Motor sprang an, viel zu laut. Jill betete, dass Alex immer noch unter der Dusche stand – sie hatte sie rauschen gehört, als sie aus ihrem Zimmer geflohen war –, während sie in den ersten, dann den zweiten Gang schaltete und in einer Kiesfontäne die Auffahrt hinunterraste.

Und als sie gerade deren Ende erreicht hatte, bog ein großer, brauner Mercedes in die Auffahrt ein.

Jill riss das Steuer nach links, um ihm auszuweichen, und flog an ihm vorbei. Dabei erhaschte sie einen Blick auf Fahrer und Beifahrer. Obwohl William einen Hut trug, erkannte sie ihn sofort. Die Frau neben ihm hatte ein Kopftuch umgeschlungen – Margaret.

Jill bog mit quietschenden Reifen auf die schmale Küstenstraße ab. William und Margaret, hier in Stainesmore – das ergab keinen Sinn. Jill schaute immer wieder in den Rückspiegel, trat das Gaspedal durch. Sie hielt das lederbespannte Lenkrad mit feuchten, kalten Händen umklammert, und ihr Herzschlag dröhnte in ihrer Brust, während der Landrover über Schlaglöcher und Wurzeln holperte. Es war nur eine Frage der Zeit, bis Alex entdeckte, dass jemand sich an seinem Computer zu schaffen gemacht hatte oder dass sie verschwunden war.

Jill wusste nicht, was sie tun sollte. Sie wollte die Dokumente, die sie in ihren Anorak gestopft hatte, an Lucinda faxen, aber sie hatte Angst davor, im Dorf anzuhalten, Angst, dass diese wenigen kostbaren Minuten Alex die Chance geben würden, sie einzuholen. Der

Landrover schoss über die hügelige, kurvige Straße. Es wurde neblig, und Jill versuchte vergeblich, die Scheibenwischer in Gang zu setzen.

Manchmal konnte Jill durch die Bäume an der linken Straßenseite die unruhige graue See erkennen. Ihr wurde klar, dass es nicht mehr weit war bis Coke's Way.

Raue, grauschwarze Grabsteine stachen durch den Nebel, direkt vor ihr, dahinter nasses Gras und dürre Bäume.

Die Kirche! Sie konnte alles vom Büro des Pfarrers aus faxen.

Jill trat das Gaspedal durch. Sie raste die Straße hinunter und verriss dann plötzlich das Lenkrad, bog viel zu schnell über die Gegenfahrbahn in den Kirchhof ab. Sie stieg voll in die Bremse, Kiesel spritzten auf wie Gischt. Und selbst während sie auf die alte Kirche zurannte, fragte sie sich panisch, ob Alex hinter ihr auf der Straße war, ob sie ihren kostbaren kleinen Vorsprung verlor.

Drinnen war Licht – ein gutes Zeichen. Sie warf sich gegen die alte, zerfurchte Holztür und fand sich im Mittelschiff wieder. Die späte Tageszeit und der aufkommende Regen vertieften die Schatten darin. »Pfarrer Hewitt?« Ihre Stimme klang zu hoch, rau und panisch, selbst in ihren eigenen Ohren.

Er trat aus den Schatten am anderen Ende des Mittelganges. Kam langsam näher. Jill konnte sein Gesicht nicht sehen, weil es so düster war, aber plötzlich war sie wie gelähmt, denn sie hatte das komische Gefühl, dass er auf sie gewartet hatte. Unsinn, das war unmöglich, sie verlor langsam völlig den Verstand.

»Miss Gallagher?«

»Sie müssen mir helfen«, rief Jill, rang die Hände und bemerkte mit einer eigenartig neutralen Überraschung, dass sie zerkratzt waren. »Sie müssen mich etwas faxen lassen, und Sie müssen aufpassen, dass niemand kommt!« Tränen rannen ihr über die Wangen.

»Dass niemand kommt?«, fragte der Pfarrer und blieb vor ihr stehen.

»Ich werde verfolgt«, flüsterte Jill. »Ich stecke in großen Schwierigkeiten. Können Sie mir Ihr Fax zeigen?« Sie wollte an ihm vorbeigehen, zu dem kleinen Büro am anderen Ende des Ganges.
»Miss Gallagher. Sie sind ja ganz aufgelöst. Kommen Sie mit zu mir, ich mache Ihnen erst mal einen schönen heißen Tee, und dann können Sie mir erklären, was hier vor sich geht.«
Jill schüttelte den Kopf und rannte den Gang hinab. »Vielleicht könnten Sie diese Sachen für mich faxen.« Sie sah Alex am Steuer seines Lamborghini, nur Sekunden entfernt.
»Ich fürchte, Sie verstehen nicht. Ich habe kein Faxgerät.«
Stolpernd blieb Jill stehen und starrte ihn an. Sie brauchte einen Moment, um zu begreifen, was er gesagt hatte, und dann drang das entsetzlichste Geräusch, das sie je in ihrem Leben gehört hatte, an ihr Ohr – ein vertrautes, PS-starkes Röhren – Alex' Lamborghini, der draußen vor der Kirche hielt.
Einen Augenblick lang war sie wie gelähmt.
Dann blickte sie auf, in die dunklen Augen des Pfarrers. »Sagen Sie ihm nicht, dass ich hier bin!« Und dann rannte sie den Gang hinunter, in sein Büro und zur Hintertür hinaus.
Der Pfarrer rührte sich nicht. Einen Augenblick später ging die Tür auf, Alex kam herein und nahm seine Sonnenbrille mit gelben Gläsern ab. Es hatte zu regnen begonnen, und auf seiner alten braunen Lederjacke glitzerten Tropfen.
»Guten Tag, Mr. Preston«, sagte der Pfarrer. Er deutete hinter sich. »Sie ist da raus.«
Alex nickte.

Vierundzwanzig

17. Oktober 1908

Bensonhurst war der letzte Ort auf Erden, wo sie jetzt sein wollte. Kate stand auf dem Treppenabsatz über dem Ballsaal und starrte in die Menge hinunter. Sie hatte Anne weder gesehen noch gesprochen seit jenem schrecklichen Tag vor anderthalb Wochen bei den Fairchilds. Seitdem hatte sie auch nicht essen und nicht schlafen können. Sie hatte die meiste Zeit mit Peter verbracht, hatte ihn an ihre Brust gedrückt und versucht, sich nicht ihrer Trauer und Verzweiflung zu ergeben und das schreckliche Gefühl drohenden Unheils zu vertreiben.

Kate klammerte sich Halt suchend an das Treppengeländer. Sie hatte am Morgen nur etwas trockenen Toast geknabbert, und jetzt fühlte sie sich schwach. Sie wünschte, sie hätte herzhafter gegessen. Aber sie fand, das hatte auch eine gute Seite – sie hatte es geschafft, sich in ihr aufregendstes Ballkleid zu zwängen, eine schulterfreie Kreation aus schwarzer Spitze, das sie vor ihrer Schwangerschaft einmal getragen hatte. Sie hatte etwas mitzuteilen. Sie wusste, dass sie schön und begehrenswert war, und heute Abend würde niemand etwas anderes denken können.

Sie hatte sich vor allem für Anne so angezogen, nun, da sie Rivalinnen waren.

Der Ballsaal wimmelte von Gästen; Kate kam spät. Sie sah Anne und ihre Eltern in der Mitte des riesigen Raumes regelrecht Hof halten, und Anne sah entzückend aus in ihrem hellrosa Taftkleid. Kate bemerkte, dass sie einige der kostbarsten Bensonhurst'schen

Juwelen trug. Diamanten baumelten von ihren Ohren, waren um ihren Hals geschlungen. Der Schmuck war überwältigend. Kate selbst trug nichts außer einem Medaillon an einem Samtband. Es war ein ganz besonderes Medaillon, das sie vor zwei Jahren von Anne zu Weihnachten bekommen hatte. Es waren zwei Porträts darin. An jenem Weihnachtstag hatten sie einander ewige Freundschaft geschworen.

Kates Augen füllten sich mit Tränen, als sie von Traurigkeit übermannt wurde. Sie war in den vergangenen Tagen ausgesprochen rührselig geworden – jede Kleinigkeit, jede Erinnerung, jedes Erlebnis, jeder Zweifel, jede Befürchtung reichten aus, sie zum Weinen zu bringen. Wie sie von dieser schrecklichen Situation zerrissen wurde. Sie wollte sich nicht mit Anne überwerfen, sie wollte nicht mit ihr um Edwards Hand kämpfen. Sie wollte, dass alles in Ordnung kam; das alles wieder so wurde, wie es vor ihrer Rückkehr nach London gewesen war.

Dann merkte Kate, dass der Earl of Collinsworth und seine Frau bei Anne und ihrer Familie standen, und sie erstarrte. Sie hatten sie alle gesehen.

Langsam stieg Kate die Treppe hinunter und unterdrückte ihr Zittern. Ihr langer Rocksaum schleifte effektvoll hinter ihr über den Boden. Sie fragte sich, ob Anne ihr Geheimnis – ihres und Edwards – der ganzen Welt verkündet hatte. Alle schienen sie anzustarren, als sei sie ein ungebetener Gast – oder eine gefallene Frau. Weder zögerte Kate, noch verzog sie eine Miene. Man hatte sie schließlich eingeladen – vor jenem Schicksalstag bei den Fairchilds.

Kate ging weiter auf Anne, ihre Eltern und die Sheldons zu. Sie hielt den Kopf so hoch erhoben, wie sie konnte, ihre Wangen waren flammend heiß, und sie hoffte wider besseres Wissen, dass Anne nicht herzlos ihren Ruf ruiniert hatte. Sie steckten in einer entsetzlichen Zwickmühle, aber sicherlich bedeutete eine Freundschaft wie die ihre dennoch etwas.

Und wo war Edward? Kate dachte nicht, dass er schon angekommen sei.
Sie hatte ihm gegenüber nicht mit einer Silbe erwähnt, was geschehen war. Sie hatte es nicht gewagt.
Kate fühlte sich mehr als elend. Ihr war, als stünde sie vor einem gähnenden Abgrund, aber sie konnte nicht zurücktreten, sich nirgends in Sicherheit bringen. Sie hatte mit dieser fast wahnsinnigen Angst gelebt, mit dem Gefühl, dass ein kleiner Stoß genügte, um sie in die Tiefe, in den Tod stürzen zu lassen. In den vergangenen Tagen hatten sie schreckliche Ängste gepeinigt und etwas, das vielleicht eine grässliche Vorahnung war – dass etwas Entsetzliches geschehen würde. Dass ihr schlimmster Albtraum bald Wirklichkeit werden sollte. Dass sie Edward und Peter verlieren würde, einfach alles.
Sie hatte sich in dieser kurzen Zeit angewöhnt, misstrauisch über die Schulter zu blicken, als erwarte sie Anne in ihrem Rücken oder sonst jemanden, der sie beobachtete, ihr auflauerte. Kate fürchtete um ihren Verstand.
Vor Anne und ihrer Familie blieb sie stehen. »Herzlichen Glückwunsch zum Geburtstag«, sagte sie mit ihrem lieblichsten Lächeln. Ihr Herz hämmerte in ihrer Brust. Ihre Nerven drohten sie im Stich zu lassen.
Anne lächelte nicht zurück. Sie starrte sie an, als sei sie ein Ungeheuer mit zwei Köpfen.
Oh Gott, dachte Kate, und ihr war so schlecht, dass sie sich auf der Stelle hätte übergeben können. Aber sie lächelte weiter und küsste Anne auf die Wange. Anne sagte kein Wort. Ihr Gesicht war zu einer fast ausdruckslosen Maske erstarrt. Aber in ihren Augen stand nur Verachtung.
Kate wandte sich so abrupt ab, dass sie beinahe das Gleichgewicht verlor. Nur um sich Lady Bensonhurst gegenüberzusehen, die sie mit solchem Abscheu anblickte, dass Kate sofort klar wurde: Annes

Mutter musste alles wissen. Und die höfliche Begrüßung blieb Kate im Halse stecken. *Annes Mutter wusste es – Anne hatte ihr von Edward und Peter erzählt.*

Kate wurde von Panik erfasst.

Sie sah an ihr vorbei zum Earl of Collinsworth und seiner Frau. Seine kalten Augen waren mindestens so abweisend wie Lady Bensonhursts. Die einzige Person, die ein wenig Mitgefühl erkennen ließ, war seine Frau, die Gräfin; ihr Lächeln war dünn, aber durchaus wahrnehmbar.

Was machte das schon. Kate war aus purem Stolz gekommen. Sie war auch gekommen, um ihr Territorium zu markieren, selbst wenn Anne die Einzige sein sollte, die merkte, worum es hier ging. Und vielleicht war sie in der Hoffnung gekommen, noch einen Funken der alten Freundschaft finden zu können. Jetzt brachte sie mühsam einen Knicks zustande, murmelte einen Gruß, sie wusste gar nicht, was, und floh.

Sie brauchte Luft. Dringend.

Als sie sich ihren Weg durch die Menge bahnte, entdeckte sie endlich Edward, der sie anstarrte. Aber Kate konnte nicht stehen bleiben. Sie würde sich tatsächlich gleich übergeben müssen. Sie rannte an erstaunten Gästen vorbei und durch die Terrassentür nach draußen, auf die Terrasse hinter dem Haus. In einer Ecke beugte sie sich über das Geländer und würgte trocken, jämmerlich. Der Abend hätte nicht schlimmer verlaufen können.

»Kate!«

Nicht jetzt, betete sie stumm, verzweifelt, und klammerte sich an die steinerne Balustrade.

Edwards Hände stützten ihre Schultern, als sie sich aufrichtete. »Du bist krank! Seit wann?«

Kate sah ihn nicht an; er stand immer noch hinter ihr. Der Vollmond strahlte am sternenklaren Himmel – ein außergewöhnlich schöner Anblick. »Seit sehr kurzer Zeit«, antwortete sie mit bitterer Ironie.

Er schwieg. Dann packte er ihre Schultern fester und wirbelte sie herum. »Du warst schon die ganze Woche so merkwürdig. Ich glaube fast, du bist mir ausgewichen, soweit es einer Frau möglich ist, den Mann zu meiden, mit dem sie ihr Bett teilt. Was verschweigst du mir?«
Kate blickte auf in sein geliebtes Gesicht, in seine fragenden Augen, und wäre fast mit allem herausgeplatzt.
Da sagte Anne: »Edward. Kate fühlt sich nicht wohl, bitte bring sie nicht in Verlegenheit. Lass mich nach ihr sehen, dies ist eine Frauensache.«
Kate sah Anne hinter Edward stehen. Ihre Augen glänzten extrem, und sie trug einen bemüht ruhigen Ausdruck auf dem Gesicht. Kate fürchtete sich, fürchtete sich ganz schrecklich davor, mit ihr allein zu sein.
Einen Moment lang rührte Edward sich nicht. Dann trat er beiseite. »Natürlich. Es würde mir nie in den Sinn kommen, eine Dame in Verlegenheit zu bringen.« Er verbeugte sich und schenkte Anne ein steifes Lächeln, bevor er sich zurückzog.
Kate hätte ihn fast aufgehalten.
Und Annes Gesicht veränderte sich schlagartig. »Wie kannst du es wagen, hierher zu kommen!«, zischte sie. »Wie kannst du es wagen, einen Fuß in mein Haus zu setzen!«
»Anne … «, begann Kate, erschrocken über ihre Heftigkeit. Sie hatte Bitterkeit erwartet, vielleicht auch Wut, aber nicht einen so rasenden Ausfall.
»Nein! Du musst gehen, auf der Stelle, bevor du mich noch an meinem Geburtstag demütigst!« Annes Augen glänzten unnatürlich. Zwei rosige Flecken waren auf ihren Wangen erschienen, vollkommene kleine Kreise, wie gemalt. Wie bei einem Clown.
Kate wich zurück. »Anne, ich bin nicht hergekommen, um dich zu demütigen. Trotz allem sind wir doch Freundinnen, ich habe dich sehr gern … «

»Warum bist du dann gekommen? Um mir zu meiner Verlobung mit deinem Geliebten zu gratulieren?«
Kate verzog das Gesicht.
»Raus«, knurrte Anne, die behandschuhten Hände zu Fäusten geballt. »Verschwinde, und wage es nicht, dich noch einmal blicken zu lassen!«
Kate war, als hätte man ihr einen Dolch ins Herz gejagt. Wie konnte das geschehen? Wie konnte Anne sie so verabscheuen? Kate zögerte einen Moment und suchte verzweifelt nach den richtigen Worten, die eine alte Freundschaft retten und eine erbitterte neue Gegnerschaft beenden könnten, aber sie konnte sie nicht finden. Anne starrte sie noch immer hasserfüllt und feindselig an. Kate gab auf. Sie raffte ihre Röcke und eilte an Anne vorbei. Sie konnte gar nicht schnell genug fliehen.

Als Jill aus dem Hintereingang der Kirche stürmte, begann es zu regnen. Aus den Augenwinkeln sah sie den Landrover in der Einfahrt stehen. Verdammt! Selbst wenn der Pfarrer für sie log, würde Alex wissen, dass sie hier war. Ein beengendes Gefühl der Panik erfasste sie und nahm ihr die Luft, während sie über die Wiese hinter der Kirche rannte.
Sie glaubte, ihn kommen zu hören, nicht weit hinter ihr.
Jill hatte die Mauer erreicht, die parallel zur Straße verlief. Ohne zu zögern, sprang sie hinauf, wälzte sich darüber, sprang und landete auf Händen und Knien auf der anderen Seite. Steine und Wurzeln gruben sich in ihre Hände. Schnell sprang sie auf die Füße. Sie bekam zu wenig Luft und war schweißgebadet.
Jill wagte einen hastigen Blick über die Schulter, aber es schüttete jetzt, und sie konnte Alex nicht sehen.
Es war egal. Sie wusste, dass er da war. Sie konnte spüren, dass er sie verfolgte.
Hatte Kate dasselbe erlebt? War sie so vor Edward davongelaufen?

Plötzlich meinte Jill, einen Motor zu hören.
Sie rannte zur Straße, spitzte die Ohren, hörte aber zunächst nur ihren rasenden Herzschlag und ihren schweren, keuchenden Atem. Dann hörte sie es – jetzt lauter – sie war ganz sicher. Ein Auto kam aus nördlicher Richtung, von da, wo sie eben hergekommen war.
Jill fuhr herum, sah aber nichts von Alex. Sie wartete, zitternd wie Espenlaub, bis sie in der Dunkelheit die Scheinwerfer entdeckte. Sie begann, verzweifelt mit den Armen zu winken, denn sie wagte es nicht, laut zu rufen. Ein kleiner Lieferwagen erschien. Jill überlegte, ob sie sich einfach mitten auf die Straße stellen sollte, aber der Wagen war ziemlich schnell, und sie fürchtete, bei diesem Regen überfahren zu werden. Sie sprang auf und ab, winkte verzweifelt und Tränen liefen ihr über die Wangen, während sie betete, dass das Auto anhalten, der Fahrer sie reinlassen und in Sicherheit bringen würde. Er sauste an ihr vorbei.
Oh Gott! Jill überlegte nicht lange. Sie raste über die Straße, wobei ihre Schritte auf dem Teer schrecklich laut klangen, kletterte über die nächste Mauer und fand sich auf dem Friedhof wieder.
Coke's Way. Da könnte sie sich verstecken – es war nicht weit.
Jill rannte durch das Labyrinth aus Grabsteinen, durch den Nebel, der aus dem feuchten Boden dampfte, sie rutschte auf nasser Erde und glitschigem Gras, wich den dunkleren Schatten der verkrüppelten Bäume und Büsche aus, schaute immer wieder über die Schulter zurück. Und dann hörte sie ihn.
Starr vor Angst drehte sie sich um, aber nun hörte sie nur noch Wind und Regen. Sie fuhr wieder herum und rannte weiter – doch plötzlich verschwand der Boden unter ihren Füßen.
Jill fiel.
Es war ein schlimmer Sturz, in ein großes Loch im Boden.
Sie landete hart auf Hintern und Händen, so dass ihr einen Moment lang die Luft wegblieb. Sie war in eine tiefe Grube gefallen.

Matschige Erde glitschte durch ihre Finger, und im nächsten Moment schauderte es sie fürchterlich. Sie hatte verstanden. Sie war in ein Grab gefallen.

Jill sprang auf, ihr Atem ging keuchend, zu laut, und sie fürchtete, dass Alex sie jetzt einholen würde. Was würde er dann tun? Glücklicherweise lag der Rand der Grube auf Augenhöhe – sie war nicht so tief, wie sie befürchtet hatte. Angst und Adrenalin verliehen Jill ungeahnte Kräfte. Sie schaffte es, sich aus dem Grab zu hieven, indem sie sich zusätzlich mit den Füßen an der erdigen Wand hochstieß.

Als sie draußen war, legte sie sich erst einmal flach auf den Bauch und rang nach Luft. Aber sie durfte keine Zeit verlieren. Sie stand auf – und merkte, dass sie in dem gerade ausgehobenen Erdhaufen gelegen hatte. Ihr Blick fiel auf den kleinen, kaum auszumachenden Grabstein hinter der Grube.

Einen Moment lang starrte sie ihn an, reglos vor Schreck. Eine Sekunde später kniete sie davor und beugte sich über den winzigen, kaum noch vorhandenen Stein, der Kates Grab markierte.

Jill war wie gelähmt. *Kates Grab war geöffnet worden.*

Jemand hatte Kates Grab geschändet.

War das wirklich seine Absicht gewesen?

»Jill!«

Beim Klang von Alex' Ruf schnappte Jill nach Luft.

»Jill! Jill! Wo bist du?«

Er war noch ein gutes Stück entfernt. Weiter, als sie gedacht hatte – vielleicht noch auf der anderen Straßenseite. Aber er war groß und kräftig – er konnte den Abstand zwischen ihnen in Sekunden schließen.

»Jill.«

Jill rannte. Sie verließ den Friedhof und sah das Landhaus mit seinen zwei Schornsteinen als dunklen Schatten vor sich aufragen. Es donnerte. Jill wurde langsamer und sank schließlich gegen einen verwitterten Baum, während der Regen auf sie niederprasselte. Sie konnte Alex wieder nach ihr rufen hören.

Sie begann zu weinen. Hatte er das Grab zerstört? Und warum? Brauchte er noch mehr DNS? Oder wollte er wissen, wie Kate gestorben war?

Ein Blitz fuhr draußen über dem Meer hernieder.

Sie erstarrte beim Anblick des vom Blitz erhellten Nachthimmels. Er hatte die ganze Landschaft erleuchtet – und sie war praktisch ohne Deckung. Hatte Alex sie gesehen? Plötzlich wünschte Jill, er würde wieder nach ihr rufen, damit sie einschätzen könnte, wo er war. Aber vom Friedhof und der Straße drangen keine Rufe mehr zu ihr. Da waren nur das entfernte Grollen des Donners, das Trommeln des Regens, das Heulen des Windes.

Wieder erleuchtete ein Blitz die Nacht, und es donnerte über ihr. Jill sah ihn. Eine reglose, feste Gestalt zwischen den tanzenden, verwachsenen Bäumen auf der Grenze zwischen Haus und Friedhof.

Jill drehte sich um und rannte.

Sie lief wie ein Sprinter, schleuderte Klumpen von Schmutz und Matsch hinter sich hoch und erreichte endlich die überwucherte Wiese und dann die Seite des Hauses.

Das Haus sah verfallen aus, leer, brütend. Jill überlegte, ob sie sich irgendwo drinnen verstecken sollte – aber sie hatte Angst, dann in der Falle zu sitzen. Außerdem – wäre das nicht der Ort, an dem Alex zuallererst nach ihr suchen würde?

»Jill! Ich bin's, Alex! Jill! Warte!«

Jill wollte ihren Ohren nicht trauen, denn das hatte so geklungen, als sei Alex nur noch wenige Meter entfernt und auch nicht mehr links hinter ihr. Es hatte sich angehört, als sei er vor ihr, und zwar rechts. *Aber das war unmöglich.*

Niemand hätte sie so schnell umrunden können.

Jill überlegte nicht lang. Sie rannte am Haus vorbei. Vor ihr lag die finstere, verfallene Silhouette des Turms.

»Jill! Bleib stehen!«
Sie konnte sich im Turm verstecken – oder sie konnte versuchen, über die Klippen zum Strand hinunterzuklettern.
Es gab kein sicheres Versteck. Alex hatte sie gesehen – er würde sie jeden Moment einholen.
Und Jill rannte direkt auf den Turm zu. Sie bückte sich in Panik, und ihre Hand schloss sich um einen großen, scharfkantigen Stein.
Jill richtete sich auf.
»Jill«, sagte Alex, trat durch das Loch in der Mauer und stand ihr gegenüber.

18. Oktober 1908

Es war schon fast drei Uhr. Kate ging händeringend im Flur auf und ab und versuchte sich einzureden, dass alles in Ordnung war, versuchte, sich nicht zu fürchten. Aber hinter ihren Schläfen pochte ein scheußlicher Schmerz – und gar nichts war in Ordnung.
Edward war letzte Nacht nicht nach Hause gekommen, was bedeutete, dass er sehr lange auf der Geburtstagsparty geblieben war, und an diesem Morgen hatte Kate eine Nachricht von Anne bekommen.
Schmerz fuhr ihr mit solcher Macht durch den Kopf, dass sie aufschrie und sich setzen musste.
Als der Schmerz nachgelassen hatte, zog sie mit zitternden Händen den zusammengefalteten Brief aus ihrer Manteltasche und las ihn zum vierten Mal.

Liebe Kate,
Ich muss mich bei Dir entschuldigen. Ich habe mich noch niemals so schlecht benommen wie gestern Nacht, und ich bedaure es sehr. Ich kann mich nur damit rechtfertigen, dass mein Tem-

perament mit mir durchgegangen ist aufgrund der außergewöhnlichen Situation, in der wir uns befinden.
Liebe Kate, ich habe den ganzen Abend lang über diese Grausamkeit des Schicksals nachgedacht. Ich glaube, es wäre das Beste, wenn wir uns treffen, um zu entscheiden, was zu tun ist. Da wir beide vernünftige Frauen und gute Freundinnen sind, bin ich sicher, dass wir eine Lösung finden können, die für alle Beteiligten annehmbar ist. Ich würde Dich gern um drei Uhr abholen. Bitte nimm meine Einladung an, damit wir diesen Streit endgültig begraben können.
Herzliche Grüße von Deiner Freundin

Anne

Kate starrte auf die säuberliche Schrift. Irgendetwas war sehr merkwürdig an dem Brief. Aber sie konnte nicht genau sagen, was.
Ihr Herz raste. Sie hörte hinter sich ein Geräusch, sprang auf und fuhr herum, aber es war niemand da. Kate fuhr sich mit der Zunge über die trockenen Lippen. Sie konnte ihre Gefühle und Ängste nicht begreifen. Sie fühlte sich nicht mehr sicher, nicht einmal in ihrem eigenen Haus. Sie musste sich immer wieder sagen, dass sie traurig war, übermüdet, und dass ihre Fantasie mit ihr durchging, dass ihr in ihrem eigenen Heim nichts passieren konnte. Aber sie konnte sich einfach nicht beruhigen.
Kate begann auf und ab zu gehen, steckte den Brief wieder ein und sah nervös auf die Uhr auf dem marmornen Tisch. Es war fast zehn Minuten vor drei. Vielleicht war sie so verstört, weil Anne sie nicht nur sehen, sondern auch abholen wollte. Das ergab keinen Sinn. Wo wollte Anne denn hin? Warum sollten sie sich nicht ungestört bei Kate zu Hause unterhalten?
Und der Tonfall des Briefes stand in solchem Widerspruch zu Annes hasserfüllten Worten am vorigen Abend.
Was, wenn es eine Falle war?

Kate erstickte ihren Aufschrei mit einem behandschuhten Handrücken. Sie musste wohl verrückt werden, wenn sie eine Falle fürchtete – was für eine Falle sollte das überhaupt sein? Vielleicht war Anne, wie sie selbst, die ganze Nacht aufgeblieben, weil sie alles so sehr bedauerte. Vielleicht wollte sie wirklich eine Lösung für ihr Dilemma finden. Kate musste das einfach glauben.

Sie wollte das glauben, verzweifelt sogar.

»Madam.« Peters Amme trat zu ihr, das eingewickelte Baby auf dem Arm. »Wir sind so weit.« Ihr übliches Lächeln brachte sie nicht zu Stande. In den Augen der Französin standen Mitleid und Sorge, als sie Kate ansah.

»Lass mich ihn halten«, flüsterte Kate, überwältigt von Traurigkeit. Sie war so erdrückend, als sollte sie ihren Sohn niemals wiedersehen. Aber das war ja absurd. Sie würde eine Spazierfahrt mit Anne machen und zum Abendessen wieder hier sein.

Mit tränenverschleierten Augen drückte Kate Peter an ihre Brust. Sie wiegte ihn in den Armen und betrachtete das engelsgleiche Gesichtchen ihres schlafenden Kindes. Sie konnte schon Anzeichen dafür erkennen, dass er seinem Vater sehr ähnlich sehen würde. Wie glücklich sie das machte.

Schließlich gab Kate Madeline das Baby zurück.

»Madame. Wie lange sollen wir bei der Gräfin bleiben?«

Kate sah sie an. Tat sie das Richtige, indem sie Peter zu seiner Großmutter schickte? Sie hatte plötzlich einen heftigen Drang danach verspürt, kurz nachdem sie Annes Brief gelesen hatte. Im Hause der Collinsworths, unter dem Schutz der Gräfin würde Peter in Sicherheit sein. Daran zweifelte Kate keinen Moment. »Bis ich wieder zu Hause bin«, sagte Kate und schluckte. »Ich denke, ich werde zum Abendessen zurück sein.«

Kate konnte wirklich nicht sagen, was sie dazu trieb, Peter zu seiner Großmutter zu schicken. Sie sagte sich, dass die Gräfin sich auf der Stelle in ihn verlieben und ihre Meinung über ihre Heirat mit

Edward ändern würde. Vielleicht war die Gräfin ihre letzte Hoffnung.
»Dann guten Tag, Madam«, sagte Madeline.
Impulsiv küsste Kate erst sie auf die Wange, dann Peter. Er wachte auf und lächelte sie schläfrig an. Seine Augen waren strahlend blau.
Kate fühlte Panik aufwallen. Aber sie winkte ihnen zum Abschied und stand dann in der Tür, um der kleinen Kutsche nachzusehen. Tränen strömten ihr übers Gesicht.
Kate beobachtete atemlos die Straße und wartete auf Anne. Sie hörte die Kutsche, bevor sie sie sah. Der Wagen der Bensonhursts kam die Straße entlanggerollt und blieb vor Kates Haus stehen. Kate holte tief Luft. Jetzt, da Anne hier war, hätte sie sich am liebsten umgedreht, um wegzulaufen. Aber sie nahm all ihren Mut zusammen, schalt sich eine dumme Närrin und eilte aus dem Haus. Jetzt also sollten sie ihren Streit endgültig begraben.
Ein Diener öffnete ihr die Kutschentür. Kate hielt inne, denn neben Anne saß Lady Bensonhurst.
»Komm doch herein, Kate«, sagte Anne mit eigenartig hoher, schriller Stimme.
Kate hätte fast abgelehnt; fast hätte sie sich umgedreht und wäre zurück in die Sicherheit ihres Hauses geflohen. Aber sie konnte nicht so weiterleben, krank vor Angst und Panik, und sich vor ihrem eigenen Schatten fürchten. Kate kletterte in die Kutsche.
Die Tür ging zu.
Kate saß Annes Mutter gegenüber, und als die Kutsche anfuhr, erwartete sie eine scharfe, hasserfüllte Attacke. Zu ihrer Überraschung saß Annes Mutter steif und bleich in Fahrtrichtung, die Hände im Schoß gefaltet. Sie wirkte nervös. Sie wirkte ängstlich. Sie schien sich zu wünschen, überall anders auf der Welt zu sein als hier, in der Kutsche mit Kate. Und sie konnte Kate nicht in die Augen sehen.

»Also schön.« Annes Kiefer spannte sich. Sie zog eine kleine Pistole aus ihrer Handtasche und richtete sie auf Kate.
Kate blieb das Herz stehen. In diesem Augenblick sah sie ihr ganzes Leben vor sich – jeden einzelnen glücklichen, bittersüßen Moment.
»Anne!«
Anne lächelte nicht. »Keine Angst. Ich werde dich schon nicht erschießen. Mutter, fessle ihre Hände.«
Ungläubig beobachtete Kate, wie Lady Bensonhurst eine Schnur hinter ihrem Rücken hervorholte. »Anne! Du bist ja wahnsinnig! Was tust du denn nur?«, schrie Kate.
»Sei still«, befahl Anne. »Ich entführe dich, Kate. Verstehst du, du wirst einfach verschwinden, aus meinem Leben, aus Edwards Leben, und das für immer.«

Fünfundzwanzig

20. Oktober 1908

Obwohl sie gefesselt war wie ein Schwerverbrecher, an Händen und Füßen so eng verschnürt, dass sie kein Gefühl mehr darin hatte, war Kate endlich vor schierer Erschöpfung eingeschlafen. Sie erwachte, als die Kutschentür neben ihr aufgeschlossen wurde. Sie sah trübes Zwielicht – und dann die ernsten, angespannten Gesichter von Anne und Lady Bensonhurst.

Kate straffte sich und sah Anne gerade in die Augen. »Wo sind wir?«

Sie waren seit gestern Nachmittag ohne einen einzigen Aufenthalt durchgefahren – sie hatten nur lang genug angehalten, um den Kutscher bei einem Gasthaus am Wege abzusetzen. Von da an hatte Anne kutschiert, und Lady Bensonhurst hatte entschieden, bei ihrer Tochter zu sitzen. Bevor sie die Fenster zugezogen hatten, hatte Kate nur sehen können, dass sie in nördlicher Richtung fuhren.

Anne lächelte leise. »Steig aus.«

Kates Anspannung steigerte sich. Annes überlegenes Lächeln gefiel ihr gar nicht. Auch das unnatürliche Leuchten in ihren Augen machte ihr Angst. Ihre Freundin hatte den Verstand verloren – es gab keine andere Erklärung für ihr Verhalten. »Anne, ich möchte mit dir reden«, begann sie.

Anne hielt die Pistole noch höher. »Mutter, binde ihre Füße los, damit sie laufen kann.«

Lady Bensonhurst schaffte das, was Kate die ganze Nacht lang verzweifelt versucht hatte, mit Leichtigkeit; sie nahm ein kleines Messer und durchtrennte die Schnüre, an denen Kate sich die Finger blutig gezerrt hatte. Sofort strömte das Blut wieder in Kates Füße. Das tat so weh, dass sie aufschrie.

Anne fuchtelte mit der Pistole herum. »Du sollst aussteigen, Kate.«

Kate fuhr zusammen und biss sich auf die Lippe. »Unsere Freundschaft muss auch dir noch etwas bedeuten«, flehte sie.

Annes Gesicht erstarrte auf beängstigende Weise. Das Ausmaß ihrer Entschlossenheit und ihrer Wut war unübersehbar.

Kate zögerte nicht länger. Sie kam schwankend auf die Füße, konnte sich aber mit den gebundenen Händen nirgends festhalten. Anne packte ihren Ellbogen und zog sie grob aus der Kutsche. Dann schubste sie sie vorwärts.

Und Kate keuchte auf. Sie waren in Coke's Way. Aber das kleine Landhaus, das den Collinsworths gehörte, war verschlossen. Es gab hier keinen neuen Pächter. Edward hatte ihr zärtlich erklärt, dass er das Haus nie wieder vermieten würde. »Was soll das?«, rief Kate.

Anne schubste sie weiter. Sie schien jetzt fast übermenschliche Kraft zu besitzen. »Für wie dumm hältst du mich eigentlich, Kate? Glaubst du, du könntest mir von dem Kind erzählen, ohne dass ich daraufhin jede Einzelheit in deinem Leben seit deiner Abreise in Erfahrung bringen würde?« Ihr Lachen war kurz und dumpf. »Erst vor kurzem habe ich herausgefunden, dass Edward dich hierher geschickt hat, um Peter zu bekommen. Ist das nicht eine herrliche Ironie? Denn hier wirst du verschwinden, direkt vor seiner Nase – an einem Ort, an dem er dich niemals suchen würde. Ich habe mir tagelang überlegt, wo ich dich verstecken soll!«

Kate weigerte sich weiterzugehen und drehte sich zu Anne um. »Ich werde das nicht mitmachen. Anne, siehst du denn nicht, dass du deine Zukunft mit Edward nicht auf ein solches Fundament bauen kannst? Du kannst dein Leben mit einem Menschen doch nicht auf Lügen oder gar einen Mord gründen!« Kate begann zu zittern. Sie glaubte nicht, dass Anne ihren Tod wollte. Sie konnte das nicht glauben. Anne würde sie verschwinden lassen, und, gütiger Gott,

Edward würde vielleicht glauben, dass sie mit einem anderen davongelaufen war, aber wenn Anne Edward geheiratet hatte, würde sie sie gehen lassen. Oder?

Kate wusste, dass sie dieses Szenario nicht konsequent durchdacht hatte. Aber das konnte sie auch nicht. Die Konsequenzen waren zu entsetzlich.

»Lady Bensonhurst«, rief Kate. Annes Mutter stand neben der Kutsche und sah die beiden nicht an – als würde sie auf diese Weise nichts von dem mitbekommen, was sich vor ihren Augen abspielte. »Bitte halten Sie Ihre Tochter zurück, bevor sie ein schwerwiegendes und niederes Verbrechen begeht!«

Lady Bensonhurst sah Kate an. Sie war weiß wie die Wand. Ihr Gesicht war verzerrt, die Augen aufgerissen, mit dunklen Ringen darunter. Kate wünschte sich gefestigte Moralvorstellungen. Was sie sah, war Resignation.

»Los«, knurrte Anne und schubste Kate weiter – aber nicht auf das Haus zu.

Vor ihnen lag der Turm.

Kate erstarrte.

Sie hatte diesen Turm immer gehasst. Sie war nicht ein einziges Mal hineingegangen. Edward hatte sie damit aufgezogen. Er hatte ihr gesagt, der Turm sei romantisch und entzückend, das fänden alle Gäste auf Coke's Way. Kate zitterte nicht mehr, sie zuckte. »Bitte tu das nicht«, flüsterte sie durch klappernde Zähne.

Brutal stieß Anne sie weiter. Die schwere hölzerne Tür stand offen. Kate blieb stehen. Sie würde da nicht reingehen – sie konnte nicht. Der Turm, das wusste sie, würde ihr Tod sein.

»Rein da«, sagte Anne und schubste sie durch die Tür.

Im Turm war es kalt, feucht und stickig. Kate konnte zuerst gar nicht sehen – ihre Augen mussten sich erst an die Dunkelheit gewöhnen. Das Dach war teilweise verschwunden, und hoch über ihr, weiter als sie springen oder klettern konnte, fehlten auch Teile der

Mauer. Wenn diese Löcher niedriger gelegen wären, dachte Kate verzweifelt, hätte sie sich durchzwängen und in die Freiheit entkommen können.

Freiheit. Würde sie jemals wieder frei sein?

»Wo ist Peter?« Annes Stimme schnitt grell durch die düsteren Schatten und die beängstigende Stille im Turm.

Kate fuhr herum. »Zu Hause.«

»Du lügst. Das sehe ich dir an. Ich werde nicht zulassen, dass dieser Bastard meinem Sohn den Rang streitig macht.« Annes große Augen blickten entschlossen. Ihre Pupillen wirkten riesig.

Kate keuchte. Sie bekam Platzangst. »Ich will nicht hier sein. Lass mich nicht hier drin. Ich bekomme keine Luft!«

»Dann wirst du wohl sterben – ersticken«, sagte Anne kalt. »Ich schlage dir einen Tausch vor. Dein Leben – für Peter.«

Kate starrte sie an. »Wie kannst du mich so hassen. Ich habe dich geliebt wie eine Schwester. Und ich schwöre dir, wenn du Peter auch nur anrührst, wirst du dafür bezahlen! Edward wird dafür sorgen! Anne, hör auf, denk nach, ich *bitte* dich, überleg dir gut, was du hier tust! Lass mich gehen – ich schwöre, niemand wird je erfahren, was in den vergangenen zwei Tagen geschehen ist.«

Anne starrte zurück. »Du bist diejenige, die verrückt ist, Kate. Du glaubst, du könntest mein Leben zerstören, meine Träume, meine Liebe. Nur keine Sorge. Ich werde Peter finden, genauso wie ich herausgefunden habe, dass du während deiner Schwangerschaft hier warst und nicht in New York.« Anne wandte sich zum Gehen.

Kate zitterte noch heftiger. »Bitte nimm mir die Fesseln ab.« Sie lief Anne nach, stolperte und fiel auf die Knie. Sie schluchzte erstickt. Das ganze Ausmaß ihrer schlimmen Lage, ihre Hoffnungslosigkeit, brach über sie herein. Kate blickte auf. Anne stand in der Tür. Hinter ihr war nichts zu sehen außer dem dunklen, wolkigen Himmel und den grotesken Schemen von Bäumen, die von unzähligen Stürmen verkrüppelt und verwachsen waren. »Erinnerst du dich an

Weihnachten vor zwei Jahren?« Sie weinte. »Wir wollten auf ewig Freundinnen sein. Du hast mir doch das Medaillon geschenkt.«
Anne sah sie unverwandt an. »Natürlich erinnere ich mich daran. Das war, bevor du mir in den Rücken gefallen bist.«
Kate blieb auf dem Boden liegen. Ihre Blicke trafen sich. Und dann wurde Kate von heftigem Schwindel gepackt. Sie schloss die Augen und versuchte, sich zu beherrschen, aber sie schaffte es nicht. Sie übergab sich.
Das war nicht nur ein kurzer Krampf, sondern sie wurde immer wieder von Würgen geschüttelt. Und als es vorbei war, weinte Kate über den Albtraum, der für sie Wirklichkeit wurde.
»Trägst du noch einen kleinen Bastard in dir, Kate?« Annes kalte, entfernte Stimme drang durch Kates Elend und Trauer wie ein Messer und hinterließ nichts als ein plötzliches Gefühl der Vergeblichkeit.
Sie war erschöpft, niedergeschlagen, und wünschte, viel zu spät, sie hätte Edward von der Szene mit Anne erzählt. »Ja«, flüsterte sie, ohne den Blick zu heben. »Hab Mitleid«, keuchte sie.
Die Tür schlug zu. Kate hörte ein Schloss einrasten. Sie brach als elendes Häuflein zusammen, und die feuchte Erde wurde ihr Bett und Kissen.
»Bitte, Edward, du musst mich finden«, stöhnte sie. Aber sie wusste, dass Anne Recht hatte. Er würde niemals auf den Gedanken kommen, sie direkt vor seiner Nase zu suchen.

Jills Herz schlug so schnell, dass sie kaum Luft bekam. Ihr war schlecht. Sie wich vor Alex zurück, und ihre Hand schloss sich fester um den Stein, den sie hinter ihrem Rücken versteckte.
Alex starrte sie an und blendete sie mit der kleinen Taschenlampe. Jill konnte sein Gesicht nicht sehen. Sie bekam schreckliche Angst. Das war es dann, dachte sie. Das war das Ende.
In einem Schwindel erregenden Tanz wirbelten Bilder durch ihren

Kopf, Bilder von ihr und Alex als Liebenden, als Freunde, als Gegner.

Jill wich noch weiter zurück. Ein Albtraum wird Wirklichkeit, dachte sie.

»Jill.« Er senkte die Lampe, und sie konnte plötzlich seine Augen sehen, verblasst und unnatürlich glänzend in der Dunkelheit im Turm. »Du bist wirklich mutiger, als gut für dich ist, wie?«

Jill umklammerte den Stein. Es hatte keinen Sinn, darauf zu antworten. Sie fragte sich, ob er sie nach den Beweisen durchsuchen würde, die sie aus seinem Computer geklaut hatte, bevor er mit ihr tat, was immer er vorhaben mochte.

»Und verdammt zu schlau«, sagte er grimmig und seufzte. Er ging auf sie zu.

»Komm nicht näher, Alex«, warnte sie und trat zitternd noch einen Schritt zurück. Ihr Rücken stieß gegen die Wand. Verzweifelt schaute sie an ihm vorbei – aber sie wusste, dass sie niemals an ihm vorbei aus dem Turm kommen würde.

Abrupt blieb er stehen. »Jill. Du hättest doch nicht weglaufen müssen – auch wenn du dich an meinem Computer vergriffen hast. Ich will es dir doch nur erklären. Aber nicht hier, nicht in dem verflixten Regen.«

Jill rang laut keuchend nach Luft. Schweiß rann ihr über die Schläfe und sammelte sich zwischen ihren Brüsten. Draußen erleuchtete ein Blitz den Himmel, und Donner krachte. »Wo denn sonst, Alex? Draußen auf den Klippen? Damit ich einfach in den Tod stürze? Das wäre verdammt praktisch, oder?« krächzte sie.

Der Lichtstrahl flatterte herum, und für einen Moment sah sie seine weit aufgerissenen Augen. »Bist du verrückt? Hat Kate Gallagher dich in den Wahnsinn getrieben? Jill, ich versuche nur zu verhindern, dass du dir etwas tust«, sagte er heftig.

Instinktiv witterte sie eine Falle. Aber dann wurde ihr klar, dass er gar keine Waffe hatte. Nur die Taschenlampe, weiter nichts. Mühsam schüttelte Jill ihre Verwirrung ab. »Ich kann nicht glauben, dass ich dir überhaupt je vertraut habe.« Ihre bitteren Worte hallten von den rauen Wänden wider.

Er antwortete nicht. Eine plötzliches, hässliches Schweigen breitete sich zwischen ihnen aus, und er hatte die Lampe wieder erhoben, so dass sie sein Gesicht nicht erkennen konnte und er nur als unheimliche Silhouette vor ihr stand. Es war beängstigend. Nur der prasselnde Regen durchbrach die nächtliche Stille.

»Jill«, begann er, als plötzlich von draußen ein Auto zu hören war. Alex drehte sich danach um. Der Motor wurde abgestellt. Jill stand wie versteinert. Jetzt konnte sie ihn mit dem Stein erwischen. Er hatte ihr den Rücken zugewandt – das war ihre einzige Chance. Ihn außer Gefecht setzen – vielleicht sogar töten – und um ihr Leben laufen.

Sie konnte keinen Finger rühren.

Sie konnte den Stein nicht heben.

»Wer, zum Teufel, ist denn das?«, fragte Alex plötzlich.

Eine Autotür fiel zu.

»Dein Komplize?«, schlug Jill sarkastisch vor, aber sie fühlte Panik – denn auch in seiner Stimme hatte sie Angst vernommen.

»Geh zurück«, befahl er.

Jill gehorchte nicht. Ein tanzendes Licht bewegte sich auf das Haus zu. Und Jill dachte plötzlich an den Mercedes mit William am Steuer. Dann dachte sie an Pfarrer Hewitt auf der anderen Straßenseite. Vielleicht hatte er die Polizei gerufen. Jill schöpfte ein wenig Hoffnung.

Er flog auf sie zu.

Jill zuckte zusammen, und ihr blieb das Herz stehen, als er einen Arm um sie warf und sie fast zu Boden riss. Jill sah ihm in die Augen und dachte, das war's, er wird mich erwürgen, aber er drückte sie zurück an die Wand und machte seine kleine Taschenlampe aus. »Sei ganz still«, hauchte er in ihr Ohr.

Sein Griff glich einem Schraubstock. Schock und Verwirrung hielten sie ruhig. Sie war schweißgebadet. Und erleichtert. Alex versteckte sie, anstatt ihr wehzutun, aber warum? Vor wem versteckten sie sich? Und gehörte Alex jetzt zu den Guten oder zu den Bösen? Und wusste die Person da draußen, dass sie hier im Turm waren, nicht im Haus? Was, wenn es die Polizei war? Sollte sie um Hilfe schreien?

Als hätte er ihre Gedanken erraten, machte er warnend »Schscht« an ihrem Ohr. Ihre Blicke trafen sich. Und Jill nickte.

Wenn das ein Fehler war, würde sie es schon merken – und zwar bald.

Endlose Minuten vergingen – eine grässliche Ewigkeit. Und plötzlich wurde das Innere des Turms von einer starken Taschenlampe erleuchtet, die sie blendete. »Wie reizend«, sagte eine bestens vertraute Frauenstimme.

Beim Klang von Lucindas Stimme zuckte Jill zusammen. Einen Moment lang war sie völlig perplex. Und dann schrie sie: »Lucinda, holen Sie Hilfe!«

»Mr. Preston, bitte treten Sie beiseite«, gab Lucinda ruhig zurück.

Jill verstand gar nichts mehr. Alex hielt sie immer noch gegen die Wand gedrückt, und er rührte sich nicht. Dann richtete er seine Taschenlampe auf Lucinda.

Ihr Gesicht war eine ausdruckslose Maske.

Und dann sah Jill den großen, glänzenden Revolver in ihrer Hand. Er war auf sie beide gerichtet.

23. Oktober 1908

Sie würde sterben.

Kate lag zusammengerollt auf der kalten, nassen Erde. Sie zitterte und war zu schwach, um sich zu bewegen. Drei, vier, fünf Tage waren vergangen, seit Anne sie im Turm eingeschlossen hatte. Am Anfang hatte Kate noch die Tage gezählt. Am Anfang hatte sie noch gehofft. Sie hatte um Hilfe geschrien, bis sie keinen Ton mehr herausbrachte und ihre Kehle sich schrecklich rau und trocken anfühlte. Niemand hatte ihre Schreie gehört; niemand war ihr zu Hilfe gekommen. Es gab keine Möglichkeit, aus dem Turm zu entkommen; die Tür war fest verschlossen. Ihre Hoffnung war erloschen.

So also würde sie sterben.

Denn Anne hatte sie hier ihrem Tod überlassen, ohne Essen, ohne Wasser.

Kate wurde wieder von einem Krampf geschüttelt. Sie konnte kaum noch die Arme um sich schlingen, so schwach war sie schon. Kate stöhnte und wiegte sich leicht hin und her, denn der Schmerz war unerträglich. Diesmal dauerten die Krämpfe viel länger als vorher. Schließlich schrie Kate auf.

Und als der Schmerz verebbte, fühlte Kate warme Nässe zwischen ihren Schenkeln, und eine Träne lief ihr über die Wange. Sie krallte sich in die nasse Erde unter ihrem Körper, aber da war kein Kissen, nichts, das ihr ein wenig Trost spenden konnte.

Sie verlor Edwards Kind, und sie verlor ihr Leben. Wie sie ihn vermisste. War er verzweifelt auf der Suche nach ihr? Oder nahm er an, dass sie ihn verlassen hatte, weil sie Peter bei seiner Mutter gelassen hatte?

Sie würde ihn niemals wiedersehen. Diese Erkenntnis tat schrecklich weh.

Sie würde ihren Sohn niemals wiedersehen. Diese Erkenntnis war entsetzlich.

Weitere salzige Tränen fielen.

Plötzlich zerriss ein lautes, metallisches Klicken die Stille im Turm, die schmerzliche Ruhe, ihre Gedanken.

Kate schlug mühsam die Augen auf.

Mit rasendem Herzen sah sie ungläubig zu, wie sich die Tür langsam öffnete. Sie kauerte sich zusammen und erwartete, Anne zu sehen.
Aber da stand ein fremder Mann in derber Kleidung, einen Eimer und ein Päckchen in der Hand, und starrte sie an.
Wasser! Er musste ihr einfach Wasser bringen – vielleicht würde sie doch nicht sterben! Kate wollte sich aufrichten. Unbedingt. Aber sie hatte keine Kraft, mehr zu tun, als dazuliegen und ihm zuzusehen.
Er stellte den Eimer neben der Tür ab und legte ein Bündel in Packpapier daneben.
Warten Sie. Kate merkte, dass sie nicht laut gesprochen hatte, und versuchte, ihre trockenen Lippen zu befeuchten, aber es ging nicht. »Warten Sie.« Aber ihr Schrei war heiser, leise, nicht zu hören – ein armseliger Versuch.
Er drehte sich um und ging.
Mit einem lauten Klicken wurde die Tür verschlossen.
Kates Hoffnung verflog. *Er hatte sie hier liegen gelassen, damit sie starb.* Sie wollte schreien, ihm nachrufen, mit den Fäusten den Boden bearbeiten, weinen. Aber sie tat nichts von alledem. Sie war zu schwach, sie konnte sich nicht bewegen. Also blieb sie liegen und kämpfte keuchend gegen Wellen von Übelkeit und Schmerz.
Und dann dachte sie, aber er hat mir Wasser gebracht. Ich werde nicht sterben.
Kate rang um Mut, Entschlossenheit, Kraft. Und sie machte sich auf den endlosen, schmerzvollen Weg zu dem Wassereimer, kriechend, einen schmerzhaften Zentimeter nach dem anderen. Sie musste mehrmals eine Pause einlegen, denn sie keuchte furchtbar, und ihr Herz schlug so schnell, dass sie sich fragte, ob es sie im Stich lassen wollte. Sie war so schwach. So schwach wie noch nie in ihrem Leben. Es machte ihr große Angst.
Endlich schaffte sie es bis zu dem Eimer. Im Wasser schwamm ein

Becher. Kate hatte noch niemals solchen Durst gehabt – sie hatte noch nie etwas so verzweifelt gewollt wie dieses Wasser. Ihr Durst gab ihr die Kraft, sich aufzusetzen und nach dem Becher zu greifen. Sie verschüttete die Hälfte über Kinn und Brust.

Und dann hielt sie inne.

Ihr Verstand, der jetzt auf so merkwürdige Weise arbeitete, kam zu einem entsetzlichen Schluss. Sie war seit Tagen, vielleicht sogar seit einer Woche hier eingeschlossen. Was, wenn er erst nach einer weiteren Woche wiederkam? Sie musste sich das Wasser einteilen. Kate ließ den Becher aus ihren Fingern gleiten, zurück in den Eimer, und Verzweiflung senkte sich auf sie wie eine schwere eiserne Kette.

Sie konnte Essen riechen. Ihr lief das Wasser im Mund zusammen, und sie öffnete das Paket. Es enthielt altes Brot und schimmeligen Käse. Kate fühlte keine Enttäuschung. Der Anblick war herrlich. Sie machte sich über das Brot her, stopfte sich den Mund voll und brach ein Eckchen Käse ab, konnte aber doch nur ein paar Bissen essen. Dann brach sie völlig erschöpft zusammen, unfähig, sich zu bewegen.

Es wurde Nacht.

Sie schlief.

Als Kate die Augen öffnete, dachte – und hoffte – sie, es ginge ihr schon etwas besser, und als sie hinaufschaute zu den Löchern im Dach, sah sie am Himmel glitzernde Sterne und die leuchtende Mondsichel. Bittere Traurigkeit überkam sie, und sie vergoss noch mehr Tränen, während sie an all jene dachte, die sie liebte und schrecklich vermisste, die sie vielleicht niemals wiedersehen würde. Lieber Gott, sie war zu jung, um zu sterben.

Vielleicht, nur vielleicht, würde sie ja weiterleben. Wenn Gott ein Wunder geschehen ließ. Aber für den Fall, dass sie nicht weiterleben würde, musste sie noch etwas tun.

Anne durfte damit nicht davonkommen.

Langsam nahm Kate das Medaillon ab. Sie schien eine Ewigkeit dafür zu brauchen, ihre Finger wollten ihr nicht gehorchen, und als sie fertig war, musste sie sich ein wenig ausruhen. Dann begann sie einen weiteren langen Weg – sie kroch zentimeterweise auf die nächste Wand zu. Mit vielen Pausen, um sich auszuruhen. Es dauerte ewig. Und sie brauchte dafür mehr als einen Ansporn, sie brauchte absolute Entschlossenheit. Und als sie dort war, hatte sie es noch nicht geschafft. Irgendwie setzte sie sich auf, indem sie sich an der Wand hochzog. Ihre Finger waren taub und bluteten.

Und dann begann sie, mit dem Medaillon eine Botschaft in den Stein zu ritzen.

Eine Botschaft für jemanden, der sie einmal hier finden würde – für irgendjemanden.

Sechsundzwanzig

Soll das ein Witz sein?«, fragte Jill ungläubig, und der Magen drehte sich ihr um vor Angst. Denn sie wusste, dass es kein Scherz war. Lucindas Gesicht – und die Pistole in ihrer Hand – ließen keinen Zweifel daran.

Alex' Griff um ihre Taille verstärkte sich, als wolle er ihr bedeuten, kein Wort zu sagen.

»Ich halte nicht viel von Scherzen, sie sind pure Zeitverschwendung und so was von amerikanisch«, erwiderte Lucinda voll Verachtung. »Schämen Sie sich, Mr. Preston«, fügte sie hinzu. »Dass Sie ihr erlauben, den guten Namen der Collinsworths in den Schmutz zu ziehen.«

Jill starrte sie immer noch ungläubig an, obwohl sie sehr wohl verstand, was vor sich ging. »Lucinda – was tun Sie bloß?« Aber sie wusste es. Bei Gott, sie wusste es. Was hatte Thomas gesagt? Dass Lucinda der Familie mindestens so treu ergeben war wie jeder Collinsworth selbst? Lucinda, die seit über zwanzig Jahren Uxbridge Hall leitete. Lucinda, die ebenso viel über Kate und Anne und Edward wusste wie die Familie.

Lucinda, die ihr eine Freundin gewesen war.

Oder zumindest war es ihr so vorgekommen.

Und sie musste da draußen noch einen Komplizen haben, das wurde Jill jetzt klar.

Wenn es Lucinda nicht egal war, ob sie selbst ums Leben kam, dann hatte jemand anderes die Bremsleitungen durchgeschnitten. Aber konnte das Alex gewesen sein? Jill fiel wieder ein, dass William nach Stainesmore gekommen war. Entweder mit Margaret – oder mit

Lucinda, und Jill hatte einfach nur angenommen, dass seine Beifahrerin seine Frau sein musste.

Lucinda sah sie ernst an. »Ich tue nur, was Mr. Preston nicht geschafft hat, meine Liebe. Ich werde verhindern, dass Sie die Collinsworths zerstören«, sagte sie. »Ich habe die letzten fünfundzwanzig Jahre meines Lebens dieser Familie gewidmet. Ich habe die letzten fünfundzwanzig Jahre Seiner Lordschaft gewidmet. Was Sie da tun, ist unerträglich – Sie zerstören einen großen Mann und seine Familie – beschmutzen ihre unsterbliche Ehre.« Ihre Augen blickten hart. »Mr. Preston, ich wünschte wirklich, Sie wären nicht hier. Aber Sie sind da, und jetzt muss ich das kleinere Übel wählen. Bitte treten Sie beiseite.«

Alex rührte sich nicht. »Lucinda, Jill hat nicht die Absicht, irgendjemanden zu zerstören«, sagte er ruhig. »Warum geben Sie mir nicht die Waffe, bevor noch jemand verletzt wird und Sie sich eines Verbrechens schuldig machen?« Er sprach mit fester, gebieterischer Stimme. »Wir wissen doch beide, dass Sie die Bremsleitung nicht durchgeschnitten haben. Diese Angelegenheit muss nicht noch schlimmer werden, als sie schon ist. Ich denke, wenn wir uns in der Mitte treffen und einen Kompromiss finden, werden wir am Ende alle zufrieden sein können.«

»Sie ist zu weit gegangen, Mr. Preston«, sagte Lucinda ebenso ungerührt und blieb ruhig stehen wie eine Statue. Die Hand mit der Waffe zitterte nicht, nicht ein kleines bisschen, und das ängstigte Jill noch mehr. »Ich hatte gehofft, dass Sie oder Thomas sie von ihrer Mission abbringen würden, aber keiner von Ihnen hat es geschafft. Wenn ich geahnt hätte, dass es so weit kommen würde, hätte ich mich niemals mit ihr angefreundet.« Sie starrte Jill an. »Es war wirklich erstaunlich, als ich Sie das erste Mal gesehen habe, meinte ich, einen Geist vor mir zu haben. Ich habe sofort die Verbindung zwischen Ihnen und Kate gesehen. Wie alle anderen wohl auch. Und ich habe gedacht, Gott sei Dank muss Anne das nicht mehr erleben. Wenn sie wüsste, dass Sie mit ihrem Enkel zusammen waren, dass Sie nach London gekommen sind, dass Sie sich hier herumtreiben, würde sie sich im Grab umdrehen.

Ich habe einen schlimmen Fehler gemacht. Ich bin davon ausgegangen, dass Sie herausfinden würden, dass Kate Ihre Urgroßmutter war – ja, das war sie, meine Liebe – und dass Sie es dabei belassen würden. Kates Sohn Peter hat die Familie gehasst – Anne hat ihn gehasst, und Edward war nie da. Mit achtzehn ist er weggelaufen und nach New York ausgewandert – er hat ein kleines Vermögen sowie alle Rechte seiner Herkunft einfach aufgegeben. Ich konnte ja nicht ahnen, dass Sie so unglaublich starrköpfig sind.«

»Lucinda, geben Sie mir die Waffe«, sagte Alex. »Jill will niemanden zerstören.«

Jill ergriff sein Handgelenk. »Peter ist also in der Familie aufgewachsen?«

»Nein, nicht direkt. Seine ersten Lebensjahre hat er in Stainesmore verbracht, bestens versorgt, so wie Edward es wollte. Sobald er alt genug war, wurde er nach Eton geschickt. Es ist ihm sehr gut gegangen, allerdings erlaubte Anne niemals, dass er auch nur einen Fuß in eines ihrer Häuser setzte – Uxbridge Hall und das Haus in Kensington Palace Gardens eingeschlossen. Aber kann man ihr das verübeln?«

Jill konnte so viel Neues kaum noch verdauen. »Woher wissen Sie so genau, dass Kate meine Urgroßmutter ist?« Lucinda hatte ja keinen DNS-Test machen lassen.

Lucinda lächelte. »Anne hat Tagebuch geführt. Ihr ganzes Leben lang. Darin steht einfach alles. Als Peter davonlief, brach er Edward zum zweiten Mal das Herz. Wie wütend Anne darüber war. Nicht, weil Peter weg war – das freute sie sehr –, sondern weil Edward so traurig darüber war. Und er hat sogar Privatdetektive angeheuert, um seinen Sohn zu finden – gegen Annes Willen. Ich bin mir sicher, dass Edward wusste, wohin Peter gegangen war, und ich glaube auch, dass er mehrmals versucht hat, mit ihm in Kontakt zu treten.« Lucinda zuckte mit den Schultern. »Aber Peter wollte mit der Familie nichts mehr zu tun haben, nie wieder.«

Jill war sprachlos.

»Mr. Preston, gehen Sie von ihr weg. Ich will Sie nicht verletzen.«

Alex blieb reglos stehen. »Geben Sie mir die Waffe«, sagte er. Er machte mit ausgestreckter Hand einen Schritt auf Lucinda zu.

Sie richtete die Waffe auf ihn, und Jill schrie auf. Sie hatte entsetzliche Angst. Nicht um sich selbst, sondern um Alex. »Ich nehme an, Sie mögen sie, Mr. Preston. Aber leider nützt das nichts. Und ich bin sicher, dass Sie irgendwann zu demselben Schluss gelangen werden.«

»Lucinda«, sagte Jill rasch, »geben Sie Alex die Waffe. Ich weiß, dass Sie niemandem etwas tun wollen. Es hat schon genug Skandale und Intrigen für ein ganzes Jahrhundert gegeben, meinen Sie nicht auch?«

»Jeglicher Skandal, der hieraus entsteht, wird nur mich treffen«, sagte Lucinda ruhig.

»Sie können sich doch nicht zur Märtyrerin machen wollen – nicht wegen dieser Sache«, rief Jill.

»Ich hoffe doch, dass William in der Lage sein wird, Mr. Preston zur Vernunft zu bringen.«

»Mein Onkel würde niemals einen Mord rechtfertigen. Lucinda, geben Sie mir die Waffe, bevor Sie sich noch strafbar machen.« Alex ging einen weiteren Schritt auf sie zu.

Lucinda wirbelte herum und zielte wieder auf ihn – und jetzt war er nur noch etwa fünf Meter von ihr entfernt. »Sofort stehen bleiben.«

»Alex!«, schrie Jill, die befürchtete, dass er sich ausgerechnet diesen Moment aussuchen würde, um den Helden zu spielen und sich vor ihr zu beweisen.

Aber er blieb stehen. Er lächelte – gequält. »Mein Onkel wird das hier nicht gutheißen«, wiederholte er. »Sie kommen damit nicht durch«, sagte er ruhig. »Wir haben 1999 – nicht 1909.«

»Ungerechtigkeit ist nun mal Teil des Lebens. Ist Kates Tod nicht der Beweis dafür?«, gab Lucinda zurück.

Wumm, wumm, wumm. Jill legte die Hand auf ihr klopfendes Herz. »Wurde sie ermordet? Jemand hat vor kurzem ihr Grab geöffnet. Waren Sie das? Wollten Sie alle Spuren vernichten?«

Lucinda zog überrascht die Brauen in die Höhe. »Ich glaube, das war Mr. Preston.«

Jill fuhr herum und starrte Alex an.

»Jill«, sagte Alex. »Ich habe beschlossen, die Leiche zu exhumieren. Aber da war keine Leiche, kein Sarg, gar nichts. Das Grab war eine Attrappe. Sie wurde dort nie beigesetzt.«

Jill war wie vor den Kopf geschlagen. »Das verstehe ich nicht.«

»Dieses Grab ist eine Attrappe, aber ich kann mir beim besten Willen nicht vorstellen, warum jemand den Stein aufgestellt haben sollte.«

»Wo ist Kate?«, schrie Jill Lucinda an.

Lucinda zuckte mit keiner Wimper. »Ich weiß es nicht.«

»Hat Edward Kate umgebracht?«

»Nein«, sagte Lucinda bestimmt. »Edward hat sie nicht ermordet. Er hat sie geliebt. Wissen Sie denn nicht, dass er nach ihrem Verschwinden nie wieder derselbe war? Er hat bis zu seinem Tod um sie getrauert. Kates Geist stand zwischen ihnen, zwischen ihm und Anne, sein ganzes Leben lang.«

»Aber … wer dann?«, fragte Jill nachdenklich. Sie fühlte sich elend. Die besten Freundinnen – die schlimmsten Feinde. Ihr stellte sich jedes Haar einzeln auf, und irgendwie wusste sie es einfach. »Es war Anne.« Sie keuchte auf. »Anne hat sie umgebracht – und weil sie sich schuldig fühlte oder aus sonst irgendeinem verrückten Grund – hat sie den Grabstein aufgestellt!«

»Wer Kate ermordet hat und warum, ist ein Geheimnis, das Kate mit ins Grab genommen hat, meine Liebe. Und dort wird es auch bleiben – um unser aller willen. Bitte treten Sie beiseite, Mr. Preston. Ich schieße zwar sehr gut, aber ich habe noch nie auf einen Menschen geschossen, und ich könnte Sie verletzen, was ich gern vermeiden würde.«

»Ich rühre mich nicht vom Fleck«, sagte Alex.

Jills Angst wurde zu echtem Horror.

»Sie unterschätzen mich«, sagte Lucinda. »Verstehen Sie doch, ich kann nicht zulassen, dass William noch mehr Leid zugefügt wird, als er bereits ertragen musste.«

Sie hatte noch nicht ausgeredet, als Alex plötzlich auf sie zuschnellte. Der Schuss krachte, ein ohrenbetäubender Knall, der durch die steinernen Mauern des Turms noch verstärkt wurde.

»Alex«, schrie Jill, als er zusammenbrach.

Sie kniete über ihm, sein Gesicht in ihren Händen. Seine Augen waren geschlossen; in der Dunkelheit erschien sein Gesicht aschgrau. Und da war es, ein hellroter Fleck erblühte auf seinem Hemd, und Jill dachte: Oh Gott, nicht noch einmal! Sie zog Alex in ihre Arme. »Wag es nicht, hier zu sterben!«

»Jill, bitte stehen Sie auf.«

Beim Klang von Lucindas eiskalter Stimme erstarrte sie. Sie blickte auf.

Lucinda hatte die Waffe auf Jill gerichtet. »Es tut mir Leid«, sagte sie. »Ich mochte Mr. Preston.«

Jill überlegte keine Sekunde. Sie hob eine Handvoll Erde auf und schleuderte sie mit ganzer Kraft. Lucinda schrie überrascht auf und wich unwillkürlich zurück. Jill stürzte sich auf sie, aber Lucinda war groß und sehr kräftig, und Jill kam es vor, als habe sie sich gegen eine Mauer geworfen. Lucinda fegte Jill beiseite wie eine lästige Fliege. Jill flog zurück und schlug mit dem Rücken hart auf den Boden auf. Einen Augenblick lang tanzten Sterne vor ihren Augen.

Als sie wieder klar sehen konnte, war Lucinda mit wutverzerrtem Gesicht über sie gebeugt. Sie zielte auf Jills Kopf.
Die Erkenntnis kam mit erstaunlicher Klarheit. In diesem Moment wusste Jill, dass es sehr dumm von ihr gewesen war, jemals an Alex zu zweifeln. So viele Bilder und Erinnerungen und Hoffnungen und Träume schwirrten ihr durch den Kopf, dass Jill nichts als schreckliche, bittere Reue darüber empfinden konnte, dass jetzt alles vorbei war, und auf solche Weise.
Sie war zu jung zum Sterben.
Ein Schatten näherte sich Lucinda von hinten. Alex.
Jill musste vor Überraschung aufgekeucht haben, denn Lucinda fuhr in dem Moment herum, in dem Alex sie angriff. Er rammte sie wie ein Bulldozer. Die Wucht seiner Attacke warf Lucinda gegen die Wand. Die beiden rangen um die Waffe, und gleich darauf löste sich ein Schuss mit einem weiteren ohrenbetäubenden Knall.
Beide sanken zusammen zu Boden.
»Nein!«, schrie Jill und sprang auf. Einen Augenblick später war sie bei Alex und zerrte ihn von Lucinda herunter. Sein regloser Körper lag schwer in ihren Armen. Ihr Entsetzen vervielfachte sich.
»Alex«, flüsterte sie und wiegte ihn sanft.
Seine Lider flatterten, und er schlug die Augen auf.
»Gott sei Dank«, schluchzte Jill.
»Lucinda«, sagte er.
Jill fuhr zusammen und sah zu ihr hinüber. Sie lag auf dem Rücken, ihre weit aufgerissenen Augen starrten blicklos ins Leere. In ihrer Brust klaffte ein riesiges rotes Loch. »Ich glaube, sie ist tot«, flüsterte Jill erschrocken.
Sie sah auf den Mann in ihren Armen hinab, sah seine geschlossenen Augen. »Wag es ja nicht, mir hier zu sterben«, schrie sie und küsste ihn heftig auf die Stirn.
»Würd ich im Traum nicht dran denken«, sagte er.

1. Dezember 1908

Wasser.

Kate war verzweifelt.

Seit Tagen hatte ihr niemand Wasser oder Essen gebracht.

Sie lag im Sterben, und sie wusste es. Das war es, was Anne die ganze Zeit gewollt hatte. Damit sie Edward für sich haben konnte – Kates Gedanken waren wirr. Was mochte Edward denken? Hatte er nach ihr gesucht? Sorgte die Gräfin gut für Peter? Peter! Als sie an ihren kleinen Sohn dachte, fuhr ein unvorstellbarer Schmerz durch ihre Brust, denn sie wusste, dass sie ihn nie wiedersehen würde ... und ein Fünkchen Wut flammte in ihr auf, aber es war genauso schwach und hilflos wie sie selbst und wurde rasch verdrängt von Todesangst.

Kate wollte nicht sterben.

Sie war doch erst achtzehn.

Sie wollte leben.

Anne. Ihr Bild stand Kate ständig vor Augen, verfolgte sie regelrecht, aber nicht die Anne, die sie einmal gekannt hatte, die schüchtern und ängstlich gewesen war und jede Ungehörigkeit gefürchtet hatte. Sie sah sie, wie sie jetzt war, als grausames, kaltherziges Ungeheuer. Anne, die ihr ewige Freundschaft geschworen und die sie auf so üble Weise hintergangen hatte. Waren Anne und Edward schon verheiratet? Kate wusste nicht, wie lange sie schon hier eingekerkert war. Aber vor kurzem hatte es geschneit.

Nur ein wenig, aber die dicken, nassen Flocken waren durch die Löcher im Dach gefallen, hatten sich wie weiße Blüten auf die dunkle Erde gesenkt und Kate fasziniert.

Kate wollte schlafen. Sie war so durchgefroren, so erschöpft, so durstig, dass sie schon keinen Hunger mehr hatte. Aber der Schlaf lockte, und er war gefährlich. Sie fürchtete sich davor, einzuschlafen und vielleicht nicht mehr aufzuwachen. Es war leichter, sich von ihren wirren, wirbelnden Gedanken davontragen zu lassen, und sicherer.

Wenn nur …

Manchmal konnte Kate Edward so deutlich sehen, dass sie meinte, bei ihm zu sein, und dachte, wenn sie nur die Kraft finden könne, die Hand nach ihm auszustrecken, dann könne sie ihn berühren. Sie sah ihn in Smokingjacke und Hausschuhen in ihrem Wohnzimmer, wie er Peter auf seinen Knien reiten ließ. Er lächelte ihren Sohn an, und dann blickte er auf und sah sie an. Sein Lächeln veränderte sich. Es wurde noch zärtlicher. Diesen Blick schenkte er nur ihr allein, den Blick eines Mannes für eine Frau, die er liebt …

Es war so lebendig, so real. Ein Teil von Kate wusste, dass sie halluzinierte. Sie wollte nicht, dass die Einbildung verschwand.

Anne erschien. Kalt, hassenswert, böse.

Kate wollte, dass sie wegging. Sie wollte mit Edward und ihrem Sohn allein sein, sie wollte diese kaltherzige Mörderin nicht sehen.

Licht. Helles, gleißendes Licht fiel durch das schadhafte Dach.

Kate blinzelte überrascht. Ihr war so kalt gewesen, so unendlich elend. Aber plötzlich fror sie gar nicht mehr, und sie war auch nicht müde. Das Licht war nicht nur hell, es war auch warm, erfüllte das Innere des Turms, hüllte sie ein. Woher kam solches Sonnenlicht an einem so grauen, trüben Wintertag? Es war so hell, so klar, so rein. Es war … beruhigend. Plötzlich lächelte Kate.

Auf einmal fühlte sie sich so friedlich.

Noch nie hatte sie einen solchen Frieden erlebt. So viel Licht … und so viel Zufriedenheit …

Klick.

Kate war verwirrt. Das Geräusch schreckte sie auf, und das Licht verblasste. Klick.

Sie kämpfte darum, einen klaren Verstand zu bekommen. Der Schlüssel wurde im Schloss umgedreht, und wieder war es im Turm nass und rau und kalt. Es war sogar so finster darin, dass

Kate kaum etwas sehen konnte. Sie krallte sich in die nasse Erde, erbärmlich zitternd, und sah, wie die Tür aufging und Anne in den Turm trat.

Sie hatte nicht gedacht, dass sie Anne noch einmal wiedersehen würde. Sie fragte sich, ob sie das nur träumte. »Hilf mir«, flüsterte sie, doch dann wurde ihr klar, dass sie so schwach war, dass sie nicht mehr sprechen konnte, nicht einmal leise, unhörbar flüstern. Sie hörte die Worte nur in ihrem Kopf.

»Hallo, Kate.« Anne kam näher, bis sie direkt über Kate stand, und schaute auf sie herunter. »Bist du immer noch am Leben?«

Kate fuhr sich über die Lippen. Jedenfalls versuchte sie es, aber sie konnte ihre Zunge kaum bewegen. »Anne. *Bitte.*« Sie wollte nicht sterben. Sie wollte es doch nicht. Sie konnte nicht sterben! Edward und Peter brauchten sie …

»Du lebst tatsächlich noch.« Anne kniete sich hin und sah ihr ins Gesicht. »Du bist keine Schönheit mehr, Kate. Du bist geradezu hässlich.«

Wie konnte Anne so hasserfüllt, so bösartig geworden sein? »Hilfe«, flüsterte Kate – versuchte es zumindest.

»Edward glaubt, dass du ihn verlassen hast. Er glaubt, dass du ihm davongelaufen bist – mit einem anderen.« Anne lachte. »Ist das nicht herrlich?«

Kate kniff vor den plötzlichen Tränen die Augen zusammen und merkte, dass ihre Hand immer noch das Medaillon umklammerte. Es war ihre letzte Hoffnung. Vielleicht, wenn sie es Anne gab, würde sie das aus ihrem Wahnsinn aufschrecken. Vielleicht würde sie sich an ihre Freundschaft erinnern. Vielleicht würde es Mitleid für Kate in ihr wecken.

Aber Kate konnte den Arm nicht heben, um Anne das Medaillon hinzuhalten. Sie konnte ihn überhaupt nicht bewegen. Die Anstrengung war unermesslich, und sie brach in Schweiß aus.

»Wo ist Peter? Wo ist er? Er ist verschwunden, Kate, verdammt

noch mal. Ich will wissen, wo er ist!«, schrie Anne, richtete sich zu voller Größe auf und starrte wütend auf Kate hinab.
Kate schloss die Augen. Zitternd gab sie ihre Bemühungen auf, Anne das Medaillon zu reichen. Peter. Er war in Sicherheit. Und Anne würde sie schließlich doch umbringen. Eisige Entschlossenheit machte sich in ihr breit. Ihre Augen öffneten sich, und sie hielt Annes Blick stand. Leise, aber deutlich sagte sie: »Die Gräfin.«
Anne riss entsetzt die Augen auf. »Du Miststück! Du gerissenes, hinterhältiges Miststück! Noch aus dem Grab willst du mich treffen, was?« Anne rang vor Wut die Hände, während sie auf und ab marschierte.
Wieder brach Kate zusammen. Die Anstrengung des Sprechens hatte sie viel gekostet, sie war völlig ausgepumpt.
»Edward und ich haben das Datum für unsere Hochzeit festgelegt. Sie wird kommenden August stattfinden. Ich denke ja nicht daran, deine Brut großzuziehen«, rief Anne.
Kate sah sie an. Und dann geschah etwas Merkwürdiges. Die trüben Schatten im Turm schwanden, während noch mehr helles, gleißendes, reines Licht hereinströmte. Anne war wie darin gebadet. Kate sah, wie sie langsam darin verschwand und von dem Tunnel blendenden Lichtes verschluckt wurde.
Sie lächelte. Sie trieb wie auf Wolken, und alles war so friedlich. Der Tod, das merkte sie nun, war gar nicht beängstigend. Er war ruhig und friedvoll.
Warum hatte sie sich so davor gefürchtet?
Anne starrte auf sie herab. »Was gibt es da zu lächeln? Was ist denn so lustig? Was weißt du, das ich nicht weiß?«
Als Kate nicht antwortete, sondern nur mit geschlossenen Augen weiterlächelte, stieß Anne sie mit einer Stiefelspitze an. Keine Reaktion.
»Du sollst nicht zuletzt lachen, dafür sorge ich, und ich werde deine verdammte Brut nicht aufziehen«, schrie Anne. Sie beugte sich vor

und griff nach Kates Händen, um sie herauszuzerren, doch dann hielt sie inne. Sie bog die Finger von Kates geballter Faust zurück, die so kalt war, als sei sie bereits tot. Darin fand sie das Medaillon.

Anne erkannte es sofort. Zuerst wollte sie es fortwerfen. Stattdessen nahm sie sich die Zeit, es zu öffnen, und erblickte die beiden Porträts von zwei so jungen, so naiven, lächelnden Mädchen – zwei besten Freundinnen.

Eigenartig berührt ließ sie es wieder zuschnappen und unter Mantel und Kleid in ihr Mieder gleiten. Dann fegte sie jede Reue – jedes Bedauern – einfach beiseite. War Kate tot?

Anne kniete sich hin und hielt eine Hand unter Kates Nase. Sie schien noch zu atmen, aber sehr schwach.

Sie zerrte sie durch den Turm hinaus ins Freie. Immer noch fielen dicke weiße Flocken.

Keuchend schleifte Anne sie auf das Haus zu, das jetzt mit Brettern vernagelt war. Als sie auf der Rückseite ankam, blieb sie stehen, schnappte nach Luft und ließ Kate los. Wenn Kate noch nicht tot war, entschied sie, dann würde sie es sehr bald sein. Draußen im Licht konnte Anne sie sich endlich genau ansehen. Sie war nicht nur ausgezehrt und hässlich, sie sah auch schon aus wie eine Tote. Jetzt würde Edward sie nicht mehr schön und bezaubernd finden.

Die Klapptür zum Kartoffelkeller war offen. Anne zögerte keinen Moment. Sie schob Kate über den Rand des Schachtes und hörte sie mit einem dumpfen Geräusch auf dem gestampften Boden unten aufschlagen.

Sie schloss die Klappe und das Vorhängeschloss. Dann verließ sie Coke's Way und ging über die Straße zu der Kirche, in deren Auffahrt sie ihre Kutsche stehen gelassen hatte.

Und tief unten im Kartoffelkeller herrschte vollkommene Finsternis.

15. Januar 1909

Liebes Tagebuch,

ich habe seit einiger Zeit nichts mehr geschrieben. Gerade bin ich von einer weiteren Reise nach Stainesmore zurückgekehrt. Meine endgültig letzte Fahrt dorthin, nehme ich an. Denn ganz sicher werde ich Edward nicht gestatten, dorthin zu fahren, wenn wir verheiratet sind. Für uns beide gäbe es dort nur verstörende Erinnerungen.

Es ist vorbei. Kate ist tot. Ich habe mich selbst davon überzeugt. Mutter und ich haben nicht ein einziges Mal über unser Geheimnis gesprochen. Das ist wohl das Beste, denn es gibt auch nicht viel zu sagen. Ich glaube tatsächlich, Mutter fürchtet sich ein wenig vor mir. Aber das kann ich nicht ändern. Ich denke, sie hat niemals wirklich geglaubt, dass ich die nächste Countess of Collinsworth werden würde. Ich habe nie daran gezweifelt.

Die Hochzeit wird im August stattfinden. Ganz London spricht von nichts anderem, meine Heirat gilt als die großartigste Verbindung unserer Zeit. Ich bin ja so aufgeregt. Ich kann es kaum erwarten.

Siebenundzwanzig

Jill stellte den Motor des Lamborghini ab, ließ aber die Scheinwerfer an. Sie beleuchteten die Vordertür von Stainesmore und die riesigen, nachtschwarzen Fenster im Erdgeschoss. Das ganze große Gebäude schien in tiefer Finsternis zu liegen, was sehr merkwürdig war – und sehr beängstigend. Nachts wurden immer einige Lampen angelassen. Wo war das Personal? Und war William nicht zu Hause, und vielleicht auch Margaret?

Alex saß neben ihr im Beifahrersitz, den Kopf im Nacken, die Augen geschlossen.

Es war fast Mitternacht. Jill war noch nie so erschöpft gewesen, aber ein Bett war das Letzte, woran sie jetzt dachte. Lucinda war tot, man hatte sie ins Leichenschauhaus in Scarborough gebracht. Sie war mit dem Mercedes der Sheldons zu Coke's Way gefahren, und ihr Auto stand noch in der Auffahrt vor der Residenz. Alex' Schussverletzung war im Krankenhaus von Scarborough verarztet worden. Und sie beide hatten bei der örtlichen Polizei ihre Aussagen gemacht.

Sie sah ihn an, und ihr graute davor, hineinzugehen. Zu ihrer Überraschung schlug er die Augen auf und schenkte ihr ein schwaches Lächeln. Sie hatte geglaubt, er schlafe tief und fest.

Er sah entsetzlich aus. Sein Gesicht hatte immer noch eine gespenstisch graue Farbe, außerdem zierten es nächtliche Bartstoppeln, und er hatte dunkle Ringe unter den Augen. Sein rechter Oberkörper lag unter einem Verband, der rechte Arm in einer Schlinge. Hemd und Hose waren voll getrocknetem Blut. »Du siehst aus wie ein fieser Drogendealer«, sagte Jill, um ihn aufzuheitern. Aber

eigentlich hätte sie ihn am liebsten in die Arme genommen und geweint. Seinetwegen.
Er lachte. Kurz, aber echt. Dann wurde er ernst. »Ich fühl mich beschissen. Diese Schmerztabletten sind das Letzte.«
Jill verzog das Gesicht. »Du solltest zwei davon nehmen.«
»Ich muss einen klaren Kopf behalten«, sagte er und starrte auf die Haustür.
Jill fragte sich, was sie drinnen erwarten mochte.
Plötzlich streckte Alex die Linke nach dem Türgriff aus – durch den Schuss in die rechte Schulter konnte er den rechten Arm nicht gebrauchen – und stöhnte. »Also los.«
Jill grauste es. Sie schaltete die Scheinwerfer ab, stieg aus und machte beide Türen zu. Sie konnte nur daran denken, dass William da drin war, wahrscheinlich ganz allein. Sie war ziemlich sicher, dass Lucinda neben ihm im Auto gesessen hatte, nicht Margaret, aber vielleicht hatte sie eine dritte Person im Wagen übersehen. Machte ihn das nicht zu Lucindas Komplizen? Sie konnte kaum einen klaren Gedanken fassen.
»Ich helf dir«, sagte Jill und nahm Alex' linken Arm, so dass er sich auf dem Weg ins Haus auf sie stützen konnte.
»Du hast der Polizei nichts von der Katze erzählt, von dem Chaos in deiner Wohnung und von den Bremsen.«
Jills Herz begann heftig zu schlagen. Langsam. Schmerzlich. »Nein, hab ich nicht.«
»Du hast ausgesagt, dass Lucinda dich wegen deiner Nachforschungen über Kate angegriffen hat, Punkt.«
»Ich weiß, was ich gesagt habe«, gab Jill angespannt und müde zurück. Vor der Tür blieben sie stehen und sahen sich an. »Zuerst hat Lucinda mir sogar geholfen. Aber als all diese hässlichen Dinge zu Tage kamen, ist sie durchgedreht. Sie war verrückt.«
»Scheiße!«, schrie Alex.
»Oh Alex, es tut mir so Leid«, rief Jill. »Das ist alles meine Schuld!«

Er warf ihr einen schmerzerfüllten, wütenden und zugleich resignierenden Blick zu und betrat dann das Haus seines Onkels.
Das Foyer lag in völliger Dunkelheit. Es hatte vor Stunden aufgehört zu regnen, ein paar Sterne hatten sich hinter den dicken Wolken hervorgekämpft, und die Schatten im Raum schienen einen verrückten Tanz aufzuführen. Und es war entsetzlich still. Jill wurde noch nervöser.
Sie betete inbrünstig, dass William und Margaret mit den Drohungen gegen sie und dem Anschlag auf ihr Leben nichts zu tun hatten.
Alex fluchte und schlug mit der Faust auf den Lichtschalter. Der Eingang erhellte sich.
Jill riss die Augen auf. William saß in einem der thronartigen, samtbezogenen Stühle an der gegenüberliegenden Wand, reglos, das Gesicht von schrecklicher seelischer Pein gezeichnet.
»Onkel William.«
William fuhr zusammen; er stand auf, und seine langsamen Bewegungen und die zittrigen Hände bezeugten jedes seiner achtzig Jahre. »Lucinda. Wo ist sie? Guter Gott, sie ist schon so lange weg!« Und seine Augen schossen gehetzt zwischen Alex und Jill hin und her.
Er liebte sie. Schockiert sah Jill, dass William zu weinen begann.
Und plötzlich dämmerte es ihr.
Als Alex zu ihm hinüberging, seinen gesunden Arm um ihn legte und ihn bat, sich wieder zu setzen, verlor William völlig die Fassung und begann laut zu schluchzen. Jills Gedanken überschlugen sich. Margaret war so elegant, so schön, wie konnte das sein? Aber die Liebe war nun einmal eine merkwürdige Sache, nicht?
Und dann dachte sie an Edward und Kate. War es das Schicksal der Collinsworth-Männer, sich in Frauen zu verlieben, die sie unmöglich heiraten konnten?
»Onkel William, es ist etwas Schreckliches passiert«, krächzte Alex.
Er blickte auf. »Sie ist tot, nicht wahr?«

Alex holte tief Luft.
Jill bemerkte, dass William sich überhaupt nicht danach erkundigt hatte, wie es Alex ging. Das tat ihr weh.
»Ja«, sagte Alex langsam. »Es hat einen Unfall gegeben. Sie hatte eine Pistole. Sie ist einfach losgegangen.« Er kniff die Augen zu.
William schlug die Hände vors Gesicht und weinte so hemmungslos wie ein kleines Kind.
Jill dachte angestrengt nach. Wenn William Lucinda liebte, hätte er niemals die Bremsleitung des Mietwagens durchgeschnitten. Sie fühlte sich sehr erleichtert, und sie eilte zu ihnen, um Alex beiseite zu nehmen und ihm zu sagen, dass William nicht Lucindas Komplize sein konnte, als William plötzlich sagte: »Ich weiß nicht, wie das alles geschehen konnte, lieber Gott, ich weiß es wirklich nicht!«
Jill erstarrte.
»William.« Alex sprach, als bereite ihm das Reden große Schmerzen. »Bitte. Sag nichts. Kein Wort. Du brauchst einen Anwalt.«
»Alex«, warf Jill ein.
Aber William schüttelte den Kopf. »Ich habe die Frau verloren, die ich liebe. Die ich über dreißig Jahre geliebt habe. Wir wollten doch niemandem wehtun. Wir wollten nur, dass sie nach Hause fährt, bevor sie die Wahrheit über meine Mutter herausfindet.« Er sprach bittend, flehentlich, und sah jetzt Jill an. »Meine Mutter hat uns erzählt, was sie Kate angetan hat – sie lag im Sterben, und die Schuld erdrückte sie. Aber Lucinda sagte, ich solle mir keine Sorgen machen. Das hat sie immer wieder gesagt. Sie sagte, dass sie sich um alles kümmern würde!«
»Oh mein Gott«, rief Alex entsetzt und packte Williams Hände so fest, dass seine Finger ganz weiß wurden – während auch aus seinem Gesicht jeder Rest von Farbe wich. Er sollte den rechten Arm doch nicht bewegen. »Bitte. Sag kein Wort. Gesteh gar nichts. Ich flehe dich an. Ich werde dafür sorgen, dass du die besten Strafverteidiger im ganzen Land bekommst.«

Aber William starrte noch immer auf Jill. »An dem Tag«, sagte er schleppend, »als Hal Sie gefunden hat, wusste ich, dass wir alle in Schwierigkeiten steckten. Was werden Sie jetzt tun?«, fragte er. »Ich bin am Ende. Hal ist tot. Lucinda … « Er konnte nicht weitersprechen, und wieder liefen ihm Tränen übers Gesicht.
»Es tut mir so Leid«, flüsterte Jill. »Ich wollte doch nur wissen, ob Kate meine Urgroßmutter war, und dann wollte ich nur herausfinden, ob sie davongelaufen ist und mit einer neuen Liebe ihr Glück gefunden hat. Ich wusste doch nicht, dass Edward ihr Liebhaber war und dass sie ermordet wurde. Es tut mir Leid.« Jill merkte, dass auch sie jetzt weinte.
»Und ich wollte niemandem etwas tun«, flüsterte William. »Ich dachte, Ihre Bremsen würden noch direkt vor Ihrem Haus versagen.« Plötzlich kniff er mit verzerrtem Gesicht die Augen zusammen, während neue Tränen flossen. »Ich hatte ja keine Ahnung, dass Lucinda mit Ihnen im Wagen sitzen würde. Es tut mir so Leid.«
Jill blieb fast das Herz stehen.
»William!«, schrie Alex gebieterisch.
Aber William hörte nicht auf ihn, er hörte auf niemanden. Er kam schwerfällig auf die Beine und stand unsicher vor ihnen, schwankend wie ein Baum im Sturm. »Es gibt ein Treuhandvermögen. Mein Vater hat einen Fonds für Peter eingerichtet. Er hat ihn sehr geliebt. Ich glaube, Kates Vermögen wurde unter der Hand zwischen meinem Vater und Kates Mutter aufgeteilt. Der Fonds ist für Peter und seine Nachfahren bestimmt, für immer. Er gehört Ihnen, verstehen Sie. Edward hätte gewollt, dass Sie das Geld bekommen.« Er holte keuchend Atem. »Ich hätte von Anfang an aufrichtig zu Ihnen sein sollen. Aber Thomas hat gesagt, Sie würden wieder verschwinden. Lucinda hat das auch gesagt.« Er begann von neuem zu weinen. »Das Geld gehört Ihnen. Werden Sie *jetzt* nach Hause gehen?«, flüsterte er.

Diese letzte Frage hatte er im verwirrten Tonfall eines kleinen Kindes vorgebracht. Jill nickte, und ihr liefen immer noch Tränen über die Wangen. Sie merkte, dass Alex sie anstarrte, und sie fragte sich, wie sehr er sie jetzt hassen mochte, hierfür. Als sie ihre Stimme wiedergefunden hatte, sagte sie: »Alex, neben meinem Bett liegt eine Packung Schlaftabletten. Warum bringst du deinen Onkel nicht nach oben, gibst ihm zwei Tabletten und bringst ihn ins Bett.«
Alex starrte sie mit schmerzverzerrtem Gesicht an. Er antwortete nicht, sondern ging an ihr vorbei in den nächsten Raum, ein Wohnzimmer, wo er den Telefonhörer abnahm. Aber er wählte nicht. Er stand einfach da, mit geschlossenen Augen und hängenden Schultern.
Jill rannte zu ihm, nahm ihm den Hörer aus der Hand und knallte ihn aufs Telefon. »Wen wolltest du denn anrufen?«
Er sah sie nicht an. »Die Polizei.«
Jill biss die Zähne zusammen, als sie das Telefonkabel einfach aus der Wand riss. »Du bringst jetzt William nach oben, gibst ihm die Tabletten und steckst ihn ins Bett«, sagte sie keuchend. »Okay?«
Langsam drehte er sich zu ihr um, und ihre Blicke trafen sich.
Jill sah, wie seine Augen zuerst einen fragenden, dann einen forschenden Ausdruck annahmen. »Dies bleibt unser Geheimnis«, sagte sie. »Ich schwöre, dass ich nichts davon verraten werde.«

Obwohl sie völlig erschöpft war, konnte Jill nicht schlafen.
Alles, woran sie denken konnte, waren William und Lucinda, die seit dreißig Jahren ein Verhältnis hatten, und Alex in seinem ganzen Elend hinter der Tür auf der anderen Seite des Ganges.
Sie musste einfach zu ihm, mit derselben Selbstverständlichkeit, mit der morgen die Sonne aufgehen würde. Jill schlüpfte in dicken Socken, T-Shirt und Trainingshose aus ihrem Schlafzimmer und klopfte leise an seine Tür, während sie sie schon aufschob.
Eine der Nachttischlampen brannte. Er saß im Bett, nackt bis auf

die Verbände, die Decke bis zur Hüfte gezogen, das Gesicht immer noch schrecklich bleich. Er starrte in den Kamin an der gegenüberliegenden Wand. Es brannte kein Feuer darin.

»Darf ich reinkommen?«, fragte Jill leise, und bei seinem Anblick blutete ihr das Herz. In diesem Augenblick wurde ihr klar, wie viel er ihr bedeutete. In diesem Augenblick fragte sie sich, ob sie ein Leben ohne Alex ertragen könnte. Sie war erschüttert und überrascht und erregt und verängstigt, alles auf einmal.

Er drehte ihr den Kopf zu und sah sie beinahe lächelnd an. »Klar.«

Jill zögerte, denn es war nicht zu übersehen, dass er geweint hatte. Seine Augen und seine Nase waren sichtlich gerötet. Er konnte ihr nicht in die Augen sehen.

Jills Herz schmolz dahin. Sie eilte zu ihm, setzte sich aufs Bett, und ohne darüber nachzudenken, nahm sie ihn in die Arme und drückte seinen Kopf an ihre Brust, als wäre er ein kleines Kind. »Es tut mir Leid«, flüsterte sie und wiegte ihn sanft.

»Ja«, sagte er mit tränenerstickter Stimme. »Mir auch.«

Jill hielt ihn einfach fest. Er rührte sich nicht. Sie beugte sich ein wenig vor und küsste ihn auf den Kopf. Sein Haar war dicht und lockig und kitzelte ihre Nase, und er roch so gut, irgendwie nach Körperpuder und Moschus, und ein überraschend heftiger Stich purer Begierde durchfuhr sie. Sie ignorierte ihn. Er war so still, dass sie sich fragte, ob er auf einmal in ihren Armen eingeschlafen war.

Aber einen Augenblick später hob er den Kopf und versuchte mit Tränen in den Augen ein klägliches Lächeln. »Oh Alex«, flüsterte Jill, und der köstliche Schmerz kehrte zurück.

Seine linke Hand schloss sich um ihren Nacken und zog ihren Kopf herunter. Der Kuss war eigentlich nur ein sanftes Streicheln ihrer Lippen.

Jill spürte, dass ihr selbst Tränen übers Gesicht liefen, als sie sich zu ihm ins Bett schlängelte, so dass sie nebeneinander lagen, und ihre Lippen sich wieder und wieder so zärtlich streiften. Traurigkeit und

Glück stiegen wie bunte Seifenblasen von ihrem Herzen auf. Alex rollte sich auf den Rücken, und Jill folgte ohne Zögern nach, bis sie halb auf ihm zu liegen kam. Trotz der Bettdecke zwischen ihnen konnte sie seine pralle Steifheit spüren. Ihre Blicke trafen sich.

»Bleib heute Nacht bei mir«, sagte er mit heiserer Stimme. »Bitte.« Mit der linken Hand zeichnete er sanft ihre Backenknochen, ihre Nasenspitze, den Umriss ihrer Lippen nach.

»Ja«, sagte Jill mit heiserer Stimme. »Ich brauch dich auch.«

Sie beugte sich wieder über ihn. Diesmal war ihr Kuss getrieben von plötzlicher Begierde und hungrigem Verlangen. Alex' Hand glitt unter ihre Trainingshose und über ihren nackten Po, dann tiefer nach hinten.

Jill riss die Decken zwischen ihnen fort; er zerrte mit einer Hand an ihrer Hose, grob und verzweifelt. Jill wand sich aus der Hose, und ihre Lippen verschmolzen miteinander im Rhythmus ihrer verschmelzenden Hüften – drängend und unaufhaltsam.

Sie zerrte seine Unterhose herunter und glitt über ihn. Dann packte sie seine ganze stolze Länge, und er stieß ihn nach oben, drang tief in sie ein. Und sie bewegten sich wie ein einziger Körper, verzweifelt, heiß und feucht, bis sie aufschrie, seinen Namen rief und sich wild trudelnd in eine andere Dimension verlor, und dann kam er auch, heiß und nass, tief in ihr versenkt, und ihr Name entrang sich wie ein Schluchzen aus seinem Innersten.

Danach schlief er ein.

Und Jill kroch in ihr eigenes Zimmer zurück.

Der Morgen war kühl und feucht, und der bewölkte Himmel ließ nicht wirklich auf Sonne hoffen. Jill stand da und starrte auf das Landhaus und den Turm dahinter, gelegentlich blinzelte die stahlgraue See zwischen den Bäumen auf den Klippen hindurch. Es ging eine frische Brise, und Jill vergrub die Hände in den gefütterten Taschen ihres roten Anoraks.

Kate war im Turm. Jill fühlte es deutlich. Sie war dort eingesperrt gewesen, und nun war sie dort begraben. Aber das war nicht wichtig. Jetzt nicht mehr.
Denn Jill würde sie in Frieden ruhen lassen und nach Hause fliegen. Sie hatte schon genug angerichtet.
Mit gesenktem Kopf und Tränen in den Augen ging sie am Haus vorbei und versuchte, nicht ständig an Alex zu denken. Sie fühlte sich schrecklich. Schließlich fuhr sie sich mit dem Ärmel über die Augen. Es war ein bisschen zu spät, um zu merken, dass sie sich in ihn verliebt hatte. Es war zu spät, um die Dinge zu ändern. Sie konnte nichts von dem ungeschehen machen, womit sie die Familie so verletzt hatte. Nichts würde Lucinda wieder zum Leben erwecken – und niemals würde Kate Gerechtigkeit widerfahren.
Jill konnte immer noch kaum begreifen, dass Lucinda sie letzte Nacht ohne Skrupel einfach so erschossen hätte.
Vor dem Turm blieb sie stehen und schauderte; sie hasste seinen bloßen Anblick. Sie wusste nicht, ob sie mutig genug war, auch hineinzugehen. An diesem Ort lauerte der Tod. Zuerst Kate und nun Lucinda, und, bei Gott, wenn Alex letzte Nacht nicht bei ihr gewesen wäre, würde jetzt wahrscheinlich sie selbst im Leichenschauhaus in Scarborough liegen.
»Hey.«
Beim Klang von Alex' Stimme direkt hinter ihr erstarrte Jill. Sie hatte nicht bemerkt, dass er gekommen war. Langsam drehte sie sich um und sah direkt in seine leuchtend blauen Augen. Sie blickten forschend. Und er sah immer noch fürchterlich aus.
Er sah sie ernst an. »Du bist letzte Nacht einfach verschwunden.«
Sie schluckte. »Ich hatte Angst, dich mitten in der Nacht anzurempeln. Deine Schulter.« Das war gelogen. Und sie wusste, dass er es wusste. Sie hatte Angst davor gehabt, neben ihm aufzuwachen, und vor dem, was dann passieren würde – oder nicht passieren würde.
Er antwortete nicht.

»Solltest du dich nicht noch ausruhen?«, fragte sie nervös. Er war immer noch so blass. Außerdem hatte er sich heute nicht rasiert und wirkte jetzt fast bedrohlich. Aber seine sanften Augen wogen alles auf.

»Mir geht's gut«, sagte er. »Na ja« – ein flüchtiges Lächeln huschte über sein Gesicht –, »den Umständen entsprechend.«

»Es tut mir so Leid«, rief Jill und dachte traurig an William, der den Tod seiner Geliebten beweinte, und an Margaret, die davon wissen und darunter leiden musste. »Ich wollte weder dir noch deiner Familie jemals wehtun. Ich wollte nie, dass so schlimme Dinge passieren.«

»Das weiß ich doch. Ich wollte dich auch nicht verletzen, Jill. Bitte versuch mich zu verstehen, bitte glaub mir«, sagte er ebenso heftig.

Sie starrte ihn an. Die Hände hatte sie noch immer tief in den Taschen vergraben, und ihr Herz klopfte ängstlich. Sie hatten den alles entscheidenden Punkt erreicht. Endlich, nach all den Wirren des Schicksals, die ihre Suche nach Kate Gallagher mit sich gebracht hatte, hatte es sie genau jetzt an diesem besonderen Ort zusammengeworfen. Hier gabelte sich der Pfad. Ihre Wege würden sich trennen – oder nicht. »Du hast mich angelogen, Alex. Du hast diese Briefe gestohlen.«

»Ich weiß.« In seinem Kiefer arbeitete es. »Und ich bin bestimmt nicht stolz drauf.«

Sie wollte ihm so gerne glauben.

»Ich steckte in einer furchtbaren Zwickmühle. Ich habe versucht, deine Suche zu behindern, um meine Familie zu beschützen, und mich im selben verdammten Moment in dich verliebt.« Er machte ein Geräusch, das ein wenig wie Lachen klang. »Das Leben ist einfach unberechenbar, was?«

Jill nickte, aber sie fürchtete sich jetzt vor der Zukunft – eine Zukunft, die sie allein verbringen würde, in ihrem trübseligen Leben zu Hause in New York. Eine Zukunft ohne Alex. »Hat Kate jemals davon geschrieben, dass sie um ihr Leben fürchten musste? Hat sie irgendwo jemanden dafür verantwortlich gemacht?«

»Nein. Ich geb dir die Briefe. Ach so, du hast sie ja schon.« Er seufzte, tief und resigniert.

Das gefiel Jill gar nicht. »Hattest du vor, mir überhaupt von den DNS-Tests zu erzählen?«

»Ja.« Er fuhr sich über die Lippen. »Jill, ich musste einfach ganz sicher wissen, ob du Kates und Edwards Urenkelin bist. Die Dinge haben sich überschlagen. Nachdem das mit Lady E. passiert ist, habe ich wirklich Angst bekommen.« Er sah ihr in die Augen. »Ich hatte entsetzliche Angst um dich – und ich hatte Angst davor zu erfahren, wer dahinter steckt.«

»Also hast du gehofft, ihr könntet mir Geld geben, damit ich verschwinde.«

»Peters Treuhandvermögen gehört dir.«

»Ich hab das alles nicht angefangen, um mir Kates Vermögen unter den Nagel zu reißen.« Jill holte tief Luft. »William ist mein Onkel zweiten Grades. Thomas und Lauren sind mit mir verwandt.« Sie konnte es noch immer kaum begreifen.

»Ich weiß.« Sein Blick suchte den Turm. »Ich weiß es sehr zu schätzen, was du letzte Nacht getan hast.«

Jill nickte, folgte seinem Blick und schauderte. Sie sah Lucinda vor sich, wie sie mit aufgerissenen Augen und starrem Blick auf dem Rücken lag. »Ich glaube nicht, dass William wollte, dass mir oder sonst jemandem wirklich etwas passiert. Ich glaube, Lucinda hat ihn mit ihrem fanatischen Eifer angesteckt.«

»Ich hoffe, du hast Recht.« Seine Miene wirkte auf einmal finster.

»Ich weiß, dass du Recht hast! Er hat mir erzählt, dass sie Lady E. getötet hat. Er sagte, er habe keine Ahnung gehabt, dass sie so weit gehen würde. Er hat geweint, Jill. Ich glaube, sie ist einfach ausgeflippt, und er fühlt sich genauso betrogen wie wir.«

»Wird er es überstehen?«

»Ich weiß nicht. Er ist sehr gealtert, sogar im Vergleich zu gestern, von Hals Tod ganz zu schweigen.«
Jill schloss zitternd die Augen, und daran war nicht der beißend kalte Wind schuld. »Alle haben darüber Bescheid gewusst, dass Hal von Kate besessen war, oder? Alle haben mich erkannt, sobald ich durch die Tür kam, nicht wahr?«
»Ja, haben wir. Ich auch. Es tut mir Leid. Alle hatten Angst, Jill. Angst vor dir und dem, was du für Hal warst und vor dem, was du vielleicht tun würdest.«
»Also, ich tue gar nichts. Anne hat Kate ermordet, das hat sie William selbst gesagt. Aber wir werden nie erfahren, wo Kates Leiche ist oder wie sie gestorben ist. Aber vielleicht ist das auch besser so.«
»Das ist nicht dein Ernst«, sagte Alex.
»Ich weiß nicht«, sagte sie mit gesenktem Kopf.
»Weißt du, was du über uns denkst?«
Ihr Kopf fuhr hoch, und ihr Herz setzte einen Schlag aus. »Was?«
Er lächelte sie nur an. Ein wenig traurig.
Sie trat zu ihm und ergriff seinen linken Jackenärmel. »Du hast mir letzte Nacht das Leben gerettet.«
»Jederzeit«, sagte er. »Das würd ich noch tausendmal tun. So viel bedeutest du mir inzwischen.«
Jill war überwältigt. Sie brachte kein Wort heraus. Und seine Frage hallte durch ihre Gedanken. Aber konnte er ihr wirklich verzeihen, dass sie seine Familie zerstört hatte? Und selbst wenn er glaubte, er könnte es, würde sein Herz es können? Konnten zwei Menschen noch einmal von vorn anfangen, wenn eine Vergangenheit voll Lügen und Täuschungen hinter ihnen – zwischen ihnen – lauerte?
»Jill?«, sagte Alex schließlich. »Danke für letzte Nacht. Und ich meine nicht dafür, dass du mir das Telefon aus der Hand genommen hast.«
Jill biss sich auf die Lippe, um nicht zu weinen, und nickte.

»Hey.« Er legte seinen gesunden Arm um ihre Schulter und drückte sie an sich. »Es wird alles gut.«
Er sprach so bestimmt, dass sie überrascht aufblickte, und in seinen Augen las sie ein Versprechen. »Hoffentlich hast du Recht.«
Er nickte mit dem Kopf zu dem Landhaus hinter ihnen. »Sollen wir uns ein letztes Mal dort umsehen, bevor wir zurückgehen?«
Jill fuhr zusammen. »Was meinst du?«
»Sie hat mich auch gepackt. Ich will wissen, was mit ihr passiert ist. Selbst wenn ich es wagen würde, William danach zu fragen, was ich sicher nicht tun werde, glaube ich nicht, dass er mir erzählen würde, was wirklich geschehen ist.«
»Sie ist im Turm«, sagte Jill, die Hände immer noch in den Anoraktaschen. Ihre Stimme klang merkwürdig, selbst in ihren eigenen Ohren. »Ich bin ganz sicher.«
Alex nickte.

Alex stand neben ihr, während die beiden Gärtner den gestampften Boden des Turms aushoben. Erdklumpen und Steine flogen nur so von ihren Schaufeln. »Ich frage mich, ob du Recht hast«, sagte er. »Vielleicht ist das der Grund, warum früher, als ich noch klein war, die Einheimischen immer behauptet haben, hier würde es spuken.«
Jill fühlte, wie ihre Augen sich weiteten. »Erzählt man sich das im Dorf?«
Er sah sie an. »Ja.«
Jill lehnte sich zitternd gegen die Mauer und beobachtete, wie die beiden Gärtner aus Stainesmore stetig den Boden aushoben. Sie hatten schon recht tief gegraben, aber nichts gefunden. Jill wurde langsam unruhig.
Vielleicht sollte Kate auf ewig verborgen bleiben.
Vielleicht hatte Jill an etwas gerührt, von dem das Schicksal nicht wollte, dass es ans Licht kam.

»Mylord«, sagte einer der Gärtner. »Da ist nichts, nur Erde und Steine.«
Alex trat vor und betrachtete das Loch. »Da haben Sie wohl Recht. Jill, sie sind schon über zweieinhalb Meter tief. Sie kann unmöglich hier begraben sein.«
Jill trat neben die beiden schwitzenden Gärtner in den Turm, und eine eigenartige Verzweiflung erfasste sie. »Sie muss hier sein, Alex. Wo sollte sie denn sonst sein?« Aber sie konnte selbst sehen, dass er Recht hatte. Kate war nicht hier. Sonst hätten sie schon etwas finden müssen.
»Vielleicht wurde sie über die Klippen geworfen.«
Jill hasste diese Vorstellung. Einen Augenblick später entließ Alex die Gärtner, wobei er darauf bestand, dass sie ihn mit Mr. Preston anredeten, nicht mit »Mylord«, und jedem ein paar Pfund in die Hand drückte. Dann stellte er sich neben Jill zwischen die verfallenden Mauern.
»Ich schätze, das Ganze war von Anfang an ein Schuss ins Blaue«, sagte Jill.
»Wirklich? Sie war eine außergewöhnliche Frau, und sie war deine Urgroßmutter. Vielleicht war das alles, was wir überhaupt herausfinden sollten«, sagte Alex und legte ihr die Hand auf die Schulter.
Jill lächelte leicht. »Du wirst noch esoterisch.« Frustriert trat sie mit dem Fuß in den Dreck und sah, wie ein Stein fortkollerte und an die gegenüberliegende Wand stieß. Erstaunt starrte sie dorthin.
Und fühlte einen Druck auf der Schulter. Zuerst dachte sie, es sei Alex, der sie ermutigte, weiterzugehen. Aber dann merkte sie, dass sie nicht mehr neben ihm stand und sich diesen Druck nur eingebildet haben konnte.
Jill starrte auf die trübselige graue Mauer.
Und als sie nach unten sah, sprang ihr plötzlich etwas ins Auge. Jill ließ sich auf die Knie fallen und starrte mit rasendem Herzen weiter

dorthin, fragte sich, ob das wirklich ein kaum sichtbarer Buchstabe an der Wand war, und dachte: Nein, das kann nicht sein.

»Jill?«

Jill hörte Alex kaum. Sie fegte den Dreck von dem rauen Stein und sah, wie ein grobes A unter der uralten Schicht aus Staub und Erde zum Vorschein kam. Fasziniert begann sie, mit bloßen Händen einen ganzen Abschnitt der Wand zu säubern. Mit weit aufgerissenen Augen sah sie schließlich ungläubig zu, wie ihre Hände einen Buchstaben nach dem anderen freilegten.

»Oh Gott!«, rief sie. »Alex, komm mal her! Es ist eine Botschaft – von Kate!«

Achtundzwanzig

6. Oktober 1909

Es war ein besonders strahlender Tag im Spätsommer. Er hätte trübselig und grau sein müssen. Denn Edward empfand es als schrecklich schmerzvoll, Coke's Way wiederzusehen. Er wusste, er hätte nicht kommen sollen.

»Papa.«

Edward bemerkte, dass sich das sechzehn Monate alte Bündel in seinen Armen wand und herunter wollte. Sanft stellte er Peter auf den Boden. Der kleine Rotschopf schwankte unsicher, strahlte Edward an, der nicht zurücklächeln konnte, und watschelte dann auf das mit Brettern vernagelte Haus zu. Plötzlich füllten sich Edwards Augen mit Tränen.

Der Schmerz wollte einfach nicht nachlassen. Die Trauer, die Wut, die Verwirrung, das Selbstmitleid.

Es gab Zeiten, da er alles vergaß, nur um sich dann plötzlich, mit einem Schlag, an alles zu erinnern.

So wie jetzt.

Er fuhr sich mit dem Ärmel seines Reitmantels übers Gesicht, gewann seine Fassung wieder und ging seinem Sohn nach. Er war seit über einem Jahr nicht mehr in Stainesmore gewesen, aber es gab einige Angelegenheiten auf dem Gut zu regeln, und der Graf hatte darauf bestanden, dass Edward sich darum kümmerte. Dies hatte er doch erwartet, oder? Die Bedrückung, die Angst, die Erinnerungen an Kate. Was er nicht erwartet hatte, war Annes Beharren darauf, ihn in den Norden zu begleiten; die Trauer, die ihn stärker überfiel als jemals zuvor; die Erinnerungen, die ihn beharrlicher und beklemmender überfielen als im vergangenen Jahr.

Sie war jetzt im Haus, erwartete ihn mit dem Tee und tat so, als glühe sie nicht vor Zorn darüber, dass er mit seinem Sohn zusammen war. Sein Sohn – Kates Sohn.

Peter war am Haus vorbeigelaufen und tapste auf den Turm zu.

»Peter! Nein!«, rief Edward ihm nach und beschleunigte seinen Schritt.

Aber Peter, der ein sehr fröhlicher kleiner Junge war, lachte nur und lief noch schneller, die Arme wie Mühlenflügel schwingend. Er verlor seine Mütze. Edward wünschte sich so sehr, über die Mätzchen seines Kindes lachen zu können. Er hatte vergessen, wie das ging. Er hatte so lange nicht mehr gelächelt, dass ihm schien, als habe er das in seinem ganzen Leben noch nie getan. Er beobachtete seinen Sohn, der auf seinen krummen Beinchen gefährlich schwankte. Er würde jeden Augenblick hinfallen. Und gerade als Edward das gedacht hatte, flog Peter mit dem Gesicht voran auf Gras und Dreck.

Sofort war Edward bei ihm und nahm ihn in die Arme. Aber Peter grinste freudig übers ganze Gesicht. »Laufen, laufen«, rief er und sträubte sich heftig. »Peter will laufen!«

Er war genau wie Kate. Kate, deren Willen keine andere Instanz über sich duldete, die jeden Augenblick geschätzt und geliebt hatte, den das Leben ihr schenkte. Kate, die spurlos verschwunden war, die ihn vielleicht wegen eines anderen Mannes verlassen hatte.

Edward tätschelte unbehaglich Peters Kopf, er sah ihn kaum. *Verdammt noch mal, wie sollte er so weiterleben, ohne zu wissen, was wirklich passiert war?*

Er hatte keine andere Wahl, als sein übermütiges Kind loszulassen, was er auch tat, um ihm dann pflichtbewusst dabei zuzusehen, wie er unternehmungslustig drauflos watschelte. Bis heute beharrte seine widerliche, nervtötende Ehefrau, für die er sich überhaupt nicht interessierte, darauf, dass Kate mit einem anderen Liebhaber davongelaufen sei. Am Anfang war es das Leichteste gewesen, Anne zu glauben. Sein Zorn darüber, dass Kate ihn angeblich mit einem anderen betrog, hatte ihn in die Lage versetzt, die Hochzeit durchzuziehen. Und wie sehr bedauerte er das jetzt.

War Kate mit einem anderen Mann durchgebrannt? In seinem tiefsten Inneren glaubte er nicht daran. Aber, gütiger Gott, er wusste nicht, was er glauben sollte.

Und er würde niemals Klarheit bekommen. Irgendwie musste er sich damit abfinden. Denn so sehr er auch versuchte, die Wahrheit zu zwingen, sich ihm in einer plötzlichen Erkenntnis zu enthüllen, er konnte doch nicht verstehen, was wirklich mit Kate passiert war und warum sie ihn verlassen hatte.

Immerhin hatte er für sich die Möglichkeit ausgeschlossen, dass es ein schrecklicher Unfall gewesen sein könnte. Denn sie hatte Peter bei seiner Mutter gelassen, bevor sie verschwunden war, was bedeutete, dass sie aus freien Stücken gegangen war – dass sie ihr Verschwinden selbst geplant hatte.

»Oh Kate«, stöhnte er leise. Wie hatte sie ihm das antun können? Und das Schlimmste war, dass er niemals erfahren würde, ob sie ihn verlassen hatte, weil sie einen anderen liebte, oder deshalb, weil sie ihn selbst mehr liebte als ihr eigenes Glück.

Plötzlich merkte Edward, dass Peter im Begriff war, in den Turm zu wackeln. *Der Turm, der Kate immer geängstigt und angewidert hatte.* Edward wurde von abergläubischer Angst, ja fast Panik erfasst, sprang auf die Füße und rannte hinter seinem Sohn her. »Peter! Nein! Geh nicht da rein!«, brüllte er.

Aber Peter verschwand in der Ruine.

Seine Angst steigerte sich zu Panik. *Er hatte Kate verloren, er konnte nicht auch noch Peter verlieren.* Edward rannte in den Turm und fand Peter auf dem dreckigen Boden sitzend Matschkuchen backen. Er entspannte sich, schloss die Augen und merkte, dass er zitterte wie Espenlaub.

Seine Reaktion war völlig absurd gewesen. Er konnte sich das nicht erklären.
Plötzlich rollte sich Peter auf die Beine und wackelte hinüber zur nächsten Wand, unverständlich vor sich hin brabbelnd, bis er dagegen fiel. Edward beobachtete ihn noch einen Moment länger, denn Peter strahlte ihn an, und er sah Kate so ähnlich. Plötzlich schauderte er und blickte sich misstrauisch im Turm um, denn er hatte das Gefühl, dass sie nicht allein waren. Als beobachte sie jemand. Aber es war niemand in der Nähe.
Zitternd und nervös verstand Edward nun, warum Kate diesen Ort immer gehasst hatte, und er ging zu Peter, hob ihn hoch und verließ eilig den Turm. Draußen fiel ihm das Atmen schon leichter, und er setzte Peter wieder ab. Er wusste, dass er es nicht hätte ertragen können, wenn seinem Sohn etwas zugestoßen wäre.
Und plötzlich traf ihn eine Erkenntnis wie ein Blitzschlag. Er war so in seiner Trauer und seinem Selbstmitleid, in seinem Elend gefangen gewesen, dass er nicht nur die Geschäfte des Anwesens vernachlässigt, sondern auch als Vater fast versagt hatte.
Edward war wie vor den Kopf geschlagen.
»Papa, runter«, quengelte Peter. »Runter!«
Edward ließ ihn zu Boden gleiten und starrte ihn an, als sähe er ihn zum ersten Mal. Peter watschelte davon, um einen heruntergefallenen Ast zu inspizieren. Dann fesselte ein Ameisenhaufen sein Interesse.
Edward starrte ihm nach und sah sein Leben vor seinem inneren Auge vorbeiziehen, jeden herrlichen, schmerzlichen Augenblick. Er fühlte sich, als wäre er hundert Jahre alt, aber er war noch nicht einmal dreißig – er war immer noch jung. Ein junger Mann mit einem kleinen Sohn und einer jungen Frau und einer riesigen Grafschaft, die zu leiten seine Aufgabe sein würde. Er trug viel Verantwortung, und im vergangenen Jahr hatte er seine Verpflichtungen gegenüber der Familie und der Grafschaft sträflich vernachlässigt.

»Papa, Papa, schau, schau«, krähte Peter fröhlich und zeigte auf die Ameisen.
»Ja, ich sehe sie«, sagte Edward ruhig. Er konnte seine Zuneigung vielleicht nicht mehr so offen zeigen wie früher, aber es gab andere Wege, seiner Familie seine Liebe zu beweisen. »Peter, wir müssen jetzt nach Hause. Ich habe noch viel zu tun.«
Die Pflicht rief. Ein furchtbar tröstlicher Gedanke, und daran klammerte Edward sich für den Rest seines Lebens.

ANNE HAT MICH UMGEBRACHT GOTT SEI IHRER SEELE GNÄDIG

»Oh mein Gott«, flüsterte Jill, die Hand noch an der Mauer. Alex kniete sich neben sie und beleuchtete die groben Steine mit seiner kleinen Taschenlampe. »Anne hat mich umgebracht, Gott sei ihrer Seele gnädig.« Jill hatte Gänsehaut am ganzen Körper. Sie sah Alex an.
»Himmel«, sagte er leise.
Mit heftig pochendem Herzen stand Jill auf. »Sie war hier. Sie ist hier drin gestorben. Oh Gott.« Und Jill konnte Kate wieder deutlich vor sich sehen, wie sie schmutzig und blutverschmiert, verängstigt und zitternd hier im Turm um ihr Leben bettelte. Tränen brannten ihr in den Augen.
Alex legte den Arm um sie, und Jill lehnte sich an ihn, ohne darüber nachzudenken. »Ich frage mich, ob das damals vor Gericht gegolten hätte. Wahrscheinlich nicht.«
Sie starrten einander an. »Anne war wahnsinnig«, sagte Jill schließlich.
»Das ist noch freundlich ausgedrückt, findest du nicht?«, gab Alex zurück.

»Und sie ist nicht hier begraben. Auch nicht unter ihrem Grabstein. Anne muss ihn da hingestellt haben, was meinst du?«
»Oder sie hatte einen Komplizen.«
Jills Augen weiteten sich. »Du glaubst, sie hatte einen Komplizen?«
»Liebling, ich will deine unbändige Neugier ja nicht schon wieder herausfordern. Aber wie hat Anne Kate hierher geschafft? Vielleicht war es ein angeheuerter Kutscher, aber irgendjemand muss ihr geholfen haben. Gehen wir.«
Jill biss sich auf die Lippe. »Sie verdient eine anständige Beerdigung.«
»Wir werden die Leiche niemals finden, Jill.«
Sie wollte das nicht hinnehmen. Sie drängte sich an ihm vorbei und ging hinaus. Der Nebel hatte sich gelichtet. Wundersamerweise versuchte die Sonne sich gegen die Wolken durchzusetzen. Über ihrem Kopf kreiste eine Möwe.
Alex hatte wahrscheinlich Recht, gestand sie sich grimmig ein, und starrte auf das Haus, ohne es wirklich zu sehen. Kate war von ihrer besten Freundin ermordet worden, sie war im Turm gestorben, aber Gott allein wusste, wo ihre Leiche jetzt lag. Es war so traurig. Kate verdiente eine richtige Beerdigung, ein ordentliches Grab.
In ihre sorgenvollen Gedanken versunken, vergrub Jill die Hände in den Anoraktaschen. Eine sanfte Brise sauste an ihr vorbei, so dass ihre Haare ihren Nacken kitzelten. Plötzlich spürte Jill eine merkwürdige Spannung. Plötzlich war ihr, als werde sie beobachtet.
Jill erstarrte. Das Gefühl, angestarrt zu werden, verstärkte sich. Sie schaute zuerst zum Haus hinüber, dann die Auffahrt zur Straße hinunter. Silbrige Stämme und blassgrüne Blätter wogten schimmernd auf dem Gelände vor ihr, am Friedhof. Es war niemand zu sehen.
Ihre Fantasie ging mal wieder mit ihr durch, entschied Jill. Aber am ganzen Körper standen ihr die Haare zu Berge, und sie hatte ganz vergessen zu atmen. Abrupt fuhr sie herum, um nachzusehen, ob je-

mand sie von hinten beobachtete. Aber da war nur Alex, der neben ihr stehen blieb.
»Du siehst aus, als hättest du ein Gespenst gesehen«, scherzte er.
Sie wandte sich zu ihm. »Ich hatte gerade das starke Gefühl, dass mich jemand beobachtet.«
Sie starrten einander an. »Kate?«
»Vielleicht.« Jill merkte, wie sehr sie sich wünschte, sie hätte sie wirklich gesehen – und diesmal klar und deutlich, so dass es keinen Zweifel daran gab, ob sie sich das vielleicht nur eingebildet hatte. »Ich glaube, ich habe sie einmal gesehen, in meiner Wohnung in London.«
Alex nickte. »Ich glaube, es ist an der Zeit, sie gehen zu lassen, Jill.«
»Ja«, sagte Jill heiser.
»Können wir jetzt in die Stadt zurückfahren?«, fragte er.
Jill sah sich um – sah sich den Turm an, das Haus und dann ihn. Alex hatte Recht. Sie würden Kate niemals finden, aber sie hatten die Wahrheit gefunden. Und das würde genügen müssen – es war an der Zeit, sie gehen zu lassen.
Sie sah ihm in die Augen. »Soll ich den Zug nehmen? Damit du mit William zurückfahren kannst?«
»Würde es dir sehr viel ausmachen?«, fragte er. »Ich muss mich jetzt wirklich gut um ihn kümmern.«
Plötzlich fühlte Jill sich wieder als krasse Außenseiterin – selbst bei Alex. Aber das war sie ja auch, nicht wahr? Sie rang sich ein Lächeln ab. »Kein Problem. Ich muss sowieso ein bisschen nachdenken, und dazu habe ich im Zug reichlich Gelegenheit.« Abrupt marschierte sie los, auf den Landrover zu, und ließ ihn stehen.
Aber sie kam nur einen Schritt weit. Alex ergriff ihren Arm und hielt sie fest. »Worüber musst du nachdenken, Jill?«, fragte er sehr gelassen, und seine Augen bohrten sich in ihre.
Jill starrte zurück. Wagte sie es, ihm die Wahrheit zu sagen? Wie konnte sie das nicht tun? Es stand so viel auf dem Spiel! Sie fuhr sich

über die Lippen und wählte ihre Worte sorgfältig – aber sie war doch nicht ganz so mutig und aufrichtig. »Ich schätze, ich muss mir langsam überlegen, wie ich wieder nach Hause komme und da ein Engagement finde«, sagte sie langsam. Obwohl alles, worüber sie nachdenken musste, ihre Zukunft war, und Alex.

Seine Züge spannten sich. »Und was wird aus uns?«

Jill hielt die Luft an. »Ich wusste gar nicht, dass es ein ›Uns‹ gibt«, sagte sie schließlich.

Er rollte nur mit den Augen. Aber das war nicht komisch. »Wenn das zwischen uns kein ›Uns‹ ist, dann weiß ich auch nicht.«

Ihr Herz begann zu rasen. Das bedeutete, dass auch er an eine Beziehung dachte. Aber Jill hatte solche Angst davor. »Vielleicht sollten wir beide nachdenken, und zwar gründlich, Alex.«

»Warum bist du denn so zaghaft? Du redest doch auch sonst nicht um den heißen Brei herum.«

Jill zögerte. »Also gut. Ich mag dich. Das gebe ich zu. Vielleicht sogar sehr. Aber, du meine Güte, schau dir doch nur an, was alles passiert ist – und das wird immer zwischen uns stehen.«

»Warum?« Er sah sie fragend an.

Jill konnte nur zurückstarren, und dann musste sie leise lächeln. »Du bist doch sonst so clever, Alex. Meinst du nicht, dass ein Fundament aus Lügen nicht die stabilste Grundlage für eine Beziehung ist?«

»Ich glaube eher, dass uns das einander noch näher bringen kann, wenn du das auch willst.«

Jill erstarrte. Ein langer Augenblick verstrich. »Ich habe Angst«, sagte sie schließlich. »Ich will nicht schon wieder so verletzt werden.«

»Vielleicht habe ich ja auch Angst. Vielleicht habe ich noch nie so etwas für jemanden empfunden und bin nicht sicher, was ich tun soll, wann oder wie.«

Jill lächelte.

Er lächelte zurück. »Weißt du, da du schließlich eine große Roman-

tikerin bist, kannst du es ja einfach so betrachten, dass Kate uns zusammengeführt hat.«
Jills Lächeln erlosch.
»Es scheint wirklich so, als hätte sie uns irgendwie zusammengebracht«, sagte Alex. Und errötete.
Jill konnte ihn in einem solchen Augenblick nicht mit seiner eigenen romantischen Ader aufziehen. Aber es stimmte, ihre Suche nach ihrer Urgroßmutter hatte sie zu Alex geführt. »Vielleicht können wir nach all der Zeit einen schrecklichen, zerstörerischen Teufelskreis von Collinsworth-Männern beenden, die sich in Frauen verlieben, die sie nicht haben können«, scherzte sie kläglich.
Sein Blick traf sie wie eine Keule. »Ich will nicht, dass du nach New York zurückkehrst, Jill.«
Jill rang nach Luft. »Ich will auch nicht zurück.«
Sie sahen sich lange in die Augen.
Er rührte sich als Erster, lächelte ein wenig, dann ein wenig mehr, und dann strich er kurz über ihre Wange. »Soweit ich weiß, hast du noch zwei Monate in Barrows' Wohnung, bis er zurückkommt.«
»Stimmt.« Sie wusste, worauf er hinauswollte. Zwei Monate waren reichlich Zeit, sich eine neue Wohnung zu suchen. »Aber ich bin völlig pleite, schon vergessen?«
Und Alex fing aus tiefstem Herzen an zu lachen.
»Was ist denn so komisch?«
Er lachte, bis ihm Tränen in die Augen traten. »Der Treuhandfonds«, sagte er. »Ich sag's dir nur ungern, Jill, aber du bist neuerdings eine reiche Erbin.«
Jill starrte ihn an. Und langsam brach sich ein Lächeln Bahn. »Du meine Güte, dass ich den Tag noch erleben darf, an dem ich meine Miete im Voraus bezahlen kann.« Langsam dämmerte ihr, was ihre neue finanzielle Unabhängigkeit bedeuten konnte. »Oh Gott, ich könnte mir sogar eine Wohnung kaufen.«
Er lachte wieder, warm und herzlich, und legte den Arm um sie.

»Allerdings. Aber ich finde, damit solltest du noch warten.« Er sah ihr tief in die Augen. »Abwarten, was wird. Mit uns.«
Uns. Es gefiel ihr, wie er das sagte, wie das aus seinem Munde klang.
»Okay. Ich werd nichts überstürzen.«
Er hob skeptisch beide Brauen und sagte: »Warum fangen wir nicht noch mal ganz von vorn an, mit einer altmodischen Verabredung zum Abendessen? Wie wär's mit heute Abend?«
Ihr wurde ganz warm. »Das klingt wirklich schön, Alex«, sagte sie ehrlich.
Er lächelte sie an und deutete auf das Auto.
Jill und Alex gingen schweigend um das Haus herum. Und als sie Arm in Arm daran vorbeischlenderten, nahmen sie keinerlei Notiz von der kaum noch sichtbaren Falltür des Kartoffelkellers zu ihren Füßen.
Und hinter ihnen, zwischen den knorrigen Bäumen, stand vielleicht, nur vielleicht, Kate, die Sonne im Rücken, und sah zu, wie die Wolken über den Himmel wanderten, sich teilten, wie der Sonnenschein stärker hindurchdrang und die rauen Klippen in gleißendes Licht tauchte. Kate wandte sich um, ihre Konturen verschwammen, wurden schwächer und schwächer, während sie langsam davonging, über die Klippen hinweg und über die See, bis nichts mehr zu sehen war als ein alter, verfallener Turm, in dem es früher einmal gespukt hatte.